YGGDRASIL

Tome 2
LA RÉBELLION

Autres romans

La Tapisserie des Mondes

Préludes

Plus brillantes sont les étoiles (avril 2021)

Yggdrasil – premier cycle

La prophétie (janvier 2016) – Réédition (octobre 2022)
La rébellion (juillet 2016) – Réédition (octobre 2022)
L'Espoir (avril 2017) – Réédition (octobre 2022)

Aldarrök – deuxième cycle

Le chant du chaos (octobre 2022)

Abri 19 (février 2018)

Les Larmes des Aëlwynns

Le prince déchu (novembre 2018)
Le dernier mage (2019)
La déesse sombre (2020)

Recueils de nouvelles

(avec l'association des auteurs indépendants du Grand-Ouest)
Légendes : Entre terres & mers (octobre 2017)
Jour de pluie (octobre 2018)

YGGDRASIL

Tome 2
LA RÉBELLION

Myriam Caillonneau

Cycle
La Tapisserie des Mondes

Yggdrasil – La Rébellion

Copyright © 2016 –Myriam Caillonneau

tous droits réservés.

Réédition

Copyright © 2022 – Éditions Myriam Caillonneau

ISBN : 979-10-95740-17-9

https://www.myriamcaillonneauauteure.com/

Illustrations par Y-Mir

Copyright © 2016 Myriam Caillonneau

Ce livre est dédié à mon père. Je lui dois mon amour des mots et des livres. Il m'a appris à travailler mon imagination, à inventer et raconter des histoires.

Merci papa.

Dem et Nayla par Ymir

Les images de la destruction d'Alima refusaient de laisser Nayla Kaertan en paix. Les morts calcinés, tragiques formes tordues et hurlantes, semblaient lever des mains suppliantes vers elle, l'implorant de les venger. Le sol de la planète s'embrasait sous l'impact des tirs lywar et, même depuis l'espace, elle entendait les cris des suppliciés. Devant elle se tenait le responsable de ce génocide, le colonel Devor Milar, appelé la main écarlate de Dieu. Cet homme était un monstre qui méritait mille fois la mort. Cet homme était son ami.

Nayla gémit. Dane Mardon, Dem, Devor Milar, trois noms pour le même homme. Le lieutenant Dane Mardon, officier scientifique de la base H515, l'avait accueillie à son arrivée. Elle devait effectuer son temps de conscription sous ses ordres. Les premiers jours, elle l'avait détesté. D'un naturel timide, elle avait été impressionnée par cet homme froid, ironique et arrogant. Elle ne réussissait ni à soutenir son regard bleu limpide ni à répondre à ses remarques railleuses. Au fil des semaines et des événements, elle avait appris à mieux le connaître. Il avait découvert qu'elle était assaillie, presque toutes les nuits, par des cauchemars atroces. Au lieu de la dénoncer comme c'était son devoir, il l'avait protégée, puis formée afin qu'elle puisse affronter l'Inquisition. Dem – c'est le surnom que tous lui donnaient – lui avait permis de développer ses dons surnaturels. Il lui avait enseigné comment accéder à son esprit ainsi qu'à celui des autres et lui avait expliqué comment blinder sa conscience contre les intrusions des moines et des inquisiteurs. Ensemble, ils avaient découvert qu'elle avait le pouvoir d'entrevoir l'avenir et ainsi, de changer le cours du futur. Elle avait même constaté que, face au danger, elle était capable de télékinésie.

Dane Mardon lui avait avoué que cinq ans auparavant, il avait été visité par une prophétie annonçant qu'un « Espoir » allait libérer la galaxie. Elle était ce libérateur, il en était persuadé, et elle avait fini par le croire. Elle aussi avait vu ces images et l'impact de cet augure l'avait désespérée. Comment pourrait-elle affronter l'ensemble des forces de ce Dieu, retranché au plus profond d'un temple situé sur la planète mère ?

Dane Mardon avait tout risqué pour elle, y compris la torture lorsque la Phalange bleue avait débarqué sur la base H515. Ils avaient été conduits sur le vaisseau *Vengeur 516*, avec une poignée d'amis, puis avaient réussi à s'en évader. Après un long périple, ils avaient rejoint Olima, la planète de Nayla. Une vision lui avait révélé le sort funeste de son monde et elle avait accepté son destin. Elle avait découvert le corps de son père, froidement assassiné par le colonel Yutez, chef de la Phalange bleue, qui ne s'était pas contenté de ce méfait. Des milliers d'Olimans avaient été exterminés dans les rues de Talima, la capitale. Leur petite troupe était venue au secours des Olimans. Dem avait affronté et vaincu Zan Yutez, puis par la ruse, ils s'étaient emparés du *Vengeur 516*. Guidée par Dem et par ses visions, Nayla avait réussi à fédérer les Olimans autour de l'idée de liberté créant ainsi, l'embryon d'une force qui devait délivrer la galaxie.

Nayla essuya distraitement le sang qui coulait de son nez. La migraine terrible qui lui enserrait la tête s'évaporait lentement et la nausée induite par la vision éprouvante qu'elle venait d'avoir, se résorbait. Elle avait enfin compris tout ce qu'elle vivait depuis cinq ans. Désormais, elle savait pourquoi elle était harcelée par le massacre d'Alima. Assister à cette horreur lui avait toujours semblé le prix à payer pour bénéficier d'un aperçu du futur, mais ce cauchemar n'était pas provoqué par son envie de vengeance. Elle venait de découvrir qu'il s'agissait d'un souvenir. Il y a cinq ans, le soir de son anniversaire, les Gardes de la Foi aux ordres du colonel Devor Milar avaient détruit Alima. La planète martyre s'était totalement consumée sous les missiles lywar tirés par le vaisseau Vengeur de la Phalange écarlate. La nuit de la tragédie, le choc de la vision d'Alima en train de s'enflammer l'avait plongée dans le coma. En réalité, sa perte de connaissance avait une autre explication. Son esprit s'était évadé de son corps, avait volé dans l'espace jusqu'au cuirassé en orbite et avait envahi les pensées de Milar. À travers ses yeux, elle avait assisté à la destruction de la planète, avant d'être éjectée de son esprit et elle avait affronté son regard. Son cerveau avait occulté ce souvenir trop perturbateur et lorsque trois jours plus tard, elle avait ouvert les yeux, elle ne s'était souvenue de rien. Son subconscient, lui, n'avait rien oublié. Il avait utilisé ces images pour l'obliger à admettre et à développer son don. Aujourd'hui, elle avait enfin affronté la vérité. Devor Milar et Dane Mardon n'étaient qu'une seule et même personne. Dem était le monstre qui avait détruit la planète Alima. Dem était le colonel qui avait commandé la Phalange écarlate. Il était l'ennemi ! Pourtant, cette révélation n'était rien. Il y avait bien pire. Sa vision lui avait montré la vraie motivation de Milar.

Elle savait qu'il n'était pas Dane Mardon. Son assurance, sa connaissance des institutions de l'Imperium et une multitude de petits détails avaient contraint Nayla à la méfiance. Elle ne pouvait plus faire semblant d'ignorer qu'il avait été un officier de haut rang au sein de l'Imperium et certainement, un colonel des Gardes de la Foi. Elle avait occulté ce que lui criait son intuition et ce que lui suggéraient ses visions. Dans tous ses cauchemars, la silhouette sombre et sans visage du colonel Milar lui parlait. Alima et Milar étaient les deux déclencheurs de ses prémonitions. Sur Olima, Dem avait rallié des gardes noirs à leur cause, prouvant encore une fois qu'ils étaient liés. Elle avait exigé une réponse et il lui avait promis de tout lui révéler après en avoir fini avec la Phalange bleue. Il lui avait juré de lui ouvrir son esprit, sans aucune défense. Elle avait accepté ce marché. Et puis, il lui avait affirmé que la prophétie avait profondément changé sa vie. Elle avait cru à son histoire. Cet homme, qu'elle aurait dû haïr, méritait désormais son amitié. Elle avait voulu croire en la rédemption d'un homme qu'elle respectait, qu'elle admirait, et elle avait eu tort. Sa vision venait de lui montrer la vérité. Devor Milar n'était pas en fuite, mais en Mission Divine. Il avait reçu l'ordre de se faire passer pour un démon, afin de la débusquer. Il devait devenir son ami et rassembler le plus d'hérétiques possible. Une fois tous les ennemis de l'Imperium réunis, il avait pour instruction de tous les trahir et de la livrer à Dieu.

La colère grandit en elle, enfla, devint incontrôlable. La dissimulation de son identité, elle aurait peut-être pu le lui pardonner. Si le reste de son histoire avait été vrai, s'il avait été touché par cette lumière, s'il s'était réellement repenti de ses crimes, elle aurait pu comprendre, elle aurait pu admettre qu'il lui cache la vérité, elle aurait pu accepter de l'écouter et de l'absoudre. Seulement, il n'avait pas eu de prophétie et n'éprouvait aucun remords. Dem l'avait manipulée depuis le début et avait prévu de la livrer. Il allait tous les trahir. Le cœur de Nayla se mit à battre plus fort. Le désespoir qu'elle avait ressenti après cette découverte se mua en une rage meurtrière. Elle sentit son pouvoir se renforcer, s'amplifier et croître. La jeune femme se leva lentement et essuya à nouveau son visage d'un revers de manche. Un grand froid envahit son âme. Armée d'une détermination forgée par la fureur, elle prit sa décision. Devor Milar devait mourir !

Elle ouvrit la porte de ses quartiers. Dans le couloir se trouvait Lan Tarni, un des Gardes de la Foi que Dem avait recrutés. Nayla passa devant lui sans un mot et marcha jusqu'à la cabine de Milar, toute proche. La porte était verrouillée, mais cela ne l'arrêta pas. Elle fit ce que Dem lui avait appris. Elle fit confiance à son intuition et tapa le code d'accès. Tarni dut trouver cela suspect, ou peut-être détecta-t-il quelque chose d'étrange dans son attitude. Il l'interpella, mais Nayla l'ignora et lorsqu'il attrapa son bras d'une main ferme, elle libéra la puissance de son esprit. Tarni fut projeté contre la cloison de tiritium avec une force incroyable. Elle ne fut que momentanément aveuglée par l'habituel flash de lumière blanche et sans se préoccuper du vétéran, elle entra dans la cabine. La porte se referma et elle grilla le système d'ouverture, sans savoir comment elle faisait. Elle ne voulait pas être dérangée.

Devor Milar, grand, élancé et athlétique, se tenait debout face à elle. Il la fixait avec intensité, de son regard bleu, glacial et insoutenable. Un sourire triste et amusé se dessina sur ses lèvres fines. *Il est toujours aussi beau*, songea-t-elle brièvement en détaillant son visage mince et hâlé. Cette pensée attisa sa colère.

— Vous m'avez trahie ! dit-elle avec rage. Vous m'avez menti !

— Je vous ai seulement caché la vérité, répondit-il doucement.

Croyait-il vraiment qu'il allait réussir à la convaincre ?

— Vous êtes Devor Milar ! Vous êtes le responsable du génocide d'Alima !

— Oui, reconnut-il simplement.

Il n'avait aucun mérite à avouer la vérité, maintenant qu'elle l'avait découverte. Il lui avait promis de tout lui dire. Il était prévu qu'il le fasse dans quelques heures. Elle se demandait quel mensonge il lui aurait servi.

— Vous êtes un monstre ! lui lança Nayla avec mépris.

Il ne répondit pas. Qu'aurait-il pu bien répondre ? Elle sentit son pouvoir grandir encore, devenant trop puissant, trop imposant pour être contenu. Sa colère menaçait de l'étouffer. La haine et la fureur faisaient bouillir son sang et pulser ses tempes. Sa migraine était revenue et l'empêchait de penser clairement.

— Vous êtes pire que cela ! Cela, peut-être aurais-je pu vous le pardonner, peut-être… Tous vos beaux discours, toute votre prétendue amitié, toute votre soi-disant protection, tout cela n'était que mensonges ! Vous voulez me livrer à Dieu, vous voulez tous nous anéantir, vous voulez éliminer tous ceux qui aspirent à plus de liberté.

— Nayla, je…
— J'ai cru en vous ! Je vous aim…

Elle s'interrompit, prenant conscience de ce qu'elle s'apprêtait à dire. *Je l'aimais*, s'avoua-t-elle avec un déchirement qui lui brisa le cœur. Cette constatation enflamma son courroux et détruisit les derniers vestiges de contrôle qu'elle possédait encore sur son pouvoir.

— Menteur ! Traître ! Vous êtes un monstre et je vais débarrasser l'univers d'une ordure de votre espèce !

Elle projeta son esprit vers le sien. Elle fonça sur lui comme un vent violent. Elle l'entendit à peine murmurer :

— Je ne me défendrai pas, Nayla.

Elle n'en tint pas compte. Elle se souvenait vaguement qu'il lui avait promis de lui ouvrir son esprit et s'en moquait. Elle se savait plus puissante que lui et se sentait investie du devoir de l'éliminer. Elle entra en force dans ses pensées, prête à affronter les défenses mentales qu'il lui opposerait. Cette attaque lui offrirait l'excuse idéale pour le faire souffrir. Il ne se passa rien !

L'intérieur de l'esprit de Dem se révéla spartiate et sobre, conforme à sa personnalité méticuleuse. Elle ne s'attarda pas. Elle découvrit rapidement l'endroit qui abritait sa force vitale et s'y rua, faisant taire sa tristesse. Elle était là pour venger ses frères d'Alima, elle était là pour protéger tous ceux qu'il aurait vendus, elle était là pour le faire payer, parce qu'il l'avait trompée. Elle renforça sa détermination. Son pouvoir grandit encore, alimenté par sa fureur. Au cœur de la psyché de Milar, les mains de Nayla se mirent à briller d'une lumière blanche et éclatante. Sans hésiter, elle abattit ses poings sur la sphère lumineuse qui symbolisait la vie de cet homme qu'elle haïssait. Pendant un moment, elle crut ressentir la douleur qu'il venait d'endurer, mais ignora ce détail. Elle recommença à frapper. La déflagration, causée par sa puissance confrontée à celle de Milar, provoqua des éclairs d'énergie qui percutèrent les murs de la pièce. Il était vigoureux et la vie était profondément ancrée en lui. Elle allait cogner à nouveau, lorsqu'elle entrevit une ombre. Elle se retourna, prête à affronter les défenses qu'il allait enfin lui envoyer, mais ne vit qu'un enfant d'à peu près cinq ans. Il se tenait à l'extérieur de la pièce abritant la sphère et la regardait avec curiosité. Il était longiligne, avec des cheveux presque noirs et des yeux bleu clair qui ne trompaient pas. Elle contemplait Milar enfant, ou plutôt, un souvenir de l'enfant qu'il avait été. L'attaque qu'il subissait avait dû ouvrir ce fragment de sa mémoire. Elle haussa les épaules et endurcit son cœur.

Avec ses poings virtuels, Nayla assena un autre coup violent. La lumière, qui éclairait la sphère, vacilla. La douleur que Dem venait d'encaisser la frappa, comme une vague qui laissa dans son sillage, un désespoir presque identique à ce qu'elle avait cru percevoir lors de ses dernières visions. Dans ces rêves, elle se retrouvait dans l'esprit de Milar et chaque fois, elle avait eu l'impression qu'il éprouvait des remords. Elle refusa de se laisser aller à la compassion. Il ne la méritait pas. La mission de ce traître était de la livrer à Dieu, cela seul comptait. Il devait mourir ! Nayla arma ses poings pour donner le coup décisif. Il lui sembla que Dem s'abandonnait totalement à la mort, l'acceptant avec soulagement. Elle hésita et ne put s'empêcher de regarder derrière elle, attirée par la présence fantomatique de l'enfant.

Il n'était plus seul. Des hommes en uniforme l'entouraient. L'un d'eux le tenait par le bras et lui assenait des gifles violentes. Cette scène avait quelque chose d'irréel, mais elle ne réussissait pas à définir ce qui la perturbait. Était-ce un souvenir fabriqué ? Attirée par la curiosité qui agissait sur elle comme un aimant, Nayla fit un pas vers cette parcelle de mémoire et le décor autour du garçonnet se clarifia. Il se trouvait dans un laboratoire froid et impersonnel. Outre les hommes qui le martyrisaient, elle en vit d'autres qui notaient ses réactions sur des handtops ou qui vaquaient à leurs occupations dans l'indifférence la plus totale. Elle perçut enfin ce qui l'avait troublée. Malgré les coups qu'il recevait, l'enfant ne pleurait pas. Il encaissait, stoïquement, sans se défendre. Pour finir, l'homme le jeta brutalement à terre. Le garçon se releva aussitôt et se figea au garde-à-vous, avant de saluer militairement. Sur un geste de l'officier, il courut rejoindre d'autres gamins vêtus comme lui.

Était-ce l'enfance de Dem ? Nayla essaya de ne pas céder à la tentation d'en savoir plus. Que lui importait le passé de cet assassin ? Il ne lui restait qu'un ou deux coups à donner pour l'achever. Elle fit demi-tour, prête à écraser la source de vie de Milar et à en finir avec lui. L'ordre beuglé par l'un des soldats la fit sursauter et malgré sa résolution, elle regarda. Les petits trottinaient en rond autour de la pièce, tandis que les adultes leur criaient dessus comme on hurle sur des conscrits à l'entraînement. Quand l'un d'eux ralentissait, un coup sur la tête ou dans le dos l'obligeait à accélérer. Comment pouvait-on faire cela à des gamins ? Ulcérée, Nayla s'avança pour mieux voir, brûlant de s'interposer. Était-ce ainsi que Dieu et le clergé créaient des monstres comme Milar ou Yutez ? Elle fit un pas, puis un autre et entra au cœur du souvenir.

Tout se mit à tournoyer autour d'elle, alors qu'elle était aspirée dans un kaléidoscope de couleurs et d'images. Elle atterrit au cœur de la mémoire de Devor Milar, tel un fantôme immatériel.

Des infirmières circulaient entre les rangées de berceaux, abritant des enfants d'âges différents, de quelques mois à trois ans. Elles les nourrissaient ou changeaient leurs couches, mais ne leur montraient aucune tendresse. Deux scientifiques observaient les bébés, tout en consultant des données sur leur handtop.

— Tout se présente bien ? demanda le plus âgé.

— Pour l'instant, plutôt bien, Docteur. Nous n'avons perdu que deux archanges, le 124 et le 142.

— Pour quelles raisons ?

— 124 a eu un infarctus lors d'un entraînement et les données de 142 étaient totalement erratiques. Nous avons supposé qu'il s'agissait de télékinésie. Nous ne pouvions pas le garder.

— Combien ne sont pas arrivés à terme ?

— Quatre-vingt-dix-huit sujets sont morts pendant leur gestation. Régler un programme comme le projet Archange nécessite du temps. Les projets Séraphin et Édomiel ont connu des échecs à l'époque.

— Désormais, ils sont une valeur sûre. Certains se demandent si courir un tel risque est raisonnable. Les études démontrent l'instabilité des archanges.

— C'est exact, Docteur. Beaucoup d'entre eux devront être éliminés, mais ce processus est normal dans un projet comme le nôtre et...

Le scientifique détenant l'autorité balaya les explications de son subordonné d'un geste agacé de la main.

— Prenez les simples gardes, créés à partir du projet Édomiel. Ils sont fiables, résistants et obéissants. Pourquoi vouloir changer des hommes d'une telle valeur ? Leur seul défaut est d'être si longs à produire. Si nous trouvions un moyen d'accélérer leur croissance... Voilà un projet qui serait utile à l'Imperium.

— Oui, Docteur, se soumit l'autre. Mener un programme comme celui-là serait extrêmement gratifiant, mais si je puis me permettre, le projet Archange ne cherche pas à remplacer les simples gardes. Nous voulons créer l'officier parfait.

— Je dois admettre que les officiers du projet Séraphin manquent cruellement d'envergure, malgré leurs résultats.

Le subalterne ne parvint pas à cacher sa satisfaction et sa fierté.

— Le matériel génétique fourni pour produire les Archanges est de qualité. Nous devons juste trouver le bon dosage. Ce projet prendra des années et pour être certains de sa réussite, nous devrons attendre le déroulement entier de la vie de l'un de ces nourrissons.

— Le succès de ce programme fera de vous un homme très apprécié de Dieu, Docteur Nuvit.

— Ce serait un grand honneur, Docteur Carmil, un très grand honneur. Sachez que je me consacre entièrement à cette mission.

— Je n'en doute pas. Poursuivez, Nuvit. L'échec n'est pas une option.

Les images se brouillèrent autour de Nayla, puis se solidifièrent à nouveau. Le petit Devor Milar devait avoir quatre ans et suivait un programme éducatif, en compagnie de ses camarades. Immobiles et silencieux, les enfants observaient l'écran avec une concentration qui semblait contre nature. Elle se souvenait de sa propre expérience scolaire, et même en classe religieuse, les élèves n'étaient pas aussi attentifs. Elle sursauta en remarquant ce qui les captivait. Le film montrait des images d'une violence révoltante, accompagnées d'une voix qui répétait sans relâche que les hérétiques méritaient la mort, que les traîtres méritaient la mort, que tous ceux qui résistaient à l'armée de Dieu méritaient la mort. Sur l'écran, des gardes noirs massacraient des civils, des femmes et des enfants. Les images n'épargnaient aucun détail. Les impacts lywar faisaient éclater des têtes, des gardes égorgeaient des femmes, fusillaient des hommes. Ce matraquage dura plus de quatre heures, puis enfin, la projection cessa. Prostrée au fond de la pièce, Nayla pleurait sans pouvoir s'arrêter. Le souvenir de ses cauchemars, mêlé à l'atrocité de ces images, lui était insupportable. Voir des enfants assister à ces crimes sans montrer une seule émotion lui levait le cœur. Comment pouvait-on infliger cela à des êtres si jeunes ? Un jour, Dem lui avait dit que les Gardes de la Foi venaient au monde artificiellement. Elle comprenait maintenant ce que cela impliquait. Pour créer des hommes impitoyables, il fallait les former de façon impitoyable.

L'environnement se délita, avant de se reconfigurer quelques secondes plus tard. Dans une pièce au décor aussi impersonnel que le reste de la base, les enfants s'affrontaient torse nu, sur un tapis adapté aux sports de combat. Le jeune Devor vint se placer face à un gamin plus âgé et plus grand que lui. Il se mit en position de garde, le dos droit et les mains levées. Son adversaire l'attrapa par les épaules, mais il se contorsionna pour lui échapper, puis il frappa son aîné à l'estomac de toute la force de ses petits poings. L'autre lui saisit les poignets et les tordit cruellement. Devor grimaça de douleur, mais ne cria pas. Son opposant le souleva et le projeta au sol. Le claquement de la peau nue sur le tapis en rytemec fit frémir Nayla. Le plus grand se laissa choir sur lui et le plaqua au sol, son avant-bras sur la gorge. Il continua l'étranglement quelques secondes, avant de se relever. Le cou déjà bleu, le petit Milar attaqua sans attendre. Une fois encore, il reçut un direct à la mâchoire et tomba lourdement. Il se redressa sans tarder, sa lèvre fendue saignait abondamment, mais ses yeux bleus brillaient de larmes et de colère. Il fonça à nouveau sans émettre un son, sans se plaindre, sans pleurer. Son opposant le cogna plusieurs fois aux côtes, mais il ne céda pas. Il continua d'être jeté au sol et frappé à de nombreuses reprises, mais il résistait avec la maturité d'un adulte, se relevant chaque fois. Ce comportement anormal écœurait Nayla, qui enrageait de ne rien pouvoir faire pour lui, oubliant qu'il s'agissait là d'un souvenir de l'homme qu'elle désirait tuer.

— Rassemblez-vous ! beugla un officier.

Les enfants coururent se mettre en rang. Elle nota nombre d'ecchymoses, de bouches tuméfiées, d'yeux pochés et d'égratignures.

— Vous avez bien combattu, affirma l'adulte. N'oubliez pas : « rien n'est impossible, il existe toujours un moyen ». Vous ne devez jamais céder, toujours lutter, toujours résister jusqu'au bout de vos forces, jusqu'à la mort si nécessaire.

— Oui, Capitaine ! s'écrièrent les enfants d'une seule voix.

— Rendez-vous en salle de cours dans quinze minutes ! Rompez !

Les gamins saluèrent et se dispersèrent en courant. Une fois encore, Nayla fut bousculée vers un autre morceau de mémoire. Elle commençait à être totalement désorientée et aurait voulu que ces séquences de souvenirs s'arrêtent.

Yggdrasil...

Le passé et le futur étaient les deux faces du destin. L'un conduisait à l'autre. Au cœur de l'immuable Yggdrasil, les destinées des mortels se croisaient et se mêlaient en une tapisserie invisible. L'avenir des mondes se jouait ici dans le néant, dans cet obscur endroit qui n'existait pas et qui pourtant, était partout. Yggdrasil n'intervenait pas dans la vie des mortels, Yggdrasil observait seulement ces vies minuscules se télescoper et se déchirer dans l'espoir futile d'atteindre le pouvoir.

Tout cela appartenait au passé. Un mortel avait trouvé le chemin du néant, comme d'autres avant lui, mais celui-ci avait réussi à utiliser ce qu'il avait appris pour s'arroger le pouvoir, pour s'ériger au-dessus des autres humains. Pour Yggdrasil, cet événement était survenu à peine un battement de cœur plus tôt, alors que pour les mortels, de nombreuses vies s'étaient déroulées sous le joug de celui qui se faisait appeler « Dieu ». Malgré une certaine culpabilité, Yggdrasil ne pouvait pas intervenir. Il avait adopté cette règle dans une autre ère, à une époque où les mortels pensaient que les dieux décidaient du destin, en un temps où ils avaient encore conscience que ce destin était écrit, pouvait être décrypté et révélé. Les mortels ignoraient seulement que l'avenir n'était pas définitif, que les routes ou les possibilités étaient multiples et que « maintenant » restait leur domaine. L'instant présent et le libre arbitre pouvaient modifier le futur et orienter le fil de leur destinée sur une voie différente.

Au fil du temps, Yggdrasil avait porté de nombreux noms, dans de nombreuses civilisations, mais aucun n'était vraiment le sien. Il ne possédait aucun nom et aucune existence réelle dans ces mondes, car il se situait au-delà de l'existence. Il avait observé cet univers évoluer et changer, sans intervenir, se conformant ainsi à la décision prise collégialement.

Désormais, les humains dominaient ce monde. Les humains ! Les plus arrogants, les plus perturbateurs et les plus agaçants des mortels qui peuplaient les mondes. L'un d'entre eux menaçait de conduire ces humains à leur perte, ainsi que tous ceux qui occupaient cet univers.

Yggdrasil était un, mais était plusieurs. Yggdrasil méprisait les humains, Yggdrasil les haïssait, Yggdrasil les trouvait passionnants, Yggdrasil les aimait. Au cœur de cette entité, différentes voix s'affrontaient, différentes personnalités s'opposaient, mais une majorité avait réussi à s'imposer et elle ignorait les paroles dissonantes. Ce collectif avait décidé de réparer l'erreur commise, en envoyant et en guidant de nombreux humains pour tenter d'éradiquer celui qui se faisait appeler « Dieu ». Ils avaient tous échoué. Certaines de ces voix souhaitaient continuer à ne rien faire. Les humains devaient décider seuls de leur avenir.

Une des personnalités, au cœur du néant, proférait un autre avis. Elle haïssait les mortels et avait soufflé à cet humain, à ce dieu, le moyen d'utiliser la puissance d'Yggdrasil pour contrôler ses semblables. Au cours des années, elle avait aidé cet individu à se défendre des champions envoyés contre lui et elle se réjouit lorsque le dernier sauveur, créé par Yggdrasil, choisit de tuer celui qui s'offrait en protecteur. L'Espoir détruisait ainsi sa propre destinée et toute chance d'arracher l'humanité aux ténèbres.

Une autre entité, cachée au plus profond d'Yggdrasil, avait foi dans l'humanité et voulait la pousser sur une meilleure route. Depuis toujours, elle agissait discrètement pour secourir les mortels en dépit d'eux-mêmes. Elle transgressa l'interdiction et tira sur un fil, un seul, très légèrement, imperceptiblement, modifiant le cours des événements. Elle misa sur les sentiments de cet Espoir, sur des émotions que le néant ne comprenait pas, ne concevait pas : la compassion, l'amour et la curiosité. Dans l'esprit de cet homme en train de mourir, elle libéra un souvenir et l'Espoir ne put y résister…

Nous sommes sous le regard de Dieu. Ne craignez pas le jour de votre mort, car Dieu le connaît.

Chapitre 2 du Credo

Lorsque le tourbillon de souvenirs se stabilisa, Nayla se retrouva dans les travées d'un dortoir, en pleine nuit. Tout autour d'elle, sur des couchettes étagées sur trois niveaux, les enfants dormaient, épuisés par les épreuves de la journée. Elle déambula quelques minutes, en cherchant le jeune Devor. Il était éveillé, les yeux grands ouverts. Allongé sur son lit spartiate, il écoutait la respiration profonde des gamins près de lui. Il bougea à peine quand l'un d'eux se mit à gémir, sans doute en proie à un cauchemar. Le dormeur se redressa brusquement en tremblant de tous ses membres. Il jeta un coup d'œil autour de lui et sembla rassuré de constater que personne ne s'était réveillé. Il descendit de sa couchette et gagna la salle de bains en chancelant.

Devor resta immobile, mais Nayla pouvait ressentir son inquiétude tandis que les minutes s'égrenaient lentement dans le dortoir silencieux. Il ne sursauta pas quand la porte coulissa et laissa le passage à deux gardes noirs. Ils observèrent brièvement les enfants endormis, puis l'un d'eux fit quelques pas dans la travée. Il scruta les visages et Devor feignit un sommeil profond qui trompa l'adulte. Il n'ouvrit les yeux qu'en entendant le chuintement de la porte qui conduisait dans les douches. Deux secondes plus tard, les deux hommes ressortirent avec le gamin dans les bras, une main gantée plaquée sur sa bouche pour s'assurer qu'il ne crie pas. Nayla frissonna en devinant le sort qui attendait ce pauvre enfant.

À sa grande surprise, Devor descendit avec précaution de sa couchette et courut en silence jusqu'à la porte. Pieds nus et en vêtements de nuit, une tenue de fine toile noire frappée du chiffre 183, il se glissa hors du dortoir. Les deux hommes tournaient déjà à l'angle du corridor et le jeune archange trotta d'un pas léger vers ce point. Collé contre la cloison, il osa un coup d'œil. Les deux gardes remontaient un long couloir à peine éclairé par une lumière bleutée. Il attendit qu'ils franchissent une arche menant dans le grand hall, pour foncer à leur suite. Il s'accroupit, le dos plaqué contre le mur et risqua un regard. Ils traversaient déjà l'immense salle où les enfants se rassemblaient pour le rapport matinal. Immobile, Devor attendit patiemment leur disparition dans un autre corridor, puis il courut dans l'espace à découvert. Telle une ombre, le garçon vint s'aplatir contre une cloison. Nayla était stupéfaite de voir cet enfant, qui ne devait pas avoir plus de sept ans, se comporter comme un soldat en mission d'infiltration. Avec prudence, il hasarda un bref regard dans le couloir. Une soixantaine de mètres plus loin, les gardes entraient dans un laboratoire vitré. Longeant le mur, le jeune Devor s'approcha de la paroi transparente, puis se baissa pour ne pas être repéré. Nayla le suivit, fantôme invisible dans ce fragment de mémoire. Il avait dû surmonter cette épreuve, ou elle n'aurait jamais rencontré l'homme qu'il allait devenir, mais elle ne pouvait s'empêcher d'être terrifiée pour lui. Il se redressa lentement, centimètre par centimètre, jusqu'à ce qu'il puisse voir à l'intérieur du laboratoire. Nayla s'approcha à son tour et frissonna. Les gardes avaient allongé le gamin sur une table d'examen. Le docteur Nuvit, les yeux embués de sommeil, ne put retenir un bâillement.

— Avez-vous été discret ?
— Oui, Docteur.
— 129, de quoi avez-vous rêvé ?
— Ce n'était qu'un cauchemar, Docteur, répondit le garçon.
— 129, insista Nuvit, de quoi avez-vous rêvé ?
— J'ai vu des archanges se faire tuer. J'ai vu 180 être dévoré par un monstre et... je vous ai vu saigner, Docteur... Il y avait du sang partout, acheva-t-il avec un trémolo dans la voix.

Nuvit lança un regard aux gardes noirs et soupira, renonçant sans doute à lui réclamer des précisions sur son avenir. Il se tourna vers un infirmier qui, à sa demande, plaça un injecteur dans sa main. Le médecin administra le produit, directement dans le cœur du garçon qui se contenta de le fixer de ses grands yeux affolés, sans se débattre. Dix secondes plus tard, le petit corps se tordit et convulsa avant de retomber sans vie. Devor se jeta en arrière. Il inspira profondément avant de filer à toute vitesse le long du couloir, le visage blême. Nayla le suivit, imaginant la panique qui devait habiter le petit garçon. Il fonçait à travers le hall, quand soudain, les lumières s'allumèrent. Il n'eut pas d'autre choix que de plonger à l'abri d'un pilier, contre lequel il se plaqua. Des bruits de pas résonnèrent dans la grande pièce. Un homme drapé dans une robe sombre ne tarda pas à être rejoint par Nuvit.

— Eh bien, Docteur ! Que se passe-t-il ?
— Il s'agit de l'archange 129, Frère Augure. Je l'avais mis sous surveillance, car il semblait faire de nombreux cauchemars et effective-

ment, cela a été confirmé cette nuit. Il s'agissait d'un rêve prémonitoire. Il a fallu disposer du garçon.

— Encore un ! Docteur, ce programme devient coûteux.

— Il est compliqué de savoir quelle combinaison génétique sera efficace. Nous sommes obligés de courir des risques. Nous avons dû utiliser du matériel génétique surpuissant. Un tel taux de perte fait partie de la procédure.

— Je suis le seul juge de vos progrès. Ne l'oubliez pas !

— Bien sûr, Frère Augure.

— Que pensez-vous de 183 ?

Nayla vit le garçon se décomposer. Il avait été imprudent et si ce soir, il était découvert, il serait tué. Il le savait et elle aussi. Elle aurait voulu l'aider, mais comment ?

— C'est l'un des plus prometteurs de nos alphas. Il est vif, intelligent, brave...

— Le capitaine Rachkor vous a informé de son attitude...

— Le capitaine Rachkor est paranoïaque.

— Rachkor est prudent, Docteur, et vous, vous ne l'êtes pas assez. Ce 183 est trop curieux.

— Frère Augure, le but du projet Archange est de concevoir des officiers plus indépendants et plus créatifs. La curiosité est une qualité indispensable, tout comme l'intelligence. 183 est très intelligent et très prometteur.

— Nous verrons ! Je trouve tout ce programme bien dangereux. 183 sera surveillé et vous aussi.

— Je fais au mieux pour la gloire de Dieu. Laissez-moi travailler, je vous en prie. Le projet Archange permettra de créer de grands officiers, je vous le garantis.

— Espérons-le, Nuvit. Vous n'êtes pas unique, vous pourriez être remplacé.

— Bien sûr, Frère Augure, répondit le médecin avec frayeur.

— N'oubliez pas ! Le jour de ses onze ans, un inquisiteur fouillera dans les pensées de votre prodige et ce qu'il y trouvera, déterminera son avenir et le vôtre. Si vous vous êtes trompé, vous irez exercer à Sinfin, suis-je clair ?

— Très clair, Frère Augure, balbutia Nuvit.

Le frère jeta un dernier regard agacé au médecin avant de quitter le hall avec dignité. Le jeune Devor dut se déplacer sur une autre face du pilier, pour éviter d'être découvert. Elle vit sa poitrine se soulever quand il laissa échapper son souffle et elle en fit autant. Nayla était soulagée pour le gamin. Il était sauf, maintenant.

— Que fais-tu ici ?

La voix du docteur Nuvit avait résonné étonnamment fort dans le silence de la nuit. Devor se figea et leva ses yeux bleus sur le médecin. Nayla se rapprocha imperceptiblement d'eux. Elle savait qu'elle n'était qu'un témoin impuissant d'événements qui avaient déjà eu lieu, mais elle ne put s'en empêcher. Ce garçon, au regard si limpide, l'émouvait profondément.

— Je voulais m'entraîner en secret, répondit Devor.

— Tu te moques de moi ? Allez, viens avec moi, petit idiot. Tu vas finir par te faire tuer.

Nuvit posa sa main sur l'épaule du gamin et le conduisit loin du dortoir. Il ouvrit une porte et le poussa à l'intérieur de son bureau.

— Que vais-je faire de toi ? Tu es beaucoup trop curieux. Si le capitaine l'apprend, tu seras puni.

— Je n'ai pas le droit de quitter le dortoir la nuit, Docteur, répondit-il bravement. J'ai désobéi, il est normal que je sois puni.

— Je peux tout arranger, dit l'homme d'une voix qui était devenue rauque et sifflante.

— Docteur ?

Le médecin passa une main sur les cheveux du garçon.

— Fais ce que je te dis et tout ira bien.

Sa main descendit sur la nuque de Devor et glissa sous la chemise légère qu'il portait. Nayla comprit immédiatement ce qui allait arriver. Elle avait vécu quelque chose d'approchant sur la base H515 et Mardon l'avait sauvée. Elle devait protéger ce malheureux gamin. Elle oublia qu'il était Milar, elle oublia qu'il avait prévu de la trahir. Elle ne vit que la main de cet homme qui caressait la peau d'un enfant et qui l'attirait vers lui. Elle bondit entre eux pour s'interposer.

Un choc électrique la frappa de plein fouet. Son esprit s'enflamma de douleur et elle fut aveuglée par une lumière éblouissante, sa psyché fut écartelée. Pendant un bref moment, qui sembla durer une éternité, elle oublia qui elle était, où elle était. Était-elle encore vivante ? Son esprit brûlait, loin de son propre corps. Elle se trouvait dans les pensées d'un autre, dans les souvenirs d'un autre, elle devint cet autre.

Elle ouvrit les yeux, mais ce n'était pas les siens, c'était ceux du jeune Devor Milar. Juste devant elle, devant lui, se trouvait l'entrejambe de Nuvit.

— Allons, mon petit. Fais ce que je te dis, je te guiderai.

Le garçon savait ce que voulait cet homme, il l'avait deviné à l'instant où il l'avait emmené vers son bureau. Peu avant sa disparition, trois semaines plus tôt, 153 lui avait expliqué ce que Nuvit lui avait fait subir et depuis, 183 restait prudent. En entrant dans la pièce, il avait remarqué qu'un plateau-repas s'y trouvait encore et il comptait utiliser cet atout. Le médecin continua à caresser ses cheveux, tout en renforçant sa prise. 183 s'arracha à sa poigne, évita la main qui tentait de le rattraper et courut vers la porte, simulant la panique. L'accès était fermé, bien sûr. Il fit demi-tour. Nuvit avançait vers lui, avec un sourire pervers. La résistance du garçon semblait l'exciter. L'enfant l'esquiva et bondit sur le bureau, bousculant le plateau qui y était posé. Il en profita pour saisir le couteau qui était soigneusement rangé près de l'assiette. 183 tomba de l'autre côté du meuble, dans un fracas de vaisselle, tout en espérant que son action désespérée passerait pour la maladresse d'un gamin paniqué. Alors qu'il roulait sur le sol, il dissimula l'arme contre son poignet gauche, prête à servir, comme on le lui avait enseigné. Il n'eut pas le temps de se relever, le médecin l'attrapa par le col et le plaqua contre la cloison avec une telle violence qu'il lui sembla que son crâne allait exploser.

— Tu vas faire ce que je te dis. Tu as été créé pour obéir aux ordres, alors tu vas être un obéissant petit soldat. Tu verras, cela ne fait pas mal, enfin pas trop, ajouta-t-il en ricanant. De toute façon, tu dois apprendre à souffrir. Allez, ouvre mon pantalon !

Le garçon posa sa main droite sur l'entrejambe de l'homme, qui poussa un soupir de satisfaction. Il commença à défaire l'ouverture tout en assurant sa prise sur le manche du couteau, qu'il espérait assez aiguisé. Comme à l'entraînement, il régula sa respiration et s'astreignit au calme. Nuvit serra sa mâchoire entre ses doigts et l'épiderme de 183 se hérissa de dégoût à ce contact.

— Continue ! l'encouragea le médecin.

Le garçon leva les yeux et sourit. L'homme se lécha les lèvres avec obscénité, puis guida le visage de l'enfant vers lui. Avec un froid détachement, 183 arma son bras gauche et planta la lame dans la cuisse de Nuvit avec toute la force dont il était capable. Il avait visé l'artère fémorale et le pervers poussa un grognement de douleur. Il tenta d'agripper le gamin, qui se déroba, tout en arrachant le poignard de la plaie. Le sang se mit à gicler par saccades, rythmées par les pulsations du cœur. La main de Nuvit se referma sur son cou, cherchant à l'étrangler. 183 n'hésita pas. Il enfonça son arme improvisée dans le sexe de Nuvit, qui poussa un glapissement de bête blessée et s'effondra.

— Maudit ! s'écria-t-il d'une voix aiguë. Tu vas me le payer !

— Non, Docteur ! proféra le gamin d'une voix claire et dure. Personne ne le saura. L'Inquisition ne m'interrogera pas avant mes onze ans. C'est la règle. D'ici là, tout le monde vous aura oublié !

— Non... Tu...

Recroquevillé, une main sur son entrejambe et l'autre pressée sur sa cuisse, le médecin essayait de contenir le sang qui pulsait hors des plaies et coulait à travers ses doigts. 183 l'observa avec attention, attendant que la perte massive de sang affaiblisse sa victime. Les yeux du médecin commencèrent à se fermer, alors que toute vie quittait son visage exsangue. Le garçon, qui étreignait toujours le poignard, affermit sa prise. À l'entraînement, on leur avait enseigné comment égorger un homme et il avait pratiqué ce mouvement un nombre incalculable de fois. Il s'approcha avec précaution du blessé et sans hésiter, il lui trancha la gorge. Il éprouva un curieux sentiment d'exaltation à exécuter ce geste sur un être vivant. Cet homme méritait la mort, mais sa satisfaction était plus profonde. Il venait de prendre une vie et trouva cela enivrant. Il contempla sa victime quelques secondes, puis avec un sang-froid surprenant pour un si jeune garçon, il jeta l'arme dans le système de destruction des déchets. Il serait réduit en poudre en quelques secondes, ne laissant aucune trace. Dans la salle de bains, il lava ses mains pleines de sang, fasciné par l'eau qui s'écoulait en un tourbillon rouge. Il les essuya dans une serviette qu'il détruisit également. Il fit subir le même sort au plateau-repas. Une fois le bureau nettoyé, il fut certain de ne pas laisser d'indices. Le médecin avait désactivé le système de surveillance en entrant et même si les enquêteurs trouvaient son ADN sur le cadavre de Nuvit, cela ne prouverait rien. Il venait voir les alphas chaque jour.

183 jeta un dernier regard à sa victime, éprouvant un curieux sentiment de puissance, puis quitta la pièce. Il remonta lentement le couloir, ses pieds nus ne faisant aucun bruit sur le sol en métal froid. Il avait réussi à calmer son angoisse et à retrouver la concentration intense qu'il ressentait à l'entraînement. Soudain, l'image d'un garde surgit brièvement dans son esprit. Il s'arrêta net et se colla contre le mur, le cœur battant. Il secoua la tête, refusant de se laisser contrôler par une imagination de poltron. Il allait reprendre sa progression quand un martèlement de pas l'alerta. La sentinelle s'éloigna et disparut dans un autre couloir. Comment... Il chassa ses interrogations ; on lui avait appris à rester focalisé pendant l'action. 183 patienta encore un peu, avant de risquer un regard dans le hall. Il était désert. Soulagé, il le traversa en sprintant, puis fila vers son dortoir. Il y entra sans bruit et

se glissa dans la douche sonique qu'il fit marcher à pleine puissance pour se débarrasser de la moindre particule de sang. Il ne devait pas traîner, car s'il était découvert, réveillé à cette heure avancée, il serait le premier suspecté pour le meurtre de Nuvit. Il sortit de la cabine et se figea en apercevant un garçon de son âge qui semblait l'attendre. Ses grands yeux sombres brillaient étrangement dans la nuit.

— Tu es debout ? demanda-t-il avec un sourire amical.
— Oui, 191, répondit-il. J'avais envie d'une douche.
— Ne sois pas inquiet, je ne dirais rien.
— Rien ? Pourquoi, il y a quelque chose à dire ?
— Non, tu as raison… Il n'y a rien à dire, rien du tout.

183 fixa avec attention le gamin gracile, aux cheveux noirs, et ne lut aucune mauvaise intention dans son regard, que de… l'amitié.

183 retourna se coucher et le néant enveloppa l'esprit de Nayla, alors que son identité se diluait dans celle de ce garçon qui venait de tuer son premier être humain. Elle ressentait ses émotions, ses angoisses, ses interrogations. Elle était saturée d'informations. Tandis que l'enfant s'allongeait sur sa couchette et fermait les yeux, elle perdit lentement tout lien avec sa propre personnalité. Elle devint le futur Devor Milar et oublia sa propre existence.

✦✦✦

Les alphas furent réveillés, à 06-00, par le cri strident de l'alarme et sautèrent au pied de leur couchette sans parler. Le sol était glacial, mais 183 s'en rendit à peine compte. Comme ses camarades, il se précipita dans la salle de bains. Le règlement instaurait une douche sonique de trois minutes et il s'y conforma. Il revint en courant jusqu'à son lit, rangea ses vêtements de nuit et refit son lit avec précision, avant de s'habiller avec son uniforme en polytercox. Il croisa le regard de l'archange 191, qui osa lui adresser une ombre de sourire. Que sait-il ? se demanda 183. Va-t-il me dénoncer ?

✦✦✦

183 patientait devant le bureau du Frère Berhin et son cœur battait plus fort qu'à l'accoutumée. Bien entendu, la mort de Nuvit avait été découverte et ils devaient tous comparaître devant le Frère Augure. Ce dernier le soupçonnait et c'était entièrement sa faute. Il avait commis la bêtise d'être trop curieux ou trop doué dans certaines occasions. Les enfants hors du commun ou ayant des talents interdits étaient assassinés, il en avait eu la preuve la nuit dernière. *Je dois être le meilleur, mais je ne dois*

pas les inquiéter, se dit-il. Le garçon savait que le projet Archange, auquel il appartenait, était expérimental. Il avait glané cette information parmi d'autres, en écoutant les conversations des adultes et en analysant ce qui se passait autour de lui. Ce nouveau programme était destiné à remplacer l'actuel projet Séraphin, car Dieu voulait de meilleurs officiers pour « Ses » troupes d'élite : les Gardes de la Foi. Les enfants étaient créés, éduqués, formés dans ce seul but et l'erreur n'était pas permise. Le docteur Nuvit ne cessait de le répéter, attentif à la moindre défaillance. 183 esquissa un sourire satisfait. Il ne pourrait plus les harceler, désormais.

La porte s'ouvrit, 191 sortit et lui adressa un discret sourire. 183 resta impassible, mais il se demanda si le garçon l'avait dénoncé, sans y croire vraiment. Il appréciait ce gamin fluet qui ne brillait pas au corps à corps. La force de 191 résidait dans son intelligence, dans sa ruse et dans son esprit de stratège. Ses solutions étaient toujours innovantes. 183 chassa ces réflexions parasites, fit le vide dans sa tête et entra dans le bureau du Frère Berhin, le responsable des programmes génétiques et de la formation des jeunes gardes noirs. Le regard sombre du Frère Augure se riva sur le garçon.

— Approchez, 183 !

L'enfant s'avança sans hésiter et se figea, les bras derrière le dos. Rassuré par cette posture militaire, il attendit les premières questions de l'homme gras qui le dévisageait, de l'autre côté du plateau en cychene de son bureau. Il sentit quelque chose effleurer son esprit, une sensation désagréable, comme la reptation d'un animal visqueux.

— 183, avez-vous quelque chose à dire ?

— Non, Frère Augure.

— Rien, vous en êtes sûr ? Il ne s'est rien passé cette nuit ?

— Non, Frère Augure. Je me suis vite endormi.

— Vous êtes-vous réveillé ?

— Non, Frère Augure.

— Que pensez-vous du docteur Nuvit ?

Le garçon joua les naïfs, en ouvrant de grands yeux. En réalité, il s'obligeait à suivre le parcours des veines noires qui sillonnaient le bois gris sombre avec lequel était fabriqué le bureau du frère.

— Rien, Frère Augure. Il est le responsable de notre formation.

Une grimace d'agacement plissa les lèvres grasses du frère. 183 sentit la pression sur son cerveau s'accentuer. Concentré, il continua à suivre le dessin du bois, persuadé que l'homme n'arriverait pas à lire ses pensées. 183 prit conscience de la suspicion et de la frustration que ressentait le religieux. Il s'étonna de savoir une chose pareille.

— Vous pouvez disposer, 183. Que Dieu garde Son regard bienveillant sur vous !

— Qu'il vous guide toujours, Frère Augure !

L'enfant se mit au garde-à-vous et salua. Il fit un demi-tour parfait, avant de quitter le bureau. Il restait encore une demi-heure avant le repas du soir et il avait besoin d'évacuer le trop-plein d'émotions, aussi rejoignit-il la salle « E12 ».

Le moindre instant de la vie des jeunes archanges était parfaitement organisé. Chaque matin, ils prenaient connaissance du programme de la journée. On leur imposait l'heure du repas, celle du coucher, le temps nécessaire à la douche. Au milieu de cet emploi du temps liberticide, une heure leur était offerte. Afin de développer leur esprit d'initiative, les alphas pouvaient disposer de ce temps à leur guise. La plupart des garçons choisissaient d'utiliser cet instant pour s'entraîner au stand de tir, d'autres rattrapaient leur retard en théorie militaire, d'autres encore préféraient parfaire leur aptitude au combat à mains nues. Le plus souvent, 183 employait son heure de liberté pour s'exercer dans la salle « E12 » qui abritait un parcours d'obstacles. Pratiquer les différentes voies qui serpentaient entre les blocs en fibrobéton, empruntaient des échelles, des cordes et des barres, permettait aux garçons de forger leur corps, d'améliorer leur endurance, leur habileté, leur précision et leur temps de réaction. 183 appréciait cet endroit, il aimait sauter, s'élancer, prendre des risques et il chérissait ces courts moments de solitude, qu'il trouvait inestimables.

La pièce était plongée dans une réconfortante pénombre et il n'alluma pas les lumières. Plusieurs parcours s'offraient à lui et il hésita, brièvement. Il ignorait la raison de la rage qui bouillonnait en lui, mais il éprouvait le besoin physique de la juguler. Il sprinta vers les blocs situés à gauche, suivant le marquage rouge. Il avait déjà tenté, à de nombreuses reprises, de terminer cet enchaînement. 183 escalada le premier bloc, puis le deuxième. Il agrippa une échelle de corde et grimpa rapidement jusqu'au sommet. Il pivota et sauta. Ses mains empoignèrent fermement la barre, puis 183 se balança avec force avant de se poser sur un bloc en contrebas. Il sprinta sur quelques mètres et s'élança vers une barre qu'il avait toujours eu du mal à atteindre. Il faillit se laisser aller à un cri de victoire lorsque ses mains se refermèrent sur le linium. Le métal, léger, mais résistant, plia sous son poids et il utilisa son élan pour se projeter sur le prochain obstacle. Il continua à avaler les difficultés avec rapidité et précision ; chaque prise lui apparaissait avec plus de réalité, plus d'intensité. 183 atterrit sur un bloc étroit, sauta pour enlacer une mince colonne et se laissa glisser jusqu'en bas. Il accéléra et bondit pour saisir le haut du bloc suivant. Ses mains agrippèrent l'arrête du bout des doigts, il appuya ses pieds contre la surface rugueuse et effectua une traction pour atteindre le sommet. 183 roula sur lui-même, se redressa et fonça pour attraper la barre suivante. Il bondit avec un grognement d'effort, car il n'avait jamais triomphé de ce saut. Sa colère ne s'était pas encore apaisée et l'adrénaline rugissait dans ses veines. Ses mains saisirent fermement la barre et il laissa son élan le propulser vers l'avant. Il atterrit sur le point d'arrivée avec un sentiment de jubilation. Le sang pulsait fort dans ses artères, son cœur battait à tout rompre. Presque à bout de souffle, il s'obligea à contrôler sa respiration.

— Bravo ! s'écria une voix juvénile.

Il sursauta et pivota vers l'origine de l'interjection. Depuis le bloc où il était assis, 191 lui adressa un sourire admiratif.

— Que fais-tu là ? demanda-t-il sèchement.

— Je suis venu t'attendre, 183. Je sais que tu viens souvent t'entraîner ici. Je voulais parler avec toi, en étant un peu tranquille.

— De quoi ? répliqua-t-il froidement.

— Je sais ce que tu as fait, l'autre nuit. Je te remercie de l'avoir fait. Je n'en ai pas eu la force.

183 comprenait mieux les motivations du garçonnet.

— Il t'a touché ?

— On dit violer, répliqua sombrement le garçon. Nuvit se croyait tout permis, parce que nous n'avons pas le droit de nous plaindre. Toi, tu l'as affronté ! Comment…

— La veille de sa disparition, 153 m'a dit qu'il avait été violé par Nuvit, alors je me méfiais. L'autre soir, quand j'ai compris ce qu'il allait me faire, j'ai réussi à prendre un couteau et je l'ai tué !

— Tu es brave. Je l'ai toujours pensé.

— Tu nous mets en danger, répondit-il d'une voix contenue. Je te remercie de n'avoir rien dit, mais si jamais on nous écoute…

— Personne ne peut nous écouter, j'ai détourné le système de surveillance.

Il ne fut même pas surpris. 191 était le meilleur en modélisation, cette spécialité qui permettait de donner des ordres aux ordinateurs.

— J'ai également piraté le système hier soir. Quand je t'ai vu te lever et suivre les gardes, j'ai accédé au système de surveillance et j'ai fait en sorte que rien ne soit enregistré. J'ignorais ce que tu allais faire, mais si jamais quelqu'un jetait un regard aux enregistrements, il valait mieux qu'il ne reste aucune trace de ton équipée nocturne.

— Merci, dit 183 sans savoir quoi dire de plus.
— Ils tuent tous ceux qui ont des pouvoirs interdits. Tu t'en doutais, n'est-ce pas ? C'est pour cela que tu as suivi ces deux gardes, hier soir. C'était très imprudent.
— Viens-en au fait !
— Même si la règle interdit que nous soyons soumis à l'Inquisition avant nos onze ans, le frère Berhin a tout de même tenté d'atteindre nos esprits. Tu l'as remarqué, pas vrai ?

C'était exact, mais comment pouvait-il le savoir ?

— Moi, je m'en suis rendu compte et bien sûr, nous ne devrions pas en être capables. Tu es différent et je le suis aussi. Dès qu'ils le devineront, nous finirons comme 129.
— Bien sûr que je suis différent ! Je suis un archange ! Ils veulent faire de moi, de nous, les meilleurs soldats qui soient.
— Nous ne sommes pas censés avoir des pouvoirs paranormaux. Tu ne devrais pas savoir que l'on accède à tes pensées et tu ne devrais pas pouvoir faire ce parcours. Tu as sept ans ! La voie rouge que tu viens de réaliser n'est autorisée qu'aux garçons de dix ans.
— Je suis doué, répliqua-t-il avec arrogance.
— C'est vrai, mais devant eux, ne le sois pas trop.
— Pourquoi est-ce que tu me dis tout cela ?
— Parce que je ne veux pas que tu te fasses tuer et je pense que nous devrions nous soutenir mutuellement.

L'idée même de considérer un archange comme son ami déclencha chez lui une sensation de malaise. Sa première réaction fut de repousser l'offre. Il lutta contre cette attitude, conscient qu'elle lui était imposée par leur conditionnement. Il leur était interdit d'éprouver de la pitié pour un adversaire vaincu, ils ne devaient pas hésiter, ne pas refuser de faire souffrir autrui. Chaque jour, les adultes leur rappelaient ces règles qui géraient leur vie et les punissaient sévèrement lorsqu'ils les enfreignaient. Le sourire mélancolique de 191 le renvoyait à sa propre tristesse. Leur existence n'était que devoir, souffrance et solitude. Changer les règles, imposées par des adultes pervers, ne tenait qu'à lui.

— Que proposes-tu ? Que nous soyons amis ?

Un grand sourire qui éclaira le visage trop sérieux de 191.

— J'adorerais avoir un ami. C'est prohibé, je sais, mais…

Il haussa les épaules, incapable d'en dire plus. Les punitions, qui sanctionnaient toute attention particulière envers l'un des autres archanges, lui interdisaient ce comportement. 183 comprenait cette réaction, car pour lui aussi, le mot « ami » sonnait comme un danger. Pourtant, il existait au plus profond de son âme, la volonté de ne pas se soumettre à ces diktats et il décida que ce gamin malingre méritait qu'il coure un risque. Il ne pouvait pas refuser cette offre d'amitié, il ne le devait pas. Il tendit sa main vers son camarade toujours assis.

— Ami, alors ?
— Oui, ami.

Dieu...

Au cœur du sanctuaire, la salle du trône silencieuse paraissait déserte. Le siège imposant, en sölibyum, brillait dans la lumière douce. La présence de l'homme qui l'occupait habituellement le parait de sa puissance. Dissimulée entre deux colonnes, une cloison recouverte de tentures avait été érigée, créant une pièce sans fenêtres. Dieu avait exigé cette facilité lorsque la déchirure était devenue si béante, qu'il ne pouvait plus s'en éloigner. Il s'agissait d'un endroit simple, décoré d'épais rideaux de velours noirs et de tapis moelleux. Une table et une chaise, qui lui permettaient de prendre un repas frugal, étaient le seul mobilier de cette pièce en dehors d'une couchette spartiate. C'est là qu'il dormait, recouvert d'une couverture confortable.

Son repos n'était jamais réparateur, car sa conscience était toujours liée à Yggdrasil. Une partie de lui résidait dans le néant et son énergie, sa vie, s'y consumait lentement. C'était tout le paradoxe de son don. Il donnait beaucoup, il offrait la puissance et le pouvoir. Il lui permettait de se gaver de l'énergie d'autrui et de vivre éternellement, mais il prenait énormément. Yggdrasil lui volait sa liberté, le forçant à rester seul, ici, à l'abri du temple. Il lui dérobait son sommeil, sa santé et aspirait en permanence sa force vitale, le contraignant à vampiriser des humains pour survivre. Au début de son règne, cette obligation l'avait répugné, puis il avait découvert le plaisir incommensurable que cela lui prodiguait. Depuis, il dégustait chaque vie, chaque pouvoir qu'il extirpait aux prisonniers qui lui étaient offerts comme des victimes expiatoires.

Allongé sur son lit, Dieu contemplait le plafond, suivant des yeux les ramures de l'arbre géant qui y était sculpté. Comme toujours, il trouvait un certain réconfort à cet exercice et savourait l'excitation de l'attente. Un démon venait de lui être amené, un homme qui avait le pouvoir de le détruire. Dans sa vision, le jeune homme réunissait sous sa bannière une foule immense, s'alliait à la coalition Tellus et réussissait à pénétrer dans le temple pour l'affronter. Un sourire malfaisant éclaira son visage. Il avait attiré ce garçon au cœur d'Yggdrasil, il l'avait torturé, il l'avait séduit. Totalement désemparé, incapable de maîtriser ses dons naissants, mais déjà puissants, il s'était laissé berner. Il s'était livré de lui-même aux Exécuteurs. Il était désormais son prisonnier et sa proie. Il allait se délecter de chaque parcelle de son pouvoir, de sa peur, de sa terreur. Il allait pénétrer le moindre recoin de son âme et la dévaster. Le désir enfla en lui et lentement, il se leva. Il était Dieu, immortel et invincible. Son règne durerait jusqu'à la fin des temps.

Cela faisait un an que les deux garçons vivaient leur amitié en toute discrétion. En mettant leurs observations en commun, ils avaient découvert de nombreuses choses sur le projet Archange et sur leurs pouvoirs respectifs. Ils avaient été créés à l'aide d'un matériel génétique prélevé sur des démons capturés dans toute la galaxie et cette phase expérimentale imposait la nécessité d'éliminer les enfants non conformes, ceux qui montraient des prédispositions étranges ou des pouvoirs mentaux interdits, ainsi que ceux qui avaient trop de compassion ou trop de hargne.

Les deux enfants, conscients que leur différence pouvait les condamner à mort, avaient exploré leurs aptitudes respectives pour mieux les dissimuler. 191 avait même prouvé à 183 qu'il avait des rêves prémonitoires. Il avait anticipé deux visites impromptues du capitaine Rachkor dans la salle « E12 » et n'était pas venu afin de ne pas éveiller les soupçons de l'officier. Désormais convaincu, 183 lui avait demandé à de nombreuses reprises s'il avait vu leur avenir, mais le frêle gamin s'était contenté de sourire.

Cette année, leur formation était axée sur la stratégie, les voyages spatiaux, la configuration des divers systèmes planétaires, le combat à mains nues et le tir. À huit ans, 183 était grand pour son âge, aussi athlétique qu'un enfant puisse l'être. Ses professeurs étaient tous enchantés de ses performances physiques et intellectuelles. Le garçon possédait de réels dons de stratège et savait prendre des décisions inédites. Cependant, c'était ses aptitudes de guerrier qui retenaient l'attention. Il existait en lui une dureté et une résilience étrange pour un enfant : jamais il ne renonçait. Au combat, il se relevait toujours, encaissant coup après coup. Il apprenait de ceux qu'il recevait et ne refaisait jamais la même erreur. Malgré toutes ses qualités, il n'était pas le plus doué de sa promotion. 178 et 119 démontraient à chaque confrontation qu'ils étaient de meilleurs lutteurs, mais ses instructeurs ignoraient que, la plupart du temps, il perdait sciemment ses combats. Il ne voulait pas attiser leurs soupçons. En effet, il avait découvert qu'il percevait les événements avec un temps d'avance ou avec une réalité exacerbée. Dans une situation de danger, il voyait avec plus d'intensité et devinait où le poing d'un adversaire allait le frapper. Cette précognition lui permettait d'éviter le coup, mais sur les conseils de 191, il s'appliquait à ne pas se montrer trop talentueux.

Équipés de leur tenue de combat allégée, les archanges patientaient calmement. Aujourd'hui, ils allaient effectuer leur première expédition à l'extérieur de la base et tous étaient curieux de découvrir ce nouvel environnement. Aucun d'eux ne savait à quoi s'attendre. Ils n'étaient jamais sortis à l'air libre et leur connaissance du monde venait des vidéos qu'ils étudiaient. Ils avaient reçu pour tout équipement, un long poignard effilé, un litre d'eau et un armtop indiquant la position approximative du point de rendez-vous. Ils devaient rejoindre un endroit situé à une centaine de kilomètres, seuls, et par leurs propres moyens. Ils devraient passer plusieurs nuits dehors et on ne leur avait pas précisé à quelles menaces, ils allaient être confrontés. Le capitaine Rachkor les avait conduits à travers la base, jusqu'à une lourde porte gardée par une section de Garde de la Foi, puis ils avaient remonté, pendant presque deux kilomètres, un long corridor mal éclairé. Entassés dans le sas de sortie, les garçons attendaient leur tour. Au milieu de ses condisciples, 183 regardait la porte avec une impatience grandissante. Après toutes ces années de formation et d'entraînement, il brûlait de mettre à exécution ce qu'il avait appris et de découvrir la lumière du jour. Il n'était pas le seul à être excité par cette épreuve. Il pouvait deviner la fébrilité des autres archanges. À l'appel de son nom, 191 s'élança sans un regard en arrière, malgré son appréhension.

Enfin, ce fut son tour ! Avec une poussée virile sur l'épaule, le capitaine lui fit franchir la porte. L'air froid et pur lui coupa la respiration. La nuit tombait sur les montagnes effilées et torturées qui entouraient le plateau sur lequel il avait émergé. Le chemin qui s'échappait devant lui s'engageait dans un défilé flanqué de hautes falaises de pierres noires. Un astre incarnat se couchait sur l'horizon, embrasant le ciel bleu nuit de couleurs flamboyantes. Il inspira profondément et s'émerveilla de la fraîcheur de l'atmosphère qui lui emplit les poumons. Il n'avait jamais pris conscience de la puanteur de l'air qu'il respirait habituellement. Le froid de la petite bise le fit frissonner et pendant un bref instant, il vacilla. L'immensité des lieux, cet horizon sans limites, le bleu sombre du ciel si haut au-dessus de sa tête, tout cela bousculait ses sens. Des odeurs étranges agressaient ses narines et des sons de toutes sortes tintaient à ses oreilles. Il s'obligea à se calmer, puis il étudia les environs. Il n'avait guère le choix sur la direction à prendre. Un seul passage permettait de quitter ce plateau. Il s'y engagea avec précaution, la hauteur des falaises l'écrasait. Il trouvait fascinants les nuages de poussière qui s'élevaient à chacun de ses pas. L'environnement auquel il était habitué était aseptisé. Ici, il y avait tant de paramètres différents.

Sa mission était de rejoindre « au plus vite » le point de rendez-vous. Il n'avait pas parcouru cinquante mètres, qu'un hurlement aigu résonna dans les montagnes. Il serra le manche de son poignard et oublia son émerveillement face à ces murs de roches noires, si hauts et si lisses. Il fallait absolument qu'il sorte de ce canyon aux allures de traquenard. Il accéléra le pas, mais plus il avançait, plus il avait l'impression que les murailles se rétrécissaient et qu'on l'observait depuis le sommet. Il repoussa cette peur qui l'empêchait de réfléchir et se mit à courir. Il atteignit enfin l'autre extrémité du passage et s'arrêta net. Le sentier disparaissait dans un labyrinthe de rochers aux formes tarabiscotées qui, dans le crépuscule, évoquaient des animaux fantastiques. Le garçon hésita. Des traces de pas conduisaient vers l'accès le plus large, mais son instinct lui interdisait de l'emprunter. Il consulta son armtop, mais l'appareil ne lui indiquait que la direction générale, pas l'exact chemin qu'il devait suivre. Une seule certitude, il devait traverser ce dédale rocheux.

183 observa les lieux avec attention et se résigna à suivre les conseils de 191, qui ne cessait de lui répéter d'écouter ses sens, de faire confiance à son intuition. Il avait tenté d'appliquer ces recommandations, sans grand succès jusqu'à présent. Il calma sa crainte, fit le vide dans son esprit, ralentit les battements de son cœur. Ce furent les pulsations de son sang dans ses artères qu'il entendit d'abord, puis les bruits de la nuit agressèrent ses oreilles. Les senteurs de la nature, mélange de parfums floraux et d'odeurs de viande en décomposition, vinrent chatouiller ses narines. La brise douce et légère caressa sa peau. Il frissonna, toujours indécis. L'un des passages possibles, au cœur du labyrinthe, lui semblait plus brillant, plus réel. Même s'il doutait encore de ses capacités, 183 décida de suivre cette voie et s'engagea entre les énormes rochers. Il obliqua vers la gauche et choisit un chemin étroit. La nuit s'installait lentement sur les montagnes et les derniers rayons de lumière généraient des ombres

menaçantes. L'enfant accéléra l'allure, déterminé à prouver sa bravoure. Il s'interdit de céder à l'effroi qui serrait son cœur.

Le hurlement retentit encore, plus proche et plus agressif. L'animal était en chasse et avait trouvé une proie. Cette fois-ci, il ne s'agissait ni d'une simulation ni de se mesurer à un autre archange ou à un garde noir. Ce qui rôdait dans les montagnes pouvait le tuer. Il dégaina son poignard, prêt à affronter le danger qu'il pressentait imminent, et continua sa progression. L'impression d'écrasement au milieu des rochers devenait insupportable. Soudain, une image s'imposa dans son esprit : 191 gisait impuissant à la merci d'un monstre. Il stoppa net, le cœur battant furieusement. Que se passait-il ? Les bruits nocturnes étaient effrayants, un mélange de crissements, de craquements et de sifflements. Il se répéta qu'il était un archange, qu'il n'avait pas le droit d'avoir peur, surtout lorsque la vie de son seul ami était en jeu. *Ce n'est qu'une vision*, songea-t-il. *Comment puis-je faire confiance à mon imagination ?* Il éluda cette question et partit au pas de course, terrifié par une unique chose : arriver trop tard.

Le sol friable se dérobait parfois sous ses pas, sans que cela l'incite à ralentir. L'urgence de la situation l'aiguillonnait et il accéléra encore, repoussant toute prudence. Il contourna un gros rocher qui barrait sa route et heurta l'angle de la pierre dans sa précipitation. Il ne remarqua même pas la douleur, pétrifié par la scène qu'il découvrit. 191 avait été projeté contre une paroi rocheuse, son front saignait abondamment et il était désarmé. Juste devant lui se tenait un animal imposant, tout en muscles et couvert de poils hirsutes bruns et noirs. Sa tête, énorme et allongée, se terminait par une gueule hérissée de crocs puissants. Ses longues moustaches de félin se tendaient vers sa proie et le long de son cou, une épaisse fourrure roussâtre formait une crinière impressionnante. Son interminable queue fouettait nerveusement ses flancs. Il poussa un grognement sauvage et 183 réprima un frisson. Selon les cours qu'ils avaient suivis sur les divers prédateurs qui peuplaient les mondes de l'Imperium, il s'agissait d'un garton, un félin monstrueux avec le corps d'un ursidé. Cet animal se transformait en dément enragé à la moindre provocation.

Le garçon savait qu'il lui était impossible d'être assez rapide pour sauver 191, que ce fauve pouvait se retourner contre lui et le tuer d'un seul coup de patte, mais il fonça sans hésiter. L'animal ne tint pas compte de sa charge et bondit sur le gamin fluet pour l'achever. Soudain, ce fut comme s'il avait heurté un mur invisible. Rejeté violemment, il percuta un rocher avec un hurlement de douleur.

Renversée sur le dos, la bête se débattait frénétiquement sans parvenir à se relever. 183 se précipita vers elle. Il louvoya pour éviter les pattes monstrueuses, armées de griffes longues d'une vingtaine de centimètres. Il dut se jeter en arrière pour esquiver une attaque et trébucha. Le garton poussa un rugissement terrifiant et se cabra, réussissant presque à se remettre debout. 183 se redressa et fonça. Il se glissa sous les griffes tout en armant son bras. Il plongea son poignard dans le cœur du félin qui hurla de douleur, avant de retomber inerte. Même immobile, il restait impressionnant. 183 caressa l'énorme tête, un peu triste d'avoir dû tuer un si magnifique animal. Il rejeta cet accès de sensiblerie, récupéra son arme et rejoignit 191, toujours prostré.

— Est-ce que ça va ? s'enquit-il en s'agenouillant près de lui.

— Oui, bafouilla le gamin. Tu m'as sauvé la vie… Merci.

— Je n'ai rien fait, c'est toi… Tu as repoussé ce garton, sans le toucher. C'est impossible. Comment as-tu fait ?

— Je ne sais pas. J'ai eu si peur. Je… Il y a eu un éclair de lumière blanche. Mon esprit a…

191 reprit ses sens et essuya le sang qui maculait son visage.

— C'est de la télékinésie ! Tu te rends compte ! Je suis capable de télékinésie.

— Si quelqu'un l'apprend…

— Je suis mort, je sais. Merci de m'avoir aidé, mais laisse-moi maintenant. Je dois finir cette expédition par moi-même.

— N'y compte pas, répliqua-t-il en lui tendant une main secourable.

Une fois debout, 191 chancela et dut s'agripper à son ami.

— Peux-tu marcher ? Ta blessure ne semble pas si grave…

— J'ai dépensé beaucoup d'énergie, mais ça va aller, je t'assure.

— Appuie-toi sur moi, il ne faut pas rester ici. Ses cris ont peut-être alerté d'autres prédateurs.

— Nous devons accomplir cette mission par nos propres moyens.

— Rien ne nous interdit de nous associer.

— Nos professeurs seront furieux, s'ils le découvrent. Nous ne sommes pas censés nous aider.

183 haussa les épaules. Il savait que cette complicité leur serait reprochée, mais il s'en moquait. Il glissa son bras sous celui de 191 et entraîna son ami. Accrochés l'un à l'autre, les deux enfants progressaient lentement. Le labyrinthe de rochers paraissait interminable, mais le garçon se fiait à son intuition et suivait la voie la plus lumineuse. La nuit était complètement tombée et ornait le ciel d'un dais d'étoiles

brillantes. Deux satellites, l'un blanc nacré et le deuxième plus orangé, semblaient comme suspendus magiquement dans le ciel. Les deux amis s'arrêtèrent un instant pour observer ce décor fantastique. Ils n'avaient jamais imaginé que ce qu'ils avaient étudié de façon tout à fait virtuelle serait si majestueux.

— C'est incroyable…, souffla 191. C'est si beau.

183 montra la voûte étoilée d'un geste de la main.

— Oui, c'est très beau et c'est à nous !

— Que veux-tu dire ?

— C'est pour dominer l'espace que nous avons été créés !

Le frêle garçon frissonna et secoua négativement la tête.

— Ne dis pas cela !

— Pourquoi ? C'est la vérité !

— Nous existons pour répandre la terreur de Dieu. Nous sommes Son bras armé et vengeur. Nous sommes formés, entraînés et conditionnés pour devenir des soldats sans émotion et sans compassion, capables de tuer tous les ennemis de l'Imperium.

— Oui, c'est notre fonction et nous serons les meilleurs !

Il était convaincu de ce qu'il disait. Il voulait être le premier des Gardes de la Foi.

— Ne dis pas cela. L'Imperium est…

— Eh bien, continue !

— Non… Je ne dois pas…

— Pourquoi cela ? Si tu sais quelque chose me concernant, pourquoi ne pas me le dire ?

— Je n'en ai pas le droit.

— Pourquoi ? Qui te l'interdit ? Est-ce au sujet de l'avenir ?

Le gamin se contenta de baisser les yeux. 183 ne put s'empêcher de rire nerveusement, avant de demander :

— Suis-je concerné par tes visions ?

191 détourna le regard, incapable d'affronter celui, si bleu, de son ami.

— Ne parlons plus de visions, je t'en prie, murmura-t-il.

— Très bien, continuons ! dit 183 qui renonça à le questionner.

Ils marchèrent toute la nuit, frigorifiés par la température nocturne. Ils entendirent des grondements, des hurlements, des cris d'enfants effrayés, mais ne rencontrèrent aucun prédateur. Affamés et les jambes lourdes, ils furent soulagés quand l'aube se leva lentement, baignant le panorama d'une lumière dorée. Cela faisait plusieurs heures qu'ils étaient sortis du dédale de pierres et avec l'arrivée du matin, ils atteignirent une lande désolée qui se déroulait en pente douce. Elle était recouverte d'une herbe haute qui ondulait dans le vent glacial et çà et là, des buissons épineux émaillaient le vert sombre de la plaine de taches plus claires. Loin sur l'horizon, une forêt obscure leur barrait le chemin. Ils s'arrêtèrent et admirèrent le globe rouge qui colorait la brume de sang. 183 inspira profondément l'air pur et trouva la sensation merveilleuse malgré le froid qui s'insinuait jusque dans ses os.

— Nous devons traverser ce bois, là-bas, déclara-t-il après avoir étudié son armtop. Ça ira ?

— Bien sûr, ne t'inquiète pas pour moi.

— J'espère que nous y trouverons de quoi nous nourrir.

— Pourquoi ne pas jeûner jusqu'à notre arrivée ?

— Tu as besoin de force. Tu trembles et pourtant, tu es brûlant. Tu dois avoir de la fièvre.

— C'est juste le froid. Vraiment, tu ne dois pas t'inquiéter pour moi. Je suis aussi un archange.

— Nous ne tiendrons pas si nous demeurons à jeun. Nous allons marcher jusqu'à la lisière. Tu pourras t'y abriter du vent et moi, j'essayerai de trouver quelque chose à manger et de l'eau. Il nous en reste très peu. Ensuite, nous repartirons. Est-ce que cela te convient ?

— Je peux résister à la fatigue et au froid aussi bien que toi.

Une bourrasque glaciale vint tournoyer autour d'eux. Le pauvre gamin ne put s'empêcher de grelotter.

— On gèle ici, constata 183. Viens ! Accélérons l'allure.

Il leur fallut deux heures pour atteindre la protection des grands arbres. 191 semblait de plus en plus épuisé et trébuchait presque à chaque pas. C'est avec soulagement que 183 l'aida à s'asseoir contre un tronc. Le visage livide, les yeux creusés et soulignés de cernes noirs, le garçon ferma brièvement les paupières.

— Tiens, bois un peu !

— Non, c'est ton eau…

— Ne discute pas. Bois, tu es épuisé.

191 aspira avidement le fond de liquide qui leur restait. Il semblait sur le point de s'évanouir. 183 regarda autour de lui et aperçut un buisson croulant sous des baies rouge foncé.

— Repose-toi, je reviens !

Il se précipita pour vérifier s'il s'agissait bien de beritans. Il cueillit un fruit et le porta avec précaution à ses lèvres. Pour la première fois, il mangeait quelque chose non fourni par un distributeur. Il mordit dans la chair ferme et un jus âcre coula dans sa gorge, lui laissant un arrière-goût terreux dans la bouche. Il fut déçu, mais selon leurs cours de survie, le beritan était plein de vitamines et idéal pour se nourrir dans la nature. Il arracha plusieurs grandes feuilles à une sorte de fougère et s'en servit pour récolter un maximum de fruits. Il revint auprès de son ami et posa sa trouvaille sur ses genoux. 191 ouvrit aussitôt les yeux.

— Mange un peu. Ce n'est pas très bon, mais cela va te donner des forces. Je vais essayer de trouver de l'eau, nous n'en avons plus.

— C'est de la folie. Nous n'avons pas le temps pour cela.

— Nous devons prendre le temps. Il m'a semblé entendre un cours d'eau, je vais aller jeter un coup d'œil. De toute façon, tu as besoin de te reposer. Nous repartons dans une heure.

— Merci, murmura 191 avec un sourire misérable. Je suis si fatigué. Je ne sais pas si c'est à cause de mes blessures ou à cause de la télékinésie, mais je n'en peux plus. Ou alors, je suis un très mauvais soldat. Tu devrais me laisser me débrouiller. Sans moi, tu aurais eu un excellent résultat.

— Je m'en moque ! Et puis, comme tu ne cesses de me le répéter, je ne dois pas me montrer trop doué. Je vais faire vite.

L'enfant s'enfonça dans les bois en trottinant. Il était inquiet pour son ami, que la fièvre dévorait. Les griffes du félin avaient dû l'infecter. 183 s'arrêta et ferma brièvement les yeux, essayant de visualiser de l'eau. Il sursauta lorsque l'image un peu floue d'un ruisseau s'imposa à lui. Guidé par son intuition, le gamin se faufila à travers la forêt, jusqu'à une clairière traversée par un ruisselet paresseux qui serpentait au milieu d'un tapis émeraude. Avec prudence, il s'avança à découvert et s'accroupit sur la berge. Il utilisa son armtop pour analyser l'eau. Elle était potable. Il plongea sa main dans le flot et porta le liquide à sa bouche. C'était froid et le goût n'avait rien à voir avec l'eau aseptisée dont il disposait habituellement. Il but à nouveau, avec avidité, un sourire béat sur les lèvres. Depuis quelques minutes, une angoisse inexplicable le perturbait et il se reprocha de traînasser, alors que son ami l'attendait. Il remplit les deux bidons et revint en courant vers la clairière. Lorsqu'il déboucha à l'orée du bois, 183 comprit tout de suite la raison de son appréhension. Appuyé contre un arbre et le menton maculé de sang, 191 fixait 178 avec résolution. L'impact sourd du coup violent que son ami reçut à l'abdomen fut ponctué par un gémissement. 178 enchaîna par plusieurs frappes puissantes, sans que 191 tente quoi que ce soit pour se défendre ou pour parer ses attaques. 183 laissa tomber les deux bouteilles d'eau et se précipita vers eux, motivé par une colère glaciale.

— 178 !

Le gamin décocha un uppercut à la mâchoire de 191, qui s'écroula sans connaissance, puis se tourna vers le nouveau venu. 178 était arrogant, fourbe et surtout, l'un de ses principaux concurrents. Ils se haïssaient.

— 183, te voilà ! J'aurais dû me douter que tu viendrais défendre ton… copain. Comme c'est touchant.

— Pourquoi t'attaques-tu à un archange ?

— Il est tout sauf un archange. Il déshonore l'uniforme qu'il porte et encore plus, celui qu'il portera. Il doit mourir pendant ce test, il ne mérite même pas de se voir attribuer un nom.

Les futurs Gardes de la Foi recevaient le droit de porter un nom au cours de leur dixième année. Comme tous ses condisciples, 183 attendait ce jour avec impatience.

— Tu penses que je vais te laisser faire ? provoqua-t-il.

— Je t'écrase chaque fois que l'on s'affronte. Tu crois vraiment que tu me fais peur ?

— Sans doute pas, mais tu n'es pas très malin.

— Je vais te donner une correction, ricana 178 tout en se mettant en position de combat. Tu es un archange de valeur, alors je ne te tuerai pas. Je me contenterai de te laisser là à pisser le sang, au côté du cadavre de cet incapable.

— Viens ! répliqua 183 avec un sourire.

Sans attendre, 178 l'attaqua d'un coup de poing à l'estomac. 183 bondit en arrière pour l'esquiver. Loin du contrôle des formateurs, il se sentait libre d'être lui-même, sans aucune réserve. Il était conscient que son adversaire était redoutable et que tout était possible, mais il n'avait pas le droit de perdre. Légèrement sur la défensive, il laissa 178 venir à lui. Son ennemi était trop confiant, persuadé de lui être supérieur et il voulait profiter de cet avantage. Sans en comprendre le mécanisme, l'enfant permit à son don de l'envahir. Il évacua de son esprit toutes les pensées parasites, chercha le calme et la sérénité. Soudain, son niveau de conscience changea. 178 était le seul à être réel, plus rien d'autre n'existait. Il voyait les coups arriver avec un temps d'avance, comme si son adversaire était anormalement lent. Il put contrer chacune des attaques avec une facilité déconcertante. 178 devait bénéficier d'un don approchant, car lui aussi anticipait ses actions. Il réussit à agripper la plaque de ketir de son armure allégée et le projeta à terre. 183 accompagna le mouvement et roula sur le sol, en entraînant l'autre avec lui. Ils se relevèrent aussitôt. 178 eut un rictus mauvais, avant de se ruer sur lui. 183 évita l'uppercut et entrevit une ouverture. Un direct du gauche frappa le gamin à la pommette et il trébucha sous la force du coup. 183 en profita pour continuer à cogner le plus fort et le plus rapidement possible, jusqu'à ce que son ennemi s'écroule, pantelant.

— Tu vois, souffla-t-il, lorsque je ne me laisse pas faire, tu as plus de mal à gagner !

Une folie meurtrière passa dans le regard bleu sombre de son adversaire. Il se releva en dégainant son poignard. 183 bondit, saisit le poignet de son rival et le tordit sauvagement. Il acheva 178 d'un direct au menton. L'autre s'écroula, inconscient, mais 183 se précipitait déjà aux côtés de son ami.

— 191 ! Vite, lève-toi !

Il mit quelques secondes avant d'ouvrir les yeux.

— Que s'est-il passé ? Il est…

— Évanoui. Viens, ne restons pas là.

— Je suis désolé, je ne suis pas de force contre lui.

— J'ai vu. Tu ne t'es même pas défendu.

— Je ne pouvais pas. Je craignais qu'il se passe la même chose qu'avec le garton.

— Dans ce cas, nous aurions traité 178 comme le garton, répliqua-t-il froidement. Allez viens, ne traînons pas !

Il ramassa les baies de beritans répandues sur le sol et en donna une grosse poignée à son ami. Malgré leur goût répugnant, il se força à avaler celles qu'il avait gardées pour lui.

Ils marchèrent toute la journée, puis toute la nuit suivante, sans s'arrêter, essayant de trottiner la plupart du temps. Après la forêt, ils avaient traversé une lande plate, sans rien pour freiner les bourrasques. 183 réussissait à ne plus se préoccuper du froid, à dépasser la fatigue. Il se contentait d'avancer en ne pensant à rien. 191 devait puiser dans des réserves insoupçonnées et suivait son ami sans rechigner. Il était presque midi lorsqu'ils arrivèrent en vue de leur destination. Le soleil avait chassé la brume matinale, mais il n'était pas encore assez vif pour les réchauffer. Ils s'arrêtèrent à l'abri d'un bosquet pour étudier la tour, dressée sur une colline, qui dominait la campagne environnante.

— Nous sommes arrivés, se félicita 183.

— Oui, enfin ! Tu crois qu'ils ont pu nous tendre en piège ?

— Je n'en sais rien, mais nous devons continuer. Il ne doit rester que trois ou quatre kilomètres.

— Vas-y seul. Je veux que tu termines avant moi.

— 191, ne recommence pas…

— Tu sais bien que notre collaboration nous sera reprochée. Même s'ils nous ont surveillés pendant cette mission, ils pourront toujours prétendre ignorer notre alliance, si nous n'arrivons pas ensemble.

— Très bien. Comme tu veux. Sois prudent tout de même.

— Toi aussi. Et merci de ton aide.

183 se contenta d'un sourire, puis il partit en courant vers leur destination. Son ami pénétra dans la tour une demi-heure plus tard et comme il l'avait prédit, les instructeurs ne firent aucun commentaire sur leur collaboration.

Het Bara...

L'Inquisiteur adjoint Het Bara marchait d'un pas glissant dans les couloirs du siège de l'Inquisition. L'Inquisiteur général l'avait fait mander de toute urgence. Varyn Warajhan était quelqu'un de pondéré qui ne paniquait jamais. Ce genre de convocation précipitée contredisait ses habitudes.

Bara entra dans le bureau de son supérieur et s'inclina avec déférence. L'homme en face de lui regardait par la fenêtre donnant sur l'immense plaine sauvage qui s'étendait au pied de la falaise sur laquelle s'élevait le temple de Dieu. Il s'appuyait contre la cloison avec une lassitude qui ne lui ressemblait pas. La haute silhouette de l'Inquisiteur général paraissait voûtée par le poids de sa charge. Cette attitude n'était pas appropriée chez un homme au service de Dieu.

— Bara, vous voici enfin…
— Que puis-je pour vous, Père Révérend ?
— Aujourd'hui, j'ai vu quelque chose de… perturbant.
— Quelque chose ?
— J'ai été admis en présence de Dieu…
— C'est toujours un grand honneur, Père Révérend.
— Certes. J'ai vécu…

Il frissonna, visiblement bouleversé.

— Mon regard a été attiré par la… Sainte Déchirure, avoua-t-il dans un souffle.
— Père Révérend ? s'étrangla Bara, surpris que son supérieur enfreigne une règle aussi stricte et que pire, il le lui dise.
— Je n'ai pu résister. J'ai entendu un appel, une voix insistante et j'ai plongé mon regard dans le néant. Mon esprit a été comme… aspiré par ce vide au cœur de l'espace et j'ai vu… Oh, Bara ! En une fraction de seconde, j'ai vu tant de choses ! L'Imperium ne survivra pas et ne doit pas survivre !

Het Bara fut indigné par cette déclaration. L'Imperium vivrait pendant des millénaires et oser dire le contraire était un blasphème. Il était un homme calme et sérieux, qui ne s'énervait jamais. Il préférait pénétrer l'âme de ceux qu'il interrogeait et en extirper les pensées les plus intimes. Pourtant, en entendant les paroles de Warajhan, une froide colère court-circuita sa réflexion. L'Inquisiteur général devait être irréprochable et posséder une foi inébranlable. Cette confiance ne devait pas être aveugle, comme celle d'un croyant ignorant, mais forgée par la certitude que la toute-puissance de Dieu ne pouvait être remise en question. Bara pénétra dans le cerveau de son supérieur et fonça vers la source de sa vie, vers cette sphère qui irradiait d'un feu divin. Il ressentit la surprise de sa victime, mais cela ne l'arrêta pas.

— Bara ! Écoutez-moi ! L'avenir de l'humanité est en jeu et...

L'Inquisiteur adjoint le repoussa sans ménagement. Sans hésiter, il frappa le globe lumineux et l'écrasa entre ses mains. Juste avant qu'il n'éclate en des centaines de fragments, il aperçut une parcelle d'un souvenir de cet homme qu'il avait admiré.

Il vit une flotte de vaisseaux de l'Imperium, menée par un cuirassé dont la coque semblait dégouliner de sang et sur son sillage, la galaxie s'embrasait d'une flamme blanche... Ce feu atteignait le temple de Dieu et le détruisait.

Het Bara était si captivé par ces images qu'il faillit ne pas s'extirper à temps de la psyché mourante de Warajhan. Il chancela en revenant à la réalité, déstabilisé par ce qu'il avait entrevu. Il prit une profonde inspiration et reprit lentement le contrôle de ses émotions. Bara contempla sa victime, effondrée contre la paroi, les yeux injectés de sang. L'Inquisiteur général était mort...

Het Bara aurait pu tenter de dissimuler son crime, mais il n'était pas ce genre d'homme. D'un pas résolu, il se dirigea vers le temple. Il allait tout avouer à Dieu et s'en remettre à son jugement.

Les émotions sont une faiblesse.

Code des Gardes de la Foi

En ouvrant les yeux en ce matin si particulier, la première pensée qui s'épanouit dans l'esprit de 183 fut dédiée à la cérémonie qui devait célébrer leur dixième année. Ils allaient être confrontés à un test majeur et en cas de succès, un nom leur serait donné.

Ils se rassemblèrent en silence dans la salle « E05 » comme ils en avaient reçu l'ordre. Après quelques minutes, le colonel Veztri, chef de la formation de tous les Gardes de la Foi, entra dans la pièce et détailla chacun d'entre eux avec un regard d'oiseau de proie.

— Alphas ! clama-t-il d'une voix habituée à commander. Aujourd'hui est un jour important pour vous et pour l'Imperium. Aujourd'hui, vous devenez des individus. Cette année est l'anniversaire de vos dix ans, le jour importe peu. Il a été décidé que ce jour serait celui de votre cérémonie, à tous. Nous voulons que vous soyez des soldats exemplaires, libérés des entraves de l'émotion, telles que la pitié, la haine ou la passion. Pour avoir le droit d'exiger de vos hommes une allégeance absolue, vous devez être prêts à obéir sans discuter. Ne vous y trompez pas, votre destinée est de devenir les nouveaux leaders des Gardes de la Foi. Vous êtes le prélude de la prochaine génération d'officiers qui sera créée sur votre modèle, pendant les cent années à venir.

Il marqua une pause, pour se donner le temps de fixer chaque gamin dans les yeux.

— Le capitaine Rachkor, en charge des alphas et le commandant Lotar, responsable du projet Archange, m'assurent que vous êtes aptes à passer ce test. Je ne doute pas de leur jugement. Capitaine, ces alphas sont à vous.

— Alphas ! Vous allez recevoir un ordre et exécuter cet ordre, sans hésiter, sans poser de questions ! Suis-je clair ?

— Oui, Capitaine ! répondirent en chœur les enfants.

Un groupe de captifs fut introduit dans la pièce et conduit devant les cibles qui servaient habituellement aux exercices de tir. 183 les observa avec attention. Ils étaient d'une maigreur terrible, sales, le visage grêlé de blessures et de brûlures causées par le soleil. Il les trouva pitoyables.

— Ces prisonniers sont des ennemis de l'Imperium, déclara le capitaine. Ce sont des hérétiques condamnés à finir leurs jours au bagne de Sinfin. Ils sont les ennemis de Dieu. Aujourd'hui, leur existence va enfin avoir une utilité. 119, approchez !

Le capitaine Rachkor lui tendit un long poignard.

— 119, prenez cette arme et tuez l'un de ces déchets humains.

Après une très brève hésitation, le plus vieux des archanges s'empara de l'arme et marcha jusqu'aux prisonniers. Il agrippa la défroque repoussante de crasse d'un homme sans âge qui tremblait de peur et d'un geste précis, qu'il avait répété plus de cent fois sur un automate d'entraînement, il lui planta la lame en plein cœur. La pauvre victime s'écroula lentement, sans un cri. Quelques pleurs vite réprimés fusèrent dans les rangs des captifs, tandis que le garçon revenait fièrement vers le capitaine.

— 119, clama le commandant Lotar en consultant un handtop, vous avez gagné le droit d'être un cadet et de posséder un nom. Vous êtes Ule Alazan. Faites de ce nom, une fierté pour l'Imperium.

Cette scène se reproduisit pour chacun des archanges. 125 fut nommé Jym Tahir, 136 reçu le nom de Mat Pylaw et 139 celui d'Olan Baritun. 151 fut baptisé Vel Karet et 165 Zan Yutez. Le nom de Loyi Haran fut attribué à 176 et celui de Qil Janar à 178. À chaque nom, un prisonnier mourait sans que cela perturbe les enfants. 183 attendait patiemment son tour et lorsqu'il fut appelé, il prit le poignard sans aucune hésitation. À l'inverse de ses camarades, il avait déjà tué, mais malgré lui, il éprouva un curieux sentiment de compassion pour le malheureux qu'il allait exécuter. Contrairement à Nuvit qui le menaçait et méritait son sort, ce pauvre hère ne lui avait rien fait. Il ne sélectionna pas sa victime, mais se contenta de marcher droit devant lui. Il faillit hésiter en découvrant qu'il s'agissait d'une jeune femme qui l'implorait avec de grands yeux verts pleins de larmes. Il aurait voulu l'épargner, il aurait voulu la sauver, mais c'était impossible. S'il hésitait, il serait éliminé et elle serait tuée par un autre. Il fit taire ses sentiments et le poing serré sur la poignée de l'arme, il égorgea la prisonnière. Le flot écarlate coula sur sa main et macula la manche de son uniforme. Sans accorder un regard au corps qui s'effondrait, il revint vers le commandant et se figea au garde-à-vous.

— 183, vous avez gagné le droit d'être un cadet et de porter un nom. Devor Milar, faites de votre nom une fierté pour l'Imperium.

Le garçon salua et rejoignit les nouveaux nommés, répétant pour lui-même ce nom qu'il porterait toute sa vie : Devor Milar. Il n'arrivait pas à admettre que ce patronyme était désormais le sien, il s'était accoutumé à être 183. Pourtant, dans le secret de son âme, ce nom résonnait étrangement, comme s'il avait été inscrit dans les étoiles depuis la nuit des temps, comme si le destin souriait à l'écoute de ces quatre syllabes, comme s'il était prévu depuis toujours qu'il soit appelé ainsi. Durant une fraction de seconde, il entrevit un futur où « Devor Milar » serait prononcé avec terreur et il réprima un frisson.

188 venait de recevoir le patronyme de Def Ferin et le capitaine Rachkor convoqua 191. Le frêle gamin s'avança pour prendre le poignard que lui tendait l'officier. Devor contint une grimace d'inquiétude, pressentant que son ami allait échouer. Il était trop sensible pour tuer un innocent de sang-froid. Pourtant, il marcha bravement vers le vieillard tremblotant qu'il devait assassiner. 183 remarqua sa brève hésitation. *Tue-le !* pensa-t-il. *Tue-le !* Il eut la surprise de ressentir physiquement la détresse de son ami, lorsqu'il planta son poignard dans la poitrine décharnée de la victime. Devor espéra qu'il était le seul à avoir constaté les atermoiements de son camarade.

— 191, dit Lotar, vous avez gagné le droit de devenir un cadet et de porter le nom de Naryl Korban. Faites de ce nom une fierté pour l'Imperium !

Le jeune Naryl rejoignit les autres sans oser regarder Devor. À la fin de la cérémonie, seuls deux archanges avaient échoué. 147 avait hésité trop longtemps, cherchant la cible idéale et 193 ne put se résoudre à tuer la femme âgée que le hasard lui avait désignée. Il s'était contenté de rester là avec des larmes coulant sur ses joues. Les deux enfants furent entraînés hors de la pièce sous le regard indifférent de leurs compagnons. Devor savait que les deux alphas seraient éliminés.

✦ ✦ ✦

Leur première semaine dans l'aile des cadets fut intense et épuisante, sans aucun moment de liberté. Devor adorait les nouveaux cours de combat et de stratégie. Il avait désormais une vue d'ensemble des forces de l'Imperium et il savait que sa mission serait de protéger le monde tel qu'il existait. Les Gardes de la Foi étaient l'ultime rempart contre la barbarie. Il voulait devenir le meilleur d'entre eux et si des malheureux devaient mourir pour satisfaire la paix, qui était-il pour s'y opposer ?

Malgré l'excitation de ces derniers jours, il fut heureux lorsque leur nouveau commandant, le capitaine Gutybeaz, leur accorda une heure d'entraînement de leur choix. Cet instant de liberté lui avait manqué, ainsi que les discussions avec 191. Il se hâta vers la salle « E12 », impatient de découvrir si les parcours disponibles dans l'aile des cadets étaient les mêmes que dans celle des alphas. Naryl Korban s'y trouvait déjà, assis sur un bloc en fibrobéton.

— Enfin, Dem, te voilà. J'ai tant de choses à te dire !
— Dem ? Que veux-tu dire ?
— Je n'aime pas les noms qu'ils nous ont donnés, même s'il est nécessaire d'en avoir un. Nous ne pouvons pas nous contenter de n'être que des numéros. Nous sommes des êtres humains, quoi qu'ils disent.

191 semblait, comme toujours, persuadé du caractère malfaisant de l'Imperium. Devor partageait son avis bien sûr, mais de plus en plus souvent, il admettait l'utilité de l'armée sainte. La dernière fois qu'ils avaient eu une discussion à ce sujet, son ami s'était farouchement opposé à cette idée.

— Un nom est un nom et Devor Milar… J'ai l'impression qu'il était prévu pour moi, depuis toujours.
— Tu ne sais pas ce que tu dis, répliqua sombrement Naryl.
— Je sais, nos noms ont sans doute été déterminés depuis notre naissance, mais…
— Ce n'est pas ce que j'ai dit, murmura le garçon.
— Explique-toi.
— Non, je ne dois pas…
— Pourquoi ?
— Ce n'est pas important.
— Écoute, je disais seulement que… Je ne sais pas… Que ce nom est mien depuis la nuit des temps… Laisse tomber, c'est idiot.
— Je ne crois pas que cela soit idiot. À moi aussi, ton nom m'a semblé une évidence.
— Tu veux dire « ton » nom, Naryl.
— Ce que je voulais dire, poursuivit le garçon sans paraître avoir entendu sa remarque, c'est que nous avons gagné ces noms avec le sang d'innocents. Je ne veux pas de ce nom de lâche !
— De lâche ? s'exclama Devor avec colère.
— Oui, de lâche ! Si nous avions été courageux, nous aurions refusé de tuer ces gens.
— Nous serions morts dans ce cas.
— Oui, c'est pour cela que nous sommes des lâches.
— Tu ne penses pas ce que tu dis, Naryl.

— Ne me donne pas ce nom, Dem !
— Pourquoi m'appelles-tu Dem ?
— C'est un jeu de mots : Devor Milar, DM, Dem…

Devor sourit, admettant que son ami avait raison. Devor Milar était le nom d'un futur officier des gardes noirs, le nom d'un assassin. Dem… Ce nom aussi tintait curieusement, faisant vibrer le destin. Il aimait bien ce surnom.

— Et toi ? Il faut te trouver un surnom. Naryl Korban… Pourquoi pas, Nako ?
— J'aime beaucoup, merci, s'exclama le garçon avec un grand sourire. Soyons prudents en les utilisant. Ils n'apprécieront pas, s'ils nous entendent.
— Bien entendu, Nako.

Les deux enfants se sourirent, effleurant un bref instant l'insouciante joie des gamins de leur âge.

— Il y a autre chose qui m'inquiète, poursuivit Nako. Nous allons bientôt rencontrer un inquisiteur.
— Oui, le jour de nos onze ans.
— Ce jour-là, il en sera fini de nous. Ils découvriront notre amitié et tout ce que nous cachons.
— Peut-être que nous arriverons à lui dissimuler nos pensées. Le Frère Augure ne s'est jamais rendu compte de rien.
— Le frère n'est rien à côté d'un inquisiteur.
— Alors, comme tu le dis, nous sommes perdus.

Nako réfléchit un instant, hésitant à continuer.

— Que me caches-tu ? insista Devor.
— Comment sais-tu que je te cache quelque chose ?
— Pourquoi, ce n'est pas vrai ?
— J'ai peut-être trouvé une solution pour contrer un inquisiteur, répliqua le garçon.
— Comment comptes-tu faire cela ?
— Comme tu l'as dit, nous réussissons à empêcher le Frère Augure de lire dans nos pensées, mais les membres du clergé ne sont pas des inquisiteurs, ils ne sont que des humains ordinaires.
— Je sais.
— Je me suis longtemps interrogé sur le mécanisme de tout cela. Je voulais comprendre comment j'arrivais à lui interdire d'entrer dans ma tête. Cela m'obsédait. Alors j'ai passé des heures, la nuit, à tenter de deviner et puis un soir, je suis parvenu à voir mon propre esprit.
— Que dis-tu ? demanda Devor stupéfait.

— Après de très nombreux essais, j'ai réussi à visionner mes pensées, à me les représenter, à voir mes idées, mes souvenirs.
— Mais comment...
— L'être intérieur d'un individu m'apparaît sous l'aspect... d'une demeure. Celui du personnel médical ressemble à une maison chaleureuse, celui des gardes évoque un vaisseau et le mien... le mien se résume à cette base. La première chose que je vois, c'est un hall d'entrée qui dessert toutes sortes de « pièces » dans lesquelles sont rangés les souvenirs, les pensées...
— 191 ! Nako, tu as le pouvoir d'un inquisiteur ?
— En partie, cela ne fonctionne pas chaque fois, mais oui, je suppose que c'est ainsi que procèdent les inquisiteurs.
— C'est de la folie, si tu es découvert...
— Je suis en danger de mort depuis des années, je le sais bien. Toi aussi, tu es en danger de mort. Tu ressens les gens, tu as de l'empathie, ton intuition de combat est hors-norme et je suis certain que tu as également le pouvoir d'un inquisiteur.
— Ne sois pas idiot, je n'accède pas aux pensées des autres et je n'ai pas... d'empathie, comme tu dis.
— Tu savais que je te cachais quelque chose tout à l'heure. Tu sais quand je suis triste, tu sais quand Janar projette de t'attaquer.
— Cela ne prouve rien. Il projette toujours de m'attaquer. Il n'a pas le droit à un surnom, lui ?
— Non, lui, c'est un assassin, un vrai ! Et puis, je suis certain que tu as des capacités d'inquisiteur...
— C'est faux ! Je suis un guerrier.
— Tu es fort, physiquement, alors tu n'as pas encore eu besoin de ce don. Moi, j'ai dû trouver d'autres solutions.
— Bon, admettons. Qu'est-ce que cela change ?
— Si tu arrives à accéder à ton cerveau, tu pourras le protéger, tu pourras penser ce que tu veux, sans que personne ne s'en doute jamais.

Devor Milar ne pouvait pas rejeter la pertinence de cette affirmation. Il savait que son comportement n'était pas admis, que ses convictions les plus intimes étaient interdites, que ses émotions étaient hors du cadre autorisé. Il avait tué Nuvit, il avait éprouvé de la compassion pour cette femme qu'il avait égorgée, de la pitié pour les malheureux archanges assassinés, il ressentait une trop grande amitié pour 191. Trop de secrets encombraient sa vie pour qu'il permette à un inquisiteur de fouiller dans son âme. Il allait devoir faire ce que Naryl Korban lui suggérait.

✦✦✦

En entrant dans le bureau du Frère Augure pour y rencontrer son premier inquisiteur, Devor s'obligea à être serein. Aujourd'hui, neuvième jour du douzième mois de l'année six cent vingt de l'avènement de Dieu, il avait onze ans. Depuis plus d'un an, il exerçait quotidiennement ses aptitudes mentales. Avec l'aide de Nako, il avait appris à visionner l'intérieur de son esprit, à le compartimenter et à y dissimuler ses pensées. Il savait se protéger de l'intrusion et réussissait à cacher la partie privée de sa conscience à l'abri d'un mur infranchissable. Il était prêt à affronter la fouille qu'allait subir le sanctuaire de son âme. Derrière la table, un petit homme falot observait l'enfant d'un regard brun sans vie.

— Archange 183, cadet Devor Milar. À vos ordres, Monsieur l'Inquisiteur !

— Je suis Naol Ironer, premier inquisiteur de l'académie des Gardes de la Foi. Asseyez-vous, 183 !

Dem avait noté que, souvent, leur hiérarchie les appelait par leur numéro – un moyen de souligner leur insignifiance. Il s'assit, le dos droit, face à l'homme maigre qui devait confirmer que sa foi était sans failles. Ironer posa les mains sur le côté de sa tête et il réprima un frisson à ce contact. Une odeur rance se dégageait des cheveux gras de l'inquisiteur et Devor remarqua des plaques de crasse grise sur son cou décharné. Il fit taire sa répugnance et ferma les yeux, concentré sur le souvenir de son dernier entraînement dans la salle « E12 ». Il avait particulièrement brillé, pulvérisant le record de la voie rouge. L'inquisiteur entra dans ses pensées, telle une bête rampante. L'impression de viol devenait insupportable et Dem dut se maîtriser pour ne pas l'écraser comme un insecte gluant. Ses tempes pulsaient douloureusement et son cœur battait sauvagement. L'esprit de cet homme se glissa dans sa conscience, fouilla chaque recoin, mais il ne vit pas le mur qu'il avait érigé pour protéger son intimité. Quand enfin, l'inquisiteur le relâcha, il faillit laisser paraître son soulagement.

— Vous êtes arrogant, 183, déclara Ironer d'une voix sans relief. J'ai lu dans votre âme que vous pensez être un excellent élève.

— Mes notes prouvent que je suis un excellent élève, Monsieur l'Inquisiteur, répondit-il fièrement.

— Sans aucun doute. Vous pouvez disposer.

Le cadet se leva, salua et quitta la pièce, assez satisfait de lui-même. Il était parvenu à protéger ses pensées. Il espérait que dans deux jours, Nako réussirait le même exploit.

❖❖❖

Cela faisait un peu plus d'un an que Devor avait affronté sa première inquisition. Le jour de son douzième anniversaire, il avait subi cette épreuve une deuxième fois et avait fait preuve de la même arrogance face à Ironer. La formation qu'ils suivaient s'orientait désormais vers la stratégie. Ils devaient maîtriser la dénomination de chaque système, de chaque planète, l'histoire de chaque monde. Ils apprenaient également les caractéristiques de chaque peuple extraterrestre. Cette connaissance était essentielle pour mieux comprendre les décisions d'ennemis potentiels. Bien sûr, ils n'avaient pas abandonné l'entraînement physique et enchaînaient des footings, des séances de combat, des parcours de tir. Au milieu de cet emploi du temps chargé, les archanges conservaient leur heure de liberté, lorsque les impératifs de leur instruction le permettaient.

Après trois jours de combats intensifs à l'extérieur de la base, Devor entra avec joie dans la salle « E12 ». Il ressentait le besoin de se défouler et de renouer ses discussions avec Nako. Son ami était déjà là, recroquevillé dans un coin. Il marmonnait des mots incompréhensibles, totalement perdu dans les méandres de son esprit. Dem se précipita à ses côtés et tenta de le ramener à la réalité.

— … Lumière blanche… doit sauver… il doit la protéger…

Les balbutiements de Nako l'inquiétèrent. Cela arrivait de plus en plus fréquemment et un jour ou l'autre, leurs instructeurs s'en rendraient compte.

— Nako, réveille-toi ! s'écria-t-il avec agacement.

Le garçon poussa un cri étranglé avant de s'effondrer, sans connaissance. Dem hésita, ne sachant que faire. Il était hors de question de faire appel à l'infirmerie. Il secoua son ami, puis le gifla plusieurs fois. Il fut soulagé lorsqu'il ouvrit les yeux.

— Nako ! Que t'arrive-t-il ?

— Je cherche des réponses, expliqua-t-il avec lassitude.

— Tu dois cesser. Tu vas te faire prendre.

— Non, je veux comprendre !

— Nous sommes des archanges, Nako ! Admets-le ! Nous sommes des soldats, des guerriers. Arrête de… faire ce que tu fais.

— C'est hors de question, répliqua le gamin en le repoussant sèchement. Nous devons résister à ce conditionnement, nous devons nous révolter contre l'Imperium.

— Nous ne pouvons pas.

— Si tu ne veux pas m'aider, c'est que tu n'es pas mon ami !

— Je suis ton ami, mais ce que tu fais est inutile. Tu ne peux rien changer, tu vas seulement te faire tuer.

— Si, je peux modifier le futur ou du moins, faire en sorte qu'il se produise comme il le doit !
— Que veux-tu dire ?
— Je t'en prie, Dem, ne repousse pas tes émotions, supplia-t-il.
— Les émotions sont une faiblesse ! cita-t-il.
— Ne dis pas des idioties pareilles ! Tu dois les conserver avec soin, elles te seront utiles.
— Je refuse d'écouter cela ! s'exclama Dem, avec colère.

Il quitta la pièce, furieux contre Nako. *L'Imperium est tout-puissant, il est impossible de se révolter contre lui et moi, je veux devenir un garde noir*, pensa-t-il avec obstination.

Le lendemain matin, tous les archanges reçurent l'ordre de se rassembler à 06-00, torse nu, dans la salle d'entraînement « E06 ». Dem s'en voulait d'avoir quitté Nako fâché, la veille. Contrarié, il n'avait pas très bien dormi. Son seul ami avait besoin de lui, il n'avait pas le droit de le repousser. Il tenta de croiser son regard pour lui donner du courage, mais le garçon fit semblant de ne rien voir. Le capitaine Gutybeaz les passa en revue avant de déclamer :

— Cadets, vous devez apprendre à maîtriser la souffrance, à ne pas être esclaves de vos sens. Rien ne doit entraver votre implication et votre performance. L'exercice d'aujourd'hui sera le premier d'un nouveau module consacré à la torture. Avant de la pratiquer, vous devez savoir l'endurer. Garde-à-vous !

Les archanges se figèrent aussitôt.
— 136 !

Mat Pylaw rejoignit l'officier promptement. Des gardes l'immobilisèrent et bouclèrent sur ses poignets, des menottes auxquelles fut fixé un câble de métal souple. Il fut tracté vers le plafond, sans attendre. Le capitaine les toisa froidement, en jouant avec une lourde matraque en acitane sombre.

— Ceci s'appelle un trauer. Sa fonction est de procurer la plus grande souffrance possible.

Pour ponctuer ses propos, l'officier appliqua l'arme sur le corps de Pylaw, qui hurla à s'arracher la gorge. Dem n'appréciait pas vraiment son camarade, mais il ressentit tout de même une certaine compassion en le regardant se tordre de douleur. Gutybeaz continua méthodiquement à torturer sa victime, pendant une longue demi-heure. Ensuite, 136 fut abandonné là, accroché au plafond, ses pieds effleurant à peine le sol. Mat Pylaw fut suivi d'Ule Alazan, puis de Zan

Yutez. Les deux garçons, qui se vantaient souvent de leur force physique, hurlèrent sous la caresse du trauer, terrorisant ceux qui attendaient. Devor s'obligeait à rester impassible, alors que les suppliciés se cabraient à chaque touche du trauer. Qil Janar résista mieux que les autres, mais après quelques minutes, il ne put s'empêcher de crier.

— 183 ! appela le capitaine.

Devor rejoignit l'officier avec célérité et le salua avec vigueur, faisant claquer son poing sur sa poitrine nue.

— Vos poignets, 183 !

Un Garde de la Foi lui passa les menottes et il fut hissé vers la voûte, les épaules complètement distendues. Le métal, autour de ses poignets, lui broyait la peau. Il n'eut pas le temps de s'habituer à cette position inconfortable, le capitaine effleura sa cuisse avec l'extrémité du trauer. La douleur qu'il ressentit fut inconcevable. Un torrent de lave lui traversa le corps, qui s'arqua et se tordit dans des soubresauts incontrôlables, disloquant atrocement ses bras. Il utilisa toute sa volonté pour ne pas hurler.

L'officier attendit quelques minutes, puis toucha son flanc, puis son autre jambe. La souffrance dévastait son corps, il avait l'impression d'être plongé vivant dans un bain d'acide. Gutybeaz le frappa à l'estomac et ses entrailles furent déchirées par des milliers d'aiguilles de métal en fusion. Il ne put retenir un hurlement qui lui arracha la gorge. Il perdit le compte des coups suivants. Ce qu'il éprouvait était inimaginable, impensable. Qu'une telle douleur puisse exister, puisse être expérimentée, était déconcertant et impossible. Il refusait d'admettre son envie de supplier le capitaine pour qu'il cesse de le torturer, il récusait son besoin de se soumettre. Il n'était que souffrance et les cris rauques qu'il poussait, semblaient venir d'un autre. Le supplice s'interrompit enfin, mais le martyre perdura. Toujours suspendu au plafond, le poids de son corps étirait ses bras et incrustait le métal des entraves dans la chair de ses poignets. Tout son être irradiait de douleur, pulsait, brûlait. Il était assailli par des vagues de souffrance qui le submergeaient et qui lui arrachaient sa dignité par lambeau. Il voulait implorer qu'on fasse cesser ce supplice. Il entendait gémir ses camarades, mais en lui, une volonté qui lui semblait étrangère, refusait de céder, lui interdisait de montrer de la faiblesse. Il perçut la voix de Nako qui hurlait dans un vibrato haut perché, qui lui vrilla les tympans. Son ami souffrait et il n'y avait rien qu'il puisse faire pour le secourir. Il voulait supplier, pour lui, pour Nako, pour les autres. Il repoussa ce désir insistant et se réfugia en lui-même. Il s'appliqua à imaginer un lieu merveilleux, à ignorer les tourments qu'il subissait, à ne pas entendre les appels à l'aide. Au centre de ses pensées, il découvrit un endroit étrange, aux parois de verre. Il y entra et à l'intérieur se trouvait un océan de paix et de calme. Le déferlement des vagues masquait les bruits parasites et la douce chaleur du soleil réchauffait sa peau. Il se sentait bien, serein, toute souffrance absente. À l'extérieur, un ouragan faisait rage, mais cela ne l'inquiétait pas. Hors de ce lieu régnait la douleur, mais il n'en avait cure et il l'oublia.

Au matin, les attaches furent ouvertes et il s'écroula sur le sol, tel un pantin désarticulé. Devor essaya de se relever, mais ses membres refusèrent de lui obéir. Il était paralysé après son immobilité de la nuit. *Je dois me lever*, pensa-t-il. *Je suis un archange, je ne peux pas me montrer faible !* Après deux tentatives infructueuses, il réussit à se redresser péniblement. Il chercha aussitôt son ami. Il gisait sur le sol, inconscient. Alazan pleurait silencieusement. Yutez restait prostré, en position fœtale. Janar était debout, lui aussi. Il tremblait, des traces de larmes maculaient ses joues. Dem mit quelques secondes à comprendre que le capitaine Gutybeaz le complimentait.

— Cadet Milar, je veux souligner devant tous les archanges, la résistance dont vous avez fait preuve. Vous venez de démontrer que vous êtes un Garde de la Foi. Je vous félicite et votre comportement exemplaire sera noté dans votre dossier.

Le regard envieux des autres fut une récompense plus grande que celle déjà élogieuse de son officier et la haine qui s'alluma dans les yeux de Janar, un baume apaisant apposé sur ses blessures.

✦ ✦ ✦

Naryl Korban semblait éteint depuis cette séance de torture et cela préoccupait Devor. Il avait tout fait pour essayer de le voir en privé, mais Nako s'obstinait à ne plus venir à leurs rendez-vous. Il paraissait hanté par de terribles pensées et était si pâle, qu'il ne tarderait pas à attirer les soupçons sur lui.

Après une longue journée de formation stratégique, c'est avec bonheur que Dem fila vers la salle « E12 ». Il était avide de s'élancer sur le parcours noir qu'il avait prévu de tenter. Il était à peine arrivé que Nako entra, blême, et trempé de sueur. Devor pensa que la faiblesse physique et l'hyper sensibilité de son ami le condamnaient à une mort précoce. L'entraînement ne cessait de se durcir et sa frêle stature l'empêchait d'y faire totalement face, mais plus que tout, c'est la torture mentale qu'ils enduraient chaque jour qui minait ses forces. Il refusait d'accepter ce qui leur était imposé. Il résistait de toute son âme à ce qui leur était inculqué. Il ne voulait pas devenir un guerrier impitoyable. Il avait l'Imperium en horreur. Dem partageait ses convictions. Lui aussi abhorrait cet empire haïssable dont la malfaisance ne faisait aucun doute. Les cours d'Histoire démontraient avec quelle poigne d'acier, il régnait sur l'univers. La façon dont les Archanges étaient créés, formés et parfois éliminés, prouvait également l'implacabilité de l'Imperium. Ils avaient souvent émis l'envie de mettre à bas cette organisation, mais Devor avait mûri. Il se laissait gagner par le désir de combattre et de prouver à tous sa valeur. Il n'était pas dupe. Ce désir était le produit du conditionnement qu'ils subissaient, mais il aimait cette discipline de fer. Il haïssait la médiocrité, il exécrait la lâcheté et la faiblesse induite par les sentiments qu'étaient la miséricorde ou la clémence. « Faire quartier n'apporte que la défaite », il admettait la véracité de cette maxime du Code. Seulement, lorsqu'il se trouvait en compagnie de Nako, le règlement des gardes lui semblait soudain inhumain.

— Nako, est-ce que ça va ?

Le garçon eut un sourire triste pour toute réponse. Nako avait depuis longtemps mis en place le détournement des systèmes de surveillance, mais ils n'étaient pas à l'abri d'une arrivée inopinée. Dem prit son ami par le bras et l'éloigna de l'entrée.

— Il faut te reprendre, réclama-t-il. Ils vont se rendre compte que tu ne vas pas bien.

— Je n'en peux plus, souffla le garçon.

— Allons, tu es un archange. Tu peux tenir physiquement, j'en suis certain. C'est juste que tu ne veux pas…

— Non, je ne le veux pas !

— Tu n'as pas le choix. Tu…

— J'ai eu une vision, l'interrompit-il. Pendant la torture… J'ai voulu échapper à la souffrance, à cette terrible douleur, et je me suis retrouvé dans un endroit vide, si sombre, si horrible. C'était le néant au cœur des mondes…

— Tu as fait un cauchemar, c'est tout.

— Non, Dem ! Ce n'est pas un cauchemar, c'est une vision ! Cet endroit, ce vide sans fin, est réel.

Devor ne put s'empêcher d'être agacé par cette réaction puérile. Lui aussi avait cherché et trouvé une échappatoire. Le lieu paisible au centre de son âme n'avait rien d'effrayant.

— Le néant est réel ?

— Ne te moque pas de moi, je ne le supporterais pas ! Tu es mon ami, n'est-ce pas ?

La voix du garçon s'était presque brisée de tristesse et Devor ne put résister. Il prit la main de Nako entre les siennes.

— Bien sûr que je suis ton ami. Je ne me moque pas, j'essaye de comprendre. Moi aussi je me suis réfugié dans un lieu imaginaire. Il n'avait rien d'effrayant. Tu as dû vivre quelque chose de similaire.

— Non… C'était différent ! C'était une vision ! Le néant m'a montré des images, m'a montré tant de choses, tant d'horreurs, tant de massacres. C'est pire que les films que l'on nous oblige à regarder, bien pire. L'Imperium est un monstre qui dévore l'humanité et Dieu est l'âme noire de cette bête.

— Nako, protesta gentiment Dem.

— Tu sais que j'ai raison, mais tu penses qu'il n'y a rien qui puisse être fait. Tu as tort !

— Nous avons douze ans !

— Dem, souffla-t-il avec sérieux, si tu savais ce que j'ai vu, tu ne te moquerais pas. J'avais déjà fait des rêves, vu des flashs de l'avenir, mais cela n'avait rien de comparable avec ce que ce lieu m'a dévoilé. Les images tournent en boucle dans ma tête, je vais devenir fou si cela continue. Ou alors, je suis déjà fou, c'est peut-être l'explication. En tout cas, je n'arriverai plus à tenir très longtemps.

— Il le faut ! Tu dois tenir.

Des larmes silencieuses coulèrent sur les joues du garçon. Ignorant ce qu'il devait faire, Dem posa une main rassurante sur son épaule, mais cela ne le calma pas. Nako était proche de la rupture et n'échapperait plus très longtemps à la hiérarchie. Son désespoir irradiait avec une telle intensité qu'il saturait les sens de Devor. Il le prit dans ses bras et essaya de lui transmettre toute sa force, tout son courage, toute sa détermination. Nako se calma lentement et après un instant, il s'écarta de lui.

— Je vais mieux… Tu m'as aidé, mais comment as-tu fait ?

— Je ne sais pas. J'ai voulu te donner un peu d'énergie, et…

— C'était une extraordinaire impression. Il faut découvrir comment tu as fait…

— Non ! s'énerva Devor. Arrête ces recherches stériles ! Arrête de fouiller dans ton esprit, du moins pour le moment ! Tu m'entends ? Tout cela devient trop dangereux !

Nako se renfrogna, mais il finit par lever les yeux vers Dem et murmura :

— Tu as raison. Je vais essayer d'être plus prudent.
— C'est mieux. Je ne veux pas te perdre.
— C'est vrai ? demanda le garçon avec un grand sourire.
— Bien sûr, tu es mon ami. Allez, viens. Retournons au dortoir, une bonne douche nous fera du bien.

Nayla…

Perdue dans un océan de sensations étranges, sa conscience se débattait. Qui était-elle ? Elle ? Elle n'était même pas sûre de ce pronom. Existait-elle vraiment ? Avait-elle vraiment une vie ? Dans ce cas, pourquoi n'arrivait-elle pas à se mouvoir ? Pourquoi ne se souvenait-elle pas de son propre nom ? Pourquoi n'accédait-elle pas aux images de son propre passé ? Pourquoi ne parvenait-elle pas à décrire les traits de son propre visage ?

Incapable de comprendre ce qu'elle vivait, elle luttait contre ces questions qui la harcelaient, sans répit. Le garçon dormait, lui, mais pas elle. Son âme, égarée dans sa psyché, n'avait alors rien d'autre à faire qu'échafauder des explications fantaisistes. Peut-être n'était-elle qu'un rêve perdu dans l'esprit de ce garçon. Peut-être n'était-elle que la conscience de Dem qui combattait pour l'empêcher de sombrer dans cette froide impassibilité qu'on essayait de lui inculquer. Peut-être était-elle piégée dans les pensées d'un autre. Peut-être ne pouvait-elle qu'assister en spectateur impuissant à une existence qui n'était pas la sienne. Peut-être était-elle une démente, enfermée dans un asile, imaginant la vie de cet enfant pour échapper à la sienne.

Une partie d'elle refusait de se résoudre à accepter l'une de ces explications. Non ! Elle était une personne. Elle devait… Elle avait une mission, un but… Ce garçon, elle le connaissait ! Quand Nako l'avait appelé Dem, ce nom avait résonné en elle et avait déclenché une étrange réaction émotionnelle, qu'elle n'avait pas réussi à caractériser. Si seulement, elle parvenait à se souvenir… La seule chose dont elle était certaine, c'est qu'elle partageait sa haine et son dégoût pour l'Imperium. Tout comme lui, elle se rebellait contre les diktats de cet enseignement qui œuvrait à la suppression de sa personnalité. Elle voulait lui souffler de suivre les conseils de Nako.

La vie misérable et terrible de Dem la blessait. Elle partageait ses sentiments les plus intimes, ses joies, ses colères, ses haines, sa tristesse et sa souffrance. La torture qu'il avait subie avait failli la rendre folle, martyrisant un corps qu'elle n'avait pas ou plus. Cette douleur intense avait évoqué quelque chose d'enfoui, de lointain, comme un souvenir qui aurait été le sien. Elle s'était sentie tirée, tractée vers… Le néant ? Terrifiée, elle s'était accrochée à son environnement et avait suivi l'esprit de 183 dans le sanctuaire qu'il s'était imaginé. Elle avait été émerveillée par cette capacité à se couper ainsi de l'extérieur.

Alors que Dem s'endormait, après cette journée riche en émotions, elle tenta de se concentrer sur les paroles de Nako, persuadée que c'était important, vital même… mais elle perdit le fil de ses pensées. Plus le temps passait et plus elle se diluait dans la personnalité du garçon.

Naryl Korban tint parole et cessa d'explorer les méandres de ses pensées ou de s'interroger sur la puissance de ses dons. Avec l'aide de Dem, il s'immergea dans l'entraînement militaire et rattrapa son retard. Il venait justement de vaincre Mik Valar, un garçon hargneux qui le provoquait en permanence. Cela n'avait pas échappé au capitaine Gutybeaz qui avait sciemment opposé les deux archanges à l'occasion de cet exercice de lutte au couteau. Le bras ensanglanté par une belle estafilade, Nako ne pouvait s'empêcher d'afficher un sourire triomphant. Son adversaire avait été envoyé à l'infirmerie avec une épaule démise. Lors de ces combats, tous les coups étaient permis. Ils devaient juste éviter de s'entre-tuer, même si les conséquences d'un tel geste n'étaient pas sévèrement punies. Janar, qui avait tué Jym Tahir pendant la joute précédente, ne subirait que deux caresses de trauer pour tout châtiment, car cette mort démontrait que 125 n'était pas apte à devenir un Garde de la Foi.

À quatorze ans, Nako était presque aussi grand que Dem, mais était plus longiligne. Il gardait son allure gracile, alors que Devor affichait une musculature sèche qui le faisait paraître plus âgé. Il décerna un sourire éclatant à son ami qui lui répondit d'un clin d'œil. Aujourd'hui, Dem devait affronter Zan Yutez. Il avait depuis longtemps renoncé à dissimuler ses talents et s'était hissé, sans difficulté, à toutes les premières places. Il avait catalysé sur lui la haine de la plupart de ses condisciples et 165 ne dérogeait pas à cette règle. Dem évita aisément la charge brutale de Yutez, tout en balayant sa jambe d'appui. Son adversaire chuta lourdement. Il se releva avec une grimace de rage et sans attendre, il se jeta à nouveau sur lui. Il effectua une passe compliquée avec son poignard, mais Devor se contenta de sauter en arrière pour ne pas se faire entailler la poitrine. Il se mouvait avec grâce et légèreté, esquivant les coups.

— Arrête de danser et bats-toi ! gronda Zan.

Cela fit sourire Devor, car les gardes n'étaient pas censés s'invectiver lorsqu'ils luttaient. Yutez feinta et le bouscula de l'épaule avec un grognement de joie. Il allait frapper au foie, mais la poigne d'acier de Devor se referma sur son poignet. Il cogna le tibia de son opposant, le déstabilisant, puis utilisa sa propre force pour l'envoyer au tapis pour la huitième fois. 165 se releva aussitôt. La haine qui brûlait dans son regard aurait pu l'effrayer, mais il se contenta d'un sourire narquois. Il évita sans peine la charge suivante et lui zébra le dos d'une longue estafilade. Il attaqua à son tour, donnant des coups rapides et élégants qui entaillèrent à de nombreuses reprises la peau blanche de Zan. Il ressentait une joie féroce à orchestrer ce combat à sa guise et à tenir une vie entre ses mains. Il devait en finir. Il feinta une attaque en plein cœur et la peur qui brilla dans le regard de Yutez fut jouissive. À la dernière seconde, il se contenta de le cogner à l'estomac. L'autre se plia en deux de douleur et Dem le cueillit d'un coup de genou. Il s'écroula sans connaissance.

— Belle victoire, Cadet, le complimenta le capitaine Gutybeaz.

Milar salua son officier et rejoignit les rangs. L'adrénaline pulsait toujours en lui et il se sentait extraordinairement vivant.

Le soir même, dans la salle « E12 », Dem s'attendait à voir un sourire heureux sur le visage de Nako, mais celui-ci affichait un air morose qu'il choisit d'ignorer.

— Tu t'es bien battu cet après-midi ! Cet idiot de Valar n'était pas de taille contre toi.

— Toi, tu t'es bien battu. J'ai seulement eu de la chance.

— Arrête de te dévaloriser.

— J'ai croisé Valar et il est furieux contre moi.

— Tant mieux ! Tu n'as pas peur de lui tout de même ?

— Bien sûr que non ! J'ai juste eu envie de le tuer.

— Et alors, moi aussi j'ai eu envie de tuer Yutez, mais je ne suis pas Janar. Il a tué Tahir sciemment, j'ai ressenti sa satisfaction.

— Méfie-toi de Janar. Il fera tout pour t'éliminer, s'il en a l'occasion.

— Je le sais et le capitaine également. Il ne nous oppose jamais directement. Il ne veut pas perdre l'un de ses deux meilleurs cadets.

— Sans doute, oui. Il n'empêche, je deviens comme eux. Je vais devenir un meurtrier et je ne le veux pas.

— Nous en avons déjà parlé, tu n'as pas le choix. Dissimule tes sentiments et continue à être ce qu'ils veulent que tu sois.

— Bien sûr, dit le garçon sans aucune conviction.

✦✦✦

Devor Milar ne dormait pas. Étendu sur sa couchette, les yeux grands ouverts, il fixait le plafond. Il n'arrivait pas à accepter ce qu'il avait été obligé de faire plus tôt dans la journée.

Les cadets venaient de passer une semaine en exercice à l'extérieur. Lâchés seuls dans la nature hostile et armés d'un fusil lywar chargé de munitions à énergie faible, ils devaient « tuer » un maximum de cibles, jouées par des gardes noirs et les autres archanges. Le dernier jour, Dem avait déjà capitalisé tous les points nécessaires et un même davantage. Il rejoignait, en trottinant, la ligne d'arrivée. Il restait attentif, car le terrain montagneux se prêtait aux embuscades. Il déboucha sur une pente douce qui surplombait une profonde vallée. Il était à découvert, mais le col ne se situait plus qu'à une centaine de mètres. La fin du parcours se trouvait au fond de la vallée, de l'autre côté. Une succession d'images fit irruption dans son esprit et il réagit instinctivement en se jetant au sol à l'instant où des traits d'énergie se croisaient au-dessus de lui. Il n'y avait rien pour s'abriter et les prochains tirs ne le rateraient pas. Il roula sur lui-même vers le bord du précipice. Guidé par une certitude étrange, il se laissa tomber dans le vide et atterrit durement sur une sorte d'estrade rocheuse, située un mètre plus bas. Il leva son fusil, persuadé que ses agresseurs allaient venir « l'achever ». Il avait vu juste, Valar et Baritun apparurent au-dessus de lui. Dem pressa la détente et entendit leur glapissement de surprise et de douleur. Il n'eut pas le temps de se féliciter, des décharges d'énergie le touchèrent simultanément. Il s'agissait de munitions d'exercice, malgré tout, c'était douloureux. Il réussit à trouver la force de riposter. Il atteignit Yutez, mais d'autres impacts le frappèrent au thorax et au visage. Aveuglé, Dem entendit Janar ordonner à ses complices de faire feu. Au lieu d'être secoué par les décharges d'énergie, comme il s'y attendait, il fut mitraillé par des éclats de pierre. Il comprit immédiatement l'intention de Janar, mais il était déjà trop tard. Avec un craquement sinistre, le rocher sur lequel il reposait céda. Il eut juste le temps d'agripper le rebord de la terrasse. Sous ses pieds, il y avait cinq cents mètres de vide.

— Cessez le feu ! ordonna Janar. Alors Milar, penses-tu toujours être le meilleur ?

— Sans aucun doute, puisque tu as eu besoin d'autres lâches pour m'avoir !

— Tu vas vite nous supplier ! Allez-y, visez ses mains !

L'énergie lywar lui électrisa douloureusement les doigts. Il serra les dents, essayant de mobiliser suffisamment de force pour se hisser sur la banquette de pierre, sans succès.

— Alors, Milar ? J'attends !

Dem prit une profonde inspiration et attendit patiemment les tirs suivants. Sa vue revenait lentement. Une autre série de détonations lywar résonna contre les parois et un hurlement de terreur lui fit écho. Dans le brouillard flou de sa vision, il aperçut un corps qui tombait.

— Vous êtes dans ma ligne de tir, alors allez-vous-en ou vous subirez le sort de Valar. J'ai économisé mes recharges lywar et j'ai réussi à les modifier. J'ai assez de puissance de feu pour vous envoyer dans le vide !

— Tu n'es pas de taille contre nous tous, Korban !

— Tu veux me tester, Janar ? Je suis en position de force et j'ai prévenu le capitaine Gutybeaz. Il ne tardera pas.

— Tu n'as pas osé !

— Tu veux parier ?

— Très bien, on s'en va. Mais tu nous le paieras, Korban.

Devor était toujours suspendu, les jambes dans le vide. Il appuya ses pieds contre la paroi et se hissa sur le rebord de pierre. Nako venait de lui sauver la vie. Il prit le temps de retrouver sa respiration, avant de se redresser lentement.

— Tu vas bien ? demanda Naryl juste au-dessus de lui.

— J'ai des points lumineux qui dansent devant mes yeux, mais grâce à toi, ça va. Merci.

— Tu me remercieras plus tard. Sors de là !

Dem saisit avec reconnaissance la main de son ami qui l'aida à remonter.

— Merci encore. Tu as pris un risque inconsidéré.

— Je ne pouvais pas te laisser mourir, je n'en ai pas le droit.

Il n'eut pas le temps de lui demander des explications, il venait d'apercevoir le capitaine Gutybeaz qui se dirigeait droit sur eux.

— Archange 191 ! Vous venez de désobéir à un ordre direct !

Nako sursauta et les deux garçons se figèrent au garde-à-vous. Le visage fermé de l'officier et l'emploi du numéro ne présageaient rien de bon.

— Capitaine, je devais…

— Je suis tombé, Capitaine, intervint Devor. Le cadet Korban passait par là et il est venu m'aider.

Nako lui lança un regard furieux en entendant ce mensonge, mais Dem savait que la délation ne plairait pas à Gutybeaz.

— Vous aviez l'ordre de ne pas vous allier pendant cette mission.

— Je ne pouvais pas laisser le cadet Milar mourir, Capitaine. Il est le meilleur d'entre nous. Cela aurait été une perte pour…

— Un cadet assez stupide pour perdre l'équilibre ne mérite pas la dénomination de meilleur archange, 191 ! Rejoignez l'arrivée tous les deux et attendez-vous à une punition exemplaire.

Les cadets s'étaient rassemblés dans le grand hall pour célébrer la fin de l'exercice.

— Cadets, je vous félicite pour vos résultats. La plupart d'entre vous ont établi de très bons scores et vous pourrez les consulter tout à l'heure, mais pour le moment, je dois punir le comportement inadmissible de deux d'entre vous. 183 et 191, avancez-vous !

Dem essaya de ne pas tenir compte des regards goguenards de Yutez et Janar. Il se tint droit en espérant de toutes ses forces que Nako ne faiblirait pas.

— 183 a perdu l'équilibre et est tombé dans le vide. Très gentiment, 191 lui a sauvé la vie. Il n'en avait pas le droit !

Gutybeaz leva le trauer et les deux garçons s'attendirent à ressentir l'effroyable douleur. Ils en avaient pris l'habitude et cela ne les effrayait plus. Seulement, l'officier tendit l'arme à Devor.

— 191 est celui qui a désobéi, mais c'est pour vous sauver, 183. C'est à vous d'appliquer la punition. Allez-y !

Dem prit la matraque en essayant de ne pas trembler. Elle était lourde dans sa main.

— Combien de fois, Capitaine ? demanda-t-il d'une voix qu'il espérait ferme.

— Jusqu'à ce que je vous dise d'arrêter !

La gorge sèche, Dem se tourna vers Nako. Dans ses yeux noirs brillait de la peur. Il ne voulait pas torturer son ami, mais le poids des regards dans son dos et celui de l'ordre qu'il venait de recevoir étaient trop lourds. Il ne pouvait même pas demander à Nako de lui pardonner. Il hésita encore une fraction de seconde, puis il posa l'extrémité du trauer sur le bras de Nako, qui poussa un gémissement poignant. Il toucha le deuxième biceps, puis la jambe. Naryl Korban s'écroula en hurlant et Dem continua jusqu'à ce qu'il s'évanouisse. Tandis que les autres rejoignaient le dortoir, il resta au garde-à-vous, sous le regard scrutateur de l'officier.

— Je sais ce qui s'est passé, Milar, lui murmura le capitaine. Korban vous a sauvé la vie et cette action est suspecte. L'action de Janar et des autres est également suspecte. N'en parlons plus. Évitez Korban. Je doute qu'il termine sa formation et il ne faudrait pas qu'il vous entraîne dans sa chute. Les Gardes de la Foi peuvent se passer de lui, mais pas de vous. Vous pouvez disposer !

Quelques heures après avoir laissé Nako inconscient, Dem n'arrivait pas à trouver le sommeil. Ils venaient tous les deux de s'approcher dangereusement de la mort. Il espérait de tout son cœur que Nako allait se remettre vite.

✦✦✦

Le lendemain, Naryl n'était toujours pas sorti de l'infirmerie. Devor n'avait aucun moyen d'avoir de ses nouvelles et le soir, pour oublier son angoisse, il se rendit en salle « E12 ». Il se défoula sur le parcours noir, mais il était tellement préoccupé qu'il lâcha une barre et s'étala brutalement sur le sol. Le souffle coupé, il resta de longues minutes, immobile, et des larmes lui vinrent aux yeux. Il ne pouvait pas s'empêcher de penser à son ami. Est-ce que le commandement l'avait fait disparaître ? Est-ce qu'il allait mourir ? Pourquoi avait-il obéi à Gutybeaz ? C'est lui qui aurait dû subir cette punition et pas Nako. Le remords le rongeait et son anxiété ne connaissait aucun repos. Il voulait voir son ami, s'excuser et le réconforter. Toujours étendu sur le sol, Dem prit la décision d'attendre le milieu de la nuit pour se rendre discrètement à l'infirmerie. Rasséréné par cette résolution, il se relevait lorsque la porte s'ouvrit. Il essuya ses yeux d'un geste rageur et eut soudain une étrange impression, qui se transforma en certitude : Nako était là ! D'un bond, il grimpa sur un bloc, escalada le suivant, attrapa une barre et se projeta en avant. Il sauta en contrebas, puis courut jusqu'à l'extrémité opposée. Son ami était appuyé contre une paroi, livide, l'air si proche de la mort qu'il eut peur. En un instant, il fut auprès de lui.

— Nako ?

Le garçon se tourna vers lui, il avait les mains pleines de sang et une lueur fiévreuse brillait dans son regard.

— Que t'arrive-t-il ?

— J'ai dû le faire. Je devais te protéger !

— Nako, faire quoi ?

— Le tuer !

— De qui parles-tu ?

L'adolescent semblait épuisé.

— Je suis désolé de ce que je t'ai fait, assura Dem en posant une main amicale sur son épaule, mais je n'avais pas le choix et…

— Bien sûr que tu n'avais pas le choix, nous sommes sous leur autorité. Nous obéissons à des ordres immondes sans sourciller. Dem, j'ai vu ce lieu, une fois encore. J'y suis retourné !

— De quoi parles-tu ? demanda Devor alors qu'un frisson glacial courait le long de son dos.

— Je te parle du néant ! Je te parle d'Yggdrasil !

— Yggdrasil ?

— C'est l'un des noms de ce lieu. J'y suis retourné et j'ai vu… J'ai vu l'avenir…

— Nako, tu dois stopper tout cela.

Le garçon ne l'écoutait plus.

— Tu es important, mon ami. Tu vas devenir tellement important. J'aurais aimé tenir le rôle qui t'est promis, Dem. J'aurais tellement aimé.

— Que veux-tu dire ?

— Tu vas aider à détruire l'Imperium ! Tu vas être le bouclier de la lumière.

— Je ne comprends rien et tu commences à me faire peur.

— J'aurais aimé être à ta place, mais ma mission est autre. Ma mission était de t'aider, toi, et elle touche à sa fin.

— Arrête, maintenant, ce n'est pas drôle !

— Je dois te transmettre ce qui m'a été demandé. Tu dois faire quelque chose d'essentiel pour l'humanité. Tu es l'une de leurs dernières chances et tu es un excellent choix.

— Nako !

— Tu vas finir par céder, par accepter leur loi. Leurs pratiques sont déjà à l'œuvre sur toi. Un jour, tu deviendras l'un d'eux. Tu seras même le meilleur des Gardes de la Foi et il faut que tu le sois. Ne résiste pas à ce conditionnement, accepte-le et sois Devor Milar, mais dans ton cœur, dans ton âme, n'oublie jamais. Préserve notre esprit de revanche, préserve nos espoirs de liberté, enferme tout cela à l'abri. N'oublie pas la pitié et la compassion, ce sont des émotions essentielles, Dem, essentielles ! Tu dois lutter pour préserver cette partie de toi. Tu dois tout faire pour rester Dem ! Un jour, tu croiseras la lumière et tu te réveilleras.

— Mais arrête, Nako ! Tu vas te faire tuer ! Arrête, je t'en prie.

— Il est trop tard. Je viens d'égorger ce cafard d'inquisiteur !

— Quoi ?

— Ironer est venu me voir à l'infirmerie. J'étais affaibli, plongé au cœur du néant et il a réussi à lire en moi. Il a vu ce que j'étais, mais pire, ce que tu es et ce que tu deviendras. Il a voulu donner l'alerte. Je me suis jeté sur lui, je l'ai repoussé avec ma télékinésie, je me suis emparé de son arme et je l'ai tué !

Devor Milar n'arrivait pas à croire ce qu'il entendait.

— Ils ne vont pas tarder à me retrouver, tu dois fuir, Dem. Il ne reste plus beaucoup de temps ! Ne t'inquiète pas, ils ne me prendront pas vivant !

— Mais…

Le flot d'informations que lui débitait Nako d'une voix hachée, passionnée, empreinte de folie et de désespoir, l'empêchait de réfléchir sainement. Il lui semblait que la main glaciale du destin venait de l'empoigner.

— Dem, je t'en prie, écoute-moi ! Je dois mourir, il le faut. Je te mets en danger et je ne dois pas te compromettre.

Dem refusait d'admettre la mort de son ami. Il y avait certainement une autre solution.

— Tu vas devoir devenir ce qu'ils veulent, continuait Nako. Cache tes pouvoirs soigneusement. Enferme tes émotions, oublie-les ! Elles feront leur réapparition le moment venu, quand ton chemin croisera celui de la lumière !

L'adolescent chancela et Dem l'attrapa par le bras pour le soutenir. Nako posa la tête contre son épaule et dans un élan d'amitié, Devor l'entoura de ses bras pour le réconforter.

— Calme-toi, nous allons trouver un moyen.

— Il n'y en a aucun. Ne t'en veux pas, ce n'est pas de ta faute. Ironer devait mourir. J'ai vu un avenir où il te faisait arrêter, j'ai vu un autre futur où il faisait bien pire encore.

— Nako, arrête…

— Venge-moi, Dem. Venge-moi et ne m'oublie pas, je t'en prie.

Devor le repoussa gentiment pour mieux le regarder. Il fut profondément ému par les larmes qui coulaient sur ses joues. Nako était son ami, son seul ami et il ne voulait pas le perdre. Le garçon lui lança un long regard embué et murmura :

— Dem… Je t'aime, je t'aime plus que tout. Ne m'oublie pas.

Nako jeta ses bras autour de son cou et l'embrassa sur la bouche, doucement, tendrement. Malgré sa surprise, Devor ne le repoussa pas. Il ressentit un élan passionné pour celui qui était son ami et voulut l'enlacer, mais Naryl s'éloigna de lui.

— Ils ne vont pas tarder. Ils seront là dans cinq minutes et il ne me sert à rien de fuir. Va-t'en, vite !

— Non ! Non, je reste avec toi. Je suis le meilleur, ils ne peuvent pas se permettre de me perdre. Je leur expliquerai, je…

— Alors, c'est moi qui pars.

— Non ! s'écria Dem en lui prenant le bras.

— Dem, je t'en prie... Jure-moi de me venger, jure-moi de répondre à l'appel de la lumière le moment venu.

— Je ne veux pas te laisser mourir !

— Dem..., sanglota Nako. Je t'en prie... Jure-le-moi !

— Tu as ma parole, souffla à regret Devor. Je ferai tout ce que tu veux. Tu seras toujours mon ami, Nako.

— Et je serais toujours le tien. Ne me suis pas. Rejoins au plus vite le dortoir par le couloir latéral. Quoi qu'il se passe, ne fais rien d'idiot ou je vais mourir pour rien. Vis, Dem, vis pour nous deux !

— Nako, attends !

Le garçon caressa la joue de Devor avec tendresse et lui adressa un sourire éblouissant. Il échappa à l'étreinte de son ami et s'enfuit. Dem se lança à la poursuite de Nako qui sprintait de toutes ses forces, déterminé à le semer. Il fonça droit vers le hall central et Dem, presque malgré lui, plongea à l'abri d'un pilier encadrant l'entrée. Le capitaine Gutybeaz arrivait déjà en compagnie de plusieurs gardes noirs.

— Écartez-vous ! ordonna le capitaine aux trois membres de l'équipe scientifique qui se trouvaient là.

Nako s'était arrêté au centre de la pièce et attendait l'officier. Il n'y avait rien que Devor puisse faire pour l'aider. Son ami venait de se livrer volontairement à ses bourreaux. Il avait affirmé avoir vu sa propre mort, mais Dem ne comprenait pas une telle résignation. Comme pétrifié, il n'arrivait pas à faire demi-tour pour emprunter le couloir latéral. Il ne pouvait pas abandonner celui qu'il aimait tant, il ne voulait pas fuir.

— Approche, 191, ordonna le capitaine.

L'adolescent eut un grand sourire et se redressa. Il toisa les adultes avec une maturité étonnante.

— Ce rat d'inquisiteur méritait la mort, Capitaine !

— Emparez-vous de lui !

— Si vous comptez me livrer à un autre inquisiteur, je ne vous laisserai pas faire ! prévint Nako en dégainant le poignard qu'il avait caché sous sa veste.

— Tu comptes utiliser cela contre nous, 191 ?

— Contre vous ? Non ! répliqua l'adolescent, avant d'ajouter pour le seul bénéfice de son ami, adieu !

Nako, avec le geste vif et fluide digne de l'archange qu'il était, retourna l'arme vers lui et sans hésiter, il se trancha la carotide.

Le monde autour de Dem s'écroula. Sourd et aveugle, il mordit son avant-bras pour ne pas hurler, pour ne pas se ruer à l'assaut des adultes, pour ne pas décharger sa haine sur le capitaine Gutybeaz. Nako, non…, pleura-t-il silencieusement. Non… Ce n'est pas juste.

À la limite de l'inconscience, il recula sans quitter des yeux le cadavre de son ami, puis il fit demi-tour et courut jusqu'au dortoir. Dans un état second, il entra dans la chambre vide à cette heure d'entraînement personnel. Les yeux toujours embués de larmes, il se glissa dans sa couchette. Les dernières paroles de Nako tournaient en boucle dans sa tête. Il revoyait les yeux noirs si vivants et si expressifs de son ami, son visage mince, sa silhouette frêle. Il sentit la douceur de ses lèvres sur les siennes et fut surpris d'avoir trouvé cela si agréable. Son âme était écartelée entre la douleur et le désespoir. L'amitié et l'amour qu'il ressentait pour Nako menaçaient de le tuer. Un cyclone d'émotions rugissait dans son esprit et il voulut s'y cacher, s'y perdre en emportant avec lui, les souvenirs du seul être humain qui comptait pour lui. Saturé par sa peine et par des sentiments qu'il ne comprenait pas, il perdit toute connexion avec le monde extérieur et sombra dans le néant.

◆◆◆

La sonnerie du matin le tira de ce sommeil qui n'en était pas un. Il avait l'impression d'être différent, mais ignorait ce qui avait changé en lui. Et puis, soudain, il se souvint des événements de la veille. Naryl Korban s'était tranché la gorge. Il revit le regard furieux du capitaine Gutybeaz et celui horrifié de cette scientifique arrivée depuis peu. Tout cela ne déclencha aucune émotion en lui. Il analysa froidement ce que Korban avait fait et estima que cette mort était nécessaire. L'Imperium était tout-puissant et servir Dieu était un honneur… pour le moment. Il n'oubliait pas son serment, mais il s'en souvenait de façon très rationnelle. Il se sentait purgé de toute émotion et tout lui paraissait beaucoup plus simple.

Devor se prépara hâtivement, anticipant avec joie le cours de combat à mains nues qui l'attendait. Comme chaque fois qu'un archange manquait à l'appel, aucun de ses condisciples ne sembla s'en rendre compte. Cette indifférence générale aurait dû le révolter, mais il la comprenait parfaitement. À quoi bon s'émouvoir pour un faible éliminé du projet ? Les officiers non plus ne mentionnèrent pas la disparition de Naryl Korban. La seule différence fut la présence d'un nouvel inquisiteur pendant l'entraînement. Il sentit l'esprit de cette larve repoussante effleurer ses pensées, puis y accéder. Il avait levé ses défenses et sut avec certitude que l'homme n'avait rien détecté. Il ne laisserait personne l'empêcher de tenir la promesse qu'il avait faite à…

son ami ? Ce mot lui semblait incongru désormais. Il allait devenir le plus grand soldat de l'Imperium et un jour… Il se vengerait !

✦✦✦

Le cadet Devor Milar ferma la veste en polytercox de son uniforme avec soin. Il s'observa brièvement dans le miroir. Son visage était légèrement hâlé après les trois mois qu'ils venaient de passer en exercice extérieur. Son regard bleu froid n'exprimait aucune émotion particulière, sauf peut-être la satisfaction d'en finir avec sa vie d'enfant. Aujourd'hui, ils entraient à l'académie des officiers des Gardes de la Foi et pour la première fois, les neuf archanges survivants de leur promotion seraient confrontés à leurs homologues issus du projet Séraphin. Il n'avait aucune crainte. Les archanges allaient prouver leur supériorité.

Il balaya d'un regard sans passion le dortoir des cadets, pas pour confirmer qu'il n'oubliait rien, car les Archanges ne possédaient rien, mais il voulait fixer cet endroit dans sa mémoire et pendant une brève seconde, le souvenir de Nako vint caresser son esprit. Cela faisait huit mois qu'il s'était suicidé. « Vis, Dem, vis pour nous deux ! » Devor chassa cette voix perturbante et l'émotion, qui avait effleuré son âme, disparut. Il tourna les talons et croisa le regard bleu sombre de Janar. Les deux garçons auraient pu passer pour des frères, avec cette même silhouette svelte et athlétique, ces mêmes longues jambes. Leur beau visage était semblable, mince et anguleux, ils avaient les mêmes cheveux noirs, coupés courts. Ils affichaient la même attitude arrogante et le même pli ironique sur leur bouche aux lèvres fines. Ce qui les différenciait était leur regard. Celui de Janar était d'un bleu sombre, dur, dépourvu de la moindre parcelle d'humanité. On y lisait le mépris qu'il posait sur tout et tous, ainsi que le plaisir qu'il prenait à la souffrance d'autrui. Les yeux bleu glacier de Milar étaient différents. Il y brillait une implacabilité surprenante chez un adolescent. Ce regard était fascinant, difficile à soutenir et captivant. Parfois, on y devinait une passion dissimulée tout au fond de son âme. Les yeux bleus de Janar l'enlaidissaient, car ils démontraient toute la noirceur de son âme, ceux de Milar faisaient de lui un jeune homme séduisant et charismatique.

Avec ses camarades, Devor s'engagea dans le couloir qui conduisait à l'extérieur du bâtiment des cadets. Le capitaine Gutybeaz se tenait à côté de la sortie et saluait chacun des archanges. Milar lui rendit son salut et sans une pensée pour ces dernières années, il quitta sa vie de cadet.

Plaumec...

Le lieutenant Leene Plaumec entra dans son ancien appartement avec nostalgie. Pendant quatre merveilleuses années, elle y avait été très heureuse. Les deux minuscules pièces se trouvaient dans un état lamentable. La couche de poussière datait de plusieurs années et les meubles renversés ne présageaient rien de bon. *Je ne dois pas rester ici*, se dit-elle avec angoisse. Le cœur brisé, elle quitta précipitamment les lieux. Elle sortit de l'immeuble en rasant les murs et fut soulagée de n'avoir croisé personne. Un drame s'était déroulé dans cet appartement et malgré le danger, Leene voulait savoir ce qu'il était arrivé à Amy. Sabyne, une amie commune, pourrait peut-être la renseigner. Sans plus tergiverser, Leene s'engouffra dans l'omnibus planétaire. Elle s'assit dans un fauteuil libre et ferma les yeux quand la vitesse de l'appareil la plaqua contre le dossier.

Amy Gergo était une femme fascinante, mince, blonde comme les blés avec une coupe de cheveux en bataille, soigneusement entretenue. Elle avait une dizaine d'années de plus qu'elle et lorsque Leene l'avait rencontrée, elle avait été charmée par sa personnalité chaleureuse et charismatique. Il était impossible de refuser quelque chose à cette femme et Leene n'avait pas résisté longtemps. Les deux femmes avaient vécu un week-end de passion torride et une semaine plus tard, Leene emménageait avec Amy dans ce sympathique petit appartement. Elle étudiait pour devenir médecin et Amy travaillait comme scientifique pour le clergé. Pendant quatre ans, Leene n'avait rien su d'autre sur la vie de son amie. Et puis un soir, Amy Gergo était rentrée totalement abattue. Elle s'était servi un grand verre de wosli qu'elle avait vidé d'un trait, puis un deuxième avait subi le même sort. Leene avait insisté pour qu'elle lui révèle la raison de son état. Les paroles d'Amy demeureraient gravées dans sa mémoire pour le restant de ses jours.

— Tu sais que je travaille pour le clergé, avait-elle dit. J'étais affectée au projet Séraphin, un boulot théorique qui m'allait très bien.

Six mois avant de te connaître, j'ai été mutée sur un projet expérimental, le projet Archange et je ne le supporte plus.

— Pourquoi ?

— Tu connais les Gardes de la Foi ? Ces invincibles salopards en armure noire ne sont pas des humains ordinaires, oh non ! Ils sont créés génétiquement dans des tubes. Depuis toujours, le projet Séraphin fabrique des officiers. Ils sont fiables, intuitifs, rapides, efficaces, loyaux, et sans pitié, mais le commandement estime qu'ils manquent d'inventivité et de créativité. La guerre fait rage. L'Imperium a besoin d'hommes plus intelligents et plus doués, alors ils ont démarré le projet Archange. C'est un projet expérimental et malheureusement, même si les garçons sont plus forts, ils sont aussi plus instables. J'ai été mutée sur ce nouveau projet pour trouver des solutions. Avant, je ne voyais jamais les enfants, maintenant je sais comment ils sont formés. Ils sont façonnés selon deux principes complémentaires : une création génétique perfectionnée et un conditionnement impitoyable. Si tu savais comment ils s'y prennent. Les gamins sont maltraités, torturés jusqu'à ce que leur personnalité devienne celle d'un tueur froid et sans émotion. Ne les affronte pas, jamais ! Les gardes noirs sont fabriqués pour être des machines de guerre féroces, les Archanges seront pires. Tu comprends, ils ne ressentent rien. Ceux qui éprouvent quelque chose sont assassinés. Dès qu'ils ont un doute, ils éliminent les enfants. Peu après mon arrivée, j'ai vu l'un de ces adolescents se suicider pour se soustraire à la torture. Il s'est égorgé sous mes yeux et aujourd'hui...

Elle laissa échapper un sanglot.

— Ils m'ont obligée à tuer un gosse de cinq ans par injection. Il était... défectueux ! C'est le mot qu'ils ont utilisé : défectueux ! Je voulais te proposer d'avoir un enfant avec toi, Lee, mais après ce que je viens de faire, je ne pourrai plus. Ce meurtre me poursuivra toute ma vie.

Ce discours avait terrifié Leene Plaumec et ce soir-là, Amy avait fini par sombrer dans un sommeil alcoolisé. Pendant les semaines qui suivirent, Leene n'avait pas réussi à chasser de ses pensées ce qu'elle avait entendu. Elle était horrifiée par ces révélations et effrayée. Si le clergé apprenait qu'Amy lui avait divulgué un secret de l'Imperium, elles seraient condamnées toutes les deux. Ses études de médecine étaient finies et Leene devait impérativement répondre à la conscription. Elle n'hésita pas et s'engagea dans l'armée, interrompant toute relation avec Amy.

Après trois ans sans nouvelles, Leene voulait savoir ce qu'il était advenu de son amie. Sabyne habitait toujours le même appartement dans un immeuble moderne, situé dans le quartier des affaires. Après le choc des retrouvailles, elle fit entrer Leene avec une fébrilité alarmante. En trois minutes, elle lui apprit qu'Amy Gergo et sa compagne Jalee avaient disparu sans laisser de traces. D'une voix hachée par la peur, elle lui raconta qu'elle avait remarqué des soldats de l'Inquisition devant de leur immeuble. Elle ne demanda pas à Leene de partir, mais son attitude était sans équivoque. Attristée, Leene Plaumec regagna son hôtel. Le lendemain, elle renouvela son engagement au sein de l'armée de la Foi et rejoignit son affectation sur la planète Abamil.

Les révoltés s'étaient retranchés dans leur village, qu'ils avaient protégé avec des barricades sommaires. L'aspirant Devor Milar pointa sa lunette d'approche sur les défenses où quelques sentinelles patrouillaient. Leur nervosité était visible, même à cette distance. Ils se savaient condamnés. Personne ne pouvait survivre à la folie d'une insurrection. Pourtant, des planètes se rebellaient en permanence et Devor n'arrivait pas à comprendre ce comportement illogique. La victoire était impossible, pourquoi bravaient-ils la mort ? Pourquoi mettaient-ils en danger leur famille ? Il repoussa ces réflexions importunes et se concentra sur le présent. Sur son armtop, il tapa une modélisation de combat avec un taux de réussite de 99,75 %. Satisfait du résultat, il donna rapidement ses ordres et attendit, couché dans l'herbe fraîche, que la nuit soit complètement installée sur les collines qui dominaient la vallée. L'astre orangé descendit lentement sur l'horizon, habillant la prairie vert pâle de couleurs magnifiques. Le jeune Devor restait insensible à cette beauté qui n'avait aucun intérêt stratégique. Il continuait d'observer les hérétiques retranchés derrière leurs murs. Il ne voulait pas envisager un échec pour son premier commandement.

Tout comme ses camarades, Devor effectuait son deuxième voyage à bord du *Vengeur 208*. La Phalange rouge était la première unité des Gardes de la Foi à avoir été créée et par tradition, elle participait à la formation des élèves-officiers. Leur premier voyage s'était déroulé à la fin de leur première année au sein de l'Académie. Ils avaient d'abord été de simples observateurs, puis avaient participé à quelques batailles en tant que soldats, sous les ordres d'officiers expérimentés. Devor Milar avait trouvé ces combats exaltants et s'y était particulièrement distingué. Le retour à l'Académie avait été pénible. Retrouver la théorie et l'entraînement fastidieux lui avait coûté.

Le terrain était tellement plus stimulant et il n'était pas le seul élève à le penser. La formation avait repris, plus intense et plus exigeante.

Les aspirants issus du projet Archange s'étaient tous hissés dans le haut du classement, démontrant leur supériorité. Milar se classait en tête de toutes les disciplines. Ses dons particuliers avaient beaucoup évolué. Son intuition de combat lui permettait de prévoir les dangers, de deviner le meilleur chemin et au combat, de voir les événements avec quelques secondes d'avance. Il avait aussi développé sa capacité à lire les pensées de certaines personnes et continuait, avec prudence, à travailler cette aptitude.

Les élèves-officiers effectuaient leur second voyage qui venait clôturer leur deuxième année de formation. Aujourd'hui, la Phalange rouge devait calmer une révolte sur la planète GvT 05, que ses habitants nommaient Bekil, et procéder à des purges dans les cités. Le colonel Volus avait confié aux aspirants l'honneur de détruire quelques villages sans importance stratégique. Trois unités, composées de vingt élèves chacune, avaient été constituées et la première avait été attribuée à Milar. Pour la première fois, les futurs Gardes de la Foi étaient livrés à eux-mêmes et le jeune homme voulait démontrer sa valeur.

La nuit s'était lentement installée sur le village silencieux. De temps en temps, le faisceau éblouissant d'un projecteur perçait les ténèbres. Devor attendit le moment propice et dès que la lumière s'éteignit, il donna l'ordre d'avancer. Sous le couvert de l'obscurité, les aspirants descendirent sans bruit dans la vallée. Il fut le premier à atteindre la barricade, un amoncellement brinquebalant de plastine, de linium et de fibrobéton. Sur une plate-forme, à une dizaine de mètres au-dessus du sol, une sentinelle scrutait la nuit. Un sourire carnassier glissa sur les lèvres du jeune homme, puis sans hésiter, il escalada la palissade. Il s'éleva furtivement jusqu'au sommet de la tour et attendit que le guetteur lui tourne le dos pour se couler derrière lui. Il agrippa l'homme en lui plaquant une main sur la bouche et lui planta son poignard de combat dans le dos. Le corps de sa victime s'arqua et se débattit, avant de retomber comme privé de son squelette. Devor appuya le cadavre contre la rambarde pour que, de loin, les insurgés ne voient aucune différence. Il entendit le martèlement des bottes d'un rebelle qui patrouillait le long de l'enceinte. Toujours sans bruit, il se laissa tomber sur le sol, rattrapa l'homme en quelques pas et l'égorgea. Tout autour du périmètre, ses gardes se débarrassèrent des autres guetteurs, avant de se déployer dans le village. Des tirs lywar déchirèrent la nuit, suivis de cris de peur et de douleur.

Accompagné de deux soldats, Devor poussa la porte d'une habitation. Une femme, qui portait un plateau garni de bols, hurla en laissant tomber sa charge qui éclata sur le carrelage. Un homme recula prestement sa chaise, qui bascula avec lui sur les dalles de pierre. Un autre tenta d'attraper son arme posée sur la table. Milar l'abattit, puis élimina ses camarades. Un bruit dans une pièce contiguë l'alerta. Il s'y précipita, enfonçant la porte d'un coup d'épaule. Une femme s'efforçait de se glisser au travers d'une fenêtre. Il pressa la détente de son fusil et l'impact d'énergie la cueillit au milieu du dos. Il écarta le cadavre et aperçut deux silhouettes qui s'enfuyaient dans la nuit. Il franchit l'ouverture et se lança à la poursuite des fugitifs. Il en tua un, mais le deuxième, blessé, se mit à ramper sur le sol dans l'espoir vain de s'échapper. Le jeune Milar le rattrapa sans peine. Il eut un mouvement de recul en découvrant le visage de sa proie, un adolescent de quatorze ans, aux cheveux très noirs, qui dardait sur lui un regard terrifié et suppliant. Il ressemblait étrangement à Nako et Dem ne put appuyer sur la détente. Il avait l'impression que le fantôme de son ami lui adressait des reproches depuis l'au-delà.

— J'ai fait ce que tu voulais, murmura-t-il. Je suis devenu le meilleur d'entre eux.

Le gamin ne comprenait pas ce que lui voulait cet effrayant garde noir et se contentait de le fixer en tremblant de tous ses membres. L'absence de Nako n'avait jamais été aussi forte. Toutes ces années, il avait réussi à ignorer sa disparition et les moments précieux qu'ils avaient partagés, mais en cet instant, il ne put contenir le flot d'émotions qui le submergea. *Que suis-je devenu ?* se demanda-t-il. *C'est de ta faute, Nako, c'est de ta faute ! J'ai fait ce que tu exigeais.*

— Milar ? Que fais-tu ? intervint l'un de ses hommes.

— J'arrive, Tinklow, répliqua-t-il.

Dem jeta un ultime regard à l'enfant prostré et fit taire cette compassion qui lui hurlait de l'épargner. Il eut besoin de toute sa volonté pour appuyer sur la détente de son arme.

— Allons-y, Tinklow, finissons-en avec ces hérétiques ! ordonna-t-il sans s'attarder sur le cadavre du gamin.

Ces dernières années, Devor avait chassé Nako de ses pensées. Ce soir, ce souvenir revenait toujours vivace et les reproches muets de son ami étaient insupportables. Comment continuer à être un Garde de la Foi exemplaire, si le fantôme de son ami subsistait ? Sa mémoire intacte lui restitua leur dernière discussion et les mots de Nako résonnèrent douloureusement dans sa tête. Le garçon lui avait fait jurer de devenir le meilleur et pour tenir sa promesse, il devait l'oublier. Mais comment s'y résoudre ? Nako était la « seule chose » bien de son existence, il était son ami et sa conscience. Il ne pouvait pas, ne voulait pas l'effacer de sa vie.

Le combat qui se jouait dans son esprit lui avait fait perdre sa concentration. Il n'anticipa pas l'attaque désespérée de quelques révoltés. La bourrade de Tinklow lui sauva la vie. Il s'affala sur le sol et rampa à l'abri d'un muret, sous le feu ennemi. Son camarade ripostait déjà, accroupi derrière le parapet. Devor vint l'épauler. Ils étaient en mauvaise posture. Le reste de l'unité finirait sans doute par venir les soutenir, mais dans combien de temps ? Toujours hanté par l'ombre de Nako, Devor n'était plus en état de réfléchir logiquement. Il laissa la rage l'envahir et bondit hors de son abri en ouvrant le feu sur leurs adversaires, presque au hasard. Chacun de ses tirs faisait mouche, il évitait les ripostes avec une habileté extraordinaire et lorsque le bruit asthmatique de son arme déchargée retentit, il se contenta de la laisser tomber. Toujours déchaîné, il dégaina son pistolet et son poignard, avant de fondre au milieu de l'ennemi comme un garton enragé. Il cessa enfin le feu, après quelques minutes. Autour de lui, une quinzaine de combattants gisaient morts et il ne se souvenait pas vraiment de la façon dont il les avait tués. Il se laissa tomber sur les genoux, à bout de forces. *Adieu, Nako*, gémit-il intérieurement. Concentré sur ses pensées, il réunit tous les souvenirs concernant son ami et les enfouit profondément. Après un dernier sanglot secret, il boucla définitivement cette partie de son esprit. À partir de cet instant, pour lui, Naryl Korban n'avait jamais existé.

— Milar, tu es blessé ?

Il tressaillit et secoua la tête. Que faisait-il prostré ainsi ?

— Non, je ne sais pas, dit-il en se relevant péniblement, le crâne pulsant de douleur.

— Tu as massacré ces hérétiques à toi tout seul, Milar.

Devor s'accorda un sourire satisfait.

— Achevons ce combat, Tinklow ! Viens, tuons-les tous !

◆ ◆ ◆

Les dix sous-lieutenants pénétrèrent sur le pont navette du vaisseau de transport qui venait de rejoindre le *Vengeur 401*, le bâtiment de la Phalange grise. Ils avaient été promus deux semaines plus tôt et ils se comportaient avec l'assurance de jeunes officiers ayant une carrière brillante devant eux. Milar grimpa dans la navette, le cœur gonflé d'impatience et s'installa face à Tinklow.

— Ça y est, Devor ! lança le jeune homme blond avec un sourire chaleureux. Nous allons enfin servir au sein d'une phalange.

— Oui, enfin ! Après nos voyages avec la Phalange rouge, je n'en pouvais plus d'être confiné à l'académie. Nous sommes faits pour l'espace, pour le combat...

— ... pour donner la mort et servir notre Dieu.

— Vous êtes adorables, tous les deux, ironisa Qil Janar qui venait de s'asseoir à côté de Tinklow.

Milar ne put s'empêcher de maudire celui qui avait décidé de muter 178 dans la même phalange que lui. Les deux archanges se haïssaient férocement et entretenaient une permanente compétition. Peut-être est-ce cela que le commandement avait voulu encourager.

— Ton petit 191 te manquait, Milar ? Tu as trouvé quelqu'un pour le remplacer ?

— De qui parles-tu, Janar ? demanda Devor avec une sincère incompréhension.

— Très drôle. Je parle de ce couard qui te suivait partout et que tu protégeais jalousement... Tu dois bien te souvenir de lui ?

— Je ne me souviens d'aucun archange 191.

Qil Janar le regarda avec stupeur, puis sourit méchamment.

— Tu n'as même pas le courage d'admettre son existence. Tu vas découvrir que servir au sein d'une phalange, ce n'est pas vivre à l'abri de l'Académie. Finie, la protection de la hiérarchie. On s'apercevra vite que ta prétendue supériorité n'est que du vent.

— La jalousie n'est pas autorisée au sein des gardes, répliqua doucement Milar. À ton avis Janar, dois-je faire un rapport ?

— Fais ce que tu veux, souffrir ne m'effraie pas.

— Je n'ai besoin de personne pour régler mes comptes. Si tu veux me défier, je serai toujours à ta disposition.

Ils s'affrontèrent du regard pendant de longues minutes, jusqu'à ce que l'ouverture de l'écoutille brise ce duel silencieux. La navette s'était posée en douceur sur le pont d'envol d'un vaisseau Vengeur. Le commandant en second de la Phalange grise les attendait. Milar fut désigné adjoint du lieutenant Pertan, chef de la troisième section, de la première compagnie, première brigade.

✦ ✦ ✦

Le sous-lieutenant Devor Milar sauta hors de son lit dès que la sonnerie du réveil retentit. Il salua Farel Pertan d'un sourire. Ils étaient rapidement devenus amis, de cette camaraderie guerrière qui lie habituellement les soldats. D'un caractère pondéré, Farel menait sa section aisément et semblait ravi de pouvoir transmettre son expérience à son jeune second. Pour le moment, Devor calquait son comportement sur son aîné, tout en s'appliquant à calmer sa fougue et son envie de prouver sa valeur sur le champ de bataille. Depuis quatre semaines, les Hatamas s'acharnaient à éviter toute confrontation avec la Phalange grise et cela le rendait fou. Milar, qui attendait avec impatience de livrer son premier combat, allait enfin pouvoir démontrer ce qu'il savait faire.

Ils avaient pour mission de s'emparer d'un monde occupé par les Hatamas. Cinq siècles auparavant, cette race non-humaine peuplait plus d'un tiers de la Voie lactée et continuait son expansion. Ces envahisseurs faisaient de très fréquentes incursions dans l'Imperium, massacrant les innocentes populations. Dans sa grande sagesse, Dieu avait décidé d'éradiquer ces sauvages et d'unir toute la galaxie sous influence humaine. Le territoire hatama s'était réduit pendant ces longs siècles de conflits et s'étendait désormais sur un quart de la Voie lactée. Ces humanoïdes, à la peau gris sombre, marbrée de sortes d'écailles, possédaient une armée considérable. Leur flotte spatiale était puissante, leurs armes efficaces et leur détermination légendaire. Cependant, confrontés à l'imposante machine de guerre qu'était l'armée sainte, ils étaient obligés de reculer. Privé de conquêtes, balayé, massacré, déraciné et surtout, humilié, ce peuple fier appliquait une stratégie cruelle. Les Hatamas effectuaient de constants raids de représailles sur les colonies humaines fraîchement implantées ou peu défendues. Ils violaient, torturaient et réduisaient en esclavage leurs prisonniers. Acculés, ils livraient de sanglants combats et sur la ligne de front, les morts se comptaient par milliers dans les deux camps.

Milar savait tout ce qu'il y avait à savoir sur les Hatamas. L'étude de leur civilisation était un chapitre important à l'Académie. Il avait hâte d'être confronté à de vrais ennemis. Aussi, ce matin décisif, il prit une douche brève avant de se préparer. Il revêtit un pantalon et une veste en polytercox, une matière polymère de fibre de carbone, de carbure de silicium et de cuir de vaertil qui avait la caractéristique d'être solide, résistante, souple, et d'un noir brillant qui contribuait à l'allure impressionnante des Gardes de la Foi. Sur cette tenue étaient fixées des plaques articulées en ketir, cette substance nanorégénératrice, prouesse technologique qui exploitait les propriétés naturelles du ketiral, en les combinant avec une nanotechnologie de pointe. Il contrôla les attaches de son armure de combat, ainsi que l'armtop intégré dans le renfort de l'avant-bras gauche de l'armure. Il glissa, dans les logements incorporés au revêtement des cuisses, son pistolet lywar et son poignard de combat. Enfin, après avoir mis ses lourdes bottes de ketir, il prit son casque et suivit Pertan hors de la cabine.

— Tu es prêt ? lui demanda son supérieur.
— Plus que prêt, Lieutenant. Je suis impatient de me battre.
— Ne sois pas si impatient. VaA 02 est une sale planète. Il y pleut en permanence et la température ne dépasse jamais les dix degrés.
— Nous n'allons pas y vivre, Lieutenant, juste y combattre.
— Je me rappelle ma première fois, fit Pertan amusé. Moi aussi, j'étais avide d'en découdre.

Le bombardier les déposa dans une zone marécageuse, non loin d'une importante base militaire hatama, objectif de leur compagnie. Pertan divisa ses hommes en trois colonnes et confia à Milar le commandement du troisième groupe. Leur section attaquerait par le nord avec pour mission d'attirer sur eux le tir ennemi, pendant que le reste de la compagnie s'infiltrerait par le sud.

Milar sauta sur le sol spongieux, s'enfonçant dans la fange. À perte de vue, le paysage était désolé, couvert d'une eau verdâtre qui stagnait autour d'îlots à la végétation grise et brune, ployant sous le poids de l'humidité. Le bombardier s'était posé sur une zone légèrement surélevée et Devor devina un passage plus ou moins sec, qui leur permettrait de traverser ce marais. Une pluie froide, fine et insistante tombait sans discontinuer et s'insinuait sous son armure, lui glaçant les os. Il fit signe à ses hommes et ils partirent en trottinant dans la direction indiquée par son armtop. Sous ses bottes, l'eau mêlée de boue giclait désagréablement et son armure immaculée ne tarda pas à être constellée de taches brunes et malodorantes. Leur passage provoqua l'envolée de nuées d'insectes qui attaquèrent les intrus, dévorant le peu de peau laissée à nu par le casque. Ils réussirent même à s'infiltrer à l'intérieur de l'armure. Devor ne tint pas compte des déplaisantes démangeaisons causées par ces bestioles, cette contrariété n'était rien en comparaison de ce qu'il avait subi pendant sa formation. Il poursuivit sa course, en essayant d'éviter les pièges que dissimulait l'eau dormante. La base se dressait au milieu de la plaine, agglomérat de bâtiments gris, construits dans une sorte d'argile, matière facile à se procurer sur ce monde humide. Au-dessus de l'enceinte, un filet d'énergie était tendu entre des antennes disposées sur les murs. Ce bouclier, de conception hatama, empêchait toute attaque aérienne, ce qui expliquait l'obligation d'un assaut au sol. Au lieu d'encaisser les décharges d'énergie, comme le faisaient les dispositifs utilisés par l'Imperium, le filet hatama renvoyait le lywar vers son point de départ. Fort heureusement, un tel système n'était pas exploitable dans le vide intersidéral, sinon la flotte ennemie aurait été quasiment invincible. Le mur d'enceinte, haut et bardé de mitrailleuses, était impressionnant et le manque total de relief leur interdisait une approche discrète. Ils allaient devoir charger sous une pluie drue et tenter de prendre d'assaut la lourde porte de métal, seul accès de ce côté du périmètre. Ce n'est pas la peur du combat qui occupait ses pensées, mais seulement l'angoisse de mal se comporter.

Devor désigna à ses hommes les murs menaçants qui barraient l'horizon, puis du pouce, il régla l'intensité lywar sur son fusil. Cette invention contribuait à l'hégémonie de l'armée sainte sur la galaxie. Développée avant l'avènement de l'Imperium, cette technologie permettait de générer des projectiles chargés d'une puissance phénoménale. Un vaisseau pouvait tirer des missiles formés d'une énergie pure et dévastatrice, produite par ses moteurs, alors que les armes individuelles étaient alimentées par des chargeurs, dans lesquels était emmagasiné le lywar. Les gardes se déployèrent en courant et les mitrailleuses des Hatamas ouvrirent le feu. Les non-humains utilisaient des armes à projectiles solides et à haute vélocité, capable de percer le ketir. Les balles s'enfoncèrent dans la boue tout autour de lui et l'une d'elles rebondit même sur le renfort de son épaule. Un garde, près de lui, fut frappé par plusieurs tirs et s'écroula. Milar continua à courir, tout en pressant la détente de son arme. L'énergie lywar, qu'il avait réglée à pleine puissance, frappa l'une des mitrailleuses de plein fouet, faisant exploser leur stock de munitions. Les autres postes de tir continuèrent à massacrer ses hommes. Ils devaient absolument détruire cette porte. Toute la scène lui sembla soudain étonnamment plus réelle et plus brillante. Il zigzagua, changeant de direction une fraction de seconde avant que les balles ne labourent le sol détrempé. Il cribla les vantaux d'impacts lywar, sans résultats. Dans son esprit, l'image d'une explosion s'imposa. Il plongea en avant et roula sur son épaule à l'instant où un tir de mortier dévastait l'endroit qu'il occupait une seconde plus tôt. Il se releva sans attendre et ne compta que onze survivants sur les seize gardes qui lui avaient été confiés. Qui donc avait décidé d'une stratégie impliquant le sacrifice de ses hommes ? À une cinquantaine de mètres sur sa gauche, Pertan et les deux autres groupes de la section subissaient, eux aussi, le déchaînement des tirs hatamas. La porte n'était plus qu'à une petite centaine de mètres, mais elle résistait à leurs tirs.

— Explosifs ! cria-t-il à l'un de ses soldats.

L'homme lui lança le havresac contenant les charges lywar qu'il portait. Devor l'attrapa au vol et sans attendre, il sprinta vers la muraille en se fiant complètement à son instinct. Aucune balle ne le toucha, mais plusieurs sifflèrent désagréablement à ses oreilles. Dans un dernier effort, il se jeta contre la porte, à l'abri désormais des projectiles hatamas. Il plaça la charge et la régla au plus court, puis il se glissa le long du mur et se plaqua contre la paroi en espérant que l'argile ancestrale le protégerait. L'explosion déchaîna un ouragan de feu qui enfonça la porte et écroula une énorme partie du mur. Une pluie de pierre, de poussière et de gravier recouvrit son armure détrempée. Quand le nuage retomba, une brèche béante avait été ouverte dans le rempart et le cri de victoire de ses hommes fut une immense récompense.

— Couvrez le lieutenant ! leur ordonna-t-il.

L'ennemi, encore sonné par la déflagration qui venait de percer ses défenses, ne réagit pas au déluge de lywar qui s'abattit sur eux. Pour finir de leur saper le moral, des tirs et des explosions lywar retentirent de l'autre côté de la base. Le reste de la compagnie passait enfin à l'attaque. Milar se glissa dans la trouée tout en tirant sur les Hatamas. Il éjecta son chargeur lywar en entendant la toux de son fusil et en enclencha un autre. Il s'aplatit derrière des gravats et continua à mitrailler l'ennemi. Pertan ne tarda pas à se jeter à ses côtés.

— Bien joué, Milar, bien joué !

— J'ai perdu trop d'hommes, Lieutenant.

— Nous sommes la diversion. Il est normal de se faire massacrer. Maintenant, il faut établir un point de défense.

— Bien, Lieutenant.

Un bâtiment écroulé pourrait leur offrir un abri précaire.

— Couvrez-moi, Lieutenant !

Il bondit hors de son refuge et sprinta vers son objectif, encadré par les tirs lywar de Pertan. Les balles hatamas sifflèrent à ses oreilles. Un choc brutal le frappa à l'omoplate. Projeté vers l'avant, il s'étala sur le sol boueux et roula sur lui-même, soulagé que la balle n'ait pas traversé le ketir. Il se releva et plongea par-dessus un muret d'argile. Il fit feu sur la dizaine de non-humains qui se trouvaient au sommet du mur d'enceinte. Les impacts lywar firent un carnage et leurs cadavres tombèrent dans le vide. Farel Pertan courut à son tour vers l'abri, mais une rafale de mitrailleuse le cisailla et il s'écroula lourdement aux côtés de Milar.

— Pertan !

Le lieutenant arracha son casque pour tenter de mieux respirer. Du sang maculait son visage.

— Pas de chance, murmura-t-il. Milar, tes ordres sont de tenir ici, le temps que le reste de la compagnie fasse le travail.

Le hurlement d'un moteur de bombardier leur déchira les tympans. Le vaisseau Furie effectua un passage au-dessus de la base et piqua gracieusement vers le sol, rasant presque l'herbe grise pour se glisser sous le bouclier. Il réduisit en cendres les défenses lourdes des Hatamas en un seul survol. Alors qu'il remontait vers le ciel, un missile lancé depuis la base heurta ses réacteurs. L'explosion bouscula le petit vaisseau, qui perdit aussitôt le contrôle de sa trajectoire et finit par s'écraser dans un marécage. Un message s'afficha sur l'armtop de Milar et le code utilisé ne laissait aucune place au doute. Le bombardier qui venait d'effectuer cette attaque audacieuse transportait le chef de la Phalange grise.

— Milar, il faut sauver le colonel, coassa Pertan des bulles de sang au coin de la bouche. Prends cinq hommes et fonce. J'essayerai de tenir ici.

— À vos ordres, Lieutenant. Ce fut un honneur. Cinq volontaires, avec moi !

Des gardes se désignèrent aussitôt, sans aucune hésitation. Des vétérans auréolés de nombreuses victoires étaient prêts à le suivre, lui, un jeune officier de dix-huit ans. Milar en éprouva une immense fierté. Il n'avait pas le droit de les décevoir. Son armtop l'avertit que deux patrouilleurs hatamas se dirigeaient vers le lieu du crash. Le rejoindre en vie tenait du miracle. Devor fonça au milieu d'une grêle de balles, mais les projectiles semblaient l'épargner comme par magie. Une trentaine de soldats hatamas leur barrèrent la route. Devor fit feu sans ralentir sa progression.

— Nous devons passer à tout prix ! cria-t-il.

Un non-humain se jeta sur lui, l'empêchant de recharger son arme. Il dégaina son poignard et évita la lame effilée de son adversaire. Sous le casque de forme ovoïde, il devina un visage gris et squameux, un nez presque inexistant. Les yeux noirs du reptilien, à l'étrange pupille jaune et verticale, se dilatèrent. La bouche, qui ressemblait à une cicatrice boursouflée, s'entrouvrit découvrant des dents pointues et écartées. Le soldat hatama attaqua à nouveau, mais Devor se glissa sous son bras et lui planta sa lame en plein cœur. Il arracha son arme de la plaie et mû par son instinct, il para de son bras gauche la crosse d'un fusil qui visait sa tête. Le non-humain émit une sorte de stridulation, avant de l'attaquer. Devor sauta en arrière, mais dérapa dans la gadoue nauséabonde. Il s'étala dans la fange. Le Hatama bondit en brandissant sa longue lame. Milar roula dans l'eau et se redressa souplement, dégoulinant de boue liquide. Il zébra l'air de son poignard et égorgea le reptilien. Un tir le débarrassa du dernier assaillant.

— Merci, Sergent !

Une fusillade éclata un peu plus loin, il fallait accélérer. D'un signe, il ordonna à ses hommes d'avancer. Il s'extirpa de la vase et reprit sa course. Gêné par la boue qui coulait sur ses yeux, il ôta son casque et le jeta de côté. Il essuya le plus gros de la saleté avec le dos de sa main et laissa la pluie insistante nettoyer son visage. Ils franchirent une épaule de terrain. Les patrouilleurs hostiles venaient de se poser dans la fange et des Hatamas en surgirent.

— Retenez-les ! ordonna-t-il à ses hommes. Nous ne pouvons plus perdre de temps.

Ils engagèrent l'ennemi, alors que Milar fonçait droit devant lui. Le bombardier s'était écrasé dans une mare d'eau stagnante et était encerclé par une cinquantaine de non-humains. Un Garde de la Foi était retranché derrière un morceau de l'épave, encaissant de son mieux le feu ennemi, mais il ne résisterait plus longtemps. Devor chargea son arme, épaula son fusil et tira rapidement, fauchant les Hatamas sous ses impacts lywar. Surpris de son intervention, ils mirent quelques secondes avant de répliquer. Il roula sur le côté pour éviter la mitraille, puis fondit sur eux sans cesser de tirer, pris d'une folie meurtrière qui le transcendait. Lorsque son fusil fut déchargé, il ne prit pas le temps de le recharger. Il le laissa tomber et dégaina son pistolet. Il tira sur un visage grisâtre qui explosa sous l'impact, puis il pivota et fit feu à nouveau. Complètement immergé dans la rage de ce combat inégal, il perdit le contact avec la réalité. Il se mouvait comme jamais, déchargeant son arme parfois à bout portant et quand son pistolet se mit à tousser, il l'abandonna pour son poignard. Il tua plusieurs Hatamas au couteau. Il tressaillit à peine lorsque plusieurs balles frappèrent son armure. Il enfonça sa lame si profondément dans le cœur d'un soldat adverse, qu'elle resta coincée. La douleur d'une dague, qui se glissa entre deux plaques de ketir, ne le ralentit pas. Il dégaina une lame-serpent et d'une main, il retint le poignet d'un Hatama. Il planta son petit poignard dans l'œil reptilien. Un bras musculeux se referma sur son cou. Il cogna du coude pour se dégager, mais l'autre le tenait fermement. Un tir lywar le frôla et abattit son agresseur. Il fit face, prêt à l'affrontement.

— Doucement, mon garçon, dit l'officier des Gardes de la Foi depuis son abri. Je crois qu'ils sont tous morts.

— Oui, Colonel ! répondit-il en rectifiant la position.

— Qui êtes-vous donc, Lieutenant ? Je ne suis pas certain d'avoir déjà vu une chose pareille.

— Sous-lieutenant Devor Milar, Colonel ! Troisième section, première compagnie, première brigade.

— Nouvellement arrivé, n'est-ce pas ?

— Oui, Colonel.

— Venez me donner un coup de main, mon garçon.

Milar rengaina son poignard, dans un logement situé dans le renfort ketir de l'avant-bras. L'armure des gardes incluait deux lames-serpents, rangées sur chaque poignet. Ces poignards étaient fabriqués dans du bois-métal issu des irox, qui poussaient sur une seule planète à travers toute la galaxie : Olima. D'immenses forêts denses de ces arbres-acier recouvraient tout un continent de ce monde. La résistance de ce bois était telle qu'il pouvait remplacer n'importe quel métal et trancher la plupart des matières. Il était également indétectable et très léger. Les Gardes de la Foi avaient vite compris tout l'avantage de cette matière. Seule la difficulté pour exploiter et travailler cette ressource expliquait le peu d'utilisation qui en était faite. Devor rejoignit le colonel Jouplim et lui tendit la main pour l'aider à se relever.

— Êtes-vous blessé, Colonel ?

— J'ai une jambe cassée. Et vous ?

— J'ai reçu un coup de couteau et je crois qu'une balle a traversé le ketir, mais je suis opérationnel.

— Très bien. Le bombardier qui a transporté votre section ne doit pas être loin.

— Oui, Colonel, mais la base…

— Lieutenant ?

— Ma section était en difficulté.

— Si c'est le cas, il est trop tard pour les sauver. Rejoignons votre bombardier.

Milar, vêtu d'un uniforme propre, s'autorisa une brève seconde d'hésitation avant d'entrer dans le bureau du colonel Aaron Jouplim, commandant la Phalange grise. À bord du Furie, le colonel avait pris connaissance de l'évolution de la bataille. Sa stratégie avait fini par porter ses fruits et les Gardes de la Foi étaient victorieux.

Cependant, une fois à bord du Vengeur, Jouplim ne lui avait pas adressé un seul mot, aussi le jeune homme avait-il été surpris lorsqu'il avait reçu l'ordre de se présenter dans son bureau.

— Sous-lieutenant Devor Milar au rapport, Colonel !

— Lieutenant Milar, l'accueillit Jouplim. Je viens de lire votre dossier. Ainsi, c'est à vous que ressembleront les officiers des gardes, à l'avenir. Intéressant. J'avoue avoir été dubitatif sur l'utilité de ce nouveau programme, mais votre démonstration a été étonnante. Vous m'avez sauvé la vie, mon garçon.

Devor hésita une fraction de seconde, avant de jouer la carte de l'audace.

— Oui, Colonel.

L'homme rit doucement.

— Votre arrogance est également étonnante, mais justifiée. De toute façon, je n'aime pas la fausse modestie. Le lieutenant Pertan est mort, Milar. Sa section est à vous.

— Colonel ? interrogea Milar, stupéfait qu'on lui confie un commandement, après seulement un mois de présence à bord.

— La troisième section est à vous, Milar. Vous êtes promu lieutenant. Je n'avais jamais vu un soldat éliminer cinquante guerriers à lui seul, sans parler des cadavres que vous avez semés sur votre passage. On m'a aussi fait part de votre comportement lors de l'attaque du mur. Exemplaire, vous avez été exemplaire, Lieutenant. Continuez comme cela. Les Gardes de la Foi ont besoin d'hommes de votre trempe.

— À vos ordres, Colonel ! dit Devor avec une joie qu'il tenta vainement de dissimuler.

Lan Tarni…

Cela faisait trois années que la Phalange grise était sur le front et la guerre ne leur avait laissé aucun répit. Ce conflit était meurtrier, rude et sans pitié, mais l'armée sainte gagnait inexorablement du terrain. Cependant, les lézards gris, comme les surnommaient parfois les humains, refusaient de plier. En cas de reddition, ils seraient confinés sur des planètes aux conditions de vie extrêmes. Pour s'en convaincre, il leur suffisait d'observer le sort réservé aux autres races de la galaxie. Il ne restait que cent millions de X'tirnis, un peuple autrefois fier et prospère, qui avait capitulé après une guerre meurtrière. Cela faisait deux cents ans qu'ils étaient parqués sur des mondes inhospitaliers et ils étaient lentement décimés par les maladies, la malnutrition et le travail épuisant. La défaite des Kraters et des Narolis datait des débuts de l'Imperium et aujourd'hui, ils étaient quasiment éteints. Il ne subsistait que dix mille Yejidos, cette race apatride qui survivait à bord d'une flotte hétéroclite, croisant aux confins de la galaxie. Bien avant l'avènement de l'Imperium, la fédération Tellus avait détruit leur civilisation. D'autres races perduraient dans les zones contrôlées par la coalition Tellus, ou par les Hatamas. Cependant, les objectifs du clergé n'étaient pas un secret. La Voie lactée était destinée aux humains et tous devaient adorer le seul vrai Dieu.

Le Garde de la Foi Lan Tarni acheva le dernier soldat ennemi en lui écrasant le crâne d'un coup de crosse. Cette attaque d'une base hatama, protégée par des canons pulseurs géants, se transformait en un carnage sanglant. Plus de la moitié des bombardiers de la première brigade avaient été décimés lors de l'assaut. Une fois au sol, les rescapés avaient dû combattre à un contre dix, dans une atmosphère à peine viable. Tarni avait été l'un des seuls de son unité à survivre au crash sur ce monde cauchemardesque. Alors qu'il reprenait difficilement son souffle, une fusillade explosa à quelques centaines de mètres. Sans hésiter, il se précipita vers ce combat. Lorsqu'il arriva, il découvrit un officier qui luttait seul une vingtaine de Hatamas. Il semblait blessé et ne tarderait pas à être submergé. Tarni rechargea son fusil et fondit dans la mêlée. Il enfonça les lignes ennemies et rejoignit le jeune capitaine. Dos contre dos, ils affrontèrent les hordes de lézards gris qui se jetaient sur eux. Un tir hatama traversa son armure et le projectile se logea dans son bras. Il grogna de douleur.

— Tenez bon, Garde !

— Oui, Capitaine, confirma Lan sans préciser que leurs chances de s'en sortir vivant étaient minimes.

Des tirs lywar vinrent le contredire, puis une section de Gardes de la Foi se déversa dans la petite vallée et l'ennemi fut anéanti.

— Tinklow ! s'exclama l'officier. Tu tombes à point.

— Tu es blessé, Milar.

— Ce n'est rien, répliqua le jeune capitaine en s'injectant une capsule de Retil 4.

— Tant mieux, j'ai repéré un chemin qui mène…

— Nous n'arriverons pas à nous emparer de cette batterie de tir, l'interrompit Milar. Nous ne sommes pas assez nombreux.

Tarni fut déçu de s'être trompé sur cet homme et de découvrir qu'il était lâche.

— Que proposes-tu ?

— J'ai localisé cet endroit, indiqua-t-il en affichant une carte sur son armtop. C'est un générateur qui alimente les canons pulseurs. Si nous arrivons à le détruire, la batterie sera réduite au silence et le *Vengeur 401* en profitera pour la pulvériser.

Lan ne put s'empêcher de fixer avec stupeur le jeune officier. L'improvisation n'était pas courante chez les gardes. Le capitaine Milar fit mentir toutes les statistiques. Leur petit groupe s'empara de ce site annexe après un combat acharné. Comme prévu, le vaisseau Vengeur exploita cette opportunité et pilonna la planète de toute la puissance de ses missiles. Pris sous le feu fratricide, ils réussirent à rejoindre un bombardier en suivant le jeune capitaine qui semblait deviner le chemin juste. Une fois à bord, ils furent évacués sans délai.

— Je suis le capitaine Devor Milar, se présenta l'officier. Quel est votre nom, Garde ?

— Lan Tarni, Capitaine.

— Merci de votre intervention, Tarni, dit-il en lui tendant une main amicale.

Tarni la serra énergiquement. Il se dit qu'il pourrait suivre un tel homme jusqu'en enfer.

Il existe toujours une chance de l'emporter, même lorsque les probabilités sont faibles.

Code des Gardes de la Foi

Le colonel Devor Milar, à la tête de la Phalange écarlate depuis presque quatre ans, était fier de ce qu'il avait accompli. Son unité était devenue la formation la plus crainte et la plus efficace de l'Imperium et cinq mois plus tôt, il avait été baptisé « la main écarlate de Dieu ». Il avait reçu cette distinction absolue après avoir écrasé une rébellion sur Bekil et en récompense de ses nombreuses victoires sur le front hatama ou face à la coalition Tellus.

Lorsque le colonel Jouplim avait été nommé général, commandant en chef des Gardes de la Foi, il lui avait accordé cette promotion inespérée. À vingt-six ans, Devor Milar était devenu le plus jeune colonel de l'histoire et avait pris le commandement d'une phalange qui venait à peine d'être créée.

Depuis, avec les responsabilités et la relative indépendance qu'il possédait, Devor avait vu ce qu'il appelait désormais son « fardeau » s'aggraver. Il s'agissait de cette compassion qui venait perturber ses décisions. Avant d'ordonner l'extermination de rebelles ou le massacre d'une population civile de Hatamas, il ne pouvait s'empêcher d'être rongé par l'horreur d'un tel choix. Il se répugnait et au fond de son âme, il lui semblait entendre une voix qui lui reprochait son insensibilité. Ce murmure lui soufflait que la pitié, la mansuétude et la simple gentillesse étaient des émotions essentielles. Il voulait croire cette voix, il voulait suivre ses conseils, et puis tout s'arrêtait. Il redevenait lui-même froid et efficace. Il aurait voulu pouvoir se débarrasser de ce « fardeau » qui entravait ses performances, mais parfois, il admettait que sa meilleure compréhension des humains ordinaires faisait de lui un soldat supérieur. Il dissimulait d'autres secrets, tout aussi dangereux. Sa capacité à lire les pensées s'était amplifiée. Son intuition de combat était devenue presque surnaturelle. Il s'était également découvert une empathie étonnante qui lui permettait de discerner les émotions de ses interlocuteurs. Il cachait cette différence à tous.

Quelques jours plus tôt, la Phalange écarlate avait capturé un vaisseau de contrebandiers qui fuyait une planète isolée. Une mine illégale de S4, ce minerai essentiel aux voyages dans l'espace, y avait été implantée par des brigands. Soumise à la torture, le capitaine des contrebandiers – une femme nommée Jani Qorkvin – avait avoué qu'elle vendait une main-d'œuvre bon marché à ces hors-la-loi. Elle promettait aux croyants de les déposer au sein de la coalition Tellus contre une forte somme d'argent. Ses clients sacrifiaient toutes leurs économies dans l'espoir d'une vie meilleure et certains se retrouvaient en enfer, esclaves de brutes sans scrupule. Le sort de ces traîtres lui importait peu, mais il devait mettre fin aux agissements de ces contrebandiers.

Sous ses yeux, l'espace se convulsait de couleurs magnifiques, mêlant le blanc à toute la palette du bleu. Milar ne put s'empêcher d'admirer le tableau que lui offrait la nébuleuse K52. Jani Qorkvin entra sur la passerelle, encadrée par quatre gardes noirs. Elle s'avança, splendide dans une combinaison dorée qui soulignait son corps voluptueux. Elle rejeta en arrière sa chevelure lustrée, aux reflets rouges, lui adressa un sourire ravageur et déploya tout son pouvoir de séduction. Il se contenta de l'observer froidement.

— Nous sommes arrivés en vue de la nébuleuse K52 et je ne vois aucune base par ici.

— Ma base est située au cœur du nuage de particules, expliqua-t-elle d'une voix sensuelle.

Milar saisit son visage entre ses doigts, serrant suffisamment fort pour qu'elle comprenne dans quelle situation elle se trouvait.

— Ne vous moquez pas de moi. Sinfin n'est pas si loin. Une femme comme vous serait un cadeau pour ceux qui vivent dans cet enfer, si j'ai bien compris comment fonctionne ce lieu.

Elle blêmit, perdant soudain de sa superbe.

— Colonel, je vous assure, ma base se trouve ici. C'est tout l'avantage de cet endroit, personne n'imagine qu'il abrite un refuge.

Devor accéda à ses pensées, sans lâcher le beau visage à la peau ambrée et douce. Il y vit une planète glacée et un ciel bleu irisé qui laissait supposer qu'elle se situait bien au cœur de ce maelstrom de radiations. Il chercha plus profondément. Envisageait-elle de lui tendre un piège ? Il ne lut que de la peur et un désir impérieux de liberté, servi par un pragmatisme à toute épreuve.

— Vous allez me mener jusqu'à votre base.

Ses grands yeux noirs, soulignés de khôl, brillèrent de terreur.

— Mes hommes ont confiance en moi, murmura-t-elle d'une voix peu assurée. Je vous en prie, laissez-les vivre.

Malgré lui, cette supplique le toucha. Il sentait son sang pulser sous ses doigts et vit des larmes embuer son regard de séductrice.

— Je n'ai pas encore décidé de leur sort ni du vôtre. Cela dépendra de votre coopération. Vous allez me mener jusqu'à cette base, de gré ou de force, ou je vous soumettrai à nouveau au trauer.

Un frisson d'horreur la secoua. Deux jours auparavant, il l'avait torturée avec cet instrument terrifiant. Elle avait fini en sanglots, brisée et lui avait indiqué la nébuleuse. Il se souvint que ses larmes et sa souffrance l'avaient ému. La plupart du temps, il réussissait à faire taire ses sentiments parasites, mais face à cette femme, cela s'était révélé plus hasardeux. Il maudit cette disposition à la pitié qui ne cessait de le tourmenter.

— Je vous en prie, non, supplia-t-elle. N'utilisez plus cette chose sur moi. Je ferai tout ce que vous voudrez, je vous en prie.

— Vous allez me mener jusqu'à votre base ?

— Votre vaisseau ne passera jamais, essaya-t-elle de protester.

À bord du bombardier qui se faufilait au milieu des courants de radiations, selon un plan de vol fourni par Jani Qorkvin, le colonel Milar sourit intérieurement. Qu'allait-il faire de cette femme ? Il aurait dû la conduire à Sinfin, comme elle le méritait. Bizarrement, il avait cherché un moyen de l'épargner. Il avait lu dans son esprit un désespoir immense, un vide que rien ne pourrait combler, un passé douloureux et une envie de s'affranchir des règles. Tout cela avait fait vibrer quelque chose en lui, un souvenir enfoui peut-être. Il avait la certitude que cette femme devait rester libre et pour cela, il avait imaginé une solution peu académique.

Le Furie descendit vers le sol et survola à basse altitude une banquise bleu sérac. Jani envoya les codes d'accès à sa base, afin d'éviter qu'ils soient pris à partie par les défenses des contrebandiers. Un ancien volcan solitaire se dressait comme une sentinelle, surveillant le panorama gelé. Une énorme porte encastrée dans la montagne s'ouvrit à l'approche de l'appareil et le Furie pénétra à l'intérieur de cette base dissimulée. Milar admira l'ingéniosité de cet endroit. Les conditions de survie sur ce monde étaient extrêmes et constituaient la meilleure protection de ces malandrins. Une fois les moteurs coupés, il prit Jani par le bras et la poussa vers le sas de sortie. Ils descendirent de l'engin, encadrés par la garde personnelle de Milar et Jani réussit à convaincre ses hommes de déposer les armes. Elle le conduisit dans un salon confortable et isolé. Seul Lan Tarni les accompagna. Lorsqu'il avait été nommé, Milar avait demandé la mutation de Tarni au sein de la Phalange écarlate et lui avait proposé de devenir son garde du corps. Le vieux soldat avait accepté et désormais, il était son ombre. Silencieux, omniprésent, il était prêt à se sacrifier pour lui. Une sorte d'amitié, qui ne dirait jamais son nom, s'était construite entre eux et il devait admettre qu'il ne saurait plus se passer de ce guerrier.

— Sympathique petite base que vous avez là, capitaine Qorkvin, railla-t-il en poussant la splendide jeune femme devant lui.

— Que... Que comptez-vous faire de nous, Colonel ?

— Que voulez-vous que je fasse de vous ? répliqua-t-il avec un rictus narquois.

Elle sembla estomaquée par sa réponse. Peut-être entrevit-elle une opportunité ? Elle sourit avec gourmandise et s'approcha de lui. Il sentait sa frayeur et salua son courage. Elle osa lui caresser la joue et d'un geste de la main, Milar dut stopper la réaction de Tarni.

— Ce que vous voulez, mon beau colonel. Ce que vous voulez.

Il fut surpris par sa proposition et par l'étrange impulsion qu'il ressentit une fraction de seconde, avant que la fugitive sensation disparaisse. Il restait amusé par son jeu, alors qu'il aurait dû être agacé, voire irrité. Il attrapa son poignet et éloigna sa main de lui. Elle grimaça de douleur, mais conserva son attitude séductrice.

— Si vous aimez faire souffrir, Colonel, je ne suis pas contre tenter cette expérience...

Elle mentait, elle n'aimait pas avoir mal et encore moins se soumettre. Elle aimait garder le contrôle sur toute chose et il devinait un vécu difficile, mais ne chercha pas plus loin.

— Je veux passer un marché avec vous, Qorkvin. Les hérétiques ont la stupidité de vous faire confiance. Si vous me les livrez, ainsi que les brigands auxquels vous les vendez, j'oublierai de rapporter votre présence et je vous laisserai jouer à vos jeux puérils.

Elle ouvrit la bouche, mais sans répondre. Elle n'arrivait pas à croire ce qu'elle venait d'entendre. Lui-même était surpris d'avoir proposé une chose pareille. Sa maudite compassion venait d'impacter sa décision, une fois encore. *Je devrais la tuer*, pensa-t-il.

— Je ne peux pas vous les livrer tous, Colonel...

— Si j'estime ne pas avoir reçu assez de livraison, vous me supplierez de vous envoyer à Sinfin.

— Pourquoi me faire souffrir alors que vous pourriez...

Il saisit sa gorge et serra un peu.

— Vous devriez cesser ce petit jeu et me donner votre réponse.

— Je… Je suis d'accord, coassa-t-elle, mais comment…

— Vous recevrez toutes les modalités. Ne changez pas de base. Vous ne voulez pas découvrir ce dont je suis capable lorsque je suis en colère.

Elle resta silencieuse. Des larmes firent briller ses yeux sombres et il pensa, incongrûment, qu'elle était belle. Il fit taire cette idée parasite et retrouva son impassibilité.

— Au revoir, Capitaine, et n'oubliez pas, je veux des résultats. Inutile de me montrer le chemin.

Le regard captivé de Jani Qorkvin ne le lâcha pas.

❖❖❖

Une fois encore, le colonel Milar avait affronté victorieusement les Hatamas qui avaient tenté de s'infiltrer sur le territoire de l'Imperium. La communication de l'état-major le prit par surprise. Le général Jouplim lui ordonnait de laisser le commandement à Mat Pylaw de la Phalange jaune et de rejoindre au plus vite le système OkJ. Affolé, le gouverneur de la planète OkJ 04 avait appelé à l'aide, car il faisait face à une rébellion de grande ampleur. Milar donna aussitôt les ordres nécessaires et son vaisseau Vengeur traversa l'espace en direction du système incriminé. Les phalanges servaient l'Imperium et ce n'était pas à lui de juger des missions qui lui étaient confiées, mais il enrageait d'abandonner la flotte à Pylaw. Cet idiot essayerait de glaner les miettes de son succès pour s'attribuer une partie de la victoire. Il devait aussi admettre qu'il préférait affronter les non-humains plutôt que de châtier des rebelles.

Le bombardier du colonel Milar se posa au cœur de Limara, la capitale de cette planète que les indigènes appelaient Alima. Le commandant Lionar avait sécurisé les lieux et avait capturé les chefs de cette petite révolte. Il se demandait ce qui motivait cette rébellion, car la vie était douce dans ce système planétaire. Les habitants y étaient implantés depuis longtemps et y vivaient plutôt bien. Ne pouvaient-ils pas se satisfaire d'appartenir à un empire qui assurait leur sécurité avec le sang d'hommes créés pour cela ?

Ils s'étaient posés sur la place immense, qui s'ouvrait face au palais du gouverneur. Elle était entourée d'immeubles anciens, hauts de trois étages, percés de fenêtres étroites. Grâce à un ingénieux système de tuyaux qui couraient sur les murs en citana, des fleurs poussaient à profusion dans des encorbellements, disséminés sur les façades jaune clair. L'esplanade, pavée de galatre gris, était parsemée de sculptures fines, élégantes et aériennes construites dans ce qu'il identifia comme de l'os blanchi. Devor se souvint avoir lu que le désert de la ceinture équatoriale avait abrité, il y a des millénaires, d'immenses créatures dont on trouvait les gigantesques squelettes gisants un peu partout sur le sol desséché. Depuis toujours, les Alimans utilisaient ces ossements extrêmement solides, pour créer des objets d'art ou pour fabriquer des armes. Des arbres aux grandes ramures ombrageaient l'endroit qui suffoquait sous le soleil de l'après-midi. Face à lui, l'imposant palais de Limara affichait une façade couverte de colonnes, de frises et de balcons. Les murs jaunes, soulignés du noir de l'orbaz, montraient les stigmates des combats dont les lieux avaient été témoins et la vingtaine de cadavres aux chairs calcinées qu'il aperçut aux abords de la place lui confirmèrent que ses hommes avaient dû mener bataille. Le commandant Lionar l'attendait devant le palais, avec quatre prisonniers maintenus à genoux sur le parvis.

Les gardes de Milar se déployèrent autour du bombardier, tandis qu'il rejoignait le chef de la première brigade. Il grimpa rapidement les quelques marches et rendit son salut au commandant. Devor observa avec attention les captifs. Deux d'entre eux étaient des nantis, des hommes dans la force de l'âge qui avaient réussi leur vie professionnelle. Le troisième était un voyageur, un de ceux qui arpentaient les déserts de ce monde à la recherche des richesses offertes par la nature et le quatrième était un gamin tout juste revenu de la conscription. Il possédait l'esprit le plus faible et sans hésiter, Devor en força l'entrée. Il n'eut aucune peine à lire ce que pensait ce jeune homme et fut surpris par l'ampleur de la révolte qui agitait Alima. Sa colère était redoutable. Il était convaincu que la plupart des Alimans partageaient ce rejet de Dieu, ainsi que cette envie de liberté. Ils étaient organisés, prêts au combat et tous décidés à en finir avec l'Imperium. Incrédule, il vérifia dans l'esprit d'un autre insurgé, si ces informations étaient réelles. Il y découvrit plus qu'une confirmation. L'homme avait rencontré un étranger, qui se disait émissaire de la coalition Tellus. Ces ennemis de l'Imperium étaient prêts à fournir armes et renforts à Alima. Milar allait fouiller l'esprit d'un troisième prisonnier lorsque l'aboiement caractéristique d'armes lywar résonna entre les murs des immeubles entourant la place. Il vit deux de ses hommes s'écrouler, frappés par plusieurs impacts. Des centaines de civils chargèrent en tirant et en hurlant. *Les imbéciles !* songea-t-il. *Est-ce qu'ils pensent que l'effet de surprise leur permettra de nous vaincre ?*

Il ordonna de tuer les captifs, puis s'abrita derrière l'une des colonnes du palais tout en organisant la riposte. En quelques minutes, des dizaines de Limarans furent massacrées et les survivants s'enfuirent dans les ruelles. Les Gardes de la Foi se déployèrent et dans la chaleur de fin de soirée, la mort dévasta Limara. Deux heures plus tard, l'ordre était presque rétabli. Milar retourna à bord du Vengeur pour coordonner les opérations à l'échelle planétaire. Il envoya un message au général Jouplim et à l'état-major de l'Inquisition, indiquant que la situation à Limara était sous contrôle. Il fit également part de la possible implication de la coalition Tellus et d'un sentiment de révolte bien implanté. Installé dans son fauteuil de commandement, le colonel Milar attendit la réponse sereinement. Il commença à établir une modélisation, afin de quadriller efficacement la planète. On allait sans aucun doute lui ordonner une purge de grande envergure et il voulait que la recherche des hérétiques soit irréprochable. Même lui fut surpris par le message qu'il reçut une heure plus tard.

Vengeur 319, Dieu vous donne l'ordre de détruire la planète OkJ 04. Que sa surface soit calcinée, que toute vie soit éradiquée, que plus jamais un organisme vivant ne puisse survivre sur ce monde de démons et de traîtres. Ceci est un ordre Divin. Transmission de l'état-major de l'Inquisition, validée par le commandant en chef des Gardes de la Foi, le général Aaron Jouplim.

Un frisson descendit le long de sa colonne vertébrale et l'horreur de cet ordre le bouleversa. *Toute vie ?* se dit-il. *Non, c'est impossible !* Ce sentiment d'injustice disparut brutalement et redevenu lui-même, il planifia les actions à mener. Il détermina une solution de tir, via une modélisation. La capacité lywar du vaisseau Vengeur était suffisante pour éradiquer une planète, le nombre de missiles tirés serait phénoménal, mais il était possible de calciner à jamais le sol d'Alima. Les compagnies déployées remontèrent à bord et il donna l'ordre d'ouvrir le feu. Les monstrueux canons lywar du *Vengeur 319* crachèrent des missiles d'énergie pure qui filèrent vers Alima. La première salve dévasta la surface, souffla un ouragan de flammes qui vaporisa le centre de Limara, qui renversa les adorables maisons de sa zone résidentielle et qui consuma les vergers du sud. Le bombardement continua, inlassablement. Devor Milar se leva et d'un pas las, il se dirigea vers le hublot latéral. Sous ses yeux, la planète flambait et l'ampleur de l'incendie devait être saisissante. Le vaisseau poursuivit ses tirs sans relâche, quadrillant la surface de missiles lywar qui anéantissaient tout. Silencieux, Devor était accablé par l'infamie de ses actes. Il imaginait l'enfer que devaient vivre les Alimans. Pourquoi obéissait-il à un tel ordre ? Il frémit, frappé par l'étrange impression que quelqu'un se trouvait dans son esprit, lisait ses pensées les plus intimes et observait les événements à travers ses pupilles. Il vérifia ses défenses mentales. Elles étaient toujours en place. Comment cet inconnu pouvait-il être là ? Tu rêves, il n'y a personne dans ta tête, se rassura-t-il. Le bombardement continuait inexorablement et les missiles lywar s'écrasèrent sur une zone de cultures, parsemée de hameaux. Il ne put s'empêcher d'être désespéré à l'idée que ces gens brûlaient vifs, à cause d'une révolte située à un millier de kilomètres de leur demeure. Sa compassion fut brusquement annihilée et rasséréné, il continua à noter la précision mathématique des tirs. Encore deux ou trois heures et il ne resterait rien de cette planète.

Il était tard dans la nuit lorsque Milar alla se coucher. Il avait observé au bombardement jusqu'au bout, attendant que le sol de OkJ04 soit irrémédiablement consumé. Il ferma les yeux avec soulagement, toujours perturbé par cette journée terrible.

Des femmes et des enfants fuyaient. Des explosions secouèrent le sol, un torrent de flammes roula vers eux et ils s'embrasèrent, vite réduits à des squelettes carbonisés. Leurs hurlements lui percèrent les oreilles. Des larmes brûlantes de chagrin coulèrent sur ses joues. Il survolait le feu, traversait la fournaise et assistait impuissant à la mort atroce de milliers d'innocents.

Il était là ! L'inconnu dans sa tête, il était encore là ! Devor sentait sa présence et prenait conscience de leur connexion. Cet esprit était puissant et curieusement, il pensa que cet étranger et lui étaient indissociables, que cet autre complétait son âme, le réchauffait, le berçait, éclairait toutes ses pensées d'une lumière blanche et ardente.

Milar s'éveilla en sursaut. La présence était partie, pourtant il avait l'impression que le brasier continuait à flamber en lui.

◆ ◆ ◆

Devor se réveilla subitement, trempé de sueur, le cœur battant à tout rompre. Il venait de revivre les atrocités qu'il avait commises sur Abamil et sur Bekil. Une nausée irrépressible lui tourna l'estomac. Il avait encore fait un cauchemar. Toutes les nuits, depuis trois mois, depuis Alima, il se réveillait en haletant et se haïssait chaque jour davantage.

Après quelques jours de ce calvaire, il s'était immergé dans son propre esprit et y avait découvert un lieu dont il ignorait l'existence. Là, dissimulée dans un coin de sa tête, se trouvait une petite pièce abritant des émotions interdites aux Gardes de la Foi, comme l'amitié, la compassion, la pitié. Tous ces sentiments positifs étaient emprisonnés derrière d'épais barreaux. Il n'avait jamais eu conscience de cet « endroit ». Désormais, ces émotions enfermées irradiaient en permanence ses pensées et ne le laissaient plus en paix. Il suspectait la lumière qui brillait dans son âme, depuis cette nuit, au-dessus d'Alima, d'en être la cause. Ces sentiments étaient synonymes de condamnation à mort, il devait absolument apprendre à les contrôler et les dissimuler. Il lui fallut presque deux semaines pour y parvenir, mais il lui fut impossible de les faire taire.

Milar mit quelques secondes à se souvenir qu'il était dans la Cité Sacrée, sur la planète mère. Cette citadelle, que les croyants englobaient souvent sous le vocable de « temple de Dieu », était un complexe immense regroupant tous les états-majors des différents organismes de l'Imperium et bien entendu, le palais dans lequel se trouvait Dieu. Construite sur une haute falaise, qui dominait une vallée verdoyante, la forteresse jetait son ombre inquiétante sur la capitale située deux kilomètres plus loin. Les croyants parcouraient, à pied et en priant, la chaussée pavée de galatre qui menait jusqu'à la grande porte, seul accès au temple. Deux plates-formes qui se dressaient au-dessus du mur d'enceinte, tels des champignons géants, permettaient de poser une navette. La première cour donnait accès aux bâtiments des domestiques, à l'administration courante du clergé et de l'Inquisition, ainsi qu'au porche sécurisé qui conduisait à la Place Divine. En son centre s'élevait la chapelle du croyant, une tour effilée, haute de mille marches. Le sommet sculpté à l'image du feuillage d'un arbre permettait au fidèle de communier avec Dieu. Souvent, les dévots profitaient de cette exaltante expérience pour se scarifier la joue.

Devor laissa l'eau brûlante de la douche nettoyer son corps et son âme des terreurs nocturnes, puis il revêtit avec soin son uniforme de parade. Il fit quelques pas nerveux dans la pièce et s'arrêta devant la fenêtre de la chambre qui lui avait été attribuée pour les quelques jours qu'il allait passer sur AaA 03. Il resta interdit par le paysage grandiose. Toutes les nuances de vert coloraient la plaine qui se déroulait un kilomètre plus bas. Des montagnes couvertes de neige barraient l'horizon et se reflétaient dans un lac sombre. Il admira les éclats mordorés qui jouaient sur sa surface et au loin, un omnibus traversait le paysage à pleine vitesse, sur le monorail érigé à une centaine de mètres au-dessus du sol. La falaise, sur laquelle se dressait le temple, était haute et rectiligne si l'on exceptait un promontoire qui la déformait tel le ventre distendu d'une femme enceinte. Le palais de Dieu épousait cette forme et s'élevait haut vers le ciel. Il était flanqué de deux bâtiments, celui situé à l'est abritait les gardes noirs. Les logements des officiers se trouvaient au dernier étage et sous sa fenêtre, le vide était vertigineux. Selon la légende, cette région avait subi une transformation radicale des milliers d'années auparavant. Suite à la colère de la nature ou à la stupidité humaine, la planète AaA 03 avait été pratiquement inhabitable pendant des siècles. Les humains avaient alors essaimé l'espace et conquis de nombreux mondes. Ils étaient revenus s'implanter sur leur planète mère, mille ans avant l'avènement de l'Imperium, pendant les années noires de la fédération Tellus.

Devor ouvrit la fenêtre et ferma les yeux, alors que l'air matinal, glacial et pur, caressait sa peau. Il inspira profondément, chassa toutes ses pensées parasites et à regret, il ferma les battants. Ce matin, un privilège rare lui était accordé. Il devait rencontrer Dieu. Trois mois plus tôt, il aurait été si fier et si heureux de cet honneur. Aujourd'hui, il avait… peur. Lui, Devor Milar, était effrayé. Il ne pourrait pas Lui cacher son âme, c'était impossible. Il prit une décision radicale. S'il était démasqué, il ferait tout pour tuer Dieu ou mourrait en essayant.

Tarni et le capitaine Lazor, chef de sa sécurité personnelle, l'attendaient. Le visage de l'officier rayonnait de fierté pour l'honneur qui était fait à son colonel. Amusé malgré tout, Milar sortit du bâtiment abritant l'état-major des gardes noirs. La Place Divine, une cour monumentale entourée d'édifices à l'architecture imposante, était pavée d'orbaz, plantée d'arbres sculptés dans du bois-métal et habillés de feuilles en sölibyum. La solennité écrasante de cet endroit était destinée à terrifier les rares croyants autorisés à y entrer. Au nord, le porche sécurisé était encadré par le clergé et l'État-major de l'armée de la Foi. À l'est se trouvait l'aile militaire, un bâtiment en forme de « L » qui surplombait la falaise, tandis qu'à l'ouest se dressait son jumeau abritant les bureaux de l'Inquisition. Malgré la beauté élégante de l'architecture de ces bâtiments, c'est au sud que l'attention des visiteurs était attirée. Une façade noire, lisse et brillante s'élevait vers le ciel. Elle était percée de longues et étroites fenêtres, comme autant de regards qui observaient les mortels traversant cette immense agora. Une porte haute de dix mètres, en tiritium et sölibyum, menait à l'intérieur du temple. Personne n'était autorisé à utiliser cet accès que seul Dieu pouvait franchir ; ce qu'il n'avait pas fait depuis de nombreuses années. Les visiteurs devaient emprunter une des portes latérales, gardées par deux soldats de l'Inquisition et deux Gardes de la Foi.

— Colonel Milar, se présenta-t-il, je suis attendu.

— Entrez, Colonel. On vous conduira jusqu'au grand prêtre. Vos hommes ne sont pas autorisés à vous suivre.

Après avoir franchi un sas de sécurité, il pénétra dans une antichambre minuscule occupée par quelques jeunes prélats.

— Déclinez votre identité, demanda l'un d'eux d'une voix aiguë, teintée de dédain et d'insolence.

— Colonel Devor Milar, commandant de la Phalange écarlate.

— Laissez-moi consulter mon agenda.

Avec une lenteur étudiée, l'homme compulsa son handtop, s'amusant sans doute de faire patienter un officier des gardes noirs. Milar maîtrisa son irritation.

— Oui, je vois. Vous êtes attendu. Suivez-moi, ordonna l'impertinent avec suffisance.

Milar se contenta de fixer d'un regard glacial le jouvenceau. Ce dernier se retourna et leva un sourcil agacé.

— Je vous ai demandé de me suivre ! Ça se passera bien, ajouta-t-il légèrement moqueur avec un sourire en coin destiné à amuser ses camarades. Inutile d'avoir peur.

— Je suis la main écarlate de Dieu, avorton ! J'attends des sous-fifres dans votre genre un minimum de respect.

Sa voix glaciale et dure avait claqué dans la petite pièce. Les collègues du prêtre baissèrent tous les yeux, prétendant n'avoir rien entendu. Le jeune homme blêmit un peu, mais il leva le menton et répliqua fièrement :

— Je suis l'assistant du grand prêtre et vous devez me suivre !

Milar franchit en une fraction de seconde les quelques pas qui le séparaient de l'impudent.

— Vous devez dire « colonel » lorsque vous vous adressez à moi, moinillon, gronda-t-il à voix basse. Je n'ai aucunement besoin d'une arme pour vous tuer, là, tout de suite.

— Colonel, le grand prêtre vous attend, bredouilla le garçon, toute arrogance disparue.

— Je vous suis !

Livide, le jeune homme ouvrit la porte et s'engouffra dans un couloir en tiritium, ce métal habituellement réservé aux vaisseaux spatiaux. Milar repéra le système de sécurité qui permettait de noyer ce passage sous des flots de lywar, si jamais le temple subissait une attaque en force. Son guide le fit entrer dans une autre antichambre où attendaient deux inquisiteurs.

— Le colonel Milar vient pour une audience Divine.

— Approchez, ordonna l'un des inquisiteurs, nous devons nous assurer de vos bonnes intentions.

Devor blinda son esprit et supporta la fouille de ses pensées par ces deux ministres de l'Inquisition. Ce fut douloureux.

— Votre foi est indiscutable, Colonel Milar. Vous pouvez le conduire chez le grand prêtre.

Le moine leur fit emprunter un couloir luxueux. Le mur de gauche ne tarda pas à être remplacé par de grandes parois vitrées qui permettaient d'admirer le hall grandiose. Celui-ci s'étendait de l'imposante porte extérieure jusqu'à une porte richement décorée qui menait au sanctuaire et à la salle du trône. Construite en jade noir, elle était gravée sur chaque vantail d'un arbre stylisé en sölibyum, ornée de rubis incarnats, de zafirs étincelants, de diamants mauves et de thural, une pierre rouge sombre dans laquelle des points noir et or ne cessaient de se mouvoir. Tout comme la monumentale porte extérieure, le hall et la porte intérieure étaient réservés à Dieu. Le jeune prélat le fit entrer dans une pièce claire, au mobilier sobre, mais de grand prix. Un homme de taille moyenne, vêtu d'une robe noire, ceinte d'une cordelette argentée, leva sur lui des yeux de serpent sournois.

— Devor Milar, le héros de l'Imperium.

— Je fais de mon mieux pour servir, votre Révérence.

— Oui, bien sûr... Après tout, vous avez été créé pour cela.

— En effet, votre Révérence.

— Dieu vous attend. En Sa présence, soyez attentif, Milar. Contentez-vous de répondre à Ses questions, soyez respectueux et surtout, ne Lui tournez jamais le dos.

— Bien entendu, votre Révérence.

Le grand prêtre couvrit son crâne chauve avec la capuche attachée à sa robe, puis d'un pas glissant et silencieux, il s'enfonça dans le méandre des corridors jusqu'à une porte noire, gravée d'un arbre en sölibyum. Ils pénétrèrent dans un vestibule richement ornementé, séparé en trois parties par deux séries de colonnes ouvragées. Le couloir central était réservé à Dieu, ainsi que la porte en cristal noir de Vironi. Jalara ouvrit l'une des portes latérales et emprunta un large escalier en colimaçon, dont les murs transparents permettaient d'admirer l'intérieur du temple. Une rampe d'accès descendait en se rétrécissant, vers une plate-forme qui avait l'air de reposer dans le vide. Elle était ceinte d'une gigantesque paroi vitrée et de cet endroit, la vue sur la vallée était vertigineuse. La chaussée se séparait en deux et continuait sa descente en sens inverse, vers les profondeurs de la terre. Les deux voies se rejoignaient sur une dernière plate-forme, qui semblait flotter face à une arche à la hauteur prodigieuse. Les deux vantaux monumentaux qui la fermaient n'avaient pas été ouverts depuis des temps immémoriaux. Au fur et à mesure de la descente, Devor admira la prouesse architecturale nécessaire à la création de ce « chemin vers Dieu », suspendu dans le vide, sans aucun garde-fou. Il supposa que cette voie de pierre destinée à Dieu continuait à s'enfoncer vers le cœur du temple. Les simples mortels empruntaient l'un des deux escaliers en colimaçon. Après un millier de marches, ils atteignirent une pièce circulaire située au pied de l'arche. Ce cocon de verre s'ouvrait sur une salle dépouillée, aux murs de pierre nue. Le grand prêtre respirait lourdement, épuisé par l'effort.

— Nous allons entrer dans le sanctuaire. Dieu se trouve au centre. Il veut vous voir seul.

— Bien, votre Révérence.

Milar prit une profonde inspiration et fit le vide dans son esprit. Il mit en place toutes ses défenses et tous ses leurres. Il espérait que cela suffirait, sans en avoir la certitude. Il mobilisa son empathie, son intuition de combat, tout ce qui lui permettrait de survivre à cette rencontre.

— Colonel, il y a une… anomalie au cœur du temple. Ne la regardez pas. Cette sainte déchirure n'est pas pour vous.

Milar s'inclina et pénétra dans l'antichambre, dernière étape avant l'entrée dans la grande salle du palais. Un officier et quatre Gardes de la Foi assuraient la sécurité de cette pièce. Averti de son arrivée, le lieutenant pressa une commande sur le pupitre situé près de lui. Les lourdes portes s'ouvrirent et il franchit le seuil. La salle du trône était grandiose, écrasante, flanquée de hautes colonnes sculptées à l'image d'arbres. Les murs étaient dissimulés par d'épaisses tentures de velours couleur nuit, sur lesquelles de grands frênes stylisés avaient été brodés de fils d'or. Ses pas résonnaient sur le sol en marbre noir, alors qu'il marchait résolument, le regard fixé sur l'homme assis sur un trône imposant, taillé dans un bloc massif de sölibyum, la matière la plus onéreuse de la galaxie. Il ne put s'empêcher de remarquer une déchirure dans la trame de la réalité, comme suspendue dans le vide. À travers cette ouverture, il ne vit rien, rien que le néant infini, rien que l'obscurité sans vie d'un vide absolu. Juste en dessous, Dieu était assis, drapé dans les pans de son épaisse toge noire. La majesté royale de cet homme le pétrifia. Il baissa les yeux, mit un genou à terre et inclina la tête.

— Mon Seigneur…, commença-t-il, intimidé.

— Relève-toi, Devor Milar, la main écarlate de Dieu, dit-il d'une voix métallique qui crissait désagréablement. Tu m'as bien servi.

Le cœur battant, il leva les yeux vers son Dieu. Il retint un frémissement face à la puissance qui émanait de lui. Il n'avait jamais ressenti cela, même confronté au plus redoutable des inquisiteurs. Il semblait incroyablement jeune pour un être qui vivait depuis si longtemps, pourtant les minuscules rides autour de ses yeux, la peau blême à force d'être privée de soleil, les fils gris dans ses cheveux noirs et surtout son regard sans passion, dénué de vie, faisaient de lui un homme sans âge. Il était d'une beauté envoûtante, fascinante et son regard doré, aux pupilles trop dilatées, était difficilement soutenable.

— Tu es le meilleur soldat que les Gardes de la Foi n'aient jamais compté dans leurs rangs, à ce que l'on m'a dit. Je sais que ta réputation n'est pas usurpée.

— Je suis à Votre service, Mon Seigneur.

— Le projet Archange a été interrompu par certains de mes serviteurs trop timorés. Il semble évident, en te voyant et en étudiant tes hauts faits, que tu es un être supérieur.

Devor sentit l'esprit de Dieu effleurer le sien, mais il n'entra pas dans ses pensées. Peut-être n'en avait-il pas besoin.

— Je ne suis qu'un guerrier qui souhaite Vous servir au mieux.

— Oui, je n'en doute pas. Je ressens ton amour et ta crainte.

— Rien ne m'effraie Mon Seigneur, mais en Votre présence, je me sens si insignifiant.

Le rire sans joie de Dieu le fit frissonner. Il s'appliquait à contrôler chacune de ses pensées. Le vide, au-dessus du trône, ne cessait de l'attirer. Il baissa les yeux pour résister à la tentation d'y plonger son regard. Il lui semblait entendre une voix l'appeler du centre du néant, une voix juvénile qu'il pensait connaître.

— Bien sûr, Devor Milar, devant moi tu n'es rien, mais face aux forces du mal, tu seras reconnu comme l'épée de Dieu. Je pressens un danger pour l'avenir, une menace qui guette l'Imperium et ce jour-là, j'aurai besoin de toi.

— *Devor…*

La voix venant de la déchirure faillit le faire sursauter.

— Je serai toujours Votre épée et Votre bouclier.

— *Dem…*

Ce surnom surgi des profondeurs de sa mémoire lui transperça le cœur. Il leva les yeux vers le néant et il lui sembla que le froid de l'espace le saisissait tout entier, le broyait, l'entraînait dans les flots bouillonnants d'un torrent en crue qui dévalait les pentes d'une montagne au début du printemps. Au cœur de son âme, le brasier qui y couvait depuis Alima s'éveilla.

— Je compte sur toi, Milar et… Ne regarde pas le passage, mortel ! gronda soudain Dieu. Cet endroit n'est pas pour toi !

Pris en faute, il baissa précipitamment les yeux.

— Pardonnez-moi, Mon Seigneur.

Il sentit la force de l'esprit de Dieu l'envahir, rugissant en lui, submergeant tout. *Je suis perdu !* songea-t-il. Le feu en lui ne diminua pas, mais au contraire s'intensifia, attisé par la présence du néant face à lui.

— Tu es pardonné, Devor Milar, dit enfin Dieu. La curiosité est le propre de l'homme.

Il n'avait rien décelé, ni sa colère, ni ses sentiments, ni même la flamme intense qui embrasait son âme. L'impuissance de celui qui terrorisait des milliards d'individus le stupéfia. Malgré ses dons, il ne pouvait pas rivaliser avec Dieu. Il aurait dû être démasqué.

— Oui, Mon Seigneur, souffla Devor.

— *Il n'est qu'un homme,* affirma la voix dans sa tête.

— Tu peux disposer Milar. Je suis satisfait de t'avoir rencontré. Continue à bien me servir.

Devor porta le poing à son cœur, dans un salut parfait.

— Je ferai selon Votre volonté, Mon Seigneur.

— *Dem...*

Sans quitter Dieu des yeux, il recula jusqu'à la porte du sanctuaire. Le vide si noir et si profond continuait de pulser à travers le « passage ».

Dieu...

Dieu avait apprécié l'homme qu'il venait de rencontrer, cet archange créé pour le servir. Il avait senti la force de sa volonté, la puissance animale qui l'habitait. Ce mortel avait osé plonger son regard dans le néant, peu avaient ce courage. Il avait ressenti une agitation étrange au cœur d'Yggdrasil, mais n'avait rien découvert de suspect dans les pensées de Milar. Le futur n'était pas totalement écrit et le colonel de la Phalange écarlate était le candidat idéal pour infléchir son cours et affronter le danger qu'il pressentait. Il y a quelques mois, Yggdrasil lui avait montré un futur effrayant. Sur une planète insignifiante, que ses habitants nommaient Alima, un être capable de le détruire allait se révéler. Le hasard, mais il savait que ce mot n'avait aucune signification, car tout était déjà écrit, avait voulu que ce monde se révolte à cet instant précis. Devor Milar avait obéi à ses ordres et avait éradiqué cette menace. Le destin réservait à cet homme un rôle important dans l'avenir de l'humanité. Il serait l'outil parfait pour asseoir sa gloire pour les centaines d'années à venir.

La résonance avec Yggdrasil le réveilla brutalement. Son cerveau, puis son être tout entier furent soumis à un puissant courant d'énergie. Parcouru de frissons et de tremblements, il se laissa tomber de son lit et marcha en chancelant jusqu'au trône. Le vide semblait plus profond qu'à l'accoutumée, plus intense. Il sentit la satisfaction d'Yggdrasil, mais aussi sa colère. Il n'arrivait toujours pas à comprendre la dualité qui régnait dans le néant. Le destin était modifié et bouillonnait, plein de remous. Depuis quelques semaines, il ressentait le trouble qui agitait le vide et, inquiet, il avait déjà essayé d'y pénétrer. La souffrance et la débauche d'énergie avaient été telles qu'il avait dû interrompre son investigation. Ce soir, il devait tenter d'en savoir plus. Il se concentra et projeta ses pensées dans le néant.

D'abord, il n'y eut rien, puis les images affluèrent brutalement et avec une force intense, il fut éjecté hors des ténèbres. Il se retrouva à genoux sur le sol de marbre, le froid de la pierre s'insinuait dans les muscles de ses jambes. Il prit conscience qu'il était nu et se souvint de la douleur qui l'avait réveillé. Il se rappela aussi la vision qu'il venait d'avoir. Il se trouvait dans cette salle et une silhouette humaine, formée d'une lumière blanche, pure et insoutenable entrait dans le sanctuaire avec, à ses côtés, une autre forme, sombre et ensanglantée, mais auréolée d'un halo de cette même lumière blanche. L'ombre sanglante se tenait près de la porte, tel un bouclier vivant, attirant à elle les tirs lywar des Gardes de la Foi, qu'il devinait au loin. L'être pur levait vers lui une main éthérée qui flamboyait d'un blanc étincelant. Une lumière immaculée jaillissait de ses doigts et le frappait, lui, Dieu à la puissance jamais égalée. La douleur était intense et tout, autour de lui, se mettait à trembler, se fissurait et se brisait. En lui, la souffrance devenait plus violente et le consumait.

Dieu frissonna encore. Ces derniers temps, il avait entrevu un danger qui approchait, une menace qui planait au-dessus de lui. Ainsi, un autre champion allait bientôt se lever. Il serait prêt à l'affronter, comme toujours. Néanmoins, un goût amer emplissait sa bouche. Il devait admettre que cette fois-ci, quelque chose était différent. Ce défenseur, cette silhouette sombre, était une nouveauté et sans savoir pourquoi, cela lui glaça le sang.

Dieu est Celui qui est. Celui qui était. Celui qui sera.

Préambule du Credo

Devor aurait été incapable de décrire ce qui s'était passé après sa rencontre avec Dieu. Il était revenu à lui, dans sa chambre, face à la fenêtre, le regard perdu sur l'horizon. Dem. Ce surnom lui évoquait son enfance, un souvenir agréable, mais fugitif. Il se souvenait qu'il aimait ce nom, mais ne savait pas pourquoi. Il était épuisé d'avoir usé de toute son énergie pour protéger son esprit et était encore surpris d'avoir pu contrer Dieu. Le brasier allumé dans son âme avait été amplifié par la déchirure, ou plutôt par ce qui se trouvait de l'autre côté, et cette flamme le consumait. Toujours dans un état second, il ôta son uniforme et le rangea soigneusement avec des gestes hésitants, avant de se laisser tomber sur le lit. Le vent frais de la nuit le fit frissonner, mais il ne songea pas à se couvrir et ses yeux se fermèrent irrésistiblement.

Il étouffait, oppressé par l'obscurité qui recouvrait le monde. Il était coupable, il était un monstre qui avait détruit tant de vies. Toutes les images de morts, d'explosions, d'êtres déchiquetés par les impacts lywar, affluèrent dans son esprit tel un tourbillon impossible à stopper. Il se faisait horreur et aurait offert n'importe quoi pour expier ses crimes. Seulement sa mort ne résoudrait rien, il devait éliminer le vrai responsable, celui qui donnait les ordres, celui qui l'avait créé, celui qui voulait en créer d'autres comme lui. Cependant, malgré tous ses talents, il n'avait pas et n'aurait jamais la force ou les capacités nécessaires pour vaincre Dieu. Il ne pouvait pas compter sur ses hommes, même sur les plus fidèles, car aucun d'entre eux ne voudrait s'opposer à Dieu.

Il frissonna, sentant sur lui le regard doré et sans vie de celui qui se terrait au plus profond du temple. Dieu savait qui il était et ce qu'il était. Il était en danger. L'Inquisition le guettait, le traquait, il ne pouvait que fuir dans la nuit alors que la main de Dieu était partout.

Il se cacha dans un endroit isolé, loin de la civilisation, sur un monde presque oublié des hommes. Alors qu'il désespérait, une minuscule lumière blanche apparut au loin et vint vers lui, faible, et vacillante, puis grandit, s'enfla, prit forme humaine.

Elle s'approcha, mais il n'était pas effrayé. Au lieu de cela, un étrange espoir vit le jour dans son cœur et lorsque la silhouette posa une main sur son épaule, le poids de ses remords diminua.

— *J'ai besoin de toi, dit-elle.*
— *Je suis à vos ordres, s'entendit-il dire.*
— *Viens, dit-elle.*

Il ne pouvait pas refuser. Il devait protéger cette lumière à tout prix. À ses côtés, sa vie avait un sens. Il la suivit.

Le décor changea. Il commandait une formidable armée qui faisait face à des cohortes constituées de Soldats de la Foi et de gardes noirs. Près de lui se tenait la forme lumineuse, que tous appelaient Espoir et sa foi en cette personne était immense. Les forces ennemies s'affrontèrent au cours d'une grande et sanglante bataille. Les troupes qu'il dirigeait furent victorieuses et les survivants de l'armée sainte s'enfuirent, libérant l'accès à la Cité Sacrée. Devor conduisit l'Espoir dans le temple, força la porte et abattit tous ceux qui se dressèrent devant eux. Ils s'enfoncèrent dans les entrailles du bâtiment, jusqu'à la salle du trône. Dieu les attendait, prêt à les défier. L'Espoir leva une main et un rayon de lumière blanche jaillit de sa paume. L'homme qui dirigeait l'Imperium depuis plus de six cents ans fut jeté à bas de son trône et les murs du temple se fissurèrent. Le sol trembla. L'éclat de l'être lumineux s'amplifia, l'ombre fut repoussée, les murs tombèrent et le soleil inonda la pièce, illumina la planète, éclaira la galaxie. L'espérance en un monde nouveau recouvrit l'univers. Devor se sentait heureux et faible à la fois. Il dut poser un genou sur le sol pour ne pas s'écrouler. Ses mains étaient couvertes de sang, le sang de tous ceux qu'il avait assassinés sous l'armure des Gardes de la Foi et de tous ceux qu'il avait tués pour permettre l'avènement de la lumière. Il le savait, il n'avait plus sa place dans ce monde. Il devait mourir et en fut intensément soulagé. La douleur s'amplifia dans sa poitrine…

Il hurla… la bouche grande ouverte, cherchant désespérément de l'air. Il tremblait de froid. Dehors, la nuit était tombée et la chambre était baignée par la douce lumière de l'astre nocturne. Le vent qui s'engouffrait dans la pièce ne ressemblait plus à une légère brise printanière, mais plutôt à une bise hivernale. Il s'assit dans son lit et resta un long moment prostré, les bras autour de ses genoux. Plus que les images, ce rêve avait apposé une marque brûlante sur son cœur. Il n'arrivait pas à chasser cette impression de son esprit.

✦✦✦

Devor Milar déambulait dans les rues de la capitale et plus particulièrement dans le quartier des affaires, un endroit animé, aux larges allées dégagées, bordées d'arbres, de fleurs et de grands bâtiments. Au centre de la voie, des omnipolis chargés de passagers circulaient à toute allure dans un vrombissement de moteur. Quelques citos – des véhicules personnels – passaient avec un sifflement assourdi. Des passants se hâtaient sur les trottoirs, détournant les yeux en apercevant son uniforme noir. Ici, la guerre semblait loin, tout comme l'implacable réalité qu'elle charriait. Les croyants qu'il croisait paraissaient affairés, à défaut d'être heureux et il n'arrivait pas à imaginer que ces gens envisagent un jour de se révolter. Un groupe, composé de quelques soldats de l'Inquisition, le fit changer d'avis. Les passants s'écartèrent précipitamment, baissant la tête, avec dans les yeux un éclair de frayeur qui ne trompait pas. Il prit conscience qu'il ne s'était jamais promené ainsi, sans but particulier et sans escorte. C'était une sensation étrange et agréable. Il sourit en pensant à la remontrance muette que lui adresserait Tarni, à qui il avait faussé compagnie. Le vieux garde serait certainement fâché, mais il avait besoin d'un peu de liberté. Le général Jouplim, absent pendant quelques jours, lui avait demandé d'attendre son retour et cela l'obligeait à une oisiveté à laquelle il n'était pas habitué. Elle tombait à propos, car ce cauchemar qui le hantait chaque nuit envahissait durablement son esprit. Il comptait sur cette balade pour faire le point et évacuer ces pensées hérétiques de sa tête. Ce n'est pas un cauchemar, finit-il par admettre, il s'agit d'une prophétie. Ce mot l'épouvanta. Il ne pouvait pas avoir eu un rêve prémonitoire, pas lui ! Il n'était pas un démon, il était un archange. Comment était-ce possible ? Le feu qui brûlait dans son esprit en était certainement responsable. Le néant qui siégeait au cœur du temple, également. Les deux étaient-ils liés ? *Je suis en train de devenir fou*, songea-t-il.

— Colonel Milar ! La voix grave le fit sursauter.

Un grand gaillard en uniforme des Soldats de la Foi le rejoignit en courant, un large sourire éclairant son visage carré. Devor reconnut le capitaine Malk Thadees, qu'il avait rencontré quelques semaines plus tôt lors d'une escarmouche avec les Hatamas, peu de temps après la destruction d'Alima. Perturbé par ses émotions à vif, il avait accepté de sauver les soldats et les colons faits prisonniers. Thadees s'était montré reconnaissant et son sourire chaleureux prouvait qu'il n'avait pas changé d'avis.

— Colonel, dit-il en le rejoignant. Je suis heureux de vous voir.

— Moi de même, Commandant. Félicitations pour votre promotion.

— Il semblerait que votre rapport ait pesé dans la décision du commandement. Je vous en remercie. Vous savez, le sergent Jefer s'en remet. Elle sera toujours traumatisée par ce viol, mais elle devrait sortir de l'hôpital aujourd'hui. J'allais justement la voir.

— Tant mieux, répondit Devor distraitement.

— Elle m'a beaucoup parlé de vous. Vous l'avez impressionnée. Vous nous avez tous impressionnés, d'ailleurs.
— Allons, Commandant…
— Mais si je vous assure, je n'avais jamais vu une chose pareille. Cela ne change rien pour elle. La pauvre… Peut-être aurait-il mieux fallu qu'elle soit tuée. Je ne sais pas quoi faire pour l'aider. Vous pourriez m'accompagner, votre visite lui ferait plaisir, j'en suis sûr.
— Commandant, n'oubliez pas à qui vous parlez !
— Je n'oublie pas, Colonel, mais d'après ce que j'ai vu, vous êtes plutôt un type bien.
— Vous faites erreur, puis il ajouta, sans savoir pourquoi, saluez le sergent Jefer de ma part. J'espère qu'elle finira par oublier.
— Ça m'étonnerait. Il soupira. Je réside à l'hôtel « le vieux soldat », dans le quartier des vétérans, alors, si un soir vous désirez partager un verre avec moi…
— Que faites-vous sur AaA 03, Commandant ?
— J'attends de partir pour ma prochaine affectation, une base au fin fond de la galaxie, située sur une planète isolée à peine habitable. Mon officier scientifique sera disponible dans quelques jours et en attendant, je suis en congé.
— Profitez-en, Commandant.
Il serra la main de Thadees avec un réel plaisir. L'officier bourru avait le charme de la simplicité et de l'authenticité. Devor s'éloigna, pensif. À quelques pas de là se trouvaient les grilles du parc de la Foi, un immense jardin qui regroupait de nombreuses variétés de plantes venant de tout l'Imperium. Poussé par l'envie d'échapper au vacarme de la ville, il y entra. Les allées soigneusement empierrées crissaient sous ses pas et les arbres offraient un peu d'ombre aux promeneurs. Confiné la plupart du temps dans le ventre de son vaisseau, il profitait avec bonheur du soleil, chaud en ce début d'été. Il admira un instant les parterres de fleurs et savoura de la quiétude de ce lieu. Les angoisses qui le tourmentaient constamment s'imposèrent à nouveau et il reprit ses réflexions. Au fond de lui, une voix se débattait pour obtenir le droit d'être entendue, exigeant qu'il tienne compte de cette prophétie, mais il refusait de l'écouter.
— Colonel !
La voix pleine de fureur du commandant Thadees l'arracha à ses méditations. L'homme courait vers lui, le visage blême.
— Colonel, j'ai besoin de votre aide ! Les salopards…
Les yeux de Thadees étaient brillants de larmes et brûlaient d'une colère rentrée.

— Que se passe-t-il ? Il ne le laissa pas lui répondre, il venait de deviner ce dont il s'agissait. Votre sergent a été mutée ?

— Sur le front, oui et dans une unité disciplinaire ! C'est une honte ! Pourquoi ? C'est une victime, pas une coupable !

— Calmez-vous, Thadees, répliqua froidement Milar. Calmez-vous, ou vous vous ferez arrêter.

— Je m'en moque !

— Non, vous ne vous en moquez pas. Vous faire arrêter ne l'aidera pas, alors calmez-vous. C'était prévisible. La population ne doit pas apprendre que les Hatamas violent les humaines. Il est plus simple de cacher les victimes là où elles se feront tuer.

— C'est dégueulasse !

— Vous ne pouvez rien faire et franchement, ce n'est pas malin d'en parler au commandant de la Phalange écarlate.

— Dénoncez-moi !

— Je n'en ferai rien, mais reprenez-vous.

— Faites quelque chose pour elle ! Elle ne mérite pas ça.

— Non, elle ne le mérite pas, mais je suis impuissant. Je n'ai aucun poids sur ce genre d'affaires et vous le savez.

Malk Thadees sembla se tasser sur lui-même et une larme unique coula sur sa joue.

— Elle représente quelque chose pour vous ?

— Ce n'est pas ma maîtresse, si c'est ce que vous suggérez. Je... Je la considère comme ma fille.

La prophétie traversa ses pensées. Si elle s'avérait, tout ceci ne se produirait plus... L'Espoir... Si cette personne existait, alors Dieu serait abattu. *Non*, se corrigea-t-il, *ce n'est qu'avec mon aide qu'Il peut être vaincu, sinon il ne s'agira que d'une révolte vouée à l'échec, comme toutes les autres.*

— Thadees, restez dans votre hôtel, dit-il presque malgré lui. Je pourrais... avoir une solution. N'évoquez cela avec personne et ne faites pas parler de vous.

— Que voulez-vous...

— Comment s'appelle l'officier que vous attendez ?

— Le lieutenant Dane Mardon. Pourquoi ?

— Faites ce que je vous dis, Thadees ! dit-il fermement.

Laissant Malk Thadees seul, il rejoignit la Cité Sacrée.

❖❖❖

Le lendemain de sa rencontre avec Thadees, Devor avait pris une décision capitale. Il voyait enfin l'Imperium comme il était vraiment ;

un cancer qui dévorait les êtres humains. Le sergent Jefer n'était pas une ennemie, elle accomplissait son devoir de soldat de métier et n'avait aucun ressentiment contre Dieu ou le clergé. Sa seule faute avait été de se laisser capturer par les Hatamas. Pour toute récompense, elle était traitée telle une hérétique. L'Imperium était un organisme sans âme et sans compassion. L'individu n'y avait aucune valeur et devait se montrer heureux de mourir pour Dieu. C'est cela qui était reproché à cette jeune femme. Elle avait survécu.

Après une nuit agitée, marquée par une version particulièrement intense de la prophétie, l'obligation d'agir s'était imposée. Il ne pouvait plus se soustraire à l'appel de l'Espoir et ne le souhaitait pas. Les circonstances favorisaient cette prise de décision. Le général Jouplim, parti en tournée d'inspection, lui avait demandé d'attendre son retour. Milar avait profité de cette opportunité pour prendre des contacts discrets, essayant de découvrir le potentiel de révolte existant dans la population et au sein de l'armée sainte.

Poussé par une volonté qui lui semblait parfois étrangère, il n'avait pu taire sa vision. Il l'avait mentionné à Tinklow, juste pour savoir s'il existait une minuscule chance de le convaincre. Il avait évoqué la prophétie avec d'autres, incapable de garder le silence. Il avait été négligent et l'étau se resserrait. Il pressentait que l'Inquisition ne tarderait pas à l'interroger, mais il ne pouvait pas se résoudre à disparaître dès cette nuit. Demain, avec un peu de chance, le général Jouplim serait de retour et il tenterait de le persuader. Il éprouvait un grand respect pour cet homme et voulait croire que peut-être, il comprendrait la puissance de cette prophétie.

Néanmoins, en homme prévoyant, il avait préparé sa fuite. Ce soir, il allait ajouter une pierre à l'édifice de sa future disparition. Emmitouflé dans un manteau gris muraille qui dissimulait sa tenue de combat allégée, Devor se hâtait dans les ruelles du quartier des vétérans aux abords du fleuve. Ce véritable patchwork de petites maisons soigneusement entretenues, aux jardinets plantés de variétés végétales étrangères et d'immeubles bas, abritait des appartements ou des hôtels accueillants. Cette partie de la cité hébergeait les anciens soldats de métier et ceux qui voulaient passer quelques jours dans la capitale. Il croisa quelques tardifs qui se dépêchaient de rentrer chez eux avec une attitude presque coupable, sans doute inquiets d'avoir à se justifier de déambuler dans la ville en pleine nuit. Quelques rues plus loin, il s'arrêta pour laisser passer une patrouille. Il adopta la posture humble d'un croyant ordinaire et le sergent se contenta de lui jeter un regard soupçonneux. Enfin, Milar arriva devant le petit hôtel coquet qu'il cherchait. Malgré l'heure avancée, une lumière tremblotait à la réception. Par chance, l'homme qu'il désirait rencontrer logeait dans une chambre au rez-de-chaussée. Il fit discrètement le tour du bâtiment. La fenêtre était entrouverte, le dormeur voulait certainement profiter de la douceur de la nuit. Devor poussa délicatement le battant, se hissa à l'intérieur et retomba sans bruit sur le sol. Un ronflement léger le guida vers l'occupant de la pièce. Il laissa son regard s'accoutumer à la pénombre et s'approcha. Il devina un visage rond, des cheveux bouclés et châtains, des lèvres grasses. Il ressemblait à la photo du dossier qu'il avait consulté. Il appliqua la lame de son poignard-serpent sur la peau moite de l'individu, juste à l'emplacement du cœur et plaqua une main sur sa bouche. L'homme s'éveilla en sursaut.

— Pas un bruit ! Réponds à mes questions et tout ira bien, souffla Devor. Es-tu Dane Mardon ?

L'autre acquiesça, les yeux écarquillés de peur.

— C'est ce qu'il me semblait. Je suis désolé, mais je dois le faire.

Il enfonça délicatement la lame dans le cœur, jusqu'à la garde, tout en maintenant sa main sur la bouche de Mardon pour l'empêcher de crier. Il attendit que la vie quitte son corps avant de relâcher la pression. Il fouilla rapidement les affaires du mort. Il s'empara du sac qui contenait ses maigres possessions, de sa carte d'identification et d'un handtop renfermant ses ordres. Enfin, il souleva le cadavre et le fit passer par la fenêtre. Devor le logea tant bien que mal sur son épaule et descendit vers le port, tout proche. Heureusement, les venelles qu'il emprunta étaient désertes. Il déboucha sur la grève et après s'être assuré qu'il n'y aurait aucun témoin, il s'engagea sur les pavés glissants jusqu'à un coin isolé où il déposa le corps. Devor sortit de l'une de ses poches une flasque emplie d'un liquide grisâtre et puant. Il en aspergea soigneusement le cadavre puis dégaina son pistolet. Il régla le lywar au maximum et fit feu. La dépouille s'enflamma instantanément et se consuma à une vitesse incroyable. Satisfait, Devor s'éloigna dans la nuit. Le zerk'thâ était un produit venant d'un monde de la coalition Tellus, difficile à se procurer et hors de prix. Il était utilisé par les truands en tous genres pour faire disparaître des morts encombrants. Dans une minute, il ne resterait rien d'identifiable du corps de ce lieutenant Dane Mardon, juste un peu de cendre que le vent nocturne emporterait.

Il était 02-00, lorsque Milar s'engagea dans le couloir menant à ses quartiers. Une impression de danger l'oppressait, mais le tumulte incessant de ses émotions émoussait ses sens et il repoussa son anxiété.

Demain, tout serait joué. Soit Jouplim adhérerait à ses arguments, soit il le ferait arrêter. Devor entra dans sa chambre, toujours perdu dans ses pensées. Une vingtaine de soldats de l'Inquisition se pressaient dans la pièce, accompagnés du bras droit de l'Inquisiteur général, Nuvi Seralin. Il revint instantanément à la réalité, tout en se traitant mentalement d'imbécile. Il n'avait pas pris en compte l'absence suspecte de Tarni devant sa porte.

— Vous êtes en état d'arrestation, Milar, annonça Seralin avec une satisfaction évidente. Vous êtes soupçonné d'avoir des dons démoniaques.

Milar se contenta d'un sourire narquois, tout en analysant les possibilités. Inutile de faire demi-tour, sa fuite était certainement coupée par des soldats attendant de le prendre à revers. Cependant, l'inquisiteur avait commis une grave erreur : aucun garde noir n'était présent. Seralin devait craindre qu'ils rechignent à l'arrêter. Peut-être était-ce justifié, mais les soldats de l'Inquisition n'étaient pas de taille à l'affronter. Des mains se posèrent sur ses épaules afin de l'appréhender. Milar dégaina ses deux lames serpent et frappa en arrière, à l'aveugle. Touchés à l'aine, ils le lâchèrent avec un glapissement de douleur. Sans attendre, Devor fonça à travers la pièce, gracieux et fluide, ses deux poignards semant la mort sur son passage. Avec un réel plaisir, il enfonça l'une de ses lames dans l'œil de Seralin, puis empoigna son pistolet. Ses tirs décimèrent les soldats empêtrés dans leur surcot noir, marque de leur ordre. L'air empestait l'odeur piquante si caractéristique du lywar, celle de la chair calcinée, celle écœurante du sang, transformant la petite chambre en champ de bataille. Un, puis deux traits d'énergie le frôlèrent. Il était temps de fuir ! D'un tir ajusté, Devor vaporisa la fenêtre et profitant de l'effet de surprise, il plongea à travers l'ouverture. Il saisit au passage la poignée de linium qui se trouvait juste sous l'embrasure et happé par le vide vertigineux, il disparut dans la nuit. Il enclencha la descente freinée du blocordeur et le câble qui filait derrière lui se tendit. Le choc dans son épaule fut violent et il se contorsionna pour éviter de s'écraser contre la paroi rocheuse. Ses pieds heurtèrent le mur et il se relança en arrière, maîtrisant sa chute.

Quelques jours plus tôt, Devor avait installé un blocordeur juste sous le rebord de la fenêtre de sa chambre. Ce boîtier discret et léger pouvait se fixer partout grâce aux clous pneumatiques intégrés. Les mille mètres de filin fin et incassable, qu'il contenait, étaient actionnés par un moteur permettant de descendre ou d'escalader n'importe quel mur. Il fila le long de la paroi en se repoussant de temps en temps par une vigoureuse pression sur les jambes. La nuit le dissimulait efficacement et les soldats de l'Inquisition penseraient sûrement qu'il s'était suicidé pour ne pas affronter le sort réservé aux démons, une réaction fréquente chez ceux qui étaient démasqués. Il entendait leurs exclamations et les ordres lancés d'une voix affolée. Après plusieurs minutes, il fut freiné imperceptiblement dans sa chute et finit par s'arrêter totalement. Il était arrivé à la limite de sécurité du filin et ne distinguait pas encore le sol. Suspendu par une main à la poignée, il s'arc-bouta pour atteindre son armtop. Il tapa rapidement quelques ordres, débloquant la sûreté pour utiliser les dix mètres de câble supplémentaire. Lentement, le filin se déroula jusqu'à son extrême limite. Le sol n'était toujours pas visible. S'était-il trompé dans son estimation de la profondeur du gouffre ? Il explora la paroi du bout des doigts, mais la roche était lisse et n'offrait aucune prise. Il ne pouvait pas rester ici suspendu au bout de son fil, comme une stupide araignée. Il écouta attentivement la nuit, les cris des soldats en haut de la falaise étaient presque inaudibles maintenant. La brise nocturne caressait ses joues et une odeur d'herbe humide vint agacer ses narines. Il lui sembla entendre le vent jouer dans les feuilles d'un arbre. Son intuition lui soufflait que le sol était proche et il n'avait pas d'autre choix que de lui faire confiance. Il lâcha la poignée et atterrit quelques mètres plus bas dans la végétation dense qui foisonnait au pied de la paroi. Il grogna un juron, lorsqu'une branche griffue lui entailla la pommette. Empêtré dans les branches épineuses, il s'arracha péniblement à cette étreinte déchirant son manteau au passage. Il l'abandonna sur place. À l'aide de son armtop, il fit sauter les attaches du boîtier qui s'écrasa à quelques pas de lui. Une unité allait sans aucun doute se rendre au plus vite en bas de la falaise afin de constater sa mort et il ne comptait pas laisser aux enquêteurs des indications sur sa méthode d'évasion, car avec un peu de chance, ils perdraient un temps précieux à chercher un cadavre, plutôt que de traquer un fuyard.

 Au pas de course, il prit la direction de l'est en longeant la muraille, à travers l'épais maquis qui s'étendait sur plus de trois kilomètres à cet endroit de la vallée. Il dut louvoyer entre les buissons, les broussailles, les taillis et les bosquets. Sortir de cette vallée était, théoriquement, un exercice compliqué. La barre rocheuse se poursuivait sur plus de deux cents kilomètres vers l'ouest et trois cent cinquante à l'est. Totalement fermée par des barrières naturelles au nord et au sud et verrouillée par des grilles et des boucliers énergétiques sur les passages de l'est et de l'ouest, cette plaine n'était traversée que par l'omnibus planétaire filant à une vitesse supersonique. En plus de cet accès difficile, une menace planait sur cet endroit. Des animaux féroces, provenant d'autres mondes, y avaient été implantés. Il fallait à tout prix protéger la Cité Sacrée et sécuriser cette improbable voie d'infiltration. Les chances de survie d'un être humain dans cette vallée étaient estimées à trois pour cent. Milar avait pris en compte ce risque lorsqu'il avait décidé d'emprunter cette issue de secours et n'envisageait pas de s'y exposer plus que nécessaire. Les taillis étaient de plus en plus épais et il dut s'arrêter. Il lui était impossible de continuer à longer la falaise sans trancher dans les buissons. Dans ce cas, il lui faudrait dire adieu à sa prétendue mort. Bien sûr, les traqueurs finiraient par comprendre, mais chaque heure gagnée pouvait lui sauver la vie. Milar revint sur ses pas et s'engagea plus lentement dans le labyrinthe végétal. Il se déplaçait avec précaution pour éviter les longues épines des virgruls, ces arbrisseaux épineux qui proliféraient à cet endroit. Il s'arrêta à nouveau. Son intuition l'alerta d'un danger, mais sans préciser la nature de ce péril. Il posa la main sur la garde de son poignard de combat, prêt à se défendre. Il reprit sa route sans ralentir, car il devait sortir d'ici avant l'aube. Une image s'imposa dans son esprit. Il pivota à l'instant même où un animal à la fourrure hirsute et noire bondissait sur lui, la gueule largement ouverte, les crocs luisants. Un canydhon ! Il n'était certainement pas seul. D'une main, Devor saisit la gueule de la bête sous la mâchoire et enfonça sa lame dans son cœur. Le chien des enfers poussa un glapissement de douleur. Milar rejeta le corps sans attendre et eut juste le temps de lever son bras pour parer l'attaque d'un de ses compagnons de meute. Le canydhon planta ses crocs dans le ketir et Dem lui trancha la gorge. Il vira sur ses talons pour faire face à trois de ces loups d'Yrther, grands et vigoureux. Leurs épaules arrivaient à hauteur de son nombril, leurs pattes larges étaient armées de griffes courtes et puissantes, leurs crocs étaient longs et épais. Ils attaquèrent sauvagement. Il plongea et roula sur lui-même pour éviter l'assaut. Un canydhon poussa un hurlement de souffrance lorsqu'il atterrit dans un virgrul. Milar se releva et d'une main sûre, il lança son poignard. La lame s'enfonça dans la gorge d'un loup. Il dégaina ses deux poignards-serpents et attendit le bond du chef de meute. La puissance de la bête le projeta au sol et les crocs se fermèrent à quelques millimètres de son visage. Il tenta de repousser la tête monstrueuse, sans succès. Il réussit à dégager l'un de ses bras et frappa plusieurs fois au flanc avec sa lame-serpent. L'animal poussa un long grognement de douleur, mais n'abandonna pas sa proie. Avec frustration, Milar constata que sa lame n'était pas assez longue et qu'il ne parviendrait pas à atteindre le cœur. Il cogna de toutes ses forces à l'emplacement de l'organe vital, agrandit la coupure, avant de plonger sa main tout entière dans la blessure. Il arma son bras et enfin, son poignard-serpent trancha le cœur. Il repoussa le cadavre de l'animal. Son armure de combat allégée l'avait protégé des morsures. Il ne souffrait que de quelques estafilades sans gravité. Un long hurlement résonna dans la nuit.

Milar fila entre les buissons et la végétation sans se préoccuper des épines qui griffaient son armure, qui taillaient parfois dans sa chair. Derrière lui, la chasse s'organisait et il entendait le halètement sauvage des animaux sur ses traces. Après deux kilomètres, son instinct le guida vers une minuscule lumière qui brillait en bas de l'immense falaise. Il retrouva le filin qu'il avait placé là, depuis le haut du mur, à quatre kilomètres du temple. Devor saisit la poignée de linium attachée au câble, puis via son armtop, il enclencha le moteur. À l'instant où il s'élevait, les mâchoires d'au moins trois canydhons claquèrent sous ses pieds. Le filin s'enroula rapidement, le hissant vers le sommet. Il avait dissimulé le boîtier à soixante centimètres sous le bord de la falaise. Il agrippa donc une prise rocheuse du bout des doigts et la pointe de ses bottes en appui sur la paroi lisse, il grimpa les derniers centimètres. Il roula sur l'herbe drue et s'accorda quelques secondes de répit. Les dés étaient jetés et le destin était en marche. Lui, la main écarlate de Dieu, était désormais un traître, un hérétique, un démon. Il se redressa avec la curieuse impression d'être enfin libre, débarrassé de la lourde armure de son statut de garde. Il ne lui restait qu'un acte à accomplir pour que cette sensation soit réelle. Il dégrafa la plaque de ketir qui protégeait sa poitrine, puis ouvrit son uniforme et déchira le tee-shirt qu'il portait dessous. Il posa un doigt juste au-dessus de son sein. D'un coup vif et précis de sa lame-serpent, il entailla sa chair. Il glissa son index dans la plaie et y sentit la surface dure et plane d'une pièce de métal. Sans se préoccuper de la douleur, il arracha cette chose de son corps. Il contempla quelques secondes le petit disque noir destiné à l'authentifier lorsqu'il montait à bord d'un Vengeur, ou à le retrouver s'il s'égarait sur un monde inconnu. Aujourd'hui, ce dispositif permettrait à ses poursuivants de le pister. Il jeta ce morceau de son ancienne vie, le plus loin possible dans le gouffre, puis se débarrassa du reste de son armure et lui fit subir le même sort.

Ensuite, il prit le chemin de la capitale. Tout en marchant, il tapa une commande qui allait exécuter un programme, dissimulé dans le système de l'ordinateur central. La veille, depuis une console de l'état-major, il avait préparé la modification du dossier du lieutenant Mardon, dont la photo et les caractéristiques ADN étaient désormais les siennes. Il avait également introduit dans ces informations, une petite bombe logique qui exclurait « Dane Mardon » de toute recherche informatique. Il hésita une fraction de seconde avant de presser la touche qui lui donnerait sa nouvelle identité, celle d'un obscur lieutenant, officier scientifique des Soldats de la Foi.

Devor traversa la ville discrètement et gagna l'hôtel du « vieux soldat », dans le quartier des vétérans. Il y avait pris une chambre, incognito, quelques jours plus tôt et y avait laissé quelques affaires. Une fois dans la pièce, il ôta son uniforme qu'il jeta dans le système de destruction des déchets, puis passa sous la douche sonique. Ensuite, il sangla des étuis spécifiques sur ses poignets et y glissa deux poignards-serpents. Il soigna ses diverses blessures, coupures, égratignures et ecchymoses, puis à l'aide d'un appareil qu'il s'était procuré, il grava sur le dos de sa main le tatouage de la conscription. Il finit sa transformation en enfilant l'uniforme des Soldats de la Foi. Il s'observa dans le miroir, trouvant étrange cette couleur grise, lui qui, toute sa vie, n'avait porté que du noir. Il désintégra tout ce qui pouvait rendre suspect l'homme qui avait loué cette chambre et quitta silencieusement la pièce. Il alla sonner à une porte située au bout du couloir. Il fallut quelques minutes avant que Malk Thadees, pas rasé et les yeux embrumés de sommeil, lui ouvre.

— Mais qu'est-ce que...

— Laissez-moi entrer, l'interrompit Milar.

Le commandant s'écarta et Devor pénétra dans la chambre. Il espérait ne pas s'être trompé sur cet homme.

— Colonel, qu'est-ce...

— Je sais, je suis en uniforme de lieutenant. Je vais tout vous raconter et cela va prendre le reste de la nuit. Autant vous mettre à l'aise.

— Si c'est pour le sergent Jefer, malheureusement elle est déjà...

— Asseyez-vous, Commandant !

— Très bien, très bien...

Thadees s'assit sur une chaise près d'une petite table et se servit un verre d'un liquide transparent dont l'odeur puissante d'alcool fort agressa les narines de Devor.

— Je vais avoir besoin d'un verre. Vous en voulez un ?

— Non, merci, répondit Milar qui ne buvait jamais.

Il attrapa une chaise et s'installa face à Malk Thadees. Il savait que cet homme éprouvait une certaine admiration pour lui. Il avait constaté à de nombreuses reprises que son charisme, nourri par son pouvoir, influençait les personnes qu'il côtoyait. Il distilla un peu de son don dans l'esprit de l'officier.

— Essayez de ne pas m'interrompre, Commandant, je vais tenter d'être concis. Je suis venu sur AaA 03 pour rencontrer Dieu.

— Bravo, il paraît que c'est un privilège rare.

— Commandant !

— Oui, oui, je me tais.

— Ce fut une étrange rencontre et le soir même, j'ai fait ce que certains pourraient appeler un cauchemar, mais il s'agissait d'autre chose. Ce rêve est revenu nuit après nuit jusqu'à ce que j'admette la vérité. Ce cauchemar est… une prophétie.

— Quoi ?

— Une prophétie indiscutable m'annonçant la venue d'une personne, d'un « Espoir », qui va libérer la galaxie du joug de l'Imperium.

— Libérer la galaxie ?

— Oui ! Cet Espoir va affronter la machine de guerre de l'Imperium et va détruire Dieu.

— Vous allez détruire Dieu ? Vous, la main écarlate…

— Non, je ne suis pas cet « Espoir », mais mon devoir est de l'aider. C'est le message véhiculé par cette prophétie. Je dois trouver et épauler cette personne dans sa quête. Je ne peux pas m'y soustraire, sinon je crois que je deviendrai fou.

— C'est… C'est insensé, voyons. Pourquoi me dire ça, à moi ?

— Parce que j'ai deviné chez vous une détestation de ce système, une haine du clergé et de cette religion qui envoie vos soldats méritants se faire tuer. Je ne peux pas aider votre sergent, Commandant, j'en suis désolé, mais si cet Espoir voit le jour, je peux éviter que d'autres soient traités comme elle l'a été.

— C'était donc ça, votre solution ? Vous vous moquez de moi !

— Pas le moins du monde. Je vous assure que je suis sincère.

— Vous me dites que j'ai attendu en vain ? C'est cela ? Le sergent Jefer n'a pas plus de valeur pour vous que pour eux.

— Vous ne pouviez rien pour elle, seulement la rejoindre. Vous seriez mort sans que cela change son destin.

— J'aurais pu essayer. Vous auriez pu faire quelque chose !

— Non, je ne pouvais pas.

— Le colonel de la Phalange écarlate, un héros… Vous auriez pu user de votre influence.

— À quelle fin ? Quelle excuse aurais-je donnée ? Allons, Commandant… Vous savez que c'est irréaliste.

— Peut-être, concéda Thadees. Une question, pourquoi moi ? Pourquoi me mêler à votre… folie ?

— Parce que vous êtes là, Commandant, parce que le destin vous a mis sur ma route, parce que vous partez dans un trou perdu, à l'autre bout de la galaxie.

— Par tous les démons du ciel ! Cet uniforme…

— J'ai tué le lieutenant Mardon et j'ai pris son identité.

— Espèce de…, s'écria Thadees en se levant brusquement.

— Calmez-vous, Commandant. Je suis désolé pour Mardon, mais j'avais besoin de sa place. Je dois disparaître. Cette nuit, j'ai échappé à l'Inquisition qui venait m'arrêter.

— Ils doivent vous chercher partout !

— Sans aucun doute.

— Que je sois pendu ! Vous pensez pouvoir leur échapper sous cet uniforme ?

— Sans aucun problème, affirma Milar avec un sourire amusé.

— Et c'est dans ce trou du cul de la galaxie où l'on m'envoie que vous comptez trouver votre Espoir ? Il n'y a rien là-bas.

— C'est lui qui me trouvera, la prophétie est claire à ce sujet. Je vous en prie, Commandant, l'avenir de l'humanité est en jeu. Il faut lutter contre le pouvoir en place.

— C'est vous qui dites ça ? Vous, Milar ? Comme si le sort de l'humanité vous importait !

— Je sais qui je suis et je sais ce que j'ai fait. Mes remords ne me laissent plus en paix. Je sais aussi qu'il faut combattre, qu'il faut accepter cette chance qui nous est donnée. Je vous en prie, aidez-moi !

— Que voulez-vous que je fasse ? Comment voulez-vous lutter contre ce monstre infernal qu'est l'armée sainte ?

— Nous verrons cela en temps utile. Pour l'instant, la seule chose que vous avez à faire, c'est d'accompagner le lieutenant Dane Mardon jusqu'au vaisseau de transport qui nous emmènera sur la planète RgM 12.

— Mais si on vous reconnaît…

— Nous aviserons.

Thadees hésita, vida d'un trait son verre de jine, puis un autre.

— Très bien, j'accepte. Voir tout cela s'écrouler… Je suis prêt à me jeter dans le vide pour que ça arrive ! Et si vous êtes du bon côté, Colonel, alors peut-être qu'il y a une infime chance…

— Merci, Commandant. Mais, je vous en prie, à partir de maintenant, oubliez le colonel Milar. Je suis le lieutenant Mardon.

— Bien sûr, Colo… Je n'y arriverai jamais. C'est sûr.
— Il le faut.
— Je sais, je sais. Vous avez respecté un excellent timing, vous savez, Colonel. Nous devons embarquer pour RgM 12, ce soir vers 17-00. Mardon devait venir me retrouver dans la matinée.
— Lieutenant ! Il faut me dire « Lieutenant ».
— Zut ! Je suis désolé, mais quand je vous vois, c'est Milar que je vois et je crois bien que je ne pourrai jamais vous dire lieutenant.
— Dans ce cas, appelez-moi Dem.
— Quoi ?
— C'est un surnom que j'utilisais… autrefois, expliqua Devor en se demandant d'où lui venait cette idée. Devor Milar, DM, Dem… La chance veut que Dane Mardon possède les mêmes initiales.
— Dem ?
— J'aime bien ce surnom.
— Soit, Dem… Préparons nos affaires et rejoignons notre vaisseau de transport.

✦ ✦ ✦

Dem acheva sa séance de sport par une intensive course sur place. Depuis qu'il était dans la base H515, il se levait tous les matins à 04-30 pour un exercice d'une heure et demie, qu'il effectuait dans sa chambre afin de garder une certaine discrétion. Cela faisait quatre ans, quatre mois et une poignée de jours qu'il était perdu dans cet endroit, dans la peau d'un officier scientifique. Il restait un solitaire n'ayant aucune envie de se faire des amis. La promiscuité de la vie dans cette base était une épreuve pour lui. Chacun espionnant tout le monde, il était devenu la cible de toutes sortes de ragots. Les soldats s'interrogeaient sur cet homme froid et rigide qu'il demeurait. Les seules conversations amicales qu'il entretenait étaient avec Malk Thadees, qui l'invitait parfois à partager un verre. Bien sûr, il ne buvait pas et se contentait d'un thé pour l'accompagner. Seule, le lieutenant Nlatan instaurait un semblant de camaraderie. Il lui avait sauvé la vie deux mois après son arrivée et depuis, elle lui vouait une gratitude encombrante.

Dem passa brièvement sous la douche sonique, avant de revêtir son uniforme. La monotonie et l'inutilité de cette vie étaient pesantes. Après l'euphorie des premiers mois, où enfin, il s'était libéré de l'emprise des Gardes de la Foi, il avait commencé à s'impatienter. Il avait pensé que l'Espoir viendrait à lui rapidement et maintenant, il ne pouvait s'empêcher de supposer que son rêve n'était que cela : un rêve.

La prophétie l'avait tourmenté quelque temps, puis s'était éloignée. Cela faisait un an qu'il n'avait plus rêvé et le découragement pesait lourdement sur ses épaules. Il s'était sans doute trompé. Peut-être que l'Espoir avait été tué quelque part, ou peut-être aurait-il dû partir à sa recherche, ou alors, il avait imaginé tout cela parce qu'il était dément, comme beaucoup de ses camarades archanges.

Il arriva dans son bureau en avance, comme à son habitude et prit un thé fort, au distributeur qui se trouvait dans le laboratoire. Il fit lentement le tour de la pièce, savourant ce moment de calme. Le haut-parleur se mit à crachoter : « *Lieutenant Mardon, ici le commandant Thadees, venez dans mon bureau. Lieutenant Mardon, dans mon bureau.* » Milar soupira, se demandant ce que Malk Thadees voulait.

Lorsqu'il entra dans le bureau de son ami, celui-ci l'accueillit avec un sourire. De son habituel petit moulinet de la main, il lui indiqua d'actionner son programme anti-surveillance.

— Vous avez l'air en forme, Dem.

— Que puis-je pour vous, Malk ?

— La nouvelle fournée de conscrits arrive tout à l'heure, je viens de recevoir le message du vaisseau de transport et…

— Non, je n'ai besoin de personne.

— Dem ! J'ai accepté le transfert du soldat Laker, mais cela veut dire que vous avez une place de disponible dans votre laboratoire.

— Nous nous en sortons très bien comme cela.

— Il y a un soldat qui fera parfaitement l'affaire. Il a toutes les qualifications requises, quelqu'un de brillant si j'en crois son dossier. Je vous l'ai transmis, d'ailleurs.

— Malk, cela ne m'intéresse pas.

— Faites un effort. Je sais que c'est compliqué… Bon sang ! Vous savez que les Hatamas repassent à l'attaque. Ils massacrent des civils sur la frontière, vous seriez tellement plus utile…

— Malk ! Je ne veux pas entendre cela. J'ai fait un choix et je l'assume. Il faut garder espoir… Il le faut !

— Avez-vous encore foi dans votre prophétie ? Franchement ! Il y a des jours où je ne pense qu'à une seule chose, m'exploser la tête avec un impact lywar à pleine puissance !

— Malk, vous…

— Ne vous en faites pas, je ne le ferai pas. J'ai choisi un suicide plus lent, ajouta-t-il sombrement en montrant la bouteille de jine presque vide qui trônait sur son bureau.

— Gardez espoir.

— Ouais, si vous le dites. Votre nouveau soldat sera dans votre labo ce soir. Essayez de le garder un peu cette fois, voulez-vous.
— À vos ordres, Commandant ! répondit Dem en souriant.
— Ah, tant que j'y pense… Nous avons reçu une communication, totalement inaudible. Pourriez-vous tenter de décrypter ce message ?
— Bien entendu. Bonne journée, Malk.
— Bonne journée à vous.
— Cela va dépendre de celui que vous avez prévu pour moi.

Milar avait laissé partir son équipe à l'heure et s'était installé au fond du laboratoire, plongé dans la pénombre. Il avait commencé à écrire les grandes lignes d'une modélisation qui permettrait d'analyser ce fragment de message. Il n'avait toujours pas vu ce nouveau soldat promis par Thadees. Ce conscrit démarrait mal son affectation. La porte s'ouvrit et quelqu'un demanda d'une voix mal assurée :
— Il y a quelqu'un ?
Curieux de voir la réaction de ce soldat, il le laissa traverser lentement la pièce jusqu'au bureau. Contrarié, il découvrit qu'il s'agissait d'une femme. Les soldats de sexe féminin de cette base avaient presque tous essayé de le séduire, certaines de façon insistante, et il n'avait aucune envie de cohabiter avec une nymphomane. Elle jeta un coup d'œil dans la pièce et sans doute déçue de ne trouver personne, elle fit demi-tour. Elle sursauta en le découvrant debout dans la semi-obscurité et se figea aussitôt au garde-à-vous. Il observa la jeune femme aux cheveux bruns, légèrement ondulés et coupés courts. Son regard brun pailleté de vert était étonnant, plein de fougue et d'intelligence. Il éclairait son beau visage, à l'ovale délicat, d'une passion fascinante. Malgré son uniforme de parade froissé et sale, de l'élégance se dégageait de sa silhouette féminine.
— Repos Soldat, repos, lança-t-il amusé.
— Caporal Kaertan ! Au rapport, Lieutenant !
— Ah oui ! dit-il avec désinvolture. Vous êtes le novice qui m'a été affecté. Vous êtes en retard, Caporal.
Il s'approcha d'elle et…

Ailleurs...

Uri Ubanit, premier inquisiteur du vaisseau Carnage 601, observait le plafond de sa cabine. L'endroit était luxueux, en comparaison de la cellule qu'il occupait au monastère. Son corps décharné ressemblait à un cadavre trop blanc sur la couverture noire de sa couchette. Il faisait chaud dans la pièce et il savourait le plaisir d'être nu. Il avait passé la journée précédente à explorer le vaisseau et à sonder les esprits des gardes qu'il croisait. Leur foi était indiscutable et la froideur de leur personnalité était apaisante. Le colonel Janar était différent. Les officiers des gardes étaient créés et conditionnés pour être immunisés face aux émotions trop perturbatrices comme la compassion ou la haine. Le commandant des Exécuteurs était un être froid et efficace, mais il prenait plaisir à faire souffrir les démons ou les hérétiques qui tombaient en son pouvoir. La haine qu'il éprouvait envers Milar était, elle aussi, troublante. Ubanit s'était demandé s'il devait en référer à l'Inquisiteur général, mais avait estimé que Het Bara savait sans nul doute quel genre d'homme était Qil Janar.

Telle une araignée ivoirine de Kyrie'tlu, il déplia ses longs membres grêles et blêmes. Il se tint debout devant l'autel de prière dédié à Dieu. Il se concentra pour accéder à son propre esprit et y chercher la paix, la sérénité, afin d'atteindre un état contemplatif. Il avait besoin de mobiliser ses forces et son énergie vitale pour la mission à venir. Leur vaisseau rejoindrait celui du colonel Yutez dans deux jours et avec les informations collectées, ils pourraient se lancer à la poursuite de Milar. Il observait une parfaite immobilité, son cœur battait au ralenti et ses yeux fixés sur le symbole de Dieu ne cillaient pas. Au climax de sa concentration, il lui semblait comprendre l'univers. Une angoisse gagna son esprit, une menace diffuse se rapprochait. Cette sensation perturba sa transe et il revint à lui.

Uri était furieux de s'être laissé déstabiliser, lui qui avait toujours été le meilleur pour approcher l'esprit de Dieu. Il éprouva le désir irrépressible de se punir pour ce manquement. Il saisit d'une main ferme l'étrange outil posé sur l'autel, une sorte de griffe, aux pointes curieusement orientées. Il admira un instant l'objet avant de presser un bouton situé sur le côté. Les pointes aiguisées furent chauffées à blanc. Ubanit apposa le couteau rituel sur sa poitrine et y grava un arbre stylisé, en appuyant suffisamment fort pour que la cicatrice soit profonde. Il serra les dents pour supporter la douleur, alors qu'une sueur âcre couvrait sa peau. L'odeur de chair calcinée était écœurante, mais elle lui évoquait pourtant la douce senteur de la force de sa foi. Il reposa son outil d'une main légèrement tremblante. La nouvelle scarification complétait la forêt qui rampait sur sa chair.

Enfin, il revêtit sur son corps moite, la robe de sa fonction et les yeux encore brillants de passion mystique, il quitta sa cabine.

Chacun soldat doit s'appliquer à s'entraîner et être opérationnel en toutes circonstances, car nous sommes sous le regard de Dieu.

Chapitre 3 du Credo

Le choc fut violent. En une fraction de seconde, Nayla eut une étrange impression de dédoublement, découvrant le visage de cette jeune femme qui se mêlait aux yeux si bleus de l'homme face à elle. Une décharge d'énergie la frappa et écartela son cerveau. Elle voulut hurler, mais elle n'avait plus de bouche, plus de corps, elle n'était qu'esprit. La sensation de vitesse fut déstabilisante et fut suivie par un bain glacé. Elle se mit à claquer des dents, secouée de frissons violents. Sous sa main, la dureté du sol était douloureuse. Elle ouvrit les yeux et la lumière lui brûla les rétines. Elle referma aussitôt les paupières. Qui était-elle ? Elle n'arrivait pas à répondre à cette question. Où était-elle ? Que s'était-il passé ? Autant d'interrogations qui tournaient dans son crâne. Elle était Devor Milar, non Dem… Non ! Je suis Nayla, Nayla Kaertan ! Devor Milar est le monstre qui a détruit Alima ! Elle réintégra ses propres souvenirs et les événements incroyables de ces dernières semaines, jusqu'à cette vision atroce de Dem, celui qu'elle croyait son ami, se révélant être l'homme qu'elle haïssait et pire encore. Il était un traître qui attendait le moment propice pour la livrer à Dieu, pour tous les livrer à la mort. Elle l'avait attaqué et… et elle venait de vivre sa vie. À travers la mémoire de cet homme, elle avait été lui, elle s'était diluée, perdue dans sa personnalité. Elle réprima un sanglot. *Sa vie a été un enfer !* pensa-t-elle avec tristesse. Elle le revit enfant, torturé, presque violé. Elle revit cet autre gamin, son ami Nako, dont il avait enfoui les souvenirs, l'existence même, le faisant disparaître de sa vie. Il avait commis tant de massacres, tant de carnages et Alima… Il avait détruit Alima ! Mais il n'est pas en Mission Divine, souffla la voix de la raison. Il n'envisageait pas de te trahir, il s'est contenté de cacher son identité.

Lentement, elle ouvrit à nouveau les yeux. Dem était prostré contre le mur et la souffrance creusait son visage atrocement pâle. Son regard, habituellement si bleu, si limpide, si vif, était terne et sans passion. Du sang maculait sa bouche, coulait de ses oreilles et perlait au coin de ses yeux. Il la fixait, sans ciller, silencieux. Sa première impulsion fut de courir le prendre dans ses bras pour le réconforter, mais les images d'Alima lui revinrent en mémoire, ainsi que toutes les autres. *Il a eu le choix*, se dit-elle. Il aurait pu ne pas céder, ne pas devenir un monstre. Elle essuya d'une main rageuse ses joues baignées de larmes et de sang et se leva péniblement. Elle fit un pas chancelant vers Dem.

— Devor Milar, commença-t-elle d'une voix rauque qu'elle ne reconnut pas.

Curieusement, elle se sentait plus forte et plus mature qu'avant. Elle ressentait en elle quelque chose de froid et d'analytique. Son âme était comme trempée dans de l'acier inoxydable et servie par une volonté implacable. Elle était l'Espoir et elle devait affronter cet homme qui se faisait appeler Dieu. Sa mission, sa fonction était de le vaincre et pour y parvenir, tous les moyens seraient bons.

— Oui, répondit-il faiblement.

— Vous auriez dû me le dire !

— Je le voulais, mais…

Il haussa les épaules avec lassitude. Avec une extrême lenteur, il se leva et s'appuya contre la cloison, les jambes flageolantes.

— Pourquoi ne vous êtes-vous pas défendu ?

— Vous venez de voir ma vie, Nayla. Comment pouvez-vous poser cette question ? Vous êtes tout ce que j'attendais, comment aurais-je pu vous faire du mal ?

Elle ne releva pas sa déclaration.

— Oui, j'ai vu de quoi vous êtes capable, Milar !

— Que voulez-vous entendre ? Je sais qui j'étais et vous le savez aussi, désormais.

— Qui vous étiez ? Oh, la belle excuse que vous me préparez, Milar. Vous n'êtes plus cet homme-là, n'est-ce pas ?

— Non, je ne le suis plus, répondit-il plus fermement. Vous savez ce qui m'est arrivé. J'ai vu…

— Une lumière qui vous a permis d'avoir accès à vos émotions, se moqua-t-elle. C'est vous qui avez fait le choix de les enfermer. Vous avez pris cette décision, sciemment. Votre but était de devenir le meilleur des Gardes de la Foi. Vous avez réussi ! Vous avez oublié votre ami, ce Nako, qui lui au moins a fait le bon choix.

Il pâlit encore, si cela était possible et gronda sourdement :

— Ne parlez pas de lui !

— Ou quoi ? Vous tenterez de me tuer ?

Son regard bleu s'embua de larmes et il murmura :

— Il m'a demandé de céder. Il m'a dit que je devais poursuivre que je devais l'oublier... et je l'ai oublié... Nako...

La tristesse dans sa voix était poignante, mais cela n'éveilla que peu d'émotions en Nayla.

— Vous l'avez enterré, pour continuer à tuer des innocents.

— Il m'a dit que... Il savait ce qui allait arriver, j'en suis certain. Je devais devenir le bouclier de la lumière. Je n'avais rien compris à l'époque, mais aujourd'hui... C'est ce que je suis, votre bouclier, votre protecteur.

Elle frissonna de dégoût et d'horreur. Dire qu'elle avait éprouvé de tendres sentiments pour ce meurtrier.

— Non, ça jamais, Milar ! Vous n'êtes ni mon ami ni mon protecteur ! Vous comptiez vous servir de moi comme d'une arme pour abattre Dieu et n'essayez pas de me faire croire le contraire.

— Je n'ai jamais pensé cela.

— Je me moque de ce que vous pensez !

— Vous n'avez pas compris. Vous n'êtes pas mon arme, Nayla, c'est moi qui suis la vôtre.

— C'est une belle formule, mais ce n'est que cela. Vous n'êtes rien pour moi !

— Que comptez-vous faire ? Sortir et dire : cet homme est Devor Milar, pendons-le à l'arbre le plus proche ?

— Ce serait une solution et je ne la rejette pas définitivement, répliqua-t-elle froidement.

Dem eut un frisson visible. Avec un détachement qui ne lui ressemblait pas, Nayla analysa la situation et prit sa décision, sans en éprouver une once de remords ou de tristesse.

— Seulement, ce serait extrêmement improductif, vous ne croyez pas ? Nous sommes des amateurs, ignorants des rouages de l'armée sainte, ne comprenant rien à cette machine qu'est l'Imperium. Je l'appréhende mieux désormais, mais vivre votre vie ne me donne pas réellement votre expérience, pas encore du moins. Je dois absorber ce que je viens de voir. En attendant, la cause a besoin de vous. J'ai besoin du général Milar.

— Nayla, Milar est...

— Ce que vous êtes, ce que vous serez à mes yeux et celui dont j'ai besoin. Par pragmatisme, je continuerai à vous appeler Dem, mais ne vous faites pas d'illusions. Dem est mort ! Je n'ai pas besoin de lui, j'ai besoin de Milar. Commandez nos armées ! Donnez-moi votre avis stratégique, c'est tout ce que je veux de vous.

— Je dois vous protég...

— Non ! le coupa-t-elle. Je n'ai que faire de votre protection, je n'en ai pas besoin. Je ne veux pas de votre prétendue amitié. Dem n'était qu'un mensonge et je n'ai pas besoin de lui. Vous n'êtes rien pour moi. Vous n'êtes qu'un monstre qui a changé d'allégeance. Soit, j'ai besoin du stratège, du guerrier que vous êtes, mais rien de plus. Assumez qui vous êtes, colonel Devor Milar !

— Nayla, tenta-t-il une dernière fois, qu'aurais-je pu faire ? Vous avez vécu ma vie ! Croyez-vous que j'avais le choix ?

— Vous l'aviez ! Nako l'avait et il a fait le bon choix ! Vous aviez des émotions ! lui cria-t-elle avec rage. Vous saviez que l'Imperium était mauvais, que ce que vous faisiez était mal, qu'on allait vous demander de faire des choses horribles et innommables. Vous avez choisi de jouer le jeu et de devenir ce qu'ils voulaient. Un homme comme Yutez n'a pas eu le choix, lui. Il n'éprouvait rien ! Depuis l'enfance, il ne ressentait rien ! Mais vous, si. Vous aviez de la pitié, de la compassion, de l'amour même pour ce garçon ! Vous avez choisi de détruire tout cela, de votre plein gré !

— J'aurais dû me tuer ? C'est cela votre solution ?

— Oui ! hurla-t-elle. Vous auriez dû vous suicider ! Si vous aviez fait le choix que Nako a fait, combien de vies auraient été épargnées ? Vous avez préféré devenir la main écarlate de Dieu ! Votre transformation, après la rencontre de nos esprits au-dessus d'Alima, ne change rien. Vous avez choisi de devenir un meurtrier.

— Il me l'a demandé, murmura-t-il. Je devais le faire.

— Ne l'accusez pas, Milar ! Vous avez fait un choix. Je fais le mien. Peut-être ai-je tort, peut-être devrais-je vous tuer, ici et maintenant, mais pour le moment, j'ai besoin de votre expérience.

— Vous l'aurez, dit-il après quelques secondes de réflexion.

— Et n'oubliez pas. Dem n'est qu'un nom que je vous donnerai, pour ne pas perturber notre armée naissante. Pour moi, cet homme-là n'existe pas. Vous l'avez tué la nuit où votre ami a offert sa vie pour ne pas devenir un assassin. Est-ce clair, Milar ?

— Parfaitement clair, répondit-il.

— Retrouvez-moi sur la passerelle dans deux heures, Général.

Sans lui accorder un autre regard, elle ouvrit la porte. Elle fut surprise de découvrir Tarni, Lazor, Garal et Plaumec dans le couloir. Ils arboraient un air soucieux et celui du médecin était plein de sollicitude.

— Que s'est-il passé là-dedans ? demanda Garal. Ça fait trois heures que vous êtes enfermés. Celui-là dit que tu l'as assommé et que tu as bloqué la porte.

— Cela ne vous regarde pas, lieutenant Garal. Capitaine, votre place est sur la passerelle.

Seulement trois heures ! pensa-t-elle. Durant ce laps de temps, elle avait vécu une vie entière. Elle n'avait aucune envie de parler à ces gens et sans plus se préoccuper d'eux, elle rejoignit sa cabine.

Devor Milar resta figé, incapable de penser, incapable de réagir. La porte coulissa à nouveau et pendant une brève seconde, il espéra que Nayla venait lui pardonner. Ce n'était que Leene Plaumec.

— Oh Dem…, souffla-t-elle, son visage reflétant sa compassion.

— Sortez, Docteur !

Elle lui adressa un sourire chaleureux, mais respecta son désir de solitude. La porte se referma derrière elle. Il s'arracha à la cloison et traversa péniblement la pièce afin de condamner la porte. Il se laissa glisser jusqu'au sol où il resta prostré. L'incursion de Nayla dans son esprit avait libéré ses souvenirs les plus enfouis. Nako ! Se remémorer son ami lui brisait le cœur. Comment avait-il pu l'oublier ? Les dernières paroles du garçon résonnaient dans sa tête, faisaient battre son cœur. Il ne pouvait plus les ignorer. Elles parlaient de lumière, de fin de l'Imperium, de ce rôle qui lui était dédié. « Venge-moi ! » avait dit Nako. « Venge-moi et ne m'oublie pas, je t'en prie. »

— Je vais le faire, murmura-t-il. Je te vengerai, mon ami.

Son âme était rongée par des remords toujours plus intenses. Fragilisé par ce qu'il venait de subir, il ne pouvait plus contenir les émotions qui rugissaient en lui. Les mots de Nayla résonnaient douloureusement dans son cœur. Elle lui avait dit qu'il aurait dû se suicider, que cela aurait épargné tant de vies. Elle avait raison. Il aurait dû défendre Nako et mourir à ses côtés. « Vous n'êtes rien pour moi ! » avait-elle dit. La haine de ses paroles l'avait profondément blessé, plus que son désir de le tuer. Ce n'est pas de la peur ou du regret qu'il avait ressentis lorsque son esprit s'était rué sur lui, c'était du soulagement. Il méritait la mort qu'elle voulait lui infliger, il comprenait ses raisons et ne souhaitait pas se défendre. Seulement, il était toujours en vie et sa mémoire ressuscitée était un incendie dont les flammes carbonisaient ses pensées, son être le plus intime. Sa souffrance était indicible. Pendant quarante jours, il avait été presque heureux. La jeune femme lui avait apporté de l'espoir et du bonheur, si ce mot était possible pour lui. « Je n'ai pas besoin de Dem, j'ai besoin de Milar ! »

Depuis Alima, il avait toujours réussi à maintenir une certaine discipline intellectuelle et une certaine maîtrise. Il n'avait pas voulu explorer ce territoire inconnu qu'étaient les sentiments. L'arrivée de Nayla sur la base H515 avait changé ces paramètres. Elle avait bouleversé sa vie, elle avait éveillé en lui quelque chose d'étrange, une… tendresse ? Était-ce cela ? C'était si nouveau. Aujourd'hui, ses émotions étaient incontrôlables et il ignorait comment gérer ce qui se bousculait dans son crâne. Ce qu'il éprouvait pour Nako et pour Nayla se mêlait étrangement. Les souvenirs qu'il avait du garçon qui avait été son ami, son frère, affluaient. Il se remémorait chaque instant, chaque parole, chaque sourire. Il avait l'impression de sentir, sur ses lèvres, son baiser d'adieu. Pour la première fois depuis la mort de ce garçon qui s'appelait Naryl Korban, Devor Milar pleura. Les larmes coulèrent sans retenue sur ses joues et il cacha son visage dans ses bras, sans comprendre ce qu'il lui arrivait. Ce flux d'émotions l'anéantissait et le brisait. *Je ne peux pas vivre ainsi*, se dit-il. *Je ne veux pas ! Aimer… C'est insupportable !* Il s'en voulut aussitôt d'avoir pensé ce mot. Aimer ? Aimait-il Nako ? Oui, il l'aimait comme on aime son seul ami, comme on aime sa conscience, comme on aime son frère. Aimait-il Nayla ? Il ne voulait pas répondre à cette question. Il ne voulait pas penser à la passion de son regard, à la courbure de ses lèvres, à ces instants qu'ils avaient passés tous les deux… Non ! Il n'avait aucun droit sur elle. Sa seule mission était de la défendre, de l'aider à accomplir sa destinée. Nako l'avait vu. Il savait qu'il devait devenir le bouclier et le protecteur de la lumière. Dem avait vu ce même futur. Dans sa vision, il sacrifiait sa vie pour que l'Espoir libère la galaxie. Il était prêt à mourir pour Nayla, mais ce souhait était irréalisable s'il continuait à souffrir à cause de cette stupidité qu'on appelait émotion. Il hésita pourtant, à immoler cette partie de lui, cette humanité qu'il avait appris à apprécier. Avec rage, il rejeta cet accès de faiblesse et se concentra pour accéder à ses pensées. Pour s'assurer que son allégeance envers la jeune femme resterait intacte, il conserva l'intégralité de ses souvenirs et inscrivit l'obligation de l'aider en lettres de feu dans son âme. Une fois rassuré, il chercha cette pièce, fermée par des barreaux, où ses sentiments avaient été enfermés autrefois. Ils s'y trouvaient toujours et pulsaient douloureusement. Résolument, il mura cet endroit, brique par brique, avec beaucoup de soin, puis en pensée, il appliqua une épaisse couche de fibrobéton sur ce mur virtuel.

Le colonel Devor Milar ouvrit les yeux. Il essuya d'une main distraite les larmes et le sang qui maculaient son visage. Il se releva en chancelant un peu, encore affaibli par ce qu'il venait de vivre. Un sourire méprisant glissa sur ses lèvres minces. Comment avait-il pu se comporter avec une telle faiblesse ? Il analysa avec soin la situation. Ils venaient de remporter une grande victoire, ils disposaient d'un vaisseau Vengeur et de troupes, à défaut d'une armée. Nayla Kaertan s'était enfin révélée et elle était d'une force inimaginable. Malgré sa colère, elle était restée suffisamment lucide pour exploiter ses capacités. Il serait le général de cette armée de révoltés. Cette position lui convenait parfaitement. Tout en réfléchissant, il avait ôté ses vêtements poisseux de sueur et passa rapidement sous la douche. L'eau coula en rivières brûlantes sur son corps musclé, mais il n'en ressentit que peu de plaisir.

Nayla avait, elle aussi, éprouvé la nécessité de se doucher. Elle avait besoin de se laver de la souillure de cette vie qu'elle venait de vivre. Les souvenirs des morts, des carnages et des massacres ne cessaient de se télescoper dans son esprit. La souffrance du jeune Devor, les remords réprimés de l'adulte qu'il avait été, le tsunami créé par leur rencontre mentale en orbite autour d'Alima et la prophétie qu'il avait eue, généraient un tourbillon de sentiments contradictoires. Elle le haïssait, mais elle le plaignait aussi. Une boule se mit à grossir dans sa gorge et le chagrin l'étouffa. Elle se laissa tomber au fond de la douche et des sanglots la secouèrent pendant de longues minutes. Je l'aimais, s'avoua-t-elle. Les images d'Alima revinrent envahir sa mémoire et elle repoussa sa compassion pour cet homme. Elle refusa d'admettre sa tendresse. Elle puisa dans l'enseignement qu'elle avait acquis, en assistant à la vie de Milar, pour se débarrasser de toute sensibilité improductive et blinda son cœur contre ses émotions.

Lorsqu'elle entra sur la passerelle, vêtue simplement de la tenue de contrebandier qu'elle avait choisie, Nayla toisa ceux qui étaient présents avec froideur. Elle n'avait aucune intention de se justifier ou d'expliquer ce qui s'était passé. Cela ne regardait personne. Elle observa ces lieux qu'elle connaissait intimement désormais. Le siège réservé au colonel dominait la passerelle et cette place lui revenait de droit. Elle n'osa pas s'y asseoir. Diminuer l'autorité de Milar serait improductif, comme toute tension entre eux. Il était trop tôt pour cela. Elle marcha jusqu'au hublot latéral, la position qu'avait occupée le colonel de la Phalange écarlate dans tous ses rêves. Ce n'est pas Alima qui s'offrait à sa vue, mais Olima. Le globe vert, bleu et légèrement mauve était un joyau. Elle espérait que son monde serait épargné par la guerre, mais il n'y avait rien qui puisse être fait pour empêcher une catastrophe. Son armée n'était que l'embryon de ce qu'elle serait et pour l'instant, elle avait absolument besoin des talents de Milar pour établir une stratégie.

— Que s'est-il passé ? demanda Plaumec.

— Cela ne vous regarde pas ! répliqua rudement Nayla, furieuse de s'être laissée surprendre par le médecin.

— J'aimerais tout de même le savoir. Je ne l'avais jamais vu réagir comme…

— Je viens de vous le dire, cela ne vous regarde pas !

— Trois heures et vous semblez avoir traversé un cauchemar.

C'est le cas, pensa-t-elle. Un frisson descendit le long de son échine à l'évocation de cette étrange expérience. Son regard brun vert étincela de colère et Plaumec recula.

— Je n'ai pas de comptes à vous rendre ! Sachez tenir votre place, Docteur !

Leene Plaumec blêmit sous la menace à peine voilée, mais courageusement, elle se justifia une dernière fois.

— Vous m'êtes chers tous les deux et je suis votre médecin. Je suis en droit de m'inquiéter.

Les yeux embués de larmes, elle s'éloigna. Nayla se désintéressa d'elle et reporta son attention sur l'espace. Des milliers d'étoiles scintillaient, chacune représentant un monde qu'il fallait libérer des mâchoires avides de l'Imperium. Il s'agissait là d'une tâche titanesque, mais nécessaire, obligatoire… imposée ? Serait-elle à la hauteur de ce destin ? Avait-elle seulement le choix ?

En entendant le sifflement de la porte, elle sut que Milar venait d'entrer. À contrecœur, elle se retourna. Il se tenait debout, près du siège dédié au chef de la phalange, grand et impressionnant dans une armure de combat allégée. Les bras derrière le dos, le visage impassible, le regard froid, un furtif sourire ironique sur les lèvres, il patientait. Ce qu'il venait de vivre semblait n'avoir eu aucune prise sur lui. Elle en fut ulcérée, elle voulait qu'il souffre. Elle le rejoignit en quelques pas.

— Je dois savoir où en sont les opérations en cours, dit-elle sèchement en essayant de contrôler le tremblement dans sa voix.

— Bien sûr, Nayla, répondit-il. Il y a plusieurs choses à régler. Cela va des uniformes, en passant par le rang de chacun.

Elle fut choquée par son ton froid et analytique, surtout après l'homme à vif qu'elle avait laissé une heure plus tôt.

— Et que proposez-vous ? réussit-elle à dire.

— Laissez-moi prendre connaissance de la position des troupes laissées sur Olima et je viendrai vous rendre compte. Ensuite, je vous ferai des propositions que je vous demanderai de valider.

— Cela me convient.

— Souhaitez-vous organiser une cérémonie pour les Olimans décédés ? Vous voudrez sans doute enterrer décemment votre père.
Bien sûr, je le veux ! Puis la réalité des événements la rattrapa.
— Avons-nous le temps ?
— Pour votre père, oui, répondit-il en paraissant apprécier sa remarque. Pour les autres, trop s'attarder est dangereux. Je suis persuadé que l'Inquisition voudra en savoir plus sur notre évasion.
— Nous devons partir rapidement, dans ce cas.
— En effet, dès que nous serons sûrs qu'il ne reste aucun ennemi sur Olima. Je m'occupe de tout.

✦✦✦

L'enclos de pierres blanches était baigné de soleil et les branches d'un grand cychene millénaire offraient une ombre bienvenue. La crypte de la famille Kaertan avait été ouverte. Ce monument massif, en tarnal, réussissait à dégager une certaine élégance. Cette pierre blanche, utilisée dans toutes constructions de cette région d'Olima, était recouverte de sculptures de fleurs, de vignes et d'oiseaux. Devant les portes largement béantes, le corps de son père, enroulé dans un linge mortuaire, avait été allongé sur une civière. Nayla s'agenouilla près de lui et écarta le tissu. Le docteur Plaumec avait fait ce qu'il fallait pour que le visage de Raen Kaertan ne soit pas dégradé par la mort. Elle laissa le bout de ses doigts courir sur son visage noble, puis déposa un baiser sur son front. Elle aurait voulu pleurer, mais n'éprouvait qu'une froide colère et un détachement effrayant. Elle aurait voulu se rappeler des moments heureux de son enfance, mais elle ne pensait qu'au temps qui s'écoulait et au travail qui l'attendait. Elle se releva et fit un signe à Kanmen. Son camarade d'enfance ainsi que d'autres Olimans qui avaient connu son père, soulevèrent la civière et la portèrent à l'intérieur de la crypte. Avec soin, ils déposèrent le corps dans le réceptacle mortuaire, puis chacun d'entre eux posa une main sur le front du défunt en signe de respect, avant de ressortir. Le mort appartenait à sa famille et c'était à Nayla seule de pratiquer les rites funéraires. Elle pénétra lentement dans le caveau sombre. Il y faisait frais et elle frissonna. Elle n'accorda qu'un bref regard à l'urne où reposaient les cendres de sa mère. Lorsqu'elle était enfant, elle venait souvent ici, en compagnie de son père. Main dans la main, ils se recueillaient de longues minutes et évoquaient le souvenir de la défunte. Après Alima, les visites s'étaient espacées, d'abord à cause de la présence de l'Inquisition, ensuite parce que l'adolescente qu'elle était, préférait se consacrer aux vivants.

Elle feignit de ne pas voir les regards compatissants de ses amis. Elle referma le couvercle du sarcophage sans marquer la moindre hésitation et laissa ses mains posées sur le métal lisse, qui se mit à chauffer. Sur Olima, les familles les plus aisées possédaient, à l'intérieur des cryptes mortuaires, un dispositif permettant de réduire les défunts en cendres. À l'issue du cycle, une urne pouvait être récupérée et déposée dans le caveau. Impassible, elle attendit l'arrêt de l'appareil. Elle était censée évoquer le souvenir de celui qu'elle avait perdu, mais elle n'arrivait pas à se remémorer les événements heureux de sa vie. Nayla souleva le lourd récipient en pierre grise et granuleuse et le serra contre sa poitrine. Elle installa les restes de son père près de ceux de sa mère et s'immobilisa un très bref instant devant les reliques de son enfance en essayant de trouver de la tristesse en elle, en vain. Le seul sentiment qu'elle était capable d'éprouver était cette froide colère et cette envie de vengeance dévastatrice. En sortant du caveau, elle croisa le regard bleu de Milar et fut envahie d'une terrible pulsion. Elle voulait le voir mort, elle souhaitait qu'il souffre, qu'il la supplie. Sans lui, son père serait encore en vie, car sans lui, sans la destruction d'Alima, rien de tout cela ne serait arrivé. Elle refusa d'admettre l'irrationalité de cette réaction et ses yeux, plus verts que d'habitude, étincelèrent de fureur. L'attitude indifférente de Milar ne contribua pas à la calmer. Nayla sursauta quand Mylera la prit dans ses bras avec tendresse.

— Pauvre chérie, je suis si désolée pour toi.

Elle s'arracha doucement à son étreinte tout en la remerciant, puis elle ferma la porte du caveau, comme le voulait la tradition. Elle aurait dû pleurer, elle aurait dû baigner la poignée de ses larmes afin de laver la nouvelle maison du défunt, mais ses yeux restaient obstinément secs et son âme demeurait détachée. La main noueuse d'Aldon Noor se posa sur son épaule. Elle tressaillit, mais n'osa pas parler sèchement au vieil homme.

— La tristesse prend parfois des chemins étonnants, dit-il. Viens avec moi, mon enfant. Faisons quelques pas.

Elle ne put refuser et laissa le vieillard s'appuyer sur son bras. Il l'entraîna dans les allées du cimetière, jusqu'à un autre caveau.

— Ma famille n'est pas vraiment ici, mais j'y ai placé des urnes à titre symbolique. Cependant, c'est dans mon cœur qu'ils résident. Il m'a fallu une année pour verser des larmes sur cette porte. Parfois, la perte est telle, que les pleurs restent enfermés. L'esprit refuse d'admettre la disparition d'êtres chers.

— Ou peut-être suis-je un monstre, souffla-t-elle.

Le vieil homme sourit avec beaucoup de compassion.

— Je ne le pense pas. Tu es la lumière qui va guider le monde et cette lumière ne peut pas être mauvaise.

— Je l'espère, vénérable, je l'espère. Je… J'aurais besoin de votre sagesse, ajouta-t-elle sans vraiment croire à ce qu'elle disait.

— Non, je ne souhaite pas quitter Olima. Je suis trop vieux pour cela et notre planète aura besoin de moi.

— Comme vous voulez, répondit-elle sèchement.

— Ne t'enferme pas dans la dureté. Je sais que ton fardeau est immense, mais tu as des amis. Appuie-toi sur eux.

— Aucun d'eux n'a la moindre idée de ce que je vis !

— Bien sûr, mais ils te soutiendront. Écoute les conseils, mon enfant, mais la décision devra être tienne.

— Comme vous le dites, je ne suis qu'une enfant.

— Ce n'est qu'un terme que m'autorise mon âge. Ce qui sera commis par ceux qui te suivront sera fait en ton nom. Ta responsabilité est grande.

— Je dois conduire une révolte et diriger une armée. Je n'ai pas la moindre idée de la façon dont je dois m'acquitter de ces tâches.

— Je pense que cet homme est capable d'assumer ces fonctions, dit-il en désignant Dem.

— Plus que capable, oui, admit-elle en frissonnant.

— Je suis partagé. C'est un homme dangereux, mais sa haine de l'Imperium est évidente. Il t'est dévoué, j'en suis certain.

— Ne parlons pas de lui. Je sais qui il est et comment le traiter !

Le vieil homme pencha la tête pour mieux l'observer, elle se sentit mal à l'aise sous son regard pénétrant.

— Quelque chose a changé. Quand tu me l'as présenté, tu éprouvais de la tendresse pour lui. Maintenant, je ne lis dans tes yeux que de la haine.

— Je sais qui il est.

— Cela fait-il de lui un ennemi ?

— Non.

— Non ? Tu en es sûre ?

— Il a juré de me conduire à la victoire et de me protéger.

— Le crois-tu ?

— Oui.

— Cela ne te suffit pas ?

— Je ne veux pas de sa protection !

— Je ne te demanderai pas son identité. Je ne veux pas défendre cet homme, mais est-il différent de celui qu'il était encore hier ?

Elle baissa les yeux, perplexe. Oui ! voulut-elle crier. Oui, il est différent, il est Milar ! Elle savait que c'était faux. Il était le même homme, seul son regard sur lui avait changé.

— Non, sans doute pas.

— La haine est un cancer, mon enfant. Je l'ai éprouvée, je l'éprouve encore. Elle te dévore de l'intérieur et ne t'apporte rien.

— Vous avez tort ! Elle me donne la force d'embrasser mon destin.

— Mon enfant, ton père…

— Mon père est mort ! L'Imperium l'a tué !

Elle ne voulait pas continuer cette conversation stérile et Aldon Noor respecta sa décision.

— Assez perdu de temps. Remontons à bord !

Elle ignora les regards choqués qui se posèrent sur elle.

Ailleurs…

Gorgé d'une énergie juvénile et débordante, Dieu revint vers le centre de la salle du trône. Il venait de se nourrir de la vie et des pouvoirs du garçon que le colonel Janar, l'exécuteur, avait rapporté lors de son dernier voyage. Il avait expressément demandé à Jalara de lui fournir quelqu'un de puissant et de jeune. Il prit une profonde inspiration et jouit de l'expansion de son esprit. Il savait que l'Espoir, cette femme qu'il avait entrevue, s'était enfin révélée. Il avait tenté d'agir sur son destin en manipulant son avenir au cœur d'Yggdrasil et était certain d'avoir réussi.

Malgré cela, il restait inquiet. Il pressentait que le danger ne s'était pas éloigné et il ne pouvait résister à la nécessité d'en savoir plus. Dieu prit une profonde inspiration pour museler son appréhension, car Yggdrasil était récalcitrant ces derniers temps. Enfin, il projeta son esprit dans le néant.

Il dirigea sa volonté dans le vide, jusqu'à un vaisseau Vengeur, à la coque dégoulinante de sang. Il s'agissait d'une allégorie, désignant le vaisseau de la révolte. Il traversa la coque sans rencontrer de résistance. La jeune femme, brillant d'une lumière éblouissante, se tenait sur la passerelle. Près d'elle, il reconnut Milar. Il retint un juron. Lors de sa dernière intrusion dans Yggdrasil, il avait pensé infléchir le destin. Il lui avait suggéré que Milar était son ennemi et avait réussi à susciter sa colère. Il était certain qu'elle allait le tuer et il avait échoué ! Comment avait-elle trouvé les ressources de s'opposer à la manipulation ? Il étudia la scène avec plus d'attention et ce qu'il vit le rasséréna. Le halo de lumière qui enveloppait l'ex-colonel paraissait plus faible que lors de sa dernière vision. Il saisit les fils représentant la vie de ses ennemis pour mieux comprendre ce que réservait l'avenir. Un sourire malveillant glissa sur son visage. Il n'avait pas totalement échoué, mais rien n'était joué. L'Espoir était puissante et le destin semblait désireux de la protéger.

Les voix d'Yggdrasil lui intimaient d'agir, tout en essayant de le repousser. Une fois encore, cette schizophrénie incompréhensible le perturba.

— Sors d'ici !

La voix dans sa tête avait presque pris forme et était unique, pour une fois. Il conjura l'effroi qui lui comprimait le cœur et usa de son pouvoir pour rester un peu plus longtemps dans cet endroit. Il força Yggdrasil à lui montrer le futur et vit une autre possibilité, un autre piège à dresser sur la route de ce démon.

Notre vie est dans Sa main. Si nous devons mourir, et bien, qu'il en soit ainsi. C'est notre fonction.

Code des Gardes de la Foi

De retour à bord du vaisseau Vengeur, Nayla ordonna à Devor Milar de la suivre dans sa cabine afin qu'il l'informe des décisions prises. À peine la porte refermée sur eux, elle lui demanda abruptement :

— Où en sont nos troupes sur Olima ?

— Les séides de l'Imperium ont tous été exterminés. Une trentaine de Soldats de la Foi ont exprimé le désir de nous rejoindre. Ils sont actuellement en cellule en attendant que l'on examine leur sincérité. Certains d'entre eux pourraient s'avérer utiles, nous manquons cruellement d'officiers qualifiés.

— Sans doute, mais il faut vous assurer de leur franchise. Faites ce qu'il faut pour cela et éliminez ceux dont la détermination vous semble douteuse ! déclara-t-elle avec dureté.

— Bien entendu.

— Comment comptez-vous organiser notre armée ?

— Le modèle s'affinera avec les recrutements. Nous sommes, pour le moment, confinés à un seul vaisseau. Nous devrons augmenter notre flotte, mais même si nous avions un autre bâtiment, à qui en confier le commandement ?

— Nous devons vous sembler tellement incapables, dit-elle amèrement.

— Aucun n'a les capacités pour une telle responsabilité, mais cela viendra. Créer une armée prend du temps.

— Et quel rôle vous réservez-vous dans cette armée ?

— Celui que vous avez vous-même suggéré : général.

— Je suis d'accord. Si vous êtes général, quel rang comptez-vous me donner, Milar ? Celui de votre inquisiteur ?

— Vous êtes l'Espoir, Nayla, inutile de le cacher désormais. Je recommande que l'on vous nomme ainsi. Cela devrait fédérer la population et rallier tous ceux qui ne supportent plus le poids de l'Imperium.

Elle hésita, retrouvant un instant sa fragilité et sa timidité passées. « Espoir », cela sonnait comme « Prophète », comme « Messie » ou comme « Dieu ». Elle détesta cette idée, mais aussitôt son pragmatisme récemment acquis, reprit le dessus.

— Pourquoi pas ! acquiesça-t-elle.

— Autre chose. Nous avons besoin d'uniformes pour distinguer nos troupes et leur donner un esprit d'unité.

— Comment comptez-vous faire ?

— Nous allons les fabriquer. Les Vengeurs possèdent un DMT.

— Un DMT ?

— Un duplicateur matriciel tridimensionnel. Une technologie onéreuse, mais indispensable au fonctionnement d'un cuirassé des gardes. Les mondes de l'Imperium n'en sont pas tous pourvus. Les implications, si ces appareils tombaient entre les mains de l'ennemi ou entre celles de rebelles entreprenants, seraient trop graves.

— Bien sûr, ironisa-t-elle. Il vaut mieux laisser les croyants se débrouiller et acheter du matériel hors monde à des prix prohibitifs, alors qu'il serait si simple de le dupliquer.

— Ce n'est pas si simple. La demande d'énergie est gigantesque. Les moteurs surpuissants d'un vaisseau Vengeur permettent d'utiliser le DMT sans restriction, pour produire des uniformes, des pièces d'armement ou d'équipement. Pour en revenir à mon propos, il me semble indispensable de doter notre armée d'un esprit de corps et un uniforme est le moyen d'y parvenir aisément.

Nayla dut admettre qu'il avait raison, mais son intuition profonde démentait l'analyse de Dem.

— Je ne sais pas… Nous ne sommes pas une armée, mais juste des humains ordinaires qui se dressent contre la tyrannie.

— Vous suggérez qu'ils restent en civil ?

— Je ne sais pas…

— Soit, je me plie à votre intuition. J'accepte qu'ils restent en tenue civile. Cependant, je préférerais qu'ils revêtent une veste identique, en polytercox, lorsqu'ils ne seront pas en armure. Ils doivent impérativement apprendre à la porter au combat. C'est indispensable.

— Votre DMT peut en fabriquer ?

— Non, le ketir est une matière trop complexe, mais celles des gardes sont utilisables.

— Très bien, céda-t-elle.

— Il va falloir choisir une couleur distinctive pour la rébellion.

— Utilisons une couleur neutre. Que pensez-vous du kaki ?

— Un choix classique, mais qui fera l'affaire. Nous marquerons les armures avec cette même couleur, pour éviter toute confusion en plein combat. Nous allons couvrir les renforts d'épaules, le haut des bottes et les renforts de poignets, d'une enveloppe de thimhol.

— Pourquoi ne pas les peindre ?

— Nayla, dois-je vous rappeler les qualités régénératrices du ketir ? La couleur serait effacée très rapidement. Il faut également trouver un symbole pour représenter notre armée.

Elle sut tout de suite ce qu'elle voulait utiliser.

— Une flamme blanche, Dem ! s'exclama-t-elle. Une flamme qui brûle pour la liberté.

— Exactement ce que j'avais pensé, Nayla !

En un instant et deux noms échangés, leur complicité venait d'être reconstruite. « Dem » lui avait échappé dans le feu de la révélation.

— Il me semble également nécessaire de mettre en place un gouvernement provisoire sur Olima.

— Comment cela ?

— Nous ne pourrons pas emmener tout le monde. Il faut que quelqu'un soit en mesure de commander ceux qui vont rester.

— Aldon Noor peut-être. Il est trop vieux pour nous accompagner, mais il a une autorité naturelle qui…

— C'était aussi mon choix. Pensez-vous qu'il acceptera cette proposition ?

— J'en suis certaine. Il m'a dit qu'il ne voulait pas quitter Olima.

— Parfait. Je vais vous laisser ce handtop avec toutes les subtilités. Comme je vous le disais, je pense trouver des hommes utiles parmi les soldats qui viennent de nous rejoindre. S'ils sont fiables, je leur confierai quelques postes. Vous allez devoir faire confiance à des inconnus, mais je vous protégerai le plus possi…

La fureur qui bouillonnait en elle explosa.

— Non, Milar ! Je vous l'ai dit, je ne veux pas de votre protection ! Vous n'êtes pas mon ami et vous êtes en vie seulement parce que… d'une certaine façon, vous avez été une victime.

— Je ne suis pas une victime ! répliqua-t-il froidement. Comme vous l'avez dit, j'ai fait le choix de vivre et de faire ce que l'on attendait de moi. Il se trouve que votre protection est ma mission et je la remplirai. Être votre ami ne fait pas partie de ma mission et je n'ai aucune envie de l'être ! J'ai aussi noté quelques destinations potentielles sur ce handtop. Consultez-les et venez sur la passerelle m'informer de votre décision.

Il claqua les talons et quitta la cabine. Elle resta secouée par sa réplique, blessée plus qu'elle ne le voulait par son indifférence. *Les choses sont claires*, se dit-elle, inspirée par son tout nouveau pragmatisme. *Nous n'avons pas à être amis !*

Sans attendre, elle consulta le handtop. Milar proposait trois cibles dont la destruction handicaperait l'armée sainte et attirerait les troupes de l'Imperium sur leurs traces. La première était une mine d'axcobium, située dans un champ d'astéroïdes. Ce métal permettait de contrebalancer la réaction du S4 et était indispensable aux moteurs spatiaux. La deuxième destination était un chantier spatial, non loin d'Olima, qui construisait les bombardiers Furie et la dernière était un convoi de transport, protégé uniquement par des bâtiments de l'armée de la Foi, qui convoyait du S4 et autres denrées essentielles à l'Imperium. Elle lut et relut les données que Milar lui avait préparées, sans savoir quoi décider. Elle n'était qu'une enfant, pas un stratège. La fatigue pesait lourdement sur ses épaules et elle ferma les yeux. Quelques minutes plus tard, elle dormait, la tête légèrement penchée sur le côté, respirant profondément.

Le néant l'enveloppait. Elle se trouvait dans un vide absolu, intense et terrifiant. Elle était au centre de l'univers, au sein d'Yggdrasil. Elle connaissait le nom de ce lieu, désormais. Il résonnait comme un écho qui faisait vibrer son âme. Yggdrasil, là où se décidait le destin des mondes. Il lui parlait et imposait cette vérité à son être. Elle hurla pour faire taire ces voix multiples. Elle aurait voulu des réponses à ses questions, mais comment les formuler ?

Elle fut projetée vers l'avant, elle fila à travers les étoiles, évita des nébuleuses, traversa une ceinture d'astéroïdes, contourna une géante gazeuse, poursuivit une comète avant de s'arrêter brutalement. Un convoi d'une vingtaine de vaisseaux de transports et de cargos, escorté par deux vaisseaux de guerre, progressait aux abords d'une nébuleuse rougeâtre, animée de volutes noires se convulsant harmonieusement. Un vaisseau Vengeur surgit du tourbillon, masse menaçante toute en angles et arêtes saillantes. Des missiles lywar jaillirent des canons et frappèrent le vaisseau Défenseur de l'armée de la Foi. Le croiseur encaissa plusieurs tirs avant d'exploser, se transforman en une boule de feu qui propulsa divers débris sur les bâtiments qu'il était censé protéger. Le deuxième vaisseau, de type Gardien, se jeta bravement sur la trajectoire de l'énorme cuirassé. L'escorteur implosa sous l'impact de plusieurs missiles. Touché par des débris, un cargo explosa à son tour. Le Vengeur continua à tirer détruisant plusieurs transports et changeant cette partie de l'espace en cimetière d'épaves fumantes.

Un voile passa devant les yeux de Nayla. Cette fois-ci, les carcasses sans vie des vaisseaux flottaient, éventrées, dans le vide intersidéral. Le Vengeur avait disparu et les cadavres de métal étaient abandonnés depuis plusieurs jours. Il apparut soudain, noir, presque invisible dans l'espace. Plus petit qu'un Vengeur, plus aérodynamique, telle la lame dentelée d'une épée barbare, ce vaisseau semblait véhiculer le mal absolu et la terreur serra son cœur.

Nayla ouvrit les yeux et mit quelques secondes avant de réintégrer le présent. Elle avait sa réponse, son don venait de lui indiquer une cible prioritaire et de lui dévoiler un ennemi dangereux. La lassitude pesait lourdement sur ses épaules lorsqu'elle quitta sa cabine. Lan Tarni, le garde noir que Milar lui avait assigné pour la protéger ou plutôt pour la surveiller, se tenait face à sa porte.

— Que faites-vous là ? demanda-t-elle sèchement.

— Je suis votre garde du corps.

— J'ai dit à votre… à Dem, se rattrapa-t-elle, que je n'avais besoin de personne pour assurer ma protection.

— J'attendrai qu'il me donne cet ordre. En attendant, j'applique mes consignes.

Elle soupira, exaspérée, puis haussa les épaules. Tarni, malgré ses cicatrices et son visage buriné, ne l'intimidait plus. Elle rejoignit à grands pas la passerelle. Milar se leva et lui indiqua le fauteuil qu'il venait de libérer.

— C'est votre siège, Général.

— Vous êtes notre leader.

— Je ne veux pas de cette place, je sais trop ce qu'elle représente. Vous m'aviez assigné le siège de l'inquisiteur, je vais le conserver.

— Soit.

— L'organisation que vous proposez est logique, commença-t-elle, je valide vos choix.

— Avez-vous décidé d'une destination ? Il faut attaquer une cible rapidement, si vous souhaitez épargner Olima.

— J'ai vu ce que nous devons faire. J'ai vu notre vaisseau attaquer le convoi, près d'une nébuleuse rouge.

— Je vais rassembler nos officiers, indiquer les nouvelles directives et nous partirons.

La froideur de ses réponses commençait à l'agacer.

— Après, j'ai vu un autre vaisseau arriver sur les lieux. Ce n'était pas un Vengeur, mais je suis persuadée qu'il s'agissait de l'ennemi et… Je ne sais pas, finit-elle en frissonnant.

— Pouvez-vous me décrire ce vaisseau ?

— Il était noir et plus petit qu'un Vengeur. Il ressemblait à… une épée hérissée de pics.

— Un croiseur ? Les vaisseaux Carnage ne sont pas nombreux… Janar, ajouta-t-il à voix basse.

— Janar ? L'archange 178 ? demanda-t-elle.

— Vous avez une bonne mémoire, railla-t-il avec un sourire ironique. Oui, le colonel Qil Janar, commandant la Phalange noire. Les Exécuteurs sont chargés de traquer et d'arrêter les démons. Ils sont particulièrement entraînés et équipés pour cela. Je suppose que l'Inquisition a choisi de leur confier notre arrestation. Comme vous le savez, il existe un contentieux entre Janar et moi.

— Il y a plus…, murmura-t-elle. J'ai eu une étrange impression en voyant ce vaisseau.

— Quelle impression ?

— Un danger… Le mal absolu.

— Rien de plus utile ?

— Ce n'est pas une science exacte !

— J'en ai conscience. Je vais convoquer nos chefs d'unités et leur donner les informations exploitables.

Nayla s'assit à contrecœur dans le siège de l'inquisiteur et jeta un regard à la dérobée vers la haute stature de Milar. Son visage mince affichait une expression dure et attentive. Elle réalisa ce qui la perturbait. L'homme qu'elle observait n'était pas celui qu'elle avait rencontré trois mois plus tôt. Le lieutenant Mardon était distant, cynique, ironique, mais il n'était pas affligé de ce manque d'humanité dont souffrait Milar. Celui qu'elle appelait Dem pouvait faire preuve d'une chaleur et d'une empathie séduisantes. Les émotions qui couvaient sous sa froide réserve l'avaient persuadée qu'il était digne de confiance. Naïvement, elle avait refusé de croire que cet homme-là puisse être Milar. Aujourd'hui, aucune chaleur, aucun sentiment ne semblait l'habiter. Il était juste glacial, efficace et professionnel. Quel jeu jouait-il ? *Aucun*, essaya-t-elle de se convaincre. Dem n'était qu'un mensonge, le vrai Milar est celui qui se trouve là, devant moi et maintenant, il n'a plus besoin de faire semblant.

Le docteur Plaumec fut la dernière des responsables d'équipes à entrer sur la passerelle. Elle croisa le regard interrogateur de Mylera Nlatan et lui adressa un sourire chaleureux, destiné à la réconforter. Mylera était terrifiée par cette rébellion. Son amitié pour Dem et Nayla l'avait entraînée dans cette aventure et Leene en était très heureuse. Elle avait renoncé depuis longtemps à entretenir une relation suivie, mais ces derniers jours sa résolution vacillait. Mylera était décidément très charmante.

— La prochaine fois, Docteur, lança Milar, ne soyez pas en retard.

Elle sursauta en entendant cette voix dure, sans aucune émotion. Elle lui rappelait l'homme qu'elle avait rencontré la première fois sur Abamil. Nayla était prostrée sur son siège et l'expression de son visage, d'habitude si passionnée, était fermée.

— Bien, continua Dem. Nous allons quitter Olima. Nous allons laisser derrière nous une traînée de destructions qui attirera sur nos traces les vaisseaux de l'Imperium lancés à nos trousses. Le but est de les détourner de ce monde. Quoiqu'il se passe, je ne pense pas qu'il subisse le sort d'Alima. Les irox sont une ressource essentielle qui n'existe nulle part ailleurs dans la galaxie.

— Olima ne sera pas calcinée, quel réconfort ! s'exclama Kanmen. Qu'adviendra-t-il des Olimans ?

— Si l'Imperium décide de punir cette planète, les habitants qui n'auront pas été massacrés seront envoyés à Sinfin ou relocalisés sur d'autres mondes, à la vie plus âpre.

— Cela semble vous briser le cœur ! ironisa l'Oliman.

— Vous me demandez mon analyse, Giltan. Je vous la donne. Il s'agit là du sort habituellement réservé aux planètes rebelles et il n'y a rien qui puisse être fait pour l'empêcher. Nous ne pouvons pas évacuer les millions d'habitants de ce monde et si nous le pouvions, vos compatriotes ne l'accepteraient pas.

— Qu'est-ce que vous en savez ? Nous avons besoin d'aide et la seule chose que vous proposez, c'est de nous abandonner !

— Kanmen, ça suffit ! intervint fermement Nayla. Je veux aider les Olimans, mais je dois sauver l'humanité. La solution est la même pour tous ! Nous devons lutter pour la liberté, pour renverser ce faux dieu. Une fois la victoire de la lumière et de l'Espoir acquise, la paix se répandra sur la galaxie et les peuples pourront vivre en toute quiétude.

— Pour qui est-ce que tu te prends ? s'exclama Kanmen.

— Elle est celle qui doit nous guider vers la victoire.

— Comment ça ? coupa Garal.

— Pour ceux qui sont lents à comprendre, je précise, déclara Dem. Nayla Kaertan est l'Espoir de la prophétie. Cela ne souffre aucune discussion. Elle guide, elle commande et nous suivons. Ceux qui ne veulent pas croire cette vérité peuvent rester sur Olima.

Leene faillit protester. La façon dont il présentait cette croyance lui déplaisait, même si elle était sûre que la jeune femme était bien cette lumière qui devait libérer la Voie lactée. Elle sentit sur elle son regard froid et baissa les yeux, contenant sa colère. Ce vaisseau devait quitter Olima et elle devait les laisser faire.

— Tu es l'Espoir, Nayla ? Vraiment ? demanda Kanmen.

— Oui ! affirma-t-elle avec force. Je suis l'Espoir !

— Que proposes-tu pour les morts que feront les troupes de l'Imperium, Espoir ? Tu comptes les ramener à la vie ?

— Ces morts seront des martyrs, essentiels à notre cause. Ils seront vénérés et vengés ! Dem, continuez voulez-vous ?

Milar acquiesça d'un signe de tête. Leene laissa échapper sa respiration doucement, sidérée par la réponse de Nayla. La dureté de ses propos et son manque total de miséricorde pour les victimes des massacres qui résulteraient de leur révolte la surprenaient. Elle n'avait pas eu l'occasion de vraiment connaître la jeune femme, mais elle avait apprécié sa personnalité douce et attentionnée. Son apparente fragilité et sa timidité étaient charmantes. Aujourd'hui, Nayla se tenait face à eux, dure, sûre d'elle, forte, et intransigeante. Leene comprenait que le réalisme et la détermination étaient indispensables pour conduire une rébellion de cette ampleur, mais elle était terrifiée par sa transformation. Elle ressemblait plus à une version féminine de Milar qu'au caporal réservé de la base H515. Une fois encore, elle se demanda ce qui s'était passé dans la cabine de Dem.

— Abordons l'organisation de notre armée. J'en suis le général. Lazor, vous êtes promu commandant et vous êtes mon aide de camp. À ce titre, vous coordonnerez mes ordres, mais vous n'avez pas fonction d'officier en second.

— À vos ordres, Général !

Sans attendre, Dem continua à distribuer les rôles de chacun. Mylera fut confirmée officier technicien, Garal, Valo et Giltan furent tous promus capitaines, chefs d'unités de combat et ils furent placés sous les ordres de Nail Xenbur. Cet officier des Soldats de la Foi basé sur Olima avait choisi d'embrasser leur cause. Dem semblait persuadé qu'il était digne de confiance et que son expérience serait essentielle. Plaumec garda sa fonction de médecin en chef et trois infirmiers lui furent adjoints.

— Maintenant, tout le monde à son poste ordonna Dem. Nous quittons Olima.

— Où va-t-on ? demanda Kanmen.

— Nous allons intercepter un convoi de transport, approvisionnant certaines bases en S4. Nous tenterons de récupérer une partie du chargement, si possible, mais notre but est de détruire ces vaisseaux. Nous permettrons à un ou deux bâtiments de s'enfuir. Ils doivent appeler à l'aide, afin de lancer les chasseurs sur nos traces.

Nayla ne put s'empêcher de ressentir une terrible tristesse, lorsque Dem donna l'ordre de quitter l'orbite d'Olima. Devant ce hublot latéral, qui avait tenu une place si importante dans ses cauchemars, elle regarda sa planète s'éloigner, puis disparaître de son champ de vision. Une boule d'angoisse bloqua sa gorge. Elle abandonnait définitivement son enfance, elle renonçait à sa nature profonde pour endosser la personnalité d'un libérateur. La tâche qui l'attendait l'effrayait. La vue d'Alima, ce symbole de la cruauté de l'Imperium, cette planète meurtrie et calcinée sans espoir de renaissance, renforça sa détermination. Elle devait accomplir son destin, pour que cela ne se reproduise jamais. Nayla se tourna vers Dem, confortablement assis dans le fauteuil de commandement. Il dut sentir son intérêt, car il pivota vers elle. Elle croisa son regard glacial et ne détecta rien. Pourtant, lors de leur arrivée dans ce système planétaire, la tristesse qu'elle avait lue dans ses yeux avait chassé sa suspicion. *Que lui ai-je fait ?* se demanda-t-elle avec un certain chagrin. Elle reporta son attention vers l'espace, incapable d'affronter la froide indifférence de cet homme. Elle avait suffisamment vécu sa vie pour être persuadée qu'il éprouvait des remords pour tout ce qu'il avait accompli. Comment pouvait-il aujourd'hui se montrer aussi insensible ? Alima s'éloigna à son tour, mais elle ne put détacher son regard du tableau sombre de la voûte stellaire. Lorsque le Vengeur bondit en vitesse intersidérale, elle chancela, bousculée par l'effet visuel de l'accélération.

— Nous serons à destination dans quatre heures, déclara Milar. Ceux qui ne sont pas de service n'ont rien à faire sur la passerelle.

Il rejoignit Nayla qui n'avait pas bougé, hypnotisée par les étoiles qui défilaient devant ses yeux, tels des traits de lumière éphémères.

— Vous devriez vous reposer, Espoir, proposa-t-il à voix basse.

Elle tressaillit en l'entendant la nommer de cette façon.

— Je vous en prie, continuez à m'appeler Nayla.

— Pourquoi cela ?

Parce que vous êtes mon ami, pensa-t-elle brièvement, avant de se reprendre.

— Je n'aime pas…

— Vous devez apprendre à assumer ce que vous êtes.

Elle refusait de le supplier. Des larmes lui piquèrent les yeux et l'émotion lui noua la gorge. Sans un mot, elle quitta précipitamment la passerelle avec Tarni dans son sillage. Elle sursauta en découvrant Leene Plaumec qui l'attendait dans le sas de sécurité.

— Nayla…, commença-t-elle.
— Que voulez-vous ? demanda-t-elle avec lassitude.
— Que vous me suiviez à l'infirmerie ! Vous êtes épuisée et je souhaiterais vous examiner.
— Je n'ai pas le temps, Docteur.
— L'utilisation du verbe « souhaiter » était un terme de politesse. Je suis le médecin-chef de ce vaisseau et si je veux vous examiner, vous n'avez pas le pouvoir de vous y opposer !
— Je ne suis pas malade !
— Nous verrons, même Dem s'est plié à mes ordres.
— Faites-moi arrêter si vous le voulez ! s'exclama-t-elle avec rage. De toute façon, je n'ai pas l'intention de répondre à vos questions.

Nayla bouscula Leene et s'enfuit jusqu'à sa cabine. Elle verrouilla la porte et s'écroula sur son lit. La colère et la haine qui brûlaient son âme, depuis qu'elle avait quitté les quartiers de Milar, venaient de laisser la place au désespoir de la solitude. Sa complicité avec Dem lui manquait terriblement. Les quelques amis qui l'avaient suivie, comme Mylera Nlatan ou Soilj Valo ne pouvaient en aucun cas compenser leur relation. Elle enfouit son visage dans l'oreiller et laissa ses larmes mouiller le tissu soyeux.

Le néant l'attira, froid et impitoyable. Au centre d'Yggdrasil, une voix sembla résonner, vibrer tout autour d'elle. Il ne s'agissait pas d'un son, plutôt d'une sensation ou d'une idée.

— Il est ton bouclier, ton épée vengeresse, rien de plus. Tu dois tremper ton âme dans du dyamhan, qu'elle soit inébranlable, impénétrable, indestructible. Deviens la lumière éclatante qui doit dévaster la galaxie et détruire tout ce que celui qui se fait appeler Dieu a construit.

Plus que les mots, c'est leur signification qui se déploya dans son esprit, s'ancra et se développa, repoussant toutes ses hésitations.

Ailleurs…

Le vaisseau Carnage pénétra dans le système oliman, telle une épée silencieuse déchirant les chairs d'une victime. Le colonel Janar fut surpris de ne pas voir le *Vengeur 516* en orbite autour d'OkJ 03. Son intuition lui soufflait qu'un événement imprévu était survenu et il ne pouvait s'empêcher de penser que Milar était impliqué.

— Scannez les environs, ordonna-t-il.

Le premier inquisiteur Ubanit détourna son regard de la planète carbonisée qu'ils venaient de dépasser.

— Où se trouve le Vengeur ? demanda-t-il.

— Je n'en sais rien. Yutez s'est peut-être lancé sur une nouvelle piste.

— N'aurait-il pas dû rendre compte ?

Bien sûr qu'il aurait dû, mais cet abruti de Yutez n'avait même pas mentionné la raison de sa venue dans ce système. Il s'était contenté d'annoncer qu'il suivait une piste…

— Sommes-nous dans le bon système ? demanda le jeune homme avec condescendance.

— Vous vous moquez de moi ? répliqua Janar agacé.

— En aucune façon, mais je suis en droit de me renseigner.

— Essayez de ne pas me faire perdre du temps avec des questions stupides !

— N'oubliez pas qui je suis, Colonel.

— Et n'oubliez pas que je suis le commandant des Exécuteurs, Inquisiteur. Je suis le seul maître à bord de mon vaisseau.

— Dieu est le seul maître, Colonel, et je suis son représentant.

Janar ignora la réplique de ce jeune inquisiteur, incompétent et imbu de lui-même, selon son opinion. Pourquoi Bara avait-il jugé bon de le désigner pour cette mission ? Il soupira et se tourna vers son second.

— Tentez de contacter le *Vengeur 516*.

— À vos ordres !

Janar se leva, contrarié. Un sentiment de danger ne cessait de le tourmenter. Il observa l'espace à travers le hublot latéral, pour tenter de contrôler son exaspération. À quoi jouait donc Yutez ? Cet idiot n'avait jamais aimé la défaite. Après avoir perdu la trace de Milar, il s'était lancé à sa poursuite sans aviser le commandement de son échec et Janar comptait le faire payer pour ce fiasco.

Le globe sombre d'Alima attira son regard. Cinq ans auparavant, 183 avait détruit ce monde et Dieu l'avait récompensé pour cela. Il était étrange que cette enquête commence justement ici.

— Colonel, l'interpella l'officier scientifique de quart sur la passerelle, vous devriez voir ça.

L'horreur qui vibrait dans sa voix interloqua Janar.

— Qu'y a-t-il, Lieutenant ?

— D'après les résidus ioniques, le vaisseau Vengeur a quitté ce système il y a vingt-quatre heures, Colonel.

— Et ? aboya Janar conscient de la nervosité de l'officier.

— Mes scanners ont capté un nombre anormal de petits débris, j'ai pensé qu'il pouvait s'agir des restes d'une attaque quelconque… Je ne pensais pas…

— De quoi s'agit-il ?

— De corps, Colonel, de milliers de cadavres largués dans l'espace.

— Quoi ? s'exclama Janar, incrédule.

— Qui sont-ils ? demanda Ubanit.

— Commandant Veyh, faites récupérer quelques-uns de ces cadavres, ordonna Janar, qui se doutait déjà de la réponse.

— Oui, Colonel. Colonel, le *Vengeur 516* ignore nos appels.

— Comment ça, il les ignore ? Vous voulez dire qu'il est hors de portée ou…

— Non, Monsieur l'Inquisiteur. Il reçoit nos appels, mais refuse d'y répondre.

— Pourquoi ferait-il cela ?

— Inutile de chercher des explications tant que nous manquons de données, lança abruptement Janar.

— Mais…

— Taisez-vous, Inquisiteur !

Ubanit lui adressa un regard mécontent, mais eut la bonne idée de se taire.

Une heure plus tard, ce que craignait Qil Janar fut confirmé. Les corps qui flottaient dans l'espace étaient ceux de l'équipage du *Vengeur 516*. Comment Milar avait réussi à s'en emparer n'était pas important, mais l'autopsie des cadavres lui fournit néanmoins une piste. Les hommes avaient tous été soumis à l'atmosphère mortelle de la planète IhM 02. Devor Milar avait réussi à s'introduire sur la passerelle par la force ou la ruse, cette dernière option étant la plus probable. Ensuite, il avait tout simplement gazé le vaisseau ; une solution radicale et efficace.

Les Gardes de la Foi sont des soldats exemplaires, libérés des entraves de l'émotion, telles que la pitié, la haine ou la passion.

Code des Gardes de la Foi

Avec un bruit sourd, le vaisseau réintégra la vitesse interplanétaire sans que le système de suspension bronche. Milar s'accorda un sourire discret. La technologie utilisée par les cuirassés des Gardes de la Foi lui avait cruellement manqué. Le nuage rouge, grenat, et écarlate de la nébuleuse K22 se dressait sur leur route. Il en connaissait tous les secrets et les dangers. Diriger un vaisseau de la dimension d'un cuirassé dans un phénomène spatial de ce type était délicat et il ne comptait pas confier cette manœuvre dans les mains d'un pilote inexpérimenté.

— Laissez-moi la place, Nardo. Le pilotage va être complexe.

Ce garçon gauche, qui avait servi sous ses ordres sur H515, avait démontré des dispositions pour le pilotage et Milar envisageait de le former à ce poste. Le jeune homme sursauta et s'écarta rapidement. Dem se glissa sur le siège et posa ses mains sur les commandes. Comme tout officier des gardes, il avait tenu chacune des fonctions disponibles sur un Vengeur, car il devait connaître chaque rouage de son vaisseau. Il activa l'écran de navigation et y inscrivit la trajectoire supposée du convoi. Il restait moins d'une heure pour traverser, à vitesse lente, les volutes de gaz et de matières. Tant que le Vengeur resterait dans les franges de la nébuleuse, le risque demeurerait minime. Il suffisait d'être attentif aux explosions de matières qui pouvaient envelopper un vaisseau et brouiller irrémédiablement ses systèmes. Le cuirassé pénétra dans les remous incarnats parcourus de fumerolles sombres qui paraissaient animées d'une volonté propre.

Dem ordonna le branle-bas de combat et reprit sa place dans le fauteuil de commandement. Il laissa les membres de son équipage de fortune aux places qu'ils devaient occuper. Nayla entra sur la passerelle, le visage fermé, les points verts dans son regard brun étincelaient d'une froide détermination. Milar en fut satisfait.

— Général ? Où en sommes-nous ?

Enfin, elle adoptait le comportement adéquat ! Ces derniers jours, même si elle avait beaucoup mûri, elle n'avait pas réussi à se purger de toutes ses émotions parasites.

— Nous sommes à la lisière de la nébuleuse et nous attendons l'arrivée du convoi. Nous attaquerons les vaisseaux de protection en premier, il ne devrait s'agir que de bâtiments des Soldats de la Foi qui ne seront pas de taille face à un vaisseau Vengeur.

— Pensez-vous que nous sommes prêts pour cette bataille ? Nos hommes ont-ils déjà participé à un combat spatial ?

— Pas vraiment, cependant nous avons quelques tireurs et techniciens qui ont effectué leur conscription sur le front hatama. J'ai pu nommer l'un d'eux adjoint armement du capitaine Nlatan. Ce n'est pas la panacée, mais nous sommes obligés de construire notre équipage avec ceux qui nous rejoignent.

— Si nous devions affronter un Vengeur, que se passerait-il ?

— Les gardes réagissent à la seconde, avec une synchronisation parfaite. Même avec un entraînement intensif, je crains que nos troupes ne puissent jamais atteindre ce niveau de perfection.

— Ils ne sont que des humains ordinaires ! cracha-t-elle avec une fureur contenue.

— En effet, confirma-t-il sans passion particulière, mais ils devront apprendre à se surpasser. La victoire sera à ce prix. Aujourd'hui, soyez rassurée, nous l'emporterons aisément. J'ai établi une modélisation de combat de 98,96 %.

— Et vous êtes infaillible, n'est-ce pas ?

— Il existe 1,04 % d'échec potentiel.

— Espérons que cela ne soit pas seulement de l'arrogance !

Une fois encore, elle cherchait le conflit et cela l'amusa.

— Allons, Espoir, vous me connaissez suffisamment pour savoir que ce n'est pas de l'arrogance.

Une grimace d'agacement plissa son visage et sans un mot, elle s'assit sur le siège de l'inquisiteur.

L'attente était interminable et l'impatience de Nayla ne cessait de croître. S'était-elle trompée ? Ou bien était-ce Milar ? Sa suffisance était insupportable, tout comme son indifférence. Pourquoi ne se mettait-il pas en colère contre elle ?

— De nombreux vaisseaux en approche, Général, dit Nardo.

— Aux postes de combat !

Nayla vint aussitôt regarder, par-dessus l'épaule de Milar, le schéma tactique qu'il venait d'afficher.

— Combien sont-ils ?

— Deux vaisseaux de guerre, un croiseur Défenseur et un escorteur Gardien, ainsi que trois grandes barges de transports, sans doute lourdement chargées de S4.

— Et les autres ?

— Des transports divers. Seules les barges possèdent de très légers moyens de défense et contre nous, leurs quelques canons seront inopérants. En avance lente ! ordonna-t-il.

La longue forme sombre et menaçante du Vengeur se déplaça au ralenti, agitant les volutes noires et flamboyantes de la nébuleuse. Le vaisseau surgit de la masse de gaz, des écharpes vermeilles s'accrochant à ses flancs comme un ruissellement sanglant.

— Le croiseur nous appelle, Général. Devons-nous répondre ?

— Non. Concentrez les tirs sur ce vaisseau. Attendez… À mon signal… Feu !

Nayla sursauta lorsque le grondement sourd des canons lywar se répercuta à travers tout le vaisseau et le missile d'énergie, trait d'un jaune presque blanc, illumina la passerelle. Plusieurs tirs simultanés frappèrent le Défenseur. Les boucliers du croiseur encaissèrent les premiers tirs, puis il riposta. Le Vengeur frémit à peine sous l'impact et ses canons continuèrent de cracher la mort. Sa puissance de feu était telle, que les missiles suivants percèrent les champs de force du Défenseur et emportèrent une partie de la coque. L'escorteur Gardien se porta à son secours, tentant de détourner sur lui les tirs du Vengeur. Ses missiles lywar, chargés au maximum, s'écrasèrent sur la barrière d'énergie du 516.

— Concentrez le feu sur le Défenseur, ordonna Dem. Visez la brèche !

De nombreux traits d'énergie pure filèrent sur le mastodonte blessé et éventrèrent son flanc gauche. La dernière salve dut toucher les moteurs, car le croiseur explosa en une énorme boule de feu qui s'affaissa ensuite sur elle-même. Des débris de métal en fusion criblèrent plusieurs cargos encore trop proches. Les autres vaisseaux s'enfuirent, tandis que l'escorteur se jetait bravement sur la route du lourd cuirassé. Nayla ferma les yeux quand le petit vaisseau, pourtant lourdement armé, fut pulvérisé par les missiles du Vengeur. Un cargo touché par des débris explosa à son tour. Le *516* poursuivit ses tirs, écharpant les bâtiments de transport désarmés sur son passage, puis il concentra le feu sur l'une des barges de S4, qui implosa en déversant un torrent de flammes et de fragments dans l'espace. Les missiles lywar frappèrent la deuxième barge, qui ne résista pas davantage, avant d'en terminer avec la troisième. Les tirs se continuèrent sans discontinuer, détruisant un transport ou un cargo après l'autre. La jeune femme, la gorge sèche, assistait à ce déferlement de mort qui anéantissait les centaines, les milliers de vies qui constituaient l'équipage de tous ces vaisseaux. Elle essayait d'oublier que la plupart n'avaient aucune capacité de défense et qu'ils auraient pu exiger une reddition. Milar continuait à désigner les cibles principales et à donner ses ordres d'une voix autoritaire qui claquait, sans qu'il paraisse horrifié par ce qui se passait. Elle remarqua qu'un cargo s'enfuyait et qu'il serait bientôt hors de portée.

— Dem, ce vaisseau...

— Laissons-le fuir. Il faut bien que quelqu'un avertisse le commandement de l'attaque d'un vaisseau Vengeur.

— Vous en êtes sûr ?

— Il faut qu'ils se lancent sur nos traces et oublient Olima.

Elle ressentit une profonde gratitude pour son intérêt.

— Je vous remercie de prendre cela en compte, murmura-t-elle avec douceur.

Elle crut discerner une ombre de sourire sur ses lèvres minces.

— Il s'agit de votre planète, Espoir. C'est important pour vous.

— Merci, Dem, dit-elle en posant une main sur son biceps.

Il jeta sur elle un regard polaire qui la fit tressaillir. Elle retira précipitamment sa main, regrettant déjà cette démonstration d'affection. Cette partie de l'espace était désormais un cimetière de vaisseaux, où se mêlaient carcasses éventrées, débris flottants et cargos endommagés d'où jaillissaient de brèves langues de flammes aussitôt étouffées par le vide. Indifférent à ce spectacle, Milar consultait les données qui s'affichaient sur sa console.

— Intéressant, dit-il enfin. Il reste des survivants dans quelques vaisseaux.

— Que comptez-vous faire, les éliminer ?

— Non. Je vais lancer un appel général. Il faut que les témoins puissent renseigner nos poursuivants. La psychose doit s'emparer d'eux. Au début d'un mouvement comme le nôtre, ce qui compte, c'est la terreur. Il faut que la rumeur de notre existence se répande et enfle. Elle nous apportera de plus en plus d'adeptes et de troupes.

— Nous aurions pu recruter parmi ces soldats, non ? Ils ne sont pas tous nos ennemis.

— Ils sont dans le camp adverse, ils sont nos ennemis et notre mouvement est trop jeune pour que nous prenions des risques. Cependant, il y a peut-être une possibilité. L'un des vaisseaux encore entiers est une barge prison, qui transporte une population civile déportée après l'arrestation d'un démon. Il s'y trouve aussi tout un contingent d'hérétiques qui devait être utilisé pour défricher une planète sur la frontière. Je propose que nous tentions de les enrôler.

— Allons-y, dit-elle, enchantée par cette surprenante opportunité.

— Vous restez ici, Espoir. Je ne veux courir aucun risque. Je vais me rendre à bord pour évaluer leur potentiel. La barge ne sera pas assez rapide pour nous suivre alors, dans un premier temps, nous entasserons nos recrues à bord, mais il faudra songer à trouver d'autres vaisseaux.

— Je viens avec vous, Général. C'est à moi de les convaincre.

— Soit, acquiesça-t-il. Lazor, vous prenez le commandement. Demandez à Garal et à sa compagnie de se rendre sur le pont des bombardiers. Nous allons investir cette barge.

✦✦✦

Installée dans l'habitacle du Furie, Nayla essayait de dissimuler sa tension. Dem était imperturbable, comme toujours. Le temps pour rejoindre la barge prison lui sembla anormalement long, surtout avec le silence maussade qui régnait. Elle avait pris l'habitude de profiter de ces instants pour discuter avec Dem, seulement Dem n'était qu'un mensonge et c'est avec Milar qu'elle partageait ces quelques minutes. Elle n'avait rien à lui dire. Elle fut soulagée quand le Furie se posa sans encombre.

— Allez-y, Garal ! ordonna Milar.

L'ex-mineur, un grand gaillard au visage crevassé de marques de variolite kilitez, se leva, l'air un peu gauche engoncé dans son armure aux couleurs de la rébellion. Il compensa son manque d'assurance par de l'agressivité.

— Allons-y, les gars ! Groupe 1, vous vous mettez autour du bombardier. Groupe 2, vous tenez en joue tous ceux qu'vous voyez, les autres vous m'suivez !

Dès l'ouverture de la porte, les soldats sortirent en désordre, bousculés par les ordres de Garal. Nayla, encore sous l'influence de son expérience au cœur des souvenirs de Milar, fut irritée par leur incompétence. Le ballet organisé des gardes noirs en action lui manquait. Dem attendit patiemment que tout le monde soit en place avant de les rejoindre sur le pont exigu. Trois hommes, les mains sur la tête, paraissaient terrifiés. Ils devaient se demander qui étaient ces hommes en armure des Gardes de la Foi, dont les bottes, les renforts d'épaules et les avant-bras, avaient été recouverts d'une enveloppe de couleur kaki.

— Votre nom ? s'enquit Milar.

— Commandant Caredy, balbutia l'homme. Qui êtes-vous ?

— Mon nom importe peu, Commandant. Je suis le général des troupes de l'Espoir qui va libérer la galaxie du joug de l'Imperium et l'Espoir souhaite parler à vos prisonniers. Conduisez-nous et ne tentez rien de stupide ou vous en paierez le prix.

— Sui… Suivez-moi.

— Garal, laissez des hommes ici et envoyez un groupe sur la passerelle sous les ordres de Verum, les autres nous accompagnent.

Ils s'engagèrent dans un couloir sombre. Une odeur prégnante d'excréments humains et de crasse leur parvenait par bouffées chaque fois qu'ils franchissaient un sas de sécurité. Des alarmes folles hurlaient à intervalles réguliers, leur vrillant les oreilles. La dernière porte les mena sur une plate-forme, qui surplombait une salle immense, tapissée de cubes transparents. Une passerelle ceinturait la pièce et permettait d'observer les détenus. Nayla n'imaginait pas vivre dans ces conditions.

— Qui sont vos passagers ? demanda Milar.

— Des colons que nous devons conduire sur TvR 05, ainsi que des prisonniers hérétiques qui doivent travailler sur TfE 06.

Nayla se pencha par-dessus la rambarde de sécurité. Les cellules translucides étaient séparées par des couloirs étroits, où circulaient des surveillants. Les captifs y étaient entassés, sans aucun mur derrière lequel protéger leur intimité. Elle s'engagea sur la passerelle tout en examinant les prisonniers avec fascination. Ils étaient tous prostrés, éteints, anéantis, tous sauf un homme qui leva les yeux vers elle. Son regard brûlait d'un feu intense au milieu d'un visage mangé par une barbe blonde fournie. Il passa sa main dans ses cheveux épais et lui adressa un sourire provocant.

— Commandant, demanda-t-elle, qui est cet homme ?

— Il se nomme Xev Tiywan, c'est un hérétique et…

— C'est le chef de la résistance de Bekil, le coupa Milar.

Il ferait une recrue de choix. Elle devait le convaincre, ainsi que les autres. Elle ne voulait que des volontaires.

— Est-ce qu'on peut leur parler ? demanda-t-elle.

Caredy la regarda sans comprendre, avec un air ahuri.

— Ouvrez les plafonds et enclenchez les haut-parleurs, ordonna Dem d'une voix ferme. L'Espoir va s'adresser à eux.

Nayla sursauta, elle détestait être appelée ainsi. L'expression glaciale de Milar dut convaincre Caredy qui actionna quelques commandes. Les plafonds des cellules transparentes s'escamotèrent.

— Approchez-vous, Espoir. Vous pouvez leur parler.

Une bouffée de colère l'envahit. Elle refusait de devenir une icône religieuse, elle ne voulait pas se laisser entraîner sur le chemin que Milar traçait pour elle et par-dessus tout, elle ne voulait pas remplacer une croyance par une autre. Pourtant, ce n'était pas le moment de contester ses décisions.

Une fois sur la plate-forme, elle embrassa les cellules du regard. Quelques visages étaient tournés vers elle, mais la plupart des prisonniers gardèrent les yeux fixés sur le sol, trop soumis pour oser prendre un tel risque. Elle devait leur parler, mais elle ne savait pas quoi leur dire. Elle ressentait un stress plus intense que sur Olima, pétrifiée par l'enjeu.

— Mes amis, mon nom est Nayla Kaertan. Je suis venue vous apporter la liberté et l'espoir. Une lumière doit se répandre à travers l'Imperium et dévaster les armées de Dieu. J'ai besoin de vous ! Venez vous battre à nos côtés !

Son discours sonnait faux et était trop cérébral. Il lui manquait la sincérité brouillonne et la passion qui l'avait animée sur Olima.

— Prenez votre destin en main, insista-t-elle, rejoignez-nous tant que c'est possible, ou faites le choix de rester les esclaves volontaires de l'Imperium !

Aucun d'eux ne réagit à son plaidoyer, aucun ne semblait prêt à la suivre sur le chemin de la liberté et elle en fut profondément blessée. C'est pour eux qu'elle avait tout abandonné, c'est pour eux que sa vie se transformait lentement en cauchemar et ils ne voulaient pas être sauvés. Furieuse, elle s'apprêtait à ordonner le départ, lorsqu'une voix l'interpella :

— Tu crois vraiment que ta petite révolte a une chance de succès ? Ça fait neuf ans que j'ai tenté la mienne et depuis, je ne suis qu'un esclave qui a eu la malchance de survivre.

Le géant blond et barbu avait une voix à l'accent étrange, vibrante et chantante.

— Qu'avez-vous à perdre dans ce cas, Tiywan ? s'exclama-t-elle. Rejoignez-moi !

— Te rejoindre ? Je ne suis pas assez fou pour ça ! Tu n'es qu'une enfant sans expérience qui va tous les conduire à la mort !

Que pouvait-elle répondre à cela ? Elle devait pourtant le convaincre, sa décision influencerait celle des autres.

— Vous avez tort, Tiywan ! intervint Dem d'une voix forte. Nayla Kaertan est l'Espoir et elle va vaincre Dieu !

— Qui a parlé ?

— Je suis le général de cette armée !

— Des matamores qui pensent être capables d'affronter l'armée sainte remplissent les bagnes de l'Imperium.

— Nous n'avons pas de temps à perdre, Tiywan. Cette guerre se fera avec, ou sans vous. Décidez-vous vite !

L'homme hésita, semblant peser le pour et le contre. Nayla sentit son regard intense s'attarder longuement sur elle. Gênée, elle rougit et ne sut comment analyser le sourire qu'il afficha.

— Très bien, Général, dit-il enfin, d'un ton moqueur. Tu as raison, je n'ai rien à perdre ! Quitte à mourir, autant le faire les armes à la main. Mes amis et moi, nous acceptons de vous rejoindre.

— Venez tous ! renchérit Nayla. Si vous restez en arrière, vous êtes condamnés. Ils ne laisseront aucun témoin de cette attaque en vie. Venez ! Il faut lutter, il faut nous battre et que votre cri de révolte ébranle les étoiles.

Elle fut soulagée quand de nombreuses voix lui répondirent, hurlant dans un brouhaha joyeux.

◆◆◆

Pendant le trajet de retour, ils avaient décidé de se diriger vers la mine d'axcobium qui faisait partie des cibles potentielles évoquées par Milar. La destruction de cet important site stratégique déclencherait une riposte obligatoire et les troupes de l'Imperium se lanceraient sur leurs traces. Cela faisait trois heures que Nayla attendait dans sa cabine que Dem règle les détails techniques liés à la récupération de ces nouvelles recrues. L'alarme de la porte calma son impatience et lorsqu'il entra, elle fut séduite par sa nouvelle allure. Il portait un pantalon de polytercox noir et une veste kaki clair. Sur la poitrine, l'habituel arbre stylisé avait été remplacé par une flamme d'un blanc éclatant qui captait le regard.

— Qu'en pensez-vous ? demanda-t-il en déposant une veste identique sur son lit.

— C'est très bien, avoua-t-elle. Sommes-nous en route ?

— Depuis quarante-cinq minutes.

— Avez-vous rencontré nos nouvelles recrues ?

— Oui, les colons ont pour la plupart une expérience du combat, sauf les adolescents bien entendu.

— Et les enfants ?

— Il s'agissait d'une affectation punitive et dans ce cas, les enfants sont retirés à leurs parents. S'ils ont l'âge, ils sont envoyés au monastère pour devenir des soldats de l'Inquisition, sinon ils sont confiés à d'autres familles.

— C'est monstrueux, murmura-t-elle horrifiée.

— Il s'agit de marquer les esprits. L'Imperium ne fait pas de sentiment.

— Je sais, répliqua-t-elle sèchement. Et les hérétiques ?

— Ils viennent de plusieurs mondes et sont captifs depuis presque un an.

— Ce Tiywan a dit qu'il était prisonnier depuis neuf ans et…

— Il vient de Bekil, comme sept de ses camarades encore en vie. Ils sont épuisés, mutilés, handicapés pour la plupart et n'auraient pas survécu à cette dernière expédition. Le docteur Plaumec pense pouvoir en sauver trois. Nous allons devoir abandonner les autres sur le premier monde accueillant que nous trouverons. Nous ne pouvons pas nous permettre de garder des inutiles, du moins pas pour l'instant.

— Je comprends.

— Tiywan était le chef de la dernière révolte sur Bekil. C'est un homme vigoureux et ses blessures seront vite résorbées. Nous pourrons l'utiliser.

— Comme quoi ?

— Peut-être comme mon second. C'est un chef charismatique et un ancien capitaine des Soldats de la Foi.

— Vous le connaissez ? Mais oui, suis-je bête ! Bekil ! C'est vous qui avez éradiqué la révolte de Bekil ! Vous connaissez Tiywan ? Vous l'avez déjà rencontré ?

— Vous ne vous en souvenez pas ?

— Ne jouez pas à ça avec moi, Milar !

— Je ne l'ai pas rencontré personnellement.

— Pourrait-il vous reconnaître ?

— Non, aucune chance !

— Tant mieux, dit-elle avec soulagement. Nous n'avons pas besoin de ça ! Un capitaine ? Pourquoi avait-il quitté l'armée ?

— Il ne l'avait pas vraiment quitté, si mes souvenirs sont bons. Il était en visite sur son monde natal après une blessure et il a été entraîné dans la révolte. La Phalange écarlate a été envoyée pour mater ce soulèvement.

— Avec succès, comme d'habitude ! Bekil a eu de la chance cependant, elle n'a pas été détruite !

— Espoir, vous devez cesser de vous focaliser sur Alima. Cela est arrivé et rien ne changera cela. Me le reprocher en permanence est contre-productif.

Une fois encore la colère qui couvait en elle explosa. Elle sentit son esprit enfler et elle dut lutter pour ne pas projeter sa force mentale à l'assaut des pensées de Dem.

— Un jour, vous paierez pour vos crimes, Milar ! Je vous en fais la promesse !

— Je n'en ai jamais douté, répliqua-t-il. Je connais mon destin. En attendant, vous devez utiliser mes compétences. Apprenez à dominer vos émotions. Les combats qui nous guettent seront difficiles et si vous continuez à dépenser de l'énergie à me haïr, vous perdrez votre force en vain, Espoir.

— Cessez de m'appeler comme ça ! rugit-elle. Bon sang, Milar, ne faites pas de moi un autre « dieu » !

Sa gorge se serra et des larmes noyèrent ses yeux. Elle se détourna pour lui cacher son émotion, tout en souhaitant irrationnellement qu'il la prenne dans ses bras. Dem lui manquait tant qu'elle était prête à lui pardonner ce soir, s'il exprimait un quelconque remords.

— Je suis à vos ordres. Si vous désirez que je vous appelle Nayla, je le ferai.

Elle fut blessée par sa réponse. Elle ne le comprenait plus. L'homme qui se trouvait dans sa cabine semblait encore plus insensible que le colonel de la Phalange écarlate. Il avait montré une certaine compassion pour Jani Qorkvin, lorsqu'il l'avait rencontrée. Il avait épargné le docteur Plaumec, à l'époque. Elle n'avait pas rêvé pourtant ! Dem éprouvait des remords pour ses actions, elle l'avait lu dans ses yeux et surtout, elle avait vécu cette partie de sa vie à travers ses souvenirs. Qu'était-il advenu de cet homme-là ? Pourquoi jouait-il à l'ignorer ? Elle ne voulait pas s'abaisser à le supplier, alors elle essuya ses larmes avant de se tourner vers lui.

— C'est ce que je souhaite, oui. Conduisez-moi à nos recrues. Je veux me faire mon opinion.

— Très bien.

Elle prit la veste en polytercox kaki qu'il avait déposée sur le lit et la passa sur la chemise grise qu'elle portait. Elle lui allait à la perfection.

En silence, ils gagnèrent les hangars. Le premier avait été transformé en hébergement précaire pour les colons. Nayla fut ulcérée en constatant qu'ils ne voulaient pas rejoindre la rébellion. Comment des humains pouvaient-ils accepter, sans broncher, leur sort de victime ? Ils ne désiraient qu'une seule chose : vivre le plus calmement possible, même sous la férule de l'Imperium. Ils prirent la décision de les déposer sur la première planète accueillante croisée par le Vengeur.

Le deuxième hangar abritait les hérétiques. Maigres à faire peur, le visage tanné par le soleil et couturé de blessures anciennes, ils avaient pourtant, meilleure allure qu'à leur arrivée. Xev Tiywan, le géant blond qui leur avait parlé sur la barge prison, vint vers eux avec une nonchalance délibérée. Les vêtements propres qu'il portait, soulignaient sa haute taille ainsi que sa maigreur, mais ses épaules larges et ses grandes mains puissantes donnaient de lui l'impression d'un homme fort. Il avait sommairement taillé ses cheveux drus en une coupe hirsute qui lui donnait un air négligé. Une vilaine cicatrice, sur le côté du menton, traçait un sillon dans le chaume blond, épais de deux millimètres, qu'il avait conservé. Son regard vert brûlait de cette passion qu'elle avait remarquée à bord de la barge. Il lui adressa un sourire provocateur et insolent.

— L'Espoir nous fait l'honneur d'une visite.

— Je voulais vous rencontrer, répondit-elle laconiquement, ne sachant pas comment se comporter face à cet homme.

Il devait avoir moins de trente-cinq ans, mais les épreuves de ces dernières années faisaient de lui un homme à l'âge indéterminé. Il se dégageait de lui une mâle séduction et un charisme difficile à écarter.

— C'est fait. Que voulez-vous ?

— Vous avez dirigé une révolte sur Bekil, n'est-ce pas ?

Il perdit son sourire et son regard se durcit.

— En effet, c'est ce que l'on dit de moi.

— Niez-vous que ce soit la vérité ? intervint Dem.

Il irradia de Xev une telle colère, que Nayla faillit reculer. Les deux hommes se toisèrent et pendant un instant, elle crut qu'il allait se jeter sur Milar.

— Je ne le nie pas !

— Peut-être que si vous m'expliquiez..., commença-t-elle.

— Si vous voulez, pourquoi pas. J'étais en convalescence chez mon frère, après une blessure récoltée au cours d'une escarmouche contre la coalition Tellus, raconta-t-il d'une voix chantante marquée de l'accent caractéristique des Bekilois. Bekil a toujours possédé une réputation de rebelle et une fois encore, l'Inquisition avait décidé de faire un exemple. Je ne sais pas pourquoi, mais après tout, ont-ils besoin d'une raison pour nous massacrer ? Ils avaient raflé une cinquantaine d'ados et les avaient rassemblés devant le palais du gouverneur. Ils en ont tué dix, juste pour attirer l'attention. Ensuite, ils ont ordonné à la résistance de se rendre, ou les quarante autres gosses seraient exécutés. Dans l'heure qui a suivi, une vingtaine de Bekilois se sont courageusement livrés. Je ne suis même pas certain qu'ils aient été des hérétiques. L'inquisiteur a dit que ce n'était pas assez et sous nos yeux, les gamins ont été mis à mort. Alors, il s'est passé quelque chose que cet assassin n'avait pas envisagé. Les gens présents se sont jetés sur les sbires de l'Imperium. Ils les ont lynchés, ainsi que les dix gardes noirs qui se trouvaient là. Comme tout le monde, j'étais venu sur cette place. J'ai participé à l'assaut, dans la folie du moment, et j'ai déchargé un pistolet lywar dans le visage du lieutenant qui les commandait. Avant cette journée funeste, j'étais un croyant fidèle, mais l'un des dix premiers enfants sacrifiés était le meilleur ami de l'un de mes neveux et…

Il s'interrompit pour maîtriser une émotion encore vive.

— Mon neveu, lui aussi, fut tué ce jour-là. La petite sœur de la femme que j'aimais fut également assassinée. J'étais le seul avec suffisamment d'expérience pour prendre le commandement, alors ils me l'ont donné. Je n'en voulais pas ! Je savais que les gardes allaient venir et que nous serions impuissants face à eux, que cette révolte était sans espoir et stupide. J'ai préconisé la fuite, mais aucun Bekilois n'a voulu m'écouter et la Phalange écarlate nous a écrasés. Des milliers de Bekilois ont été déportés pour l'exemple et les rebelles survivants ont tous été envoyés au bagne afin de servir l'Imperium dans la souffrance. Peu de mes amis sont encore en vie. Votre médecin m'a dit que quatre d'entre eux resteraient infirmes jusqu'à la fin de leur existence, les trois autres devraient retrouver la santé. Moi, j'ai la chance ou la malchance d'être résistant.

— Je suis désolée, dit Nayla émue par les épreuves qu'il avait traversées. Je comprends ce que vous avez vécu.

— Je ne crois pas.

— Il y a quelques jours, la Phalange bleue a massacré des milliers d'Olimans, dont mon père. Mais, nous les avons vaincus !

— Vous avez vaincu des gardes noirs ? demanda-t-il incrédule.

— Nous les avons tous éliminés et nous nous sommes emparés de leur vaisseau Vengeur.

— C'est impossible, murmura-t-il, toute son arrogance envolée.

— N'êtes-vous pas à bord d'un Vengeur ? intervint Milar.

Tiywan sursauta et transféra son attention sur Dem.

— Qui êtes-vous ?
— Je vous l'ai déjà dit, je suis le général de cette armée.
— Quel est votre nom ?
— On m'appelle Dem. Un diminutif pour Dane Mardon.

Nayla détourna les yeux pour cacher sa gêne en entendant ce mensonge.

— Nous sommes-nous déjà rencontrés ?
— Non, je ne le pense pas.
— C'est étrange. Votre voix m'est familière.
— Si vous le dites.
— Vous avez vaincu une phalange ? J'ai du mal à y croire.
— C'est la vérité, pourtant. Tiywan, vous êtes un symbole pour les résistants. L'Imperium a voulu faire de vous un exemple et les hérétiques connaissent votre nom. Vous avez pris de bonnes décisions sur Bekil.
— Pas si bonnes. J'ai perdu ! Milar ne nous a laissé aucune chance.
— Vous êtes un chef naturel de la résistance. Nous avons besoin de vous.
— Je ne suis pas sûr de vouloir encore me battre…
— Vous ne voulez pas vous venger ? s'étonna Nayla.
— Peut-être, mais à quoi bon ? Milar a disparu et les gardes noirs sont invincibles. Votre rébellion est vouée à l'échec.
— Elle ne l'est pas. J'ai vu la victoire !
— Vu ?
— J'ai eu une prophétie.
— Vous êtes un démon ?
— C'est un terme employé par le clergé, mais oui, je vois l'avenir, si c'est ce que vous voulez dire.
— Admettons, marmonna-t-il avec un sourire incertain. Même si cette prophétie existe, rien ne prouve qu'il s'agisse de vous.
— Non rien, admit-elle, pourtant, je suis cet Espoir.
— Félicitations ! ironisa-t-il.
— J'aimerais me tromper, Tiywan, répliqua-t-elle sans réussir à cacher son amertume.
— Si cette prophétie se réalise, votre répugnance disparaîtra.
— Peut-être, concéda-t-elle mal à l'aise. Si j'arrive à débarrasser l'humanité de Dieu, je serai soulagée.
— Et vous aurez le pouvoir.
— Je me moque du pouvoir.

Il fit la moue, peu convaincu.

— Et si j'accepte, quel rôle me réservez-vous ?

— Comme je le disais, reprit Milar, votre sort est connu dans tout l'Imperium. L'hérétique qui a détourné Bekil du chemin de la Foi, souffrant dans l'enfer de Sinfin ou dans la jungle boueuse des lunes de Razare. Tout le monde sait qui vous êtes.

— Et alors ?

— Vous êtes une figure emblématique de la résistance. Soyez mon second et votre présence aux côtés de l'Espoir sera une force pour la rébellion.

— Vous êtes sourd ? Je viens de vous dire que je n'étais pas l'instigateur de cette révolte, que c'était la faute de ce fumier d'inquisiteur. Rien n'était prémédité. Je ne dois rien à personne !

— Tout comme moi, murmura Nayla. Acceptez, je vous en prie.

Il la fixa avec intérêt et elle se sentit capturée par son regard brûlant. Il sourit avec chaleur et s'inclina légèrement.

— Soit, Espoir, j'accepte. Vous avez besoin d'un ami dévoué.

Elle faillit répondre qu'elle avait déjà un ami dévoué, avant de se souvenir qui Dem était en réalité.

— Appelez-moi Nayla, s'il vous plaît.

— Nayla, répéta-t-il en faisant chanter son nom, avec un sourire charmeur.

Ailleurs…

Assis confortablement sur un énorme coussin aux couleurs chatoyantes, Arun Solarin, les yeux fermés, cherchait le calme de son âme. Le crâne chauve de cet homme gras luisait de sueur dans la chaleur matinale. Le troisième soleil venait de se lever et dans deux heures la température serait insupportable. Pour le moment, il restait étranger aux vicissitudes météorologiques d'Hadès. Arun trouvait ce nom ridicule. Il haïssait cet endroit, mais il s'agissait du seul lieu où il obtenait une telle connexion avec Yggdrasil. Il en ignorait la raison et cela importait peu. Cela faisait presque quarante années qu'il était hébergé dans cette pièce, au sommet d'une tour. Il ne connaissait de cette planète que ce qu'il pouvait contempler par l'une des neuf fenêtres de sa prison. Peu après sa découverte du néant, la coalition Tellus l'avait capturé et lui avait offert le choix entre une mort douloureuse et une vie parfaite. Dans sa cage dorée, on pourvoyait à tous ses désirs. Il demandait des femmes, on lui envoyait les plus belles des esclaves. Il exigeait des jeunes filles, elles lui étaient offertes tremblantes et soumises. Il souhaitait un garçon, son caprice lui était accordé. Il pouvait se gorger de nourriture, déguster les plats les plus fins et les plus rares. Il voulait de l'alcool ou des drogues, les substances les meilleures lui étaient présentées. Il avait cinquante ans et sa vie avait été plaisir… et souffrance, car le prix à payer pour jouir de cette vie était un accès quotidien à Yggdrasil. Chacune de ses visites était une torture, mais ses geôliers n'en avaient cure. Il devait s'acquitter de sa mission. Sa priorité était de contrer les attaques de l'Imperium contre la Coalition, la deuxième était de guider Tellus vers sa reconquête de l'univers.

Malgré sa tunique légère en soie de silisin et son pantalon en toile de tolin, douce, et souple, la sueur coulait abondamment sur son corps, s'insinuant dans les plis graisseux de sa peau. Pourtant, il restait impassible et immobile. Son être souffrait, mais son esprit ne ressentait pas ces désagréments. Loin dans le néant, il se mouvait avec aisance. Ici, rien n'existait ; ni la chaleur, ni le froid, ni la faim ou la soif, ni même le désir physique. Ici régnait le pouvoir, un pouvoir immense et absolu. Arun, en homme prudent, ne cherchait pas à utiliser le destin. Il estimait ce jeu trop dangereux. Les voix multiples qui résidaient dans Yggdrasil n'aimaient pas les intrus et il avait appris à se glisser sans bruit dans leur royaume. Il devait aussi échapper à Dieu dont l'esprit, à la puissance incommensurable, errait sans cesse dans ce lieu. Arun savait qu'il ne serait pas de taille contre lui.

Avec un râle de douleur, Solarin revint dans le monde réel. Il prit un carré de tissu qui reposait sur ses genoux et essuya d'une main tremblante les larmes de sang qui perlaient au coin de ses yeux. Il calma sa respiration haletante. Sa main grasse et potelée se referma sur un gobelet plein d'un liquide d'un rose profond. Avec délectation, il plongea sa lippe charnue dans le breuvage frais et sucré, qu'il laissa descendre le long de sa gorge desséchée. Il apprécia l'effet de l'aloïde, la substance contenue dans le vin de Cantoki. Les fruits utilisés pour distiller ce nectar avaient les propriétés du vin et de la drogue. Les riches familles de Tellus en abusaient, car ce breuvage était réputé pour ne donner aucune accoutumance et pour ne pas avoir d'effets délétères sur la santé.

L'esprit apaisé, Arun choisit, dans le plateau de douceurs posé sur une table près de lui, un chou plein d'une épaisse crème blanche. Il croqua dans la pâtisserie à pleines dents, les yeux fermés de plaisir. Avec amusement, il s'imagina mordant ainsi le sein de la jeune fille qu'il avait commandé pour son délassement de l'après-midi.

— Vous êtes répugnant, Solarin ! lança une voix sèche et pleine de mépris.

Il ouvrit les yeux et essuya d'un doigt boudiné la crème qui avait débordé de chaque côté de ses lèvres. Tout en regardant la femme grande, mince et élégante qui se tenait en face de lui, il lécha ce doigt de façon obscène. Ses lèvres pulpeuses, peintes d'un rouge vif et brillant se tordirent d'une moue de dégoût. Il sourit. Elle était, comme toujours, impeccablement habillée d'une robe simple, mais taillée dans une étoffe très chère et ses cheveux sombres, arrangés dans un chignon strict renforçaient l'impression d'autorité qui se dégageait d'elle. Malgré sa petite cinquantaine d'années, elle était encore très belle. Arun ne put s'empêcher d'imaginer chevaucher cette garce qui le harcelait chaque jour. Ce n'était qu'un fantasme. Il ne tenait pas à découvrir quel châtiment lui serait réservé s'il osait faire une chose pareille.

— Peut-être, Proconsul Volodi, mais vous ne pouvez pas vous passer de moi, n'est-ce pas ?

— Qu'avez-vous vu ?
— Vous n'êtes pas très aimable ce matin, ma chère.
— Solarin !

Arun se renfrogna. Comme toujours, exprimer par des mots les images et les impressions qu'il avait glanées au cœur d'Yggdrasil lui était difficile.

— Une rébellion est en marche dans l'Imperium. Elle est conduite par une jeune femme qui se fait appeler Espoir et par un homme... dangereux. Je n'ai pas réussi à en savoir plus sur lui.

— Encore une rébellion, articula-t-elle d'une voix lasse.

— Plus que cela, Proconsul. La guerre a commencé et cette fois-ci... Cette femme a le pouvoir de pénétrer dans Yggdrasil. Elle est puissante, très puissante, plus qu'elle ne le pense. Elle va tuer Dieu.

L'attitude très maîtrisée du proconsul Gelina Qar Volodi se fissura.

— Que dites-vous ?

— Elle peut le tuer, elle le fera sûrement, si elle triomphe des embûches qui seront semées sur sa route. Les forces en actions dans le puits du destin sont terribles, les remous sont violents.

La femme réfléchit quelques instants, puis elle demanda :

— La coalition Tellus peut-elle avoir de l'influence sur elle ?

— Peut-être... si... s'il n'est plus là, oui peut-être.

— De qui parlez-vous ?

— Cet homme dangereux dont je vous ai parlé. Il est l'élément perturbateur du destin. Sans lui, elle est vulnérable, avec lui, elle semble indestructible.

— Alors, nous devons nous trouver au plus vite auprès d'elle. Nous disposerons de cet homme dangereux. Où et quand pouvons-nous prendre contact avec elle ?

L'Imperium était le passé, le présent et l'avenir de l'humanité.

Mot d'ordre des Espions de Tellus

Le vaisseau *Vengeur 516* pénétra à vitesse lente dans la ceinture d'astéroïdes qui entourait une géante gazeuse. Il se glissa entre les rochers, suivant un plan de vol déjà établi dans les cartes de son système. Il finit par émerger sans encombre de cette zone dense et dangereuse. Le complexe de traitement d'axcobium, qui était leur objectif, avait été creusé dans un énorme rocher. Des norias de cargos et de patrouilleurs en tous genres abreuvaient jour et nuit les machines en minerai collecté dans les astéroïdes avoisinants. La précieuse substance se trouvait dans toute la ceinture rocheuse et l'exploitation de ce gisement durerait des centaines d'années.

— Général, nous sommes appelés par la base, annonça le responsable des transmissions.

— Ne répondez pas. Laissez-les s'inquiéter.

— Ils insistent.

— Ne répondez pas !

Personne ne contesta l'ordre de Dem, pas même Nayla prostrée sur le fauteuil réservé à l'inquisiteur. Le Vengeur continua sa route, droit sur la base. Un destroyer surgit de derrière l'astéroïde géant et deux autres émergèrent des rochers avoisinants.

— Les vaisseaux nous appellent, Général.

— Conservez le silence radio. Armez les canons !

— Vous n'allez pas leur tirer dessus, protesta Tiywan. Essayez au moins de négocier.

— Je vous envoie les solutions de tir. À mon signal…

— Ce sont des Soldats de la Foi, demandez-leur de se rendre ! insista-t-il.

— Feu !

Les canons crachèrent leurs missiles d'énergie qui frappèrent les vaisseaux en de multiples endroits. Touché à hauteur des moteurs par plusieurs tirs, un destroyer explosa et projeta des débris qui écharpèrent un autre vaisseau. Des incendies se déclarèrent à son bord et quand deux traits de lywar le touchèrent, il implosa. Le troisième destroyer toucha le Vengeur. Un rugissement secoua le cuirassé, les lumières baissèrent pendant quelques secondes, puis l'énorme vaisseau de guerre répliqua. Le destroyer survivant ne résista pas longtemps face à cette puissance de feu dévastatrice.

— Bon sang, vous ne pouvez pas…

— Visez la base, selon mes instructions, ordonna Milar sans tenir compte des objections de Tiywan.

Les tireurs hésitèrent brièvement, mais sous le regard dur qu'il leur adressa, ils lui obéirent. Avec un grondement sourd, les canons lancèrent des salves de missiles. Touchée en plusieurs endroits, la base explosa, puis fut secouée par une énorme déflagration qui éventra l'astéroïde abritant le complexe. Les roches enflammées heurtèrent les aérolithes voisins, qui implosèrent à leur tour. Une réaction en chaîne aux proportions quasi apocalyptiques se propagea à tout l'axcobium. Milar bondit sur le poste de pilotage, éjecta Nardo d'une poussée vigoureuse et prit sa place. Il saisit les commandes et lança l'imposant vaisseau hors du piège qu'était devenue la ceinture de roches en fusion.

Leene Plaumec, comme le reste de l'équipage présent sur la passerelle, avait assisté impuissante et silencieuse à cette sauvage attaque. Elle aurait voulu protester, mais Dem savait ce qu'il faisait. Elle se sentit encore plus inutile au milieu de l'enfer qui menaçait de se refermer sur eux. Poursuivi par des boules de feu et des débris assez énormes pour enfoncer sa coque, le vaisseau devait aussi éviter les astéroïdes sur sa route. Elle faillit pousser un cri d'alarme lorsqu'un gigantesque rocher surgit sur leur trajectoire. Des projectiles lywar fusèrent des canons et pulvérisèrent le danger. Des milliers de fragments frappèrent les boucliers, irisant l'horizon d'un voile bleu et vert. Le vaisseau jaillit enfin hors du tourbillon de flammes qui éclataient dans toutes les directions. Devant eux, il n'y avait que l'espace, mais la ceinture enflammée n'en finissait pas de se déployer, menaçant d'avaler le Vengeur. Les doigts de Dem coururent sur les commandes et le lourd cuirassé accéléra encore. Leene, les pupilles dilatées et les poings serrés, cessa de respirer tandis que l'océan de feu se refermait sur eux. Tout semblait perdu quand enfin, le Vengeur s'échappa de la fournaise.

— Nous sommes hors de danger, déclara calmement Dem en se levant. Vous pouvez reprendre les commandes, Nardo.

Le garçon acquiesça encore blême après cette course contre la mort. Leene se surprit à expirer à nouveau, le cœur battant follement après l'afflux massif d'adrénaline. Le nouvel officier en second, ce Tiywan qu'ils avaient libéré lors de l'attaque du convoi, marcha sur Milar avec l'intention affichée de le frapper. Elle se méfiait de lui sans vraiment en connaître la raison. Était-ce à cause de son attitude virile et faussement séductrice ? Il était tout ce qu'elle détestait chez la gent masculine. Sans dire un mot, Xev lança un direct puissant que Dem évita sans problème.

— Calmez-vous, Commandant, dit-il posément.

— Salopard, vous venez d'exécuter des milliers d'innocents !

Tiywan avait raison et elle aurait dû le soutenir, mais sa loyauté allait toujours à Dem.

— Nous ne pouvons pas nous permettre de perdre du temps. Nous devons semer la terreur chez nos ennemis.

— Ces travailleurs auraient pu nous rejoindre !

— Comment ? Nous manquons de place !

— Vous préférez les assassiner ?

— Nous sommes venus détruire cette base.

— VOUS êtes venu détruire cette base ! Moi, je voulais libérer les malheureux qui trimaient là, comme des cijai'l.

— C'est noble, mais une fois qu'ils auraient été libres, que comptiez-vous en faire ?

— Je n'en sais rien, répliqua le géant blond d'un air borné. Leur permettre de nous rejoindre, de fuir, de travailler pour leur compte…

— C'est cela, vous n'en savez rien. C'est pour cela que je suis général et que vous êtes commandant.

La colère enflamma le regard de Tiywan.

— Je vais vous expliquer, Commandant, continua Milar d'un ton professoral. Leurs destroyers ont explosé et les quelques patrouilleurs restants n'auraient en aucun cas été suffisants pour embarquer tous ceux qui travaillaient dans ces usines. Nous rejoindre ? C'est impossible, nous manquons de place. Travailler pour leur compte ? Êtes-vous stupide, ou essayez-vous juste de me contredire ? L'Imperium aurait repris en main les mines en quelques jours et tout ceci n'aurait servi à rien. Lorsque l'on veut conduire une révolte, il faut éviter de passer pour un imbécile.

— J'essaye de sauver des vies.

— Moi aussi, Commandant. Les nôtres ! Et celle des millions d'esclaves sous le joug de l'Imperium.

— Tiywan, intervint Nayla. C'est horrible, je sais, mais cela devait être fait, je vous assure. Général, la prochaine fois, demandez-moi mon avis avant de faire une chose pareille.

— Je suis à vos ordres ! Et maintenant, quelle destination souhaitez-vous que nous prenions, Espoir ?

Un tic d'exaspération se crispa sur le visage de Nayla.

— Il nous faut des vaisseaux, Dem, pour que ceci ne se reproduise plus. Débrouillez-vous pour en trouver, ainsi que des hommes qui acceptent de nous suivre.

— Je loue votre sagesse, Nayla, assura Tiywan d'un ton que Leene jugea obséquieux. Allons sur Bekil. Il y a un chantier de remise en condition de vaisseaux et un grand astroport. De plus, les Bekilois sont des rebelles dans l'âme et ils nous rejoindront avec bonheur.

— C'est une bonne idée, répondit-elle.

— À votre service, susurra-t-il avec un sourire ravageur.

Milar ne semblait pas remarquer ou s'inquiéter de l'attitude de Tiywan. Les bras derrière le dos, il se contenta de constater :

— Il s'agit d'un mauvais choix, au contraire. Bekil est trop loin de notre rayon d'action et notre armée est trop inexpérimentée pour tenter cette attaque.

— Vous préférez continuer à massacrer des innocents ? répliqua Tiywan. C'est sans doute plus simple que d'affronter de vrais soldats.

Un lent sourire glissa sur les lèvres de Dem, avec l'assurance d'un homme qui connaît un secret ignoré de l'autre, mais à la grande surprise de Leene, il ne releva pas l'insulte.

— Je préfère suivre un meilleur plan. Attaquer Bekil maintenant pourrait mettre Olima en danger.

— Comme si le sort des Olimans vous tenait à cœur, répliqua sèchement Nayla. Faites route sur Bekil, Général !

— À vos ordres, Espoir. Nous y serons dans cinq jours. Espérons que Janar ne profitera pas de ces cinq jours pour s'occuper personnellement d'Olima.

— Général, suivez-moi dans ma cabine, maintenant ! s'écria la jeune femme avec colère.

Dem se contenta de s'incliner, avant de la suivre hors de la passerelle. Le sourire satisfait de Tiywan ne dura qu'une seconde, mais Leene y vit de la malveillance. Elle observa plus attentivement l'homme qui s'assit dans le fauteuil de commandement. Elle ne lisait pas dans les pensées et dans ce cas précis, elle n'en avait pas besoin. La solitude et le chagrin de Nayla en faisaient une proie facile pour un séducteur peu scrupuleux et le médecin avait, sans hésiter, classé l'ancien prisonnier dans cette catégorie. Qu'était-il advenu de la complicité qui liait la jeune femme à Dem avant l'attaque d'Olima ? Que s'était-il passé dans la cabine de Milar ? Leene décida de le découvrir rapidement, avant que des erreurs irrémédiables soient commises. Elle reporta son attention sur Tiywan et surprit un autre sourire sournois. Elle ne put s'empêcher de frissonner en comprenant qu'il savourait le pouvoir que représentait ce siège.

Nayla était folle de rage. Milar avait osé la contredire et pire, mettre Olima dans la balance. Dès que la porte de sa cabine se referma derrière lui, elle pivota les yeux étincelants de fureur.

— Comment avez-vous osé me faire chanter avec le sort de MA planète ?

— Je me suis contenté d'énoncer les risques de votre décision. Si elle est suggérée par une vision, je n'ai rien à dire. Si elle est induite par un beau parleur sans réelle expérience stratégique, il est de mon devoir de vous apprendre qu'il s'agit d'une erreur.

— C'est vous qui avez choisi ce beau parleur !

— Ai-je le choix ? Je suis doué certes, mais je ne peux pas tout faire et je ne veux pas trop m'appuyer sur Lazor. Il reste un Garde de la Foi et cette rébellion doit demeurer celle du peuple !

— En quoi cela vous importe-t-il ?

— Simple calcul tactique, Espoir.

— Milar, je vous ai demandé de ne pas…

Il s'inclina avec un sourire ironique.

— Mes excuses, j'avais oublié vos réticences.

— Je ne veux plus entendre ce nom, vous m'entendez ?

— En privé, je me plierai à votre souhait, mais en public, il n'en est pas question. Vous êtes l'Espoir !

La lassitude s'abattit sur ses épaules. Depuis quand n'avait-elle pas dormi ?

— Dem, prononça-t-elle doucement. Je pense qu'instaurer une nouvelle religion est une erreur. Je refuse de m'y plier. Vous me haïssez, je le sais, mais je vous en supplie… Dites Nayla.

Le regard froid de Milar plongea en elle et il énonça avec dureté :

— Je ne vous hais pas. Vous n'évoquez pour moi que la volonté de vous servir et la nécessité de vous protéger. Les émotions ne sont que des freins à l'efficacité. Si vous jugez que le terme « Espoir » pour s'adresser à vous est une erreur stratégique, j'en prends bonne note.

Elle dut lui tourner le dos pour dissimuler les larmes qui perlaient au coin de ses yeux. Chaque tête-à-tête se terminait de la même façon. Elle hésitait entre le frapper ou éclater en sanglots dans ses bras. Cette impression était très forte ce soir et au fond de son esprit, un noyau glacial la pressait pour qu'elle garde ses distances. Elle fit taire cette insistance. Elle se savait responsable de son attitude actuelle. Elle l'avait rejeté, repoussé. *Qu'ai-je fait ?* songea-t-elle. *C'est un monstre !* susurra la voix froide dans sa tête. *C'est une victime*, protesta-t-elle.

— Puis-je disposer, Nayla ?

— Comme si vous aviez besoin de mon autorisation.

— Votre avis est le seul que je respecte. Pour les autres... Je n'accepterai pas l'insubordination. N'oubliez pas mon conseil, ajouta-t-il plus doucement. Ne faites confiance à personne, ne suivez que votre intuition.

C'est Dem qui lui avait donné ce conseil. Elle frissonna et sous le coup de l'émotion, elle obéit à une impulsion. Elle se tourna vers lui, les yeux encore humides et murmura :

— Je vous demande pardon, Dem.

— Pour quelle raison ? répondit-il froidement.

— J'étais tellement en colère, j'avais l'impression d'être trahie. Et votre vie... Oh, Dem, j'aurais dû faire preuve de compassion.

— Je comprends votre colère. Utilisez-la pour apprendre à bannir vos émotions. La compassion est inutile.

— Votre amitié m'est indispensable, supplia-t-elle.

— Seules, mes compétences militaires vous sont indispensables.

— Mais... Mais je me suis excusée.

— Vous n'aviez pas à le faire. Maintenant, oubliez votre haine, passez outre ces sentiments qui ne servent à rien. Je vous suis dévoué, et cela seul doit compter.

L'indifférence de Dem lui broya le cœur.

— Rien d'autre, je n'oublierai pas ! cracha-t-elle. Vous pouvez disposer et tenez-moi au courant de notre progression vers Bekil.

— Naturellement, Nayla.

Il s'inclina et quitta la cabine. La jeune femme se laissa tomber dans son fauteuil et éclata en sanglots convulsifs.

La réaction de Nayla avait surpris Milar. Il avait retrouvé la froideur et l'efficacité de son caractère, mais n'avait pas perdu la mémoire. Il comprenait sa haine, il avait détruit tant de vies. Elle l'avait étonné en voulant renouer leur complicité. Il admettait qu'une relation sereine serait plus efficiente, mais ne voyait pas l'utilité d'être son ami.

— Dem ?

Il sursauta. Il n'avait pas remarqué la présence de Plaumec.
— Docteur ?
— J'aimerais vous parler.
— Allez-y, accepta-t-il avec un soupir agacé.
— En privé, Dem, s'il vous plaît.

Il allait protester, mais il la connaissait assez pour savoir qu'elle le harcèlerait jusqu'à ce qu'elle ait réussi à lui dire ce qu'elle souhaitait. Elle était tenace et c'était l'une de ses qualités. Il acquiesça donc avec un haussement d'épaules.

— Ma cabine est juste là.

Une fois à l'intérieur, il attendit qu'elle parle.

— Avons-nous vraiment une chance de gagner cette guerre ?
— Une bonne chance, oui, Docteur. Si c'est de cela que vous vouliez parler, je n'ai pas le temps.
— Dem, que vous est-il arrivé ?
— Comment cela ?

Elle leva un sourcil exaspéré, mais il n'avait pas l'intention de lui faciliter la tâche.

— Après son formidable discours sur Olima, Nayla a été prise de folie, commença-t-elle avec un soupir. Elle a assommé Tarni et s'est enfermée dans votre cabine pendant trois heures. En sortant, elle était bouleversée et vous… Vous étiez anéanti, Dem, détruit, je l'ai lu dans vos yeux. Depuis, elle est devenue presque aussi insensible que vous et vous, vous êtes redevenu l'homme que j'ai rencontré sur Abamil, un homme sans émotion. Vous êtes à nouveau le colonel Milar et je n'arrive pas à en comprendre la raison. Je m'étais habitué à votre nouveau vous, à cet homme qui donnait envie de le suivre. J'aimerais retrouver Dem. Alors, je vous en prie, dites-moi ce qui se passe !
— Je n'ai rien à vous dire.
— Je sais que quelque chose d'anormal est arrivé, ce jour-là dans votre cabine. Nayla a appris qui vous étiez, n'est-ce pas ?

Il songea, une fois encore, qu'elle était une femme perspicace. Il l'admirait pour cela, mais refusait son intrusion dans sa vie.

— Quelle importance ! Il fallait bien qu'elle l'apprenne ! Nayla Kaertan est l'Espoir et la voie qui s'ouvre devant elle est ardue. Les choix qu'elle devra faire seront difficiles. Elle l'a enfin compris et elle est en phase d'adaptation. Elle doit endosser le rôle que le destin a prévu pour elle.
— Vous parlez d'Espoir et de destinée. Je crois en la réalité de cette prophétie, mais tout ceci a l'odeur d'une nouvelle religion et je ne suis pas sûre d'apprécier cette idée.

— Pourtant, Docteur, la croyance religieuse est l'un des moteurs les plus puissants pour…

— Manipuler les humains ? Peut-être bien, mais le message de Nayla est la liberté, ne l'oubliez pas.

La pertinence de ces propos ne lui échappa pas. Il reconsidéra rapidement ses options et constata que l'analyse de Plaumec coïncidait avec les réticences de Nayla. Il admit aussitôt son erreur.

— Je prends bonne note de vos remarques. Elles sont judicieuses.

— Merci. Essayez de faire la paix avec Nayla, je vous en prie. Voulez-vous que j'essaye de lui parler ? Elle doit comprendre vos raisons et…

— Je suis son général, pas son ami. Nayla l'a bien compris.

— Comment pouvez-vous dire une chose pareille ? Bien sûr que vous êtes son ami ! Elle a besoin de vous.

— Je suis à son service.

— Qu'est-ce qui vous prend ? explosa Leene. Reprenez-vous, Colonel Milar, elle a besoin de votre amitié. Les vautours tournent déjà autour d'elle, guettant sa vulnérabilité, prêts à s'emparer d'elle.

— De quoi parlez-vous ?

— Ce n'est qu'une gamine ! Certains hommes ne tarderont pas à comprendre qu'elle est seule, sans l'appui de votre amitié. Ce qu'elle va vivre va la plonger dans une solitude désespérée. Le premier qui se présentera pour l'aider gagnera sa confiance. Et ce sera sans doute ce Xev Tiywan que vous venez de nous imposer. Vous ne pouvez pas le laisser faire, je sais que vous tenez à elle.

— Je la protégerai de ses ennemis et des dangers, c'est mon devoir. Si elle souhaite vivre une relation intime avec Tiywan, je ne vois pas en quoi cela pourrait lui nuire. Les humains ont besoin de ce genre d'amitié et si cet homme lui plaît, je n'ai rien à dire. Pourquoi voulez-vous que je m'en préoccupe ?

Leene Plaumec le fusilla du regard et s'exclama :

— Pourquoi ? Vous vous moquez de moi !

— Que voulez-vous que je fasse ?

— Que vous redeveniez vous-même ! J'ai haï le colonel Milar pendant des années, mais ces derniers jours, j'ai appris à apprécier Dem. Vous êtes un homme complexe, qui a beaucoup souffert. Vous avez réussi à vaincre le conditionnement qui vous a été imposé. Je vous ai vu avec Nayla, vous tenez à elle, c'est évident !

Dem savait qu'il aurait dû être ému par ce discours, mais il n'en avait plus la capacité. Cette femme n'allait pas le laisser en paix, alors avec un rictus ironique, il précisa :

— Celui que vous appelez Dem n'existe plus. Il est mort ici, dans cette cabine, pendant ces trois heures qui vous inquiètent tant. Vous vouliez savoir ce qui était arrivé, c'est simple. Je suis redevenu moi-même, un soldat parfait, l'archange créé pour combattre, pour affronter l'impossible, pour diriger des armées. Seule mon allégeance a changé. Je suis et serai toujours dévoué à Nayla, mais pour accomplir ma mission au mieux, j'ai dû… éliminer Dem. Il était trop faible pour continuer.

Leene Plaumec ouvrit de grands yeux en comprenant ce qu'il voulait dire. Elle dut lutter pour contenir ses larmes.

— Vos émotions, vos sentiments… Vous les avez sacrifiés ?

— Ce n'est pas si grave, tout cela n'était qu'un fatras inutile.

— Vous ne pouvez pas dire ça, murmura-t-elle horrifiée. Et puis, Nayla…

— Je compte sur vous pour m'aider à la protéger. Maintenant, le sujet est clos ! Je dois rejoindre la passerelle.

Leene n'avait pas trouvé le courage d'aller parler à Nayla en sortant de la cabine de Milar. Accablée de tristesse, elle avait fui sous le regard impassible de Tarni, qui montait une garde vigilante devant la porte de la jeune femme. Réfugiée dans son infirmerie, elle pleura. Bien sûr, Milar était un assassin. Bien sûr, il méritait d'être puni. Bien sûr, elle comprenait la colère et la haine que Nayla devait ressentir, mais Dem était, lui aussi, une victime de l'Imperium, créé et conditionné pour être un soldat sans pitié. L'homme qu'elle avait découvert pendant leur fuite l'avait bouleversée et fascinée. Sa tendresse pour Nayla était émouvante et tellement déconcertante.

— Que se passe-t-il, Leene ?

Elle n'avait pas entendu Mylera entrer. Elle essuya rapidement ses larmes et tenta de se composer un visage serein.

— Ce n'est rien, tout va bien, dit-elle avec un sourire forcé.

— Tu m'excuseras, mais ce n'est pas l'impression que ça donne.

— Un accès de tristesse. Rien de grave.

Leene ne pouvait pas expliquer les vraies raisons de son chagrin, elles ne lui appartenaient pas. Mylera ne connaissait pas la réelle identité de Milar et ne devait pas la connaître. Et puis, pourquoi était-elle si triste après tout ? Parce que Dem n'était plus ? Avait-il vraiment existé ? *Il est Devor Milar*, tenta-t-elle de se convaincre, en vain. Elle ne pouvait pas oublier le son de sa voix, dans cette grotte de glace, lorsqu'ils avaient évoqué son passé et l'éveil de ses émotions. Elle ne pouvait pas ignorer le regard protecteur qu'il posait alors sur Nayla. Était-il conscient de ce qu'il éprouvait pour elle ? Il avait échappé au destin tracé pour lui par les sbires de cette religion infâme et de son plein gré, il avait renoncé à ce qu'il avait si chèrement acquis. Le sacrifice qu'il avait fait était si triste que, malgré elle, des larmes coulèrent à nouveau sur ses joues.

Elle sursauta quand Mylera l'enlaça. La jeune femme se hissa sur la pointe des pieds pour déposer un baiser sur sa joue.

— Je suis ton amie, Leene. Tu peux compter sur moi.

Elle l'écarta avec gentillesse. Elle ne voulait pas la blesser, elle était si charmante, si douce et son sourire ravageur lui réchauffait le cœur. Elle lui caressa affectueusement la joue, en se demandant s'il était judicieux d'initier quelque chose de plus intime.

— Merci, Mylera..., murmura-t-elle.

Elles échangèrent un long regard et Leene n'hésita plus. Sa solitude lui pesait de façon insupportable et l'incertitude des jours à venir menaçait de la noyer dans des flots d'angoisse. Elle posa un doux baiser sur les lèvres de Mylera, qui sans surprise, le lui rendit.

Nayla était restée enfermée plus de vingt-quatre heures dans le cocon qu'était devenue sa cabine. Elle avait tenté de dormir, mais n'avait perdu conscience qu'un couple d'heures. La peur de rêver l'avait réveillée et son cerveau en ébullition ne lui laissait aucun repos. Allongée sur son lit, les yeux grands ouverts, elle détaillait chaque branche de l'arbre stylisé, symbole de Dieu, gravé sur la paroi. Elle aurait pu donner l'ordre de le faire disparaître sous une couche de peinture, mais elle ne pouvait s'y résoudre, car il représentait l'ennemi et plus encore. Elle devinait que cet arbre personnifiait une chose plus ancienne et beaucoup plus néfaste.

Elle devait se rendre sur la passerelle, mais ne trouvait pas le courage de braver le regard bleu de Milar. Passé la fureur des premiers jours, la dureté et l'implacabilité acquises dans les souvenirs de Milar s'étaient atténuées. Elle affrontait désormais une tristesse chronique qui menaçait de se transformer en dépression. Cette journée de triste mémoire n'était pas faite pour améliorer son humeur. Aujourd'hui, elle aurait dû fêter son vingtième anniversaire, mais pour elle, ce jour n'était que celui où elle commémorait la destruction d'Alima. L'alarme de sa porte la sortit de sa rêverie éveillée. Elle se leva et autorisa l'ouverture. La haute stature de Xev Tiywan se découpa dans l'entrée. Sa présence virile était indéniable et la passion de son regard vert la captura. Un instant, elle oublia ses soucis face à cet homme séduisant et charmant. Son sourire éclatant adoucit l'expression de son visage.

— Bonjour, Nayla, salua-t-il d'une voix chantante.

— Que puis-je pour vous, Commandant ?

— Me rassurer. Cela fait plus d'une journée que je ne vous ai pas vue et je m'inquiétais.

— Il n'y a aucune raison, Tiywan. Je suis seulement fatiguée.

— Vous avez quitté la passerelle en colère en compagnie de votre… général. Il est violent et dangereux. J'ai eu peur qu'il…

— Je n'ai rien à craindre de lui.

— Tant mieux. Je comprends votre découragement. Je sais que conduire une révolte de cette ampleur est compliqué et que vous avez besoin d'un homme compétent, mais…

— Mais…

— Ne serait-il pas trop compétent ? Il m'effraie.

Elle sourit, Dem avait cette aptitude unique de terroriser les gens, d'un seul regard.

— Moi, il ne m'effraie pas, répliqua-t-elle.

— En êtes-vous sûre ? Il leva une main pour l'empêcher de répondre. Nayla, la charge qui pèse sur vos épaules est lourde. C'est incroyablement courageux de l'avoir acceptée et bien entendu, vous vous reposez sur lui pour conduire cette guerre. Je sais que cette responsabilité est terrible. Je l'ai vécu. L'immensité de l'Imperium est tellement écrasante qu'il est impossible d'imaginer une victoire.

— Je n'imagine rien, je sais, précisa-t-elle avec lassitude.

— Vous savez ? Ah oui… la prophétie. Plusieurs personnes m'en ont parlé. Beaucoup de vos rebelles semblent convaincus par cette histoire.

— Pas vous ?

— Je n'en sais rien. Je suis un homme pragmatique. Alors, croire à… un pouvoir supérieur permettant de voir l'avenir…

— Je comprends, dit-elle, intéressée par cet homme qui ne feignait pas de croire pour lui faire plaisir. Parfois, je doute aussi. Et puis, les images reviennent me hanter. Est-ce la vérité ou suis-je devenue folle ? Je n'en sais rien.

— Vous n'êtes pas folle, affirma-t-il.

— Qu'en savez-vous ?

— Écoutez, que cette prophétie soit vraie ou pas est accessoire. D'après ce qu'on m'a dit, elle se propage dans la galaxie. Elle représente une force, un pouvoir étonnant.

— Un pouvoir ? Que voulez-vous dire ?

— Sur tous les mondes de l'Imperium, il existe des gens qui aspirent à plus de liberté. Si vous arrivez à les rassembler…

— C'est ce que nous essayons de faire. Nous tentons de créer une armée.

— Nous ? Vous parlez de votre général, n'est-ce pas ? cracha-t-il avec un mépris évident.

— Tiywan ! J'ai besoin de lui.

La discussion revenait sur Dem et elle enrageait d'être obligée de défendre l'existence même de Milar.

— Il semble savoir ce qu'il fait, en effet. Trop pour mon goût, d'ailleurs. Cet homme me fait froid dans le dos.

— Vous l'avez déjà dit. Il n'y a aucune raison, insista-t-elle.

— Vous êtes l'âme de cette rébellion, mais dans les faits, c'est lui qui la conduit et qui la façonne. Seulement, il n'a pas la capacité de fédérer les foules. Vous si ! Vous pensez l'utiliser, mais c'est lui qui vous utilise comme étendard. Cette façon de vous appeler « Espoir » en est la preuve. À travers vous, le pouvoir est sien.

Est-ce que Tiywan avait raison ? Non, il ne savait pas tout. De quoi se mêlait-il ?

— Et vous vous proposez de le remplacer ?

— Je n'ai pas cette prétention, démentit-il avec un sourire contrit. Je voulais juste vous dire que si vous avez besoin d'un ami, d'un véritable ami, dévoué, et sans ambitions personnelles, je suis là.

Ses lèvres pleines affichaient une moue amicale et séductrice. Elle détailla son visage viril mangé par cette barbe rase qui ajoutait à sa masculinité. Elle admit qu'il était bel homme et qu'il lui plaisait. Cependant, une lueur indéfinissable dans son regard l'empêchait de croire pleinement en sa sincérité. Elle envisagea d'accéder à son esprit, mais lire les pensées aussi intimes d'un individu était quelque chose qu'elle n'avait jamais fait. Elle y renonça.

— Je prends bonne note de votre offre, Tiywan.

— Ne l'oubliez pas. Et puis, je vous en prie, appelez-moi Xev.

Sa voix chantante avait pris un ton plus chaud. Il s'appuya sur le chambranle de la porte, conscient de l'effet qu'il avait sur elle. Une sensation agréable se répandit dans son corps et elle se laissa, un instant, griser par ce trouble. Se sentir humaine et désirable lui faisait du bien. Elle crut apercevoir une expression de triomphe dans ses yeux verts et elle se reprit.

— Nous verrons, répondit-elle sèchement. Suis-je attendue sur la passerelle ?

— Pas réellement, non. Je m'y rendais pour prendre mon service. Même votre général semble avoir besoin de se reposer. Je vais le relever, alors si vous éprouvez l'envie de venir me tenir compagnie, vous êtes la bienvenue.

— Je ne vous retiens pas. Dem déteste les gens en retard.

La visite du géant blond n'avait pas amélioré l'humeur de la jeune femme. Elle n'était pas un prix que les mâles dominants avaient le droit de s'arracher. Il était temps de montrer que c'était elle qui commandait ici. Elle laissa l'eau de la douche remplir son rôle lénifiant et ferma les yeux en essayant de ne penser à rien.

Le froid de l'espace la fit frissonner. Elle ouvrit les yeux et l'immensité du néant aspira son âme. Elle observa calmement cet endroit et s'astreignit à écouter le silence. Elle perçut un bruissement étrange, comme des centaines de pensées s'entrechoquant et s'affrontant, comme si ce lieu était vivant, conscient.

— Je veux voir ! Je veux savoir ! cria-t-elle dans le néant.

Cet ordre lancé d'une voix forte ébranla le vide et se répercuta en rebondissant tel un écho sauvage. Des images apparurent, lui montrant les bâtiments d'un chantier spatial qui couvraient une lune. Des vaisseaux croisaient en orbite, d'autres étaient posés au sol, entourés de centaines d'engins et d'humains en combinaison spatiale qui s'affairaient à les réparer. Le Vengeur 516 surgit, impressionnant de puissance et ouvrit le feu, détruisant plusieurs vaisseaux ennemis, ainsi que des satellites-tourelles assurant la protection des lieux. Ils n'eurent pas le temps de savourer leur victoire, des missiles heurtèrent le Vengeur, qui frissonna sous la violence des impacts lywar. Nayla fut jetée au sol par le choc.

— Deux Vengeurs en approche ! annonça la voix calme de Milar. Ripostez !

Le cuirassé fut frappé à nouveau par de nombreux projectiles. Plusieurs consoles explosèrent sur la passerelle et le feu commença à se propager.

Tout bascula autour d'elle, le décor tourbillonna follement et elle atterrit brutalement sur un monde de cauchemar. Un immense cratère était creusé dans un sol noirâtre, hérissé de roches effilées, semé de buissons épineux et torturés, qui semblaient étendre leurs bras chargés d'épines comme pour se saisir de l'imprudent qui aurait la bêtise de s'approcher. Ici et là, des mares remplies d'une boue noire et gluante laissaient échapper des filaments de fumées, qui montaient vers un ciel assombri par d'épais nuages. Aux abords de ce puits des enfers, un village de casemates était dressé. Elle y entra, tel un fantôme désincarné. Quelques enfants se battaient pour la dépouille d'un animal recouvert d'une carapace articulée et à en juger par la maigreur des gamins, ils étaient motivés par la faim. Elle sursauta quand l'un d'eux s'extirpa de la mêlée pour s'enfuir avec son butin, une patte sanguinolente. La capuche qu'il portait avait été arrachée dans la bagarre et elle découvrit un visage jaune pâle, parsemé de taches orange, éclairé de grands yeux safran. Son nez se résumait à deux trous et un trait sombre, barrant le bas du visage, semblait être sa bouche. Le crâne chauve, veiné de cartilages orangés, ne laissait aucun doute sur le caractère non-humain de cette créature.

Il s'enfuit vers la plaine, un désert chaotique de roches et de sable. Nayla repéra alors les bâtiments de carhinium d'une base de l'armée de la Foi. Un bombardier, portant l'emblème de l'Inquisition, était posé sur l'aire d'atterrissage toute proche. Elle pénétra dans la base. Des soldats gisaient morts sur le sol, d'autres, retranchés dans une autre partie du bâtiment, tentaient d'organiser la résistance face aux troupes de l'Inquisition. Les rebelles étaient terrifiés, mais déterminés. Une explosion secoua le bâtiment et des hommes en armure de combat, marquée de la flamme de l'Espoir, entrèrent dans la pièce. Au cours du bref affrontement qui suivit, les insurgés massacrèrent les membres de l'Inquisition.

Les images de l'avenir s'enchaînèrent dans un kaléidoscope pris de folie. Ils recrutèrent les soldats basés sur cette planète, s'emparèrent de nombreux vaisseaux. Puis elle retourna dans le système bekilois et cette fois-ci, aucun Vengeur ne les attaqua.

Le vaisseau Carnage fit à nouveau son apparition, toujours aussi menaçant. Un colonel des gardes noirs descendit sur la planète cauchemardesque. Janar! Elle le reconnut sans peine et partagea le mépris que Milar éprouvait pour lui. Il était accompagné d'un inquisiteur. La vue de ces deux hommes la terrifia. Il émanait d'eux une aura sinistre. Elle les observa pendant qu'ils interrogeaient quelques non-humains. L'inquisiteur se tourna vers elle, comme s'il avait conscience de sa présence. Son visage maigre, pâle, et presque maladif était dévoré par des yeux sombres et sans vie. La peur qu'elle éprouva fut si intense qu'elle fut arrachée à sa vision.

✦ ✦ ✦

Nayla revint à elle sous les flots d'eau brûlante qui continuaient à se déverser sur elle. Elle sortit de la douche, la peau marbrée de taches rouges et se sécha rapidement. Dem avait raison, Bekil était un très mauvais choix. Elle devait le lui dire sans tarder. Elle dut pourtant mobiliser toute sa volonté pour aller sonner à la porte de sa cabine. Elle espérait qu'il serait là. Ce serait difficile de lui parler en privé, mais aborder ce thème sur la passerelle était au-dessus de ses forces. Il ouvrit la porte et comme toujours, elle oublia de respirer face au regard bleu et froid qui se posa sur elle.

— Dem, puis-je vous parler ?

Il s'écarta pour la laisser entrer.

— Que voulez-vous ?

— Je viens d'avoir une vision. Vous aviez raison, Bekil est une mauvaise idée.

— Vraiment ? persifla-t-il avec un sourire satisfait.

— Oui, dans ma vision, j'ai vu deux Vengeurs nous attaquer.

Il lui jeta un regard intéressé.

— Nous avons été détruits, n'est-ce pas ?

— Je crois, oui. Ensuite, Yggdrasil m'a montré un autre lieu, un endroit terrible où l'Inquisition…

— Yggdrasil ?

— C'est ce lieu, ce néant, ce vide dans l'espace où je me rends pendant mes rêves.

— Je vois, continuez. Racontez-moi votre vision depuis le début, voulez-vous ?

— Il s'agissait d'une planète cauchemardesque, j'ai vu un cratère hérissé de roches, avec des mares de boue noire disséminées un peu partout. Il y avait une sorte de village, avec des non-humains à la peau jaune et orange. Tout près se trouvait une base de l'armée de la Foi. Si j'en crois tous les cadavres que j'ai vus, les soldats avaient dû se révolter. Ils s'étaient retranchés à l'intérieur et résistaient à l'Inquisition. Notre armée est intervenue et nous avons été victorieux. Après avoir recruté ces hommes, nous nous sommes emparés de leurs vaisseaux et nous nous sommes rendus sur Bekil. Tout s'est déroulé sans problème et puis…

Elle frissonna en se souvenant de ce qu'elle avait ressenti face à l'inquisiteur de sa vision.

— Et puis ?

— Le vaisseau Carnage… Les Exécuteurs sont venus sur ce monde et ont interrogé les non-humains.

— Qu'ont-ils appris ?

— Je l'ignore, mais ces deux hommes sont dangereux pour moi, pour nous, j'en suis sûre.

— Ces deux hommes ?

— J'ai vu Janar et il émane de lui quelque chose de sinistre.

— Janar est sinistre, vous le savez bien, affirma-t-il avec un sourire moqueur qui lui rappela l'ancien Dem.

— L'autre était encore plus effrayant.

— L'autre ?

— C'est un inquisiteur, jeune… Et non, c'est idiot…, acheva-t-elle piteusement.

— Vos visions ne sont jamais idiotes. Dites-moi ce que cet homme vous a inspiré !

— L'impression qu'il savait que j'étais là.

— Ce qui est impossible, ce n'est qu'une vision du futur.

— Je ne sais pas comment ça marche, mais je vous assure, il s'est tourné vers moi.

— Nous ne pouvons rien faire pour le moment, conclut-il après quelques instants de réflexion. Nous savons maintenant que Janar est vraiment sur notre piste et que son premier inquisiteur est un homme dangereux.

— Nous devons aller sur ce monde !
— En effet.
— Mais j'ignore de quel monde il s'agit.
— Il doit s'agir d'un des mondes-prisons des X'tirnis et...
— Ce sont les non-humains que j'ai vus ? Oui, bien sûr, on nous en a parlé brièvement pendant ma formation militaire. Nous avons été en guerre contre eux, n'est-ce pas ? Ils étaient monstrueux, sanguinaires et... Dem, j'ai vu leurs enfants, maigres et pitoyables. Étaient-ils vraiment si dangereux ?
— La propagande du clergé est telle qu'il est difficile de savoir qui est réellement l'ennemi.
— Nous avons besoin d'alliés, d'armes, de vaisseaux. Avez-vous envisagé de demander de l'aide aux ennemis de l'Imperium ?
— Comme quoi ? Les Hatamas ?
— Je n'en sais rien, oui, pourquoi pas ? Si la propagande...
— Dans le cas des Hatamas, ce n'est pas de la propagande. Ce sont des brutes qui prennent plaisir à tuer, à violer, à torturer.
— Rien à voir avec les gardes, bien sûr !
— Les gardes ne prennent aucun plaisir à tuer, Nayla. Ils sont seulement efficaces. Ils torturent pour obtenir des informations, pas pour se délecter de la souffrance et ils ne violent pas !
— Yutez semblait prendre du plaisir à vous voir souffrir.
— C'est vrai, admit-il en levant un sourcil étonné, mais c'était un archange. Nous sommes tous un peu instables. Les Hatamas ne sont pas une option, je peux vous l'assurer. Peut-être ont-ils des raisons de se comporter comme ils le font, j'en conviens. Ils doivent s'opposer par tous les moyens à leur fin programmée, car elle est inéluctable. Ils le savent. L'Imperium est une machine infernale qui les écrasera dans une centaine d'années, dans deux cents ans, plus peut-être, mais ils seront exterminés. Pour eux, les humains, tous les humains, sont leurs ennemis. Non, il est impossible de s'allier aux Hatamas.
— Et les autres ?
— Comme les X'tirnis ? Ils sont trop faibles désormais.
— Et la coalition Tellus ?

Il eut une grimace de dégoût.

— Les restes de l'empire précédent ? La dictature Tellus était terrible, si on en croit les livres d'histoire.
— Écrits par le clergé.

— Certes, cependant la coalition Tellus n'est pas digne de confiance. Je les ai affrontés, vous le savez. Ils accepteraient sans aucun doute de s'allier à nous en nourrissant la volonté secrète de reprendre le contrôle de la galaxie.

— Que me conseillez-vous ?

— Créez vos propres troupes et soyez prudente avec ceux que vous recrutez. Le pouvoir est un aimant incroyablement puissant et les humains sont incapables d'y résister.

— Très bien, je vous fais confiance, assura-t-elle avec un sourire.

Elle espérait renouer une certaine complicité avec Dem et cette conversation laissait présager que cela était sans doute possible. Il ne releva pas sa tentative d'apaisement.

— Je suis à votre service. Comme je le disais, la planète que vous avez vue pourrait être OkZ 02, connue sous le nom de Natalim. L'un de ses continents est couvert de mines de rilimotium dont l'extraction est toxique. Ceux qui y travaillent meurent rapidement. L'un des autres continents est noyé en permanence sous des brumes de siftre et par conséquent inhabitable. Des communautés de X'tirnis peuplent le dernier continent, une île pluvieuse, où ils cultivent du nijaton et des miolens en quantité à peine suffisante pour tous les nourrir. Quand ceux qui travaillent à la récolte des boues de rilimotium meurent, on puise dans les cultivateurs pour renforcer les équipes de travail.

— Vous voulez dire qu'ils espèrent que les cultivateurs se reproduisent assez pour compenser les pertes ?

— Non, Nayla, le clergé s'en moque. Il espère seulement que ces non-humains finiront par être exterminés, mais en attendant, il faut bien qu'ils se montrent utiles.

— C'est cruel. Dans ce cas, pourquoi ne pas les éliminer définitivement ?

— C'est ainsi que fonctionne l'Imperium. Leur souffrance est un message lancé aux ennemis de Dieu.

— Je vais changer tout cela ! s'exclama-t-elle avec conviction.

— Je n'en doute pas.

— Vous êtes sûr que c'est cette planète que j'ai vue ? Nous ne pouvons pas nous permettre de nous tromper.

— Je pense que oui. Nous devons nous fier à vos prémonitions.

Ailleurs…

Le proconsul Gelina Qar Volodi avait longuement réfléchi avant de convoquer l'un de ses meilleurs maîtres-espions. Ces dernières années, de très nombreuses rébellions avaient ensanglanté l'Imperium. Elles avaient toutes été réduites à néant, écrasées sans pitié par les Gardes de la Foi. Elle soupira imperceptiblement. Harz… Une boule d'émotion serra sa gorge. Elle chassa aussitôt cet accès de sensiblerie. Une personne de son rang ne pouvait pas se lamenter sur la mort d'un citoyen ordinaire. À l'époque, elle n'était qu'un simple maître-espion qui faisait ses armes. Depuis sa naissance, elle était destinée à embrasser une grande carrière. Sa famille était vouée à l'espionnage depuis fort longtemps et son père souhaitait qu'elle prenne sa suite à la tête de la maison des maîtres-espions, le service d'espionnage de Tellus. Ce n'était pas un titre héréditaire, mais la tradition était puissante au sein de la Coalition.

Harz Caminos était son mentor, le responsable de leur binôme, le maître-espion dont elle devait tout apprendre. Elle avait déjà appris beaucoup dans ses bras. Il était devenu son amant. Elle l'avait décidé à l'instant où elle avait rencontré cet homme beau, grand, élancé, pourvu de muscles secs. Elle n'avait jamais regretté cette décision. Elle avait connu le plaisir sous ses mains expertes.

Harz était mort sur Alima ! Il avait été tué lors de la destruction de la planète par la Phalange écarlate. Elle se trouvait sur Olima, ce jour-là, et devait le rejoindre le lendemain. Depuis les toits-terrasses de la capitale, elle avait assisté à l'embrasement de ce monde.

L'ouverture de la porte l'arracha à ses souvenirs sombres. L'homme qui entra s'inclina profondément, avec une grâce et une assurance plaisante.

— Je suis venu à votre demande, Proconsul.

Elle sourit. Zhylo Wallid était un homme séduisant, à la peau noire et soyeuse. Sa bouche semblait appeler les baisers. Gelina lui fit signe d'avancer.

— Embrasse-moi, ordonna-t-elle pour conjurer le souvenir funeste qu'elle venait d'évoquer.

Il s'exécuta sans un mot et elle frissonna lorsque sa langue caressa la sienne avec beaucoup de maîtrise. Elle posa les mains sur sa poitrine et le repoussa doucement.

— Je vais t'envoyer en mission, une mission qui peut s'avérer essentielle.

— Dites-moi, murmura-t-il d'une voix rauque pleine de sensualité.

— Tu vas te rendre sur un monde de l'Imperium et y attendre l'arrivée de rebelles. Tu essayeras de les rallier à notre cause. Cela ne devrait pas être difficile… Ils seront sans doute désemparés et trop heureux de pouvoir compter sur notre aide.

— Comment pouvez-vous savoir cela, Gelina ?

— Tu n'as pas à le savoir. Avec qui travailles-tu, en ce moment ?

— Helisa Tolendo.

— Oh… Helisa… Je vois.

Elle caressa le visage de Wallid du bout des doigts.

— Est-elle ta maîtresse ?

— Oui.

— Il faudra que tu l'invites à partager nos jeux… Je suis certaine qu'elle me plaira.

— Je peux lui demander de ve…

— Pas ce soir… Ce soir, je veux juste que tu me fasses l'amour. Déshabille-moi, Zhylo.

Ses rencontres journalières avec Solarin étaient si pesantes, qu'elle ressentait le besoin physique de se perdre dans les bras d'une relation sans lendemain.

Avec mes charmes, je capture. Avec le poison ou le stylet, j'assassine. Le faible, je manipule. Le fort, j'élimine. Jamais je ne délègue les tâches importantes et toujours dans l'ombre, j'agis.

Mot d'ordre des espions de Tellus

C'est avec le cœur battant, comme une midinette effarouchée, que Leene sonna à la porte de Mylera. Elles s'étaient quittées juste après ce baiser échangé à l'infirmerie et toutes les deux éprouvaient un peu d'appréhension à l'idée de commencer une nouvelle histoire. Elles n'avaient pas eu besoin d'évoquer cette inquiétude, un regard avait suffi. Mylera était sortie de l'infirmerie en lui adressant son plus beau sourire. Leene en avait été soulagée, elle avait besoin de temps. Elle ignorait le passé de la jeune femme, mais elle l'imaginait triste. Elle avait lâchement hésité deux journées entières, avant de décider que Mylera méritait qu'elle prenne un risque. Elle regrettait seulement de n'avoir aucune fleur à lui offrir.

— Leene…
— Bonsoir…
— Tu… Tu vas bien ?
— Bien, oui. Tu comptes me laisser dans le couloir ?
— Bien sûr que non. Entre, mais fais attention, je ne suis pas très ordonnée.

Le médecin entra dans la petite cabine et nota qu'effectivement, Mylera avait un sens très personnel du rangement. La couverture était tassée en boule sur le lit, quelques vêtements portés avaient été négligemment jetés sur le sol, trois handtops étaient étalés sur le drap et un plateau-repas était encore posé sur l'étroite petite table qui servait de bureau.

— Je suis désolée, j'étais en train de travailler. La salle des machines de ce cuirassé est d'un complexe, tu n'as pas idée. Dem est bien gentil de m'avoir nommée à ce poste, mais je suis loin d'être à la hauteur.
— S'il t'a nommée, alors tu l'es. Il se trompe rarement.
— Je n'en sais rien. Vraiment, je ne sais plus quoi penser. J'étais fâchée contre lui, quand j'ai appris qu'il n'était pas Mardon, mais au moins, il était toujours le même. Aujourd'hui, il a…

— Changé. Je sais. J'espère qu'il se reprendra.
— Nayla aussi a changé. Tu ne l'as pas connue à son arrivée sur la base H515. Elle était tellement timide, tellement réservée et si terrifiée par Dem. Maintenant, on dirait une autre personne.
— Je sais, dit plus doucement Leene, en poussant les handtops pour s'asseoir sur le lit. Ils portent tellement de choses sur leurs épaules, tous les deux. Ils vont avoir besoin de l'aide d'amis fidèles.
— Sans doute, mais vraiment, que veux-tu faire ? Je suis très mal à l'aise avec cette histoire d'Espoir.
— Tu ne crois pas en cette prophétie ?
— Je n'en sais rien... Si sans doute, je pense que j'y crois. Il faut qu'elle soit vraie, Leene, il le faut ! Il faut en finir avec tout ça, mais je n'aime pas l'idée de remplacer une religion par une autre.
— Ne t'inquiète pas, tout va s'arranger, j'en suis certaine.
— Tu es incroyable ! Depuis le début, tu défends cette rébellion. Tu y crois avec une telle force...
— L'Imperium est un cancer et il faut l'éradiquer.
Mylera hésita, puis lui sourit timidement.
— Je sais que tu as raison, mais j'aurais aimé ne pas être autant impliquée. Je dois te paraître terriblement poltronne, non ?
Leene sourit pour dissimuler son léger agacement. Elle n'était pas venue parler de politique. Avec le dynamisme et la volonté qui la caractérisait, elle se leva et saisit les mains de la jeune femme.
— Parlons d'autre chose. Je suis venue parce que la dernière fois, nous nous sommes quittées sur quelque chose d'inachevé.
— Leene... fit Mylera en rougissant.
— J'ai trouvé en toi une âme solitaire et une âme sœur peut-être. J'aurais voulu prendre le temps de te séduire, de te conduire dans des restaurants à la mode, j'aurais voulu pouvoir me présenter chez toi, les bras débordants de fleurs, de chocolats, de bijoux...
— Leene ! protesta Mylera.
— Je suis sincère, je t'assure. Mais nous sommes en guerre et demain, nous affronterons une autre situation, un autre danger... Je ne veux pas courir le risque de regretter d'avoir été trop attentiste.
— Leene ! Ces dernières années, je me suis contentée d'aventures sans lendemain. Cela me convenait très bien. Si nous franchissons ce pas, cela ne pourra pas être sans lendemain.
— C'est l'idée, répondit Leene en souriant.
Elle caressa tendrement le visage de Mylera et essuya une larme qui perlait au coin de ses yeux. Elles échangèrent un long regard. Leene

savoura cet instant qui précédait une nouvelle étape de sa vie. Elle pressentait que ce qui allait suivre serait le prologue d'une belle histoire. Elles s'enlacèrent et le baiser que lui donna Mylera fut intense, éperdu, passionné, presque désespéré. Elle le lui rendit et oublia complètement ses inquiétudes au sujet de Dem, de Nayla, de ce changement de direction du Vengeur et de ce Tiywan, qu'elle commençait à vraiment détester.

Soilj Valo, fier dans son uniforme tout neuf de capitaine, s'installa à la table de briefing avec une certaine appréhension. Il n'était pas encore habitué à ses nouveaux galons et avait l'impression d'usurper sa place. Il n'en revenait toujours pas d'avoir été promu à ce poste par Dem. Il avait souvent pensé qu'il le méprisait. L'époque de H515 semblait si lointaine, pourtant il ne s'était écoulé qu'une poignée de semaines depuis l'arrivée de la Phalange bleue et le chaos qui en avait résulté. L'un après l'autre, les officiers de la rébellion entrèrent dans la pièce. Nail Xenbur, le commandant de la première brigade, s'installa près de lui. Imperturbable, Dem attendit qu'ils soient tous arrivés, puis observa chacun d'entre eux de ce regard froid qui l'avait toujours intimidé.

— Dans deux jours, nous aborderons la planète Natalim, commença Dem. Une seule compagnie effectuera la mission.

— Comment ça, Natalim ? l'interrompit Tiywan. Vous voulez dire, Bekil ?

— Non, Natalim. Nous avons changé de destination.

— Vous plaisantez ? Bekil a besoin de nous !

— Bekil a attendu des siècles, Tiywan. Elle pourra attendre quelques jours ou quelques semaines de plus.

— Nous avons besoin de vaisseaux et d'hommes, Général ! Nous trouverons tout cela sur Bekil, vous le savez !

— En effet, répliqua froidement Dem. Cependant, notre choix se porte sur Natalim.

— En quoi cette planète est-elle prioritaire sur Bekil ? Je n'en ai jamais entendu parler ! Les Bekilois sont des résistants depuis des centaines d'années, ils seront heureux de nous rejoindre. Comment pouvez-vous ignorer l'importance stratégique de Bekil ? Vous n'êtes peut-être pas aussi doué que vous le pensez...

Soilj fut stupéfait de l'audace de Tiywan. Avec une certaine impatience, il attendit que Dem le remette à sa place, avec cette ironie glaciale dont il avait l'habitude. Au lieu d'un accès de colère, il se contenta d'un sourire vaguement moqueur.

— Le sort des Bekilois n'a rien de drôle, Général !
— Tiywan, intervint Nayla, Natalim est mon choix.
— Dans ce cas, je cède à votre décision, Nayla. Ce choix ne peut être que le bon, s'il est le vôtre.

Cette réaction servile mit Soilj hors de lui. Pourquoi Dem avait-il donné une telle responsabilité à un homme comme celui-là ? Il se moquait que Tiywan ait été un chef hérétique. C'était une raison bien faible pour faire de lui le second de la flotte rebelle. Il ne lui faisait pas et ne lui ferait jamais confiance. Il ne l'aimait pas ! Il détestait encore plus ses manières onctueuses vis-à-vis de Nayla, mais il aurait nié énergiquement toute accusation de jalousie.

— Il est mien, en effet, répondit Nayla.
— Je vous suivrais au bout de la galaxie, Nayla.
— Jusqu'à Natalim suffira, répliqua-t-elle avec un grand sourire que lui rendit le géant blond.
— Mettons au point la stratégie que nous emploierons, continua imperturbablement Dem. Je descendrai au sol avec une compagnie, la vôtre, capitaine Valo.
— À vos ordres ! s'entendit répondre Soilj.

Il était stupéfait que Dem le choisisse !

— Nayla, vous restez à bord. Natalim est un endroit dangereux.
— Très bien, Général.
— Nous nous poserons suffisamment loin pour ne pas être repérés. Que vos hommes soient vigilants, Capitaine !
— Et l'Inquisition, insista Nayla. J'ai vu…
— Pour l'instant, personne ne sait que ce Vengeur n'appartient plus à la Phalange bleue. Nous allons bluffer.

✦ ✦ ✦

Assis dans le poste de pilotage d'un bombardier, Soilj essayait de rester le plus impassible possible pendant la traversée de l'épaisse couche de nuages qui masquait le sol de la planète Natalim. Il ne voulait pas montrer son anxiété face à ses hommes, mais les soubresauts du petit vaisseau n'étaient pas faits pour le rassurer, pas plus que sa course folle et aveugle. Il agrippait les bords de son fauteuil avec tant de force que ses mains commençaient à lui faire mal. Le bombardier décrocha brusquement de plusieurs mètres et le plat de joja épicé, qu'il avait mangé avant de partir, faillit finir sur ses genoux. Il ravala le flot de bile qui lui piquait la gorge et réprima un juron, tout en tentant de se concentrer sur les instructions qu'il avait reçues avant le départ. Les nuages s'effilochèrent et le sol surgit à quelques dizaines de mètres du vaisseau. Le garçon ne put s'empêcher de frémir à la vue de cet enfer rocailleux qui filait à vive allure sous le ventre du bombardier. Le paysage gris était ponctué de cratères qui rejetaient des fumerolles délétères. Il n'imaginait pas vivre sur un monde aussi vide que celui-ci. Le Furie se posa, avec trois autres engins, au bord d'une dépression rocheuse. Dès que l'ordre de débarquer s'inscrivit sur son armtop, Valo empoigna convulsivement son arme et rejoignit ses soldats dans l'habitacle « passagers ».

— En avant ! commanda-t-il d'une voix légèrement tremblante.

Ses hommes ne semblèrent pas remarquer sa nervosité qu'ils partageaient sans doute. Dans une cacophonie de bruit de bottes et d'armures heurtées contre les parois, les rebelles sortirent du bombardier. Le jeune capitaine les suivit le cœur battant, soucieux de bien se comporter surtout en présence de Tyelo. Le groupe de l'ancien Garde de la Foi évacuait avec ordre un des autres vaisseaux Furie. Alors que les rebelles se rassemblaient, le jeune homme fit quelques pas pour mieux contempler l'étrange cratère qui s'étendait près de leur lieu d'atterrissage. Il était immense, profond et hérissé de roches tranchantes.

— Est-ce que cet endroit vous plaît, capitaine Valo ? demanda Dem, qui venait de le rejoindre.

— Pas du tout, Général. Je n'aime pas l'allure de ces buissons, on dirait qu'ils... qu'ils sont vivants.

Il ne plaisantait pas. Les branches épineuses des arbustes les plus proches s'agitaient, alors qu'aucune brise ne venait chasser l'odeur pestilentielle qui s'échappait des fumerolles montant vers le ciel. Elles semblaient réellement animées d'une volonté propre.

— Ils le sont. Prévenez vos hommes de ne pas s'en approcher.

Soilj déglutit péniblement avant de demander :

— Que se passerait-il si un humain était...

— Le nom de ces buissons est vampirin et ses épines ne sont pas vraiment des épines. Elles servent à aspirer le sang des proies capturées. Une fois harponné par ces branches, il est extrêmement difficile de s'échapper seul de leur emprise. De plus, il est hors de question d'ouvrir le feu. La discrétion est essentielle à notre mission, nous ne devons pas alerter l'ennemi. Suis-je clair ?

— Oui, Général.

— Donnez vos ordres et allons-y !

En essayant de maîtriser les tremblements de sa voix, Soilj rassembla sa compagnie et répéta les instructions fournies par Dem. Il capta des visages livides, des regards apeurés. Ses hommes, tous aussi novices que lui, se sentaient totalement dépassés par cette mission et ce monde de cauchemar si différent d'Olima.

— Des soldats, des frères rebelles sont en danger, clama-t-il. Ils vont mourir sans notre aide. Nous allons traverser cet obstacle en faisant attention à ce que nous faisons et nous allons prendre d'assaut cette base. Tout se passera bien.

Ses hommes baissèrent les yeux, trop effrayés pour réagir.

— L'Espoir a vu notre victoire ! En avant, pour la liberté !

— Pour la liberté, pour l'Espoir ! répondirent les rebelles d'une seule voix.

Soilj, étonné d'avoir su trouver les mots pour les motiver, leur fit signe d'avancer. Dem prit la tête de la troupe et ils s'enfoncèrent dans les méandres rocheux qui bordaient le cratère. Le jeune homme jeta un coup d'œil bref par-dessus son épaule, fier de voir ses hommes le suivre sans hésitation. Il plissa son nez de dégoût lorsqu'ils frôlèrent la première mare, dans laquelle stagnait une boue noire et visqueuse. L'odeur prégnante qui s'en dégageait aggrava son malaise. Ils durent ensuite éviter un buisson de vampirins qui se convulsaient avec avidité vers leurs proies potentielles. Il luttait contre la nausée et avait l'impression de progresser dans un cauchemar. Il jeta un autre regard vers ses hommes qui paraissaient aussi mal à l'aise que lui. Il accéléra le pas pour se rapprocher de Dem, qui faisait preuve d'une prudence inhabituelle. Un animal, couvert d'une carapace articulée grise striée de jaune, surgit devant Soilj qui faillit presser la détente de son arme, avant de comprendre que cette chose ne semblait pas agressive. Il inspira profondément et continua de marcher. Les mares de boues étaient de plus en plus nombreuses et ils durent les contourner. Juste sous ses pieds, la terre se gondola et se fissura.

— Ne tirez pas ! dit Dem en posant une main sur son bras.

Malgré cette intervention, Soilj dut faire appel à tout son sang-froid pour ne pas faire feu quand une de ces bestioles caparaçonnées s'arracha du sol.

— Qu'est-ce que c'est ? Des insectes ?

En tant que Xertuhien, il pensait être immunisé contre les animaux terrifiants. Sa planète en abritait un nombre incalculable, pourtant cet endroit le rendait nerveux.

— Non, répondit Dem avec un léger sourire. Ils sont inoffensifs, tant que vous n'êtes pas blessé.

— Que voulez-vous dire ?

— Les tarlons sont des charognards. Ils sont attirés par l'odeur du sang. S'ils repèrent une proie estropiée, ils arrivent par centaines et la dévorent.

Soilj frissonna, imaginant sans peine la scène. D'une poussée sur l'épaule, Dem lui intima l'ordre d'avancer et ils reprirent leur progression. Toujours à l'affût des tarlons, le jeune homme s'approcha un peu trop d'un buisson et une longue branche épineuse cingla le sol juste devant lui. Il n'eut d'autres choix que de s'échapper d'un bond disgracieux. Il entendit quelques ricanements, vite étouffés. *Super !* ragea Soilj. *Je viens de me couvrir de ridicule. Quelle idée de me faire capitaine ! Je ne suis pas fait pour commander !* Il hasarda un regard en coin vers Dem, admirant une fois encore son aisance. Le général eut la gentillesse de ne pas remarquer sa frayeur. Ils durent contourner d'autres mares de boue et des rochers tranchants. Soilj essaya de ne pas trébucher sur ce sol traître qui se dérobait sous ses pieds. Une concentration menaçante de vampirins se dressait sur leur route et ils se contorsionnèrent avec avidité à leur approche. D'un geste sec, Dem leur indiqua le centre du cratère et tandis qu'ils descendaient avec précaution sur la pente glissante, les longues branches aux épines acérées cinglaient l'air ou rampaient sournoisement vers eux. Soilj n'avait qu'une envie ; s'enfuir en courant hors de cet enfer, mais il s'obligea à copier l'allure de Dem.

Plusieurs blocs de pierre leur barraient le chemin, les mares de boue formaient un réseau répugnant. Très concentré sur l'endroit où il posait ses pieds, Soilj n'avait pas remarqué les silhouettes humanoïdes agglutinées autour de ces nappes puantes. Il faillit pousser un cri de pure terreur en découvrant ces êtres maigres, vêtus de tuniques informes. Ils ressemblaient à des créatures issues du Credo, ces hérétiques condamnés pour l'éternité à la faim et à l'errance dans le gouffre des damnés. Ils utilisaient de grandes louches, Soilj ne trouva pas d'autre terme pour désigner les outils qu'ils maniaient, pour collecter la boue gluante qu'ils versaient dans un tombereau. La fange maculait leurs bras, leurs jambes, leurs torses, et même, la sorte de capuche qui couvrait leur tête. Ils se redressèrent en remarquant les soldats en armures et se figèrent de terreur. Le jeune homme se sentait aussi effrayé que les inconnus et ne put s'empêcher de diriger le canon de son arme vers les silhouettes décharnées, prêt à toute éventualité. Dem le surprit, lorsqu'il s'avança vers eux, les deux mains jointes en pointe.

— N'ayez crainte, dit Dem. Nous ne sommes pas des Gardes de la Foi et nous ne vous voulons aucun mal.

L'inconnu répondit au salut de la même façon, puis il s'inclina profondément.

— Ir'ty r'this la i'r la fep r'this padri'th, déclara-t-il avec une étrange voix cliquetante.

— Ja r'this ept'th padri'th, fit Dem de façon plus hésitante.

L'autre pencha la tête de côté, interloqué, puis il ôta sa capuche. Valo faillit s'étouffer. L'être avait la peau jaune, le crâne chauve, veiné d'un réseau complexe de cartilages d'un orange flamboyant. Le trait plus sombre, situé à l'emplacement de la bouche, s'ouvrit comme un soufflet laissant entrevoir plusieurs rangées de petites dents pointues.

— R'serl la x'itu x'tirni'th ?

— Je ne parle pas assez bien votre langue, répliqua Dem, mais je la comprends. Il serait souhaitable que vous restiez ici, pour votre sécurité et la nôtre.

— Not're vi'llage ? dit la créature de sa voix cliquetante qui n'était visiblement pas faite pour prononcer des mots humains.

— Il ne risque rien. Nous ne sommes pas là pour vous, mais nous allons sans doute contribuer à votre liberté.

— P'as poss'ible hu'main. Ti'tuar X'tirnis fei'this alar, er'ty. Ja r'this zthy'tor set'ziiilgo.

— Un jour, vous pourrez vivre en paix. Yi'tor i'jal iv'toir.

— V'ous enne'mi Im'per'ium ?

— Oui.

— Ja fei'zoth lal iv'toir ! N'ous p'as bou'ger, er'ty.

Dem salua à nouveau, puis fit signe à ses hommes d'avancer. Soilj le suivit, la gorge serrée, tout en continuant à regarder en arrière. Qui étaient donc ces non-humains ?

— Général ? demanda-t-il après quelques dizaines de mètres.

— Ce sont des X'tirnis, Valo, dit Dem en anticipant sa question.

— Oh… C'est vrai alors. Il en existe encore ?

— Ils sont réduits à l'état d'esclaves au service de l'Imperium.

— Vous parlez leur langue ? s'enquit-il, éberlué.

— Très peu, mais je la comprends.

Décidément, Dem était plein de surprises. Soilj refusait d'essayer de deviner son passé et d'ailleurs, il ne voulait pas le connaître. Il éprouvait une trop grande admiration pour son chef.

— Que disait-il ?

— Je l'ai rassuré, mais il m'a dit qu'ils étaient des esclaves et qu'ils ne seraient jamais libres. Quand il a compris que nous luttions contre l'Imperium, il nous a souhaité d'être victorieux.

— Pourront-ils être libres, si nous l'emportons ?

— Cela sera à Nayla d'en décider, Valo, mais je pense que l'humanité pourrait leur attribuer un monde pour y vivre en paix.

— Oui, Général, ce serait une bonne chose.

Pensif, Valo poursuivit son chemin. Il n'arrivait pas à envisager un monde sans la domination de l'Imperium. Il ne se battait pas pour la liberté, même si le concept était attractif. Il combattait pour Nayla. Il aurait fait n'importe quoi pour qu'elle le remarque, mais il était trop insignifiant pour l'intéresser.

La douleur qui lui irradia le visage fut si intense qu'elle le paralysa sur le coup et l'aveugla. L'instant d'après, il heurta brutalement le sol. L'épaisse branche d'un vampirin venait de s'enrouler autour de lui et une des épines était plantée dans sa joue. Totalement paniqué, il se débattit sauvagement, mais cela n'eut pour effet que de renforcer l'emprise de la plante. Il entendait les épines crisser sur l'armure en ketir et il bénit la qualité de l'équipement des gardes noirs. Malgré tout, une autre pointe réussit à se glisser entre deux plaques, puis une autre et chaque fois, la douleur était insupportable.

— Pas de tir lywar ! ordonna Dem.

Le jeune homme ne trouvait plus la force de se débattre, ni même d'en vouloir à Dem qui allait le laisser mourir sans rien faire. *Elle est en train de boire mon sang !* pensa-t-il en essayant sans succès de lutter. Sa volonté s'affaiblissait lentement, il voulait fermer les yeux, s'endormir. Il savait que s'il cédait à cette envie, il allait mourir, mais la douleur était telle qu'il se surprit à souhaiter la mort. Soilj se secoua, il voulut hurler, mais aucun son ne sortit de sa gorge. Une branche lui enserrait le cou et l'étranglait. Il abandonna tout espoir. Il allait perdre la vie sur cette planète, sous le regard impuissant de ses hommes. La plante se mit soudain à frémir et à trembler, enfonçant encore plus profondément ses épines dans sa chair, dans un dernier effort pour conserver sa proie, puis les branches le relâchèrent. Soilj n'avait plus la force de bouger, mais on le traîna sur le sol sans ménagement. Il sentit qu'on lui injectait quelque chose et après quelques secondes, il fut capable d'ouvrir les yeux. Dem était à genoux à côté de lui, un sourire amusé sur les lèvres. Il lui tendit une main secourable, que le jeune homme agrippa avec soulagement. La plante avait été recouverte avec cette boue noire. Elle tremblait et se racornissait, agitant ses tentacules épineux dans tous les sens. Soilj s'attendait presque à l'entendre hurler. Des X'tirnis se tenaient là, stoïques, avec leur grande louche dégoulinante sur l'épaule.

— Vous avez de la chance qu'ils soient venus à votre aide. Il semblerait que le rilimotium soit efficace contre les vampirins.

Soilj joignit les mains comme l'avait fait Dem et s'inclina.
— Merci.
— R'kyi ja olu iv'toir.
Ils repartirent sans un autre mot.
— Êtes-vous en état de continuer ? demanda Dem.
— Ça fait un mal de chien, Général, mais oui, je peux continuer, répondit-il en tentant d'afficher un courage qu'il ne ressentait pas. Si cette boue noire tue les vampirins, pourquoi est-ce qu'ils n'arrosent pas toutes ces saletés ? Ils en seraient débarrassés.
— Une réflexion pleine de bon sens, mais si mes souvenirs sont exacts, lorsqu'un vampirin meurt, il libère des graines. Dans quelques jours, une dizaine de ces saletés, comme vous dites, pousseront dans ce cratère.
— Oh…, souffla Soilj sans rien trouver de plus intelligent à dire.
— Chaque action a toujours une conséquence, Capitaine. Souvenez-vous-en.
— Oui, Général. Euh… Que m'ont-ils dit tout à l'heure ?
— De les remercier par une victoire.
Le pas mal assuré, Soilj essaya d'oublier la douleur qui tétanisait encore ses muscles. Il savait déjà que le souvenir de ces épines qui s'enfonçaient dans sa chair le hanterait longtemps.
La fin de la traversée du cratère se passa sans encombre. Ils débouchèrent tout près d'un village de casemates, construites en lattes de plastine et consolidées avec de la boue. Des enfants x'tirnis se sauvèrent à leur vue. Ils étaient atrocement maigres. D'autres non-humains restèrent assis près de leur maison, trop fatigués pour se lever. L'un d'eux, enveloppé dans une couverture grise, fut secoué par une violente toux sèche. Soilj remarqua des gouttelettes orangées sur le tissu. Ce X'tirni était malade et il devina que la boue qu'ils manipulaient était certainement toxique. Il ne put s'empêcher d'être triste pour ces malheureux. Il avait appris, comme tout le monde, que les horribles X'tirnis étaient des monstres sanguinaires qui se nourrissaient de chair humaine, mais en les rencontrant, il n'était plus convaincu de la véracité de ces propos.

Milar ne ressentait aucune compassion pour les loques qui vivaient ici. Il avait dit ce qu'il fallait pour les manipuler. Selon son opinion, il était contre-productif de dépenser des ressources pour des esclaves. La boue de rilimotium aurait pu être récoltée de manière plus efficace et les X'tirnis éliminés à l'époque de leur défaite. Il ne voyait pas l'intérêt de garder en vie un ennemi aussi pitoyable, même s'il comprenait la nécessité d'imposer la peur de l'Imperium. D'un geste, il donna l'ordre d'avancer au pas de course. Au milieu d'une plaine déserte et tapissée de rocailles, des bâtiments trapus en carhinium se dressaient près d'une enceinte de fibrobéton. Sur cette aire d'atterrissage étaient parqués trois escorteurs, ainsi que des navettes-cargos qui devaient servir à transporter le rilimotium vers la barge qu'il avait repérée au-dessus de Natalim. Un bombardier de type Furie, marqué du symbole de l'Inquisition, était posé au plus près de la base. Il devait appartenir à la frégate Punition qui tournait en orbite. Il serait impossible de s'en emparer, mais le Vengeur n'aurait aucune peine à la détruire. Il avait utilisé les codes des Gardes de la Foi pour brouiller toutes les communications de la frégate, afin d'être certain que son équipage ne préviendrait pas le détachement qui se trouvait actuellement à l'intérieur de la base.

— Valo, je vais entrer dans ces bâtiments. Lorsque j'actionnerai un pointeur de tir, vous verrouillerez votre armtop sur ce signal et vous ferez sauter le mur.

— Pourquoi ne pas le faire dès maintenant, Général ?

— Cela risquerait de tuer des soldats innocents, des hommes qui seront sans doute prêts à nous suivre. Non, Capitaine ! Je vais entrer et vous attaquerez juste après l'explosion. Avez-vous compris ?

— Oui, mais, comment allez-vous faire pour entrer ?

— Ne vous en faites pas, Valo, je vais bluffer. Je vous emprunte seulement Tyelo. N'oubliez pas, lorsque vous recevrez mon signal, faites sauter ce mur.

— Oui, Général, céda Soilj.

Milar avait confiance dans son jeune officier, un garçon plein de bonne volonté, intelligent et dévoué. Certain qu'il appliquerait les consignes, Dem se prépara pour son intrusion dans la base. Il ôta le cuir kaki qui modifiait la couleur de son armure et détacha le médaillon portant la flamme blanche de la rébellion pour le remplacer par l'arbre bleu de la phalange de Yutez. Tyelo suivit son exemple, puis ils se présentèrent devant la porte d'accès, qui s'ouvrit après un court instant. Un officier de l'Inquisition, en surcot noir orné du symbole de son ordre, les fit entrer.

Ailleurs...

Uri Ubanit respirait profondément, perdu dans le calme de l'état contemplatif qu'il cherchait chaque jour à atteindre. Entièrement nu, parfaitement immobile, sa peau blême luisante d'une transpiration âcre, l'immensité de l'univers l'emplit de sa grandeur. Il lui sembla que Dieu gardait un œil bienveillant sur lui. Il sortit de sa transe, apaisé. La veille, le vaisseau Carnage avait récupéré les survivants d'un convoi attaqué par un Vengeur. Janar avait décidé d'enquêter après avoir reçu un appel à l'aide, mentionnant un cuirassé des gardes. Une dizaine de soldats étaient encore en vie et ils avaient été conduits à bord.

La plupart ne savaient rien, même après l'interrogatoire mental poussé que leur avait fait subir Ubanit. Le pilote d'un cargo, pratiquement inconscient, leur avait expliqué que le *Vengeur 516* les avait attaqués. Le commandant Caredy, découvert prostré dans la barge prison qu'il commandait, s'était révélé la meilleure source de renseignement. Terrifié, il avait raconté en balbutiant que des rebelles avaient abordé son vaisseau et avaient libéré les prisonniers. Ubanit avait fouillé ses souvenirs, en utilisant toute la puissance dont il était capable afin de ne laisser aucun fragment de mémoire inviolé. C'était la première fois qu'il exécutait une telle opération et il y avait pris du plaisir. Ressentir la douleur de sa victime, arracher ses pensées, s'enivrer de la peur de Caredy lui avait apporté une jouissance coupable et il avait ajouté une scarification à sa collection pour se punir d'un tel comportement.

Dans les pensées de Caredy, il avait reconnu sans peine le visage mince de Milar. Il avait aussi découvert celle qui était leur cible principale, cet Espoir qu'ils devaient livrer à Dieu. Le regard brun, pailleté de vert, de cette jeune femme, brillait avec intensité. Il avait ressenti une étonnante appréhension à sa vue. Le désir de s'emparer d'elle, de la faire souffrir, l'avait dévoré, puis l'avait enseveli. Lorsqu'il était revenu à lui, Caredy gisait sur le sol, le regard vide.

Ubanit passa la robe de sa fonction, directement sur son corps nu. Il aimait la sensation de la texture rugueuse de l'étoffe frottant sur sa peau. Il aimait sentir son corps libre, comme au jour de sa naissance, comme au jour de sa mort. Il se sentait ainsi plus proche de Dieu. Il prit une profonde inspiration pour calmer l'excitation qu'il ressentait en se remémorant la mort de Caredy et rejoignit la passerelle. Le Carnage venait d'arriver sur les lieux d'une mine d'axcobium qui avait lancé un appel à l'aide aussitôt interrompu. Janar avait affirmé qu'il s'agissait du *Vengeur 516*, sans expliquer comment il était arrivé à cette conclusion. Ubanit avait ajouté ce fait au dossier qu'il avait commencé à élaborer sur l'exécuteur. Lorsqu'il entra, le colonel observait des astéroïdes qui tournoyaient dans l'espace et le jeune inquisiteur mit quelques secondes à comprendre ce qui le perturbait.

— Les mines ont explosé, confirma Janar. Cela a déclenché une réaction en chaîne, détruisant totalement les lieux. Aucun survivant.

— Vous êtes sûr qu'il s'agit du 516, Colonel ?

— Que voulez-vous que ce soit ?

— Un accident, peut-être.

— Non, il s'agit de Milar. J'en suis certain !

— Comment pouvez-vous en être sûr ? Auriez-vous des intuitions ?

— Je n'aime pas ce que vous sous-entendez, Inquisiteur. Il est évident qu'il s'agit de Milar. Je le connais bien.

— Oui, je prends cette information en compte, n'en doutez pas. Et maintenant, que faisons-nous ?

— Ils n'ont laissé aucune piste !

— C'est décevant. Je m'attendais à mieux de votre part.

— Mesurez vos paroles, Inquisiteur, gronda-t-il sourdement. Milar fera des erreurs. Il est trop sûr de lui.

— Vous comptez sur ses erreurs ? Je croyais que vous étiez brillant.

— Inquisiteur... Je vous conseille de ne pas me provoquer.

Ubanit n'insista pas, mais il n'avait pas menti. Il était déçu. Il avait cru que cet homme, choisi par Dieu, serait à la hauteur de leur mission.

Dieu est celui qui voit tout.

Chapitre 1 du Credo

Après l'explosion du mur extérieur de la base, les rebelles s'étaient rués à l'intérieur et avaient massacré les troupes de l'Inquisition. Le combat n'avait duré que cinq minutes et n'avait laissé aucun survivant. Cependant, les Soldats de la Foi toujours retranchés n'avaient pas voulu entendre raison. Ils pensaient que l'attaque n'était qu'une ruse destinée à les faire sortir de leur abri.

Nayla les rejoignit, une demi-heure plus tard, et salua Valo avec un sourire qui illumina son visage. *Qu'elle est belle !* songea-t-il. Dès le premier jour, il était tombé sous son charme. Il se souvenait de son air à la fois timide et farouche, de son regard étincelant de colère lorsqu'il la taquinait. À cette époque, il pensait qu'elle détestait Dem, qui ne cessait de la harceler. Après l'arrivée de la Phalange bleue, il avait compris que le soi-disant lieutenant Mardon ne l'avait jamais persécutée. Il avait honte de la jalousie qu'il avait éprouvée à ce moment-là. Elle ne voyait en lui qu'un camarade et il avait fini par se contenter de cela, mais ces derniers jours, elle semblait avoir oublié qui il était. Depuis Olima, elle était devenue si distante que ce sourire lui réchauffa le cœur.

— Tout s'est bien passé, Soilj ? demanda-t-elle.

— Nous n'avons perdu que deux hommes et... tu as vu les X'tirnis ? Je n'aurais jamais cru en rencontrer.

— Je n'en ai vu aucun. Où est Dem ?

— Là-bas, répondit-il en désignant un bureau dont la porte était restée ouverte. Il essaye de convaincre ces gars qu'on est les gentils, mais sans succès.

— J'y vais. Merci, Soilj.

Il l'accompagna jusqu'au bureau, tout en maudissant sa timidité.

— Ils refusent de nous faire confiance, expliqua Dem à la jeune femme. Ils pensent que l'Inquisition leur tend un piège.

— Cela prouve qu'ils sont prudents.

— Certes. Voulez-vous leur parler, Nayla ?

— C'est pour ça que je suis là, non ?
— Le système de communication est ici.
Soilj fut surpris par la froideur de cette conversation.
— Merci, dit-elle en pressant la touche. Soldats, écoutez-moi ! Nous sommes des rebelles, comme vous. Comme vous, nous avons en horreur l'Imperium. Je suis sûre que vous avez entendu parler d'une prophétie qui annonce qu'un Espoir va se répandre à travers la galaxie pour libérer l'humanité. Je me nomme Nayla Kaertan et je suis cet Espoir. Mes amis et moi avons décidé d'affronter les troupes de ce faux dieu et nous…
— *Nayla Kaertan ? Nayla Kaertan d'Olima ?*

Est-ce que cet homme la connaissait ? Sa voix ne lui était pas inconnue, mais elle n'arrivait pas à l'associer à un visage ou plutôt, la personne à laquelle elle pensait ne pouvait pas être là !
— En effet, je suis d'Olima, répondit-elle laconiquement.
— *J'arrive* !
Nayla coupa la communication et se tourna vers Dem.
— Savez-vous qui est cet homme ? interrogea-t-il.
— Peut-être…
— Nous le saurons vite. Venez.
D'un geste, Dem ordonna aux hommes de se tenir prêts. Un bruit de pas retentit et une porte coulissa.
— Vous n'allez pas me tirer dessus ? s'inquiéta la voix qu'elle avait entendue dans le communicateur.
— Vous ne risquez rien, affirma Dem.
Le soldat hésita, puis pénétra dans la grande salle.
— Seorg ? murmura-t-elle.
— Nayla ! C'est bien toi ?
Ils s'observèrent un bref instant, puis le garçon courut vers elle avant de marquer une petite pause. Il était aussi grand que son frère Kanmen, mais il avait conservé une silhouette longiligne. Elle se souvenait de lui, bronzé et plein de santé. Aujourd'hui, il était pâle et des cernes sombres ombraient ses yeux bruns. Il semblait épuisé, mais quand il sourit, son visage s'éclaira. Sans prévenir, Seorg l'enlaça et elle se serra contre lui avec affection, savourant cet instant qui lui rappelait tant son ancienne vie. Lorsqu'ils s'écartèrent l'un de l'autre, son sourire était encore plus radieux.
— Je n'arrive pas à y croire, avoua-t-il.
— Moi non plus.

Elle était sincère. Elle n'arrivait pas à comprendre comment le hasard avait pu lui permettre de retrouver son ami d'enfance. Elle repoussa ses questions, mais ne put s'empêcher de ressentir un immense bonheur en contemplant la haute stature de l'Oliman.

— Si tu m'expliquais, Nayla ? Je ne suis pas certain de tout comprendre. Tu as parlé de rébellion ?

— Oui ! s'exclama-t-elle. Nous sommes une armée d'insurgés et lorsque j'ai appris que vous aviez des problèmes, nous avons décidé de venir à votre aide.

— Je ne comprends pas... Nayla, que fais-tu avec des rebelles ? Tu devrais être en pleine conscription, tout comme moi.

— Il s'est passé tant de choses... mais pour résumer, nous avons dû sauver Olima.

— Comment ça, sauver Olima ! Olima est en danger ?

— Tout est fini et elle est sauvée, maintenant. Les gardes noirs massacraient tout le monde alors nous avons dû intervenir.

— Mais comment, pourquoi...

— Ils ont tué mon père, Seorg.

Évoquer la mort de Raen à voix haute lui brisa le cœur. Elle sentit des larmes perler au coin de ses yeux.

— Je suis désolé, dit-il en lui prenant la main. Et... As-tu des nouvelles de Kanmen ?

— Avec son aide, nous avons vaincu la Phalange bleue. Nous nous sommes emparés de leur vaisseau Vengeur et notre guerre a commencé. Kanmen est à bord, avec nous.

— Une guerre ? Mais... Et que fait Kanmen avec vous ?

— Tu sais bien qu'il faisait partie de la résistance.

— Oui, bien sûr. Je... Je n'ai jamais cru que...

Seorg était venu plusieurs fois aux réunions de la résistance, mais il n'adhérait pas à cette envie de révolte. Il disait qu'affronter l'Imperium était voué à l'échec, que les Olimans n'avaient pas le choix, qu'ils devaient vivre sans se faire remarquer. Ce discours, trop proche de celui que tenait son père, l'avait mise hors d'elle et bien sûr, n'avait pas contribué à les réconcilier. Elle se moquait que leurs parents aient réussi à vivre heureux sous la férule du clergé et de l'Inquisition, elle ne voulait pas les imiter. Aujourd'hui, elle espérait convaincre Seorg de rejoindre la rébellion.

— Une fois notre victoire acquise, j'ai... parlé aux Olimans.

— Tu as parlé aux Olimans ? Toi ?

L'incompréhension la plus totale se lisait sur son visage.

— Tout à l'heure, j'ai évoqué une prophétie. Tu en as déjà entendu parler, n'est-ce pas ?

— Oui, comme tout le monde. Nayla... Tu as dit que tu es l'Espoir de cette prophétie... Comment...

— C'est ce que j'ai dit. Je suis l'Espoir. Je te raconterai tout, mais tu dois me croire. C'est ma destinée. Je suis le chef de la rébellion. Nous recrutons des volontaires. Comme je te l'ai dit, j'ai appris ce qui se passait ici et nous sommes venus vous aider.

— Tu es le chef de la rébellion ?

— Nous sommes venus vous secourir, intervint Dem, et pour le moment cela seul doit compter. Soldat, allez donc chercher vos amis, nous ne pouvons pas nous permettre de traîner, nous devons intercepter un convoi dans le secteur M-V et détruire les mines d'axcobium qui s'y trouvent.

— Qui êtes-vous ?

— C'est notre général, Seorg. Fais ce qu'il te dit, nous n'avons pas beaucoup de temps, c'est vrai.

Nayla se demandait ce que Dem avait voulu dire en parlant de mines d'axcobium. Ils n'avaient rien décidé et s'il croyait pouvoir se passer de son avis, il allait déchanter. Malgré sa colère, elle patienta. Elle préférait lui poser des questions en privé.

— Avez-vous des pilotes parmi vous ? demanda Dem. Je veux m'emparer des vaisseaux qui sont parqués sur l'aire d'atterrissage.

— Oui, leurs équipages sont avec nous.

— Parfait ! Nous avons besoin de tous les vaisseaux et de tous les pilotes disponibles. Nous ne pouvons pas conduire une guerre comme celle-ci avec un seul Vengeur.

Seorg dévisagea Milar avec stupéfaction.

— Vous êtes sérieux ? Vous comptez réellement attaquer l'Imperium ?

— Nous allons écraser l'armée sainte et je vais tuer Dieu. Alors oui, Seorg, je suis sérieuse ! Va les chercher, dépêche-toi !

— Comme tu veux, céda le jeune homme, avant de disparaître vers la partie de la base où étaient retranchés les autres soldats.

— Dem, qu'est-ce que c'est que cette histoire de conv...

D'un doigt levé devant ses lèvres, il lui intima l'ordre de se taire, puis lui indiqua le corps d'un jeune inquisiteur recroquevillé contre une paroi.

— Il est vivant, articula-t-il sans émettre un son.

Elle comprit ce que Dem voulait faire. Permettre à ce blessé de donner de faux indices à leurs poursuivants, s'il était encore en vie pour le faire.

✦✦✦

La récupération des escorteurs Gardien s'organisait. Leurs équipages permanents, soit cinquante hommes, avaient tous été volontaires pour rejoindre la rébellion. Ils allaient quitter ce monde, lorsqu'ils apprirent que le docteur Plaumec refusait de partir. Elle était occupée à soigner les X'tirnis et ne voulait pas entendre raison. Seorg accompagna Dem et Nayla jusqu'au village.

— Pouvez-vous nous expliquer la raison de votre mutinerie ? demanda Milar au jeune homme.

— Nous n'avions pas le choix. Dès son arrivée, l'inquisiteur a commencé à exécuter plusieurs d'entre nous, pour nous faire payer notre comportement et la noirceur de notre âme, comme il a dit. Quitte à mourir, on a préféré se battre.

— Comment expliquez-vous la présence de l'Inquisition ?

— Je pense que c'est à cause de la baisse de production du rilimotium. Nous n'arrivions pas à motiver suffisamment les X'tirnis. Ils meurent ici ! Je sais qu'ils étaient nos ennemis, qu'ils ont sans doute massacré beaucoup d'humains, mais c'était il y a deux cents ans ! Ceux-ci n'y sont pour rien. Il y a des gosses, des femmes, des vieillards, ils sont épuisés par le travail, affamés et empoisonnés par cette saloperie de boue toxique, qui les tue à petit feu. Ils se mettent à cracher du sang, puis ils souffrent le martyre avant de mourir. Nous avions ordre de les pousser à travailler, à force de coups et de menaces. Nous n'y arrivions plus. Cela fait plus d'un an que je suis dans cet enfer et je ne le supporte plus. Cela vous suffit comme explication ?

Dem acquiesça d'un signe de tête. Nayla avait écouté le petit discours de Seorg avec consternation. La cruauté de l'Imperium était sans limites. Dans un élan d'affection, elle prit la main de Seorg dans les siennes. La présence de son ami d'enfance était une étrange coïncidence, qui n'en était sans doute pas une. Yggdrasil l'avait conduite sur cette planète. Pourquoi ? Est-ce que Seorg était important ?

— C'est fini, lui murmura-t-elle. Tu vas partir d'ici avec nous.

— Je ne sais pas par quel miracle tu es là, Nayla, mais oui, je vais partir avec toi, c'est certain. Tu m'as tellement manqué, que je n'ai plus l'intention de te quitter.

Nayla se sentit rougir, surtout lorsqu'elle remarqua le sourire légèrement amusé de Dem. Elle reporta son attention sur le ramassis de cabanes, dans un état de délabrement et de pauvreté désolants. Le cœur serré, elle observa les X'tirnis dont Seorg venait de parler avec un tel chagrin. Ils s'étaient rassemblés et regardaient d'un air hébété le docteur Plaumec qui soignait un enfant malingre au corps strié de blessures purulentes.

— Docteur, que faites-vous ici ? lança Dem d'un ton irrité.

— Mon travail ! Ce gamin a été capturé par une de ces plantes atroces et il a besoin de soins.

— Un Vengeur est en route, il faut partir.

— Emmenons-les dans ce cas, dit Leene.

— Les X'tirnis ? C'est impossible, Docteur.

— Dem ! Ne soyez pas si insensible, il faut les sauver. Les gardes noirs vont les massacrer.

— Docteur, intervint Nayla. Nous ne pouvons pas nous allier à des non-humains. L'Imperium se servirait de cela contre nous. Nous allons leur laisser un cargo et ils en feront ce qu'ils voudront.

— Mais…

— Il doit y avoir deux cent cinquante mille X'tirnis sur ce monde, expliqua Milar. Nous ne pouvons pas tous les sauver.

Il se tourna vers un X'tirni qui se tenait immobile à quelques mètres, ses yeux orangés fixés sur eux.

— Fuyez cet endroit, lui dit Dem. Les Gardes de la Foi ne tarderont pas. Ils vont éliminer les témoins.

— Har'iul r'this vir'tia x'tirni'th. Har'iul r'this ca'al, ty'rl z'ya iul'har ber't. Za r'vior lal iv'toir, er'ty.

— D'kyi.

Nayla n'en croyait pas ses oreilles. Dem comprenait cette langue et la parlait. Imperturbable, Plaumec continuait de soigner l'enfant.

— Docteur ! l'apostropha-t-il durement. Vous nous mettez tous en danger.

— Je suis médecin et…

— Si vous voulez rester, tant pis pour vous ! s'exclama Nayla.

Elle était furieuse contre elle-même, contre l'impassibilité de Milar et contre Plaumec qui refusait de comprendre. Cette dernière lui jeta un regard courroucé, mais se releva à contrecœur. Elle caressa doucement le visage du jeune X'tirni.

— Je suis désolée, mon petit… Je…

— Docteur ! fit Dem, agacé. Ce X'tirni ne vous comprend pas.

— Dem, supplia-t-elle avec des larmes dans la voix, je ne peux pas abandonner…

— Docteur, venez avec nous ! C'est un ordre !

— Docteur, intervint Nayla, je vous promets qu'après notre victoire, je ferai en sorte que les victimes de l'Imperium soient traitées convenablement, mais il faut y aller !

— Je viens, mais je ne suis pas d'accord !

Il s'était vite avéré que la petite flotte, composée d'un vaisseau Vengeur et de trois escorteurs Gardien, n'était pas en mesure de parcourir l'espace en harmonie, comme une flotte se devait de le faire. Les équipages avaient besoin d'un minimum de formation et d'entraînement. Après avoir détruit la barge de transport, ainsi que la frégate de l'Inquisition, les vaisseaux rebelles avaient mis une petite journée pour atteindre un système planétaire non habité. Dem, en bon général, avait décidé de sélectionner avec soin les hommes adéquats pour remplir les diverses fonctions à bord des différents vaisseaux. Il tenait à constituer les meilleurs équipages possibles pour les escorteurs et cela prenait du temps.

D'un pas las, Soilj Valo rejoignit le mess. Il avait rendez-vous avec ses amis et était déjà en retard. Il alla se servir une tasse de thé, puis se laissa tomber avec soulagement sur une chaise.

— Tu as l'air épuisé, lui dit Nardo.

— Je reviens de l'entraînement.

— Encore ! J'croyais que c'était ce matin.

— Verum m'a accordé quelques heures d'entraînement privé.

— Avec un garde noir ?

— Je suis un soldat et un officier. Je me dois d'être exemplaire.

— T'es sûr de vouloir rester avec nous ? Après tout, nous ne sommes que de simples soldats.

— Ta gueule, Olman ! s'exclama Jholman. Soilj est notre ami.

Nardo se rembrunit et un silence lourd s'installa autour de la table. Valo but avec délice une longue gorgée de thé et en profita pour observer ses amis rassemblés. Do Jholman était toujours aussi souriant. Le garçon réservé et à l'humeur égale se plaisait en salle des machines où il était le bras droit du capitaine Nlatan et ne cessait de s'émerveiller de la qualité du Vengeur. Nardo affichait son éternel air renfrogné. Après avoir maugréé contre cette insurrection qui lui était imposée, il avait râlé contre la flotte rebelle. Enfin, quand Dem l'avait désigné pilote du cuirassé, il avait fait preuve d'une vanité exaspérante. Ces derniers temps, la nomination de Valo l'avait rendu envieux. Soilj haussa mentalement les épaules et tourna son attention vers Nali Bertil, blottie contre son nouveau copain, un soldat récupéré sur Natalim. Assis à côté de sa sœur, Daso grignotait des biscuits, perdu dans ses pensées.

— Alors Soilj, demanda Nardo, comment c'était sur Natalim ? Il paraît qu'il y avait des X'tirnis… ces monstres hideux…

— Ce ne sont que de malheureux esclaves, soupira Valo.

— Ça fait trois ans que je suis dans cet enfer, intervint le copain de Nali. J'ai vu beaucoup de X'tirnis mourir. Certains sont capturés par les vampirins, d'autres sont mordus par des sisils, des serpents d'une dizaine de centimètres… S'ils te mordent, en dix minutes, t'es mort. C'est très douloureux et il n'y a pas d'antidote. Avec nos armures, on arrive à y échapper, mais les non-humains…

Il poussa un long soupir chargé de tristesse, puis se tourna vers Valo.

— Tu as vu comment ils sont habillés. Ils n'ont aucune chance. Et puis, bien sûr, il y a le rilimotium. Cette saleté est toxique et les empoisonne à petit feu. Quand on manque d'ouvriers, des remplaçants nous sont envoyés depuis un autre continent.

— Pourquoi ne pas utiliser des machines ? s'étonna Nardo. Sur Cazalo, ma planète, il y a des mines de pherolium et les machines font très bien l'affaire.

— Je crois qu'ils se moquent de la production, affirma Soilj qui avait sa propre opinion sur l'existence d'un monde comme Natalim. Le but, c'est de les tuer, lentement et en les faisant souffrir, pour montrer à tous les non-humains et à tous ceux qui souhaiteraient se révolter, ce qu'il en coûte d'affronter l'Imperium.

— Tu as raison. C'est ce que nous a dit l'Inquisiteur. Ceril Ar'hadan et toi ? se présenta-t-il en lui tendant la main.

— Soilj Valo.

— Tu es l'un des rebelles de la première heure, c'est ça ?

Cette dénomination surprit Valo et il vit la même stupéfaction sur les visages de Nardo et Jholman.

— Nous étions avec Nayla sur la base H515 quand tout a débuté, c'est vrai.

— Une révolte d'une telle ampleur… J'suis curieux de savoir comment ça commence. Comment peut-on oser se rebeller ? Tout lâcher comme ça ! Vous avez un sacré courage, les mecs, pour suivre quelqu'un qui affirme être un prophète.

— Elle n'a pas dit qu'elle était…, balbutia Do.

— Ça a commencé par hasard, précisa Valo en souriant.

— Par hasard ?

— Mouais, par hasard, confirma Nardo.

— Vous vous moquez de moi. On ne se rebelle pas par hasard.

— On est là seulement parce qu'on était sous les ordres de Dem, sur la base H515, raconta Nardo.

— Je ne comprends pas.

— Les gardes noirs ont arrêté Dem et tous ceux qui avaient le malheur d'être proches de lui, expliqua-t-il. On s'est retrouvés prisonniers, alors qu'on n'avait jamais pensé à se rebeller.
— Vous croyez à cette histoire de prophétie ?
— Oui, bien sûr que j'y crois ! s'exclama Soilj.
— Moi, je ne sais pas… Franchement, je n'ai pas vécu la même chose que vous. Nous en avions entendu parler, mais ce n'était qu'une rumeur. Je n'aurai jamais cru me retrouver impliqué dans une rébellion. Il faut espérer que cette prophétie soit vraie, parce que sinon, on est vraiment dans les problèmes jusqu'au cou !
— Si on s'est trompé, on est mort ! intervint Daso Bertil. Cette révolte, c'est de la pure folie, on est tous d'accord. Comme toi, Ceril, on n'a pas eu le choix. C'était suivre la révolte ou mourir.
— Nous sommes perdus, c'est ça ton message ?
— Logiquement, oui, nous sommes perdus. Mais d'un autre côté, personne ne s'est jamais emparé d'un vaisseau Vengeur, personne n'a jamais réussi ce que nous sommes en train de faire. Il y a une force qui se dégage de Nayla, c'est évident. Tu l'as rencontrée, non ? Elle est différente, elle est étonnante… Et puis… Il y a Dem. Ce type me terrifie, mais sans lui, nous n'aurions pas une chance. Alors, la seule chose qu'on a à faire, c'est de nous battre le mieux possible et espérer pour nous, pour nos familles, pour tous ceux qui crèvent partout dans la galaxie.

Valo allait ajouter quelque chose, lorsque Nayla entra au bras de ce soldat qui venait d'Olima. Elle souriait et le fardeau qui reposait sur ses épaules semblait moins lourd. Le jeune homme ressentit une pointe de jalousie en pensant qu'elle s'acharnait à remarquer tous les hommes qui passaient à sa portée, sauf lui.

La petite flotte de la rébellion tournait en orbite autour d'une planète géante, entourée de plusieurs anneaux de glace et de particules. À travers les hublots du mess des officiers, Leene Plaumec pouvait admirer les couleurs orange et rouge de ce globe. Pourtant, elle ignorait ce spectacle magnifique. Elle se contentait de fixer la table où Nayla était assise en compagnie de Kanmen et de son jeune frère, qu'ils avaient miraculeusement récupéré sur Natalim. Son visage rayonnait de bonheur, alors qu'elle riait avec ses amis d'enfance. Cela faisait plaisir à voir, mais Leene ne pouvait pas s'empêcher d'être en colère. L'abandon de ces malheureux X'tirnis l'avait mise en rage. Comment pouvait-elle se montrer si insensible face à la souffrance d'autrui ? Mylera vint s'asseoir à sa table et posa une main sur la sienne.

— Est-ce que ça va, ma chérie ? Tu as une mine terrible.
— Oui, ça va…
— Tu mens mal, Lee. Cela fait deux jours que tu boudes. J'ai fait quelque chose de mal ?

Elle se tourna vers la jeune femme et lui sourit avec gentillesse. En quelques jours, elle était devenue très amoureuse de Mylera, dont la joie de vivre lui réchauffait le cœur.

— Ce n'est pas contre toi, je t'assure. Ne t'en fais pas.
— Que s'est-il passé sur cette planète ?
— Du pragmatisme, comme seul Dem est capable de le pratiquer !
— Je n'arriverai jamais à croire qu'il soit mauvais.
— Ce n'est pas de la méchanceté, c'est de l'indifférence. Mais ne t'en fais pas, je vais m'en remettre. Il semblerait que je n'ai pas le choix de toute façon.
— Lee, si tu ne me dis rien, je ne peux pas t'aider.
— Ils ont abandonné ces malheureux à leur triste sort, voilà ce qui m'exaspère.
— Les X'tirnis ?
— Oui, les X'tirnis ! Tout le monde s'en moque, parce que ce sont des non-humains, mais…
— Les gens ne s'en moquent pas, c'est juste que… Il était impossible de les aider et tu le sais. Je crois que c'est ça qui t'agace.
— Mylera, laisse la psychologie aux médecins, tu veux !

Elle avait répliqué plus sèchement qu'elle le voulait et des larmes embuèrent les yeux de son amie.

— Pardon, ma chérie, s'excusa-t-elle. Je suis impardonnable de m'en prendre à toi. Tu as raison bien sûr, mais c'était… Je voudrais pouvoir éradiquer la misère de l'univers. Si chacun faisait un effort, nous pourrions tous vivre en paix.
— Oui, mais ce que tu souhaites est impossible.
— Je sais, répondit-elle sombrement.
— Est-ce que je peux faire quelque chose pour toi ?
— Non, sauf continuer à être toi, ma chérie.
— Tu es adorable, Lee. Veux-tu que j'aille te chercher un café d'Eritum ?
— Oui, bonne idée.

La jeune femme s'éloigna vers les distributeurs de nourriture et salua amicalement la table où Valo, Nardo et quelques autres étaient occupés à discuter. Leene nota le regard énamouré que Soilj posait sur Nayla et sourit tristement. *Pauvre garçon*, se dit-elle, *il n'a aucune chance*. La porte s'ouvrit et l'expression de Valo se durcit lorsqu'il reconnut Tiywan en compagnie de quelques-uns de ses camarades, libérés de la barge prison en même temps que lui. Ils bavardaient bruyamment et s'installèrent à une table, non loin de celle de Nayla. L'officier en second de la flotte rebelle s'assit à son tour, son attention fixée sur Nayla. Il n'échangea pas trois mots avec ses amis, trop occupé à observer la jeune femme qui riait avec Seorg. Elle prit la main de l'Oliman avec un élan d'amitié et de complicité. Leene lut sur le visage de Tiywan un mécontentement malsain qui confirma ce qu'elle pensait. Il était intéressé par Nayla et elle doutait qu'il s'agisse de sentiments analogues à ceux qui habitaient les pensées de Soilj Valo.

✦✦✦

Leene Plaumec avait patiemment attendu que Nayla rejoigne sa cabine et il était tard lorsqu'elle sonna à sa porte.
— Que voulez-vous, Docteur ?
— Puis-je entrer, Nayla ?
Elle poussa un soupir agacé, mais s'écarta. Le médecin entra, ne sachant pas comment aborder le sujet qui lui tenait à cœur.
— Pourquoi me déranger si tard ?
— Il faut que nous parlions. Vous avez tellement changé.
— Comment pouvez-vous dire ça ? Vous ne me connaissez pas.
— Nous nous sommes côtoyées suffisamment pour que je me fasse mon opinion. Vous étiez une jeune femme pleine d'empathie et de gentillesse et maintenant…
— Maintenant quoi ? Je ne suis plus une gamine naïve ? C'est vrai, la réalité m'a rattrapée. Vous ignorez tout de ce qui m'attend, de ce que je subis et vous ne savez rien de mes visions. J'ai le poids de la galaxie sur les épaules ! Je dois sauver l'humanité, croyez-vous que la gentillesse sera une arme suffisante ?
— Bien sûr que non. Ce qui est exigé de vous est terrible, Nayla, mais… Ce n'est pas en devenant si dure, si froide, si impassible, alors que des malheureux souffrent, que cela sera plus aisé. Vous allez contre votre nature et cela pourrait vous détruire.
— Qu'en savez-vous ?
— Nayla, ces pauvres X'tirnis…
— Je me moque de ces non-humains ! J'ai dû abandonner Olima, ma planète, mon monde, mes amis, à la vindicte de l'Inquisition, alors le sort de quelques X'tirnis mourants…
— Vous ne pouvez pas dire cela. La vie de tous est importante.
— Pourtant, vous êtes prête à tuer des gardes noirs, pas vrai ?

— Ce n'est pas la question. Vous deviez laisser un vaisseau…
— Nous n'avions aucun vaisseau à sacrifier !
— Nayla…
— Ça suffit, Docteur ! Sortez de ma chambre !
— Pas encore, non. Je n'en ai pas fini ! s'emporta Plaumec. J'ai remarqué comment vous traitiez Dem. Vous essayez de dissimuler votre ressentiment devant les autres, mais il ne m'a pas échappé.
— La façon dont je le traite ne vous regarde pas !
— Vous devez comprendre qu'il n'a pas eu le choix.
— De quoi parlez-vous ?
— Vous avez appris sa réelle identité, n'est-ce pas ? C'est pour cela que vous avez fait irruption dans sa cabine ?
— Que voulez-vous dire ?
— Vous ne devez pas le juger uniquement sur cette identité.
— Comment pouvez-vous dire ça, sans savoir… Oh, mais vous savez, pas vrai ? Vous connaissez son nom, Docteur ?
— Oui, je sais qui il était. Était, Nayla. Dem est tellement différent de cet homme-là, je suis sûre que vous le savez.
— Depuis quand savez-vous qu'il est le colonel Devor Milar ? demanda Nayla d'un ton menaçant.
— Il y a quelques années sur Abamil, j'ai croisé le colonel Milar. Je me suis bêtement opposée à lui et il aurait pu me tuer ce jour-là. Bizarrement, il ne l'a pas fait. Ce n'est que lorsque vous êtes venus nous libérer, à bord du Vengeur, que je l'ai enfin reconnu.
— Mais vous n'avez rien dit ?
— J'ai gardé le silence, en effet. Je voulais m'échapper et si je l'avais démasqué, nous serions sans doute tous morts.
— Vous auriez pu nous révéler son nom sur Firni.
— Oui, j'aurais pu. Une fois sur cet enfer de glace, j'ai trouvé le moyen de lui parler en tête à tête. Il m'a expliqué ses raisons et… et je l'ai cru. Il était sincère. Il n'était plus ce colonel Milar que j'avais tant haï, il avait changé. J'ai décidé de lui faire confiance. Je comprends que vous soyez folle de rage contre lui, mais…
— Folle de rage ? Vous vous moquez de moi, Docteur ? Ce monstre a anéanti la planète Alima avec toute sa population ! Vous qui éprouvez de la compassion pour des X'tirnis, vous pourriez vous sentir concernée par la disparition de millions d'humains.

Alima ! Leene avait vu cette planète dévastée dans le système d'Olima. Milar était celui qui avait ordonné ce massacre ? Elle en fut horrifiée et hésita un bref instant. Devait-elle évoquer la formation des

Gardes de la Foi ? Nayla devait comprendre qu'il n'était pas réellement coupable de ce génocide.

— C'est un meurtrier et il a accompli des choses horribles, c'est vrai, mais tout cela n'est pas entièrement de sa faute. Vous ignorez ce qu'il a vécu pendant son enfance, le conditionnement qu'il a dû subir. Il n'est pas responsable de…

Une terrible fureur s'empara de Nayla. Leene savait tout et n'avait rien dit ! Elle saisit le médecin par le col et la poussa contre la cloison avec toute la force dont elle était capable, sans tenir compte de son expression outrée.

— Lâchez-moi !

— J'en sais plus sur son passé que vous, Docteur ! Je vais satisfaire votre curiosité morbide. Vous vouliez savoir ce qui s'était passé pendant ces trois heures ? Je vais vous le dire ! Savez-vous ce que j'avais l'intention de faire en entrant dans sa cabine ? Je voulais le tuer ! Je voulais exécuter l'auteur du massacre d'Alima, alors j'ai accédé en pensée à son esprit, pour l'écraser, pour éradiquer ce monstre de la galaxie !

Elle s'arrêta, repensant à cet instant terrible, à la haine et à la colère qui avaient décuplé ses pouvoirs. Une bouffée de tristesse calma sa rage et elle relâcha Plaumec.

— J'ai été… Comment dire… Happée par ses souvenirs, capturée par les images de son passé. À travers sa mémoire, j'ai vécu sa vie. Est-ce que vous comprenez ? Non, sans doute que non, vous ne savez pas ce qui se passe lorsqu'on accède à un autre esprit. Sachez que je sais parfaitement qui il est, parce que j'ai vécu tout ce qu'il a vécu et je sais les choix qu'il a faits, j'ai eu l'impression d'accomplir les meurtres qu'il a commis, de détruire Alima à sa place. Je sais quel monstre il est et s'il est en vie, c'est uniquement parce que j'ai besoin de lui !

— Vous ne pouvez pas dire ça. Vous, vous tenez à lui, je le sais.

— Vous vous trompez ! Je tenais à Dem, c'est vrai, mais Dem n'était qu'un mensonge. Je hais Milar ! J'avais juré de le tuer, mais comment détruire une telle arme mise à ma disposition ? Je n'ai pas le choix, je suis l'Espoir de la prophétie et je dois suivre mon destin.

— Nayla, protesta Leene Plaumec.

— Ne vous mêlez pas de tout ça, Docteur. Je n'ai pas besoin de votre aide. Je n'ai besoin de l'aide de personne !

Ailleurs…

Helisa Tolendo laissa échapper un gémissement sous les mains expertes de Zhylo Wallid, son partenaire, son mentor et son amant. Ils étaient tous les deux des maîtres-espions de la coalition Tellus et travaillaient en binôme depuis presque cinq ans. Elle avait déjà eu d'autres partenaires, mais elle devait avouer qu'elle ressentait un intérêt tout particulier pour l'élégant Zhylo. C'était un espion extrêmement doué et efficace qui lui apportait sa grande expérience. L'espionnage n'était pas sa seule aptitude. Un frisson de plaisir hérissa sa peau et elle chercha ses lèvres. Ils échangèrent un long baiser qui alluma un brûlot de désir dans son bas-ventre.

Quelques jours plus tôt, ils avaient reçu l'ordre de rejoindre l'astroport de Bekil. Ils s'y étaient posés la veille et avaient pris une chambre, dans un petit hôtel miteux. Ils jouaient le rôle d'un couple qui voyageait dans l'Imperium et cette nuit, Zhylo avait mis tout son talent à interpréter son personnage. *Une vraie performance*, pensa-t-elle avec délice.

— Zhylo, arrête ! Je n'en peux plus…
— Allons, ma belle, tu n'es jamais rassasiée.
— Après cette nuit, j'en ai le droit.

Il sourit avec cette mâle arrogance qu'elle aimait tant. Elle se morigéna. Elle n'avait pas le droit de tomber amoureuse de son partenaire. Elle devait être capable de l'abandonner pour la gloire de Tellus et un jour, elle serait peut-être obligée de le tuer pour remplir une mission. Il dut sentir son changement d'humeur.

— Qu'est-ce qui ne va pas, Helisa ?
— Rien… Cette mission, peut-être…
— Ce n'est pas la première fois que nous prenons contact avec des rebelles.
— Non, mais… j'ai un mauvais pressentiment.
— Je ne vois pas pourquoi, ma belle.
— Ces insurgés ont conquis d'un vaisseau Vengeur. As-tu déjà entendu parler d'un exploit comme celui-ci ?

— Non, mais quelle importance ! Nous manipulerons leur chef comme chaque fois.

— Je sais que tu as de l'expérience, mais personne ne peut s'emparer d'un cuirassé des gardes.

— Helisa, tu sais bien que les soldats sont les plus faciles à manipuler. Cet homme doit être si fier de son exploit, qu'il acceptera notre aide avec la certitude qu'il saura nous utiliser.

— Il y a autre chose qui m'inquiète.

— N'y pense pas, alors, dit-il en titillant ses seins.

Elle repoussa sa main, légèrement agacée. Elle tentait d'avoir une discussion sérieuse et comme toujours, il préférait lui faire l'amour.

— Comment le proconsul peut-elle savoir où les rebelles vont se trouver ? Comment...

Il posa une main douce sur sa bouche, puis l'embrassa.

— Helisa, ne te pose pas ce genre de questions.

— Zhylo, tu couches avec elle ! Ce n'est pas pour rien ! Je suis sûre que tu connais son secret.

— Ne sois pas jalouse. Gelina a très envie de te connaître et...

— Je ne suis pas jalouse. Nous risquons nos vies, Zhylo ! Alors j'estime que nous avons le droit de connaître les secrets...

— Ceux de nos ennemis, oui, pas ceux de la Coalition.

Dans un éclat de colère, elle le repoussa et se leva. Elle remarqua son regard qui glissait sur sa silhouette nue. Elle fit ce qu'il fallait pour le séduire et ne cacha pas son sourire, quand elle l'entendit sauter hors du lit. Il l'enlaça et la plaqua contre le mur.

— Ne boude pas, Helisa.

— Laisse-moi tranquille...

— Tu me rends fou, ma belle. Soit. Le secret du proconsul est très simple.

— Tu le connais, j'en étais sûre. Dis-le-moi, Zhylo !

Elle se retourna et caressa sa poitrine imberbe et musclée du bout de ses doigts effilés. Il frissonna de désir et céda.

— Elle a un prophète en sa possession. Un prophète qui peut lire l'avenir. Voilà comment le proconsul peut nous guider vers la gloire.

— Je vois...

Une telle information n'avait pas de prix. L'ambitieuse jeune femme ne put s'empêcher de penser que ce secret pourrait, un jour, la conduire au sommet. Elle s'imagina avec le titre de proconsul, avant que la bouche et les mains expertes de son amant lui fassent tout oublier.

Que la Gloire de Tellus renaisse !

Salutation au cœur de la coalition Tellus

Avec un sourire malicieux, Seorg posa devant Nayla un bol contenant une purée rouge qu'elle ne trouva pas très engageante. Pour lui faire plaisir, elle mit avec précaution la cuillère dans sa bouche. La texture était agréable, presque douce sous son palais et le goût, légèrement sucré, laissait rapidement la place à une explosion de saveurs. Les épices subtiles excitaient les papilles sans les brûler et leurs parfums ajoutaient au délice.

— Alors ? demanda-t-il.

— C'est excellent, Seorg ! Qu'est-ce que c'est ?

— Du sh'iltar, un plat de Tirch'n. Ceril vient de cette planète et il m'a fait découvrir ce plat. J'ai vu que le distributeur de ce vaisseau disposait de la recette, alors j'ai voulu partager cette expérience avec toi. D'ailleurs, je trouve étonnant qu'à bord d'un appareil des gardes noirs, on puisse manger tant de choses différentes.

— Pourquoi dis-tu cela ?

— Je pensais que les gardes noirs se nourrissaient de barres énergétiques, ou de liquides protéinés. Tu vois ce que je veux dire.

Elle sourit, surprise par cette remarque pleine de bon sens. Elle appréciait la compagnie de Seorg, qui avait beaucoup mûri depuis Olima. Juste avant son départ, il était venu lui dire au revoir. Elle se souvenait de sa timidité, lorsqu'il avait tenté de la convaincre de passer le week-end avec lui. Elle avait refusé, malgré son regard implorant. Elle ne voulait pas donner à son ami d'enfance, l'illusion qu'elle serait là pour lui à son retour. À cette époque déjà, elle était inconsciemment persuadée qu'une chose importante l'attendait. Depuis leurs retrouvailles, ils parlaient du passé, se remémoraient les paysages sublimes d'Olima, se racontaient les jeux de leur enfance. Elle lui avait aussi révélé tous les événements qui avaient suivi son arrivée sur la base H515, elle avait évoqué ses visions, la prophétie, leur évasion du Vengeur. Elle lui avait relaté ce qui s'était déroulé sur Olima, des morts, des combats et de son père, sauvagement égorgé. Elle lui avait tout dit, sauf l'identité de Dem. Il l'avait écouté avec attention, ses grands yeux bruns, pleins de douceur et de gentillesse, braqués sur elle. Il n'avait pas mis en doute ses analyses ou ses décisions, il avait pris sa main en essayant de lui offrir sa force. Cette réaction l'avait profondément touchée. Avec Seorg, elle se sentait bien, en paix. Peut-être que son père avait raison. Peut-être était-il l'homme prévu pour elle.

— C'est vrai, tu as raison. Fais-moi penser à le leur demander, ajouta-t-elle en riant.

Il se rembrunit et devint plus sérieux.

— J'oubliais que nous avons des Gardes de la Foi à bord, bougonna-t-il en désignant Tarni du menton. Ça me rend très mal à l'aise.

— Tu t'y feras.

— Je ne sais pas, il y a…

— Quoi donc ?

— J'ai discuté avec Kanmen et je suis désolé. Je dois évoquer ce sujet. Il m'a parlé du général, de Dem. Connais-tu sa réelle identité ? Tu n'as rien dit de particulier à son sujet.

— Je t'ai expliqué tout ce qu'il a fait pour moi.

— Je sais, je sais, mais selon Kanmen, il pourrait être un ancien garde noir.

— Qui il était n'est pas important. Il possède l'expérience dont j'ai besoin. Je suis incapable de mener cette guerre sans lui.

— Je te crois. Je crois à cette prophétie et à tout ça, je te le jure, mais mener une guerre ! C'est tellement incroyable.

— Je sais, soupira-t-elle.

— Je me souviens de toi quand tu courais dans la forêt ou dans les champs de turu. Tu étais si joyeuse à cette époque. Tu ne pensais pas à devenir une rebelle.

— Nous étions des enfants ! J'ai vécu tant de choses depuis. As-tu oublié Alima ?

— Non, bien sûr que non. Mais justement… Comment peux-tu imaginer défaire l'armée de l'Imperium ? C'est impossible ! Tu n'es ni un soldat ni un stratège. Toute cette histoire n'est que folie !

— Je dois le faire, souffla-t-elle d'une voix lasse. Je ne suis pas un chef militaire, mais je dois le faire. Mes visions et mes rêves ne me laissent pas en paix. Je suis le libérateur dont parle la prophétie, je suis cet Espoir ! J'aimerais tant que cela soit faux, mais… Je t'en prie, j'ai besoin de ton aide.

— Je ne voulais pas douter de toi, mais c'est si incroyable. Je te connais depuis toujours et je te retrouve en chef rebelle.

— S'il te plaît…, murmura-t-elle, au bord des larmes.
— Excuse-moi, dit-il en prenant sa main. C'est juste que je m'inquiète pour toi.
— C'est gentil, mais parlons d'autre chose, tu veux bien ? Avec toi, j'arrive à oublier cette guerre. Les enjeux sont tels, que j'y pense constamment, alors…

Seorg serra sa main entre les siennes.

— Pardonne-moi, s'excusa-t-il avec un sourire contrit. Je suis un idiot. Ce que tu vis doit être terrible, alors si je peux t'aider, tu peux compter sur moi. Je suis ton ami. Je ne voulais pas te rendre triste. Tu sais, je suis si heureux de t'avoir retrouvée. Certains jours, lorsque j'avais le cafard, j'étais persuadé que je ne te reverrais jamais, que je ne retournerais pas sur Olima et à cette idée… Je n'aurais pas pu supporter de te perdre. J'ai tellement pensé à toi, à nous. Tu… Nous nous sommes quittés fâchés et…

— Non, ce n'est pas…

— Non, c'est vrai, nous n'étions pas fâchés, mais tu semblais ne plus me voir, tu refusais de rester seule avec moi, tu…

Il avait raison et elle se sentait coupable de l'avoir blessé.

— Pardonne-moi, murmura-t-elle en posant une main sur la sienne. Je ne voulais pas gâcher ta vie. Je voulais que tu m'oublies. Je… J'avais l'impression qu'un malheur m'attendait et je ne voulais pas que tu sois malheureux.

Son visage s'illumina.

— Ne t'excuse pas. Le souvenir de ton sourire m'a permis de tenir dans cet enfer. Et par un miracle extraordinaire, nous nous retrouvons… Alors jamais je ne t'abandonnerai, Nayla. Je serai toujours là pour toi.

Tout à coup, le poids des regards sur eux fut insoutenable. Elle avait besoin d'être seule et de se pelotonner dans ses bras, sans personne pour l'observer.

— Raccompagne-moi jusqu'à ma cabine, tu veux bien ?
— Bien sûr.

Main dans la main, comme deux adolescents, ils quittèrent le mess et sans se concerter, ils accélérèrent le pas, avides de se retrouver en tête à tête. Au détour d'un couloir, ils faillirent heurter Tiywan qui toisa Seorg avec une grimace condescendante.

— Bonjour, Nayla, salua-t-il de cette voix grave et chantante qu'elle commençait à apprécier. Vous vous rendez sur la passerelle ?
— Pas pour le moment, non.
— Les équipages des escorteurs sont prêts et votre général veut quitter ce système, aujourd'hui. J'espère qu'il tiendra compte de votre avis.

Tiywan ne ressemblait plus à un prisonnier fraîchement libéré. En quelques jours, il avait pris de l'assurance et paraissait en pleine forme. Il était si grand, si pleinement masculin et séducteur. À côté de lui, Seorg avait l'air d'un enfant.

— Si Dem a besoin de moi, il me fera appeler.

— Sans doute. Bonne soirée et soyez prudente, ajouta-t-il avec un regard peu amène sur le jeune homme. Je tiens à votre sécurité.

— Je ne risque rien. Bonne soirée, Commandant.

Un peu gênée de cette rencontre, elle entraîna Seorg dans son sillage. Elle ne pouvait pas s'empêcher de trouver Xev séduisant. Sa mâle assurance, son charme tranquille, ses yeux verts, son allure virile, tout cela contribuait à l'attirer. Elle chassa Tiywan de ses pensées. Ils s'arrêtèrent devant la porte de sa cabine et elle hésita. Devait-elle faire entrer Seorg ? Une partie d'elle souhaitait qu'il la prenne dans ses bras et lui fasse oublier les atrocités passées et à venir, mais elle ne l'écouta pas. Elle fit également taire l'autre voix qui lui suggérait d'inviter Xev.

— Merci de m'avoir raccompagnée.

— Ça m'a fait plaisir, assura-t-il en souriant, puis il ajouta avec un regard vers Tarni, si je t'embrasse, il ne va pas me tordre le cou ?

— Non, s'entendit-elle répondre.

Il se pencha vers elle et déposa sur sa bouche un tendre baiser, qui la transporta comme par magie dans le bois de Natjir. Seulement, cette fois-ci, elle désirait ardemment ce baiser. Elle noua ses mains derrière la nuque de Seorg et l'attira à elle, l'embrassant à son tour. Il l'enlaça, la serra contre lui et la plaqua contre la cloison, tout près de la porte. Elle entrouvrit sa bouche pour laisser la langue du garçon y pénétrer. Elle s'abandonna à lui. Elle était à nouveau une jeune fille ordinaire qui embrassait un jeune homme de son village. Quand leurs bouches se séparèrent, elle reprit son souffle en haletant. Le désir faisait briller les yeux de Seorg et elle entendait son propre cœur cogner sauvagement dans sa poitrine. Elle allait lui demander d'entrer, lorsque quelque chose attira son regard. Imperturbable, une ombre de sourire ironique sur les lèvres, les bras croisés, Dem attendait dans le couloir.

— Bonne nuit, Seorg, murmura-t-elle les joues brûlantes.

Malgré sa surprise, le jeune homme ne protesta pas. Il lui décocha un sourire éblouissant et répondit de la même manière :

— Bonne nuit. Tu seras dans mes pensées, comme toujours.

Il allait repartir lorsqu'il remarqua, lui aussi, la présence de Dem. Il se figea, ne sachant pas comment réagir, puis au grand soulagement de Nayla, il s'éloigna sans un mot.

— Maintenant que vous êtes disponible, Nayla, déclara Milar d'un ton narquois, puis-je vous parler ?

Elle résista à l'envie de le gifler. Il n'avait aucun droit de s'immiscer dans sa vie ou de faire des commentaires.

— Que voulez-vous ? demanda-t-elle sèchement.

— Nous sommes prêts. Les équipages sont rodés, ces sept jours ont été bénéfiques. Je venais pour vous dire que nous pouvons partir pour Bekil, si vous le souhaitez.

— Bekil ?

Elle pensait qu'il allait évoquer sa relation avec Seorg, lui dire que ce n'était pas une bonne idée ou quelque chose d'approchant, mais il semblait s'en moquer.

— La flotte attend votre décision.

Elle fut surprise de la peine que l'indifférence de Milar lui causa.

— Très bien, allons-y ! Dans combien de temps…

— Deux jours. Après Bekil, nous aurons réellement l'armée sainte aux trousses. Il sera impossible pour l'Imperium de cacher notre existence.

— C'est le but, non ?

— En effet, c'est l'objectif. À demain, Nayla.

Il tourna les talons et rejoignit la passerelle. Le cerveau en ébullition, la jeune femme s'enferma dans sa cabine.

◆◆◆

La flotte rebelle filait sur Bekil et ce voyage offrait quelques jours supplémentaires de répit à l'équipage avant que la guerre recommence. Main dans la main, Nayla et Seorg se promenaient dans les couloirs du Vengeur. Elle appréciait cette presque solitude, uniquement perturbée par la présence de Tarni. Elle avait essayé de lui ordonner de les laisser seuls, mais il avait feint de ne pas l'entendre. De temps en temps, ils croisaient des soldats ou des techniciens qui se contentaient de la saluer avec un sourire chaleureux. Seorg était étrangement silencieux ce matin et c'est lui qui avait pris l'initiative de cette balade. Il voulait lui montrer un lieu hors du commun et elle se demandait comment il pouvait connaître un endroit particulier à bord du Vengeur. Il ouvrit une porte et Nayla ne put s'empêcher d'être stupéfaite. Au-dessus de leur tête se trouvait la voûte étoilée réduite à des traits lumineux qui filaient comme des éclairs fous, sous l'effet de la vitesse intersidérale. Elle connaissait cette pièce, elle y était venue… *Non*, rectifia-t-elle perturbée par cette erreur, *Milar y était venu*. Elle confondait encore leurs deux vies. L'élève officier Milar avait passé quelques jours de faction dans cette bulle d'observation. Il en existait dans tout le vaisseau. Elles permettaient de surveiller les étoiles et de pallier une panne des différents scanners.

— Comment as-tu découvert cet endroit ?

— Oh, ce n'est pas moi… C'est Nali Bertil.

— Tu es venue là avec elle, demanda-t-elle abruptement.

— Non, rit-il. C'est Ceril qui m'en a parlé. Je crois qu'il est amoureux.

— De Nali ?

— Oui… Pourquoi, il y a un problème ?

Seorg avait dû percevoir le doute dans sa voix.

— Non, répondit-elle en rougissant. Elle plaît à beaucoup de garçons, d'après ce que j'ai entendu.

— C'est ce qu'il m'avait semblé, dit-il avec une grimace. J'ai essayé de prévenir Ceril, mais il n'a pas voulu m'écouter.

— C'est un grand garçon, lança-t-elle un peu agacée, car elle n'avait aucune envie de parler de Ceril ou de Nali.

— Oui… Et…

Seorg s'interrompit et jeta un regard gêné vers Tarni qui se tenait dans l'embrasure de la porte.

— Tarni, attendez-moi dehors, vous voulez bien ?

— Je dois rester avec vous, Nayla Kaertan.

— Je ne vais pas me sauver par la fenêtre ! s'énerva-t-elle.

— Soit.

Il fit deux pas en arrière et ferma la porte. Une sorte de gêne s'installa entre eux. Seorg lui prit les mains et dit doucement :

— Où en étions-nous ?

Elle rougit en songeant à Milar et son sourire narquois. *Soyez maudit !* se dit-elle. Le jeune homme l'attira à lui et l'enlaça.

— Tu m'as tellement manqué, Nayla. Depuis que je t'ai retrouvée, j'ai l'impression de vivre un rêve.

— Ne parle pas de rêves. Pour moi, ils n'évoquent que le malheur.

— Ne dis pas ça.

— C'est la vérité, pourtant… J'aimerais ne plus jamais rêver, j'aimerais que rien de tout cela ne soit arrivé, murmura-t-elle.

— Nayla… Je voudrais pouvoir t'aider.

— Oh, mais tu m'aides. Ta présence est tellement précieuse, si tu savais. Serre-moi contre toi, restons un peu ici, hors du monde… Tu veux bien.

Elle ressentit la frustration du garçon qui avait imaginé ce rendez-vous galant, selon la tradition olimane. Sur leur planète, elle aurait accompagné Seorg dans un endroit romantique. Il l'aurait embrassée, elle lui aurait rendu son baiser. Ils auraient échangé quelques caresses coquines, mais n'auraient pas été plus loin. Avant d'entamer une relation plus sérieuse, les Olimans attendaient plusieurs rencontres de ce genre, afin d'être certains qu'ils se plaisaient. Seulement, elle ne voulait pas aller trop loin avec lui, pas aussi vite. Elle avait besoin d'un ami, pas d'un amant. Elle se nicha contre lui et apprécia la force de ses bras autour d'elle. Il resta silencieux et respecta sa volonté non exprimée.

— Olima me manque, avoua-t-il enfin.

— Moi aussi.

— Tu te souviens des nuits de Jalima…

Elle sourit. Jalima était une héroïne olimane qui avait sauvé la planète des siècles plus tôt. Elle avait affronté un ennemi inconnu, rallié les Olimans et avait repoussé l'envahisseur au cours d'une bataille qui avait duré cinq jours. Depuis, au printemps, ces cinq jours étaient l'occasion de fêtes joyeuses. Ces festivités avaient été interdites par le clergé et c'est en secret que les Olimans continuaient à célébrer Jalima.

— Oh que oui ! Surtout la dernière fois…

C'était l'année avant Alima, elle avait quatorze ans. Le premier jour de Jalima, son père avait invité la famille de Seorg pour un repas sur le toit de la maison. Pendant que les adultes discutaient des récoltes et de la météo, les deux jeunes gens avaient passé la soirée ensemble, comme toujours. Le lendemain, Gorg et Ilsa Giltan les avaient reçus, avec d'autres voisins. La fête s'était déroulée sous les vignes de l'ermite qui couraient sur les tonnelles devant leur ferme. La soirée avait été joyeuse et la petite dizaine d'adolescents s'était amusée jusque tard dans la nuit. Le troisième jour, Nayla avait supplié son père de la laisser participer à une fête donnée en ville. Raen avait refusé, prétextant qu'elle était trop jeune. Avec l'aide de Seorg, elle s'était glissée hors de la maison. Ils s'étaient rendus dans les cafés de Talima et avaient dansé une bonne partie de la nuit. C'était l'un des derniers souvenirs heureux de sa vie. Bien sûr, les deux amis avaient dû payer le prix. Raen et Gorg les avaient retrouvés vers trois heures du matin et la punition dont ils avaient écopé avait été mémorable.

— J'ai dû nettoyer toutes les étables et curer les fossés des champs du sud.

— Et moi, j'ai dû astiquer la maison de fond en comble !

Elle partagea son hilarité, puis stoppa subitement. Le souvenir de ces temps heureux, de Raen, de la vie paisible sur Olima venait de la frapper de plein fouet. Elle éclata en sanglots. Seorg l'enlaça et la berça doucement en s'excusant frénétiquement.

— Je suis désolé. Je n'aurais pas dû évoquer Olima. Pardon !
— C'étaient des jours si tranquilles, si emplis de bonheur, hoqueta-t-elle. Si nous avions su, à l'époque.
— Après, il y a eu Alima et tout a changé.
— Tout. Rentrons, Seorg...
— Pardonne-moi, je n'aurai pas dû...
— Ne t'inquiète pas. Je ne t'en veux pas. Au contraire, merci de m'avoir rappelé pourquoi je me bats. Nous fêtions les jours de Jalima en secret parce que le clergé avait décidé qu'elle n'était pas une héroïne de l'Imperium. Je ne veux plus me cacher, plus jamais !

Après un dernier baiser à Seorg, Nayla réintégra sa cabine le cœur léger. Elle sourit, surprise de ce qu'elle éprouvait pour son ami d'enfance. Ce n'était pas de la passion, mais un sentiment profond et doux. Était-ce de l'amour ? Elle l'ignorait, mais cela faisait un bien fou. Avec l'aide du jeune homme, elle oubliait le poids du destin qui écrasait ses épaules.

Le vaisseau Vengeur venait de régresser à une vitesse interplanétaire et Milar reconnut l'astre orangé du système GvT. Bekil et ses trois lunes ne tardèrent pas à apparaître dans le champ de vision. Il avait décidé d'attaquer, en priorité, les satellites naturels de ce monde qu'il connaissait bien. Il avait participé à l'extinction de deux révoltes sur cette planète et allait initier la prochaine. Le destin avait le sens de l'humour. La plus grosse des lunes abritait l'un des plus importants chantiers spatiaux de la galaxie, spécialisés dans la réparation des vaisseaux. Sur celle qui était la plus proche de Bekil se trouvait un astroport gigantesque, plaque tournante du commerce de toute cette région. La troisième lune, plus petite, n'était pas exploitée. Le principal challenge de cet assaut était l'attaque simultanée du chantier et de l'astroport. Milar avait confié aux escorteurs, sous le commandement de Lazor et Garal, la mission de s'emparer de l'astroport et surtout de sécuriser un maximum de vaisseaux. Il s'assura que les petits engins filaient bien vers leur cible, tandis que le Vengeur se dirigeait vers le chantier. Milar repéra aussitôt la dizaine de patrouilleurs et les satellites artificiels lourdement armés, qui garantissaient la protection du site. Il n'engagea pas le dialogue et ordonna le tir. Les puissants canons lywar du Vengeur ouvrirent le feu, détruisant les défenses. Depuis le centre de commandement du chantier, des demandes affolées leur parvinrent, cherchant à comprendre la raison de cette attaque. Milar les ignora. Il vérifia que les escorteurs rebelles s'approchaient sans problème de l'astroport et rassuré, il reporta son attention sur la lune-chantier. Le cuirassé détruisit les dernières tours lywar et se positionna en orbite géostationnaire.

— Tiywan, je vous confie le vaisseau. Surveillez les scanners et les détecteurs. Évitons d'être surpris par l'ennemi.

— Bien entendu, Général, répondit-il de façon obséquieuse. Vous comptez participer à cet assaut ?

— En effet, je me rends sur cette lune pour m'emparer du centre de commandement. La passerelle est à vous.

— Bien, Général.

— Et moi ? demanda Nayla.

— Nous avons évoqué ce point en briefing. Je souhaite que vous restiez à bord. Votre place n'est pas sur le front. Tiywan, je n'ai pas besoin de vous rappeler que la sécurité de l'Espoir demeure votre objectif premier.

— Vous pouvez compter sur moi, Général. Je veillerai sur elle.

Milar choisit d'ignorer le regard ardent qu'il posa sur Nayla.

◆ ◆ ◆

De ce côté de la lune, la surface était presque entièrement recouverte de constructions en tous genres, reliées entre eux par des tunnels aux parois translucides. Les nombreuses plates-formes en fibrobéton étaient occupées par des vaisseaux en réparation. Ainsi immobilisés au sol, ils avaient perdu toute grâce. Des centaines d'engins et d'humains en combinaison spatiale s'affairaient sur leurs entrailles exposées. Le centre de commandement, structure tripode couronnée par un losange effilé, était le résultat des délires d'un architecte bekilois. Il dominait, tel un insecte géant, l'assemblage articulé de cubes et de tubes formant le complexe. Entre les jambes de cette structure se lovait un bâtiment de forme cylindrique, qui abritait la base de l'armée de la Foi.

L'arrivée des bombardiers déclencha un vent de panique chez les techniciens, qui s'enfuirent en désordre vers les bunkers. Presque aussitôt, des skarabes de combat surgirent à découvert, protégés par le tir des tourelles lywar. La moitié des Furies se détacha du groupe et s'éloigna à grande vitesse vers leur objectif, la cité des ouvriers située à plusieurs centaines de kilomètres. Chaque jour, les techniciens, les manœuvres et les ingénieurs prenaient l'omnibus lunaire qui les conduisait sur leur lieu de travail. Des familles entières vivaient sur cette lune et la plupart se satisfaisaient d'avoir un emploi bien rémunéré. Le groupe de Kanmen devait éliminer la base militaire qui se trouvait là-bas et tenter de recruter un maximum de volontaires.

Les bombardiers que Dem commandait plongèrent en rase-mottes pour éviter les premiers missiles tirés par les tourelles, puis ils ripostèrent. Les édifices qui abritaient les canons explosèrent et projetèrent des débris fumants autour d'eux. L'un des tunnels se brisa et des humains furent aspirés par le vide de l'espace. Un skarabe touché de plein fouet se transforma en une boule de feu qui continua sa route de façon erratique, avant de s'encastrer dans la façade d'un bâtiment. Un soldat, l'armure en flamme, réussit à s'extraire de l'épave, avant de s'effondrer. L'un des Furies ne parvint pas à éviter un missile. Touché aux moteurs, il fonça vers le sol en zigzaguant tandis que le pilote essayait de maîtriser son engin. À la dernière minute, la trajectoire fut corrigée et le bombardier s'écrasa sur la dernière tourelle encore debout. Une fois les défenses détruites, les petits vaisseaux se posèrent, sans encombre, sur l'aire de réparation la plus proche du centre de commandement. Dem rejoignit l'habitacle et vérifia, d'un coup d'œil rapide, l'équipement de ses hommes. Le casque de combat des gardes noirs intégrait un respirateur destiné aux planètes sans atmosphère. La solidité du polytercox permettait une pressurisation suffisante pour tenir quelques heures. Le combat dans ces conditions était éprouvant, mais les gardes étaient des hommes entraînés, aux capacités pulmonaires hors du commun. Les soldats qu'il commandait aujourd'hui n'étaient que des humains ordinaires et pour eux, cette épreuve serait rude.

— Nous devons nous introduire rapidement dans un bâtiment. À l'extérieur, nous sommes vulnérables. Valo, vous commandez l'arrière-garde. Je compte sur vous pour rester vigilant.

Nayla prenait conscience qu'assister à une bataille en tant que spectateur impuissant était une épreuve plus pénible qu'elle ne l'avait imaginée. Elle suivait sur sa console la progression des deux groupes de bombardiers. Celui de Kanmen s'était posé sans difficulté près de la cité et affrontait la compagnie de soldats qui était basée là. Elle ne pouvait s'empêcher d'être inquiète pour le frère de Seorg. Les bombardiers dirigés par Milar avaient éliminé les défenses et s'étaient posés au plus près du centre de commandement. Le combat sur le tarmac avait été violent et l'arrivée sur place de trois skarabes avait failli tourner au désavantage des rebelles. Les mains serrées sous l'effet de l'angoisse, Nayla avait laissé échapper un soupir de soulagement lorsque le dernier de ces trois véhicules avait été détruit. Le groupe de Milar s'était ensuite introduit dans un bâtiment et remontait l'un des tunnels d'accès. Elle perdit de vue la progression de Dem quand son équipe entra dans l'enchevêtrement de cubes qui entourait les pattes du tripode et interconnectait le cylindre de la base militaire avec le reste du chantier. Les minutes passèrent silencieuses et insupportables. Tiywan se tourna vers elle, affichant un sourire réconfortant.

— Ne vous inquiétez pas, ce Dem m'a semblé tout à fait capable de se tirer de ce genre de situation. Tout va bien se passer.

— Merci, trouva-t-elle la force de répondre.

L'entrée du docteur Plaumec sur la passerelle interrompit le géant blond.

— Des nouvelles ? demanda-t-elle, avec angoisse.

Elle n'avait pas reparlé au médecin depuis que celle-ci lui avait révélé qu'elle connaissait l'identité de Milar. Une fois encore, elle avait été trompée et trahie.

— Non, lâcha Tiywan avec réticence. Ne devriez-vous pas être à l'infirmerie, Docteur ?

— Si l'on a besoin de moi, je peux y être en cinq minutes. Je voulais savoir ce qui se passe.

Nayla ne supporta pas les regards réprobateurs de Leene et l'impatience gagnant, elle se leva pour tenter de contrôler sa fébrilité. Une fois encore, elle vint se poster près de ce hublot qui avait hanté ses rêves, comprenant mieux pourquoi le colonel Milar s'était réfugié à cet endroit pour contempler la destruction d'Alima. En retrait de la passerelle, le manque d'éclairage contribuait à dissimuler les traits de celui qui s'y tenait. Il avait voulu s'assurer que personne ne remarquerait l'émotion qui le saisissait. Ce n'était pas sa faute, admit-elle et cet aveu lui brisa le cœur. *Qu'ai-je fait ?* pensa-t-elle. Elle n'eut pas le temps de poursuivre sa réflexion.

— N'approchez pas !

La voix de Tarni la fit sursauter. Elle se retourna et vit que Tiywan venait de la rejoindre. D'un geste, elle l'autorisa à s'approcher. Il en profita pour venir tout près d'elle, la dominant de toute sa hauteur.

— Vous êtes inquiète, Nayla ?

— Bien sûr, pas vous ?

— Non, pas vraiment. Je suis certain qu'ils vont réussir et si par malheur ils échouent... Vous êtes en sécurité et c'est tout ce qui compte. Je ne me préoccupe que de vous.

— Parce que je suis l'Espoir ? cracha-t-elle avec une fureur contenue.

— Non, parce que vous êtes « vous ». Une jeune femme courageuse qui a accepté d'être l'étendard d'une révolte qui couve depuis tant d'années.

— Je n'ai pas vraiment le choix.

— Vous n'aviez pas à endosser cette responsabilité.

— Vous croyez ?

— Oui, j'en suis convaincu. Vous n'avez pas à vous soumettre à la volonté de cet inconnu.

— Ce n'est pas un inconnu, protesta-t-elle.

— Bien sûr que si, vous ne savez rien de lui.

Elle savait tout de Dem, au contraire, mais c'est une information qu'elle ne pouvait pas révéler à Tiywan.

— Je sais ce qu'il y a à savoir.

— Je ne crois pas. Il n'est pas le lieutenant Mardon, si j'ai bien compris ce que vos amis m'ont raconté. Alors, qui est-il ?

— N'insistez pas. Je vous dis que je sais...

— Il vous a révélé sa réelle identité ? Êtes-vous sûre qu'il s'agisse de la vérité ? Êtes-vous certaine que ses intentions sont bien celles que vous croyez ? Cet homme se sert de vous pour atteindre son ambition personnelle.

— C'est faux, murmura-t-elle avec une conviction chancelante.

— Vous avez confiance en lui, alors ?

— Oui.

— C'est pour cela que vous l'évitez, sans doute. Croyez-vous que je n'ai pas remarqué l'inimitié qui existe entre vous, enfin de votre côté. Lui, j'ai l'impression qu'il ne ressent pas grand-chose.

— Taisez-vous, dit-elle la gorge serrée.

— J'ai touché un point sensible, il semblerait.

— Ça suffit, répliqua-t-elle faiblement.

— Apprenez à vous passer de Dem, implora Xev en lui prenant les mains, ce n'est pas un homme en qui vous pouvez avoir confiance.

Elle commençait presque à le croire, sa voix était si séduisante et pleine de conviction. Bien sûr que Dem se servait d'elle, il ne voyait en elle que l'Espoir de la prophétie et rien d'autre. Pour lui, elle n'était pas une femme, mais une oriflamme servant à rassembler les rebelles. Elle leva les yeux vers Xev qui lui souriait avec une lumière passionnée brillant dans son regard vert. Cet homme-là était vivant, chaleureux et tellement fascinant. Il était tout ce que Milar n'était pas... *Et Dem ?* demanda une petite voix dans sa tête. Elle la fit taire.

— Vous n'êtes qu'un emblème pour ce type et vous ne méritez pas d'être traitée de cette façon. Vous êtes une femme, Nayla, belle et pleine de feu qui mérite d'être chérie comme telle.

Elle se sentit rougir sous son regard appréciateur. Elle allait répondre, quand Nardo s'exclama :

— Oh, par tous les démons !

— Quoi, que se passe-t-il ? s'écria Nayla en se précipitant vers le fauteuil de commandant.

— Le poste de commandement, le tripode..., balbutia le jeune homme, choqué.

— Que s'est-il passé ? s'enquit Leene.

— Il a explosé ! Il s'est écroulé avec nos hommes dedans !

Nayla eut l'impression qu'une eau glaciale se déversait sur ses épaules en comprenant que Dem venait sans doute de mourir. Elle se reprocha aussitôt de s'être laissé charmer par les belles paroles de Tiywan.

— Appelle-les !

— Le général a dit qu'il ne fallait pas...

— Appelle-les, Olman ! insista-t-elle à la limite de l'hystérie.

— Nayla, temporisa Tiywan, le général nous a ordonné de ne pas briser le silence...

— Faites ce que je vous dis ! C'est un ordre !

— Très bien, céda-t-il. Appelez l'équipe au sol, Nardo.

Il s'exécuta, mais personne ne répondit. Nayla repoussa brutalement Tiywan et accéda à la console. Elle y tapa plusieurs commandes avec une précipitation angoissée et découvrit que des combats continuaient dans les ruines du tripode.

— Il reste des survivants. Tiywan, organisez une mission de...

— Non, Nayla, nous ne pouvons pas nous permettre de perdre d'autres hommes.

Elle le regarda, stupéfaite. Il vint vers elle et murmura :

— Profitez de ce clin d'œil du destin pour vous affranchir de vos liens.

En un instant, elle fut aspirée dans le néant. Le vide l'entourait, l'attirait, lui parlait. Les voix incompréhensibles résonnaient dans sa tête et elle bascula, tomba en tournoyant avant d'atterrir sur la lune-chantier, équipée d'une armure de combat. Face à elle, la bataille faisait rage. Quelques rebelles s'étaient retranchés derrière une barricade de fortune et tiraient de courtes rafales sur les assaillants. L'oxygène ne tarderait pas à leur manquer, il fallait intervenir au plus vite. Nayla chargea, avec la cinquantaine de rebelles sous ses ordres. Après un combat acharné, ils emportèrent la victoire. Dem était sauf, mais son soulagement fut de courte durée.

Aspirée dans un vortex, elle vit des images défiler à toute vitesse sous ses yeux, incapable de distinguer le fil du temps. Enfin, le déroulement de l'avenir ralentit et s'immobilisa. Elle se tenait sur une plaine vallonnée recouverte d'un ciel violet et devant elle se dressaient des milliers de gardes noirs. Dem se trouvait à ses côtés et sa confiance en lui était inébranlable. Elle ne lut rien dans son regard, qu'une froide détermination. Un lent sourire satisfait se dessina sur ses lèvres et lentement, il pointa un pistolet sur sa tempe. Elle ne comprenait pas. Pourquoi faisait-il ça ? N'était-il pas son ami, son défenseur ? Un inquisiteur s'avança, encadré de sa garde. Il portait les symboles de la charge d'Inquisiteur général. Elle le reconnut. C'était le jeune inquisiteur qu'elle avait entrevu sur Natalim, en compagnie de Janar.

— Colonel Milar, déclara-t-il, Dieu sera satisfait de vous. Votre mission est un succès.

— En effet, Père Révérend. Je vous livre celle qui se fait appeler Espoir. Conduisez-la à Dieu.

Elle poussa un cri terrifiant de rage, de colère et de désespoir. Avant de s'arracher au néant, parmi toutes les voix d'Yggdrasil qui se mêlaient dans une cacophonie incompréhensible, elle entendit l'une d'entre elles dire distinctement :

— Écoute seulement ton cœur !

Elle chancela en revenant au présent. Si elle sauvait Milar aujourd'hui, celui-ci finirait par la livrer. Elle ne voulait pas y croire et pourtant… Le doute revint la ronger. Au cœur d'Yggdrasil, elle avait assisté à la rencontre entre Milar et Dieu. Ce dernier avait assigné au colonel de la Phalange écarlate une Mission Divine. Dans la mémoire de Dem, elle n'avait rien vu de tout cela. Elle avait été soulagée de comprendre que Dieu l'avait manipulée et qu'elle s'était laissée bêtement convaincre. Ce jour-là, elle avait choisi d'oublier que Dem savait modifier ses souvenirs, savait montrer à un inquisiteur seulement ce qu'il souhaitait. Aujourd'hui, elle se disait que Milar avait peut-être réussi à la tromper, une fois encore.

Leene Plaumec n'avait pas entendu ce que Tiywan avait murmuré à Nayla, mais elle en avait compris l'essence. Ce traître ne comptait pas envoyer d'aide à Dem.

— Qu'est-ce que vous attendez ? gronda-t-elle. Il faut lancer une mission de secours !

— Non, Docteur, répliqua Tiywan. Je ne veux pas risquer mes hommes en vain. Rejoignez votre infirmerie, vous n'avez rien à faire sur la passerelle !

— Nayla ! insista le médecin. Vous ne pouvez pas l'abandonner.

— Sortez ou je vous fais escorter hors de la passerelle ! ordonna Tiywan.

Elle ne comptait pas se laisser intimider par un homme, cela n'était jamais arrivé et cela n'arriverait pas aujourd'hui.

— Nayla, implora-t-elle.

Comme la jeune femme ne réagissait pas, Leene contourna Tiywan et attrapa Nayla par les épaules.

— Vous savez qu'il est votre ami. Vous n'êtes pas vous-même, Nayla. La jeune femme que j'ai rencontrée sur H515 n'aurait pas hésité à tout tenter pour son ami !

— Est-il mon ami, Docteur ?

— Il l'est, murmura-t-elle. Je le sais !

Nayla s'arracha à son emprise et se réfugia auprès de son maudit hublot.

— Dietan, fais sortir cette femme de la passerelle ! commanda Tiywan à un Bekilois, ancien camarade de captivité.

— Nayla, vous ne pouvez pas faire ça ! Ne me touchez pas !

Leene repoussa Dietan qui n'osa pas insister. Elle rattrapa Nayla et la saisit durement par le bras.

— Il a déjà sacrifié ses émotions pour vous, petite sotte, siffla-t-elle entre ses dents, et maintenant vous allez l'abandonner pour les beaux yeux de cette grande brute ! Vous n'êtes qu'une égoïste !

La jeune femme se tourna vers elle avec une expression de totale incompréhension.

— Vous n'avez pas seulement vécu ses souvenirs, vous êtes devenue lui !

— Que voulez-vous dire ?

— Son conditionnement a déteint sur vous ! Secouez-vous et aidez-le ! Vous me faites mal !

Tiywan venait de saisir Leene par les épaules. Elle grimaça de douleur lorsqu'il la projeta entre les mains de ses hommes.

— Jetez-la dehors !

Tout devint clair. « Il a sacrifié ses émotions » avait dit Plaumec et cela expliquait tout. Voilà pourquoi il semblait ne plus rien ressentir, pourquoi il était indifférent à tout ? Et elle ? Était-elle vraiment influencée par le conditionnement qu'il avait subi ? Était-elle devenue aussi froide et inhumaine que lui ? Elle devinait que l'accusation de Plaumec était sans doute très proche de la réalité. « Écoute seulement ton cœur ! » avait dit la voix dans Yggdrasil.

— Arrêtez ! s'écria-t-elle. Laissez le docteur en paix !

Ils hésitèrent, cherchant l'approbation du second.

— Je suis l'Espoir et je vous donne l'ordre de relâcher le docteur Plaumec ! gronda-t-elle d'un ton de commandement absolu. Obéissez ou je jure que je vous fais abattre ! Tiywan, organisez une mission au sol. J'en prendrai le commandement !

— Quoi ? Non certainement pas, je ne le permettrai pas !

— Vous n'avez rien à me permettre, Commandant Tiywan ! Donnez les ordres nécessaires pour que cinquante hommes m'attendent sur le pont d'envol. J'y serai dans dix minutes !

Il l'attrapa fermement par l'épaule, décidé à la stopper.

— Nayla, vous ne pouvez pas...

Dans l'instant suivant, Tiywan se retrouva sur le sol, le pistolet de Tarni pointé sur sa tête.

— Ne la touchez pas !

Elle faillit éclater d'un rire nerveux en voyant l'expression de frayeur sur le visage de Xev.

— Merci, Tarni. Laissez-le, qu'il puisse obéir à mes ordres. Dix minutes, Commandant, le temps que j'enfile mon armure de combat. Docteur, suivez-moi !

Nayla quitta la passerelle avec détermination, tout était clair dans son esprit, désormais. Si cette Mission Divine était une réalité, si Milar la trahissait dans quelques semaines, dans quelques mois ou dans quelques années et bien tant pis ! Elle ne pouvait pas le laisser mourir, pas lui, pas Dem. Avant de s'engouffrer dans sa cabine, elle se tourna vers Leene.

— Merci de votre intervention. Tenez-vous prête si jamais il y a des blessés.

— Je pourrais venir avec vous.

— Vous êtes trop précieuse, Docteur, décida-t-elle en se souvenant de ce que disait Dem.

— Vous aussi, vous êtes précieuse, Nayla. Faites attention à vous, je vous en supplie.

— Ne vous en faites pas. Tarni, aidez-moi à passer cette armure ! Vite, le temps presse !

— Oui, Nayla Kaertan, répondit-il simplement.

Elle se souvint, alors, que le vieux garde du corps avait jeté Tiywan au sol parce qu'il l'avait touchée, mais avait épargné Leene qui l'avait empoignée de la même façon.

— Vous voulez sauver votre colonel, n'est-ce pas Tarni ?

La surprise qu'elle lut sur le visage du garde noir la fit sourire.

— Oui, je connais son identité. Le docteur Plaumec et moi sommes les seules à être au courant de son secret.

— Ce secret ne doit pas être révélé, Nayla Kaertan.

— En effet, il ne le doit pas.

— Vous voilà parée, précisa-t-il en finissant de boucler la dernière pièce de l'armure. Dépêchons-nous. Comme vous dites, j'ai à cœur de sauver l'homme que j'ai protégé pendant sept ans.

Elle n'avait pas entendu Lan Tarni dire autant de mots d'affilée depuis qu'elle le connaissait.

Ailleurs...

Eiiit'zer avait décidé que la fuite était inutile. Les Er'ty'th ne leur avaient laissé aucun moyen de transport, mais il comprenait cette décision. À quoi cela aurait-il servi ? Aucun d'entre eux ne savait piloter. Partir à pied, à travers ce continent grêlé de cratères, était tout aussi impossible. Les dangers étaient trop grands et les enfants, les vieillards ainsi que les malades n'auraient pas résisté longtemps face aux conditions épouvantables de cet endroit. De plus, toute disparition de X'tirni'th aurait déclenché la colère de l'Imperium contre tous les siens, confinés sur cette planète. Il attendait donc que l'Imperium envoie des troupes enquêter sur les derniers événements et lorsque les bombardiers se posèrent non loin du village, il sut que ses derniers instants étaient arrivés. Il n'avait pas le choix. Il refusait de voir les siens souffrir dans les mains des bourreaux. Il rejoignit ses femmes et ses enfants, réunis avec les autres esclaves décharnés que les X'tirni'th étaient devenus.

— Ept'ty r'this iik. Ja r'aer opoty tihgu'th i'jal'th zas'tirni'th ! dit-il, les avertissant qu'il était temps de rejoindre les âmes de leurs ancêtres.

— R'aze r'this jal'th zas'tirni'th, répondirent la plupart des membres de sa communauté.

Par cette réponse rituelle, ils bénissaient le moment où ils seraient libérés de la dureté de la vie et anticipaient avec bonheur les retrouvailles avec ceux qui étaient partis avant eux. Ils prirent le récipient qui était posé à leurs côtés. Il contenait un liquide noirâtre, mélange de la boue qu'ils collectaient chaque jour et du poison que sécrétaient les buissons vampirins. Eiiit'zer appuya son front contre celui de sa plus jeune femme, pour un dernier instant de tendresse. Il en fit autant avec ses deux autres épouses, puis caressa la tête de ses enfants.

— Asz'op, murmura-t-il.

Il avait déjà dit à sa famille tout ce qu'il avait à leur dire. Il les regarda boire le breuvage mortel. Il aida chacun des siens à s'étendre sur le sol, sans se préoccuper du bruit des bottes qui se rapprochait. Les X'tirni'th convulsèrent pendant quelques secondes en se tordant de douleur. Malheureusement, il n'y avait aucun moyen de mourir plus paisiblement.

— Ne bouge pas !

Eiiit'zer ne releva pas la tête, toujours concentré sur la mort de sa famille. C'est sa première femme, celle avec qui il avait passé toute sa vie, celle qu'il connaissait depuis l'adolescence, qui rejoignit en dernier leurs ancêtres. Des mains le saisirent brutalement et le jetèrent au sol. Le canon d'un fusil s'appuya douloureusement dans son dos, mais il n'en avait cure. Il avait choisi de ne pas mettre fin à ses jours. Il voulait affronter une dernière fois les humains, comme ils se nommaient eux-mêmes.

— Relevez-le ! ordonna une voix dure.

Il se retrouva sur ses pieds, face à un homme au regard froid.

— Que s'est-il passé ici, X'tirni ?

— Bol'j ir'ty r'jan la agte nam'ijil. R'zoth hal iv'toir !

La colère brilla dans les yeux du soldat.

— Je te conseille de ne pas te moquer de moi, non-humain, gronda-t-il.

Eiiit'zer ne broncha pas. Il ne ressentait aucune peur. Le soldat pointa son arme, droit sur sa tête.

— Ne le tuez pas, Colonel, s'écria un autre humain. Nous avons besoin de savoir ce qui s'est passé. Qu'a-t-il dit ?

— Qu'il attend la victoire de ceux qui sont venus ! Milar était ici, alors inquisiteur, qu'attendez-vous pour fouiller sa tête ?

— Je ne peux pas lire les pensées d'un non-humain, ils sont trop différents de nous.

Eiiit'zer ouvrit la bouche le plus grand possible, montrant ses dents à l'ennemi. C'était sa façon de se moquer de ces Er'ty'th. Le colonel consulta l'appareil qu'il portait sur l'avant-bras et sourit. Lorsqu'il pressa la détente de son arme, la dernière pensée du malheureux X'tirni fut « iv'toir ». Victoire.

Ubanit laissa échapper une exclamation exaspérée. Janar venait d'éliminer leur dernière chance d'en savoir plus sur Milar.

— Calmez-vous, répliqua Janar. Nous n'avons pas besoin de ce non-humain. Mes hommes ont trouvé un survivant dans la base, un inquisiteur qui connaît leur destination.

Tant que vous êtes vivant, il reste une option.

Code des Gardes de la Foi

Le bombardier effectua plusieurs passages au-dessus des restes du tripode, qui s'était effondré sur un réseau de tunnels et de bâtiments. Dans les ruines, Nayla aperçut des éclairs de lywar. Les survivants s'y étaient retranchés et continuaient le combat. Elle espérait que le générateur d'air, situé à l'arrière du casque, leur permettrait de tenir encore un peu. Légèrement en retrait, deux skarabes faisaient feu, pulvérisant le fibrobéton afin de prendre les rebelles à revers. Nayla ordonna au Furie de les abattre. Le petit vaisseau d'attaque plongea vers le sol, crachant ses missiles qui frappèrent les deux véhicules de combat. Les tirs suivants incinérèrent un groupe de Soldats de la Foi. Tarni posa le bombardier avec une habileté consommée, plaquant l'appareil sur le sol. Nayla ferma le masque respiratoire de son casque et effleura le bras de Seorg. Tiywan lui avait confié le commandement de ce groupe et elle pouvait ressentir la nervosité de son ami.

— Tout ira bien, Seorg.

— Merci, murmura le garçon. Sois prudente, Nayla, je t'en prie.

Avec un sifflement sourd, la porte glissa sur le côté et ils se ruèrent à l'extérieur, tirant déjà de courtes rafales. Nayla entraîna les cinquante soldats dans son sillage et le combat se déversa sur eux, violent, dans le vacarme des impacts lywar qui s'écrasèrent tout autour d'eux, désintégrant les murs de fibrobéton, fauchant plusieurs de ses hommes. Elle continua sa progression, sans se préoccuper des pertes. Ils ne pouvaient pas rester là, à découvert. Un trait d'énergie s'imprima dans l'esprit de Nayla et elle plongea une fraction de seconde avant que le tir ait réellement lieu. Elle se releva et zigzagua en suivant son intuition.

Après une dernière fusillade, ils pénétrèrent dans le labyrinthe de bâtiments éventrés par l'explosion. Le spectacle était impressionnant. Les décombres noircis s'empilaient au hasard, des blocs de fibrobéton s'appuyaient sur des plaques de carhinium, des débris de métal et de verres formaient des barricades improvisées, le tout dans un environnement sans atmosphère. Nayla repéra de nombreux soldats ennemis, lourdement armés et postés dans les ruines. Ils inondaient de tirs lywar un amas de murs écroulés, qui semblait inexpugnable. De temps en temps, un ou deux tirs leur répondaient, touchant infailliblement une cible. Avec une aisance qui étonna la jeune femme, une modélisation s'inscrivit rapidement dans son cerveau. Elle donna aussitôt ses ordres, dispersant ses hommes. Elle rampa sur un bloc qui lui offrit un abri précaire. Elle visa soigneusement l'ennemi, avant de presser la détente, faisant mouche chaque fois. Ils étaient beaucoup trop nombreux et bien armés. Elle devina, plus qu'elle ne vit, le missile lywar qui filait droit sur elle. Elle se laissa tomber sur le côté alors que le projectile percutait son abri. Une explosion d'énergie noya l'endroit dans un torrent de feu. Elle roula plusieurs fois sur elle-même pour échapper aux flammes et se releva tout en tirant. Elle plongea derrière un empilement de blocs brisés. Recroquevillée dans cette minuscule cachette, elle n'avait pas d'autre choix que de laisser l'enfer se déverser sur elle. D'autres tirs vinrent contrer ceux de l'ennemi et elle vit avec soulagement Seorg la rattraper. Dans la furie de la bataille, elle avait eu peur de le perdre. Épaule contre épaule, ils affrontèrent l'ennemi. Leur détermination permit à une quinzaine de rebelles de les rejoindre. Malgré cela, les Soldats de la Foi chargèrent sous un feu croisé. Nayla et ses hommes leur opposèrent un tir de barrage nourri, malgré tout, des soldats ennemis réussirent à franchir le rideau de feu. Dans la folie de la bataille, trois d'entre eux sautèrent dans leur abri. Surprise, la jeune femme se laissa tomber sur le dos tout en pressant la détente de son arme. Elle était déchargée. Du coin de l'œil, elle vit Tarni aux prises avec deux autres soldats. Alors que les trois hommes pointaient leur fusil sur elle, une lumière s'enfla dans son esprit. La déflagration fut assez forte pour la conduire aux portes de l'inconscience.

Lorsqu'elle recouvra ses esprits, les trois assaillants gisaient, sans vie. Elle n'eut pas le temps de se remettre de cet accès de télékinésie, une énorme explosion secoua le site. Elle escalada la barricade et vit que la place forte ennemie avait été frappée par un missile lywar. Les rebelles survivants se lancèrent à l'assaut et elle n'eut pas besoin de voir son visage, pour reconnaître Dem. Sa façon de se mouvoir, de tirer, d'attaquer ne laissait aucun doute.

— Aidons-les ! cria-t-elle à son propre groupe.

Dans le chaos qui s'ensuivit, les soldats furent éliminés jusqu'au dernier. Nayla se tourna vers la silhouette impressionnante de Dem et sans réfléchir, elle se précipita vers lui. Elle faillit se jeter dans ses bras, mais son attitude froide et réservée l'en empêcha.

— Que faites-vous ici ? cracha-t-il, contrarié.

Elle bénit la présence de son casque qui dissimula ses larmes.

— Je suis venue vous aider, Dem.

— Je n'avais pas besoin d'aide.

— J'ai vu ça, répliqua-t-elle.

— Vous n'avez pas le droit de vous mettre en danger, Nayla. Cela dit, vous avez magnifiquement manœuvré.

— Je n'allais pas vous laisser mourir !

— Ne refaites jamais cela !

— Dem…, commença-t-elle.

— Terminons ce que nous sommes venus faire sur ce caillou. Il y a un poste de commandement décentralisé, non loin d'ici.

— Oui, réussit-elle à dire.

Milar n'avait pas attendu sa réponse, il se faufilait déjà à travers les décombres, suivi par la vingtaine de ses hommes ayant échappé à l'embuscade. Elle faillit pousser un cri de surprise, quand une main effleura son bras.

— Merci d'être venue, Nayla. J'ai bien cru qu'on allait y passer et sans lui, on serait tous morts. Cet homme-là n'est pas humain, je l'ai toujours dit.

— Soilj ! Que le destin soit remercié, tu es en vie !

— C'est toi que je remercie. J'étais certain que tu trouverais une solution pour nous sortir de là.

— Merci, murmura-t-elle en rougissant sous son casque.

— Je ne veux pas vous interrompre, intervint Seorg, mais il faudrait qu'on accélère pour rejoindre les autres.

Milar était déconcerté par l'intervention de Nayla. Pourquoi avait-elle pris un risque personnel pour le sauver ? Il lui faudrait éclaircir ce point et l'empêcher, à l'avenir, de mettre inutilement sa vie dans la balance.

La progression dans les décombres fut plus facile que prévu et ils réussirent à s'introduire dans le complexe de tunnels, via un sas que Milar pirata. Il ôta son filtre et respira enfin de l'air non concentré. Les modules de respiration, intégrés aux casques, fournissaient huit heures d'un oxygène de plus en plus appauvri qui avait mauvais goût et qui occasionnait de terribles maux de tête chez les sujets les moins aguerris.

Valo en était la preuve. Une main sur la paroi translucide, il inspirait avec délice de longues goulées de cet air pourtant recyclé.

— Ceux qui ont des migraines, injectez-vous de l'atyhil.

La plupart des rebelles lui obéirent fébrilement.

— Nayla, avez-vous apporté des recharges lywar ?

— Oui, nous…

— Que vos hommes répartissent ce qui leur reste, les miens sont presque à court !

Elle s'approcha de lui presque hésitante. Ce qui ressemblait à des traces de larmes striait son visage rougi par l'effort. Elle lui tendit deux recharges sans un mot. Il lut de la tristesse et de la fatigue dans ses yeux cernés de grandes ombres noires.

— Est-ce que vous allez bien, Nayla ? Vous paraissez malade.

— Je vais bien.

Il interrogea Tarni du regard.

— Elle a terrassé trois hommes sans les toucher, Général.

Elle baissa les yeux, comme prise en faute.

— J'ai l'impression d'être beaucoup plus… puissante. J'aurais tellement de choses à vous dire, à vous expliquer…

Par habitude, il fit appel à son don d'empathie pour connaître ses sentiments. Il fut surpris de ne rien capter. Il se concentra, mais cette aptitude, qui l'avait accompagné et aidé toute sa vie, semblait éteinte. Malgré tout, il devina que Nayla recherchait son amitié ainsi que son approbation, mais malheureusement, il n'avait plus d'affection à lui offrir, seulement son soutien.

— Si je peux vous être utile, répondit-il platement, nous verrons cela une fois revenus à bord. Ne traînons pas, en avant !

Soilj jeta un coup d'œil en coin à la jeune femme qui progressait dans le tunnel, juste devant lui. Elle paraissait éprouvée par les combats et presque hésitante, alors qu'elle venait de se conduire héroïquement. Une porte barrait le long couloir. *Encore une*, ragea Valo, qui commençait à s'impatienter. Elle coulissa sans bruit et Dem se glissa dans l'ouverture. Soilj accéléra pour doubler Nayla et passer avant elle, dans le but de la protéger. Ils pénétrèrent dans un grand hangar, plein de caisses en linium et de pièces de vaisseaux. Dans un coin, Soilj fut surpris de découvrir un groupe de civils visiblement terrifiés. Par geste, Dem déploya leur petit groupe. Nayla ignora ses ordres et s'approcha des ouvriers.

— N'ayez pas peur, leur assura-t-elle. Nous n'allons pas vous faire de mal. Nous venons vous libérer du joug de l'Imperium.

— Nous libérer ! Nous avons un travail, une famille, un foyer, répondit un homme hargneusement, et vous venez tout détruire !

Ces paroles haineuses furent comme un coup de poignard. Elle resta coite, oscillant entre colère et désespoir. Soilj prit Nayla par le bras et l'attira loin de ces ingrats.

— Laisse tomber, ils comprendront plus tard.

— Crois-tu que nous ayons raison, Soilj ? Et si les gens ne voulaient pas être libres. Tant qu'ils ont un toit, à manger, tant qu'ils sont protégés contre les non-humains, peut-être que l'Imperium est exactement ce qu'ils veulent.

— Tu ne peux pas dire ça. Au début, moi aussi j'ai pensé que cette révolte était de la folie, qu'il était impossible de lutter, qu'il fallait fuir, se cacher dans un trou très profond et espérer toute notre vie que l'Imperium ne nous retrouve jamais, mais à aucun moment, je n'ai pensé qu'il était une bonne chose. L'Imperium ne nous protège pas, l'Imperium nous asservit !

— Je ne sais pas. J'étais heureuse sur Olima et si Alima ne s'était pas révoltée, alors tout aurait continué comme avant. Peut-être que nous... Peut-être que j'ai tort et que tu avais raison. La seule chose intelligente à faire était de fuir à l'autre bout de la galaxie, ou mieux, me livrer pour éviter que des innocents souffrent à ma place.

— Tu n'as pas le droit de dire ça ! Sur Xertuh, comme sur d'autres mondes, les gens souffrent. Oui, j'ai été lâche au début, mais maintenant, je crois en toi de toutes mes forces ! On peut changer les choses ! Regarde tout ce qu'on a accompli en quelques jours !

— Quoi donc ? On a massacré des centaines, des milliers de personnes... Voilà ce qu'on a fait !

— Ce n'est pas vrai. Nous avons sauvé des milliers de gens !

— Jusqu'à ce que les gardes noirs reviennent sur les mondes que nous avons libérés. C'est la mort qui se nourrit de notre sillage.

— Tu ne peux pas dire ça ! dit-il avec conviction. C'est l'espoir et la liberté que tu apportes.

La longue file des volontaires s'étirait devant eux. Avec l'aide de Lazor, Kanmen et Garal étaient devenus experts dans l'art de recruter. Milar les laissait faire, se contentant d'observer les opérations. Après avoir terminé sur la lune-chantier, ils avaient gagné l'astroport. De nombreux vaisseaux y étaient disponibles et la plupart des équipages étaient prêts à rejoindre la rébellion. Il était assez stupéfait de constater à quel point le désir de liberté était puissant chez les croyants. Les femmes et les hommes, qui se pressaient pour intégrer leurs rangs, venaient de tous horizons. Il y avait des ouvriers de maintenance de l'astroport, certains membres des équipes de direction et des jeunes gens qui habitaient, avec leur famille, sur cette lune. On pouvait y reconnaître des marchands ayant fait une halte dans le système bekilois, des membres d'équipage, ainsi que des voyageurs en transit. Certains étaient richement habillés, d'autres portaient des tenues de travail, d'autres encore, des vêtements simples. Devor observait chacun d'entre eux avec nonchalance, sans vraiment prêter attention aux visages sérieux, fatigués, exaltés ou inquiets de ceux qui attendaient. Parfois, il croisait un regard curieux qui se détournait aussitôt, incapable de soutenir le miroir glacial de ses yeux. Son intérêt fut soudain attiré par un homme qui patientait au milieu de la foule. Il était élégamment vêtu, son visage à la peau sombre était soigneusement rasé, sa bouche pleine et charnue était ornée d'une mince moustache. Il se dégageait de lui une arrogance et une suffisance qui ne trompaient pas. Il remarqua la curiosité de Dem et s'inclina légèrement. Sans laisser paraître son irritation, Devor fit signe à l'inconnu de s'avancer. Il quitta la file d'attente et le suivit. Milar le conduisit dans une pièce à l'écart. Il tenait à lui parler en toute quiétude, sans que leur conversation soit entendue.

— Général, je suis honoré de vous rencontrer, énonça l'autre.

— Qui êtes-vous ? demanda Dem, qui se doutait de la réponse.

— Mon nom est Zhylo Wallid, se présenta l'homme en s'inclinant avec grâce, et je peux vous apporter beaucoup.

— Vraiment ?

Dem tenta de projeter ses pensées dans celle de Wallid, mais il trouva cela étrangement difficile. Il n'arrivait pas à distinguer la porte de cet esprit. Il renforça sa concentration.

— Je peux vous fournir des soldats entraînés, des officiers chevronnés, des formateurs, des vaisseaux, des armes, de l'argent.

— J'ai déjà tout cela.

— En êtes-vous certain ? Vos recrues sont des novices.

— Il s'agit d'une révolte du peuple, portée par le peuple.

— Je ne vous imagine pas naïf, Général. Bien entendu, pour la façade, vous devez avoir des volontaires. Cependant, les vraies guerres, celles qui se gagnent, se mènent avec des professionnels. Je peux vous donner accès à des milliers de combattants entraînés, à des vaisseaux performants et à des armes puissantes.

— Nous possédons un Vengeur, croyez-vous qu'il existe un vaisseau plus puissant qu'un cuirassé des Gardes de la Foi ?

L'homme ne semblait pas perturbé par le ton froid de Milar et il continuait de sourire, faisant preuve d'une parfaite confiance en lui.

— Et vous, Général ? Je pense que vous vous reposez trop sur l'utilisation de l'énergie lywar, sur le S4 et toutes ces technologies utilisées par l'Imperium.

— Le lywar a conduit l'humanité à la victoire, sur tous les fronts.

— Je sais. Nous avons inventé le lywar et j'en connais toutes les applications, mais le lywar est obsolète. Nous avons d'autres armes et elles sont à vous, si vous acceptez notre aide.

— Quelles armes la coalition Tellus a-t-elle à nous proposer ?

— Je vois que vous savez d'où je viens.

— Vous êtes un maître-espion, Wallid, c'est une évidence.

— En tant que tel, je suis habilité à vous faire une offre.

— Je n'en doute pas. Que faites-vous sur cet astroport ?

— Il s'agit d'un concours de circonstances heureux et j'ai tout de suite compris l'opportunité que votre révolte offre à l'humanité.

Wallid disait vrai, cette insurrection fournissait à la Coalition un moyen de revenir au pouvoir, mais il ne croyait pas un seul instant que la présence de l'espion sur cet astroport soit fortuite. Il devait découvrir ce que ces fourbes tramaient. Seulement, il ne réussit pas à entrer dans les pensées de son interlocuteur. Il parvint à peine à distinguer son esprit, au prix d'une migraine naissante. D'abord, son empathie disparaissait et maintenant, son aptitude à pénétrer dans un cerveau lui faisait défaut. Que se passait-il ?

— Qui vous dit que nous désirons nous associer aux descendants d'un empire vaincu ?

— Allons, Général, ne croyez pas tout ce que le clergé de l'Imperium raconte sur la fédération Tellus. Sous notre égide, l'humanité brillait d'intelligence et avançait sur la voie de l'évolution. L'Imperium et sa religion corrompue ont conduit les humains dans une ère de ténèbres. Je suis convaincu que vous le savez. Une révolte comme la vôtre est exceptionnelle et j'en comprends toute l'importance. J'aimerais rencontrer celle que vous appelez l'Espoir. Ensemble, nous pourrions reprendre l'Imperium.

— Ensemble ?

Zhylo Wallid le fixait avec attention, son sourire hautain toujours en place. Il était un diplomate accompli et avait l'habitude de convaincre ses interlocuteurs.

— J'avoue être surpris par votre remarquable aptitude à la stratégie, Général. Les hommes comme vous sont rares.
— Vous croyez ? ironisa Milar.
— Extrêmement rares. Un homme comme vous aurait un rôle immense à jouer au sein de la Coalition, vous seriez un héros.
— Pensez-vous que je souhaite devenir un héros ?
— Laissez votre ambition s'exprimer, Général, et Tellus vous accordera ce que vous désirez.
— Je n'ai guère besoin de Tellus pour me donner ce que je peux prendre par moi-même. La rébellion n'a pas besoin de la Coalition, je veux que vous alliez rapporter mes paroles à vos maîtres !

Dem n'avait pu dissimuler son ton de commandement, glacial, et supérieur. Wallid cligna des yeux, surpris. Il avait sans doute imaginé que Dem était un quelconque officier des Soldats de la Foi et son attitude démentait cette déduction.

— Qui êtes-vous donc, Général ?
— Cela n'a aucune importance. Vous n'êtes pas le bienvenu ici, retournez dans l'espace de la Coalition.

En entendant la menace dans sa voix, Wallid recula d'un pas.

— Personne ne me parle sur ce ton. Vous avez besoin de nous pour remporter cette guerre !
— Je n'ai jamais eu besoin de personne pour remporter une guerre.
— Quelle arrogance ! proféra Wallid avec dédain. Personne ne peut affirmer une chose pareille...

Le maître-espion le détailla une fois encore, comme s'il cherchait à raviver sa mémoire et soudain, la stupéfaction se lut aisément sur son visage.

— Oh... Par les cendres du grand Tellus !

Il ne réussit pas à dissimuler la valeur tactique de ce qu'il venait de découvrir. Le masque diplomatique qu'il portait avec tant d'aisance avait volé en éclats et il murmura :

— Colonel Devor Mi...

Wallid n'acheva pas sa sentence. Dem avait planté sa lame-serpent entre ses côtes. Il ne pouvait pas permettre à ce larbin de la coalition Tellus de révéler son identité. Il retint le corps et l'étendit doucement sur le sol. En se redressant, il croisa le regard de Garal qui se tenait à l'entrée de la petite pièce.

— Que s'est-il passé ? Vous l'avez tué ?
— En effet, Capitaine.
— Pourquoi ?

— Parce que je l'ai jugé nécessaire. Je n'ai pas de comptes à vous rendre.

— Qu'est-ce qu'il a fait ?

— Comptez-vous remettre en cause mon autorité, Garal ?

— Non, Général, bafouilla l'homme. Je venais vous dire qu'on a fini. On a tous nos volontaires et Lazor nous a aidés à les répartir.

— Je consulterai le rapport. Allez-y, Garal, je vous rattrape.

L'ancien mineur hésita un instant, avant de quitter la pièce avec un haussement d'épaules. Milar se pencha sur sa victime et fouilla ses poches. Il ne trouva rien d'intéressant. Les agents de la Coalition n'avaient pas pour habitude de s'encombrer de preuves permettant de les démasquer. Wallid était intelligent et certainement haut placé dans la hiérarchie des maîtres-espions. Devor était furieux d'avoir été obligé de le tuer et surtout de ne pas avoir réussi à lire dans ses pensées. La Coalition aurait-elle mis au point un moyen de protéger ses agents ou avait-il perdu son don ? Il jura intérieurement. Wallid ne pouvait pas être sur cet astroport par hasard, mais comment pouvait-il être là pour rencontrer Nayla ? Cela semblait tout aussi improbable. La révolte était à peine commencée, comment la Coalition aurait-elle pu envoyer un maître-espion si vite ? Et était-il seul ? Pour une mission de cette importance, les agents de Tellus agissaient la plupart du temps en binôme. Devait-il lancer une chasse à l'ennemi ? *Non*, se dit-il, *il est trop tôt pour faire entrer la Coalition dans l'équation.* Trop des rebelles seraient prêts à vendre leur âme aux restes de la Fédération. Il allait seulement avertir Tarni, Lazor et les autres gardes.

Nayla ne sentait plus ses jambes, mais elle se força à ne pas boiter en arpentant les longs corridors du Vengeur. Les dernières heures passées sur la lune-chantier se résumaient à un interminable cauchemar de couloirs, de salles immenses et de recoins. Elle était heureuse que Dem lui ait demandé de retourner à bord, tandis qu'il se rendait sur la lune-astroport pour s'emparer d'autres vaisseaux et pour engager des équipages. Il envisageait de libérer Bekil, dès le lendemain, mais elle était trop épuisée pour penser à cette attaque. Une fois devant la porte de sa cabine, elle se tourna vers Seorg qui avait insisté pour l'accompagner.

— Merci, sans toi je n'aurais pas tenu.

— Ne dis pas de bêtises, répondit-il avec une toute nouvelle vénération. J'ai vu ce que tu as fait, Nayla. C'était incroyable.

— C'était d'une stupidité sans nom. Nous n'aurions pas dû venir ici. C'était de ma faute.

La fatigue eut raison d'elle et elle ne put retenir ses larmes. Le jeune homme l'attrapa par les épaules et la serra contre lui. Elle se laissa faire. Il sentait la sueur, le lywar et le sang, mais elle trouva du réconfort entre ses bras.

— Embrasse-moi, murmura-t-elle.

L'instant d'après, leurs lèvres s'unirent et elle s'abandonna totalement, dévorant la bouche du garçon, cambrant ses reins pour mieux se coller à lui, négligeant l'inconfort des armures.

— Viens, proposa-t-elle, en ouvrant la porte de sa cabine.

Seorg eut un charmant sourire, avant de lui caresser la joue, presque timidement.

— Non, pas ce soir. Tu es épuisée et bouleversée. Je ne veux pas en profiter.

— Seorg…, supplia-t-elle.

— Demain, tu m'en voudrais.

Elle lui rendit son sourire. Il avait raison, sans doute.

— Bonne nuit, alors.

Il s'inclina avec une pirouette et quitta le couloir d'un pas rapide, comme pour ne pas prendre le risque de changer d'avis.

❖❖❖

Cela faisait deux jours que les combats faisaient rage sur Bekil. Nayla, confinée à bord du Vengeur, devait se contenter des rapports qui leur parvenaient heure par heure. Dès l'arrivée du cuirassé en orbite, Tiywan avait contacté les cellules de résistance qui avaient subsisté malgré les nombreuses purges subies par cette planète. Cette fois-ci, il ne s'agissait pas d'éradiquer l'ennemi, mais au contraire de recruter un maximum de volontaires pour armer la flotte de la rébellion. Il fallait convaincre la population des grandes villes, rallier les Soldats de la Foi répartis en trois bases et anéantir les unités de l'Inquisition. Dem avait exigé qu'elle reste à bord, quoi qu'il arrive. Il ne voulait pas qu'elle risque sa vie inutilement. Nayla soupira. Cette insurrection n'était pas l'aventure glamour qu'elle avait imaginée. Elle ne pouvait s'empêcher de penser aux morts civils des lunes de Bekil ou aux ouvriers qui avaient refusé de les suivre. Leurs reproches résonnaient encore à ses oreilles. Pour eux, elle n'était pas venue les libérer, mais au contraire, elle les arrachait à une existence confortable et à un avenir sans danger. La capacité de production des chantiers avait été détruite, les laissant au mieux sans travail. Qu'allait-il advenir d'eux ? Dem avait haussé les épaules, lorsqu'elle avait posé la question. Il s'en moquait, bien sûr, mais elle connaissait la réponse. Le clergé n'accepterait jamais de laisser autant de témoins en vie. Seul le manque d'ouvriers qualifiés pourrait les sauver.

Nayla s'était réfugiée dans la quiétude de son antre et s'était endormie. L'alarme de sa porte d'entrée l'arracha à sa rêverie. Elle alla ouvrir avec l'espoir fou qu'il s'agisse de Dem. Malgré tous ses efforts pour créer une relation moins conflictuelle, il continuait à se comporter avec cette indifférence froide qui la désespérait. Les paroles de Leene Plaumec ne cessaient de la hanter, mais elle n'avait pas le courage d'affronter la vérité. « Il a détruit ses émotions », avait dit le médecin. Était-ce vrai ? Elle n'avait pas osé évoquer ce sujet avec lui, mais cette éventualité était une nouvelle source d'inquiétudes. Elle devait en savoir plus, elle devait tout faire pour retrouver en Dem, l'homme qu'il était encore quelques semaines auparavant. Elle essayait surtout d'oublier qu'il était le colonel Devor Milar, car chaque fois, les images d'Alima venaient ruiner sa résolution.

— Bonjour, Nayla, salua Seorg avec un grand sourire heureux.

Sa déception fut de courte durée, le jeune homme avait sur elle le pouvoir mystérieux de lui faire oublier ses soucis et ses préoccupations. Il avait dû trouver le temps de se doucher, car ses cheveux noirs et bouclés étaient encore humides. Il avait passé un pantalon en virch'n gris sombre et une chemise écrue, à la coupe typique d'Olima. La veste de polytercox kaki de la rébellion lui allait à ravir.

— Tu es revenu de Bekil ?
— Si je suis là…, répliqua-t-il en riant.
— Entre, répondit-elle en riant aussi.
— Tu as une cabine sympa, dis donc. Moi, je partage la mienne avec un autre gars, qui laisse toujours traîner ses affaires et qui grince des dents.
— Mon pauvre, le taquina-t-elle gentiment.
— Ne te moque pas, c'est terrible.
— Tu es toujours aussi méticuleux ?
— Toujours.

Le fantôme d'Olima s'invita aussitôt entre eux. La douceur de leur enfance, leurs amis d'alors, leur famille, tout cela revint hanter la jeune femme.

— Comment ça s'est passé, sur Bekil ? demanda-t-elle pour changer de sujet.

— Ce n'est pas facile. Il y a des groupes de croyants acharnés un peu partout et il a fallu les affronter.

— Tu veux dire que vous avez dû vous battre contre des civils ?

— Oui, contre des fanatiques.

Cette information la replongea dans sa morosité. Elle s'était préparée à combattre des Gardes de la Foi ou même des conscrits, mais des civils ! Comment cela était-il possible ? Puis elle se souvint de Norimanus et soupira. Il y aurait toujours des gens pour préférer le joug à la liberté.

— Ce n'est pas le plus compliqué, poursuivit Seorg.

— Que veux-tu dire ?

— Les fanatiques sont une minorité. Les Bekilois, pour la plupart, sont heureux de notre venue.

— C'est plutôt une bonne nouvelle, non ?

— Ils profitent de notre présence pour massacrer leurs voisins, parce qu'ils sont trop croyants, parce qu'ils portent un stigmate, parce qu'ils ont dénoncé un hérétique… Les raisons sont sans limites. Il y a tant de ressentiments sur Bekil, que tout explose.

— Nous n'aurions pas dû venir ici, conclut-elle sombrement.

— Mais si, il le fallait. On a ouvert les prisons de l'Inquisition et libéré les malheureux qui s'y trouvaient. C'était une vision horrible. Si tu savais ce qu'ils ont subi, je ne pourrais jamais oublier ce que j'ai vu dans ces geôles.

— Désolée…

— Pardonne-moi, je ne suis pas venu pour te casser le moral.

— Cela n'arrivera jamais, Seorg. Ta présence est l'une des rares choses sympathiques de ma vie.

Sans attendre son autorisation, il fit un pas vers elle et la prit entre ses bras. Elle sentait la chaleur de ses mains à travers l'étoffe de sa chemise. Il déposa un doux baiser sur son front.

— Le poids de tout ça est trop dur pour toi. Il faut vraiment trouver une solution pour t'épargner. En as-tu parlé au général ?

— Dem se moque de mes atermoiements et il a raison. Les enjeux sont si importants, que mon état d'esprit n'a aucune valeur.

— Je ne suis pas d'accord. Tu devrais en discuter avec lui.

— Ce serait inutile.

— Dans ce cas, j'irais lui en parler.

Elle imagina la réaction de Milar et s'inquiéta pour le jeune homme.

— Non, je t'en prie, non ! Je vais bien, je t'assure.

— Si tu n'oses pas lui en parler, moi, il ne me fait pas peur !

— Seorg, je t'en prie. Je vais bien. Ne va pas parler à Dem, promets-le-moi.

— Je te le promets, dit-il d'un ton peu convaincu.

— Je te conjure de tenir ta parole.

— Ne t'en fais pas. Écoute, je n'étais pas venu parler de Dem.

— Non ? Qu'étais-tu venu faire ?

— Je… Je ne sais pas si je fais bien…

— Seorg ?

Il sortit de sa poche un petit paquet grossièrement emballé dans une pièce de tissu.

— Je voulais te faire ce cadeau, mais maintenant, j'ai peur de te faire plus de mal que de bien.

— Tu plaisantes, ça fait des siècles que je n'ai pas eu de cadeau.

— Mais c'était ton anniversaire, il y a quoi ? Dix-huit jours ?

— C'est vrai, mais je n'aime plus fêter ce jour-là.

— Je m'en souviens, mais quand même… J'aurais aimé être là pour te le souhaiter. Je vais me racheter. Ouvre-le, vas-y !

Elle déplia le tissu et découvrit une holophoto représentant Seorg et elle, en train de faire les fous sur la grève du lac Tamyo à quelques centaines de mètres de la maison familiale. Ils étaient tous les deux en short et tee-shirt trempés. Ils riaient aux éclats. Elle se souvenait de cette journée, immortalisée par Kanmen lors d'un déjeuner partagé par les deux familles. Elle avait quatorze ans, Seorg en avait seize et ils s'étaient amicalement bagarrés avant de rouler dans l'eau du lac. Elle était si heureuse à cette époque, sans aucun malheur pour occuper ses rêves. Ses yeux s'embuèrent de larmes.

— J'avais cette photo dans mes bagages, expliqua-t-il. Je n'avais pas pu la laisser à la maison. Je voulais emporter un peu d'Olima avec moi et surtout, un souvenir de toi. Je me suis dit qu'elle serait le cadeau parfait pour ton anniversaire.

— Oh, Seorg, non. Tu ne peux pas t'en séparer, je ne peux pas accepter.

— Si bien sûr que tu peux. Garde-la, cela te rappellera les moments où nous étions heureux.

— Merci, tu es…

Elle l'embrassa passionnément et il lui rendit son baiser avec frénésie. Ils échangèrent un long regard et Nayla posa l'holophoto sur le bureau. Elle prit les revers de la veste de Seorg et sans hésiter, elle la lui ôta. Elle lissa le doux tissu de sa chemise et défit le cordon qui nouait le haut du vêtement. Il libéra la chemise de Nayla de l'emprise de son pantalon et glissa ses mains sous l'étoffe. Elle tressaillit en sentant ses paumes chaudes caresser la peau de son dos et de ses hanches. Elle se colla contre lui et elle aussi s'arrangea pour toucher la peau douce du garçon. La sensation était incroyable, son cœur s'accélérait et la gorge sèche, elle l'embrassa encore. Elle aimait le goût de ses lèvres, elle voulait tout oublier dans ses bras. Il glissa sa langue dans sa bouche et pressa ses mains contre son dos pour mieux la plaquer contre sa poitrine. Elle entendait son cœur battre, elle ressentait son désir. Il était tellement différent de… Cette pensée la fit frémir et malgré elle, elle le repoussa. Le visage de Dem s'imposa à elle, son regard bleu glace, froid et pourtant animé d'une étonnante tendresse. Elle se souvint de cet instant hors du temps, hors du monde, qu'ils avaient partagé sur la passerelle du Vengeur. Un immense chagrin l'envahit. À cette époque, elle s'était forcée à ignorer ce que lui soufflait la plus élémentaire logique. Il n'était que Dem, que cet homme mystérieux et fascinant. Cette douce innocence était terminée désormais. Il était Devor Milar et elle ne pouvait pas imaginer vivre une quelconque histoire romantique avec le monstre d'Alima.

— Qu'y a-t-il ? demanda doucement Seorg. Est-ce que je vais trop vite ?

— Non, tout va bien, balbutia-t-elle.

Elle ne voulait pas repousser son ami maintenant, cela aurait été injuste. *Dem n'existe plus !* songea-t-elle. Le jeune homme lui caressa amoureusement la joue.

— Je ne veux pas te presser, je tiens trop à toi pour risquer de te faire du mal.

— C'est juste que…

L'alarme de la porte les fit sursauter tous les deux. Qui pouvait venir la déranger dans sa cabine ?

— Ouvre, c'est peut-être important.

Elle acquiesça d'un signe de tête et remit maladroitement les pans de sa chemise dans son pantalon. Elle ouvrit la porte et se retrouva nez à nez avec Tiywan. L'homme la dévisagea longuement, puis regarda Seorg avec un sourire amusé.

— Désolé de vous déranger jeunes gens, mais le général est rentré. Nayla, il souhaite vous voir sur la passerelle. Je peux lui dire que vous avez besoin d'un peu de temps.

La jeune femme, le feu aux joues, ne sut que répondre.

— J'allais partir, Commandant, intervint Seorg. Nayla, encore une fois, bon anniversaire !

— Merci, bredouilla-t-elle.

Le garçon passa près de Tiywan et disparut dans le couloir.

— C'est votre anniversaire ? demanda Xev Tiywan.

— Non, c'était il y a deux semaines. Dites à Dem que j'arrive.

— Je le lui dirai. À tout de suite, Nayla, ajouta-t-il en s'inclinant avec grâce, et si je puis me permettre, bon anniversaire !

Elle resta immobile devant le panneau de la porte qui venait de se refermer. Elle pensait à Seorg. Son meilleur ami d'enfance était devenu un homme séduisant et était toujours aussi adorable. Elle l'aimait bien et dans ses bras, elle se sentait loin de son destin.

Ailleurs…

Qil Janar faisait les cent pas sur la passerelle de son vaisseau. Cela faisait trois jours qu'il ne dormait pas. Il avait lancé le Carnage sur les traces de Milar. Cet inquisiteur, sur Natalim, était resté en vie juste assez longtemps pour leur transmettre la destination de la rébellion. Le secteur M-V était à plus d'une semaine de voyage et Janar n'arrivait pas à comprendre cette tactique. Il existait d'autres endroits stratégiques beaucoup plus proches. Cela ne rimait à rien et cet illogisme le tenait éveillé.

Il pouvait presque sentir le vaisseau frémir sous ses semelles. Dans l'espoir de gagner du temps sur la flotte ennemie, il avait poussé les moteurs au-delà de leurs limites. Milar avait récupéré plusieurs vaisseaux sur Natalim, des engins bien moins rapides que le Vengeur et qui seraient servis par des incompétents. Il allait se traîner au cours de ce voyage. Il soupira. Peut-être était-ce la raison de ce choix idiot. Peut-être que Milar comptait sur ce long trajet pour roder ses équipages.

— Détectez-vous quelque chose ? demanda-t-il à l'officier scientifique.

— Non, Colonel, les scanners n'ont rien capté.

L'homme s'était abstenu de lui faire remarquer qu'il avait déjà posé plusieurs fois cette question au cours des dernières heures. L'entrée d'Ubanit sur la passerelle acheva de lui gâcher sa journée.

— Du nouveau, Colonel ?

— Non.

— C'est fâcheux.

— Oh, vous croyez ? ironisa-t-il.

— Ne me parlez pas sur ce ton, Colonel. Je suis le premier inquisiteur de ce…

— Oui, oui, je sais ! Retournez donc dans votre cabine, Premier Inquisiteur.

Le regard du jeune homme roux étincela de colère.

— Colonel, dit l'officier de communication. Je viens de capter un message d'alerte…

— Eh bien ! s'exclama Janar.

— Bekil, Colonel. La flotte de la rébellion vient d'attaquer Bekil.
— Quoi ! s'écria Ubanit.
— Les chantiers, l'astroport, la planète… tout le système planétaire de Bekil, Colonel.

Janar dut serrer les mâchoires pour ne pas pousser un hurlement de rage. *Je le savais !* se dit-il. *Je le savais !*

— Comment avez-vous pu vous laisser manipuler de cette…, commença Ubanit.

Janar pivota vers l'inquisiteur qui recula sous l'impact de son regard meurtrier.

— Plus un mot, ou je jure que je vous tue ! gronda-t-il d'une voix sourde.

Il prit une profonde inspiration, puis donna l'ordre de faire route sur Bekil. Il savait déjà qu'il n'arriverait pas à temps. Milar remportait cette manche.

Le destin de tous est dans la main de Dieu.

Chapitre 2 du Credo

Milar, toujours vêtu de son armure de combat, était assis sur le fauteuil de commandement, il se leva à l'entrée de Nayla et s'inclina.
— Vous vouliez me parler, Général ?
— En effet, suivez-moi en salle de briefing.
Sans un mot, elle le suivit. Il ferma la porte derrière eux.
— Je voulais vous rendre compte de notre avancée sur Bekil.
— En privé ?
— Je préfère que nos... discussions se passent à l'abri des oreilles indiscrètes.
— C'est inutile. Je ne suis pas assez stupide pour que votre identité m'échappe.
— Je n'ai jamais pensé cela. Je veux juste éviter que nos troupes se rendent compte de votre colère...
— Ce n'est pas de la colère, siffla-t-elle.
— Je ne suis pas très doué pour qualifier les émotions.
— J'attends votre compte rendu, Général, s'impatienta-t-elle.
— La planète est presque pacifiée. Demain, j'organiserai le recrutement et surtout la nomination des responsables pour le gouvernement de ce monde libéré. Comme nous l'avons décidé, je veux mettre en place un commandement de la rébellion, sur les planètes que nous annexons. Vous allez devoir parler aux volontaires. Êtes-vous prête ?
— Oui, affirma-t-elle alors que l'idée lui retournait l'estomac.
— Parfait. Je vous ferai savoir quand cela sera possible.
— Très bien, Dem. Je... On m'a parlé de massacres sur Bekil. Des civils qui tuent leurs voisins.
— C'est exact. Ce genre de comportement est malheureusement inévitable. Les humains éprouvent souvent le besoin de se venger.
Elle se sentit rougir, estimant qu'il faisait cette remarque pour stigmatiser son propre comportement.

— Mais les morts sont-ils réellement coupables ?

— Pas tous, non. Il arrive que des innocents soient tués au cours de ces débordements. Nous n'avons pas les moyens de faire un travail de police.

— Faites ce qu'il faut pour protéger les innocents, Dem !

— J'ai peur que cela ne soit pas une priorité, continua-t-il imperturbable. Les coupables doivent être éliminés.

— Je ne peux pas admettre ça !

— Il le faut pourtant, mais je tiens compte de vos désirs, Espoir. Je donnerai des ordres en ce sens.

— Faites-moi prévenir quand vous le jugerez bon, Général !

— Bien entendu.

Elle quitta la passerelle, contrariée. Ses prophéties se révélaient justes, une fois encore. Sur son passage, elle laissait une traînée de sang et de cadavres. Elle erra quelque temps dans les couloirs, Tyelo dans son sillage. C'est lui qui remplaçait Tarni les rares fois où le vieux garde du corps acceptait de prendre du repos.

— Attendez-moi, Nayla ! s'écria Tiywan. Je vous rattrape enfin. Vous avez quitté si précipitamment la passerelle.

— Qu'est-ce que cela peut vous faire ?

— Vous aviez l'air si… triste, si perturbée… Que vous a-t-il dit, si je puis me permettre ?

— Rien que la vérité. Que je ne peux pas sauver tout le monde et que pour se débarrasser des coupables, il faut accepter de perdre des innocents.

— Je ne suis pas d'accord. Il faut être insensible pour dire une chose pareille.

— Ou être réaliste, répliqua-t-elle sombrement.

— Non, ne devenez pas indifférente, Nayla, je vous en prie.

— Comment empêcher les habitants des mondes que nous allons libérer, de se venger sur leurs voisins ?

— Oh, c'est cela qui vous ennuie ? Que vous a-t-on dit ?

— Comment ça ?

— Aucun innocent n'a été assassiné sur Bekil. C'est ma planète, je la connais bien. Effectivement, les Bekilois se sont vengés. Ils ont exécuté ceux qui s'étaient scarifié la joue pour démontrer leur Foi, ceux qui guettaient la moindre faute de leurs voisins pour les dénoncer à l'Inquisition. Il s'agit d'une justice populaire et elle doit perdurer. Les membres du clergé, ceux de l'Inquisition et les Gardes de la Foi n'ont pas le droit de survivre.

Malgré elle, elle frissonna en devinant la menace dans le ton passionné de la voix de Tiywan.

— Je sais que vous avez besoin de certaines personnes, confirma-t-il à voix basse, mais un jour, il faudra envisager de nettoyer les rangs de votre état-major.

— Faites attention à ce que vous dites, Tiywan.

— Cette insurrection doit être celle du peuple, celle des malheureux qui ont souffert dans les griffes du pouvoir. Vous avez perdu votre père, j'ai vécu neuf ans dans les bagnes de l'Imperium, d'autres ont été déportés, obligés de vivre et de travailler sur des mondes cauchemardesques. D'autres... D'autres ont fait le choix de servir l'Imperium. Je ne parle pas seulement des gardes noirs. Non, eux encourent toute la force de notre justice. Je parle des anciens soldats de métier, de ceux qui ont choisi pour profession d'étouffer la liberté. Ils doivent être écartés du nouveau pouvoir.

Il ciblait de Mylera, de Leene et de quelques autres. Comment pouvait-il réclamer qu'elle punisse ses amis ? Il sembla comprendre ses réticences.

— Je sais, certains de vos amis sont des soldats de métier. Je ne vous demande pas de les abattre, mais vous ne pouvez pas leur confier des postes importants dans votre état-major. Vous incarnez l'Espoir, Nayla, et cela exige que vous soyez forte et inflexible.

— Exige ?

— Je m'enflamme, sourit-il. Aujourd'hui, vous n'avez guère le choix. Vous devez être pragmatique et utiliser les armes mises à votre disposition. Il faudra s'en débarrasser, le moment venu. J'ai confiance en vous. Vous prendrez les bonnes décisions.

Celui qu'il désignait à sa justice était Dem, bien sûr. Pourrait-elle le condamner à mort ? Bien sûr que non, elle s'y refusait, déjà oublieuse de sa volonté de vengeance.

— Nous verrons cela, mais vous n'avez aucun droit d'exiger quelque chose de moi.

— Bien sûr que non, s'exclama-t-il. Je me permets juste de vous montrer à quoi ressemblera, sans aucun doute, l'avenir.

— Auriez-vous le don de prophétie ? se moqua-t-elle.

— Après avoir été emprisonné si longtemps, je sais ce que veulent les rebelles. Je vous le dis, je suggère seulement. Je serai toujours à vos côtés et je soutiendrai vos décisions, toujours. Je ne me servirai pas de vous et je serai toujours attentif à vos sentiments.

Elle n'aimait pas le ton de cette discussion.

— Nous verrons, déclara-t-elle plus sèchement.

Elle fit demi-tour, mais Tiywan lui coupa la route.

— Pardonnez-moi. Je me suis laissé emporter. Cette révolte prend une telle ampleur que je vois la victoire sur notre route. Enfin, l'humanité va s'arracher au joug de cette religion. Vous êtes celle que tous attendaient. Je ne veux pas voir des membres de l'ancien régime garder le pouvoir et vous utiliser pour ça. Vous êtes une jeune femme merveilleuse, Nayla, merveilleuse, je vous assure. Je me souviens de notre première rencontre, vous étiez un phare dans ma nuit. J'aurais pu être séduit par vos idées et je l'ai été, mais j'ai surtout été séduit par la femme que vous êtes. Vous m'avez libéré des geôles de l'Inquisition, mais vous avez fait de moi un prisonnier. Vous avez capturé mon cœur, à jamais. Je suis à vous !

L'emphase de sa déclaration l'embarrassa. Cet homme attirant et viril dégageait une telle séduction qu'elle se sentait presque envoûtée par son regard brûlant et par ses belles paroles, prononcées avec tant de passion par cette voix chaude et chantante. « Envoûtée » voilà ce qui la troublait. Elle repoussa l'attirance presque animale qu'elle ressentait pour lui et répliqua :

— Tiywan, je ne sais que dire. Je n'ai aucune envie de… me lier à qui que ce soit, pour le moment.

— Bien sûr, je comprends. Je vous en supplie, ne vous noyez pas dans une solitude morose. Lorsque vous vous sentirez seule, venez me voir. Nous parlerons de tout ce que vous souhaiterez, en toute quiétude, en toute amitié. Pardonnez-moi pour mes déclarations. Je suis un homme passionné, je m'en excuse.

— Ne vous excusez pas. Je prends en compte ce que vous m'avez dit. Je vous prie maintenant de m'excuser, mais on m'attend.

— Vraiment…, susurra-t-il avec un sourire chaleureux. Oh oui, il s'agit de ce charmant garçon, n'est-ce pas ?

— Seorg et moi sommes amis depuis toujours.

— Il faut chérir ses amis. Bonne soirée, Nayla.

Derasil, la capitale de Bekil, était une ville sans charme, constituée de maisons grises hautes d'un étage, toutes rangées selon un quadrillage parfait. Même le palais du gouverneur n'était qu'un cube laid, aux fenêtres étroites. Depuis que Bekil était pacifiée, Dem et les autres s'occupaient du recrutement. Soilj avait préféré visiter la ville et depuis une heure, il errait au hasard des rues. Ses parents venaient de ce monde. Ils en avaient été arrachés lors d'une rébellion ratée. Lui était né sur une planète couverte de jungles épaisses et de marécages malsains, peuplée de communautés éparses réfugiées dans des grottes. Alors, marcher dans les rues d'une cité qui aurait pu être son foyer fût-elle laide, était un luxe extraordinaire. Après ces semaines d'enfermement à bord du vaisseau Vengeur, il appréciait la solitude de ces allées désertées, mais n'arrivait pas à se sentir chez lui. L'ambiance était trop lourde. Il arpentait une artère bordée de petites échoppes, toutes fermées. Les gens étaient trop effrayés par la présence de la rébellion et n'osaient pas afficher leur préférence de façon trop ostentatoire. Ouvrir leur boutique aurait pu être mal interprété, par un camp comme par l'autre. Soilj remarqua des rideaux qui bougeaient et le poids du regard des curieux qui perforait son dos. Il avait tort de s'être éloigné. Il reprit le chemin du palais d'un pas rapide, presque précipité.

Soudain, à un croisement, il fut heurté de plein fouet par une personne enveloppée dans un grand manteau, détail étonnant avec l'atmosphère étouffante qui régnait sur cette planète.

— Attendez, qui êtes-vous ? s'écria-t-il en saisissant l'inconnu par le poignet.

L'entraînement prodigué par Verum lui sauva la vie. Il devina, plus qu'il ne vit, le coup que lui portait l'agresseur. Il leva le bras et la lame, fine comme une aiguille, glissa sur le ketir. Il entendit une voix féminine jurer et avant qu'il n'ait eu le temps de réagir, elle s'enfuit. Il tenta de la retenir, mais ne s'empara que de son manteau. Elle se dégagea et frappa encore, vers son visage. Il recula, heurta un pavé disjoint et s'étala lourdement sur le sol. Il roula sur lui-même pour mieux se relever. Elle avait déjà disparu. Il n'avait entrevu qu'une silhouette de femme, aux formes parfaites. Déstabilisé, il hésita. Devait-il la chercher ? Il commença à remonter la rue en courant, mais au premier croisement, il comprit que jamais il ne la retrouverait dans ce labyrinthe. Mû par la curiosité, Soilj choisit plutôt de prendre le chemin par lequel elle était arrivée. Il voulait savoir ce qu'elle fuyait. Dans ce dédale, tout se ressemblait et il ne vit rien qui aurait pu effrayer cette inconnue. Il allait renoncer, quand il aperçut une forme étendue sur le sol, au fond d'une ruelle étroite et sombre. Son fusil lywar levé, le doigt sur la détente, il s'engagea avec précaution dans le passage. Il s'agissait d'un corps, recroquevillé contre le mur, près d'un porche plongé dans l'obscurité. L'armure que portait le mort arborait les marques kaki de la rébellion. Il se précipita vers le corps, non sans prendre le temps de vérifier que personne ne se dissimulait sous l'arche sombre. Il s'agenouilla auprès du cadavre et le retourna doucement.

— Oh, non…, murmura-t-il, ce n'est pas possible…

Nayla se sentit vaciller en entrant dans l'infirmerie. Elle s'était réveillée quelques minutes plus tôt, avec la certitude qu'un malheur venait d'arriver et la visite de Daso Bertil avait confirmé ses pires craintes. Elle l'avait suivi jusqu'à l'infirmerie, le cerveau anesthésié, incapable de penser, incapable de pleurer, refusant de croire l'histoire du mineur. Le visage défait et taché de sang de Kanmen la ramena à la réalité. Elle courut vers la table d'examen, où gisait le corps de son ami d'enfance. Seorg était encore en armure de combat, son visage exsangue était paisible, il semblait dormir. La gorge serrée, elle s'approcha et posa une main sur la surface lisse du ketir, se demandant où il avait été touché. La matière nanorégénératrice avait la capacité de se reconstituer, mais pas aussi vite. Elle se figea en découvrant la blessure fine et sanglante sur le côté du cou. Elle avait déjà vu ce genre de lésion.

— Que s'est-il passé ? demanda-t-elle à Kanmen.

— Je ne sais pas, on vient de le ramener. C'est Valo qui… Sa voix se brisa sur le dernier mot.

Elle se tourna vers Soilj qu'elle n'avait pas encore remarqué. Il était blême, avec du sang sur son armure.

— Nayla… Je suis désolé, c'est… Je ne sais pas ce qui s'est passé. Il y avait une femme qui s'enfuyait. J'ai voulu l'arrêter, mais elle a tenté de me tuer. Et… Et après, je l'ai trouvé.

— Une femme ? demanda-t-elle avec une froideur qui l'étonna.

— Oui, je ne l'ai vue que de dos. Elle a essayé de me poignarder, alors je pense que… que peut-être, c'est elle qui l'a tué.

— Quel genre d'arme avait-elle ? Un poignard-serpent ?

— Un quoi ?

— Montrez-lui, Tarni, ordonna-t-elle.

Sans un mot, le vieux garde dégaina une courte lame triangulaire, logée dans le renfort de son poignet.

— Non, c'était une lame très longue, très fine, comme une aiguille. Elle visait le défaut de l'armure, sous l'aisselle, mais j'ai réussi à parer de l'avant-bras comme Verum nous l'a appris.

— Pourquoi ne l'as-tu pas abattue, Soilj ?

— Elle m'a échappé, se justifia le jeune homme, qui n'osa pas avouer qu'il avait bêtement trébuché. La ville est un vrai labyrinthe. Je ne l'aurais jamais rattrapée.

— Mais cela n'a pas de sens ! s'exclama Kanmen. Les combats étaient finis. Qui donc est cette femme ?

— Je suis désolée, affirma Nayla d'une voix sans émotion.

— Il faut retrouver cette meurtrière !

— Nous la retrouverons.

— Il le faut ! Elle doit payer ! Il était si plein de vie, si jeune.

Le grand gaillard se mit à sangloter silencieusement. Nayla le prit dans ses bras et il logea sa tête contre son cou. Elle aurait voulu pleurer avec lui, mais ses yeux restèrent obstinément secs.

— Oh, Kanmen, je suis si désolée. Je tenais tellement à lui.

— Vous étiez amis depuis si longtemps. Lui aussi, il t'aimait, Nayla. Déjà chez nous, sur Olima, il n'arrêtait pas de me parler de toi. Il était sûr qu'un jour il t'épouserait. Nous en étions tous certains d'ailleurs ; mes parents, moi, ton père…

— Kanmen, souffla-t-elle en espérant qu'il se taise.

— Ces derniers jours, il était tellement heureux, continua-t-il. Il m'a dit qu'il était follement amoureux de toi et que cette fois-ci, il était certain que tu partageais ses sentiments. Nayla… Ce matin, lorsque nous sommes descendus sur Bekil, il m'a dit qu'il… qu'il allait te demander en mariage. Je suis désolé, je…

Sans ajouter un mot et les yeux pleins de larmes, il quitta l'infirmerie précipitamment. Sonnée, Nayla aurait voulu être capable de s'effondrer en sanglots sur le corps de Seorg, mais elle était comme engourdie par les événements.

— As-tu vu autre chose ? demanda-t-elle à Soilj.

— Non, je suis désolé. Je me baladais seul dans la ville et… Cette femme, j'aurais dû l'arrêter.

— Tu as fait ce que tu as pu, conclut-elle avec lassitude. Peux-tu nous laisser, Soilj ? Je dois parler au docteur Plaumec.

— Euh, oui, je… Courage, Nayla.

Il quitta l'infirmerie d'un pas lourd. Nayla n'arrivait pas à croire que Seorg, qu'elle connaissait depuis toujours, soit mort. Depuis qu'elle l'avait retrouvé, il était devenu son ancre, le seul point positif de son existence. Grâce à lui, elle avait retrouvé goût à la vie et avait oublié cette dureté qui avait suivi son incursion dans les souvenirs de Milar. Elle avait recouvré le sommeil et ses cauchemars ne la perturbaient plus. Sans lui, elle aurait sans doute sombré dans la folie. Il était si adorable, si attentif, si… normal. Elle leva les yeux vers Leene.

— Docteur ? Qu'avez-vous à dire ? De quoi est-il mort ?

— Il a eu la carotide tranchée par une lame.

— Quel genre de lame ? s'entendit-elle dire.

— Petite et triangulaire.

C'est ce qu'elle pensait, mais elle avait voulu entendre la confirmation de la bouche du médecin.

— Comme celle de Dem ?

— Oui, une lame de Garde de la Foi, comme celle que votre charmant garde du corps vient de nous montrer.

— Docteur, aurait-il pu…

Plaumec eut un regard étonné, puis nia énergiquement.

— Bien sûr que non, comment pouvez-vous penser cela ? Jamais Dem n'aurait…

— Jamais ? Je l'ai vu tuer un soldat blessé, parce qu'il nous avait entendu parler. Je me suis toujours demandé ce qui était arrivé à Feljina. Dem n'a jamais hésité, avant. Aujourd'hui, je crois que cela ne lui ferait ni chaud ni froid ?

— Nayla, je sais de quoi il est capable. Je sais très bien qu'il n'hésiterait pas à éliminer n'importe qui, s'il l'estimait nécessaire, mais pourquoi aurait-il tué ce garçon ? Cela n'a aucun sens.

— Je ne sais pas, Docteur. Seorg voulait lui parler.

— Lui parler de quoi ?

— Il s'inquiétait pour moi et voulait aborder le sujet avec Dem. Je l'avais supplié de ne pas le faire, mais…

Elle ne put continuer, imaginant Seorg confrontant Dem et ce dernier plongeant sa lame serpent dans la gorge du jeune homme, qui n'était pas de taille face au garde noir.

— Ça n'a pas de sens. Dem vous protège, il n'aurait aucune raison de tuer un homme parce qu'il s'inquiète de votre bien-être.

Cet argument était valable. Milar était un tueur froid, mais il n'était pas un psychopathe. Pourquoi aurait-il tué Seorg ?

— Il est peut-être jaloux, souffla-t-elle.

— Jaloux ? Ma petite, cela, il ne le peut plus ! Vous avez fait ce qu'il fallait pour ça ! Il a sacrifié ses émotions pour vous ! Vous êtes devenue si insensible, que vous l'avez déjà oublié ?

— Bien sûr que non !

— Avez-vous au moins compris ce que vous lui avez fait ? Vous avez déboulé dans sa cabine pleine de colère et de haine. Il était l'homme qui avait détruit Alima, après tout. Vous avez dû lui dire des mots terribles et cet imbécile a tout sacrifié pour vous. Je ne sais pas comment il a fait ou ce qu'il a fait. Je l'avoue, je ne comprends rien à vos histoires d'accès aux pensées d'autrui. Ce que je sais, c'est qu'il a fait en sorte de ne plus rien ressentir ! Plus jamais !

— Comment pouvez-vous…

— Il n'a plus la capacité d'être jaloux, ma petite ! Alors, ne l'accusez pas du meurtre de ce pauvre garçon.

« Il a sacrifié ses émotions », c'est ce que Leene lui avait dit. Elle n'avait pas réellement compris ce que cela impliquait, ou plutôt, elle n'avait pas voulu y réfléchir. Comment pouvait-il s'empêcher de ressentir ? Comment pouvait-il se couper de ses émotions ? Elle repensa à la façon dont il s'était débarrassé du souvenir de Nako et devina qu'il avait sans doute fait quelque chose d'approchant. Avait-il assassiné Seorg ? C'est une lame-serpent qui l'avait tué et seuls les Gardes de la Foi utilisaient ces poignards. Milar semblait apprécier tout particulièrement cette arme. L'avait-il utilisé pour égorger Seorg ? Les raisons de son geste étaient nombreuses. Elle ne pouvait pas oublier le soupçon qui l'avait effleurée quelques jours plus tôt. Milar savait manipuler ses souvenirs, il lui avait même appris à le faire. Cette Mission Divine était peut-être réelle. Peut-être que Seorg avait découvert quelque chose menaçant ce secret ou peut-être l'avait-il démasqué. Que venait faire cette inconnue dans ce scénario ? Était-elle un agent de l'Inquisition, chargée de prendre contact avec lui ? Seorg pouvait les avoir surpris et Dem l'aurait tué, ou alors, ce n'était qu'un témoin du meurtre qui avait voulu fuir au plus vite la scène de crime. Nayla savait déjà que ses doutes ne la quitteraient plus. La seule solution à son dilemme était de tuer Milar, mais sans lui, la rébellion serait vaincue à sa première rencontre avec un vaisseau Vengeur. Les mots de Tiywan lui revinrent en mémoire. Il avait suggéré qu'un jour, elle devrait juger et éliminer les anciens gardes noirs. *Il n'a pas tort*, se dit-elle, *mais pas tout de suite*. Froidement, elle se promit d'exécuter Devor Milar, avant l'offensive finale.

✦ ✦ ✦

Nayla n'arrivait pas à se remettre de la mort de Seorg. Elle pensait à lui en permanence, à son sourire chaleureux, à sa voix mélodieuse, à ses baisers. « Il voulait t'épouser », avait dit Kanmen. Il n'avait même pas eu le temps de lui dire qu'il l'aimait. Elle n'avait pas eu le temps de lui dire combien il comptait pour elle. Ils n'avaient pas eu le temps d'explorer leur amour, de mieux se connaître. Ils n'avaient même pas eu le temps d'être amants. *Ce n'est pas juste !* pensait-elle. Dem ne semblait pas se rendre compte de son chagrin et cela la rendait folle. Il n'avait même pas évoqué la mort de Seorg. Un instant, elle avait envisagé de le confronter à ses soupçons, puis y avait renoncé, tout comme elle avait abandonné l'idée de fouiller dans ses pensées. Elle craignait de se retrouver perdue dans la tête de Milar et n'était même pas sûre d'y trouver la vérité. Après tout, il avait la capacité de modifier sa mémoire. Elle avait conscience de n'être plus que l'ombre d'elle-même. Le discours qu'elle avait déclamé face aux nouveaux volontaires manquait de lyrisme et était à des années-lumière de celui qu'elle avait prononcé sur Olima. Malgré tout, les mots, écrits quelques jours plus tôt, firent tout de même leur effet.

L'importance de la flotte rebelle qui venait de quitter Bekil ne lui procurait aucun sentiment de joie ou de victoire. Elle n'arrivait pas à chasser de ses pensées le sourire éclatant de Seorg et restait étendue sur son lit, ses yeux secs fixés sur le plafond. Elle ne bougea pas lorsqu'on sonna à la porte. La sonnerie insista. Avec lassitude, elle se leva et ouvrit. Xev Tiywan se tenait devant elle, un sourire chaleureux sur les lèvres.

— Enfin, vous me répondez Nayla.
— Que se passe-t-il ?
— Je m'inquiète pour vous, vous semblez si désespérée.
— Et alors ?
— Vous avez perdu un ami, plus qu'un ami, excusez-moi, mais il n'aurait pas voulu que vous deveniez un fantôme.
— Qu'est-ce que vous en savez ? cracha-t-elle avec amertume.
— Parce qu'il semblait beaucoup vous aimer, dit-il doucement. Lorsqu'on aime une femme, surtout une femme comme vous, on ne veut pas son malheur. Il serait si triste de vous voir dans cet état. Pleurez-le, Nayla, et gardez-le dans votre cœur, mais ne vous laissez pas dépérir, il ne l'aurait pas souhaité. Vous avez des amis, ici.
— Vous croyez ?
— Moi, je suis votre ami, affirma-t-il avec ferveur.
— Vous ne cessez de dire ça. Alors, arrêtez de vous moquer de moi ! Vous êtes un homme et je ne suis qu'une gamine ! Vous n'avez aucune raison d'être mon ami, ajouta-t-elle avec rage.

Il lui sourit avec gentillesse, apparemment pas vexé par son explosion de colère.

— Nayla, vous n'êtes pas conscJ'iente de l'effet que vous avez sur les gens et plus particulièrement sur moi. Vous êtes si pleine de fougue, de charme, d'intelligence. Vous êtes belle et vous occupez toutes mes pensées. Je veux être là pour vous. Je suis votre ami.

Elle leva les yeux vers lui, l'observant avec plus d'attention, séduite par la passion qui vibrait dans sa voix.

— Je veux juste que vous gardiez à l'esprit que je serai toujours là pour celle qui incarne l'espoir.

Elle se ferma aussitôt en entendant ce mot. Est-ce que tous les hommes ne voyaient en elle que ce démon qu'elle était ? *Non*, se dit-elle tristement, *Seorg m'aimait moi, Nayla Kaertan d'Olima*. Un sourire charmant éclaira le visage de Tiywan.

— Je sais. Ce mot vous agace. Le poids de ce destin est lourd pour une seule personne. Pourtant, c'est vrai, vous apportez de l'espérance à cette galaxie, mais ce n'est pas pour cela que vous avez capturé mon cœur. Je serais tombé sous votre charme dans n'importe quelle condition.

Elle se sentit rougir bêtement, puis c'est la colère qui l'emporta. Elle pleurait encore Seorg et cet homme n'hésitait pas à la draguer.

— Comment osez-vous ?

— Je voulais vous faire comprendre que je suis là, affirma-t-il avec un geste d'impuissance. Si vous avez besoin d'un ami. Je veux vous aider à mieux supporter votre deuil, mon épaule sera toujours là si vous souhaitez venir y pleurer.

— Avez-vous retrouvé cette femme que Soilj a vue ? demanda-t-elle abruptement.

— Non, personne d'autre ne l'a vue.

— Vous accusez Soilj de mentir ?

— Bien sûr que non. Je suis persuadé que ce garçon est sincère.

— De toute façon, cela n'a que peu d'importance. Ce n'est pas elle qui a tué Seorg.

— Que voulez-vous dire ?

— Vous le savez bien. La lame qui a poignardé Seorg est une arme utilisée uniquement par les Gardes de la Foi.

Le visage du géant blond se ferma et devint plus sérieux.

— J'ai lu le rapport du docteur Plaumec. Je suppose qu'il s'agit d'un garde noir qui nous a échappé.

— Avez-vous retrouvé ce garde ?

— Non, je suis désolé.

— L'avez-vous cherché ?

— Nous n'avons pas pu. Dem nous a assuré qu'un vaisseau Vengeur se dirigeait vers Bekil. Je voulais rester l'affronter et défendre ma planète, mais selon lui, nous n'étions pas prêts. En ce moment même, Bekil doit braver la fureur de l'Imperium.

— J'en suis navrée, mentit-elle.

Elle était trop désespérée pour se préoccuper de Bekil. Olima aussi avait été abandonnée.

— Il n'y a aucune raison, répondit-il, ce n'est pas vous qui avez pris cette décision.

— Dem a-t-il cherché ce garde lui-même ? demanda Nayla, toujours décidée à apprendre la vérité.

— Non, bien sûr que non. Il est général après tout et votre ami n'était qu'un lieutenant. Il n'en a sans doute pas vu la nécessité.

Elle contrôla sa colère. Dem aurait pu retrouver ce tueur, s'il l'avait voulu. Il lui aurait suffi de faire confiance à son intuition surnaturelle, mais il n'en avait pas vu l'utilité.

— Entrez. Ne vous inquiétez pas, Tarni, je veux parler en toute tranquillité au commandant Tiywan.

— Je dois vous protéger, protesta le vieux garde du corps.

— Je ne cours aucun risque.

Il s'inclina et Tiywan pénétra dans la pièce. La porte se referma derrière lui.

— Pensez-vous que ce garde existe ? demanda-t-elle enfin.

— Que voulez-vous dire ?

— Cela pourrait être quelqu'un d'autre, non ?

— Un croyant un peu trop zélé, peut-être. Bien sûr, la lame qui l'a tué est une arme spécifique des gardes noirs et il est peu probable qu'un civil ait pu s'en procurer une. Ne vous torturez pas, cette mystérieuse inconnue est sans doute l'assassin. Elle a très bien pu voler une de ces lames-serpents sur le corps d'un Garde de la Foi.

— Êtes-vous resté en permanence en compagnie de Dem ?

— Il faut préciser vos questions, Nayla, vous commencez à m'inquiéter. Est-ce que vous me soupçonnez de quelque chose ?

— Bien sûr que non, s'exclama-t-elle avec une réelle surprise.

— Mais alors… Oh, c'est Dem que vous suspectez, souffla-t-il avec une compréhension soudaine.

— Non, pas du tout, nia-t-elle avec un manque de conviction qu'il remarqua.

— Nous n'avons pas été très souvent ensemble. Nos missions étaient différentes. Si vous le souhaitez, je peux essayer d'enquêter.

— Non ! Oubliez ça ! Cela ne servirait pas la cause.

Il lui prit les mains et plongea son regard dans les siens.

— Vous avez le droit à la vérité.

— Je l'apprendrai bien assez tôt. Je vous interdis de vous mêler de ça. Ne vous mettez pas en danger.

— Je vous remercie de vous soucier de moi, mais je suis capable de me défendre. Je veux, moi aussi, savoir si…

— Je vous l'interdis !

— Très bien, je n'enquêterai pas, céda-t-il, mais je garderai les yeux ouverts.

— Merci, Tiywan.

— Appelez-moi Xev, je vous en prie.

Son sourire était irrésistible. Elle ferma les yeux brièvement, prenant conscience de l'immense fatigue qu'elle ressentait.

— Merci de votre aide, Xev.

Ailleurs...

Helisa Tolendo se glissa sans bruit dans les conduits de maintenance du système de communication. Avec agilité, elle progressa dans l'étroit passage, jusqu'à un endroit un peu plus large. Les entrailles d'un Vengeur n'avaient pas de secrets pour elle, elle avait contribué au vol des plans de ces vaisseaux au tout début de sa carrière. Elle avait dû coucher avec un répugnant ingénieur pour réussir cet exploit, mais rien ne devait rebuter un maître-espion de la coalition Tellus. Sans attendre, elle dévissa habilement un panneau, découvrant un complexe réseau de composants et de fils. D'une main sûre, elle effectua quelques branchements. Elle écouta attentivement les bruits mécaniques qui cliquetaient doucement dans le conduit. Un vaisseau n'était jamais silencieux, mais aucun des sons qu'elle percevait ne provenait d'un être humain. Elle était bien seule dans cette partie du Vengeur. Rassurée, Helisa ouvrit le col de sa combinaison de technicien et dégagea le pendentif qu'elle portait autour du cou. À première vue, il s'agissait d'un bijou très simple, couvert d'une dorure bon marché. Elle pressa, avec la pointe de ses ongles et selon un ordre précis, quatre discrètes encoches presque invisibles sur la tranche du médaillon, qui s'ouvrit. Il contenait un petit récepteur qu'elle glissa dans son oreille, ainsi qu'un câble très fin qu'elle connecta au système de communication. À l'aide de la pointe de son stilettu, le poignard à la lame longue et effilée que les membres de son organisation affectionnaient, elle tapa quelques commandes sur le minuscule clavier intégré dans le couvercle. Après quelques longues minutes, une voix retentit dans son oreille.

— *Parlez.*
Elle porta le bijou à sa bouche et répondit :
— J'ai pris contact.
— *Où est Wallid ?*
— Wallid est mort. Leur général l'a tué.
Le proconsul Volodi attendit quelques secondes avant de répondre.
— *Pourquoi ?*

— Wallid devait le rencontrer et faire une offre au nom de Tellus. Je suppose que leur général ne nous apprécie pas.

— *Quelle est votre situation ?*

— J'ai réussi à intégrer leur équipage.

— *Parfait.*

— Et j'ai pris contact avec l'un de leurs officiers.

— *Vraiment ?*

— Il est tout à fait ouvert à une alliance.

— *Merveilleux. Faites ce qu'il faut pour vous asservir cet homme-là et débarrassez-vous de ce général encombrant.*

— Avec joie.

— *Et leur prophète ?*

— Jeune et sans expérience. Elle sera aisément manipulable.

— *J'ai confiance en votre habileté. Tenez-moi au courant et restez prudente. N'oubliez pas notre mot d'ordre.*

— Il guide ma vie. Je vous rappelle bientôt.

— *N'y manquez pas !*

Helisa referma le médaillon tout en murmurant :

— Avec mes charmes, je capture. Avec le poison ou le stylet, j'assassine. Le faible, je manipule. Le fort, j'élimine. Jamais je ne délègue les tâches importantes et toujours dans l'ombre, j'agis. Ne vous inquiétez pas, Proconsul, je n'oublierai pas ce mot d'ordre. Je vais manipuler cet imbécile de paysan et je m'occuperai de ce Dem. Il paiera pour la mort de Zhylo.

Helisa Tolendo se glissa hors du conduit et se redressa en lissant sa tenue de la rébellion. L'homme qui avait accepté l'aide de la Coalition lui avait fourni ce poste au sein de l'équipe de maintenance « communication », un poste idéal dans son cas.

Elle regrettait Zhylo, plus que cela n'était autorisé chez les maîtres-espions. Une relation charnelle entre partenaires était presque habituelle. Le sexe était un bon moyen pour évacuer la tension et le stress des missions, seulement les sentiments étaient une faiblesse qu'il fallait ignorer. Zhylo avait été son mentor pendant plusieurs années, il était un amant doué, inventif et endurant. C'était un homme intelligent, mais malheureusement très arrogant ; un défaut courant chez les maîtres-espions. Prendre contact avec ce Dem était une erreur. Après leur arrivée sur l'astroport, les deux agents de Tellus s'étaient partagé les tâches. Zhylo devait rester sur le satellite de Bekil pour établir le premier contact, tandis qu'elle se rendait sur la planète, pour tenter une approche plus discrète, s'il échouait. Il jugeait ce revers impossible, car le général de l'armée insurgée ne pourrait pas refuser l'aide de la Coalition. Elle avait tenté de convaincre son amant qu'un homme qui avait réussi à s'emparer d'un Vengeur serait peut-être difficile à amadouer. Zhylo n'avait rien voulu entendre, il était confiant dans sa capacité à séduire les autres.

Sans nouvelles de Zhylo, elle en avait déduit qu'il était mort. Sur Bekil, elle avait entraperçu le général de la rébellion et avait tout de suite compris qu'il n'était pas de ceux qu'on manipule. L'homme qu'elle avait contacté et séduit l'avait renseignée sur le sort funeste de Wallid. Elle sourit. L'ambition dévorait celui qui avait accepté l'aide de la Coalition. Il serait facile de se jouer de lui et en prime, il ferait un amant tout à fait acceptable.

Leene Plaumec s'éveilla lentement et étira longuement ses muscles noués. Elle fit même craquer quelques articulations et ouvrit aussitôt les yeux pour s'assurer qu'elle n'avait pas réveillé Mylera. Elle ne put s'empêcher de sourire en découvrant son visage à quelques centimètres du sien. La vision de son amie, profondément endormie, lui réchauffa le cœur. Cela faisait neuf semaines qu'elle partageait la vie de cette femme, à la personnalité si extraordinaire. Elle était vive, dynamique, enjouée et si douce. Leene aurait pu être parfaitement heureuse sans cette guerre.

Cela faisait presque deux mois que la flotte rebelle avait quitté Bekil. Ils avaient déjà libéré plusieurs mondes et enrôlé de nombreux volontaires. Malgré les morts qu'ils semaient sur leur passage, la tâche semblait toujours aussi immense. Comment contrôler la galaxie avec une flotte construite de bric et de broc ? Leene soupira ; c'était impossible. Ils n'étaient pas assez nombreux et passaient leur temps à échapper aux vaisseaux envoyés à leur poursuite. Elle soupira à nouveau. Elle appréciait de moins en moins la situation et leurs actions. L'implacabilité d'un Milar sans émotion était renforcée par la froideur de Nayla, qui souscrivait à ses propositions sans protester. La jeune femme semblait éteinte, sans passion, aussi dure et insensible que Dem. Elle acceptait sans réagir cette nouvelle religion qui se mettait en place. La prophétie s'était répandue dans toute la galaxie et leur existence n'était plus un secret. La plupart des mondes libérés aspiraient à cette émancipation, ils la réclamaient même et suivaient Nayla avec une folie qui l'effrayait. Leene ne pouvait plus se déplacer dans le vaisseau sans entendre parler de l'Espoir. Une fois les planètes libérées, une fois les vaisseaux disponibles incorporés dans la flotte, une fois les volontaires recrutés, l'armada rebelle repartait laissant en place un gouvernement provisoire. Ce qui advenait ensuite… Elle l'ignorait et Nayla paraissait s'en moquer. Les seuls moments où elle retrouvait un semblant d'humanité, c'était quand elle se trouvait en compagnie de Xev Tiywan et cela ne plaisait guère à Leene. Elle reporta son attention sur le visage de Mylera, toujours endormie. Elle sourit. L'amour qu'elles partageaient était la seule chose qui l'empêchait de sombrer dans la dépression.

— *Aux postes de combat ! Aux postes de combat !*

L'appel la fit sursauter et réveilla Mylera. Sans un mot, les deux femmes bondirent hors du lit et s'habillèrent précipitamment. Mylera fut la première à s'élancer vers la porte. Prise d'une inquiétude soudaine, Leene la rattrapa et la saisit par les épaules.

— Fais attention à toi, ma chérie, je t'en prie.

— Il n'y a rien à craindre en salle des machines. Ne t'en fais pas.

— Tu sais bien que cela peut être dangereux. Sois prudente, je t'en prie, Myli.

— Toi aussi.

— Je t'aime !

— Moi aussi, je t'aime, lança Mylera avec un sourire éblouissant.

Devor Milar chancela à peine lorsque les missiles lywar frappèrent le *Vengeur*. Le bouclier encaissa le choc et n'eut à déplorer qu'une faible perte de puissance. D'autres tirs heurtèrent un de leurs escorteurs, qui explosa sous l'impact. Cette situation était prévisible. Depuis un mois, le filet jeté dans l'espace par l'Imperium se resserrait et les deux jours perdus pendant la prise de Velira avaient permis à la Phalange orange de les rattraper. Le colonel Alazan exécutait une manœuvre simple ; il détruisait un maximum de petits vaisseaux, afin d'instaurer la peur dans l'esprit des rebelles qui n'étaient pas préparés à un affrontement de ce genre. Il voulait surtout retarder la flotte le temps que les renforts arrivent. Dem sentait l'esprit de Janar dans cette stratégie. Il leur était impossible de fuir, car les vaisseaux qui composaient le reste de la flotte n'avaient pas tous la capacité d'entrer en vitesse intersidérale sous le feu d'un cuirassé. Cela ne lui laissait qu'une seule option : détruire le vaisseau *Vengeur 402*. Vengeur contre Vengeur, la bataille serait rude. L'énergie qui alimentait les cuirassés était phénoménale et leur puissance de feu n'égalait que la robustesse de leurs boucliers. Malgré la flotte dont il disposait, Milar savait que la chance n'était pas de son côté. L'équipage des Gardes de la Foi était parfaitement rodé, entraîné, discipliné. Il réagissait à la seconde aux ordres qu'il recevait, alors que le sien hésitait encore et cherchait parfois la commande qu'il fallait presser. Devor transmit ses directives à toute la flotte, tandis que le vaisseau Vengeur de la rébellion ripostait. Le cuirassé ennemi encaissa sans broncher le déluge de missiles et fit feu à nouveau. Un destroyer rebelle fut sévèrement endommagé et deux escorteurs furent détruits. Ce seul Vengeur pouvait causer des dommages importants à la flotte rebelle, il pouvait même les vaincre. Ule Alazan n'était pas le plus brillant des archanges, mais il était compétent. Un sourire effleura les lèvres minces de Dem. *Efficace, mais sans aucune imagination,* se remémora-t-il. Des missiles, pleinement chargés, heurtèrent le *Vengeur 516* juste sous la passerelle, l'inondant d'une lumière crue.

— Il faut faire quelque chose, s'écria Tiywan d'une voix peu assurée. Ils nous mettent en pièces !

— Les boucliers tiendront.

Xev Tiywan, qui avait l'habitude de jouer les matamores, montrait aujourd'hui les limites de son courage. Le choix de cet homme n'avait pas été sa meilleure décision, cependant il était nécessaire d'installer une figure hérétique à ce poste. De plus, il n'avait trouvé personne d'autre pour endosser la responsabilité de second de la flotte. Milar finit d'écrire la modélisation de combat sur laquelle il travaillait depuis quelques minutes : 98,4 %. « *Rien n'est impossible, il existe toujours un moyen* », songea-t-il, citant le Code des Gardes de la Foi. Il se leva d'un bond et poussa le tireur de son siège.

— Lazor, prenez le poste de pilotage !

Avec une rapidité surnaturelle, il programma la console de tir et transmit ses ordres à tous les vaisseaux de la flotte. C'est le moment que choisit Nayla pour entrer sur la passerelle. Elle rejoignit le poste de commandement et Tiywan posa une main rassurante sur son épaule. Elle leva vers lui un regard plein de gratitude et un très bref instant, Dem fut agacé par cette attitude.

— En avant vitesse lente ! ordonna-t-il.

Les nombreux petits vaisseaux se jetèrent tous à l'attaque de l'immense cuirassé, détournant son attention. Un patrouilleur paya le prix de cet assaut et sa destruction sembla causer une panique au sein de l'escadre. Avec un désordre calculé, ils s'égaillèrent dans toutes les directions. Le *Vengeur 402* tira ses missiles sur un destroyer qui encaissa le choc. Le *516* accéléra, fonçant droit sur l'ennemi. Milar stoppa le système de visée automatique des canons lywar et ferma les yeux. Il fit appel à ses sens intérieurs et à son intuition de combat. Fort heureusement, cette capacité-là ne l'avait pas abandonné. La cible lui apparut, vivante, proche et lumineuse. Il pouvait distinguer les moindres détails, les faiblesses dans le bouclier ou dans la structure du Vengeur. Et il sut où frapper. Il vit d'abord un générateur de bouclier qui montrait des signes de défaillance, la transmission d'énergie à cet endroit n'était pas fluide et une surcharge ferait sauter ce relais. Il découvrit ensuite une zone fragilisée dans la composition même de la coque, sans doute due à un affrontement précédent. Il aligna les lourds canons lywar du 516 vers leur proie et pressa la touche de tir. Les missiles pleinement chargés filèrent droit sur leur objectif et il n'attendit pas, sachant déjà que ce tir serait suffisant. Il orienta le reste des canons sur la faiblesse de la coque, tout en transmettant les coordonnées de ce point à toute la flotte. Il fit feu et ouvrit les yeux. Le *Vengeur 402* sembla scintiller lorsque le générateur de bouclier sauta, incapable de supporter la surcharge. Le tir suivant le frappa à une dizaine de mètres de la zone moteurs. Sans la protection de son champ d'énergie, la coque d'un cuirassé pouvait encaisser un tir lywar, en théorie. Seulement, cet endroit était fragilisé par une fissure invisible qui courait dans le métal, stigmate laissé par une autre bataille. La puissance du lywar fit littéralement exploser tout un pan de la coque. Milar continua le feu et d'autres missiles s'engouffrèrent dans la brèche. L'implosion fit trembler le lourd cuirassé. Les petits vaisseaux de la flotte rebelle stoppèrent leur fuite et ouvrirent le feu à leur tour, déversant dans la blessure de la bête de métal des flots d'énergie lywar. Tous les boucliers du Vengeur étaient inopérants, désormais. Dem visa la passerelle et la totalité des canons lywar du vaisseau *Vengeur 516* crachèrent leurs missiles. La passerelle ennemie explosa envoyant des débris de tiritium dans l'espace. Dans l'instant qui suivit, une boule de feu éventra les entrailles du cuirassé ennemi. Les moteurs, touchés par un missile ou par l'incendie, venaient d'exploser. Avec ce hurlement étrange du métal soumis à une torsion impossible, le Vengeur se brisa en deux, en continuant d'imploser en plusieurs endroits. Milar se leva et s'adressa à son tireur.

— Poursuivez le tir ! Ne laissons aucun survivant !

Il croisa le regard soupçonneux de Tiywan qui devait se demander comment il avait pu réussir un tel tour de force. Nayla le toisa sans aucune joie particulière. Un curieux désappointement le perturba. Il aurait dû être satisfait par son comportement enfin purgé de sentiments inutiles, mais tout au fond de lui, quelque chose n'acceptait pas la transformation subie par la jeune femme.

Sous le regard impassible de Nayla, le puissant cuirassé continuait à être déchiqueté par le lywar. *Un de moins*, songea-t-elle. Milar avait usé de son intuition pour déterminer les tirs, elle le savait. Pour l'instant, il demeurait un atout sérieux dont les rebelles ne pouvaient pas se passer.

Elle croisa le regard étonné de Xev. Ces dernières semaines, il était devenu un ami indispensable. Il trouvait du temps à lui consacrer, il était toujours là quand elle avait besoin de lui. Il passait la plupart de son temps libre à lui tenir compagnie dans sa cabine, qu'elle ne quittait quasiment plus, car elle ne supportait plus les regards adorateurs de l'équipage. Xev lui parlait de Bekil, des endroits merveilleux où il l'emmènerait une fois la guerre terminée, des gens qu'il voulait absolument lui faire rencontrer et ces instants lui étaient devenus précieux. Ils lui permettaient d'oublier sa fatigue.

Elle faisait tout pour le cacher, mais elle dormait peu. Chaque nuit, elle faisait une incursion dans Yggdrasil, cherchant à comprendre le murmure des voix, sans grand succès. De temps en temps, le néant consentait à lui montrer des images de planètes et de batailles. Ces visions de l'avenir permettaient à Dem de déterminer un axe de progression. Elle avait vu l'attaque d'aujourd'hui, mais noyée dans les rêves et les images contradictoires, elle avait oublié d'en parler à Milar. D'ailleurs, ils n'échangeaient que peu de mots désormais. Il n'était que l'ombre de l'homme qu'elle avait apprécié et la possibilité qu'il soit un traître la hantait. Nayla se sentait dévorée par le destin et lors de ses périodes de lucidité, elle admettait qu'elle avait changé. Elle accusait le poids de ses responsabilités d'être à l'origine de cette transformation. Elle ne luttait plus, acceptant pleinement sa destinée et la mue essentielle de sa personnalité. Seul Tiywan la distrayait. Il ne la jugeait pas comme Plaumec, ne lui jetait pas les regards tristes de Mylera. Il ne semblait pas désespérément amoureux comme Valo ou indifférent comme Milar. Il était enjoué, charmant et attentif. Elle le trouvait séduisant et viril. Elle adorait la passion de ses yeux verts et cette barbe rase qui lui permettait d'entretenir une allure décontractée. En sa compagnie, elle oubliait la guerre et le néant. Lorsqu'elle lui parlait, elle oubliait Dem. Enfin, c'est ce qu'elle s'efforçait de croire.

Elle aurait dû être horrifiée des conséquences de sa négligence. Si elle avait prévenu Dem, il aurait évité cette confrontation et les équipages des vaisseaux détruits seraient encore en vie. Pourtant, ces morts la touchaient à peine et elle utilisait ce qu'elle avait appris dans les souvenirs de Milar pour se protéger de toutes ces émotions perturbatrices.

✦ ✦ ✦

Nayla avait grignoté un biscuit énergétique, ce qui constituait une grande partie de ses repas. Elle n'avait plus d'appétit et le goût de la nourriture lui était devenu totalement indifférent. Elle ouvrit sa porte et une bouffée de douceur vint la réconforter. Xev était là.

— Entrez, dit-elle aussitôt.

Le géant blond passa devant elle, tout en caressant sa joue du bout des doigts. Elle tressaillit.

— Vous êtes si pâle. Vous devriez dormir.

— Je ne peux pas.

Il s'assit sur le lit et Nayla s'installa dans son fauteuil. La porte resta ouverte, comme d'habitude. Tarni insistait pour qu'elle ne soit jamais seule et curieusement, Xev ne protestait pas.

— Nayla, il faut vraiment que vous preniez soin de vous.

— Ne vous en faites pas pour moi.

— Bien sûr que je m'en fais.

Elle haussa les épaules, elle n'avait aucune envie d'aborder ce sujet. Il le comprit.

— Je suis venu vous donner le compte rendu des pertes.

— Je l'ai vu par moi-même. Nous avons perdu plusieurs vaisseaux, des vies… mais nous avons détruit un Vengeur.

— Votre général a détruit un Vengeur. Comment a-t-il fait ?

Elle se doutait bien qu'il poserait cette question. Elle préféra jouer les innocentes.

— Que voulez-vous dire ?

— Vous savez bien ce que je veux dire. En deux tirs, il a réussi à faire tomber leurs boucliers et à percer la coque. Comment ?

— Il faudra le lui demander, Xev.

— Pensez-vous qu'il va me répondre ?

— Sans doute pas, dit-elle en souriant.

— Vous connaissez sa méthode, n'est-ce pas ?

Elle hésita. Elle avait une totale confiance en Xev, mais elle ne pouvait pas lui révéler l'identité de Dem et il était hors de question d'évoquer les dons qu'il possédait.

— C'est un homme doué, il a dû décrypter les données fournies par les scanners.

— Beaucoup trop doué, gronda-t-il avec un éclat de colère dans ses yeux verts.

— Nous n'allons pas nous en plaindre.

— Il a trop d'influence sur vous. Je suis convaincu que votre… mélancolie est en partie de sa faute.

La chaleur envahit ses joues et son cœur s'accéléra. Elle maudit la trahison de son corps.

— Je ne vois pas pourquoi.

— Je ne suis pas aveugle. Je sais bien que vous avez des sentiments pour lui.

— Vous vous trompez, protesta-t-elle sans conviction.
— Il ne vous mérite pas. Il ne vous voit même pas et n'oubliez pas vos soupçons. Un jour ou l'autre, vous allez devoir vous affranchir de cet homme.
— Taisez-vous, Xev !
Il se pencha et attrapa ses mains dans les siennes. Il l'attira doucement vers lui, puis lui caressa tendrement la joue.
— Nayla, je tiens à vous ! déclara-t-il avec chaleur. Je veux vous voir heureuse. Je ne vous demande pas de lui faire du mal, je comprends le lien qu'il y a entre vous, mais…
— Mais ?
— Acceptez mon amour. Dans mes bras, vous l'oublierez, je vous assure.
Elle resta muette, le cœur battant. Une partie d'elle voulait s'abandonner, voulait sentir ses lèvres sur les siennes, voulait n'être rien d'autre qu'une femme dans les bras d'un homme. Une autre partie d'elle refusait de n'être que cela : une femme dépendante d'un mâle. Et tout au fond de son esprit, une petite voix lui murmurait que l'homme qu'elle aimait n'était pas celui-là.
— Je n'ai pas besoin de l'oublier.
— Alors, soyez mienne, juste parce que je vous plais, Nayla.
Son cœur battait la chamade et elle se sentait prête à céder. *Juste un baiser*, se dit-elle, *juste un baiser.*
Un bruit la fit sursauter. Dem se tenait devant l'entrée, son regard glacial était indéchiffrable. Elle arracha ses mains de la poigne de Xev.
— Je venais vous rendre compte des derniers événements, Nayla, mais je vois que le commandant Tiywan m'a devancé.
Le rouge aux joues, elle se leva. Xev l'imita.
— En effet, Général, reconnut-il.
— Avez-vous d'autres questions, Nayla ? demanda Milar.
— Non, murmura-t-elle.
— Dans ce cas, je vous laisse. Je ne voulais pas perturber votre… intimité.
— Non, je…, bafouilla-t-elle.
— Merci, Général, fanfaronna Xev avec suffisance. Je prenais soin de sa santé. Elle ne va pas très bien, vous l'avez remarqué, je suppose ?
— Je suis certain que votre aide lui sera bénéfique, répliqua Dem avec indifférence. Vous êtes requis sur la passerelle, Commandant. Je me rends en salle des machines pour une évaluation des dégâts.

Sans attendre de réponse, Devor s'éloigna. Il était irrité et surpris de l'être. Comme il l'avait déjà dit à Leene Plaumec, la jeune femme était en droit de fréquenter qui elle voulait et la présence de Tiywan semblait lui être salutaire. Bien entendu, il avait remarqué sa fatigue. Il aurait voulu l'aider, trouver les mots. Il s'inquiétait aussi de l'influence de Tiywan. Les mises en garde du médecin concernant la vulnérabilité affective de Nayla ne le laissaient pas indifférent, car après tout, il était de son devoir de la protéger. Seulement, il n'arrivait pas à pénétrer dans les pensées de son commandant. Il n'avait trouvé qu'une seule explication logique à ce dysfonctionnement. En se coupant de ses émotions, il avait perdu cette capacité, tout comme il avait été privé de son empathie. Il était inutile de regretter une action déjà accomplie. Il n'avait pas vraiment besoin de lire dans les pensées, après tout.

La salle des machines bruissait d'activités, telle une ruche renversée. Après une bataille comme celle que le Vengeur venait de mener, ce désordre était naturel. Mylera, penchée sur sa console, donnait des instructions. Du sang maculait son visage, elle avait dû heurter un obstacle pendant le combat.

— Mylera, quelle est la situation ?

— Le moteur principal est opérationnel. Nous avons quelques problèmes mineurs, mais tout va bientôt rentrer dans l'ordre. Les Vengeurs sont d'extraordinaires vaisseaux.

— En effet, quand penses-tu…

Il s'interrompit. Il venait de remarquer une technicienne qui le fixait avec intérêt. Cette jolie blonde, au visage parfait et à la silhouette attrayante, mise en valeur par sa tenue de rebelle, esquissa une ombre de sourire. Dans ses yeux bleus et sombres brillait une confiance en elle qui attira l'attention de Milar. Dès qu'elle croisa son regard, elle se détourna et fila vers un conduit de maintenance. Il tenta de projeter ses sens vers cette femme, mais bien entendu, son empathie était inopérante.

— Dem ? Dem, tu m'écoutes ?

Il n'avait pas entendu un mot de ce que Mylera disait.

— Qui est cette technicienne ?

— Qui ça ?

— Elle était là, à l'instant. Une blonde, jolie, aux yeux bleus.

— Je ne vois pas… Ah si, peut-être Tissia, Tissia Belol.

— Je veux lui parler.

— Bien sûr, en attendant tu vois, les moteurs ont…

— Maintenant, Mylera ! coupa-t-il. C'est important.

— Mais… Très bien, je la fais venir.

Avec une impatience grandissante, Dem attendit l'arrivée de la technicienne. La jeune femme qui se présenta baissa les yeux timidement, ne sachant pas quelle attitude adopter en sa présence. Il laissa échapper une exclamation d'exaspération. Cette femme n'était pas celle qu'il avait entraperçue.

— À vos ordres, Général, balbutia-t-elle.

— Vous pouvez disposer, répondit-il. Rejoignez votre poste.

Surprise, la technicienne s'inclina et s'éloigna.

— Ce n'est pas elle, Mylera. Tu ne vois personne d'autre ?

— Non, mais je peux faire venir toutes les femmes, si tu le souhaites ? Quel est le problème ?

Il hésita. C'était juste une impression, une intuition, et même si ses soupçons étaient confirmés, il ne pourrait pas les vérifier. Il ne pouvait plus lire les pensées d'autrui et il était hors de question de demander à Nayla d'accéder à l'esprit d'une inconnue potentiellement dangereuse. Et malheureusement, être le général d'une flotte rebelle lui interdisait d'éliminer purement et simplement une femme, parce qu'il la suspectait. Il lui était également impossible de la faire surveiller, car il ne voulait pas que la flotte apprenne la probable implication de la coalition Tellus.

— Laisse tomber, Mylera, et sois prudente. Surveille tes gens. Il est toujours possible que nous ayons des espions à bord, alors reste sur tes gardes.

— Comme tu veux.

Elle hésita, comme si elle voulait aborder un sujet difficile.

— Je laisse la salle des machines entre tes mains expertes, conclut-il pour couper court à toute discussion ennuyeuse. Rends-moi compte quand tout sera opérationnel.

— Très bien, répondit-elle avec tristesse.

Une semaine après cette bataille qui avait coûté tant de vies, la flotte rebelle pansait ses plaies en orbite de Marjutini, une planète presque entièrement recouverte par des océans. Soilj admirait, bouche bée, les vagues puissantes qui s'écrasaient sur la plage d'un sable si clair qu'il paraissait blanc. Rien n'arrêtait le regard et sur l'horizon, le ciel d'un bleu profond se confondait avec le bleu de l'océan. Des milliers d'oiseaux, blancs, gris, bruns ou noirs tournoyaient dans le ciel et plongeaient dans les flots pour y pêcher des poissons frétillants. Il se tourna en entendant crisser le sable et ne put s'empêcher de sourire en reconnaissant Nayla qui descendait la dune menant à la plage. Elle était superbe aujourd'hui, seulement vêtue de sa veste en polytercox. Lui-même appréciait de ne pas porter cette armure qui était devenue une sorte de deuxième peau. Il se sentait léger et joyeux. Il sursauta quand l'eau froide couvrit ses pieds nus. Il avait oublié qu'il avait ôté ses bottes quelques minutes plus tôt. Nayla éclata de rire et le rejoignit. Elle rayonnait de plaisir sous le soleil étincelant. Il ne l'avait pas vu rire depuis très longtemps, depuis la mort de Seorg pour être exact.

— Tu es trempé, s'exclama-t-elle toujours en riant.

— Je n'ai pas pu résister. Je n'avais jamais vu d'océan.

— Je suis allée voir l'océan plusieurs fois, lorsque j'étais enfant, mais j'avais oublié comme une plage peut être magnifique. Ce monde est très beau, tu ne trouves pas ?

— Oh si ! Ces petites maisons de toutes les couleurs, ces champs bleus et cet océan...

— Il couvre les trois quarts de la planète.

— Et ce continent est le seul habitable, je sais. Des plages, des champs et peu de villages. Pourquoi être venu ici ?

— Dem pense qu'il nous faut du temps pour nous restructurer et en plus, les champs de belaron et les pêcheries nous fourniront de quoi recharger nos réserves de nourriture.

Elle avait perdu son sourire en parlant de Dem et cela rendit Soilj malheureux.

— Navré d'avoir évoqué ce sujet, Nayla. Viens, contentons-nous de cette plage et de cet océan. Tu veux te baigner ?

— Tu n'as pas écouté le chef du village ? répondit-elle avec un rictus amusé. Cet océan abrite des poissons énormes, capables de couper un homme en deux d'un seul coup de mâchoire.

— C'est vrai ! Dommage.

Elle perdit à nouveau son sourire, comme égarée dans ses souvenirs. Il aurait aimé pouvoir faire quelque chose pour elle, mais il savait déjà que c'était inutile. Un hurlement de moteur l'interrompit. Le cargo armé qui descendait vers la planète avait quelque chose d'étrangement familier.

— Ce n'est pas vrai..., murmura Nayla, avant de partir en courant vers le village, Soilj sur ses talons.

Milar regarda la porte du sas s'ouvrir, avec un certain agacement. Il avait reçu la communication quelques minutes plus tôt et avait accepté de laisser passer le cargo. La femme qui descendit la rampe d'accès d'un pas ondulant, moulée dans une combinaison d'un rouge éclatant, n'avait pas changé. Elle eut un sourire éblouissant en le reconnaissant et le rejoignit aussitôt. Elle s'accrocha lascivement à son cou et murmura :

— La liberté te va à ravir… Tu es encore plus beau que dans mes souvenirs.

Il poussa un soupir irrité et la repoussa plutôt brutalement. Elle laissa échapper un petit cri de douleur et de surprise.

— Fais attention, voyons.
— Que faites-vous ici, capitaine Qorkvin ?

Elle fronça les sourcils et l'observa avec plus d'attention.

— Que t'est-il arrivé ?
— Que voulez-vous dire, Capitaine ?
— Rien, visiblement, dit-elle en regardant autour d'elle.

Bouche bée, plusieurs des rebelles présents s'étaient rapprochés pour mieux contempler la femme sexy qui discutait avec leur officier. Juste derrière eux, Milar vit Nayla surgir sur la place en compagnie de Valo. Tout le monde écoutait leur conversation. Jani Qorkvin pouvait griller sa couverture d'un seul mot.

— Ou alors, pas ici…, continua-t-elle. J'attendais que tu fasses appel à moi. Je t'imaginais mort ou je ne sais quoi et puis des rumeurs me sont parvenues. La rébellion était en marche, ton armée se créait. J'étais sûre de recevoir un appel, mais rien !

— Notre armée est constituée de volontaires qui veulent lutter contre l'Imperium. Nous n'avons pas besoin de mercenaires.

— Tu ne penses pas ce que tu dis, gronda-t-elle d'un ton menaçant, avant de se coller à lui voluptueusement. Mon chéri, je le redemande, que t'arrive-t-il ?

Jani Qorkvin allait finir par laisser échapper son nom, il le devinait. Il l'attrapa par le bras et la poussa sans ménagement jusqu'à l'une des maisons bordant la petite place.

— Capitaine, cela suffit ! aboya-t-il une fois à l'intérieur.
— Devor, mon beau colonel, tu me fais mal !
— Je peux faire bien pire ! Que venez-vous faire ici ?
— Je suis venue t'aider, Devor ! Tu avais promis de m'appeler !
— Nous n'avons aucun besoin de contrebandiers, surtout de ceux qui sont capables de nous trahir.

Elle recula, comme s'il l'avait frappée.

— Comment peux-tu dire ça ? Tu sais très bien que je ne te trahirai pas, voyons. Je tiens trop à toi.

— Votre intérêt est la seule chose qui vous importe, Capitaine.

— Tu as changé, murmura-t-elle d'un ton triste. Tu n'es plus l'homme que j'ai vu sur Firni. Celui qui se faisait appeler Dem avait cette flamme dans le regard, cette chose vibrante qui le rendait si désirable. Dans les yeux de Milar, ce feu brûlait parfois, quoique brièvement. Dans les tiens, Devor, il n'y a plus rien, rien du tout, aucune flamme, aucune lumière, rien. Cela me brise le cœur. Alors je te le redemande, que t'est-il arrivé ?

— Et moi, je veux savoir ce que vous venez faire ici. Je n'ai pas l'utilité d'un contrebandier.

— Soit, céda-t-elle tristement. J'ai pourtant quelque chose à t'offrir, à te montrer.

— Allez-y, Capitaine.

— Ce serait plus pratique à bord de mon vaisseau ou du tien.

D'un geste rapide, Milar attrapa Jani par le cou. Il tenta de projeter ses pensées dans son esprit, sans succès. Il utilisa toute sa force mentale, sans prendre de gants. Il réussit à pousser la porte de son intimité et put enfin accéder à son cerveau. Il fouilla ses pensées tandis qu'elle grimaçait de douleur. Autrefois, les gens n'étaient jamais conscients de ses incursions. Aujourd'hui, il avait forcé son talent, agissant comme un inquisiteur et cela le répugnait. Il repoussa cet accès de moralité. Il faisait ce qui devait être fait.

— Que me fais-tu ? coassa-t-elle, le visage déformé par la souffrance.

Il déchiffra dans ses pensées qu'elle possédait des informations concernant la flotte ennemie. Il lui faudrait charger les cartes qu'elle lui apportait dans le système de navigation du Vengeur.

— Très bien, Capitaine. Je vois que vous dites vrai. Vous allez venir avec moi à bord de mon vaisseau !

— Tu me fais peur, vraiment, Devor.

— Tant mieux, cela vous évitera de faire des bêtises !

Nayla regardait incrédule la porte derrière laquelle Milar et cette Qorkvin avaient disparu. La séduisante capitaine de contrebandier était revenue et la première chose qu'il faisait, c'était de s'enfermer avec elle. La morsure de la jalousie fut si intense qu'elle dut lutter contre l'envie de se précipiter à l'intérieur. Milar était un meurtrier, il n'était plus rien pour elle, pourquoi alors, s'inquiéter de la présence d'une rivale ? Elle ricana presque à haute voix. Quelle rivale ? Il n'y avait rien entre Devor Milar et elle. Jani pouvait bien faire ce qu'elle voulait avec lui.

La porte s'ouvrit et Dem entraîna Jani sans ménagement vers un bombardier. À l'instant de monter à bord, elle fit en sorte de trébucher pour se coller à lui et avec une sensualité redoutable, Jani l'embrassa à pleine bouche. Nayla entendit quelques sifflets d'encouragement qui la firent rougir. Il repoussa la femme et d'une main ferme, il la fit entrer à l'intérieur de l'engin.

— Allez-y, Général ! cria une voix

— Amuse-toi bien, s'écria une autre.

Il y eut quelques éclats de rire et elle entendit des commentaires admirateurs sur la plastique de la contrebandière. Soilj avait encore les yeux écarquillés lorsque le Furie s'envola.

— Je me demande si Full et Fenton sont toujours avec elle.

— Tu regrettes de ne pas être resté avec eux ?

— Bien sûr que non, protesta-t-il. Je me demandais, c'est tout.

— J'en ai assez de cet endroit, je veux remonter à bord. Tu m'accompagnes ?

— Bien sûr, Nayla.

✦✦✦

Une fois à bord, Nayla hésita. Devait-elle se ruer sur la passerelle et peut-être se couvrir de ridicule, ou rejoindre sa cabine ? Elle poussa un soupir exaspéré. Elle s'était astreinte à ne plus ressentir, elle était certaine de haïr cet homme et le premier vrai sentiment qu'elle éprouvait depuis des semaines, était une jalousie dévorante.

— Nayla, proposa doucement Soilj, vient avec moi au mess au lieu de t'enfermer dans ta cabine.

— Je dois d'abord aller sur la passerelle.

— Tu es sûre, je veux dire…

La compassion qu'elle lut dans son regard fut une motivation supplémentaire pour affronter cette femme.

— Je suis sûre, oui !

Elle rejoignit la passerelle en essayant de maintenir une certaine dignité. Valo l'accompagna, sans un mot. Elle fut d'abord agacée de son soutien, puis y puisa un certain réconfort. Dans son esprit, quelque chose de glacial avait commencé à pulser, une sorte d'appel, qui l'attirait vers Yggdrasil. Depuis qu'elle passait son temps à y errer, le néant était de plus en plus présent. Parfois, elle avait l'impression d'entendre le murmure des voix en permanence dans son crâne, parfois la douleur était telle, qu'elle s'attendait à voir sa tête se fendre en deux pour laisser apparaître une ouverture vers ce lieu de cauchemar. Elle constata avec surprise que Dem n'était pas là. Tiywan vint à sa rencontre et s'inclina avec ce sourire charmeur qui, habituellement, lui réchauffait le cœur.

— Xev, savez-vous où est Dem ? Je le cherche.

— Il est revenu à bord avec l'une de ses amies, ils ont regardé quelques cartes sur le système de navigation et ensuite, elle lui a dit qu'ils avaient besoin d'être seuls. Il l'a aussitôt emmenée dans sa cabine. Espérons que cette femme l'adoucira un peu.

La douleur fut brutale, un sentiment de perte incontrôlable. Deux larmes solitaires coulèrent sur ses joues et elle s'enfuit pour cacher sa peine. Elle ne pouvait pas se réfugier dans sa cabine, car elle ne voulait pas passer devant celle de Dem. Elle se traita mentalement d'imbécile. Elle avait cru Leene lorsque celle-ci lui avait affirmé que Milar avait détruit ses émotions. C'était faux ! Il désirait seulement la faire souffrir. Elle l'imagina dans les bras de cette Jani tellement séduisante. Elle aurait voulu hurler sa rage et sa peine. La froide déchirure dans son esprit s'aggrava. Elle s'arrêta, deux mains sur son crâne, terrassée par une migraine horrible. L'instant d'après, elle était dans les bras de Soilj qui la soutenait.

— Nayla, est-ce que ça va ? Tu veux aller voir Plaumec ?

Elle secoua négativement la tête, augmentant encore la douleur. Elle tenta de maîtriser sa respiration, de se contrôler, en vain.

— Nayla, calme-toi… Allons faire un tour. Viens prendre un café d'Eritum, on dit que ça apaise les migraines.

— Ce sont des bêtises. Rien ne calme les migraines.

— Viens, je t'en prie… Ce n'est pas ce que tu crois, j'en suis sûr.

— Quoi ?

— Dem et cette femme… Ce n'est pas possible. Il n'est pas ce genre de mec, tu sais.

— Soilj, tu ignores quel genre d'homme il est, je t'assure.

Il vérifia qu'il n'y avait personne dans le couloir avant de murmurer :

— Je sais que j'ai l'air idiot, mais je sais faire un plus un. Est-ce que tu imagines celui-là dans les bras de cette contrebandière ? ajouta-t-il en désignant Tarni d'un mouvement du menton. Non, pas vrai ? C'est pareil pour Dem.

La surprise la détourna de sa douleur et la migraine régressa.

— Soilj… Tu n'as pas évoqué…

— Non, à personne. J'admire Dem et je lui suis dévoué, tout comme à toi. Si j'ai tout compris, il connaît cette femme depuis longtemps. Ce qui veut dire qu'elle connaît son identité. Il a préféré continuer l'entretien en privé, pour plus de prudence.

Elle était estomaquée par son analyse.

— Merci. Tu es un vrai ami, un frère pour moi. Allons prendre ce café. Si je m'enferme maintenant, je vais broyer du noir.

Le sourire timide du jeune homme fut sa seule réponse. Il lui offrit son bras et l'accompagna jusqu'au mess.

Appuyée contre la cloison, Jani avait adopté la pose suggestive dont elle était coutumière. Il lui adressa un regard froid, tout en admettant que les informations qu'elle venait de lui livrer fussent précieuses. Jani avait toujours fait en sorte d'être bien informée. Sa survie en dépendait.

— Nous sommes seuls désormais. Qu'avez-vous à me dire de si important ?

— J'avais juste peur de laisser échapper ton nom, mon chéri. Je n'arriverai jamais à t'appeler général ou Dem. Tu resteras pour moi, mon beau colonel Milar.

— J'ai été beaucoup trop accommodant par le passé, Capitaine. Ne comptez pas trop sur ma bonté !

— Non, je vois bien que c'est inutile, cracha-t-elle en se redressant. Autrefois, le colonel Milar semblait sensible à mes charmes, malgré sa froideur. Toi, tu es… Je ne sais pas ce que tu es devenu, mais cela m'attriste.

— Dites ce que vous avez à dire et n'en parlons plus !

— Je t'ai fourni les indications sur les Exécuteurs, sur l'emplacement des phalanges, sur des convois de S4 que tu peux capturer ou détruire, sur des transports d'hérétiques. Je t'ai même donné mes futurs clients. S'ils sont prêts à fuir l'Imperium, ils seront sans nul doute prêts à vous rejoindre. Je t'ai apporté la position de pirates qui exploitent des hérétiques que je leur ai livrés. Tu pourras les libérer et les recruter. Je t'ai indiqué où trouver d'anciens officiers des Soldats de la Foi, capables de commander certains vaisseaux de ta flotte de rebelles, car je suis certaine que c'est d'officiers valables dont tu manques. Dis-moi au moins que mes informations te seront utiles.

— Elles le seront, consentit-il.

— Alors, dis-moi à quel poste tu comptes m'employer.

Il n'avait aucune confiance en elle, même si aujourd'hui, elle semblait sincère. Son sens du commandement et son expérience pourraient s'avérer précieux, mais un jour, Jani pourrait estimer que son avantage était de les trahir.

— À aucun poste. Je vous l'ai déjà dit, nous n'avons pas besoin d'un capitaine de contrebandier capable de nous vendre à la première offre plus généreuse. Je vais me montrer magnanime en vous permettant de quitter sans encombre mon vaisseau. Je vais vous faire reconduire à votre cargo et vous quitterez ce système au plus vite, ou je vous fais abattre !

Elle avait blêmi au fur et à mesure de ses paroles. Elle tenta une dernière fois de le convaincre, avec un sourire presque timide.

— Je ferai ce que tu veux. N'importe quel poste, mais ne me rejette pas, je t'en prie. Tu ignores ce que tu représentes pour moi. Comment peux-tu penser que je te trahirai ?

— C'est très facile, je n'ai qu'à me souvenir de tous ceux que vous avez déjà vendus.

— Tu ne peux pas dire ça. Tu peux lire dans mes pensées, alors regarde… Tu vois bien que je ne veux pas te trahir, que je ne peux pas te trahir. Cette rébellion… Oh, Devor, tu ignores tout de ma vie et d'Ytar… J'ai attendu cette révolte toute mon existence…

— Capitaine, je n'ai pas de poste pour vous. Que voulez-vous que je vous confie ? Vous être trop dangereuse pour moi.

— Je peux… enquêter pour toi, loin d'ici si tu le veux…

La proposition était tentante. Jani Qorkvin savait comment se glisser à travers les défenses de la plupart des systèmes. Elle savait se poser, sans être détectée, sur la plupart des mondes. Il avait découvert, à l'époque où il commandait la Phalange écarlate, qu'elle avait même trouvé le moyen de récupérer des fugitifs sur AaA 03. Peut-être qu'effectivement, elle pourrait s'avérer utile.

— Je vais y réfléchir. Je vais vous faire conduire au mess en attendant que nous soyons prêts à quitter ce monde. Conduisez-vous avec prudence et faites attention à vos manières.

— Tu peux avoir toute confiance en moi, mon chéri, assura-t-elle avec un sourire victorieux.

Avec la vitesse d'un serpent, il la saisit à la gorge. Il fallait qu'elle comprenne que ses simagrées devaient finir.

— Capitaine, je ne suis plus d'humeur à accepter vos petits jeux. Si vous voulez avoir une chance de servir dans la rébellion, vous allez vous contenir. Vous m'appellerez « général » et vous cesserez vos manières aguicheuses. Vous n'arriverez pas à me séduire, vous n'avez jamais eu la moindre chance d'y parvenir. La prochaine fois que vous vous y essayez, je vous tue. Suis-je clair ?

Livide, elle acquiesça d'un mouvement de tête. La froideur de son regard et l'indifférence de sa voix l'avaient convaincue.
— Bien, je vous donne ma réponse dans quelques heures. Votre conduite, durant ces quelques heures, déterminera votre avenir.

Ailleurs...

Het Bara, l'Inquisiteur général, consulta pour la troisième fois le rapport de Janar, puis celui d'Ubanit et il contint sa colère. La sueur froide qui baignait son visage le fit frissonner. Une douleur sourde irradiait et engourdissait son bras. Il ouvrit le tiroir de son bureau et s'injecta une dose massive de Janil. Il était mourant, il était inutile de se cacher la vérité. Selon les médecins et malgré toutes les drogues dont il se gavait, il ne lui restait qu'une année à vivre. Il devait impérativement se trouver un successeur.

À l'époque, il avait cru que Dull Pallir, un inquisiteur puissant, serait à la hauteur, mais il lui manquait l'audace d'un visionnaire. L'intelligence et l'intransigeance seraient des qualités essentielles pour affronter ce démon, son armée et Milar. L'archange était un stratège hors du commun et il commençait à douter que le colonel Qil Janar soit l'homme de la situation. Il se contentait de courir sur les traces de Milar, qui laissait un sillage de destruction derrière lui. Les rebelles avaient commencé par des mines d'axcobium, une frégate de l'Inquisition, puis avec Bekil. Depuis, il y avait eu tant d'autres planètes attaquées et arrachées à l'emprise de l'Imperium. Janar s'était laissé fourvoyer par des informations fournies par un inquisiteur blessé et Bekil était tombée. Il arrivait toujours trop tard, toujours après coup. Il avait désormais trois phalanges sous ses ordres et selon son dernier compte rendu, l'étau se resserrait sur la flotte rebelle. Dans son rapport secret, Uri Ubanit faisait part de ses doutes. Janar avait dispersé ses forces dans l'espoir de prendre les hérétiques dans un filet. Le jeune inquisiteur soutenait que cela permettrait à Milar d'affronter une phalange à la fois et peut-être de l'emporter. Malheureusement, Bara partageait son avis.

Pallir, l'Inquisiteur adjoint, entra dans le bureau, la mine défaite.

— Avez-vous lu le dernier rapport, Père Révérend ?

— Pas encore, non. Que se passe-t-il ?

— Une catastrophe, c'est une catastrophe !

— Reprenez-vous, Pallir !

Le vieillard ouvrit avec une certaine appréhension le rapport incriminé. L'une de ses pires craintes s'affichait justement sur l'écran. La Phalange orange était détruite, anéantie… Comment une armée de civils avait-elle pu venir à bout d'un cuirassé des Gardes de la Foi ? *Milar ! Cet homme est un démon*, songea-t-il.

— Il y a plus inquiétant encore, Père Révérend, pleurnicha l'Inquisiteur adjoint.

Avec un soupir agacé, le vieil homme ouvrit le deuxième document. Il faisait part de révoltes spontanées qui fleurissaient partout dans l'Imperium. Les traîtres espéraient tous rejoindre cette rébellion.

— Père Révérend, il faut les arrêter, supplia Pallir. Tout cela devient incontrôlable. Il faut que Dieu nous aide !

Le vieil homme si frêle et si fragile se retint de gifler cet idiot. Comment avait-il pu croire un seul instant que Dull Pallir serait apte à lui succéder, à prendre les décisions hors-norme qui s'imposaient à ce poste ? Ce n'était qu'un imbécile pusillanime. Les rapports que lui envoyait Ubanit démontraient sa vivacité d'esprit. Il aurait aimé avoir le temps de préparer ce jeune homme à la tâche d'Inquisiteur général.

— Dieu seul sait ce qu'il faut faire. Qui sommes-nous pour lui dicter sa conduite ? Il nous a donné l'ordre de stopper ces rebelles et nous devons obéir.

— Père Révérend, mais que faut-il faire ?

— Ne pas paniquer, Pallir ! Nous allons les arrêter !

Le vieil homme attendit le départ de l'Inquisiteur adjoint pour laisser la douleur s'afficher sur son visage. Il n'avait pas le droit de mourir, pas maintenant, aucun successeur ne serait apte à le remplacer. Il s'injecta une dose de retilax, un composé à base de Retil, qui lui permettrait de se maintenir en vie encore quelques mois. Le produit se répandit dans ses veines, tel un flot brûlant, et la douleur le crucifia.

— Ma vie est dans la main de Dieu ! Ma vie est dans la main de Dieu ! Ma vie est dans la main de Dieu !

Cette litanie, dite d'une voix rendue chevrotante par l'impact de la souffrance, l'apaisa.

Il faut savoir sacrifier des alliés pour emporter la victoire.

Code des Gardes de la Foi

Le café était fort et amer, mais Soilj avait raison, il lui faisait du bien. Nayla n'avait pas touché au gâteau qu'il avait posé devant elle, c'est à peine si elle l'avait regardé. Le garçon avait essayé d'entretenir la conversation, mais il avait vite compris qu'elle ne l'écoutait pas. Elle tentait de ne pas se laisser attirer au cœur du néant. L'appel d'Yggdrasil était puissant et elle ne voulait pas y céder, pas maintenant. Elle se contentait donc de contempler la planète bleue qu'elle apercevait à travers les hublots. Elle ne ressemblait pas à Olima, pourtant, c'est à son monde qu'elle pensait. Elle s'appliquait à se remémorer les paysages qu'elle aimait pour ne pas sombrer dans la démence.

L'expression qui assombrit le visage de Valo l'alerta. Jani Qorkvin venait d'entrer, encadrée par Verum et Tyelo. Le menton haut, le visage blême, elle s'attabla non loin du hublot, le regard lointain. Nayla l'observa. La couleur ambrée de sa peau captait la lumière artificielle du vaisseau, ses longs cheveux presque rouges tombaient sur ses épaules en un voile chatoyant, ses yeux noirs soulignés de khôl affichaient une mélancolie qui accentuait sa beauté. Ses longs doigts se portèrent à sa gorge qu'elle effleura pensivement. Est-ce que les doigts de Milar l'avaient caressée à cet endroit ? Presque malgré elle, Nayla se leva. Soilj posa une main sur son bras.

— C'est inutile, n'y va pas.

Elle ne l'écouta pas. Elle marcha résolument jusqu'à la table de sa rivale, qui leva les yeux vers elle et la détailla du regard.

— Ainsi, c'est vous l'Espoir..., déclara-t-elle de sa voix chaude.

— Que faites-vous ici ? demanda Nayla sèchement.

— Il a souhaité que je l'attende, alors je lui obéis. Je lui ai toujours obéi, je fais toujours ce qu'il me demande.

Le sous-entendu fit rougir Nayla.

— Je veux que vous partiez, souffla la jeune femme.

— Je n'en doute pas, ma petite.

— Ma petite ! Comment osez-vous ?
— Oh, mais j'ose toujours tout.
— Qu'êtes-vous venue faire ?
— Lui transmettre des informations.
— La seule chose que vous allez lui transmettre, c'est la vérole altirienne, répliqua Nayla avec mépris.
Jani éclata d'un rire moqueur.
— Tu n'as rien à craindre, lança-t-elle avec un sourire amusé, tu ne risques pas de l'attraper.
— Que voulez-vous...
— Ma petite, ton général est un homme... un bel homme, vigoureux et fort... Que crois-tu qu'il ait envie de faire avec une femme comme moi ?
— Il peut bien faire ce qu'il veut, je m'en moque ! siffla Nayla entre ses dents.
Jani l'observa avec plus d'attention, puis elle murmura :
— Ainsi, c'est cela l'explication. C'est de ta faute, n'est-ce pas ?
— Que voulez-vous dire ?
— Je le connais bien... C'est à cause de toi qu'il a changé, j'en suis certaine. Petite garce, il ne méritait pas ça.
L'affirmation de cette femme la blessa, parce qu'elle était juste.
— Quittez ce vaisseau, partez, maintenant..., menaça-t-elle.
— Je partirai quand il me le demandera, mais sache une chose, je ferai ce qu'il faut pour le rendre heureux et j'ai tout ce qu'il faut pour ça.
Elle ponctua sa déclaration en s'humectant les lèvres d'une façon suggestive. L'envie d'écraser cette femme devenait presque incontrôlable, la froide détermination qui habitait son esprit s'enfla et elle bascula au cœur d'Yggdrasil.

Dans un premier temps, le silence et le néant apaisèrent sa colère aveugle. Elle y puisa de la force. Ici, elle se sentait invincible. Ici, elle n'était plus une enfant. Un sentiment l'envahit, un besoin. Sa rage devait être assouvie, sa fatigue pouvait être effacée, elle pouvait obtenir assez de vitalité pour continuer à explorer les voies du destin.

— Pour cela, souffla une voix douceureuse, insaisissable, il suffit d'écraser l'esprit de cette femme, de te nourrir de sa vie. Fais-le et tu retrouveras la force de braver ta destinée.

Cette suggestion était tentante, irrésistible même. Non, songea-t-elle, non, ce serait un meurtre, pire qu'un meurtre.

— Fais-le, continua cette voix dans sa tête. Si tu veux survivre, si tu veux affronter ce qui t'attend, tu dois le faire. Tu dois prendre la vie de cette femme, prendre celle de Milar, nourris-toi de tes ennemis.

À l'idée de l'afflux d'énergie, elle sentit sa résolution faiblir. Ce serait si bon de ressentir ce qu'elle avait éprouvé quand Dem lui avait donné de sa force vitale...

— C'est de plein gré qu'il te l'a offerte ! Pour te sauver ! Par pure bonté, par pur amour !

La voix, qui venait de résonner dans le néant, était forte et impérieuse. C'était celle qui lui avait parlé au-dessus de la lune-chantier de Bekil. Elle la connaissait... Qui était-ce ?

— Tu ne peux pas faire le bien, en faisant le mal ! Écoute ton cœur !

Avec une douleur terrible dans la poitrine, elle revint à la réalité. Elle chancela, prête à s'évanouir. Valo était là, encore une fois, pour la soutenir. Elle évita le regard de Jani Qorkvin.

— Ramène-moi chez moi, Soilj, s'il te plaît.

Après avoir à peine remercié Valo, Nayla s'enferma dans sa cabine. Elle avait besoin d'être seule. Elle se sentait sombrer lentement dans la folie, tandis que la réalité devenait de plus en plus lointaine. Elle avait failli commettre l'irréparable en volant la force vitale d'un être humain. Elle frissonna. Était-elle devenue un monstre ? Elle aurait pu accuser l'attitude de Jani Qorkvin, qui l'avait provoquée, qui lui volait Dem. Un soupir désespéré lui échappa. Elle avait décidé d'éliminer Milar avant la dernière bataille, alors pourquoi s'inquiétait-elle de le savoir dans les bras de cette garce ? Que désirait-elle vraiment ? Sa mort ? Se perdre dans ses bras ? Elle ne voulait pas répondre à cette question. Elle ne réagit pas à l'alarme de sa porte, mais celui qui se trouvait de l'autre côté insista. Irritée par ce bruit agressif, elle finit par ouvrir.

— Nayla, salua doucement Xev Tiywan.

Le sourire du géant blond était charmeur et conquérant. Comme à son habitude, il s'appuya contre l'embrasure de la porte.

— Comment allez-vous ?

— Que voulez-vous ?

— Je suis venu vous tenir compagnie, je me suis dit que vous aviez besoin d'un ami, ce soir.

— J'ai seulement besoin d'être seule.

— Écoutez, on m'a rapporté ce qui s'était passé au mess. Soilj est un gentil garçon, mais c'est d'un homme dont vous avez besoin.

— Je ne suis pas d'humeur, répliqua-t-elle avec une grande lassitude.

— Pardonnez-moi, mais vous devez entendre la vérité. Cessez de vous torturer pour cet homme. Il ne vous mérite pas, il se moque de vous. Vous venez de voir le genre de femme qui l'attire.

— Elle ne vous attire pas, vous ?
— Elle est trop vulgaire pour moi.

Elle savait qu'elle ne devait pas poser cette question, mais elle ne put s'en empêcher.

— Où est-elle ?
— Allons, ce n'est pas important.
— Dites-le-moi ! insista-t-elle.
— Le général l'a fait mander dans sa cabine et a demandé à ne pas être dérangé. Elle avait l'air très satisfaite lorsqu'elle y est entrée.

Nayla s'enfonça dans un puits de tristesse. Elle ferma les paupières et tenta de se souvenir de tous les instants d'affection et de complicité qu'elle avait partagés avec Dem, mais ils semblaient si lointains. Ils lui échappaient. Elle tressaillit quand Xev caressa doucement sa joue. Elle ouvrit les yeux et croisa les siens. Il y brillait du désir et de la passion. Xev s'intéressait à elle, Xev disait qu'il l'aimait et, ce soir, elle voulait le croire. Ce soir, elle voulait oublier Dem, ne plus être hantée par ses yeux froids qui s'animaient de tendresse lorsqu'il la fixait. Xev était beau, viril, chaleureux, attentif et présent. Ce soir, elle allait se comporter comme cette traînée aux cheveux rouges. Ce soir, elle allait rendre Dem jaloux. Elle croisa le regard de Tarni, qui se tenait immobile dans le couloir. Il lui sembla lire une certaine désapprobation sur le visage pourtant imperturbable de son garde du corps. Cela la mit en colère. De quoi se mêlait-il ? Ce dernier détail fut l'élément déclencheur.

— Entrez, Xev. Tarni que personne ne me dérange, pas même le général. Je suis occupée !

Elle ferma la porte en prenant une discrète inspiration. Lorsqu'elle se retourna, Xev la dominait de toute sa haute taille, comme s'il avait compris sa détermination. Il posa les deux mains de chaque côté de sa tête, l'empêchant de fuir et sans attendre son autorisation, il l'embrassa. Ce ne fut pas le baiser tendre et hésitant que lui avait donné Seorg, mais celui intense et conquérant d'un homme. Il glissa un bras derrière son dos et l'attira à lui, sa langue investissant sa bouche. Elle oublia de respirer, il ne lui en laissa pas le temps. Il se fit plus insistant et soudain, elle eut peur.

— Non, murmura-t-elle. N'allez pas trop vite.
— J'en ai assez d'attendre, souffla-t-il.

Xev prit la jeune femme par la taille et la poussa doucement vers le lit. Il fit descendre la veste qu'elle portait le long de ses bras, l'immobilisant, et en profita pour l'embrasser encore. Avec un sourire espiègle, il effleura ses seins à travers le tissu de sa chemise. Elle trembla, envahie de sensations étranges. Il continua ses caresses et elle gémit, incapable de maîtriser les frémissements de son corps.

— J'ai envie de toi, murmura-t-il d'une voix rendue rauque par le désir. Tu me fais lambiner depuis trop longtemps.

Il finit de lui enlever sa veste qu'il jeta dans un coin. La sienne suivit le même sort. Il la souleva comme si elle ne pesait rien et l'étendit sur le lit avec l'audace d'un homme certain de son pouvoir de séduction. Elle ne lutta pas. Il lui ôta sa chemise et libéra ses seins. Elle se sentit rougir quand, du bout des doigts, il effleura sa peau nue et délicate. Il se positionna au-dessus d'elle et détailla son corps avec un regard brûlant. Il frôla ses seins avec un sourire conquérant. Elle se sentit trembler sous cette caresse sensuelle. Affolée, elle allait lui demander d'arrêter lorsque l'image de Dem, allongé sur le corps voluptueux de Jani Qorkvin s'invita dans son esprit. Pour effacer cette pensée, elle attira le géant blond à elle et l'embrassa farouchement.

La porte de sa cabine s'ouvrit et Jani hésita, n'osant pas entrer. À l'évidence, elle avait peur de lui et avait perdu son assurance habituelle. Son regard lointain était teinté de tristesse et d'une touche de timidité. D'un geste impérieux, Milar lui fit signe d'approcher. Elle prit une profonde inspiration et le rejoignit, sans pouvoir réprimer un sursaut quand la porte se referma derrière elle.

— Je serai bref, annonça-t-il. J'ai une mission pour vous, Capitaine. Enfin, deux pour être exact. Si vous vous acquittez de ces missions, je pourrai reconsidérer votre intégration dans la flotte.

— Je ferai ce que tu… vous voulez, Général.

— La première mission est simple. Je veux que vous transmettiez le message contenu sur cet axis.

— À qui ?

— Vous n'avez pas besoin de le savoir. Il doit être envoyé depuis un monde contrôlé par l'Imperium, ensuite le programme prendra le relais.

— Ce sera dangereux, protesta-t-elle.

— Vous avez les moyens de réussir cela, Capitaine.

— Oui, Général, dit-elle sombrement.

Il lui tendit un bâtonnet noir et lisse. Protégé dans une enveloppe inviolable en nhytrale, l'axis permettait d'enregistrer des données de façon inaltérable. Le fin liseré rouge qui entourait sa base indiquait que celui-ci était sécurisé et une fois intégré dans un système de communication, il enverrait automatiquement un message crypté.

— Prenez-en soin, Capitaine.
— Bien sûr. Vous avez parlé de deux missions ?
— Avez-vous entendu parler de la révolte d'Am'nacar ?

Elle sursauta en entendant ce nom.

— Oui, coassa-t-elle entre ses dents.
— Est-ce un sujet sensible ?
— Il évoque de mauvais souvenirs, mais je ne pense pas que vous soyez intéressé par les côtés tristes de ma vie.
— En effet. Vous avez dû entendre parler du chef de cette révolte, Anri Gulsen.

Les mâchoires de Jani se contractèrent sous l'effet de la colère.

— Oui, j'ai entendu parler de lui.
— Le connaissez-vous ?
— À cause de lui, j'ai passé quelques mois… douloureux.

Dem fut contrarié par cette découverte, mais Gulsen était le seul de son espèce encore en vie et Nayla avait besoin d'aide.

— Lorsque la Phalange écarlate a mis un terme à la révolte d'Am'nacar, son chef n'a pas été retrouvé. Il avait fui, quelques heures plus tôt, laissant ses fidèles seuls face aux Gardes de la Foi.
— Je n'en suis pas étonnée, c'est un lâche.
— Je l'ai fait chercher, en vain. Il avait disparu et n'a jamais fait reparler de lui. L'Inquisition n'a pas tenu compte de mon avis et a estimé qu'il était mort. Selon l'Inquisiteur général, s'il avait été encore en vie, Dieu aurait eu conscience de son existence.
— Vous savez, Général, je me moque du destin de Gulsen.
— Pas moi. Je veux savoir ce qu'il est devenu.
— Puis-je vous demander pourquoi ? L'Inquisition a sûrement raison, ce chien est mort.
— Il ne l'est pas. Il y a cinq ans, j'ai capturé et interrogé un homme qui travaillait pour un réseau de résistance. Il m'a avoué que Gulsen s'était réfugié sur un monde isolé. Mon prisonnier y avait été retenu captif pendant de longs mois. Il était pilote et Gulsen ne connaissait rien au pilotage d'un vaisseau. Je vous rappelle qu'il n'était qu'un paysan.
— Je ne veux pas me souvenir de lui, cracha-t-elle avec dégoût.
— Gulsen voulait garder la possibilité de fuir. Le pilote en question a fini par s'échapper, abandonnant son ancien chef à son sort. Il n'a jamais osé vendre cette information et s'est contenté d'oublier l'existence de Gulsen. Lorsque j'ai voulu découvrir les coordonnées de cette cachette, j'ai déclenché une sécurité enfouie dans son esprit. Il est

mort instantanément et tout ce que j'ai pu apprendre, c'est qu'il se trouvait quelque part dans le secteur U-W.

— C'est vaste et à la frontière avec la coalition Tellus.

— Un endroit de la galaxie que vous connaissez bien. Vous devriez être en mesure de le retrouver.

— Pourquoi ?

Selon ses souvenirs, Gulsen était un démon puissant. Le don de Nayla la dévorait et elle n'arrivait pas à le contrôler. Il espérait que les connaissances de cet homme s'avéreraient utiles. Les probabilités étaient presque nulles, mais il ne risquait pas grand-chose à lancer Jani Qorkvin sur sa piste.

— Je n'ai pas à vous faire part de mes raisons, Capitaine.

— J'ignore ce que tu lui veux, mais tu dois être désespéré pour tenter de retrouver ce dégénéré, constata-t-elle avec un sourire désabusé. Qui te dit que je ne vais pas l'écorcher vif quand je le trouverai ?

— Je suis certain que vous ne souhaitez pas me contrarier, Capitaine. Dites-moi où le trouver, je saurai le faire coopérer. Sinon, disparaissez de ma vue !

— Comme tu veux, murmura-t-elle. Je découvrirai tout ce que je peux sur ce cafard, je te le promets. Si tu le désires, je peux même le capturer pour toi.

— Non, ne vous approchez pas de lui. Maintenant, je vous engage à quitter mon vaisseau, avant que je ne change d'avis.

— Devor...

Il fit un pas menaçant vers elle et elle s'enfuit, sans demander son reste. Il lui avait semblé deviner des larmes dans son regard sombre, mais il avait dû rêver. Une femme comme elle ne pleurerait pas. Il venait de courir un risque, mais les probabilités indiquaient qu'il était minime. Jani essayerait sans doute de décrypter l'axis, sans succès. Ensuite, elle l'enverrait à son destinataire. Il sourit. Il venait de placer une attaque audacieuse, dans la partie de zirigo en cours. Ce jeu de stratégie, enseigné à l'Académie des officiers des Gardes de la Foi, lui manquait. Il appréciait la complexité des règles. Le zirigo représentait à merveille le combat spatial et comme dans la réalité, la défaite était toujours possible. Il fallait prendre des risques et l'injustice était un facteur important. Cette fois-ci, le plateau était la galaxie et les pions étaient des êtres vivants. Il ignorait seulement qui étaient réellement les joueurs en présence.

Dem sortit de sa cabine, encore perturbé par les derniers événements. La tristesse de Jani pesait sur lui d'une façon étrange. Il remarqua à peine l'imperturbable présence de Tarni devant la porte de Nayla et se contenta de le saluer distraitement. L'air contrarié du garde du corps retint son attention.

— Lan, que se passe-t-il ?
— Rien d'intéressant.
— Allons donc ! Cela concerne-t-il Nayla Kaertan ?
— Je ne suis qu'un simple garde du corps, Colonel, mais malgré vos ordres, je reste « votre » garde du corps.
— Tarni, vous n'allez pas désobéir, n'est-ce pas ? demanda-t-il, amusé.
— Non, Colonel, mais si je puis me permettre, vous devriez jeter ce Xev Tiywan par le premier sas.
— Tarni ? fit-il interloqué.
— Il a toujours été un traître. Pourquoi lui faire confiance ?
— C'est un traître à l'Imperium et un hérétique. Voilà pourquoi j'ai besoin de lui et je ne veux pas de discussions sur ce sujet.
— Colonel, je respecte vos ordres.
— Mais ?

Lan Tarni n'avait pas pour habitude de commenter les décisions de son chef, mais les rares fois où il s'était permis un conseil, il avait été judicieux. Dem lui accorda donc toute son attention.

— Nous sommes entourés d'hérétiques, Colonel. Certains le sont dans l'âme et depuis toujours, d'autres ont été persuadés par Nayla Kaertan. La plupart ont de réelles convictions, même si elles sont discutables. Je respecte des gens comme le jeune Valo ou comme Kanmen Giltan. Ils sont véritablement dévoués à Nayla Kaertan et à la cause qu'elle défend. Ce Tiywan est un ambitieux en qui je n'ai aucune confiance.
— C'est un chef de la résistance depuis longtemps, Tarni. C'est pour cela que je l'utilise.
— Je l'ai bien compris, mais selon mon opinion, il ne défend qu'une seule cause : la sienne. Savez-vous qu'il a refusé de vous envoyer des secours sur la lune-chantier de Bekil ? Il a même voulu éjecter le docteur Plaumec hors de la passerelle, parce qu'elle insistait pour qu'il agisse. Lorsque Nayla Kaertan a déclaré qu'elle allait vous prêter assistance, il a porté la main sur elle. J'ai dû le jeter à terre.
— Comment ça, « porté la main sur elle » ?
— Il l'a attrapée par l'épaule pour l'empêcher de vous secourir.
— Tarni ! J'avais interdit à Nayla de se mettre en danger et Tiywan a appliqué les consignes. C'était aussi votre mission. Vous n'auriez pas

dû l'encourager à risquer bêtement sa vie. Depuis quand ai-je besoin qu'une enfant vienne à la rescousse ?

— Je vous l'ai dit, Colonel, répondit simplement le vétéran, je suis toujours votre garde du corps et votre sécurité me concerne. De plus, cette enfant, comme vous dites, est un démon puissant qui semble capable de se défendre seule, même contre moi ou contre vous, si je puis me permettre.

Un sourire amusé glissa sur les lèvres de Milar.

— Soit, Tiywan n'était pas empressé à l'idée de me sauver la vie. Je suis conscient qu'il ne m'aime pas.

— Êtes-vous conscient de ses manœuvres auprès de Nayla Kaertan ?

— Expliquez-vous.

— Depuis deux mois, il vient presque quotidiennement la voir. Il s'arrange parfois pour venir pendant mes heures de repos, sans doute pour ne pas attirer l'attention, mais je me suis renseigné auprès du garde Tyelo qui me remplace.

— Tarni, je n'ai pas la journée !

— Parfois, il se contente de rester là, à l'entrée. Il discute, lui fait des compliments.

— Parfois ?

— D'autres fois, il entre dans sa chambre et ils bavardent pendant des heures.

— Vous la laissez seule avec lui ? accusa-t-il, un peu perturbé.

— Non, Colonel, la porte reste ouverte en permanence. Il ne cesse de lui dire tout ce qu'il envisage de faire en sa compagnie, après la guerre. Il essaye de devenir son ami.

— Elle a besoin d'amis.

— Oui, en effet. Elle est bien seule.

Milar crut entendre un reproche dans la voix de Tarni et cela le stupéfia.

— J'appréciais ce gamin qui est mort, Seorg Giltan, continua-t-il. C'était un ami sincère et dévoué. Tiywan n'est pas ce genre d'ami. Il ne cherche qu'à l'influencer pour s'approcher du pouvoir.

— Si vous me disiez directement le fond de votre pensée.

— Il cherche à vous évincer, Colonel. Il veut la manipuler et s'emparer du pouvoir pour son propre compte.

Devor Milar ne put s'empêcher de rire.

— Allons donc. Je ne suis pas si facile à évincer, vous savez.

— Bien sûr, Colonel, se renfrogna le vieux garde.

— Que me cachez-vous, Tarni ? demanda-t-il, inquiet tout à coup.

— Il est dans sa cabine depuis vingt bonnes minutes, Colonel, et elle m'a expressément ordonné de faire en sorte qu'elle ne soit pas dérangée, même par vous. Spécifiquement par vous, si je puis me permettre. Enfin, c'est ainsi que j'ai compris sa requête.

La nouvelle lui causa un curieux pincement au cœur. Privé de son don, il lui était difficile de savoir ce qui se passait dans cette cabine, mais il voulait en avoir le cœur net. Puisant toute l'énergie dont il était capable, il projeta ses pensées de l'autre côté de la porte... La jouissance qui irradiait de Tiywan le fit reculer. Il perdit sa concentration et chancela, en proie au vertige. L'union charnelle de Nayla avec cet hérétique le déstabilisa, éveillant l'écho d'une capacité disparue. Il remercia l'univers d'être privé d'émotions. Si cela n'avait pas été le cas, un tel événement l'aurait profondément blessé. Dans la même seconde, il maudit le destin d'être insensible, car il aurait voulu réagir en humain à la meurtrissure qui venait de lui être infligée.

— Est-ce que ça va, Colonel ?

— Oui, merci, Lan, réussit-il à dire. Je prends bonne note de votre réticence. Votre opinion a toujours compté pour moi et vous vous êtes très souvent montré perspicace.

— Le sas le plus proche, Colonel ?

Il s'accorda un sourire et répondit sombrement :

— Cela n'est plus possible, non. Continuez à veiller sur elle.

— À vos ordres, Colonel !

— Vous devez dire « Général », Lan.

— Je sais, Colonel.

Xev embrassa Nayla sur le front avant de se lever et de disparaître sous la douche. Alors que l'eau coulait, Nayla enfonça son visage dans l'oreiller. Elle se sentait mal et terriblement honteuse. Elle n'était qu'une idiote, qu'une stupide idiote !

— Je dois y aller, annonça le géant blond en lui caressant le dos doucement. Je reviendrai à la fin de mon service.

Elle voulait lui dire non, mais ne trouva pas la force de parler.

— À tout à l'heure, bébé. Tu es superbe, ma belle !

La suffisance dans sa voix renforça son humiliation et lorsqu'il referma la porte derrière lui, elle libéra ses sanglots. Elle se sentait souillée et horriblement seule. Elle devinait qu'il lui serait difficile d'échapper à l'emprise de Tiywan. Cela faisait des semaines qu'il usait de son charme pour coucher avec elle, pour la dominer, pour la posséder. Nayla doutait qu'il soit réellement amoureux. Elle s'était elle-même jetée dans le piège qu'il avait construit pour elle. Elle avait cédé pour rendre jaloux un homme qui ne s'intéresserait jamais à elle. Elle imagina les semaines à venir, avec Tiywan, chaque jour dans son lit, ses mains sur elle chaque soir. Elle poussa un gémissement de rage qu'elle étouffa dans son oreiller. Personne ne pouvait l'aider. Comment trouverait-elle la force de demander de l'aide à Dem ou à Mylera ou... *Non*, pensa-t-elle, *je suis seule*. Elle ferma les yeux et consciemment, elle rechercha l'accès à Yggdrasil.

Elle se perdit dans le néant, dans le silence, errant dans le vide. Elle commençait à se sentir bien dans cet endroit, bercée par le murmure des voix multiples. Elle ne venait pas chercher une réponse à ses questions, elle venait seulement s'y réfugier. Elle faisait cela de plus en plus souvent. Elle perdit toute notion du temps et refusa d'écouter une petite voix, tout au fond de son cerveau, qui la suppliait de sortir de cet endroit.

Nayla se concentra pour tenter de décrypter les murmures d'Yggdrasil, pour essayer de comprendre leurs propos. La plupart du temps, à force de concentration, elle finissait par voir des images de l'avenir. Elle se moquait du futur ! Elle voulait savoir pourquoi elle devait subir tout cela. Elle voulait forcer Yggdrasil à lui parler. L'une de ces voix revint chuchoter à son oreille, séductrice et attirante. Elle n'arrivait pas à comprendre ses paroles, alors elle s'approcha. Hypnotisée, elle s'enfonça dans les profondeurs du vide.

Des images de l'avenir affluèrent, en désordre. Elles étaient floues, comme observées derrière une vitre dépolie. Elle se vit aux côtés de Tiywan, soumise à cet homme tandis qu'elle acceptait son sort avec fatalisme. Elle était assise sur le trône dans le temple de Dieu. Xev était près d'elle, une main conquérante posée sur son épaule. Puis tout bascula. Elle se trouvait dans les geôles du temple, à la merci de Dieu. Il était là, puissant et magnifique, se nourrissant de sa force vitale. Sa vision se brouilla encore. Elle était face à Dieu, dans la salle du trône. Dem mourrait sous ses yeux et elle était terrassée. D'autres visions l'agressèrent, un nombre incalculable de possibilités. Elle se vit mourir, souffrir, être trahie. Elle allait devenir un Dieu, esclave de son don, à la merci de ceux qu'elle croyait ses amis. Dem mourrait, la livrait, la tuait, la traquait. Elle se vit dans ses bras, heureuse, aimée, avant de le voir se faire massacrer à l'entrée du temple. Elle ne pouvait s'arracher à ce tumulte, attirée toujours plus loin, avide de découvrir toujours plus de futurs.

— *Non ! Sors d'ici !*

La voix était claire, forte, impérieuse. C'était l'autre voix, celle qui lui disait d'écouter son cœur, celle qu'elle croyait reconnaître. La puissance de cette volonté la ramena vers le monde des vivants et elle ressentit un espoir fou. Enfin, Yggdrasil communiquait.

— *Répondez-moi ! s'écria Nayla. Que suis-je ? Que dois-je faire ? Je suis perdue, j'ai besoin d'aide ! Répondez-moi !*
— *Sors d'ici ! Écoute ton cœur !*
L'impression d'être éjectée violemment lui coupa le souffle.

Elle ouvrit les yeux, haletante, incapable de comprendre l'endroit où elle se trouvait et ce qui s'était passé. Puis la souffrance du présent revint, palpitante et insistante. Elle se leva en chancelant. Elle se sentait poisseuse et sale. Elle tituba jusqu'à la douche et laissa l'eau brûlante couler sur elle, les yeux fermés. Je suis stupide, idiote. Je n'en peux plus. Je veux mourir, sanglota-t-elle. Elle était persuadée d'être totalement démente et le souvenir de toutes ces images qui tournoyaient dans son crâne, dévastait son esprit. Seule la rage lui permettait de conserver sa santé mentale. L'alarme de sa porte la fit sursauter, mais elle ne bougea pas. Elle ne voulait voir personne et encore moins Tiywan. Le bruit strident résonna à nouveau. Elle refusait de se lever. Qu'il s'en aille ! Le bruit de la porte qui s'ouvrait l'alerta. Il n'existait qu'une seule personne pouvant forcer ainsi un accès verrouillé. Elle attrapa une serviette et s'enroula dedans.

— Vous allez bien ? demanda Dem, sans réelle sollicitude.

Elle se sentit rougir et dut se contrôler pour ne pas pleurer.

— Cela va bien. Merci.

— Vous n'avez pas donné signe de vie depuis deux jours, vous n'avez répondu à aucun appel, alors je me suis inquiété.

— Deux jours ?

Elle avait passé autant de temps dans le néant ! Elle ne s'en était pas rendu compte, mais cela expliquait sa gorge parcheminée et sa faiblesse.

— Je voulais être seule, c'est tout.

— Si tout va bien, je suis rassuré, précisa-t-il avant d'ajouter avec un petit sourire ironique. Voulez-vous que je demande à Xev Tiywan de passer vous rendre visite ?

Elle eut l'impression qu'il l'avait giflée.

— Saluez Jani de ma part, répliqua-t-elle sans réfléchir. Je suppose qu'elle loge dans votre cabine ?

Il leva un sourcil étonné, puis répondit calmement :

— Le capitaine Qorkvin a regagné son vaisseau, il y a deux jours. J'ignore où elle se trouve aujourd'hui.

— Que voulait-elle ? demanda-t-elle avec agressivité.

— Me donner des informations sur la position de plusieurs flottes ennemies et essayer de rejoindre nos troupes. Je lui ai dit que nous n'avions pas besoin d'elle. J'estime qu'elle ne nous trahira pas, mais nous allons devoir quitter OiD 03. On ne sait jamais.

Nayla eut un haut-le-cœur. Elle se sentait encore plus minable et stupide, mais il semblait ne pas s'en rendre compte.

— Bonne soirée, Nayla, conclut Dem en lui tournant le dos.

Elle se jeta sur lui et, avec une force décuplée par son mal-être, le projeta contre la cloison. La serviette qu'elle portait autour d'elle se détacha, tombant à ses pieds, mais elle n'en avait cure.

— Mais, bordel Dem ! Mettez-vous en colère ! Traitez-moi de salope ou je ne sais quoi, mais réagissez !

Son regard bleu la fixa avec une froide indifférence.

— Pourquoi devrais-je agir de cette façon ? Vous faites ce que vous voulez de votre vie, Nayla.

— Je suis désolée, désolée de ce que je vous ai fait. Je vous en prie, redevenez vous-même.

Il l'écarta d'une main ferme et ramassa la serviette encore humide. Écarlate, elle s'enroula dedans tandis qu'il répondait :

— Je suis moi-même. C'est ce que vous vouliez, n'est-ce pas ? Vous avez été particulièrement claire. C'est de Milar dont vous aviez besoin. Soyez satisfaite, vous l'avez !

— J'étais en colère, vous pouvez le comprendre, tout de même ! J'étais en colère ! J'ai dit ça pour vous faire du mal. Je vous en prie, j'ai besoin de vous, Dem, j'ai besoin de vous.

— Je suis et je reste votre protecteur et votre général. Que voulez-vous d'autre de moi ?

— Je m'en moque ! hurla-t-elle en cognant sur sa poitrine. C'est de vous dont j'ai besoin, de mon… ami. Je vous en prie. Je vous en prie !

— Je doute que vous considériez comme un ami l'homme qui a détruit Alima, mais si c'est le cas, je suis navré. J'aurais aimé pouvoir répondre positivement à votre requête, mais c'est fini, je ne peux pas. Vous comprenez ?

— Non !

— Vous vouliez Milar. Je ne pouvais pas vous donner ce que vous vouliez, pas en éprouvant des émotions. Alors, j'ai détruit ces émotions. Dem n'est plus. Je suis devenu ce que l'archange 183 n'a jamais été, un soldat froidement efficace, purgé de ces sentiments sans intérêt. N'essayez pas de déclencher une réponse émotionnelle de ma part, cela ne fonctionnera pas, cela ne peut plus fonctionner. Je serai toujours là pour vous, mais uniquement pour vous protéger et commander votre flotte. Je ne peux être rien de plus.

Elle sentit ses jambes faiblir et le bras de Dem la retint. Elle s'appuya contre lui, savourant le réconfort de sentir la douce tiédeur du ketir sous sa joue. Elle éprouva une brusque bouffée de haine contre elle-même. Elle avait tout gâché. Il lui avait montré sa vie, son terrible passé et elle avait été incapable de le comprendre.

— Je ne peux plus continuer. Je n'en ai plus la force. La présence d'Yggdrasil est trop importante. Je viens d'y passer ces deux derniers jours et je ne m'en suis même pas rendu compte. Il m'a montré l'avenir, des centaines de futurs possibles et ils sont tous horribles. Je n'en puis plus, je veux que cela cesse.

— Nayla, cela ne peut pas cesser.

— Oh, que si ! Je peux tout arrêter, s'écria-t-elle avec une conviction terrible, prête à franchir le pas, prête à rejoindre son père et Seorg.

— Vous n'avez pas le droit de penser une chose pareille.

— Tout le monde meurt autour de moi. Je suis épuisée. Je n'aurai jamais la force d'affronter Dieu. Jamais. Pas sans vous.

— Je suis présent.

— Non, vous ne l'êtes pas ! C'est Milar qui est là, pas Dem. J'ai cru que Seorg pourrait m'aider, être là pour moi, mais vous l'avez tué !

Il leva un sourcil surpris, puis il releva son menton du bout des doigts dans un geste qui lui rappela l'ancien Dem.

— Que dites-vous ?

— Seorg, mon ami d'enfance, vous vous souvenez de lui ? Vous l'avez tué ! Il a été retrouvé, égorgé par une lame-serpent. Vous l'avez assassiné parce qu'il était trop proche de moi !

— Je n'ai pas tué ce garçon, je n'avais aucune raison de le faire. Pourquoi l'aurais-je fait ?

— Parce qu'il s'inquiétait pour moi, suggéra-t-elle plus faiblement.

— C'est ridicule. Qui vous a mis cette idée dans la tête ?

— Personne ! J'ai vu la blessure, Dem.

— Je ne l'ai pas tué, vous avez ma parole.

— Si ce n'est pas vous, alors c'est cette femme ! Qui est-elle ? Un agent de l'Imperium ?

— Mais de quoi parlez-vous ?

— Soilj a vu une femme s'enfuir, venant de la scène de crime.

— Peut-être n'était-elle qu'un témoin effrayé…

— C'est pour cela qu'elle a tenté de tuer Valo ! Vous avez oublié ?

— Nayla, je n'oublie jamais rien, précisa-t-il d'un ton soucieux.

— Je… mais je croyais qu'on vous avait dit ce qui s'était passé. Vous ne saviez pas que Seorg était mort ?

— Tiywan m'a dit que sa blessure à la gorge laissait penser qu'il s'agissait de l'action d'un garde noir isolé.

Il avait l'air sincère. Elle ne comprenait pas ce qui se passait.

— Je suis désolé, Dem, je croyais que vous saviez, que vous vous moquiez de ce qui lui était arrivé, parce que…

— Parce que je suis ce que je suis, répondit-il simplement.

Elle acquiesça silencieusement.

— Je suis prêt à faire des efforts. Je comprends que tout ceci est difficile pour vous. J'ai peut-être eu tort de réagir aussi brutalement, mais ce qui est fait est fait et j'ignore comment inverser ce que j'ai accompli.

— Je peux peut-être…, proposa-t-elle, terrifiée par l'idée de retourner dans l'esprit de Milar.

— Non, je ne vous imposerai pas cela. Acceptez-le, Dem est mort, mais si vous pouvez accepter que Devor Milar soit votre ami, alors je le suis.

Elle ne put retenir ses sanglots. Elle enfouit son visage contre sa poitrine et il se contenta de l'enlacer.

— Je suis désolée pour ce qui s'est passé avec Tiywan, murmura-t-elle.

— Je ne vous en veux pas, finit-il par dire après quelques secondes, comme s'il avait cherché une réponse adéquate.

Et c'était certainement le cas. Leene Plaumec avait raison, il avait détruit les émotions qu'il avait mis toute une vie à acquérir.

— Vous avez le droit d'aimer qui vous voulez, ajouta-t-il plus doucement.

Il lui sembla entendre l'ancien Dem et l'absurdité de la situation la frappa de plein fouet. Elle n'aimait pas Xev, elle ne l'avait jamais aimé. Elle s'était laissé charmer par ce beau parleur parce qu'elle se sentait désespérément seule. Non, elle n'aimait pas Xev, celui qu'elle aimait était là, contre elle et il était incapable de lui rendre la pareille.

— Pardonnez-moi, souffla-t-elle d'une voix qui lui sembla appartenir à une autre.

À nouveau, il prit le temps de la réflexion.

— Il n'y a rien à pardonner. C'est ainsi. Allons reposez-vous, nous avons encore tellement à faire.

— Quelle est la prochaine étape, se força-t-elle à demander ?

— Plusieurs possibilités s'offrent à nous. Nous avons reçu plusieurs appels à l'aide, certains urgents, mais nous devons absolument recharger nos réservoirs en S4. Nous manquons aussi d'autres composants, ainsi que d'armures de combat. Avez-vous vu quelque chose dans… Yggdrasil ?

Elle frissonna. Elle n'avait pas envie de retourner dans le vide de l'espace et pourtant, ce lieu l'appelait déjà.

— Rien, je n'ai rien vu, il ne me montre que ce qu'il veut et il se joue de nous. Je...

Submergée par la fatigue, Nayla ferma les yeux et se détourna. Elle ne voulait pas qu'il voie les larmes qui coulaient sur ses joues.

— Je ferai ce que je peux.

Les épreuves que traversait la jeune femme semblaient avoir eu raison de sa résistance. Devor aurait voulu être encore capable d'empathie pour mieux l'aider. Sa détresse était telle qu'il fit un pas vers elle et posa une main sur son épaule, animé par une envie surprenante, lointaine, et étrangère. Elle frissonna à son contact et il recula aussitôt, presque gêné de cet accès d'humanité.

— Je vais vous laisser, dit-il.

— Non, restez ! Je vous en prie...

Il hésita. De nombreuses tâches l'attendaient.

— Prenez-moi dans vos bras, murmura-t-elle, s'il vous plaît, juste cette fois...

Il avait autre chose à faire ! À quoi bon ce simulacre ? Elle lui tournait toujours le dos, tremblant de tous ses membres, enveloppée dans sa serviette humide. Il la prit par les épaules et l'obligea à se retourner. Elle tressaillit lorsqu'il souleva son menton avec deux doigts, la contraignant à le regarder. Dans ses yeux, il lut toute sa tristesse, sa peur et son désespoir. Une fois encore, il ressentit ce curieux frémissement qui le perturba. Sans le vouloir, sa main caressa doucement le visage de Nayla.

— Vous allez réussir à faire face, je le sais. Cessez de vous murer dans la solitude. Si vous n'arrivez pas à me parler, je le comprends, mais je suis prêt à vous écouter. J'aurais dû être plus présent pour vous, plutôt que de laisser cela à un autre.

— Dem, je suis...

— Si vous cherchez un conseil émotionnel, vous devriez parler au docteur Plaumec. Elle en sait suffisamment sur nous deux et c'est une femme perceptive. J'ai toute confiance en elle.

— Pensez-vous que vous puissiez me pardonner un jour ? demanda-t-elle d'une petite voix.

— Je n'ai aucune animosité envers vous.

— Je sais... Je préférerais votre haine à votre indifférence.

Dem avait détruit ses émotions, mais pas sa mémoire. Il se souvenait de leurs interactions passées, mais sans la capacité de comprendre les sentiments qui y étaient associés, elles étaient vides de sens. Il prit conscience que le soldat parfait, qu'il pensait être devenu, s'était amputé de quelque chose qui était peut-être essentiel. Il en éprouva du regret.

— Je comprends.
— J'en doute.
— Je me souviens que votre haine m'était insupportable.

Les yeux rougis, elle le repoussa avec force.

— Allez-vous-en ! Laissez-moi seule ! Allez-vous-en !

Incapable de savoir quoi faire, Milar fit ce qu'elle demandait.

Ailleurs…

Dieu consulta le dernier rapport que le grand prêtre, Alajaalam Jalara, lui avait fourni quelques heures plus tôt. Bien que reclus dans son palais, il savait déjà ce que les mots révéleraient : un autre échec, une autre déception. La rébellion ne cessait de s'enfler et avalait une planète après l'autre. Elle les dévastait telle une marée sanglante qui engloutissait tout. Ce n'était pas nouveau. Ses visions l'avaient prévenu de nombreuses fois, pour lui permettre d'endiguer des révoltes naissantes. Cette fois-ci, il était troublé et effrayé par ces successions de victoires. Il y a longtemps, dans le puits du destin, il avait vu son éventuelle mort et ce présage de défaite lui laissait un goût amer. Dieu était épuisé par ses intrusions trop fréquentes dans Yggdrasil. Il y sentait la présence de ce démon qui ambitionnait de lui voler son pouvoir. Il essayait de la trouver, mais le néant se pliait moins aisément à ses désirs. La voix, qui lui avait intimé l'ordre de sortir, ne s'était plus manifestée et les murmures multiples avaient repris. Il avait ressenti l'intérêt d'une partie d'Yggdrasil lorsqu'il avait tiré un nouveau fil, essayant d'utiliser une autre vie pour détruire celle qui l'effrayait. Il avait aussi perçu de la colère face à son action ainsi qu'une jubilation morbide. La dualité du néant, une fois encore, le perturbait.

Dieu ferma sa console. Le rapport ne lui apportait rien de nouveau, d'autres mondes avaient rejoint la rébellion et certains avaient été punis, mais il était impossible d'éradiquer toutes les planètes qui avaient été conquises. La force de l'Imperium résidait dans les croyants. À trop en tuer, son empire deviendrait trop faible pour résister aux ennemis qui restaient embusqués à ses portes. Il devait agir pour contrer ce démon qui risquait de tout faire échouer. Il devait tirer d'autres fils, infléchir le destin à son avantage et peut-être se préparer à un affrontement direct.

Il s'approcha de l'ouverture déchirée dans la trame du présent. Il y plongea son regard, admirant le noir insondable, devinant les destinées qui s'entrecroisaient en une tapisserie complexe. Dieu projeta son être mental dans l'immatériel.

Une fois dans le néant, il se laissa porter sans mal par les courants qui agitaient parfois Yggdrasil et trouva le fil qu'il cherchait. Il esquissa un sourire en découvrant qu'il avait enfin réussi à obtenir ce qu'il avait planifié. Il se délecta de la souffrance du démon nommé Espoir, il se nourrit de sa honte et de son désespoir. Il laissa échapper un soupir de jouissance en absorbant son envie d'en finir.

Et puis, tout changea ! Une fois encore, elle puisait de la force dans des ressources inconnues. Elle s'accrochait à ses sentiments pour Milar. Son rugissement de rage résonna dans tout le néant. Il maudit le destin qui s'acharnait sur lui. Yggdrasil se moquait de son insignifiance et une infime partie du néant s'en réjouissait. Il mobilisa sa puissance pour tordre le fil qu'il voulait manipuler. Épuisé, il allait quitter le vide insondable lorsqu'une voix murmura :

— Veux-tu de l'aide ?

Il sursauta. Cette proposition amicale était inédite.

— Oui, osa-t-il répondre.

— M'accorderas-tu ce que je désire ?

— Que désires-tu ?

— M'accorderas-tu ce que je désire ?

La voix résonna douloureusement dans son cerveau, lui donnant l'impression qu'il était flagellé par un fouet de métal en fusion.

— Oui.

— Que cette promesse soit inscrite dans ton âme, à tout jamais ! jubila la voix. Je viendrai bientôt réclamer mon dû.

Comme pour ratifier cet accord, il eut l'impression qu'une main brûlante se posait sur son cœur et gravait sa chair d'un sceau indélébile.

Dieu réintégra le présent avec un hurlement strident, le corps arqué sous la douleur innommable qui se lovait sur sa poitrine. Il arracha le devant de sa robe pour stopper la brûlure qui carbonisait sa chair. Il n'y avait rien, la peau était intacte, pourtant la douleur perdurait. Il tomba à genoux en gémissant, jusqu'à ce que la souffrance cesse. Haletant, il se recroquevilla sur le sol froid et il lui sembla entendre un rire malveillant résonner entre les murs de son palais.

Il ne faut jamais oublier qu'un hérétique sommeille dans le subconscient de chaque croyant et qu'un démon peut naître dans n'importe quelle communauté.

Chapitre 2 du Credo

Après avoir quitté la cabine de Nayla, Milar rejoignit la salle de briefing où il était attendu. Il allait devoir décider des prochaines étapes de leur flotte. Tous les officiers étaient là, Xenbur, Kanmen Giltan, Garal, Mylera, Plaumec, Valo, Lazor et quelques autres. Tiywan se tourna vers lui, avec un sourire suffisant qui affirmait sa victoire. L'archange qu'il était n'aurait pas dû se sentir concerné, mais il ressentit un accès de colère surprenant. Son second lui avait dissimulé une partie de la vérité. Était-ce pour l'éloigner de Nayla, ou cela cachait-il autre chose ? Tarni avait peut-être raison : le sas le plus proche semblait être une excellente option.

— Bien, commença-t-il, nous allons quitter ce monde dans quelques minutes. Nous avons reçu plusieurs demandes à l'aide, mais nous ne pouvons pas y répondre favorablement pour le moment.

— Pourquoi ? interrogea Kanmen. Ces gens ont besoin de nous.

— Ce sera la prochaine étape, Capitaine. En attendant, nous avons une autre priorité. Il nous faut renouveler notre stock de S4.

— Ça ne peut pas attendre ? gronda Garal.

— On ne peut pas se le permettre, intervint Mylera. Nous avons besoin d'énergie. Où se trouve la base la plus proche, Dem ?

— Il y a deux stations de ravitaillements, relativement proches. L'une d'elles est lourdement armée et protégée. Une flotte, dirigée par la Phalange or, s'y trouve.

— Comment savez-vous cela ? demanda Tiywan.

— Le capitaine Qorkvin m'a apporté ces informations.

— Et vous avez confiance en ce brigand ? Elle a dû se montrer… convaincante, insinua-t-il en glissant sa langue sur ses lèvres avec un geste obscène.

— Je sais déterminer si l'on me ment. L'autre station nous éloigne de nos prochaines destinations. De plus, de nombreuses flottes transitent dans ces parages.

— Alors on est coincé ? s'exclama Kanmen.

— Il reste une dernière option. Le capitaine Qorkvin m'a également fourni l'emplacement d'une base non officielle, tenue par des malfrats. Elle se situe sur une planète naine dissimulée dans un important champ d'astéroïdes. Ils y exploitent du S4 et possèdent une raffinerie. Les cargos de contrebandiers ou de pirates s'y ravitaillent. Le prix est souvent exorbitant, mais personne ne négocie la chance de conserver sa liberté et sa tranquillité.

— Vous voulez qu'on s'y approvisionne, s'exclama Tiywan, mais c'est de la folie. Nous sommes trop nombreux et…

— Capitaine Nlatan ?

— Le S4 raffiné est compact et une petite quantité peut alimenter un vaisseau pendant longtemps. Nous pourrions encore fonctionner un moment sans ravitaillement. Toutefois, je préfère voir mes jauges au maximum.

— Merci, déclara Dem. D'après le capitaine Qorkvin, ils possèdent de grands stocks, qui nous permettraient de fonctionner plusieurs semaines, peut-être même plusieurs mois.

— C'est vous qui voyez, consentit Tiywan, tant que cela nous permet ensuite de répondre aux appels à l'aide, je suis d'accord.

— En effet, Commandant, je décide. Le champ d'astéroïdes en question est extrêmement dense. Impossible d'y faire pénétrer le Vengeur. Je ferai une approche avec deux bombardiers et quand l'endroit sera sécurisé, les patrouilleurs pourront venir s'y poser et embarquer le S4.

— Comptez-vous recruter ces brigands ? demanda Kanmen.

— Certainement pas, ils n'ont aucune moralité. Nous pourrons trouver des volontaires parmi les esclaves qu'ils emploient.

— Des esclaves ? s'étonna Plaumec.

— Oui, des malheureux qui font confiance aux mauvaises personnes ou qui sont capturés sur des colonies isolées. Ils sont ensuite vendus à ces esclavagistes qui les tuent à la tâche. Cette réunion est terminée, nous partons. Que chacun rejoigne son poste !

Dem allait quitter la pièce quand Tiywan le rattrapa.

Leene ne put s'empêcher d'entendre la question de Xev Tiywan. Ce dernier n'avait cessé de sourire ostensiblement pendant toute la réunion. Elle aurait juré qu'il cherchait à provoquer Dem.

— Êtes-vous passé voir Nayla ? Elle aurait dû être ici.

— Elle est épuisée.

— Oui, je veux bien croire qu'elle le soit. Je vais aller lui rendre visite, ma présence lui fera beaucoup de bien.

Elle eut la nausée en comprenant ce qu'il suggérait. Milar ne sembla pas relever l'allusion.

— Elle ne souhaite pas vous voir.

— Ne généralisez pas. C'est vous qu'elle ne veut pas voir. Elle est prête à me voir, me sentir, me toucher…

Leene dut contrôler son envie de le gifler.

— Non, elle ne veut voir personne, répondit calmement Dem. Elle est épuisée, je vous l'ai dit. Je vous interdis de l'ennuyer.

— Si vous le dites… mais je passerai le lui demander. Je suis certain qu'elle acceptera un peu de détente. Elle est loin d'être épuisée lorsqu'elle est en action, si vous voyez ce que je veux dire.

Dem pâlit, ses yeux bleus, froids et impénétrables se durcirent, étincelant de colère contenue. *La mort doit avoir un regard comme celui-là,* se dit Leene.

— Faites attention à ce que vous dites, Commandant.

— Je suis certain que vous appréciez les rapports physiques, comme n'importe quel homme. Cette Qorkvin doit être douée et je comprends qu'avec une telle maîtresse, une jeune femme comme Nayla vous laisse indifférent. Vous avez tort, elle est très habile et le sera encore plus dans quelques semaines.

La réaction de Milar fut si rapide, que le médecin sursauta. Sa main s'était refermée, tel un étau, sur le cou de Tiywan et le géant fut repoussé violemment jusqu'à la cloison.

— Je n'admets pas l'insubordination, Tiywan. Continuez sur ce ton et je vous balance dans l'espace !

— Je plaisantais, Général, je plaisantais. Il ne faut pas le prendre mal. Que voulez-vous, je suis un homme heureux et comblé.

Tout en pensant qu'elle faisait sans doute une bêtise, Leene posa une main sur l'avant-bras de Dem.

— Il n'en vaut pas la peine.

Avec une expression interloquée, il le relâcha.

— Disparaissez de ma vue !

— À vos ordres, répliqua l'autre d'un ton moqueur, mais le regard qu'il jeta à Leene était venimeux.

— Est-ce que ça va ? demanda-t-elle.

— Oui, répondit Dem après quelques secondes. Il m'a… mis en colère.

— J'ai vu.

Pour une personne purgée de ses émotions, cette réaction était tout à fait passionnelle. Elle eut une bouffée d'espoir. Est-ce qu'il allait enfin redevenir l'homme qu'il était au début de cette aventure ?

— Docteur, je disais vrai, poursuivit-il plus calmement. Nayla ne va pas bien. Elle est épuisée physiquement et mentalement. Je ne peux pas l'aider, j'en suis incapable. Vous pourriez peut-être passer la voir, je lui ai dit de vous faire confiance.

— Je pourrais en effet. J'ai peur qu'elle ne voie en moi qu'une moralisatrice, si je m'immisce dans sa vie. Surtout maintenant.

— Elle a besoin d'un ami, Docteur, autre que…

— Il s'est passé quelque chose entre eux ? demanda-t-elle à contrecœur. Quelque chose d'intime ?

— Oui.

— J'en suis désolée, Dem.

— Elle est en droit d'aimer qui elle veut.

— Aimer ? Ce Tiywan ? Vous plaisantez, elle ne l'aime pas !

— Qu'en savez-vous ?

— C'est évident.

— Pas tant que cela.

— Dem, il est clair que…

— J'ai à faire, Docteur, coupa-t-il. Je ne vais pas me préoccuper des sentiments de cette enfant.

Elle aurait juré entendre de la tristesse dans sa voix. Elle le rattrapa par le bras.

— Dem, c'est pour vous faire du mal qu'elle a fait ce qu'elle a fait. Pour aucune autre raison. Faites-en sorte de la débarrasser de cet homme.

— Non. S'il est celui dont elle a besoin qu'il en soit ainsi.

Après le départ de Dem, Nayla s'était jetée sur son lit en pleurant, alors que sa dernière phrase tournait en boucle dans sa tête. « Je me souviens que votre haine m'était insupportable », avait-il dit. Qu'aurait-elle pu répondre à cela ? Elle l'avait chassé pour ne pas affronter la réalité. Ses pleurs avaient fini par se tarir et elle avait sombré dans un sommeil sans rêves.

Étonnamment, elle se réveilla presque reposée. Cette discussion lui avait fait du bien. Les sentiments contradictoires qu'elle éprouvait pour lui continuaient de s'entrechoquer dans son esprit. Si elle s'était adressée à Dem, cela aurait été différent, mais le manque de réaction de Milar était difficile à encaisser. Et pourtant, il lui avait semblé entrevoir quelque chose… Non, je me fais des idées, se morigéna-t-elle. Les minuscules marques de compassion n'étaient que des faux semblants, mais elle ne lui en voulait pas. Après tout, c'était de sa faute à elle. Bien sûr, il restait Milar, l'homme qui avait commis le génocide d'Alima, mais elle connaissait les circonstances de ce massacre. Elle soupira et prit la décision de parler à Leene. Elle avait besoin d'extérioriser ce qu'elle ressentait et le médecin était la seule à connaître la réelle identité de Dem. Enfin pas tout à fait, mais elle n'allait pas parler de problèmes de cœur avec Tarni. L'idée la fit rire et elle riait encore lorsqu'elle ouvrit la porte. Elle faillit s'étrangler en tombant nez à nez avec Xev Tiywan.

— Bonjour, bébé. Je m'inquiétais. Je suis revenu plusieurs fois et tu ne répondais pas. Et cet… idiot, là, ajouta-t-il en désignant Lan du pouce, n'a pas voulu m'ouvrir cette porte.

Le malaise qu'elle ressentait face à son amant d'un soir lui souleva le cœur. Même si elle avait été plus que consentante, elle ne pouvait s'empêcher de lui en vouloir d'avoir profité de la situation.

— Je dormais, répondit-elle le plus platement possible.

— Je t'ai épuisée, bébé ? fit-il avec un sourire condescendant.

— Excuse-moi, je suis attendue, indiqua-t-elle le repoussant.

— Tu es sûre ? Cela peut attendre quelques minutes, non ? Je peux faire vite, si tu y tiens.

— Laisse-moi passer, Xev !

— Très bien, je ne te retiens pas. Je reviendrai ce soir. J'ai hâte de te faire gémir à nouveau. J'ai trouvé ça très agréable.

Elle dut lutter contre la nausée que ce souvenir lui causa.

— Xev, écoute, je… Je veux être seule ce soir.

— Tu dis ça, mais tu ne le penses pas. Allons, je sais que tu as aimé ça, bébé. Je viendrai ce soir et nous passerons toute une nuit ensemble. Tu verras, tu vas adorer ce que j'ai prévu pour toi.

— Non ! s'écria-t-elle fermement. Je ne veux plus te voir, en tout cas, pas pour le moment.

— Ça veut dire quoi ? demanda-t-il plus menaçant. Tu crois que tu peux m'utiliser comme ça ?

— Laisse-moi passer et laisse-moi tranquille !

Il la plaqua contre la cloison, décidé à l'embrasser de force. Un bras recouvert de ketir l'arracha à elle et il fut projeté contre le mur d'en face, le poignard-serpent de Tarni contre la gorge.

— Vous allez la laisser en paix ! gronda-t-il.
— Lâche-moi, putain de garde !

La pointe en irox égratigna la peau du géant blond.

— Vous ne vous approcherez plus de Nayla Kaertan, sauf si elle vous en donne la permission.
— C'est entre elle et moi ! Lâche-moi, je suis ton commandant.

Le ricanement de Lan Tarni fut lugubre.

— Certainement pas !

Nayla estima que le jeu avait assez duré. Elle posa une main apaisante sur l'épaule de Tarni.

— Merci de prendre ma défense, Lan. Xev, je ne veux plus te voir, pas de cette façon du moins. Si tu n'es pas capable de le comprendre, tu devrais peut-être demander à Dem le commandement de ton propre vaisseau. Ce serait sans doute une bonne solution. Tarni va te lâcher et tu vas regagner la passerelle ou le lieu de ton choix. Je te conseille de ne pas provoquer mon garde du corps, il n'a aucun sens de l'humour.
— Tu n'as pas le droit de me faire ça ! Je ne t'ai pas violée. Tu étais d'accord et… très volontaire !

Elle rougit, mais répliqua avec fermeté.

— C'est vrai, mais je ne le suis plus.
— Tu ne peux pas changer d'avis comme ça.
— Mais si, je peux. Il a compris, Lan. Laissez-le, maintenant.
— À vos ordres !

Tarni relâcha Tiywan qui serra les mâchoires, ravalant une insulte, puis sans un mot, il prit la direction de la passerelle.

— Merci, Lan, souffla-t-elle.
— C'est mon devoir, Nayla Kaertan, mais parfois le devoir rime avec plaisir.
— Plaisir, Lan ? le taquina-t-elle.

Le vieux soldat couturé s'autorisa un sourire carnassier.

— Je n'aime pas cet homme. Il n'est pas fiable.
— J'ai bien peur que vous n'ayez raison. Venez, j'ai faim, ajouta-t-elle en prenant conscience qu'elle n'avait pas mangé depuis plusieurs jours et qu'elle était affamée.

Un poids terrible venait de glisser de ses épaules. Elle venait de se débarrasser de l'emprise de Tiywan et cela la libérait. Tout en marchant, elle pivota sur elle-même et attrapa la main de Tarni.

— Merci ! Vraiment, merci, Lan ! C'est extrêmement agréable de pouvoir compter sur quelqu'un comme vous !
— Je fais cela depuis longtemps.

— Je sais.

— Je le protégeais de l'ennemi et de lui-même, ajouta-t-il en fronçant un sourcil. Parfois, je me permettais un conseil et il le suivait… la plupart du temps. Ne faites pas confiance à ce Tiywan et rendez compte au colonel de ce qui vient de se passer. Avec un peu de chance, il l'éjectera dans l'espace.

— Qu'il soit sur un autre vaisseau sera suffisant, Lan, et il est général, maintenant, vous savez.

— Je sais.

Nardo eut un sourire triomphant quand les dés s'immobilisèrent sur les « uns ». Il venait de remporter trois fois de suite la mise dans cette partie de caradas.

— Non, pas encore ! s'écria Nali.

— Comment tu fais ça ? s'agaça Do Jholman.

— C'est la classe, c'est tout, fanfaronna Olman Nardo, avant d'ajouter plus sérieusement. L'Espoir me bénit de sa chance parce que je lui suis dévoué. Pas vrai, Soilj ? Soilj, tu es avec nous ?

Valo eut un sourire désolé, il n'arrivait pas à prendre plaisir à la partie en cours.

— Le capitaine ne s'intéresse pas aux jeux de la troupe, se moqua Ceril Ar'hadan, qui était toujours le petit ami de Nali.

— Ne sois pas méchant, protesta la jeune femme. Il est stressé. Le général l'a encore choisi pour l'accompagner dans sa prochaine mission.

— Il t'a à la bonne, on dirait, remarqua Ceril.

— Ça change de H515, plaisanta Nardo.

— Eh bien ça, c'est une surprise, murmura soudain Jholman.

Soilj tourna la tête et vit Nayla entrer dans le mess, avec Tarni juste derrière elle. Elle était pâle, épuisée et amaigrie. Il retint un soupir désespéré. Cela faisait plusieurs semaines qu'elle passait son temps enfermée dans sa cabine. Le passage récent de Jani Qorkvin n'avait rien arrangé. Sur son sillage, les murmures s'amplifièrent : « Espoir, sauve-nous », « Espoir soit bénie »… Soilj remarqua combien ces mots lui faisaient mal.

— Elle daigne enfin venir nous voir, souffla Ceril.

— C'est sans doute grâce à Xev, affirma Nali. J'ai entendu dire qu'ils étaient amants.

— Ce sont des salades, répliqua Valo avec colère. Elle est trop bien pour lui !

— Et tu es trop bien pour elle, répondit-elle. Tu devrais arrêter de la regarder comme si tu allais t'évanouir à sa vue. Sans rire, ça en devient ridicule.

— J'suis peut-être ridicule, lança Soilj en se levant, mais moi, je ne couche pas avec le premier venu et elle non plus.

Furieux, le jeune homme n'hésita pas une seconde. D'un pas déterminé, il traversa le mess et rejoignit Nayla. Tarni, qui avait fermement écarté tout le monde, le laissa passer.

— Bonsoir, Nayla, salua-t-il timidement. Est-ce que tu vas bien ?

— Pas vraiment, non, répondit-elle avec un sourire triste.

— Je peux faire quelque chose ?

— J'aimerais manger, quelque chose… un truc léger.

— Je vais aller te chercher ça.

— Merci, nous dînerons ensemble si tu veux et tu me raconteras ce que tu as fait ces dernières semaines. Cela fait une éternité que je ne t'ai pas vu.

— Mais si, nous nous sommes vus sur…

— Oh oui, sur la plage, c'est vrai. Désolée d'avoir gâché ta journée. Quelle est la prochaine étape ?

— Nous allons tenter de nous ravitailler sur une base illégale, qui sert aux contrebandiers. Dem veut que je vienne avec lui.

— C'est qu'il a confiance en toi.

— Je crois. C'est assez surprenant quand on se souvient combien il nous criait dessus.

— Il jouait un rôle.

— Sûr. On va devoir s'y poser en bombardier pour nettoyer le site des brigands qu'il abrite, avant de s'emparer du S4.

— Des brigands ?

— Des esclavagistes. Ces charognards n'ont pas le droit de vivre ! Une fois, quand j'étais gamin, ils sont venus sur Xertuh. Ils ont attaqué un abri voisin. Ils ont pris toute la production et tous ceux en âge de travailler. Le mois suivant, nous avons tous été punis pour manque de productivité.

Il laissa échapper un ricanement désabusé.

— Les joies de vivre dans l'Imperium. J'espère que Dem va embarquer leurs prisonniers.

— Je suis sûre qu'il ne laissera pas des gens isolés, à la merci d'autres brigands. Il va les emmener, comme il l'a fait sur Natalim.

À la mention de cette planète où elle avait retrouvé Seorg, ses yeux s'embuèrent. Il se traita d'idiot pour lui avoir rappelé ce triste souvenir.

— Tu as sans doute raison, répondit-il platement.

— Je sais que je suis hors de cette guerre depuis trop longtemps. Cela va changer, je veux que les choses changent. Nous devons faire preuve de plus de… cœur, je crois.

« *Plus de cœur* », songea Soilj en allant chercher un plateau pour Nayla. C'était tout à fait ce qui manquait à leur rébellion. Tout l'Imperium connaissait leur existence, désormais. Ils étaient favorablement attendus partout, même si les conséquences de leur arrivée terrorisaient la plupart des croyants. Lorsqu'ils débarquaient sur un monde, la même routine se mettait en place. Les bombardiers se posaient, le centre de commandement était attaqué, les défenses planétaires réduites au silence, mais pas détruites. Il fallait bien laisser à la population un moyen de se défendre. Les Soldats de la Foi recevaient l'ordre de se rendre, ainsi que la possibilité de rejoindre la flotte. Ceux qui refusaient étaient tous éliminés, jusqu'au dernier et sans aucune pitié. Selon Dem, il était hors de question qu'ils restent en liberté. Il était tout aussi impossible de les garder prisonniers ou de les renvoyer vers l'Imperium. Tout en sachant qu'il s'agissait là d'une décision logique, sa culpabilité le laissait rarement en paix. La plupart étaient des conscrits, comme il l'avait été. Ils n'avaient pas choisi de porter l'uniforme et de se trouver là, à ce moment précis.

Les habitants des planètes les accueillaient avec joie et se soulevaient spontanément contre leurs tourmenteurs. Pour prouver leur détermination ou pour des raisons plus personnelles, ils se défoulaient sur leurs voisins, sur ceux qui étaient trop proches du clergé ou de l'Inquisition. Une fois les lieux nettoyés et sécurisés, Nayla venait faire un discours. L'engouement pour l'Espoir était de plus en plus fort et lorsqu'elle passait dans les rangs, les gens essayaient de la toucher, tentaient de lui parler. Cela faisait des semaines que cela n'était plus arrivé. Nayla se montrait rarement, maintenant. Qu'importe, les volontaires se comptaient par milliers. Ensuite, le recrutement commençait. Dem priorisait les officiers, dont la rébellion manquait cruellement, et les conscrits ayant servi à bord de la flotte de l'armée de la Foi. Il récupérait aussi les pilotes, les techniciens, toujours utiles, puis enfin les simples soldats, ceux qui mouraient en premier pendant les attaques. Pour finir, un gouvernement provisoire était nommé, une armée locale se mettait en place et la flotte rebelle repartait, promettant de venir défendre ce monde en cas d'attaque. Cela n'était jamais arrivé, Dem ne voulait pas tomber dans un piège et renforcer leurs propres troupes était la seule stratégie valable à ses yeux.

Depuis quelque temps, Nayla restait silencieuse pendant les briefings, laissant totalement le commandement dans les mains de son général, qui gérait les choses avec efficacité, mais… sans cœur. Seul Tiywan se permettait de contredire Dem, de façon insidieuse, remettant en cause ses décisions en laissant entendre qu'il pourrait faire mieux. Parfois, le docteur Plaumec tentait de plaider pour plus d'humanité, mais elle avait dû se rendre compte que ses réquisitoires ne servaient qu'à renforcer l'influence de Tiywan, car elle n'intervenait plus. Soilj ne se permettait jamais de parler pendant ces réunions. Dans sa tête, il restait le jeune soldat de la base H515 et lui non plus ne voulait pas donner raison à Tiywan. Dans le secret de son âme, cependant, il continuait à espérer follement que leur guerre devienne plus humaine. Il s'inquiétait aussi d'un mouvement qui grandissait sur le vaisseau Vengeur ainsi que dans toute la flotte. Il s'agissait d'une sorte de culte à la gloire de l'Espoir et ceux qui y adhéraient, vénéraient l'image et le nom de Nayla. Ils portaient en signe de reconnaissance un bracelet blanc, qu'ils arboraient avec fierté. Ils déclamaient leur foi avec passion, comme Nardo après sa victoire au caradas. Soilj ignorait si la jeune femme connaissait l'existence de cette nouvelle croyance, mais il refusait de croire qu'elle accepte d'être adorée de cette façon.

Une fois devant le distributeur, Soilj choisit du mulama grillé, accompagné d'une sauce légère et un thé parfumé d'Olima. Nayla le remercia d'un sourire, lorsqu'il s'installa face à elle. Comme chaque fois, son visage s'illumina et ce bref instant de bonheur réchauffa le cœur du garçon. Il y avait tant de choses qu'il aurait voulu lui dire et il mobilisa son courage pour lui parler. Il n'en eut pas le temps, Tiywan entra dans le mess et marcha droit vers leur table.
— Bonsoir, Nayla.
Tarni s'interposa, mais Xev ne fit aucun cas de son intervention.
— J'aimerais parler seul à seule avec Nayla, précisa-t-il à Soilj d'un ton peu amène. Si vous voulez bien nous laisser.
Il était hors de question de la laisser seule, Nayla était si blême.
— Accorde-moi cinq minutes, Soilj, s'il te plaît. Lan, je vais l'écouter.

Nayla apprécia le soutien de Soilj. Il se comportait comme un véritable ami, l'un des seuls qui lui restaient, l'un des seuls qui n'exigeaient rien d'elle. Il s'éloigna pour leur laisser un peu d'intimité, mais resta attentif, prêt à se porter à son secours. Elle trouva cela adorable. Tarni recula également, mais son regard dur ne quitta pas Tiywan. Ce dernier plia sa longue carcasse pour s'asseoir en face d'elle. Avec insolence, il piocha une bouchée dans l'assiette de Valo, puis se lécha les doigts de façon équivoque.

— Pas mauvais. Soyons sérieux. Nayla, nous devons nous comporter en adulte.

Elle se raidit. Cet homme qui l'avait tant charmée la révulsait désormais.

— Je suis désolé, bébé. J'ai sans doute été maladroit, mais pour moi, notre amour est si évident que je pensais qu'il était partagé. Je suis prêt à te laisser du temps, mais… toi et moi… nous sommes faits l'un pour l'autre et nous allons gouverner main dans la main.

La signification de tout cela la frappa, comme un éclair. C'était flagrant. Tiywan ne souhaitait qu'une chose : le pouvoir qu'elle pouvait lui apporter. La colère lui donna la force de se redresser et de répondre sèchement :

— Xev, je vais être claire. Je me sentais seule et je vous ai cédé. C'était une erreur. J'en suis désolée, mais il n'y a rien et il n'y aura plus jamais rien entre nous.

— Comment peux-tu dire ça ? Tu me brises le cœur.

— Votre cœur ne risque rien. D'ailleurs, je ne suis pas sûre que vous en ayez un. Je vois enfin clair en vous. Alors, maintenant, je souhaite que vous me laissiez en paix !

— Je ne peux pas t'oublier et tu ne m'oublieras pas non plus. Je suis persuadé que chaque fois que nous nous croiserons, tu penseras à ces instants merveilleux que nous avons partagés.

— Merveilleux ? Pour vous, peut-être. La seule chose que ces instants m'évoquent, c'est du dégoût. Il est temps que vous voliez de vos propres ailes, Xev. Je demanderai à Dem de vous trouver un vaisseau à commander. Ça sera plus simple pour tout le monde.

Un éclair de rage traversa le regard de Tiywan. Elle avait voulu être explicite et peut-être, avait-elle été trop insultante, mais la suffisance de cet homme l'exaspérait.

— Fort bien, Nayla. Fais ce que tu veux ! J'étais ton seul ami. Lorsque ton garde noir de général te livrera à l'Inquisition, j'espère que tu te lamenteras sur ce qui aurait pu être notre vie.

— Que voulez-vous dire ?

— Tu crois que j'ignore le passé de ton général ? La seule chose que j'ignore, c'est son véritable nom, mais quelle importance ! C'est un ancien Garde de la Foi et tu le sais aussi bien que moi. Ce qui démontre ta stupidité, ma chérie. Comment peux-tu faire confiance à cet homme ? Tu n'es qu'un outil pour lui. Au mieux, il espère le pouvoir pour son compte, au pire, il te livrera à l'Inquisition ainsi que tous les abrutis qui te suivent...

— Xev, j'ai été insultante, mais... Je n'étais pas prête pour une relation. Tu étais le premier et... je t'en prie, j'ai besoin de temps. Tout est si compliqué.

Avec un sourire, il posa une main rassurante sur la sienne.

— Je comprends, je suis trop exigeant, trop pressé. Pardonne-moi et ne t'en fais pas, je ne parlerai pas de mes soupçons. Je suis ton ami et je t'aime, quoi que tu en penses.

Le regard de Tiywan n'avait, à aucun moment, affiché les sentiments qu'il professait. Cet homme était un serpent dangereux... Comment avait-elle pu croire qu'elle l'aimait ?

Après lui avoir souhaité une bonne soirée, il quitta le mess. Elle venait de se faire un ennemi mortel. La fatigue la fit chanceler. La main ferme de Tarni la soutint.

— N'ayez pas peur de lui, Nayla Kaertan. Je veille sur vous.

— Merci, murmura-t-elle.

— Il va falloir que le colonel s'en occupe. Vous allez devoir le lui demander, Nayla Kaertan.

— Peut-être... Je ne sais pas s'il m'écoutera.

— Il vous écoutera. Le jeune Valo revient. C'est un homme bien, vous pouvez lui faire confiance.

Elle se tourna vers le vieux garde. Son visage couturé était toujours aussi impassible, mais elle y discerna un réel intérêt.

— Merci, Lan.

— Est-ce que ça va, Nayla ? demanda Soilj. Qu'est-ce qu'il t'a dit ? J'ai eu l'impression qu'il te menaçait.

— Ne t'en fais pas. Tarni me protège.

— Pourquoi doit-il te protéger ? Si ce salopard ose te...

Elle posa une main sur son bras pour le calmer.

— Ne t'inquiète pas. Si j'ai besoin d'aide, je ferai appel à toi, je te le promets. Merci d'être présent pour moi. C'est difficile à expliquer, mais je suis si lasse, si tu savais.

— Mange un peu...

Elle grignota quelques morceaux de viande, sans conviction. À chaque bouchée, son estomac se contractait et elle devait lutter contre la nausée. Elle avala une gorgée de thé et la saveur si particulière du thé d'Olima lui donna le mal du pays. Elle but encore un peu, plongée dans ses souvenirs. Sa tête se mit à tourner et elle reposa précipitamment sa tasse.

— Nayla ? s'inquiéta Soilj.

— Ramène-moi dans ma cabine. Je ne veux pas m'évanouir devant tout le monde.

— Non, intervint Tarni. Conduisons-la à l'infirmerie. Je ne serai rassuré que lorsque le médecin l'aura auscultée.

— Ce n'est pas nécessaire, protesta-t-elle.

— Tarni a raison, renchérit Soilj. Venez, emmenons-la discrètement.

Leene Plaumec fut surprise de voir entrer Nayla et Soilj dans son infirmerie. L'inquiétude du garçon était évidente, et même le vieux garde du corps affichait un air soucieux. Nayla était livide. Sur son visage trop pâle, de grands cernes sombres ombraient ses yeux et son regard se perdait dans le lointain. Leene se sentit coupable de ne pas avoir remarqué plus tôt sa maigreur effrayante.

— Appuyez-la sur ce panneau, que je fasse un bilan.

— C'est inutile, je suis seulement fatiguée.

— Épuisée, je dirais, répliqua Leene. Ne protestez pas. Ici, c'est moi qui commande.

Elle vérifia les résultats de l'examen sur sa console. Nayla était exténuée, anémiée et sous-alimentée. Elle manquait de sommeil et ne devait pas être loin d'une dépression nerveuse. Elle poussa un soupir de tristesse. Son don était sans doute en partie responsable de son état, mais elle soupçonnait une autre raison.

— Vous avez besoin de repos, Nayla, je ne vous apprends rien.

— Non, mais je n'arrive pas à dormir.

— Je vais y remédier. Venez dans mon bureau, nous serons plus tranquilles, ajouta-t-elle en désignant ses infirmiers du regard.

Nayla acquiesça. Soilj l'aida à se redresser. Il avait énormément changé depuis ces derniers mois. Il n'était plus le fanfaron qui sévissait dans la base H515, mais un homme responsable, et Leene se félicita qu'il soit au côté de Nayla. Elle avait besoin de quelqu'un comme lui.

— Je suis désolé, Nayla, je vais devoir te laisser. Je dois partir en mission avec Dem et il faut que je briefe mes hommes.

— Vas-y, Soilj. Merci pour tout et… veille sur lui.

— La plupart du temps, j'ai l'impression que c'est lui qui veille sur moi, précisa-t-il en riant, mais oui, je ferai attention, je te le jure. Et vous, Tarni, protégez-la, s'il vous plaît.

— Comme toujours, énonça-t-il en levant un sourcil étonné.

Nayla gagna le bureau en s'appuyant sur le bras du garde. Elle se laissa tomber avec reconnaissance dans le fauteuil. Leene la rejoignit et sans attendre, elle lui fit une injection dans le bras.

— C'est une solution vitaminée, précisa-t-elle pour la rassurer. Elle va aider à combattre votre sous-alimentation. Vous devez manger, Nayla. Il est inadmissible que vous vous laissiez aller de cette façon. Et n'oubliez pas de boire, vous êtes presque déshydratée.

— C'est compliqué, Docteur. Je me perds pendant des jours dans… ce lieu où je vais pour consulter le destin.

— Je voudrais vous aider à ce sujet, mais c'est hors de mes compétences. En avez-vous parlé à Dem ?

— Pas vraiment. Là aussi, c'est compliqué, ajouta-t-elle avec un sourire malheureux.

— Sans aucun doute. Pourriez-vous nous laisser ? demanda Leene à Tarni, dont la présence empêchait un dialogue plus personnel.

— Je dois veiller sur elle.

— Je ne risque rien avec le Docteur Plaumec.

Mal à l'aise, Leene supporta le regard inquisiteur de Tarni.

— Je sais, admit-il d'une voix rauque qui lui donna la chair de poule. J'attends dehors. Faites ce qu'il faut pour qu'elle aille mieux.

— Je n'ai pas besoin de votre conseil pour faire mon devoir.

Lan se contenta de lui répondre avec une ombre de sourire, avant de quitter la pièce.

— Quel homme étrange, je ne l'avais jamais autant entendu parler.

— C'est un homme de confiance. Au début, j'étais agacée qu'il soit toujours là, maintenant, je trouve cela rassurant. Et puis, c'est curieux, j'ai l'impression qu'il… évolue.

— Comment ça ?

— J'ai toujours pensé que les simples gardes étaient presque des machines, si vous voyez ce que je veux dire. Tarni a l'habitude de se comporter un robot. Ces derniers temps, il me semble qu'il s'inquiète réellement pour moi et je suis certaine qu'il tient à Dem.

— Vous le connaissez mieux que moi. Cela ne change rien, pourtant. Il me glace le sang.

— Il sait juger les gens. Je croyais que Dem le savait aussi, mais… il n'est plus le même.

— Non, dit-elle simplement pour la laisser s'exprimer.

— Il me manque.

— Il me manque aussi, je l'avoue. Avez-vous essayé de lui parler ?

— Je me suis excusée, j'ai voulu lui expliquer, mais mes mots glissent sur lui. J'ai tout tenté, Docteur, tout. J'ai essayé de provoquer sa haine, mais cela non plus ne fonctionne pas. Il s'en moque !

— Et vous, qu'éprouvez-vous pour lui ?

— Je n'en sais rien, c'est ça le pire ! C'est comme si deux personnes se battaient dans mon crâne pour imposer leurs idées.

— N'écoutez ni l'une ni l'autre, Nayla. Écoutez votre cœur.

— C'est ce que m'a dit l'une des voix d'Yggdrasil, murmura-t-elle bouleversée. Je voudrais pouvoir le faire, mais chaque fois que j'essaye, je vois Alima s'enflammer. Je sais bien qu'il n'avait pas le choix et qu'il était conditionné pour obéir aux ordres, mais c'est lui qui a commis ce génocide et parfois, il me semble que c'est moi.

— Que voulez-vous dire ? s'étonna Leene.

— Vous vous rappelez, j'ai vécu ses souvenirs.

— C'est vrai, vous me l'avez dit. Je ne prétends pas comprendre comment vous avez fait, mais gardez à l'esprit que c'est lui qui a fait ces choses, pas vous. Vous avez juste consulté sa vie, rien d'autre.

— Je sais, mais je me souviens de ces actes avec une telle acuité, que parfois, il m'est difficile de faire la différence. Docteur, comment puis-je arriver à faire confiance à Devor Milar, à la main écarlate de Dieu ? Je n'arrive pas à totalement ignorer certaines mises en garde.

— C'est-à-dire ?

— Et s'il mentait ? Si tout ceci, cette rébellion, était un immense piège pour éradiquer toute forme de résistance ?

Leene ne put s'empêcher de frissonner. Tous ces morts, dans les deux camps, uniquement pour éliminer les hérétiques de l'Imperium ; cette idée était obscène. Le colonel Milar serait l'homme idéal pour mener à bien une mission aussi infâme. Elle se souvint de cette discussion, dans cette grotte sur Firni. Dem l'avait convaincue. Elle se rappelait les larmes dans ses yeux, la sincérité dans sa voix. Non, cet homme-là avait changé, elle aurait parié sa vie sur cette certitude. *C'est ce que tu fais*, Lee, se dit-elle, *c'est ta vie que tu joues.*

— Je ne peux pas croire ça, Nayla. J'ai confiance en lui.

— Je vous envie. Chaque fois que j'essaye, chaque fois que j'éprouve quelque chose pour lui, je me pose cette question. Puis-je avoir confiance en lui ? Et puis, comment arriver à m'ôter de la tête qu'il s'agit de Milar... Désolée, je me répète, mais...

— Je comprends, soupira-t-elle touchée par le désespoir de la jeune fille. Ne vous fâchez pas, si je vous donne mon opinion.

Elle haussa les épaules et Leene se lança. Elle n'avait jamais été douée pour conseiller les autres en matière d'affaires amoureuses. Sa propre vie sentimentale était une catastrophe. Comment aurait-elle pu s'arroger le droit de guider quelqu'un ? Elle sourit intérieurement. Elle était dure avec elle-même. Sa rencontre avec Mylera semblait avoir éloigné la malchance.

— Je pense que vous l'aimez, Nayla, et que vous en avez honte. Vous êtes partagée entre vos vrais sentiments et ce que vous jugez qu'ils devraient être. Vous êtes persuadée de devoir le haïr, parce que vous l'avez toujours considéré comme votre ennemi. Nayla, l'homme que vous détestez, c'est Devor Milar. Celui que vous aimez, c'est Dem. Vous, mieux que quiconque, savez ce qu'il a traversé pour créer cette deuxième personnalité, alors vous devriez être à même de faire la différence entre les deux.

— Pour l'instant, il n'est ni l'un ni l'autre. Dem est mort et c'est moi qui l'ai tué. Milar n'est plus, enfin, je l'espère. Il n'est plus que le général de notre armée et j'ai peur qu'il ne redevienne Dem, avoua-t-elle piteusement.

— Pourquoi cela ?

— S'il retrouve ses émotions, il va me mépriser pour tout ce que je lui ai fait.

Leene sourit devant cette réflexion presque enfantine. *Elle est à peine sortie de l'adolescence*, songea le médecin.

— Ma chère enfant, une telle pensée répond à toutes vos questions. Vous l'aimez et lui aussi, même s'il l'a oublié. Faites-lui confiance. Il ne vous méprisera jamais, j'en suis persuadée.

Le sourire timide que Nayla lui rendit avait perdu toute sa dureté. Elle était à nouveau la jeune femme qu'elle avait rencontrée sur la base H515, mais pour combien de temps ?

— Nayla, maintenant vous devez dormir. Je devrais vous donner un somnifère et vous renvoyer dans votre cabine, mais je n'ai pas confiance en vous.

— Docteur !

— C'est comme ça. Je ne veux pas non plus qu'on vous trouve sur un lit dans mon infirmerie. Dans ce bureau, il y a une couchette. Vous allez vous y allonger, je vais vous donner de quoi dormir et Tarni veillera sur vous.

Après avoir rejoint sa cabine et s'être harnaché dans son armure de combat, Valo rejoignit tranquillement le pont d'envol où il avait donné rendez-vous à ses hommes pour les dernières instructions d'avant mission. Il était un peu en avance, mais le remarqua à peine. Il ne pouvait s'empêcher de penser à Nayla, à son épuisement, à ses yeux tristes et à Tiywan qui la harcelait. Il ne savait pas quoi faire à ce sujet. Devait-il en parler à Dem ?

L'endroit était encore désert, à part quelques techniciens qui déambulaient entre les bombardiers, occupés à leurs tâches. Il passa au contrôle aérien et on lui indiqua les engins qui serviraient à sa mission. Il remonta l'allée entre les petits vaisseaux, soigneusement rangés. Tout à ses préoccupations, il ne prêta aucune attention au bruit d'une conversation et continua son chemin.

— Ne t'inquiète pas, je m'en suis occupée.

— Tu es sûre ?

— Allons, Xev, calme-toi. Ce soir, je serais tout à toi.

La voix féminine était sensuelle et chaude, tandis que le prénom ne laissait que peu de doute sur l'identité de l'homme. Un peu honteux, Soilj s'arrêta pour ne rien perdre de la discussion.

— Je n'ai pas envie d'attendre ce soir. J'ai envie de te baiser, là maintenant, le long de ce bombardier !

— Ne sois pas si gourmand, susurra l'inconnue en riant. Ce soir, tu pourras me faire tout ce dont tu as envie, mon bel étalon, mais maintenant, tu dois quitter ce pont d'envol.

— Ne me donne pas d'ordre. Je te veux, tout de suite, et je vais te prendre. Les femmes ne se refusent pas à moi, tu entends !

Soilj entendit les bruits de succion de baisers voraces et fut gêné de la situation.

— Ne fais pas l'enfant ! contra l'autre. Ce soir, j'ai dit !

— Attends !

Une femme surgit juste devant Soilj, tout en arrangeant ses cheveux blonds en désordre. En découvrant le jeune homme, elle sourit avec sensualité. Elle ne semblait ni choquée ni fâchée.

— Alors, mon garçon, tu aimes regarder ? murmura-t-elle en caressant sa joue du bout de ses longs doigts.

Elle virevolta élégamment, avant d'accélérer le pas et de disparaître entre les travées de bombardiers. Une main ferme s'abattit sur son épaule et sans crier gare, Tiywan le plaqua contre la coque d'un des petits vaisseaux.

— Tu m'espionnes ?

— Non, Commandant, je dois partir en mission et j'ai donné rendez-vous à mes hommes dans dix minutes.

— Ce n'est pas en jouant au petit soldat dévoué que tu cacheras ta médiocrité, mon garçon.

Vexé, Soilj se dégagea d'un geste brusque.

— Je suis capitaine, pas votre garçon !

— Calme-toi... petit capitaine. Et je te conseille de rester discret sur ce que tu crois avoir entendu.

— Vous ne me faites pas peur, s'énerva Soilj. Et puisque nous sommes seuls... Ne vous approchez plus de Nayla !

Tiywan éclata d'un rire moqueur et avant que Soilj n'ait pu l'en empêcher, il le saisit à la gorge. La tête du garçon heurta le vaisseau.

— Tu ne sauras jamais à quel point elle est bonne, ta Nayla. Elle est si douce, si innocente... Encore quelques jours et je ferai d'elle une maîtresse bien dressée.

Soilj voulut le repousser, mais Tiywan était plus fort que lui.

— Ne t'occupe pas des problèmes d'adultes, gamin ! Inutile de pleurnicher sur les pas de Nayla. Je l'ai prise, elle est à moi. Je la prendrai encore, de toutes les façons possibles, et tu n'y pourras rien.

Avec rage, Valo le repoussa.

— Espèce de salopard ! Dem...

— Dem s'en moque et il n'est pas éternel. Tu devrais réfléchir à ça, quand tu lui cires les bottes. Et puis, n'oublie pas, c'est Nayla qui décide. Je serai bientôt le nouveau maître de la flotte, alors choisit bien ton camp.

— Il m'a semblé, au contraire, qu'elle ne voulait plus de vous, contre-attaqua le jeune homme.

— Les femmes ne savent jamais ce qu'elles veulent. Quand elles disent non, ça veut toujours dire oui. Et « oui », je t'assure qu'elle le dit en gémissant de plaisir.

Soilj se sentit rougir, mais il ne voulait pas abandonner.

— Laissez-la tranquille, menaça-t-il, ou je révèle à tout le monde votre relation avec cette femme et...

— Un homme comme moi dispose de plusieurs maîtresses, puceau. Ta Nayla adorée n'est qu'une gamine... pour le moment. Elle devrait vite apprendre comment me contenter.

Soilj perdit tout contrôle, il arma son poing pour frapper le visage hilare de Tiywan, qui évita aisément le coup. Il le saisit par le poignet, le fit pivoter et le projeta contre la coque du bombardier. Soilj heurta le métal avec force et il s'effondra sur le sol.

— La prochaine fois, je te casse la tête ! Bonne mission, petit capitaine…, ajouta-t-il avec un ricanement lugubre.

Quand Soilj se releva, Tiywan quittait déjà le pont d'envol, le laissant furieux et désemparé. Il ne s'était jamais senti aussi minable et impuissant. Ce sale type avait insulté Nayla et avait presque menacé Dem, mais comment avouer, à l'un ou à l'autre, cette discussion ?

Ailleurs...

Aaron Jouplim, général des Gardes de la Foi, était soucieux. Cette damnée guerre ne tournait pas à leur avantage, ce qui était prévisible lorsqu'on savait qui dirigeait les rebelles : Devor Milar, la main écarlate de Dieu, le plus jeune officier à recevoir le commandement d'une phalange. À la tête de la Phalange écarlate, il avait fait des miracles et maintenant, il retournait son talent contre les siens. Jouplim n'arrivait pas à croire à la trahison de cet homme qu'il avait côtoyé pendant tant d'années. Il soupira. Malheureusement, l'Inquisiteur général croyait à cette trahison et ne se privait pas de sous-entendre que celui qui avait nommé Milar, c'était lui, Aaron Jouplim. Encore quelques défaites et Het Bara enverrait ses hommes l'arrêter, pour le punir de son manque de jugement.

La dernière réunion avec l'Inquisiteur général avait mal tourné. La rébellion progressait comme un feu de paille, chaque planète qu'elle visitait se soulevait tel un seul homme pour rejoindre les hérétiques. Il y avait plus alarmant. Des mondes se révoltaient d'eux-mêmes et appelaient ensuite les insurgés à l'aide. L'Imperium vivait l'une de ses pires crises et l'homme chargé d'éteindre l'incendie était Qil Janar, chef des Exécuteurs. Cet homme, qui avait travaillé dans l'ombre presque toute sa carrière, se retrouvait soudain propulsé commodore d'une flotte. Jouplim connaissait bien Janar, qu'il avait également eu sous ses ordres. Milar était arrogant, mais à raison, ce garçon était un combattant et un stratège surdoué. Janar était suffisant et son attitude était surtout motivée par une jalousie envers son camarade de promotion. Il s'était permis d'émettre cet avis auprès de Het Bara, qui avait répliqué que la désignation de Janar était une volonté Divine et le sujet avait été clos.

C'est avec lassitude que Jouplim consulta les derniers rapports. Pourquoi avait-il pris le risque de contredire Het Bara ? À qui comptait-il confier le commandement de cette flotte ? À Pylaw ? À Karet ? À Baritun ? Aucun d'eux n'était de taille contre Milar. Serdar ? Peut-être. Cet archange, deux ans plus jeune que Milar, avait souvent démontré des talents assez proches des siens. Il était aux commandes de la

Phalange indigo et affrontait les Hatamas dans le secteur Z-G. *Non*, s'avoua-t-il. *Ce que je veux, c'est prendre personnellement les choses en main, sur le terrain et m'occuper de ce traître qui a osé me couvrir de ridicule !*

Il allait repousser la consultation des messages à un autre moment, lorsque l'un d'eux attira son attention. Le système de cryptage utilisé était obsolète depuis longtemps. Il contint un juron. C'était celui qui était en vigueur au sein de la Phalange grise, lorsqu'il en était le colonel. Un seul homme pouvait être à l'origine de cet envoi. Il tapa les codes appropriés et décrypta le fichier. Il s'agissait d'une vidéo enregistrée, que Jouplim activa. Devor Milar apparut, vêtu d'une tenue de combat allégée, aux couleurs choisies par la rébellion. Il inclina légèrement la tête en guise de salut et un sourire amusé se peignit sur ses lèvres. Son regard n'avait rien perdu de sa qualité hypnotique.

— *Mes respects, Général*, disait-il. *Je suis désolé d'être obligé de recourir à ce stratagème pour vous parler, mais je n'ai guère le choix. Je suppose qu'aujourd'hui, vous êtes en colère. L'insurrection grandit, les troupes envoyées contre nous n'arrivent pas à nous rattraper et lorsqu'elles le font, elles se font détruire. Je pourrais vous dire que je suis désolé pour Alazan et la Phalange orange, mais vous me connaissez bien. Le sort des anciens archanges m'importe peu.*

— Espèce de petit salopard, gronda Jouplim entre ses dents.

— *Vous devez vous demander pourquoi je prends le risque de vous transmettre ce message. Ce n'est pas pour vous narguer, Général. J'ai beaucoup trop de respect et d'admiration pour vous. Ce n'est pas non plus pour me vanter, cela n'aurait aucun intérêt. Je vous envoie ce message, car je suis inquiet. Et pour vous faire part des raisons de cette inquiétude, je vais devoir vous révéler un secret. Je ne suis pas un traître.*

— Quoi !

— *Non, je ne suis pas un traître*, continuait Milar comme s'il avait deviné la réaction du général. *Je suis en Mission Divine.*

Milar prit quelques secondes avant de continuer. Il avait sans doute voulu laisser un peu de temps au spectateur de son enregistrement, pour encaisser cette information.

— *Lorsque j'ai rencontré Dieu, il y a cinq ans, il m'a confié cette mission. Il m'a dit qu'un démon puissant allait se révéler. Que ce démon aurait la capacité de le vaincre, si on le laissait faire ! Il m'a également dit qu'il voulait utiliser cette opportunité pour éradiquer de l'Imperium, tous les hérétiques potentiels. Pour accomplir cela, je devais devenir un traître, je devais affirmer avoir eu une prophétie. Au cours de ma fuite, Dieu savait que ce démon croiserait ma route et c'est ce qui est arrivé. Je devais gagner la confiance de ce démon et l'aider à mener la révolte. Enfin, une fois tous les hérétiques débusqués, ma mission est de tous les conduire à la mort. Personne, sauf Dieu, n'est au courant de cette mission.*

— C'est de la folie, murmura Jouplim.

— Je suis certain que vous ne me croyez pas, Général. Je vais pourtant vous donner une preuve de ce que j'avance. C'est Janar qui est chargé de me stopper, n'est-ce pas ? De qui vient l'ordre ? Pas de vous, j'en suis certain. Pourquoi confier au chef des Exécuteurs, le commandement d'une flotte, poste qu'il n'a jamais tenu ? Vous voyez, Général, qu'il y a matière à réflexion. Pourquoi est-ce que je vous révèle ce secret ? Je vous l'ai dit, je suis inquiet. Cette insurrection fonctionne trop bien. Si je dois livrer tous les hérétiques à Dieu, l'Imperium sera exsangue. Loin de moi l'idée de remettre Ses instructions en cause, mais vous connaissez mes talents, Général. J'ai déjà détruit deux phalanges, j'ai détruit de nombreux sites de production, vitaux pour l'Imperium et j'en détruirai d'autres. D'autres phalanges tomberont aussi. Cela affaiblit l'Imperium, mais il y a pire. Les croyants sont tous prêts à nous rejoindre et ceux qui ne le sont pas sont assassinés. Que restera-t-il de l'Imperium lorsque j'aurai fini ? Je vais devoir prendre des décisions et agir plus tôt que prévu. Tentez de freiner les événements, Général, et tenez-vous prêt à prendre les choses en main quand je vous livrerai l'ennemi. Si Janar est en charge, j'ai peur que sa rancune envers moi m'empêche de remplir ma mission. Je vous recontacterai si possible, Général et avec tout mon respect, je me permets de vous rappeler le Code. « La fidélité d'un Garde de la Foi est indestructible, elle perdure même dans la mort. »

La vidéo s'arrêta et Jouplim laissa échapper un long sifflement. Il ne savait que penser de ce message. Milar disait-il la vérité ? Cela expliquerait tout. La main écarlate de Dieu ne pouvait pas avoir trahi et si Dieu avait besoin de quelqu'un pour accomplir une mission de cette envergure, à qui d'autre aurait-Il pu la confier ? Il ne savait pas encore s'il croyait sur parole celui qui était devenu l'ennemi principal de l'Imperium, mais il savait qu'il ne pouvait pas ignorer ce qu'il venait d'apprendre.

Milar se coula dans le siège du pilote et Valo s'installa à côté de lui. Satik, l'un de ses anciens hommes, piloterait le deuxième bombardier.

— Ne vous inquiétez pas, déclara-t-il en remarquant la nervosité de Valo. Ce n'est pas la première fois que je pilote dans un champ d'astéroïdes.

— Oh, j'en suis sûr. Ce n'est pas ça… Nayla m'inquiète. Je lui tenais compagnie au mess et…

— Elle m'inquiète aussi. Venez-en rapidement aux faits, Capitaine.

— Le commandant Tiywan a demandé à lui parler seul à seul, se lança-t-il. Je n'ai pas entendu ce qu'ils se disaient, mais j'ai eu l'impression qu'il la menaçait. Elle n'a rien voulu confirmer, mais je suis sûr qu'il lui donnait un avertissement. Les rumeurs disent qu'il s'est passé quelque chose entre eux… quelque chose d'intime. Il paraît qu'il s'en vante…, murmura Soilj en rougissant de plus belle.

Dem soupira. Il n'avait pas besoin de gérer les atermoiements d'un jeune homme amoureux.

— Précisez votre pensée !

— Je crois qu'elle l'a largué, si vous voyez ce que je veux dire… et ça l'a rendu furieux. À un moment, j'ai même cru qu'il parlait de vous. Méfiez-vous de lui, Général. Il pourrait s'en prendre à vous.

— Je me méfie déjà de lui, Valo, précisa-t-il avec un sourire amusé.

— Nayla est épuisée, vous savez. J'ai peur qu'il profite de sa vulnérabilité.

Il fut surpris par cette analyse. Était-ce la raison de sa relation avec Tiywan ? Était-ce à cause de sa faiblesse et de sa fatigue, qu'elle avait cédée à cet homme ? *Quelle importance !* se dit-il. *Ce qu'elle fait de son corps ne me regarde pas.*

— Je l'ai accompagnée à l'infirmerie. J'espère que le docteur Plaumec pourra faire quelque chose pour elle.

— C'était à ce point-là ? s'étonna-t-il.

— Oui, Général.

Dem était plus ennuyé qu'inquiet. La rébellion ne pouvait pas fonctionner avec son leader cloué à l'infirmerie pour… surmenage.

— Je vous remercie de vous préoccuper de Nayla, précisa-t-il néanmoins. Je réglerai le problème Tiywan dès notre retour.

Sans attendre de réponse, il enclencha les moteurs et le petit vaisseau jaillit du flanc du cuirassé, suivi comme son ombre par l'autre bombardier. Il plongea dans le courant. Tout en louvoyant à grande vitesse au milieu des rochers en mouvement, Milar en profita pour réfléchir à la situation. Tarni et Valo avaient raison, Xev Tiywan devenait encombrant. Le conseil de son vieux garde du corps était sans doute le bon. « Le sas le plus proche », avait-il dit. Hélas, il ne pouvait pas se permettre cette solution. L'équilibre des forces, au sein de la flotte rebelle, était fragile. Nayla était trop absente et les gens se méfiaient de lui. Si un vote de confiance avait lieu, il n'était pas certain de l'emporter et malheureusement, il n'était pas question de l'éliminer. Tiywan devait quitter le Vengeur. Il lui donnerait le commandement d'un vaisseau Défenseur dont ils s'étaient emparés. Cela permettrait de créer une deuxième flotte. La confier au Bekilois était dangereux, mais cela avait le mérite de l'éloigner de Nayla.

Le petit vaisseau contourna un dernier astéroïde et la planète naine s'inscrivit dans le champ de vision. Vu de l'espace, ce monde rocheux et instable était hérissé de plusieurs volcans en éruption. Les scories masquaient une partie du sol et des volutes de chaleur montaient des torrents de lave en fusion qui dévalaient les montagnes. La base des brigands avait été construite dans une zone plus stable, non loin de l'impressionnant gisement de S4 indiqué par les scanners du Furie. Dem changea la trajectoire du bombardier. Il envisageait de se poser sur un plateau suffisamment éloigné de la base pour permettre une approche sûre et discrète. Soudain, des images d'une explosion firent irruption dans son esprit. Guidé par son intuition de combat, il pressa vivement une touche sur le tableau de bord.

— *Évacuation imminente ! Évacuation imminente !* hurla le système d'alarme.

Avec un bruit sourd, le siège du pilote fut recouvert d'une coque en tiritium et la capsule de sauvetage fut éjectée dans l'espace. L'accélération le plaqua contre le dossier, lui coupant la respiration, et il lutta contre le voile noir qui obscurcissait son esprit. Il n'eut pas de répit. Sa nacelle de secours fut secouée en tous sens et mitraillée par des milliers d'impacts venant des débris du bombardier. Les chocs sourds sur la bulle de protection se firent plus sporadiques, mais les vibrations s'amplifièrent. Du bout des doigts, Dem dégagea les commandes de la capsule, incorporées dans les accoudoirs du siège. Un minuscule écran s'activa et il constata que la nacelle fonçait, à grande vitesse, vers la planète. Il tenta d'allumer les propulseurs, pour ralentir la chute, mais rien ne se passa. La chaleur dans l'habitacle augmentait de façon exponentielle, indiquant qu'il venait de pénétrer dans l'atmosphère. Maintenant, seule sa chance l'empêcherait d'atterrir dans un volcan en activité. Il ne tarderait pas à s'écraser, de toute façon. Il pressa une touche plusieurs fois, tout en maudissant la technique défaillante. Les propulseurs s'allumèrent enfin, produisant une violente contre-poussée qui le plaqua contre son siège. L'afflux de sang dans son cerveau lui fit momentanément perdre connaissance.

Avec un hurlement strident de moteurs poussés à leur maximum, la capsule de sauvetage continua sa chute. Elle heurta le sol à pleine vitesse, puis rebondit plusieurs fois, tout en brisant des roches volcaniques sur sa trajectoire.

Soilj reprit lentement conscience. Une douleur sourde martelait tout son corps. Sa jambe le faisait atrocement souffrir. Que s'était-il passé ? Où était-il ? Il faisait sombre et terriblement chaud. Sous sa main, il sentit le revêtement de l'accoudoir d'un fauteuil et la mémoire lui revint. Il se trouvait à bord du bombardier, en compagnie de Dem, lorsque celui-ci avait appuyé précipitamment sur une touche. L'ordinateur avait beuglé un signal d'alerte et l'instant suivant, une coque étanche s'était refermée sur son siège. L'accélération lui avait fait perdre connaissance. Pourquoi Dem les avait-il éjectés ?

Coincé dans la capsule de survie, dont il ignorait le fonctionnement, Soilj paniqua. Pendant la phase d'approche, il avait entrevu le paysage dantesque de la planète. Il imagina ce cercueil, encastré dans le sol, sur la trajectoire d'un torrent de lave. À cette idée, il se débattit, cherchant à se libérer du système de sécurité qui le maintenait collé contre le siège. Après quelques secondes de pure terreur, il se calma. Un peu de clarté filtrait dans l'habitacle étroit, la coque en tiritium avait été éventrée. Il observa autour de lui, mais il ne vit aucune console, ou aucun levier permettant l'ouverture de ce couvercle. *Chaque chose en son temps*, se dit-il. D'abord, je dois m'occuper de mes blessures. Il palpa précautionneusement sa jambe et la douleur faillit lui faire perdre connaissance. Sous ses doigts, il découvrit une longue entaille poisseuse de sang. La pointe d'un éclat de tiritium, aiguisée comme une lame, était encore fichée dans la plaie. Il essaya de l'arracher, en vain. Ce morceau faisait partie de la déchirure de la coque. Il ne pouvait pas l'ôter, surtout en étant coincé dans son fauteuil. Il allait mourir bêtement en se vidant de son sang et personne ne le retrouverait jamais. Il prit une profonde inspiration, résolu à appeler à l'aide. Il entendit des bruits de voix et il se souvint que ce monde abritait des esclavagistes. À l'idée d'être capturé par ces exploiteurs de la misère humaine, il se rebella. Il tenta d'attraper le pistolet lywar logé dans l'étui accroché à sa cuisse droite, mais il ne réussit pas à se contorsionner suffisamment pour y parvenir. Il entendit des raclements sur la coque et avant qu'il n'ait pu réfléchir à une autre solution, le couvercle de la nacelle fut arraché. Sa gorge fut immédiatement agressée par une atmosphère brûlante et soufrée. À moitié aveuglé par la lumière, les yeux irrités par la cendre en suspension, secoué par une quinte de toux qui lui arrachait les poumons, Soilj ne réagit pas quand le canon d'un fusil vint s'appuyer sur sa poitrine.

— Ne bouge pas ! Et vous autres, détachez-le !
— Tu crois que ce sont des gardes ?
— J'crois pas, non. C'gamin n'a pas une tête de garde noir.
— L'autre, si ! Si les Gardes de la Foi nous tombent dessus, on est mort... Moi, j'me casse.

Le sifflement caractéristique du lywar fit sursauter Soilj et une odeur de chair calcinée lui agressa les narines.

— Quelqu'un d'autre veut se barrer ? Non ? Tant mieux ! Ce ne sont pas des gardes, mais des concurrents. Ils veulent s'emparer de d'notre business. Allez, sortez-le d'là !

Des mains rudes le saisirent par les épaules et il fut arraché de son siège. La lame de métal, toujours plantée dans sa cuisse, finit d'entailler son muscle et il poussa un hurlement d'animal blessé. Il atterrit violemment sur le sol, secoué par un vertige qui faisait danser des points blancs et rouges devant ses yeux. Le visage baigné d'une sueur froide, les mains fébriles, Soilj tenta néanmoins d'attraper la crosse de son arme. Un coup de pied le cueillit juste sous les côtes et il fut projeté sur le dos. Sans la résistance du ketir, il aurait eu quelques os brisés par la brutalité du coup. Une botte écrasa sans ménagement sa main et il gémit quand l'os du petit doigt craqua comme une brindille trop sèche.

— On se calme ! beugla une voix dure. Désarmez-le !

Impuissant, Valo fut dépouillé de ses armes, puis un homme le gifla sèchement pour attirer son attention.

— Vous êtes qui, les gars ?

Les gars ? Cela voulait-il dire qu'il y avait d'autres survivants ?

— Tu me réponds, ou je dois encore te frapper ?

— Des voyageurs, balbutia-t-il. On s'est perdu et crashé.

— Prends-moi pour un débile ! Des voyageurs en armure de combat ? J'te jure que tu vas me répondre !

L'esclavagiste effleura la jambe blessée du garçon, qui tressaillit de peur. Un sourire carnassier plissa les lèvres grasses de son tourmenteur, qui se pencha vers lui pour murmurer à son oreille.

— Je crois que j'vais bien m'amuser avec toi, mon mignon… Dernière chance de me dire la vérité.

— C'est la vérité, je vous jure, souffla Soilj en luttant contre la panique.

— C'est toi qui l'as voulu !

Il exerça une pression sur sa blessure et la souffrance fut insupportable. Soilj ne put s'empêcher de pousser un gémissement. Le garçon se concentra de toutes ses forces pour ne pas répondre. Dans quelques minutes, le Vengeur allait envoyer des renforts, ou l'autre bombardier allait venir à son secours. Il fallait juste tenir assez longtemps. Une expression de plaisir sur le visage, son bourreau continua d'appuyer sur la plaie et Soilj perdit connaissance.

Il reprit conscience quelques minutes plus tard, sur le plancher crasseux d'un véhicule tout-terrain. Son bourreau était assis juste au-dessus de lui et le couvait d'un regard pervers. Il lissa ses lèvres de sa langue avant de poser un genou près de lui.

— T'es revenu du pays des songes, mon mignon ? Je vais prendre mon pied à te faire parler… C'est dingue c'qu'un homme est prêt à faire, pour pas souffrir. Tu vas l'découvrir bientôt, mais on prendra tout not'e temps…

Il éclata d'un rire gras, avant de s'asseoir à nouveau sur le banc passager du véhicule. Les secousses et les chocs ébranlaient sa jambe, comme autant de poignards enfoncés dans sa cuisse. Soilj perdit toute notion du temps. Quand enfin ils s'arrêtèrent, il avait l'impression que ce voyage avait duré des heures. La porte s'ouvrit, laissant passer un nuage de poussière et de cendre. Il fut soulevé et jeté à l'extérieur. Il atterrit lourdement sur le sol et ne put retenir un cri de douleur. La pointe d'une botte vint frapper sa blessure et il gémit, déclenchant des rires. Il fut redressé sans ménagement et soutenu par les bras, on le traîna jusqu'à une casemate. Il fut projeté à l'intérieur et roula douloureusement sur le sol en métal. Les lieux sentaient le soufre, la bile rance, l'urine et les excréments humains.

— Réfléchissez bien tous les deux. J'vous donne une heure, après vous allez découvrir q'suis imaginatif quand faut torturer quelqu'un. Je suis impatient de commencer par toi, mon mignon.

La porte se referma avec un claquement sec et dans la pénombre, Soilj aperçut une silhouette. L'inconnu s'approcha et un rayon de lumière éclaira les yeux bleu glacier de Dem.

Devor s'accroupit près du jeune homme terrifié.

— Bienvenue dans ce charmant endroit, le salua-t-il d'un ton léger. Êtes-vous gravement blessé ?

— Oui, je crois, gé…

Dem l'interrompit en plaquant une main sur sa bouche.

— Nous sommes peut-être écoutés, soyez prudent, souffla-t-il.

— Que s'est-il passé ?

— J'ai dû nous éjecter. Les bombardiers ont explosé en vol.

— Les deux ?

— Si j'en crois nos hôtes, oui. C'est logique d'ailleurs. Le saboteur ne pouvait pas savoir dans quel Furie j'allais monter.

— Le saboteur ?

— Oui, Soilj. Maintenant, taisez-vous.

— Vous croyez qu'ils vont…, demanda-t-il en mimant l'arrivée d'autres appareils avec sa main.

— Peut-être. Cela devrait déjà être le cas, peut-être ont-ils paniqué ou… changé d'avis.

— Ce n'est pas possible. Jamais Nayla n'accepterait… Zut ! Dem, je l'ai laissée à l'infirmerie. Plaumec devait l'aider à dormir, alors peut-être qu'elle ne sait rien.

Dem retint une grimace agacée. Il était coincé ici et Nayla était en danger, entre les mains de Tiywan. S'il était l'auteur de ce sabotage, et il avait toutes les raisons de penser que c'était le cas, il ne commettrait pas l'erreur de venir ici. Il espérait que ce traître ne serait pas assez stupide pour tuer Nayla. La rébellion ne pouvait pas se passer d'elle et il perdrait tout pouvoir sans la jeune femme à ses côtés. *Moi non plus, je ne peux pas me passer d'elle.* Cette pensée lui traversa l'esprit avec une terrible fulgurance.

— Qui a pu faire ça ? Un espion qui serait à bord ?

— Peut-être…

Le ton peu convaincu qu'il employa attira l'attention de Soilj.

— Tiywan ? souffla-t-il.

— Bravo, dit-il avec une main sur l'épaule du garçon.
— Qu'allons-nous faire ? Si c'est lui, il ne va pas venir nous chercher, n'est-ce pas ?
— Non, en effet.

Soilj, les mâchoires contractées pour supporter la douleur, sentit les doigts de Dem ôter avec précaution les plaques de ketir qui protégeaient sa jambe gauche, puis il effleura très doucement les lèvres de la plaie.
— Je ne vais pas vous mentir, votre blessure n'est pas belle. La seule bonne nouvelle, c'est qu'aucune artère n'est touchée. Si c'était le cas, vous seriez déjà mort. Je ne dispose d'aucun moyen pour vous soigner, Soilj.
— Peut-être que ces types…
— Non, ce n'est pas le genre. Quand ils reviendront, cela sera pour nous torturer.

Le garçon déglutit péniblement à l'idée de ce qu'ils allaient lui faire subir. Il pourrait peut-être gérer la douleur, mais il n'était pas certain d'encaisser ce que cette brute avait en tête.
— Je ne sais pas si je pourrais tenir…
— Il y a un très ancien adage qui dit que personne ne peut résister éternellement à la torture. Il est rigoureusement exact. Plus nous serons torturés, plus nous serons faibles, mais aussi, moins ils seront attentifs et il faudra en profiter pour nous évader.

Il est fou ! pensa Soilj. Nous évader, après avoir été torturés ?
— Dem, souffla-t-il, je ne vois pas comment…
— Je suis entraîné à résister à la douleur, Soilj, mais pas vous. Ils vont utiliser votre blessure pour vous faire parler et je ne peux pas vous laisser tout gâcher. La seule façon de vous empêcher de parler et de vous éviter une souffrance inutile est de vous tuer.

Le regard de Valo s'agrandit de frayeur. L'attitude implacable de son interlocuteur le pétrifia. Dem pensait ce qu'il disait. Il a raison, admit-il. Je préfère mourir que d'être violé par ce porc. Il fut surpris de trouver ce noyau de courage au fond de lui.
— Si ça vous permet de sauver Nayla, alors allez-y ! murmura-t-il bravement. Et, s'il vous plaît, dites-lui que…

La porte s'ouvrit. Le chef des brigands, cet homme à la peau bistre et aux lèvres grasses, leur jeta un regard mauvais.
— Aucun autre survivant. Il n'y a que vous, les gars. Et toi mon mignon, tu vas avoir une grande partie de mon attention.

Soilj ne put s'empêcher de frissonner.

— Je vais prendre grand plaisir à vous faire parler tous les deux. Ensuite, vous finirez vos jours à récolter le S4. Toi petit, tu pourras échapper au forage… enfin, façon de parler. En fait, peut-être que tu n'y échapperas pas.

Les brigands éclatèrent de rire. Soilj se sentait acculé comme l'un de ces malheureux lièvres-crapauds qu'il chassait sur Xertuh.

— J'veux pas te faire du mal, mon mignon, alors j'vous laisse une dernière chance de vous mettre à table, après… J'vous assure que la lave en fusion, ça permet de délier les langues.

Dem tendit une main à Valo pour l'aider à se relever. Le jeune homme lui jeta un regard suppliant, qui semblait vouloir dire : « tuez-moi vite ».

— Quant à toi, le grand, quand t'auras la main plongée dans le bouillon, j'te jure que tu vendras ta propre mère.

Milar ne put s'empêcher de sourire, avant de préciser, de ce ton arrogant qu'il adorait employer pour provoquer ses adversaires :

— Je n'ai pas eu de mère ! Désolé, Soilj.

Il le frappa à un point précis, juste derrière l'oreille. Le garçon s'écroula aussitôt, comme une marionnette privée de ses fils.

— Bordel ! s'écria l'homme.

Dem recula de deux pas, en affichant un rictus moqueur.

— Lui, au moins, ne vous parlera pas !

L'un des malfrats se précipita pour vérifier le pouls de Soilj.

— Merde ! Le gamin est mort, Kal !

— Bordel de bordel ! Espèce d'enfoiré ! T'as tué ton pote ?

— Vous êtes bien placé, j'en suis certain, pour savoir que dans notre métier, l'amitié est illusoire.

— Hein, qu'est-ce qu'il dit ?

— C'est quoi cette façon d'causer, tu t'crois supérieur à nous ?

— Je suis supérieur à vous, affirma Milar.

Il savait d'expérience que la colère empêche de réfléchir et il était doué pour générer la fureur aveugle de ses interlocuteurs.

— Quand je vais plonger ta queue dans le magma bouillonnant, tu feras moins le malin. Tu me supplieras de te laisser faire tout ce que je demanderai. Embarquez-le !

Sans un regard pour le corps de Valo, Milar se laissa entraîner à l'extérieur de la casemate. Les brigands étaient trop nombreux et trop attentifs pour qu'il tente une évasion. Il observa chacun d'entre eux, pour détecter d'éventuelles faiblesses. Leur chef, Kal, était un pervers et une brute, qui se délectait de la souffrance d'autrui. Ce genre de comportement cachait souvent une lâcheté larvée. Deux sous-fifres sans grande intelligence maintenaient Milar par les bras, l'un d'eux abusait visiblement du val'hon, une herbe hallucinogène qui finissait par abrutir son consommateur, et l'autre était secoué de temps en temps par une toux sèche, avant de cracher des glaires sanglantes. Un grand gaillard, au regard halluciné, ne le quittait pas des yeux et le canon de son fusil ne se baissait jamais. Celui-là était le plus dangereux. Enfin, les deux derniers étaient sans doute des nouveaux venus. Le plus jeune fixait Kal avec appréhension, surtout attentif à ne pas lui déplaire, tandis que son comparse jouait les importants, alors que la peur se lisait sur son visage de fouine.

Dem n'avait pas eu l'occasion de voir les lieux lors de son arrivée. À peine sorti de sa capsule de sauvetage, il avait été cerné et assommé par un coup de crosse. Il était revenu à lui dans la casemate. Le campement était typique de ce genre d'endroit : une cour bordée par les baraquements des esclaves, de simples boîtes de métal sans fenêtres et les bâtiments de la raffinerie, d'où s'échappait une fumée âcre. Un peu plus loin se trouvaient quelques casemates qui devaient être les quartiers des esclavagistes. Ils étaient surmontés d'une tour d'approche, construite en fibrobéton qui surplombait sans doute une plate-forme d'atterrissage. Bien entendu, la zone était clôturée et ponctuée de miradors, tous occupés par une sentinelle. Les hommes présents semblaient peu nombreux, Dem supposa que les absents devaient surveiller les esclaves au fond des mines ou dans la raffinerie. Il devait profiter de cette aubaine pour s'échapper. Des portiques, tels des arbres malsains, étaient plantés devant les cantonnements et le corps d'un homme nu, mutilé par d'atroces brûlures, y était suspendu. Il devait être mort depuis plusieurs jours, s'il se fiait à l'odeur qui s'en dégageait.

À coups de crosses, prodigués par les deux nouveaux, il fut dirigé vers le centre de l'espace libre. Il y trônait un imposant bac en pierre, plein d'une lave frémissante, collectée encore liquide et conservée à la bonne température – un moyen de torture extrêmement efficace. Le dénommé Kal vint le toiser, à quelques centimètres de son visage. Il sentait le soufre, bien sûr, mais aussi la crasse, la transpiration et la bière, tandis que les relents d'un estomac en mauvaise santé s'échappaient de sa bouche.

— Toi, je t'fais pas confiance. Tu vas m'dire qui t'es, c'que tu fais ici et pourquoi t'a tué ce p'tit mignon.

— Je ne crois pas, non, répliqua Dem calmement.
— C'est c'qu'on va voir ! Ôtez-lui son armure ! J'vais m'éclater avec toi. Dans une heure, tu seras à mes genoux en train de me supplier, tu feras tout c'que j'te demanderai.
— Je ne suis pas doué pour faire ce que l'on me demande.

Celui qu'il avait surnommé « l'homme au fusil » s'était éloigné de deux mètres, afin de le conserver dans sa ligne de mire, confirmant ainsi qu'il était dangereux. Les deux nouveaux et les deux autres s'acharnèrent sur les attaches de la partie supérieure de son armure. Ils dégrafèrent chaque pièce et les jetèrent sur le sol. Il resta impassible, car pour le moment, se débattre ne lui apporterait qu'un coup de crosse douloureux et handicapant. Il fut soulagé de constater qu'aucun d'eux n'avait découvert la lame serpent qu'il conservait dans un étui, habilement dissimulé sur sa ceinture, pas plus qu'ils n'avaient songé à fouiller ses bottes. Seuls les poignards intégrés au renfort de ses bras lui avaient été retirés. Ils lui tordirent vicieusement les bras dans le dos et l'obligèrent à s'approcher de la cuve. Kal lui décocha une grimace hideuse tout en brassant le magma, rouge et flamboyant, avec une sorte de grande cuillère.

— Tu vas voir, cette douleur, c'est jouissif. J'aurais préféré m'amuser avec le gamin, mais puisque tu l'as tué, tu vas l'remplacer.

Les deux nouveaux s'étaient décalés pour mieux assister au spectacle et regardaient avec fascination la mélasse en fusion. Le drogué gloussait sous cape, anticipant déjà la séance à venir. Il était temps de jouer le rôle qu'il avait préparé. Dem frissonna ouvertement, ce qui fit ricaner son bourreau.

— Non, supplia-t-il, pas ça ! Non… Je vais tout te dire.

Kal eut un rictus mauvais, il savourait cet instant et rien ne l'empêcherait de torturer son prisonnier, pour mieux le soumettre.

— C'est trop tard, mec. Tu as eu ta chance. En fait, je m'moque de ce que tu as à m'dire. Je veux juste t'entendre me supplier.

— Je travaille pour Jani Qorkvin !

Il avait touché juste. À en juger par l'étonnement qui se peignit sur son visage, Kal connaissait la contrebandière.

— Comment ça, tu travailles pour Jani ? C'est elle qui t'envoie ?
— Oui.
— Pourquoi n'avoir rien dit ?
— Je voulais l'épater, tu vois… pour qu'elle me remarque.

Ils éclatèrent de rire. Chacun d'entre eux aurait donné une année de paye pour attirer l'attention de Jani Qorkvin.

— J'te crois pas. Un mec comme toi doit plaire à cette chaudasse, sans avoir besoin d'jouer les héros. Tu m'mens.

— Je te jure que non. Tu sais comment elle est. Je veux vraiment faire bonne impression, tu vois.

— Ce sont des conneries ! Qu'est-ce que Jani vient faire dans cette histoire ? Elle veut me voler mon business ?

— Bien sûr que non.

— C'est c'qu'on va voir. Tu n'as pas besoin de ta main gauche pour baiser Jani, tu pourras la satisfaire avec la droite.

Kal savoura le rire gras que son humour provoqua chez ses hommes. Dem en profita pour se débattre tout en gémissant. Il se dégagea de la poigne de ses bourreaux et continua à reculer en suppliant, ce qui déclencha l'hilarité générale. Plus personne ne le retenait, désormais. Ils riaient tous, trouvant irrésistiblement drôle cet homme arrogant, qui s'effondrait soudain, presque en larmes. Dem contint un sourire satisfait. Son stratagème fonctionnait. Personne ne faisait plus vraiment attention à lui, même l'homme au fusil. Le canon orienté vers le sol, il s'esclaffait comme ses camarades. Du coin de l'œil, il nota que « visage de fouine » s'était retourné pour uriner. Il recula encore d'un pas en chancelant, les mains toujours derrière le dos et il saisit sa lame serpent. Il se félicitait d'avoir renoué avec sa prudence légendaire en multipliant les armes d'appoints. Il était certainement l'un des rares gardes noirs à porter cet équipement, mais cette originalité était due à une expérience malheureuse.

— Amenez-le-moi ! s'exclama Kal. J'crois qu'on va bien rire !

Dem dégaina son poignard et attendit que le junkie pose la main sur lui. Il l'égorgea d'un geste vif, puis planta la lame dans le cœur de son comparse. Dans le mouvement suivant, il lança le poignard sur l'homme qu'il jugeait dangereux. Il s'écroula sans un cri. Dem arracha le fusil des mains du tuberculeux. Il avait agi si vite, qu'il ne s'était pas passé plus de trois secondes. Il plongea sur le sol et roula sur lui-même pour éviter le tir imprécis du plus jeune. Kal réagit enfin. Il dégaina son pistolet maladroitement, tout en poussant des jurons. Il avait peur, cela se lisait dans ses mouvements peu assurés. Sans prendre la peine de viser, Milar fit feu et la décharge lywar lui emporta une partie de crâne. Paniqué, « visage de fouine » tentait de refermer sa braguette quand le trait d'énergie le transperça. Le protégé de Kal lâcha son arme et leva les mains en suppliant :

— Ce n'est pas…

Milar le tua sans attendre la fin de sa phrase. Les sentinelles, pétrifiées de surprise, commençaient seulement à réagir. Il plongea à l'abri tout relatif qu'offrait le réservoir de lave. Il fit le vide dans son esprit et évacua tout ce qui n'était pas le combat en cours. Il se concentra sur ses cibles qui lui apparurent, comme toujours, avec une clarté surnaturelle. L'un après l'autre, les ruffians tombèrent, fauchés par ses tirs précis. Ils finirent par riposter et de nombreux impacts s'écrasèrent sur son abri. Une projection de lave atterrit sur son bras. Il ne pouvait pas rester là ! Ces canailles ne tarderaient pas à envoyer des renforts et il n'espérait plus l'intervention du Vengeur. Trop de temps s'était écoulé depuis le crash. Il devait trouver une solution pour se sortir de ce traquenard ! Il prit le pari qu'une plate-forme d'atterrissage devait se cacher derrière les quartiers des brigands et qu'un vaisseau y était posé. Dem jaillit de son refuge et sprinta sous le feu ennemi. Il anticipait les trajectoires et traversa l'orage d'éclairs lywar sans être touché. Écoutant son instinct, il plongea derrière un rocher. Une explosion le mitrailla de débris et une chaleur intense l'enveloppa, il sentit le polytercox de sa tenue se racornir. *L'un de ses va-nu-pieds a un lance-missiles ! C'est bien ma chance*, se dit-il, avant de risquer un coup d'œil à découvert. Le tireur se trouvait sur le toit de la raffinerie. Dem ferma les yeux et la cible apparut distinctement dans son esprit. Il pressa la détente, mais seul le souffle poussif de son fusil déchargé lui répondit. L'esclavagiste épaulait déjà son arme, tandis que d'autres tireurs lui coupaient toute retraite. Il chercha une échappatoire, en vain. Il continua à fixer l'homme au lance-missiles, afin de prévoir l'instant où il appuierait sur la détente. Peut-être pourrait-il éviter le projectile lywar. Soudain, le brigand bascula dans le vide, touché en pleine poitrine. Dans la cour, un Valo pâle, mais bien vivant arrosait de lywar les quelques crapules qui tentaient de prendre Dem à revers. Milar poussa un soupir de soulagement, il aurait détesté perdre ce garçon. Il profita de cet appui pour quitter son abri. Évitant les tirs de deux sentinelles perchées sur leur mirador, Dem se glissa entre deux bâtiments et au bout du passage, il risqua un coup d'œil prudent. Un petit cargo, à peine plus grand qu'un bombardier, était posé sur la plate-forme. Exactement ce dont il avait besoin. Il allait devoir traverser un long espace à découvert pour s'en emparer. Il ne servait à rien de patienter. Il fonça en zigzaguant pour éviter les impacts qui s'écrasaient autour de lui ou qui suivaient ses pas de quelques centièmes de seconde. L'un des traits d'énergie glissa sur le ketir qui gainait sa cuisse et un autre entama son biceps gauche. Il continua sa course, sans tenir compte de la douleur et arriva enfin au cargo. Il s'abrita derrière le petit engin et le dos contre la coque, il glissa jusqu'à la porte d'accès. Il pirata la console d'ouverture et le sas coulissa aussitôt. Dem fit irruption dans le petit vaisseau, armé d'un poignard serpent. L'intérieur puait le soufre, le sang et la crasse. Il espérait que les moteurs étaient mieux entretenus que la cabine « passagers ». Le cargo semblait vide et il ne perdit pas de temps à fouiller chaque recoin. Dès qu'il atteignit le poste de pilotage, il se glissa dans le fauteuil et alluma les consoles. Il ferma aussitôt le sas d'accès pour éviter une attaque-surprise, puis il mit les moteurs en marche. Avec un rugissement de bon augure, le petit cargo s'éleva lentement.

Quand Dem l'avait frappé, Soilj s'était senti mourir et avait accepté son sort avec calme, heureux d'échapper à la torture. Il revint à lui brutalement, dans une explosion de souffrance et de lumière. Le cœur battant à tout rompre, il se redressa d'un coup, cherchant désespérément à retrouver sa respiration. *Je suis vivant !* songea-t-il avec stupéfaction. Dem avait bluffé ! Soilj ignorait ce qu'il lui avait fait, mais il avait dû convaincre leurs geôliers qu'il était mort, car il avait été abandonné là, comme un cadavre sans intérêt. À l'extérieur de sa prison, une bataille faisait rage dans le concert de sifflements furieux des fusils lywar. Les secours, enfin ! se réjouit-il. En serrant les dents pour encaisser la douleur, le jeune homme se traîna jusqu'à la porte. En plus de sa jambe enflée et toujours sanguinolente, son cou le cuisait. Persuadé que son calvaire était presque fini, il poussa la porte et se redressa pour mieux voir. L'explosion d'un missile le fit vaciller et il s'agrippa au chambranle pour ne pas tomber. Dehors, il n'y avait aucun soldat rebelle venu à leur secours, il n'y avait que Dem qui affrontait seul des dizaines de brigands. Une fois encore, à en juger par les cadavres qui jonchaient la cour, il avait réussi l'impossible. Pourtant, cette fois-ci, il ne pourrait pas faire de miracles ; il était acculé derrière l'abri précaire d'un rocher, sa retraite était coupée, il était désarmé et un esclavagiste le visait avec un lance-missiles.

Soilj devait faire quelque chose pour l'aider. Le corps le plus proche tenait une arme. Il rampa tant bien que mal sur le gravier, en essayant d'oublier sa jambe martyrisée. Il s'empara du fusil. Baigné d'une sueur glacée et au bord de l'évanouissement, le jeune homme s'appliqua à calmer sa respiration. Il avait toujours été un bon tireur, mais grâce à l'enseignement de Verum, il avait encore progressé. Il visa soigneusement l'homme sur le toit, bloqua son souffle et pressa lentement la détente. Le brigand bascula dans le vide. Valo revint s'abriter, avec peine, dans la casemate et ouvrit le feu sur les autres. Dem en profita pour s'enfuir. Soilj fut soulagé, quand enfin, un petit vaisseau décolla. Un impact claqua à moins d'un mètre de sa tête, Soilj riposta instinctivement, tuant un homme sur un mirador. Verum aurait été satisfait de son élève, lui qui avait tenté de lui enseigner le tir spontané, sans grand succès. La recharge lywar de son arme était presque épuisée. Il refusait de terminer sa vie en tant qu'esclave. Il préférait se suicider. La seule chose qu'il regretterait, c'était de ne pas avoir pu dire adieu à Nayla. Il tourna son fusil contre lui et appliqua le canon sous son menton. Il se contorsionna pour attraper la détente de l'arme. Avant qu'il n'ait pu mettre fin à sa vie, il vit le cargo pivoter, puis à vitesse lente survoler la cour jusqu'à lui. Il se stabilisa juste à côté de la casemate et le sas s'ouvrit.

— Montez, Valo ! cria Dem.

Soilj reposa son fusil et usa de ses dernières forces pour se hisser à l'intérieur.

— Fermez la porte, Dem !

Avec un claquement sourd, la porte en tiritium se verrouilla. Sans attendre, le cargo s'éleva, encadré par des traits d'énergie. Soilj reprit son souffle, réussit à se lever en s'appuyant contre la cloison et traînant sa jambe blessée, il rejoignit le poste de pilotage. Il se laissa tomber sur le siège, près de Dem.

— J'ai vraiment cru que vous m'aviez tué.

— Vous n'étiez pas en état pour subir ce qu'ils avaient en tête et j'étais certain que ce Kal aurait commencé par vous.

Le jeune homme frissonna à la mention du pervers qui avait jeté son dévolu sur lui.

— Comment avez-vous fait ? Je me suis senti mourir…

— Non, vous avez cru mourir, parce que vous étiez persuadé que j'allais vous tuer.

— Oui, mais…

— Ces brigands nous ont désarmés, mais ils ne connaissent pas tous les secrets des armures de combat des Gardes de la Foi. Elles disposent de minuscules caches, où sont dissimulées toutes sortes de choses et entre autres, des aiguilles empoisonnées.

— Des aiguilles empoisonnées ? s'exclama Soilj en se disant que lui aussi ignorait ce détail concernant cette armure qu'il portait depuis plusieurs mois.

— Tous ces poisons ne sont pas mortels. L'aiguille que j'ai utilisée sur vous était enduite d'une substance destinée à ralentir suffisamment le cœur pour donner l'illusion de la mort. Elle diffuse également une violente décharge électrique qui vous a assommé instantanément. Le brigand qui a contrôlé vos fonctions vitales n'y a vu que du feu.

— Merci, souffla Soilj avec émotion.

— Je vous en prie. Comment va votre jambe ?

— Elle me fait un mal de chien, mais je survivrai, je crois. Et maintenant, que fait-on ?

— Maintenant ? Il faut espérer que la flotte soit toujours là et que nous réussirons à sortir sans encombre de cette ceinture d'astéroïdes, avec cette poubelle ambulante. Malheureusement, je ne peux pas m'occuper de votre jambe, pas maintenant.

— Je tiendrai.

— J'en suis sûr. Plus vite, nous serons à bord et plus vite le docteur Plaumec vous prodiguera les soins nécessaires.

— Bien sûr, Général, approuva le jeune homme en essayant de ne pas penser qu'il pouvait, qu'il allait sûrement perdre sa jambe. Qu'allons-nous faire pour Tiywan ? Je suis certain qu'il est responsable de ce sabotage.

— J'aviserai. Sans preuve, je ne pourrai pas l'incriminer. Il se défendra en accusant les brigands ou mon pilotage.

— Nayla ne croira jamais à une erreur de votre part. Vous ne faites jamais d'erreurs.

— Si seulement c'était vrai, Valo, si seulement.

— Général, commença le jeune homme, décidé à lui parler de sa rencontre, juste avant leur mission, il faut que je vous…

— Attendez ! l'interrompit Dem.

Il pianota sur le clavier et Soilj vit une réelle inquiétude se peindre sur son visage.

— Accrochez-vous, Soilj !

Le cargo surgit de la ceinture d'astéroïdes et le garçon oublia de respirer. Ce n'était plus l'espace, mais l'enfer. Sous ses yeux, il vit un de leurs transporteurs être pulvérisé par un missile lywar. Un Vengeur, deux cuirassés Protecteur des Soldats de la Foi, un croiseur Carnage et d'autres encore faisaient face à la flotte rebelle. Entre ces deux forces, l'espace était strié de puissants traits d'énergies. Un escorteur de la rébellion fut impitoyablement déchiqueté. Le *Vengeur 516* répliqua et ses missiles laminèrent un destroyer de l'Imperium.

— Ce n'est pas vrai…, s'entendit-il dire.

— Janar, murmura Dem.

— C'est la fin…

— Ce n'est jamais fini !

Plusieurs vaisseaux de leur flotte s'éloignaient de la zone de combat, accélérant en vitesse intersidérale.

— Quelqu'un applique le scénario de fuite que j'avais mis en place. Les plus petits des vaisseaux s'échappent, pendant que le Vengeur les retient. Il ne pourra pas résister longtemps, face à une telle concurrence. Il faut les rejoindre.

— Au milieu de tout ça ? Vous êtes fou !

Le rire léger de Dem ne le rassura pas. Son visage dur aux traits anguleux était figé et son regard froid ne cilla pas, lorsqu'il lança le cargo au milieu de la mêlée. Les mains crispées sur les montants de son siège, Soilj n'osa pas fermer les yeux. Comme par miracle, les missiles semblaient éviter le petit vaisseau qui virevoltait et louvoyait, laissant supposer que son pilote devinait les trajectoires des traits d'énergie. Toutefois, aucun tir ne paraissait les viser en particulier. La gigantesque bataille continuait, dans une débauche de lywar et d'explosions. Un escorteur rebelle se porta en avant, faisant feu de tous ses canons. Il fonça droit vers l'un des cuirassés Défenseur de la flotte ennemie. Le vaisseau encaissa plusieurs tirs de barrage, sans ralentir. Au contraire, il poursuivit sa course en accélérant et s'écrasa volontairement contre l'énorme cuirassé. L'explosion aveugla Soilj et lorsqu'il récupéra la vue, le *Vengeur 516* fuyait déjà le combat. Dans quelques minutes, il passerait en vitesse intersidérale et se serait fini. Ils seraient isolés, loin de la flotte et sans nul doute capturés. Il se tourna vers Dem. La lueur qui brillait au fond de ses prunelles bleues était terrifiante. Fasciné, Soilj regardait ses doigts voler, à une vitesse surprenante, sur les touches de la console de pilotage. Les propulseurs additionnels furent enclenchés et le cargo bondit en avant. Le jeune homme faillit crier, lorsqu'il vit la coque du 516 se rapprocher à toute vitesse. La bouche ouverte en un hurlement muet, il ne put détacher son regard de sa mort prochaine. Le cargo roula sur lui-même pour éviter un missile et continua sa course folle sur le dos. Les portes du pont d'envol s'ouvraient lentement, trop lentement…

— On va s'écraser ! vociféra-t-il à plein poumon.

Le petit vaisseau bascula sur le côté et força le passage. Le crissement du métal fut effrayant et le bruit des rétrofusées, plus encore. Il vit le fond du hangar se rapprocher à une trop grande vitesse et il ferma les yeux. Le cargo toucha le pont, comme plaqué par une main géante et continua de glisser inexorablement, avant de heurter la cloison. Sous la force du choc, le jeune homme fut jeté à bas de son siège. Sonné, il mit quelques secondes à remarquer que Dem s'était agenouillé près de lui.

— Vous disiez, Soilj ?

— Comment... Mais comment vous faites ça ?

— Vous ne voulez pas le savoir. Ne bougez pas, Soilj.

— Mais, Dem, vous allez avoir besoin de moi.

— Pas dans votre état, non. Je vous envoie quelqu'un le plus vite possible. Le docteur Plaumec doit voir votre jambe, avant qu'il ne soit trop tard.

— Mais..., protesta le jeune homme, déçu d'être ainsi écarté.

— Merci de votre aide, Capitaine. Vous m'avez sauvé la vie et vous n'êtes pas nombreux à pouvoir vous en vanter.

— Euh, de rien, Général, répondit le garçon un peu gêné.

Ailleurs...

Le *Vengeur 516* venait de disparaître en vitesse intersidérale et Janar ne put retenir un juron. La bataille avait pourtant bien commencé, il s'était même demandé où était passé le talent de Milar. Il avait beau dénigrer son ancien condisciple, il devait admettre qu'il était un grand stratège. Il était sûrement handicapé par un équipage non formé et la victoire lui avait semblé à portée de main. Et puis, les choses avaient changé, s'étaient presque équilibrées. Des rebelles s'étaient sacrifiés pour permettre au Vengeur de fuir. Un cargo de contrebandier s'était alors faufilé au milieu des combats, sans être touché par les tirs croisés. À la grande exaspération de Janar, c'est ce cafard puant d'Ubanit qui l'avait repéré. Le petit vaisseau s'était propulsé vers le Vengeur et avait réussi à l'aborder à l'instant même où le *516* entrait dans le champ intersidéral.

— Poursuivez-les, Colonel ! siffla l'inquisiteur.

Janar l'entendit à peine. Son regard bleu restait fixé sur le point dans l'espace qu'occupait le Vengeur une seconde plus tôt. Milar ! Il n'y avait qu'un archange pour piloter de cette façon... Milar ! Milar était dans ce cargo et pas à bord du Vengeur, cela expliquait tout ! Milar venait, une fois encore, de lui échapper.

— Janar !

— La ferme, Inquisiteur ! Poursuivez-les, ordonna-t-il à ses navigateurs.

Janar savait déjà que cette chasse ne serait pas aisée, même si le Vengeur n'avait que quelques minutes d'avance.

— Nous allons les rattraper, n'est-ce pas ? Votre vaisseau Carnage est rapide, vous ne cessez de me le dire.

— Le champ intersidéral est complexe, il est facile d'y perturber son sillage, surtout avec un homme comme Milar aux commandes.

— Est-ce que j'entends de l'admiration dans votre voix, Colonel ?

— Ce n'est en aucun cas de l'admiration, mais l'acceptation d'un fait. Combien de fois dois-je vous le dire ? Milar est un archange et pas un vulgaire rebelle !

— Oui, vous ne cessez de me le répéter. Peut-être voulez-vous voir cet archange prouver votre supériorité. Peut-être voulez-vous le voir réussir.

— Ne soyez pas ridicule.

— Dieu, lui-même, vous a donné l'ordre de le capturer.

— Je sais, se rembrunit Janar. Mais ne vous en faites pas, nous finirons par l'attraper. Et ce jour-là, je ferai ce que j'aurais dû faire il y a longtemps...

Un frisson d'anticipation le secoua. Il rêvait de tuer 183 lentement.

— Dieu le veut vivant..., précisa Ubanit.

— Il sera vivant..., mentit Janar.

L'Inquisition a pour mission de pourchasser les ennemis de Dieu. Ceux qui L'aiment et Le servent ne doivent pas craindre les ministres du Tout-Puissant, qui consacrent leur vie à traquer le mal.

Chapitre 2 du Credo

Milar ouvrit avec précaution la porte du cargo, il ne voulait pas devenir la cible d'une équipe de sécurité trop nerveuse. Il avait vu juste. La porte du pont d'envol coulissa et une vingtaine d'hommes se déployèrent dans la pièce, selon un schéma typique. Sans surprise, il identifia celui qui se trouvait à la tête du détachement.

— Baissez vos armes, Lazor ! Ce n'est que moi.

Oublieux de toute sécurité, l'officier se précipita à découvert. Milar sortit calmement de sa cachette.

— C'est bien vous ! s'exclama-t-il incrédule. Tiywan m'a assuré que vous étiez mort, que votre bombardier avait été descendu par les défenses planétaires de ce repaire de brigands.

— Les bombardiers ont bien été détruits, mais j'ai pu éjecter mon équipage juste avant qu'il ne soit trop tard.

— Qu'il soit trop tard, vous en êtes sûr ? J'ai l'impression que vous avez vu le combat de près.

— Le capitaine Valo et moi avons été capturés après le crash. Il est blessé. Que deux de vos hommes le conduisent à l'infirmerie !

Lazor donna les ordres nécessaires.

— Je dois me rendre sur la passerelle, sans tarder. Vous allez me briefer en route.

— Nous avons été attaqués par les Exécuteurs et la Phalange verte. Nous venions d'apprendre votre mort. En les voyant arriver, Tiywan a voulu fuir en abandonnant les vaisseaux les plus lents. Sa priorité était de sauver le Vengeur et Nayla Kaertan. Enfin, c'est ce qu'il a dit. Je pense qu'il voulait surtout sauver sa peau.

— Il était prêt à laisser la flotte se faire écharper ?

— Oui, Général. Je m'y suis opposé, rappelant les directives que vous aviez données pour ce genre de cas. Il m'a ri au nez. Il m'a dit que vous étiez mort et que désormais, c'est lui qui commandait.

— Pourtant, quand je suis arrivé dans la bataille, les choses avaient l'air de se passer conformément à mes indications.

— Nayla Kaertan est entrée sur la passerelle au moment opportun. Elle a pris les affaires en main avec une grande autorité. Il s'agit là d'une jeune femme étonnante, Général. Je n'aurai pas cru cela possible de la part d'une simple civile, ajouta-t-il à voix basse. Par moments, elle a donné des ordres que vous auriez pu donner.

Cela ne surprenait pas Milar. À travers lui, Nayla avait vécu la formation et l'expérience d'un archange. Elle devait commencer à assimiler toutes ces informations. Enfin une bonne nouvelle ?

— Tiywan était furieux, continua Lazor, mais j'étais là, ainsi que Giltan. Il l'a soutenue sans hésiter. Tiywan n'a pas osé la contredire. Nayla Kaertan s'est décidée pour le point de rencontre numéro 3 et a transmis l'ordre à la flotte. Et puis, l'un des escorteurs s'est sacrifié pour nous permettre de fuir.

— J'ai vu. Ce vaisseau était-il endommagé ?

— Non, Général. Elle en a seulement donné l'ordre.

Cela stupéfia Devor. Le colonel Milar aurait fait ce choix, mais en tant que général de la rébellion, il aurait été plus circonspect.

— Ils n'ont pas rechigné ?

— Non, Général. Ils ont obéi sans protester à l'ordre de l'Espoir. J'ai cru que Tiywan allait s'y opposer, mais il s'est abstenu.

— Il était sans doute pressé de voir le Vengeur quitter les lieux.

— En effet, confirma Lazor avec un mépris évident. Nous allions passer en vitesse intersidérale, quand votre cargo nous a abordés. Tiywan m'a envoyé détruire ceux qui nous attaquaient. Il va avoir une surprise, je pense.

— Je le pense aussi.

Dem jeta un coup d'œil par-dessus son épaule pour observer l'équipe de sécurité sous les ordres de Lazor. Ces hommes rudes et bien entraînés, venant pour la plupart d'Olima, se comportaient de façon étonnamment professionnelle.

— Vous avez fait quelque chose de bien avec ces soldats, Lazor.

— Ils sont efficaces. J'ai été surpris de constater que des civils arrivaient à se hisser à un tel niveau. Ils sont tous volontaires et fiers de faire partie de cette unité. Ils s'entraînent chaque jour jusqu'à l'épuisement.

— Jusqu'à quel point sont-ils fiables, Lazor ?

— Je leur fais confiance, Général. Ils sont loyaux !

— Je l'espère. Il se peut que nous ayons besoin d'eux, bientôt.

— Je le pense également. Vous pourrez compter sur eux, comme vous comptiez sur mes hommes et moi, autrefois.

Milar s'accorda un sourire presque nostalgique. Les Olimans ne seraient jamais aussi loyaux que des gardes noirs, mais il se fiait à Lazor. S'il se portait garant pour ces hommes, il estimait qu'il pouvait se reposer sur eux. Une autre question le taraudait et il temporisa quelques minutes avant de demander :

— Comment Nayla a-t-elle réagi à l'annonce de ma mort ?

— Très calmement, Général. Elle a tout de suite compris l'urgence de la situation. Elle a dit que la priorité était de sauver la flotte et que nous reviendrions vous chercher, dans quelques jours.

— Me chercher ?

— Tiywan a été aussi surpris que vous. Elle a simplement répondu que vous ne pouviez pas avoir été tué de cette façon. Je suis honteux d'avoir cru en votre mort, Général. Nayla Kaertan vous connaît mieux que moi.

— Ne vous en faites pas, Lazor. Pensez-vous que je doive m'attendre à un problème ?

— Quel genre de problème, Général ?

— Nous avons été victimes d'un sabotage. D'après vous, qui peut être coupable d'un tel acte ?

— Général ?

— À qui profite le crime ? C'est une très vieille sentence qui s'applique parfaitement à cette situation.

— Je ne vois qu'une seule personne, Général. Je ne pense pas qu'il osera vous affronter en face. Pas encore.

— C'est mon avis, également.

— Mais, si c'est lui, alors, un jour ou l'autre…

— Nous allons devoir trouver une solution. Malheureusement, avec les pertes que nous venons de subir, celle à laquelle je pensais ne sera peut-être pas applicable.

Nayla attendait impatiemment le compte rendu de Lazor, se retenant d'aller vérifier par elle-même que tout allait bien.

— Nous aurions dû verrouiller le pont d'envol et le dépressuriser, répéta Tiywan qui essayait de cacher sa nervosité.

Elle avait instinctivement refusé cette solution. Cet engin fou s'était joué de tous les tirs et avait réussi l'impossible. Elle n'osait pas formuler l'espoir qui l'habitait depuis qu'ils avaient repéré ce cargo, louvoyant follement au milieu de la bataille.

— Ne soyez pas si couard ! répliqua-t-elle.

Il ne put masquer son mécontentement. Si Dem était mort, elle allait devoir gérer un Tiywan persuadé d'être investi de tous les pouvoirs. S'il était mort... Elle refusait de croire à cette éventualité. Xev blêmit et elle suivit son regard. Son cœur fit un bond joyeux dans sa poitrine. Dem se tenait à l'entrée de la passerelle, le visage taché de sang et de poussière, son uniforme déchiré, mais il était en vie. Elle se précipita à sa rencontre sans pouvoir cacher sa joie, mais il resta impassible.

— Dem ! Je le savais ! Il n'y a que vous pour tenter quelque chose d'aussi dément.

Un sourire furtif glissa sur ses lèvres, mais il ignora la jeune femme. Elle fut d'abord blessée par ce manque d'intérêt, puis elle nota que Tarni le saluait d'un discret signe de tête, tout en posant une main sur la crosse de son pistolet. Il n'avait pas cru une seule seconde à la mort de son colonel et semblait se préparer à l'action. Alors qu'elle s'interrogeait sur la signification de ce geste, elle remarqua que Dem n'avait pas quitté Tiywan des yeux.

— Surpris de me voir, Commandant ?

— Général, je... Nous avons vu votre vaisseau exploser.

— J'ai pu m'éjecter à temps.

Nayla n'aima pas l'expression sur le visage de Tiywan. Il s'agissait de colère, de ressentiment et de dépit. Elle s'attendit à ce que Dem ordonne son arrestation, mais il n'en fit rien.

— Écartez-vous, Commandant, se contenta-t-il de dire. Je veux consulter notre situation. Le 516 ne semble pas avoir subi de dégâts majeurs. Nayla, vous leur avez donné rendez-vous au point 3 ?

— Oui.

— Si tout le monde a obéi à vos ordres, nous y retrouverons nos vaisseaux. Nous avons encaissé de lourdes pertes et maintenant que Janar a senti le sang, il va nous suivre à la trace. En suivant les détours établis, nous n'atteindrons le point de rencontre que dans plusieurs jours. Commandant Xenbur, la passerelle est à vous. Tiywan, attendez-moi, j'ai des instructions à vous donner. Nayla, si vous voulez bien, je souhaiterais vous parler en salle de briefing.

Elle fut surprise par sa demande, mais était si heureuse de le voir en vie qu'elle ne protesta pas. La porte se referma et elle dut se contrôler pour ne pas courir se blottir contre lui.

— Vous êtes vivant. J'ai eu si peur de ne jamais vous revoir.

— Vraiment ? interrogea-t-il en levant un sourcil.

— Oui, répondit-elle timidement. Vous savez bien que je tiens à vous.

Il acquiesça d'une inclinaison de la tête.

— Que s'est-il réellement passé ?

— Nos bombardiers ont été sabotés. J'en ai eu l'intuition quelques secondes avant l'explosion et j'ai déclenché l'évacuation.

— Sabotés ? Nayla ne voyait pas, qui… Tiywan !

— C'est mon opinion, également, confirma-t-il en souriant, mais je n'ai aucune preuve et une décision arbitraire serait nuisible à la cause.

— Mais on ne va pas le laisser s'en tirer ? Il faut faire quelque chose, il peut recommencer.

— Il recommencera sûrement. Je deviens encombrant pour lui. Le croiseur Défenseur, que nous avons capturé la semaine dernière, est-il toujours en état ?

— Je l'espère, oui. Il a été l'un des premiers à s'échapper. J'ai essayé de préserver nos bâtiments les plus importants.

— Vous avez très bien agi, Nayla. Je vous félicite.

— J'ai été obligée de sacrifier un vaisseau, expliqua-t-elle en contenant un sanglot. Il le fallait pour que nous puissions sauver le Vengeur. Je le leur ai demandé et ils ont accepté, au nom de l'Espoir.

— C'est ce que m'a dit Lazor.

— Je suis un monstre…

— Vous avez fait ce qu'il fallait pour sauver des milliers de vies. Être aux commandes exige des décisions difficiles.

— Je sais… C'est ce que vous faites toujours.

— Je suis fait pour cela, pas vous. Je vais confier ce Défenseur à Tiywan, avec une partie de la flotte.

— Vous voulez nous diviser ?

— Cela brouillera les pistes. Janar aura plus de mal à nous retrouver et en prime, nous pourrons répondre à plus de demandes d'intervention.

— Si vous pensez que c'est pour le mieux…

Soudain, elle prit conscience qu'elle ignorait le sort de Soilj. Avait-elle perdu un autre ami ?

— Dem, demanda-t-elle, déjà persuadée de sa réponse, Valo était avec vous. Est-il…

— Il est blessé, mais entre les mains de Leene, il s'en sortira.

Dans un élan spontané, Nayla déposa un baiser sur sa joue.

— Merci, Dem, merci ! Je n'aurais pas supporté de perdre quelqu'un d'autre.

Il lui jeta un curieux regard et elle s'imagina avoir lu de l'émotion briller dans le bleu glacier de ses yeux.

— Ne me remerciez pas. Je n'allais pas le laisser en arrière.

— Que s'est-il passé en bas ? Comment est-ce arrivé ? ajouta-t-elle en posant la main sur son bras gauche.

Un tir lywar avait entamé son biceps et une vilaine brûlure noircissait son avant-bras.

— Il n'y a rien de particulier à raconter. Nous devons nous remettre de cette attaque et vous… Il faut en finir avec votre attitude, Nayla. Je sais que vous allez mal, mais vous devez lutter. Vous n'avez pas le droit de sombrer dans la dépression, la flotte rebelle ne peut pas se passer de vous.

Si seulement, c'était vous qui ne pouviez pas vous passer de moi, pensa-t-elle amèrement.

— Moi, c'est de vous dont j'ai besoin, murmura-t-elle.

Il ne releva pas cet aveu sincère. Elle hésita, avant de se décider à lui parler de l'accusation logique que Xev avait proférée pendant l'attaque. Elle devait admettre qu'elle partageait son analyse.

— Dem, l'emplacement de cette raffinerie vous a été donné par le capitaine Qorkvin, n'est-ce pas ?

— Oui, répondit-il pensivement.

— Comment Janar a fait pour nous y retrouver ? C'est étrange… Peut-être nous a-t-elle vendus.

— Elle ne ferait pas cela, dit-il après un instant de réflexion.

— C'est une contrebandière. Elle a dû faire bien pire dans sa vie, vous ne pensez pas ?

— Sans aucun doute, mais j'ai sondé son esprit et si ces cartes avaient été un piège, je l'aurais vu.

Il avait imperceptiblement hésité avant d'innocenter Jani Qorkvin, comme s'il doutait de ce qu'il venait d'affirmer.

— Vous n'avez pas l'air sûr de vous.

Il plongea son regard dans le sien et son intensité la fit frissonner.

— Je n'ai plus d'empathie, avoua-t-il. Je ne ressens plus les émotions de mes interlocuteurs et je suis incapable de savoir si l'on me ment. J'éprouve également la plus grande peine à lire les pensées d'autrui.

— Mais vous venez de dire…

— J'ai accédé à l'esprit du capitaine Qorkvin au prix d'une forte migraine et d'une forte douleur pour elle. Elle ne me mentait pas, mais il m'est impossible d'en être certain.

Dem sans ses pouvoirs, cela lui paraissait inconcevable.

— Et votre intuition ?

— Mon intuition de combat est intacte.

— Comment expliquez-vous cette perte ?
— Je ne l'explique pas.
— Est-ce que vous arrivez à accéder à vos propres pensées ?
— Tout aussi difficilement. J'ignore même, si je serais encore capable de m'opposer à un inquisiteur.
— Dem, pourquoi ne pas me l'avoir dit ?

Il eut ce sourire en coin qu'elle adorait, le vrai sourire d'un homme, face à l'absurdité d'une situation.

— Pour la même raison qui vous a empêchée de me parler, je suppose.

Elle baissa les yeux, se sentant coupable.

— Regretter une action est inutile. Je dois simplement apprendre à fonctionner avec ces nouveaux critères.

— Non ! s'exclama-t-elle.

Elle attrapa ses poignets avec force pour l'empêcher de se dégager. Sa décision était prise, elle allait réparer son erreur.

— Je me moque de tout ça. Je veux retrouver l'homme que vous étiez. Je vais accéder à votre esprit, trouver ce que vous avez fait et je ne sais pas, agir en conséquence.

Milar fut surpris par la réaction de la jeune femme. Son regard scintillait de passion et de détermination. Toute sa fatigue paraissait avoir été effacée, comme lavée à grande eau.

— Cela ne changera ni mon identité ni mes actes passés.

— Je sais, assura-t-elle avec résolution. Vous étiez Devor Milar et jamais je ne pourrai oublier ce que vous avez fait.

— Vous voyez, énonça-t-il doucement.

— Je ne peux pas vous pardonner tant que vous êtes celui que vous êtes en ce moment, tant que vous ne ressentez rien.

— Me pardonner ? Il était sincèrement surpris par cette déclaration.

— Je ne sais pas si je pourrais le faire. Je ne sais même pas si j'en ai envie. Avant… Avant tout ça, j'ai tout fait pour ignorer ce que me soufflait la logique. Je ne voulais pas admettre que vous puissiez être Milar, cela me semblait impossible. Je voulais que ce soit impossible. Quelle idiote j'ai été ! Si nous avions pu en parler… Peut-être que tout aurait été différent.

— Si j'en crois mes souvenirs, c'est de ma faute. Je n'ai pas pu aborder ce sujet avec vous.

— Comme vous dites, c'est le passé. Laissez-moi vous aider !

— C'est trop dangereux.

— Je pourrais le faire en dépit de votre volonté, mais je préfère votre accord. Laissez-moi agir, je vous en prie.

— Je ne sais pas. Je dois y réfléchir, quoi qu'il en soit, cela ne peut pas se faire maintenant.

— Quand ?

— Dès que nous aurons réussi à remettre de l'ordre dans toute cette pagaille ?

— Dem, l'autre jour, je disais à Soilj que cette rébellion devait être menée avec cœur et je le pensais ! Je dois m'impliquer dans la direction de la flotte, alors ne me laissez plus en dehors de vos décisions, vous voulez bien ?

— Je suis à vos ordres.

Elle le lâcha aussitôt et lui tourna le dos. Étonné de sa réaction, Milar se rapprocha d'elle.

— Nayla ?

— Laissez-moi, souffla-t-elle avec un trémolo dans la voix.

— Ma réponse n'avait rien d'offensant, affirma-t-il en posant une main sur son épaule. J'apprécierais de retrouver votre compagnie.

Elle se laissa faire, lorsqu'il l'obligea à le regarder.

— Je suis désolé, dit-il doucement, tout en étant conscient que sa repentance ne sonnait pas naturelle.

— C'est moi qui le suis. J'ai du mal à accepter... Elle se força à sourire et ajouta bravement, mais je vais faire un effort, je vous le promets. Nous devons redevenir des... alliés, à défaut d'être des amis. Je ferai tout ce qu'il faut pour ça, en attendant votre décision, et même après, si elle est négative.

— Merci. Maintenant, voulez-vous dire à Tiywan que je désire lui parler ?

— Bien sûr. Je vais aller rendre visite à Soilj.

✦ ✦ ✦

Milar s'appuya négligemment sur la grande table, pour mieux observer Tiywan.

— Votre gestion de cette attaque a été catastrophique, Commandant. Vous n'avez pas suivi mes instructions.

— Bien sûr que si, nous...

— C'est Nayla qui a appliqué ce qui avait été décidé, pas vous. Lazor m'a fait un compte rendu détaillé de votre comportement.

— Ce n'est qu'un maudit garde noir ! Mais bien sûr, vous avez confiance en lui. Vous êtes de vieux... amis.

— Dois-je prendre cela pour une menace ? demanda-t-il amusé par ce chantage sous-entendu.

— Prenez cela comme vous voulez. Vous ne me faites pas peur.

— Cela prouve que vous êtes encore plus idiot que je ne le pensais.

— Vous ne pouvez pas vous passer de moi et vous le savez. Je tiens dans ma main tous les hérétiques de longue date et tous les résistants qui luttent depuis des années. Ils savent tous qui je suis et ils me respectent. Les Bekilois me suivent, ainsi que beaucoup d'autres. Vous, vous n'avez personne !

— C'est Nayla qui tient les hérétiques dans sa main. Elle est l'Espoir et c'est elle que les rebelles veulent suivre. Le croiseur Défenseur n'a pas été détruit, vous allez en prendre le commandement. Nous allons séparer notre flotte, pour couvrir plus de terrain et pour perturber l'ennemi.

— Vous me virez du Vengeur ? Nous verrons ce que les autres diront de tout ça !

— Lorsque Nayla approuvera ma décision, ils ne diront rien.

— Jamais elle ne fera ça !

— C'est déjà décidé, alors préparez-vous à quitter mon bord. Vivant ou mort, cela m'importe peu.

En retournant à l'infirmerie, Nayla se sentait coupable d'avoir dormi presque vingt-quatre heures, alors que son meilleur ami luttait contre l'infection. Il était grièvement blessé et Leene Plaumec craignait qu'il perde sa jambe.

— Comment va-t-il ? demanda la jeune femme.

— Mieux. J'ai réussi à sauver sa jambe. Il mettra quelques jours à s'en remettre, mais je suis optimiste.

— Je suis désolée de ne pas être revenue plus tôt, mais...

— Ce n'était pas utile, il vient à peine de se réveiller. Je n'aurais pas dû être si alarmiste, mais l'état de sa blessure était tel... Enfin, tout est rentré dans l'ordre. Il va s'en sortir.

— Est-ce que je peux le voir ?

— Bien sûr. Venez, je l'ai installé dans une chambre, afin qu'il puisse mieux se reposer. Après l'attaque que nous avons subie, nous avons plusieurs blessés.

— Des blessés graves ? s'inquiéta Nayla, car après tout, c'est elle qui avait géré la bataille.

— Non, aucun pronostic vital n'est engagé.

— Tant mieux, je suis rassurée. Avez-vous vu Dem ? Il a de vilaines blessures au bras.

— Je ne l'ai pas vu. S'il refuse de venir, je le convoquerai.

Nayla suivit le médecin jusque dans la petite chambre. Elle fut bouleversée par l'état du jeune homme. Il était étendu, très pâle, sur le lit. Sa jambe était surélevée et soigneusement bandée. Il lui adressa un sourire heureux qui lui brisa presque le cœur.

— Soilj... mon pauvre..., s'exclama-t-elle en s'asseyant près de lui. Que t'est-il arrivé ? Que s'est-il passé ?

Valo lui raconta ses aventures, puis il demanda si Tiywan avait été arrêté.

— Non, répondit Nayla, Dem dit qu'il n'a pas de preuve.

— Il va falloir qu'il en trouve... Je... Je m'inquiète pour toi.

Elle devina qu'il lui cachait quelques détails, mais elle ne lui en tint pas rigueur. Il avait le droit de préserver quelques secrets.

— Soigne-toi bien, Soilj. Je ne veux pas te perdre.

Nayla quitta l'infirmerie, rassurée. Elle se sentait étonnamment bien, de retour dans le monde des vivants. Elle prit la décision de se promener dans le vaisseau pour rencontrer les membres de l'équipage. Après quelques minutes, comprenant qu'elle ne rejoignait pas sa cabine, Tarni demanda :

— Où allez-vous, Nayla Kaertan ?

— Je veux juste marcher.

— Ce n'est pas prudent.

— Lan ! Je ne veux plus rester confinée dans ma cabine.

— Vous y êtes en sécurité.

— Vous croyez ? Je veux rencontrer les gens. Je veux savoir ce qu'ils pensent et surtout, je ne veux plus rester isolée.

— Je vous donne seulement mon opinion, Nayla Kaertan.

Un groupe de techniciens croisa sa route. Ils s'arrêtèrent pour lui serrer la main. Un peu plus loin, des soldats déclarèrent combien ils étaient heureux de servir dans la flotte rebelle, d'autres la remercièrent de les avoir sauvés de l'Inquisition, d'autres encore la bénirent parce qu'elle avait libéré leur planète. Tous lui affirmèrent croire en la prophétie et en la victoire. Elle s'efforça de répondre avec gentillesse à chacune de leurs questions et d'accepter leurs démonstrations d'affection. La rencontre la plus éprouvante se produisit un peu plus tard. Un groupe disparate, formé de soldats et de techniciens, vint délibérément vers elle. Ils la cherchaient, elle le comprit tout de suite et supposa que sa balade dans les couloirs avait déjà fait le tour du vaisseau. Elle ressentit presque physiquement l'inquiétude de Tarni, qu'elle partagea. Il se dégageait de cette dizaine de personnes, une impression malsaine. Ils portaient tous un lacet blanc au poignet.

— Espoir !

— Espoir, c'est un honneur de vous voir !

— Puis-je vous toucher, Espoir ?

— Nous vous vénérons, Espoir !

Elle ne put maîtriser un frisson d'effroi, face à cette adoration. Elle réprima son envie de s'arracher à leurs mains et de s'enfuir en courant. Elle tenta de les raisonner.

— Allons, vous n'avez aucune raison de me vénérer. Je suis comme vous, seulement une rebelle.

— Non, vous êtes l'Espoir, la flamme qui va purifier la galaxie !

— Regardez, Espoir, nous portons le symbole de notre foi, dit l'un d'eux en montrant le bracelet qu'il portait.

Elle tressaillit. Notre foi ? Non, elle refusait de devenir l'objet d'une quelconque religion.

— De quelle foi parlez-vous ? demanda-t-elle sèchement.

— De notre foi en vous, Espoir, clama l'un des fanatiques au regard halluciné. Dans votre sillage, la galaxie est purifiée, les sbires de ce faux Dieu sont éliminés, les marques de la religion détruites, les mondes libérés. La flamme nous attire pour combattre à vos côtés.

Elle se sentit mal. Ce discours rappelait tant ceux issus du Credo rabâché par ce clergé qu'elle combattait. N'avaient-ils rien appris ?

— Ne dites pas des choses pareilles ! Nous combattons pour la liberté, pas pour mettre en place une nouvelle religion !

— Bien sûr, Espoir. Nous vous suivrons sur le chemin de la lutte contre l'asservissement.

Nayla soupira. Elle refusait de devenir un objet de culte et de transformer cette insurrection en une nouvelle croyance.

— Cessez de m'appeler Espoir ! s'écria-t-elle, épuisée par ce grouillement humain et par ce fanatisme. Mon nom est Nayla Kaertan et je ne suis pas une nouvelle divinité ! Je suis comme vous, je veux juste combattre pour plus de justice, pour détruire l'Imperium et pour éliminer cette religion.

Ils reculèrent, surpris par son courroux, puis montrèrent très vite leur désappointement. Ils voulaient servir un prophète, pas un chef de guerre. Tarni l'attrapa par le bras et l'entraîna dans le couloir, laissant ces nouveaux dévots à leur indignation. Il la raccompagna jusqu'à sa cabine et y entra avec elle.

— Soyez plus prudente que cela, Nayla Kaertan. Les humains n'aiment pas la vérité. Parfois, ils peuvent détruire ce qu'ils adorent.

Depuis quand mon garde du corps est-il devenu un philosophe ? se demanda-t-elle avec aigreur.

— Je n'accepterai pas une nouvelle religion. Pas en mon nom !

— Cela fait de vous quelqu'un de raisonnable, mais vous ne pouvez pas obliger les autres à penser comme vous le souhaitez.

— Lan, ricana-t-elle, vous n'êtes pas drôle quand vous avez raison.

— Alors, cela explique pourquoi je ne suis jamais drôle, poursuivit-il avec une ombre de sourire.

Elle rit de bon cœur. Lan Tarni ne cessait de la stupéfier. Avait-il toujours été comme cela, ou changeait-il avec le temps ?

— Je vais devoir faire comprendre à tous ces gens qu'ils se sont trompés. Nous ne sommes pas en croisade, mais en guerre. Je refuserai toujours d'accepter ce que l'on veut faire de moi.

Il s'inclina avec une expression indéchiffrable.

Ailleurs…

Le proconsul Volodi, maître-espion de la coalition Tellus, descendit d'un pas las les marches qui conduisaient en bas de la tour. Comme à chacune de ses rencontres avec Arun Solarin, elle se sentait souillée. Elle n'était pas pudibonde et avait, en son temps, séduit bon nombre d'hommes, parfois peu attrayants. Néanmoins, le prophète était quelqu'un de répugnant et d'obscène. Elle regrettait que la Coalition ait autant besoin de lui. Les êtres possédant son pouvoir étaient trop rares pour qu'elle l'élimine. Elle soupira. En acceptant le poste de proconsul, Gelina Qar Volodi n'avait pas seulement endossé le rôle de chef du service d'espionnage de Tellus, elle avait aussi accepté de gérer Solarin et d'accéder à tous ses désirs. Elle espérait qu'un jour, un autre prophète serait découvert, entre les frontières de la Coalition ou ailleurs. Pour le moment, elle préférait ne pas se nourrir du désir fou de s'emparer un jour de l'Espoir. Elle serait un atout précieux pour Tellus.

Gelina s'enferma dans son bureau, au pied de la tour et tout en traversant la pièce, elle laissa tomber ses vêtements derrière elle. Elle passa sous la douche et laissa l'eau froide la laver de la caresse des regards de Solarin. Elle s'habilla d'une tenue légère qui lui permettrait de supporter la chaleur de l'après-midi et s'installa à son bureau pour étudier les rapports de la journée. La console de communication bipa faiblement, indiquant que l'un de ses espions cherchait à la contacter. Helisa, bien… Où en est-elle ?

— Parlez !

— *Je suis toujours à bord de leur vaisseau amiral.*

— Leur général est-il mort ?

— *Non, j'avais planifié un accident, mais il s'en est miraculeusement sorti.*

— Miraculeusement, cela n'existe pas. Vous avez échoué.

— *J'ai saboté le bombardier dans lequel il se trouvait, comment aurais-je pu deviner qu'il s'éjecterait avant l'explosion ?*

Gelina fut surprise par cette réponse. Helisa avait toujours été l'un de ses meilleurs agents. Elle échouait rarement et faisait encore moins souvent des erreurs. Effectivement, si elle disait vrai, comment cet homme avait-il pu échapper à son sort ? Cependant, la complaisance ne faisait pas partie de son caractère et ne convenait pas à un proconsul.

— Vous auriez dû saboter le système d'évacuation d'urgence.
— *Mais...*
— Il suffit ! Voici vos nouvelles directives. La prochaine fois que leur prophète descendra à terre pour donner un discours, je veux que vous l'abattiez !
— *Comment ? Leur général, vous voulez dire ?*
— Non, leur prophète. Ne vous dévoilez pas, n'utilisez pas le poison ou votre stilettu, mais tirez-lui dessus à distance.
— *Mais, Proconsul...,* protesta Helisa.
— Suivez mes ordres ! N'oubliez pas ! Un espion de Tellus doit toujours suivre les ordres, car sur le terrain, il ne dispose pas de toutes les cartes.
— *Je n'oublie pas,* se soumit son maître-espion.

Effectivement, les espions de la Coalition ignoraient l'existence de Solarin et ne devaient pas la connaître. Arun venait de lui faire une révélation, aux explications compliquées. Malgré tout, elle devait admettre qu'il avait sans doute raison.

— J'attends votre compte rendu avec impatience. Comment se comporte votre... proie ?
— *C'est un bon amant, moins bon qu'il ne le pense, mais il fait l'affaire.*

Gelina connaissait l'appétit de Helisa et sourit. Cet homme-là devait se croire au paradis entre ses mains expertes.

— Je suppose que vous le contrôlez ?
— *Il me mange dans la main.*
— Fort bien, encouragez-le. Qu'il prenne les choses en main dès que cela sera possible ! Toute leur révolte tombera bientôt dans le giron de Tellus. Que sa gloire renaisse !
— *Que sa gloire renaisse !*

23

Dem arpentait la passerelle pour éviter de somnoler. Cela faisait trois jours qu'il ne dormait pas et la fatigue engourdissait son esprit. Le Vengeur avait bien encaissé les combats, mais il restait encore beaucoup à faire pour qu'il soit pleinement opérationnel. En premier lieu, il allait falloir trouver une autre source d'approvisionnement en S4. Il avait également pris en compte les remarques de Nayla. Son intime conviction lui soufflait que la trahison de Jani était impossible, mais il ne croyait pas aux coïncidences. Janar les avait attaqués juste après sa visite, cela ne pouvait pas être imputé uniquement à la malchance. Comment l'exécuteur avait-il pu deviner qu'il choisirait ce site, parmi tous ceux fournis par la contrebandière ? Il n'existait qu'une seule explication plausible : elle avait laissé un émetteur, quelque part sur le vaisseau. Elle était coutumière du fait et il aurait dû la soupçonner avant de la laisser s'échapper. Il se maudit pour sa négligence. Certain de la culpabilité de Jani, il avait passé une heure à tenter de deviner les endroits où elle aurait pu dissimuler ce mouchard. Sur la passerelle comme dans sa cabine, il ne l'avait jamais quittée des yeux, mais elle s'était rendue seule au mess. Elle aurait pu glisser un émetteur dans un recoin du Vengeur. Le risque était grand, pourtant. Il aurait pu la fouiller, ou télécharger les cartes depuis le bombardier. Sans accès au vaisseau, comment aurait-elle pu... Soudain, ce fut évident et il se précipita sur la console pour vérifier son intuition. Il chercha dans les cartes et informations qu'il avait chargées dans le système informatique. Le mouchard logique était là, profondément dissimulé à l'intérieur même de la matrice d'une carte stellaire. Le travail était parfait et cela expliquait pourquoi il ne l'avait pas détecté. Il ouvrit le code de cette modélisation avec délicatesse, contournant les sécurités. Le code se déroulait selon une rigueur et un cadre qui le firent sursauter. Il connaissait cette façon de faire, ainsi que la méthode de cryptage et découvrit ce qu'il cherchait dans la première subroutine : un symbole ancien qui correspondait au nombre 178. Janar ! L'exécuteur n'avait pas résisté à l'envie de signer son œuvre.

Cette découverte lui laissa un goût amer. Jani Qorkvin l'avait effectivement vendu à l'ennemi. Il se promit de la retrouver, afin de lui faire payer sa trahison. Il passa les deux heures suivantes à modifier le programme, jusqu'à ce qu'il soit certain que le Vengeur n'était plus repérable. Selon ce qu'il avait déchiffré, ce code n'était pas autoduplicable. Cette faute stratégique s'expliquait aisément. La propagation d'un code étranger aurait déclenché trop d'alarmes et écrire des subroutines, capables de contourner les garde-fous, n'était pas à la portée de Janar. De tous les archanges, deux seulement possédaient les compétences nécessaires pour réaliser une telle modélisation : lui-même et Nako ; le travail de son ami étant, et de loin, de bien meilleure qualité.

Au cours de ces deux jours, ils avaient rattrapé plusieurs des vaisseaux de la flotte. Le trajet en zigzag, qui avait été prévu pour rejoindre le point de rendez-vous numéro 3, était long, mais il avait l'avantage de déjouer la poursuite des vaisseaux ennemis. Leur destination était située dans le système OjG, composé d'une étoile naine autour de laquelle gravitait une dizaine de planètes, dont aucune n'était viable. L'endroit était balayé par des vents stellaires, souvent capricieux et la plupart des vaisseaux spatiaux l'évitaient comme la peste mythtikiene. La difficulté de cette route n'était pas la seule raison de sa veille obstinée ; il n'osait pas laisser le commandement aux mains de Tiywan. Par trois fois, ce dernier était venu voir si l'on avait besoin de lui et, par trois fois, Dem l'avait renvoyé. Il fallait pourtant qu'il dorme.

Nayla entra sur la passerelle, étonnamment reposée. La discussion qu'elle avait eue avec Dem l'avait apaisée et sa visite au chevet de Soilj l'avait rassurée. Et puis, elle avait réussi à dormir sans être happée par Yggdrasil. Cette liberté retrouvée l'emplissait d'énergie. Le seul point négatif, dans ce tableau presque idyllique, était sa rencontre avec les fanatiques portant le bracelet blanc. Elle allait devoir y remédier, mais ignorait totalement comment s'y prendre. Elle oublia ce désagrément en entrant dans la pièce. Dem se tenait debout près du fauteuil de commandement et semblait prêt à s'évanouir. Elle l'avait rarement vu aussi fatigué.

— Vous avez l'air épuisé, Dem, souffla-t-elle à voix basse.

— Épuisé, c'est beaucoup dire… Cependant, si vous voulez bien prendre le quart, cela…

— Vous pouvez compter sur moi, l'interrompit-elle agréablement surprise par sa demande.

— Ne faites confiance qu'à Lazor et faites-moi chercher au moindre problème.

— J'ai démontré que je savais me débrouiller.

— Vous avez été parfaite, mais je me défie de tout le monde, sauf de mes anciens hommes, de Leene, Mylera et Valo.

— Vous n'avez pas confiance en Kanmen ?

— Je me méfie de lui comme des autres. Si vous m'avez cru responsable de la mort de son frère, il peut penser de même.

Elle décida de se fier au jugement de Milar.

— Avant que vous ne partiez, j'ai réfléchi à la trahison de Jani Qorkvin. Elle a dû laisser un mouchard quelque part à bord. C'est ce qu'elle fait habituellement, non ?

— Une modélisation de localisation se trouvait dissimulée dans la matrice même d'une carte, répondit-il avec un sourire qu'elle trouva triste. Je l'ai désactivée. Elle a été écrite par Janar.

— La garce ! s'exclama-t-elle avec rage.

Elle l'avait soupçonné par pure jalousie, sans la croire réellement coupable. Elle pensait Jani sincèrement amoureuse de Dem. Était-ce pour se venger de lui qu'elle les avait tous vendus ?

— Ne jamais faire confiance à qui que ce soit ! Merci de me l'avoir rappelé. Je m'absente trois heures, il faut que je dorme.

— Reposez-vous, Dem.

Avant de quitter la pièce, il s'arrêta et murmura quelque chose à l'oreille de Tarni, qui acquiesça avec un sourire carnassier.

— Lan, demanda-t-elle à voix basse, que vous a-t-il dit ?

— De faire ce que je jugerai bon, si je vous estimais menacée.

Le ton funeste de sa voix ne laissait aucun doute sur ce qu'il prévoyait. Elle fut presque désolée pour Xev… presque.

Avec des gestes lents, Dem ôta les restes de son armure, ainsi que son uniforme. Ses blessures étaient douloureuses. Malgré l'insistance de Plaumec, il avait refusé de se rendre à l'infirmerie. Après plusieurs appels infructueux, elle avait débarqué sur la passerelle. Il s'attendait à ce qu'elle insiste lourdement, mais elle avait dû deviner son inquiétude. Elle s'était contentée de soigner ses blessures en lui intimant l'ordre de venir la voir, dès qu'il le pourrait. Elle avait ajouté que Soilj Valo désirait lui parler. Il remit cette visite, car il était trop épuisé pour perdre de précieuses heures de sommeil. Après une douche trop rapide pour être bienfaisante, il s'allongea sur son lit et s'endormit aussitôt.

La sensation était étrange et il aurait été incapable de décrire ce qu'il ressentait. Les images de sa vie se mêlèrent, tel un kaléidoscope devenu fou. Et elle s'avança ! Une lumière blanche, éclatante et envoûtante. Elle l'attirait, même s'il ignorait pourquoi.

— J'ai besoin de toi, dit-elle.

— Je suis à vos ordres, s'entendit-il dire.

Il la suivit et à son contact, il se sentit différent... heureux ? Était-ce cela ? Il avait oublié à quoi ressemblait cette émotion.

Et puis une tempête les enveloppa, la silhouette projeta vers lui un rayon d'énergie pure, qui le repoussa douloureusement. Pour se protéger, il leva un bouclier sombre, impénétrable et la souffrance cessa. Il était toujours aux côtés de la lumière, mais le bouclier le séparait d'elle et l'espace entre eux s'agrandissait. À chaque bataille, il était repoussé toujours plus loin dans une ombre qui semblait l'avaler avec avidité. Lorsque la forme lumineuse entra dans le temple de Dieu, elle était seule. Il n'était plus à ses côtés. Elle fut jetée au sol par Dieu, hurlant de douleur pour l'éternité.

Elle était suspendue dans le vide inerte et vulnérable. Dieu plongeait ses mains sombres dans son corps et petit à petit, la lueur de sa vie s'éteignit.

— Détruis ce bouclier, Dem ! dit une voix. Détruis-le ! Ou elle est perdue ! Ou tu es perdu !

Devor Milar se réveilla trempé de sueur. Ses tempes pulsaient sous l'impact d'une migraine agressive. Il mit quelques minutes à savoir où il se trouvait et quand. « Détruis ce bouclier, Dem ! » Cette voix, il connaissait cette voix... Nako ! Il aurait juré avoir entendu Nako. Il frissonna et se leva lentement. Cela faisait des mois qu'il était libéré de cette prophétie. « Détruis ce bouclier, Dem ! » Il comprenait la signification de ce qu'il avait vu. Il devait retrouver ses émotions ou la victoire n'aurait pas lieu. Sa migraine s'amplifia et il dut s'appuyer contre la paroi pour ne pas tomber. L'alarme de son réveil résonna douloureusement à ses oreilles. Il prit de profondes inspirations et réussit à tranquilliser le tumulte dans son esprit. L'afflux de sang dans ses artères s'apaisa et il trouva assez de forces pour s'habiller. Il s'aspergea le visage d'eau froide. Lorsqu'il quitta sa cabine, le bruit de la porte perça son crâne de milliers d'échardes incandescentes.

Soilj flottait dans un demi-sommeil, la faute aux drogues que lui avait injectées Plaumec. Sa jambe le faisait toujours un peu souffrir. À son arrivée dans l'infirmerie, il avait eu l'occasion de jeter un coup d'œil à sa blessure et il avait presque défailli. La longue entaille boursouflée était violacée et commençait à répandre une odeur douceâtre de mauvais augure. Lorsque le médecin avait découpé la jambe de son pantalon, il avait perdu connaissance. À son réveil, Leene lui avait assuré qu'il ne perdrait pas sa jambe, mais qu'il serait obligé de rester plusieurs jours à l'infirmerie. Après la visite de Nayla, qui lui avait fait immensément plaisir, il avait aussi pris la décision de raconter à Dem la discussion qu'il avait eue avec Tiywan, avant la mission. Peut-être était-ce l'information qui lui manquait pour qu'il se débarrasse de ce pervers qui faisait souffrir Nayla.

— Soilj, Soilj, tu es réveillé ?

Il ouvrit les yeux et tenta d'accommoder sa vue. Nali Bertil était assise à son chevet. Que venait-elle faire là ? Ils étaient camarades, mais aucune réelle amitié n'existait entre eux.

— J'ai appris que tu étais ici, susurra-t-elle en caressant sa joue. Tu nous as fait peur, j'ai cru que tu étais mort dans ce bombardier.

Elle se pencha vers lui et déposa un baiser tendre sur ses lèvres.

— Nali, protesta-t-il en rougissant. Que va dire Ceril ?

— Il n'est pas là. Cette attaque était horrible et j'ai vraiment cru que nous étions perdus. De nombreuses vies ont été anéanties.

— C'est triste, répondit le jeune homme.

— Dis-moi, que penses-tu de Dem ?

— Que veux-tu que j'en pense ? C'est un homme extraordinaire qui m'a encore sauvé la vie.

— Il a piloté un cargo au milieu d'une bataille, sans être touché. Il est entré sur notre pont d'envol à pleine vitesse, alors que la porte n'était même pas complètement ouverte. Les probabilités pour réussir ce genre d'exploit sont… minces, voire inexistantes.

— Je sais, j'y étais, répliqua le garçon qui commençait à s'inquiéter du ton de conspirateur de la jeune femme

— Qui est-il ? Est-ce que tu le sais ?

— Précise ta question.

— Allons ne fait pas le naïf. Seul un garde noir peut accomplir ce genre de prouesses.

Soilj réussit à ricaner d'une façon qu'il espéra satisfaisante.

— Je ne plaisante pas. On dit que jamais un Garde de la Foi n'a trahi l'Imperium, que c'est impossible. Alors comment expliques-tu le comportement de Lazor et des autres ?

— On ne connaît pas grand-chose sur les gardes, mais ils ne sont pas idiots. Ils ont le droit de se rebeller et de vouloir changer les choses.

— Je ne crois pas, affirma-t-elle avec une expression butée. Où va ta loyauté, Soilj ?

— À Nayla, répliqua-t-il sans hésiter.

— Si elle est vraiment de notre côté, c'est bien.
— Comment ça, de notre côté ? s'exclama-t-il inquiet.
— Elle est accro à Dem. Il n'y a pas de quoi, il est complètement indifférent aux femmes... Et aux hommes aussi, d'ailleurs. C'est pour ça qu'on pense que cette Qorkvin est une complice.
— Mais de quoi parles-tu ?
— Nayla aussi nous inquiète. Elle est absente, elle défend Dem bec et ongles, mais cela ne l'a pas empêchée de draguer Xev pendant des mois. Elle n'a pas arrêté de lui faire des avances, de l'aguicher, alors que lui, il ne voulait être que son ami. Il se trouvait trop vieux pour elle, mais elle a continué ses assauts, à force de larmes et de sourires. Il a fini par tomber amoureux et après l'avoir mis dans son lit, elle l'a largué comme un malpropre.

Cette fois-ci, Soilj fut plus qu'inquiet. Cette histoire abracadabrante ne correspondait pas aux fanfaronnades de Tiywan. La volonté de nuire à Nayla et à Dem transpirait dans l'exposé de Nali. Elle ne pouvait tenir ce genre d'informations que d'une seule personne.

— Sois plus précise.
— On pense que Nayla et Dem travaillent peut-être ensemble. Qu'ils bossent tous les deux pour l'Imperium !
— C'est ridicule... Quel serait leur but ?
— Débusquer tous les hérétiques et les éliminer.
— C'est n'importe quoi ! Je connais Nayla, elle ne travaille pas pour l'Imperium. Bordel ! Son père a été égorgé par l'Imperium !
— Ce n'est pas une preuve. Un vrai croyant est prêt à offrir n'importe quoi, ou n'importe qui, à Dieu.
— Arrête ! Je ne veux pas entendre de bêtises pareilles.
— Ne t'énerve pas, ce sont juste des hypothèses que l'on échafaude, rien de plus. Il faut que tu y réfléchisses, que tu saches où va ta loyauté. Est-ce qu'elle va à une personne ou à la cause ?

Avant qu'il n'ait eu le temps de répondre, elle se pencha sur lui et l'embrassa langoureusement, tout en posant une main sur son entrejambe. Surpris, il n'eut pas le réflexe de la repousser.

— Dans les rangs de la rébellion, de la vraie rébellion, de grandes choses peuvent t'attendre. Tu peux avoir un poste important et tu peux m'avoir... moi. Penses-y.

Il avait vu juste. Dem était en danger, ainsi que Nayla. Il fallait absolument qu'il les prévienne. Il fallait qu'il raconte à Dem ce que Tiywan lui avait dit avant la mission et qu'il lui narre cette conversation. Il aurait pu demander à Nali qui était ce « nous » auquel elle faisait référence. Il ne le fit pas. Il se doutait qu'elle ne répondrait pas et cela n'avait aucune importance. Il connaissait l'instigateur de ce complot : Tiywan.

— Je vais y penser, je te le promets. Embrasse-moi encore.

Elle eut un sourire satisfait et lui donna un baiser langoureux, glissant sa langue dans sa bouche. Elle caressa doucement son entrejambe et il sentit son corps réagir à son toucher expert.

— Dès que tu iras mieux, viens me voir... Tu verras, ce sera cool. En attendant, tu devrais te reposer.

Avant qu'il n'ait pu faire un geste, elle lui injecta quelque chose dans le bras. Il se sentit perdre lentement connaissance.

— Ne t'en fais pas, c'est juste pour mieux t'aider à dormir... Il ne faudrait pas que tu changes d'avis.

Cela faisait deux jours que le Vengeur avait rejoint les rescapés de la flotte, dans le système OjG. Leurs pertes étaient effrayantes et beaucoup de vaisseaux étaient endommagés. Dem passait tout son temps à régler les milliers de détails qui retenaient son attention. Pour la forme, Tiywan continuait à tenir son rang de second et Nayla faisait tout ce qu'elle pouvait pour l'éviter. Elle allait beaucoup mieux. Le croiseur Défenseur s'était échappé de la bataille presque sans dommage et Tiywan allait pouvoir en prendre le commandement. Ces derniers jours, Nayla trouvait Dem étrange. Il était pensif, préoccupé, presque lointain. Sa froideur habituelle n'expliquait pas ce comportement insolite. Intriguée, elle l'avait interrogé, mais il lui avait assuré que tout allait bien. Elle l'avait surpris à de nombreuses reprises en train de se malaxer les tempes. Il s'était obstiné à affirmer qu'il ne souffrait pas et elle avait respecté son mensonge. Ces temps-ci, Yggdrasil la laissait curieusement en paix. Enfin, presque. De temps en temps, elle entendait un appel, une volonté qui cherchait à l'aspirer dans le néant. Elle refusait d'écouter cette sollicitation. Elle voulait retrouver son libre arbitre, car elle estimait que le destin le lui avait volé. Assise dans son fauteuil, elle luttait justement contre l'un de ces appels particulièrement puissants. L'alarme de sa porte la sauva de l'étreinte du néant et elle se précipita pour ouvrir.

— Dem ! s'écria-t-elle presque joyeusement. Entrez, je vous en prie.

Il s'exécuta, impassible.

— Comment avance la remise en état de la flotte ?

— Nous sommes quasiment prêts. Heureusement, car nous venons de recevoir un appel à l'aide de la planète OiH 04, connue sous le nom de Cazalo.

— Cazalo, cela m'évoque quelque chose, mais…
— C'est le monde de Nardo.

Elle s'en souvenait maintenant, Olman lui avait parlé quelques fois de sa planète, mais elle n'avait rien retenu de particulier.

— Cet appel vient d'une cellule de résistance. Ils ont saboté les moyens de production et l'Inquisition menace d'exécuter des centaines d'innocents.

Sa première réaction fut de demander un départ immédiat, mais elle ne pouvait pas se ruer à l'aveugle à la première provocation.

— Qu'en pensez-vous ?
— Cazalo dispose de nombreuses ressources, dont une raffinerie de S4. On y trouve également une école pour officiers de vaisseaux civils. Les Cazalois sont réputés pour être des gens rudes, endurants et têtus. Ils feraient de bonnes recrues.
— Rudes et endurants, dit-elle en riant. Vous êtes sûr qu'il s'agit du monde de Nardo ?

Il s'autorisa un sourire narquois qui lui rappela tant l'ancien Dem. D'ailleurs, ces jours-ci, elle avait l'impression qu'il retrouvait une partie de son ancienne personnalité.

— J'entrevois pourtant un problème. Cette planète, qui nous offre ce que nous voulons, est un cadeau trop parfait.
— C'est le monde de Nardo. Nous ne pouvons pas lui dire que nous nous moquons du sort de sa famille et de ses amis.
— Vous avez raison. Se rendre sur Cazalo permettra d'entretenir la loyauté de nos troupes.
— Ne soyez pas si pragmatique. Olman est notre ami et si les siens sont en danger, il est de notre devoir de les aider.
— Vous savez bien qu'il est impossible de conduire une guerre avec ce genre de considérations.
— Je pense que vous avez tort. Notre guerre est de celles qui se conduisent avec ce genre de considérations. Il faut plus de cœur dans ce conflit. Tout est trop froid, trop… religieux.
— Religieux ?
— Depuis que je sors de ma cabine, j'ai remarqué que la plupart des gens me vénèrent. Ils portent un bracelet blanc, preuve de leur foi. Ils me vouent une sorte de culte. C'est de la folie et c'est mal ! Remplacer une croyance par une autre n'apportera pas la liberté, mais une autre prison.

Il leva un sourcil intrigué, puis se frotta la tempe d'un geste distrait, comme il le faisait de plus en plus souvent.

— Soit, j'admets que ce que vous dites est intéressant, mais cela ne résout pas notre problème. Si cette demande à l'aide est un piège, il faut le savoir.

— Voulez-vous rester avec moi pour me ramener à la réalité, si je m'y attarde trop longtemps ? demanda-t-elle avec lassitude.

— Que voulez-vous dire ?

— Je me perds dans Yggdrasil et j'ai peur d'y retourner.

— N'y allez pas, conseilla-t-il avec sollicitude, nous utiliserons les anciennes méthodes.

Elle ne l'écoutait déjà plus, mais elle souriait en plongeant dans le néant. Son intérêt appliquait un baume de douceur sur son âme.

Le vide sans fin l'accueillit avec un bourdonnement de murmures furieux, mais elle les ignora. Elle erra dans le néant en cherchant la réponse à sa question. Les images du futur continuaient à se soustraire à sa volonté. Elle devait savoir ! Yggdrasil résistait, refusant de lui répondre. Elle insista, elle devait absolument apprendre si un piège les attendait. Elle ressentit une présence malveillante.

— *Je n'ai pas peur ! s'écria-t-elle dans le néant.*

Une silhouette apparut dans le vide, vêtue d'une longue robe, un visage sans âge à la beauté fascinante, des yeux mordorés... Dieu l'observait avec malignité.

— *Te voici petite... Tu te crois en sécurité ici ?*

— *Je ne me laisserai pas manipuler.*

— *Je n'ai pas l'intention de te manipuler. Je veux te prévenir. Si tu viens jusqu'à moi, je dévorerai ton âme et je prendrai tout mon temps.*

— *Quand je viendrai, ce sera pour te tuer ! Tremble en m'attendant, répliqua-t-elle avec une certitude qu'elle ne ressentait pas vraiment.*

Un rictus malveillant plissa ses lèvres. Elle tenta de ne montrer aucune peur. Toutes ces dernières semaines, la présence de Dieu avait été presque absente d'Yggdrasil, seule son empreinte délétère subsistait parfois. Et à ce moment crucial, il se dressait sur son chemin. Était-ce lui qui était à l'origine de la malfaisance qu'elle ressentait dans ce lieu ?

— *Tu es trop faible, trop naïve..., se moqua-t-il.*

Des images apparurent, flottant dans le néant. Elle était couchée, nue, sur son lit et Tiywan était sur elle. Le rire mauvais de Dieu renforça sa honte. Les images changèrent. Cette fois-ci, c'est Dieu qui la chevauchait. Horrifiée, elle tenta de se sauver, mais il était déjà là, tout près d'elle, dans le vide sidéral. Il allait s'emparer d'elle. Mue par une frayeur terrible, elle leva ses mains et un trait de lumière blanche en jaillit, frappant son ennemi, qui poussa un hurlement strident. Une déchirure se dévoila dans la structure même de l'espace sans vie. Nayla aperçut la salle du trône, au cœur du temple, avant que Dieu ne plonge dans l'ouverture. Elle n'eut pas le temps de se réjouir de cette victoire, ou de se lamenter de la vision qui lui était imposée, des images affluèrent à une si grande vitesse qu'elle en eut le souffle coupé.

Sur un monde aux bâtiments construits en métal argenté, une foule immense se tenait devant elle et l'acclamait. Dieu avait voulu l'empêcher de voir l'avenir et désormais, elle pouvait accéder aux images du destin. Elle bascula en tournoyant, pendant que les événements avançaient trop vite pour qu'elle s'en souvienne. Quand elle revint à la réalité, Dem gisait à ses pieds.

— Venez, disait Xev à ses côtés. Il est mort, cet endroit était un piège.

Elle s'arracha à sa poigne et se laissa tomber auprès du corps de son ami. Elle caressa son visage exsangue en pleurant doucement. Quelque chose ou quelqu'un tentait de l'éloigner de cette scène, mais elle résista. Elle refusait la mort de cet homme ! Elle se secoua. Il n'était pas mort, pas encore ! Pour le garder en vie, il suffisait de ne pas se rendre sur Cazalo. Voilà pourquoi Dieu voulait l'empêcher de connaître le futur, il ne voulait pas qu'elle puisse sauver Dem. Forte de cette information, elle allait quitter Yggdrasil, quand une voix murmura à son oreille :

— Quoi que tu fasses, ou que tu ailles, c'est l'avenir qui l'attend. Affronte le destin et change-le, ou alors, refuse le combat et accepte sa mort inéluctable.

Elle revint à la réalité avec un sursaut douloureux. Elle se mit à tousser et à haleter. Sa respiration sifflante lui arrachait la gorge. Dem lui glissa un verre d'eau entre les mains.

— Buvez… Vous êtes revenue, vous êtes sur le Vengeur. Vous ne vous êtes absentée qu'une trentaine de minutes… Tout va bien.

Elle ouvrit les yeux et dévora du regard ce visage aux traits altiers. Dem allait mourir ! Non, elle ne pouvait pas accepter cela.

— Il doit affronter cette épreuve ou mourir. Et toi, tu dois avoir le courage de défier le destin. Sache que seul ton pouvoir peut le sauver !

Elle sursauta. Elle venait d'entendre dans la réalité et dans le secret de son esprit, la voix qui lui avait parlé au cœur d'Yggdrasil. Devait-elle écouter ce conseil, ou était-ce Dieu qui lui tendait un piège ?

— Nayla ? Vous m'entendez ?

Il était agenouillé devant elle, l'air réellement inquiet.

— Oui, ça va, le rassura-t-elle. Ça va.

— Qu'avez-vous vu ? Cela avait l'air… perturbant.

— Comme toujours, répondit-elle pensivement.

Devait-elle l'avertir ? *Non*, se dit-elle en rejetant l'intervention directe de Dieu. *Je dois suivre le conseil de cette voix, jusqu'à présent, elle ne m'a jamais menti. Elle semble vouloir protéger Dem, j'en suis convaincue.*

— Nous devons y aller, ajouta-t-elle tout en espérant qu'elle ne se trompait pas.

Dem était pensif, alors qu'il pilotait le bombardier Furie vers Cazalo. Les combats avaient été brefs. Les deux compagnies qu'il avait emmenées au sol avaient pris contact avec les cellules de résistance et le lendemain de leur arrivée, la planète avait été pacifiée. Les hérétiques avaient tout de suite manifesté le désir de rejoindre la flotte rebelle. Ces combattants seraient utiles, mais pas indispensables. Ce n'était pas eux qui intéressaient Milar, mais les élèves de l'école d'officiers de la flotte marchande, ainsi que les quelques vaisseaux armés se trouvant sur Cazalo. Les ressources aussi étaient importantes et il avait commencé la négociation des stocks de S4. Nayla et lui avaient décidé de ne pas se comporter comme de vulgaires voleurs. Il fallait que de leur plein gré, les Cazalois rejoignent les rangs des planètes réunies sous la bannière de la Flamme Blanche.

Milar se tourna vers Nayla qui ne quittait pas des yeux la planète brune et grise vers laquelle descendait le bombardier. Elle semblait reposée et beaucoup plus vivante. *Oui*, songea-t-il, *c'est tout à fait le terme qui convient*. D'un geste inconscient, il pétrit sa tempe droite. Cette damnée migraine ne le laissait pas en paix depuis sa dernière vision et il n'arrivait pas à refouler le message qu'elle contenait. Il devait retrouver ses émotions, seulement, comme toujours, le temps lui manquait. Il scruta la jeune femme à la dérobée et admira l'ovale de son visage. Elle avait perdu la naïveté qui l'éclairait quand il l'avait rencontrée, mais cette légère austérité lui allait bien. Il chassa cet accès de sensiblerie et se concentra sur le pilotage. La migraine s'amplifia et il pressa encore une fois sa tempe pour calmer cette douleur sourde et insistante. Il sentit son regard sur lui. Ses yeux bruns, pailletés de vert, brillaient d'un éclat passionné. Elle lui sourit avec chaleur. Il lui rendit son sourire et à cet instant précis, il prit sa décision.

— Vous semblez reposée, observa-t-il.
— Je vais mieux, c'est vrai. Je fais attention à mes incursions dans Yggdrasil. Vous savez, c'est un lieu malfaisant.
— Pourtant, il nous permet de déterminer les options possibles.
— Peut-être, je ne sais pas…

Nayla commençait à se faire son opinion sur le néant, sur le puits du destin, sur la tapisserie de la destinée, sur le vide, sur Yggdrasil. Autant de dénominations pour une seule vérité, ce lieu était vivant ! Elle en était presque certaine. Avec l'intensification de son immersion, elle avait entendu les murmures qui bruissaient tout autour d'elle. Elle avait d'abord imaginé qu'il s'agissait d'êtres mystérieux peuplant ce lieu, ou d'autres humains qui se glissaient dans le vide à la recherche de réponses. Elle avait plusieurs fois deviné la présence méphitique de Dieu et leur dernière rencontre prouvait qu'elle avait vu juste. Il lui avait aussi semblé sentir d'autres êtres conscients, certains étaient des humains, elle en était sûre. Ils faisaient tout leur possible pour l'éviter, même lorsqu'elle avait tenté de les contacter. Elle était parvenue à une conclusion audacieuse. Les murmures qu'elle entendait n'étaient pas émis par des mortels. Elle avait fini par spéculer que ces voix et Yggdrasil étaient une seule et même chose. Elle aurait été incapable de l'expliquer ou de formuler clairement sa pensée, mais c'était devenu une certitude. Cette entité – elle estimait ce terme juste – était vivante et schizophrène. Elle avait constaté que plusieurs volontés y étaient à l'œuvre. La plupart paraissaient indifférentes au sort de l'humanité, elles souhaitaient seulement que Nayla accomplisse ce qui avait été tissé pour elle. L'une des personnalités était nuisible. Elle cherchait à l'attirer toujours plus loin dans le néant, elle avait insisté pour qu'elle se nourrisse de Jani Qorkvin. Elle ne savait que penser de l'autre voix, celle qui la guidait, celle qui lui disait d'écouter son cœur, mais elle ne pouvait s'empêcher de lui faire confiance.

— Expliquez-moi, proposa Dem.

— Je ne peux pas. Vous m'avez dit de croire en mes intuitions.

— C'est exact.

— Je me méfie d'Yggdrasil. Yggdrasil a créé Dieu.

— Qu'est-ce qui vous permet d'affirmer une chose pareille ?

— Je ne sais pas, une impression. J'y ai passé trop de temps et je sais qu'il ne faut pas. C'est comme une drogue et être dans ce lieu agit sur moi. Je ne veux pas devenir un monstre.

— Faites ce qui vous semble juste, j'ai confiance en votre jugement. Cependant, je suis certain que jamais vous ne deviendrez un monstre.

Elle fut émue par son soutien, même si elle n'était pas aussi convaincue que lui. Elle espérait faire ce qu'il fallait. Elle risquait la vie de Dem, sur le conseil d'une voix dans son esprit. *Je suis folle !* se dit-elle. *Si Dem meurt sur cette planète, je ne le supporterai pas.* Et si c'était Dieu qui lui avait soufflé cette idée stupide ? Non, elle était persuadée que la voix qu'elle avait entendue était Yggdrasil et qu'affronter le danger permettrait de le sauver. Elle ignorait comment, mais elle voulait croire en cette possibilité.

— Avez-vous des nouvelles de Valo ? demanda-t-elle pour changer de sujet. Je suis passée à l'infirmerie hier et il dort encore. Leene dit que cela fait partie du processus de récupération, mais j'ai senti de l'inquiétude dans sa voix. Vous a-t-elle appris quelque chose ?

— Non, rien de particulier. L'infection a été éradiquée, les tissus musculaires sont réparés, les vaisseaux sanguins aussi et la plaie est presque cicatrisée. Mais il est vrai que ce sommeil étrange l'intrigue.

— Vous avez demandé ? laissa-t-elle échapper, agréablement surprise qu'il soit au courant de l'état de santé du jeune homme.

— Bien entendu, c'est un bon officier et l'un de nos alliés. Un des rares en qui j'ai totalement confiance.

Qu'avait-elle été imaginer ? Il ne considérait que l'intérêt stratégique de Valo.

— Nayla, dit-il plus doucement, j'ai réfléchi à votre proposition. Après Cazalo, je confierai le vaisseau Défenseur à Tiywan et ensuite, vous pourrez tenter de… faire quelque chose pour moi. Il semblerait que ce manque d'émotion soit problématique, pour vous et pour moi. Je dois admettre que je suis moins performant sans elles et je trouve cela perturbant.

Il venait de la prendre par surprise, elle ne s'attendait plus à cette décision. Avec une joie, mêlée d'une terrible appréhension, elle répondit :

— Je ferai ce que je peux, Dem, je vous le promets.

— Je ne veux que votre parole. Je veux que vous me juriez de fuir, si vous sentez que cela devient trop dangereux. Nous trouverons une autre solution.

— Dem, il faudra peut-être…

— Il n'y a pas de négociation possible. Je veux votre parole !

— Vous l'avez, se résigna-t-elle.

— Parfait. Nous allons bientôt nous poser. Soyez attentive et ne restez jamais loin de moi.

— Que craignez-vous ?

— Je ne sais pas… J'ai un sentiment d'inquiétude qui ne me laisse pas en paix. Tiywan se trouve sur Cazalo, il organise le rassemblement. En aucun cas, ne restez seule avec lui.

— Je ne suis jamais seule, Tarni est avec moi.

— Il n'est pas immortel.

Ailleurs...

Uri Ubanit savoura la perfection de sa relation avec l'univers. Chaque jour, il percevait la grandeur du cosmos avec plus d'intensité. L'état contemplatif, que chaque inquisiteur se devait de rechercher quotidiennement, le comblait de bonheur. Il avait appris que beaucoup de ses pairs s'abstenaient de ces instants profonds, qu'ils disaient réservés aux novices. Ils avaient tort et ce manque de foi le rendait malade. Au plus profond de sa transe, la bienveillance de Dieu l'enveloppait de sa chaleur réconfortante. Il caressa lentement son corps trempé de sueur et apprécia cette sensation.

Une fois encore, Janar avait échoué. Le colonel des Exécuteurs s'était trouvé une excuse ; il lui fallait épargner le *Vengeur 516*. Il ricana doucement. Janar n'avait pas réussi à détruire le reste de la flotte rebelle qui s'était échappée. Lui seul, Uri Ubanit, avait repéré le petit cargo qui s'était extrait de la ceinture d'astéroïdes. Le vaisseau avait louvoyé au milieu de la bataille avant de pénétrer à la vitesse maximum dans le ventre du Vengeur. Il n'avait pas avoué comment il avait remarqué cet engin, car il lui avait semblé que l'univers lui chuchotait cette anomalie. Il s'était longuement interrogé sur la signification de cette aide et puis il avait discerné la vérité. Dieu lui parlait !

Janar s'était rendu, en sa compagnie, sur cette base d'esclavagistes. L'interrogatoire de ces brigands lui avait apporté une jouissance, qu'il ne trouvait plus coupable. S'introduire dans l'esprit des humains, détruire leur cerveau en le fouillant, s'approprier les souvenirs les plus intimes, les peurs, les joies, les plaisirs. Tout cela était si incroyablement orgasmique. Faire appel à ce souvenir, déclencha chez lui une réaction physique. Autrefois, il se serait scarifié pour se punir de la trahison de son corps, mais désormais, il se contentait de savourer cette impression délicieuse. L'un des hommes qu'il avait interrogés avait participé à la capture de Milar et d'un jeune homme. L'un des esclavagistes avait menacé de les torturer et Milar avait réagi avec arrogance. Il avait tué le garçon pour l'empêcher de parler. Milar allait être supplicié, mais il avait réussi à se débarrasser de ses bourreaux. Ubanit avait admiré sa technique de combat, la précision de ses coups, ses déplacements félins. Oh, comme il aimerait fouiller le cerveau de cet homme-là !

L'orgasme le secoua avec une violence si terrible, qu'il tomba à genoux. Au plus fort de son plaisir, il focalisa son attention sur Nayla Kaertan. Il avait pu la découvrir dans les souvenirs de leur informateur, de ce traître qui leur avait permis de placer un émetteur dans le vaisseau Vengeur de la rébellion. Elle était belle, fragile, innocente... dangereuse. Il utiliserait ses peurs pour la détruire, pour jouir de sa terreur. Oui, il utiliserait ses phobies pour la soumettre, comme il l'avait fait avec ce brigand anonyme. Il craignait plus que tout d'être enfermé vivant et il avait implanté ce souvenir dans son cerveau. L'homme était mort en hurlant.

Uri Ubanit se releva lentement, un sourire sur ses lèvres minces. Il passa une main dans ses cheveux roux, plaqués sur son crâne par la transpiration et s'habilla. Il allait suggérer à Janar d'utiliser à nouveau cette Qorkvin pour retrouver la trace de Milar.

Les hérétiques sont condamnés pour l'éternité à la faim et à l'errance dans le gouffre des damnés.

Chapitre 2 du Credo

Ils atterrirent sans encombre sur Cazalo. Consciente de l'enjeu, Nayla avait préparé un discours et pour la première fois depuis longtemps, elle se sentait habitée par la foi en sa mission. Vêtue de sa tenue de combat allégée, elle descendit au côté de Dem, suivie par Tarni. Elle fut tout de suite agressée par l'air pollué. Partout où se portait son regard, des usines recrachaient dans l'atmosphère des fumées toxiques. Le bombardier s'était posé dans un jardin attenant au palais du gouverneur. L'herbe grise et les quelques arbustes verts, parsemés de fleurs jaune pâle, n'arrivaient pas à donner un peu de gaieté à ce paysage triste. Le ciel gris plombé ne laissait filtrer que quelques rayons de soleil.

Nayla suivit Dem hors du square et ils traversèrent une foule dense, qui se pressait des deux côtés d'un double cordon de soldats rebelles, traçant un chemin à travers la multitude. La plupart de ceux qui la dévoraient des yeux étaient vêtus de combinaisons épaisses de couleur cendre. Aucune particularité vestimentaire ne permettait de différencier les hommes des femmes, les vieux des jeunes. Ils avaient tous la peau aussi grise que leur ciel et une profonde tristesse courbait leurs épaules. Çà et là, certains privilégiés portaient des tenues à la coupe plus élégante, mais affligées de cette même couleur neutre. Le poids de tous ces visages tournés vers elle était écrasant, mais la présence de Dem la rassurait. Elle faisait confiance à son intuition pour humer le danger. Un murmure commença à courir dans les rangs : « C'est elle… C'est l'Espoir… Elle va nous sauver… On a foi en toi… Espoir… Espoir… Espoir ». La pression des mots et des regards s'amplifia et elle s'obligea à sourire, alors qu'elle n'avait qu'une envie : fuir. Des mains se tendaient par-dessus les épaules des soldats, pour tenter de la toucher, pour qu'elle fasse attention à eux. Elle s'efforçait de ne pas les voir et continuait de suivre Dem, les yeux rivés sur ses épaules caparaçonnées de ketir.

Une femme âgée, au visage marqué de rides profondes, capta pourtant son attention. Des larmes coulaient sur ses joues et dans ses yeux brillait une espérance folle. Nayla s'arrêta net. Elle sentit la tension de Tarni derrière elle et ignora la désapprobation silencieuse de Dem. Elle s'avança vers le cordon de soldats et prit la main de l'aïeule dans les siennes. Elle la serra avec toute la chaleur et la compassion qu'elle était capable de transmettre. D'autres mains caressèrent son bras, réussirent à toucher ses cheveux et les supplications se firent plus insistantes.

— Quel est votre nom ? demanda-t-elle.

— Zaïla Sarto, Espoir, se présenta la vieille femme avec vénération.

— Mon nom est Nayla Kaertan. « L'espoir » ce n'est qu'un mot, que le désir d'un monde meilleur. Ne me vénérez pas, je ne le mérite pas. Personne ne mérite d'être adoré. Je suis comme vous tous, j'aspire à plus de liberté et j'ai décidé de me battre pour elle, voilà tout.

Les Cazalois qui l'avaient entendue la fixèrent avec surprise.

— Je suis heureuse de vous connaître, madame Sarto. Maintenant, si vous me le permettez, je dois aller parler à tous.

— Oui, bien sûr Es… Nayla Kaertan.

Elle accepta cette réponse comme une petite victoire et nourrie d'une force nouvelle, elle reprit sa progression vers le palais, un bâtiment carré en métal qui surplombait la place. D'un pas décidé, elle grimpa les marches qui conduisaient à une large estrade. Elle sourit à Nardo et posa une main sur son bras pour le rassurer.

— Je ne te demanderai pas de parler, si tu ne le veux pas, Olman, murmura-t-elle. Ne t'inquiète pas.

— S'il le faut, je le ferai. Merci d'être venu sauver ma planète, Nayla. Tu es notre Espoir à tous.

Elle tressaillit, perturbée par la déférence dans sa voix et nota le lacet blanc, noué autour de son poignet. Elle se sentait entraînée sur une voie qu'elle refusait d'emprunter. Elle ne deviendrait pas un objet de culte, elle s'y opposerait de toutes ses forces.

Une fois sur l'estrade, elle constata que toute cette ville semblait construite dans le même métal argenté que le palais. Toutes ces surfaces polies, ponctuées de rivets donnaient à la cité une allure d'usine que Nayla trouva écrasante. La richesse de Cazalo se situait dans les métaux que recelaient ses sous-sols et dans ses fonderies, qui produisaient toutes sortes d'alliages. Dépourvue de forêts ou de pierres utilisables pour la construction, la planète utilisait le métal partout et pour tout.

Tiywan la regardait sans ciller, avec une expression indéchiffrable sur le visage. Elle le chassa de ses préoccupations. Après Cazalo, elle ne le verrait plus. Après Cazalo, elle arriverait peut-être à redonner à Dem sa personnalité. *Et après ?* souffla la voix de la raison. *Cela ne changera pas qui il est. Peux-tu lui pardonner ?* Elle n'en savait rien, elle voulait juste essayer.

Nayla se retourna et tenta d'embrasser, en un seul regard, la foule immense qui se pressait entre les bâtiments. Ils attendaient tous qu'elle s'exprime, qu'elle leur donne du courage, qu'elle leur affirme que la victoire était à leur portée, qu'il n'y aurait pas de représailles. Elle prit conscience qu'ils désiraient des mensonges et des paroles rassurantes. La vérité était trop terrifiante pour être entendue.

— Mes amis, merci d'être ici pour m'écouter, déclara-t-elle d'une voix forte et assurée. Nous sommes venus à votre demande, pour vous libérer. Je sais, beaucoup d'entre vous doivent se dire en ce moment même : « je n'ai rien demandé ». C'est vrai. Cet appel à l'aide, seule une poignée d'entre vous l'a émise. La résistance ! Ils ont décidé pour vous. Nous avons décidé pour vous ! Tout le monde a toujours décidé à votre place de ce qu'il fallait penser, de ce qu'il fallait faire. Il est temps de prendre votre destin en main. Personne ne peut et ne prendra les décisions à votre place.

Ce n'était pas le discours qu'elle avait écrit, mais qu'importe, c'est celui qu'ils devaient entendre. Inspirée comme ce jour lointain sur Olima, elle continua d'une voix déterminée, qui captiva son auditoire.

— On vous a parlé d'une prophétie, d'une lumière qui doit libérer la galaxie. On vous a parlé d'un Espoir qui doit venir vous sauver. On vous a dit que j'étais cet Espoir… C'est vrai, je suis celle dont parle la prophétie, mais je ne suis pas un nouveau Dieu. Je ne suis qu'une personne choisie par le destin pour conduire nos troupes vers la victoire. Ne me vénérez pas ! Ne m'adulez pas ! N'attendez pas de moi toutes les réponses ! Non ! Faites seulement le choix de me suivre, de vous battre pour les vôtres, pour votre liberté, pour que vos enfants voient le jour sans le poids immonde de l'Imperium sur leurs épaules. Venez ! Suivez-moi !

Surpris par ce plaidoyer, Dem se tourna vers elle. Peu d'humains avaient la force de rejeter le pouvoir absolu et pour cela, Nayla était tout simplement exceptionnelle. Il sentit l'indécision flotter dans les rangs des spectateurs. Il capta aussi la consternation de Tiywan qui se rapprocha d'elle, sans doute pour lui dire de stopper ce discours. Il n'eut pas à intervenir, Tarni s'interposa et le géant blond recula sans dissimuler sa colère.

— Le danger vous attend, la souffrance et la mort peut-être. C'est le prix à payer pour être libre, pour ne plus avoir peur de vos voisins ou de l'Inquisition. Il faut renverser cette dictature immonde. J'ai besoin de vous ! Venez avec moi vous battre pour votre liberté. L'Espoir, ce n'est pas moi, c'est vous, c'est nous tous !

Le murmure s'enfla. Ce n'était pas ce qu'ils voulaient entendre. La foule poussa les soldats alignés devant les marches du palais, pour mieux protester. L'inquiétude de Dem grandissait inexorablement. Quelque chose n'allait pas, quelque chose allait arriver. Il fallait sortir Nayla de là !

— Je sais que vous allez nous rejoindre, disait Nayla. Je sais que votre planète va fièrement afficher notre étendard. J'ai confiance en vous, j'ai confiance en l'humanité.

L'angoisse devenait insupportable, le danger était imminent. Le flash le frappa soudain, lui montrant avec une avance de quelques secondes, ce qui allait advenir : un trait d'énergie lywar chargé à pleine puissance, à en juger par la couleur, atteignait Nayla en pleine poitrine.

Non !!!

Son retour à l'instant présent fut brutal. Il pivota sur lui-même, avec l'impression de se mouvoir au ralenti, comme englué dans une boue visqueuse. Il monta les marches quatre à quatre, captant le regard stupéfait de Nayla. Il l'attrapa par les épaules et la protégea de son corps. Il sentit le choc le frapper entre les omoplates, avant d'entendre le sifflement du lywar. Le trait d'énergie transperça son épaule, calcinant les chairs sur son passage, puis heurta le ketir qu'il portait sur la poitrine, le perfora et s'écrasa sur l'armure de Nayla. L'impact les projeta tous les deux au sol. Il ne perçut rien de tout cela. Les yeux plongés dans ceux écarquillés d'horreur de Nayla, il se nourrit de leur lumière, de leur beauté, de leur tristesse. Un sentiment extraordinairement fort effleura sa conscience, une émotion violente explosa dans son esprit et l'engloutit. Il n'eut pas le temps d'analyser ce qu'il ressentait. Lentement, la mort s'empara de lui.

Incrédule, Nayla regarda la vie s'éteindre dans les yeux bleus de Dem. Une seconde avant, elle déclamait l'un de ses meilleurs discours, une seconde après, il se jetait sur elle à l'instant exact où un tir lywar aurait dû la frapper. Dans son regard azur, elle lut une émotion qui lui brisa le cœur. Elle avait tellement espéré revoir cet éclat dans le miroir de son âme, qu'elle fut terrassée de chagrin en le retrouvant à cet instant précis. Pendant cette fraction de seconde, il se créa un lien, une compréhension ultime entre eux. Le mot ne fut pas prononcé, ne fut pas pensé, il se contenta d'exister comme une évidence. Amour. Ce moment sublime passa et elle heurta violemment le sol, toujours entourée des bras de Dem.

Il s'écrasa lourdement sur elle. Elle vit ses yeux se voiler. Elle le vit mourir. Était-ce le choc de l'impact, ou la douleur, ou le tir avait-il détruit son cœur ? Elle l'ignorait. Elle s'en moquait. Il ne subsistait qu'une seule certitude : elle refusait de le perdre. « Affronte le destin et change-le ! » avait dit la voix dans Yggdrasil, avant d'ajouter : « Seul ton pouvoir peut le sauver ! » Elle n'avait pas compris ce que cela voulait dire, ce qu'elle pourrait faire pour le soustraire à la mort. Elle le savait maintenant.

Nayla projeta sa conscience dans celle de Dem. La mort faisait déjà son office. Tout autour d'elle, la représentation qu'elle se faisait de cet esprit perdait de sa cohérence. Les murs, qui le délimitaient, menaçaient de s'effondrer et de disparaître, la piégeant pour toujours dans l'immatériel. Elle musela sa panique. Elle n'avait pas le droit de renoncer ou de se laisser noyer dans les flots sombres du désespoir. Elle fonça vers le lieu où résidait la force vitale de Devor Milar. Elle enfonça la porte et plongea ses mains dans la sphère à la lumière vacillante qui représentait sa vie. Sans savoir comment elle s'y prenait, elle déversa sa propre force vitale pour soutenir celle de Dem, empêchant l'inévitable. Elle était consciente qu'il s'agissait d'une action désespérée, aussi vaine que de vouloir conserver de l'eau entre ses doigts écartés, mais elle refusait d'abandonner.

Dans le monde réel, elle sentit une main se poser sur son épaule, elle entendit la voix rude de Tarni dire sourdement :

— Il est mort, Nayla Kaertan, laissez-le.

Elle dut se concentrer pour répondre :

— Non, pas encore, je l'en empêche... Faites quelque chose, Lan ! Pour l'amour de lui, ramenez-nous à bord !

La perte d'énergie menaçait de lui faire perdre connaissance et elle ne tiendrait plus longtemps. Autour d'elle, tout perdait de la consistance et dans le brouillard de sa vision, elle entrevit Tiywan s'approcher.

— Il faut la dégager d'ici, commanda-t-il à Tarni. Arrachez-la à ce cadavre et ramenez-la.

— Je ne veux pas vous tuer devant tous ces gens, Tiywan, mais s'il le faut, je n'hésiterai pas.

— Ramenez-la ! C'est un ordre, Tarni ! Désormais, c'est à moi que vous obéirez, tant que je vous laisse en vie, répliqua Xev.

Il allait tout faire pour éliminer Dem et elle était là, incapable de le défendre. *Lan*, supplia-t-elle mentalement, *je vous en prie, protégez-le*. Des hommes s'approchèrent, elle devina leurs silhouettes alors qu'autour d'elle le monde réel s'affadissait. Qui étaient-ils ? Elle entendit le hurlement effrayé de la foule et le rugissement d'un bombardier.

Tandis que, lentement, elle perdait le contact avec la réalité, elle entrevit le Furie se poser en bas des marches. Des bruits de bottes précipités l'entourèrent.

Dès qu'il prit conscience que Milar était toujours en vie, Lazor commanda à ses hommes de former un cercle autour de lui, puis ordonna au bombardier de se poser au plus près.

— Écartez-vous, Lazor ! gronda Xev. Je suis votre supérieur !

— Le général est mon supérieur, tout comme Nayla Kaertan ! J'ai juré de les servir tous les deux et de les protéger. Vous, vous n'êtes rien ! Je vous conseille de vous écarter, ou j'ordonne à Tarni de vous exécuter sur-le-champ.

Le sourire carnassier du vieux garde fit reculer Tiywan. Lazor s'agenouilla auprès de Milar. Le tir lywar l'avait frappé en haut de l'épaule droite, dans une trajectoire plongeante et était ressorti à travers le poumon. Une blessure grave, mais pas immédiatement mortelle. Il claqua des doigts et Verum le rejoignit. Il l'aida à dégrafer les plaques de l'armure. D'un coup de couteau, il trancha le tissu de chaque côté du corps, puis il récupéra, dans le kit de secours que lui avait apporté l'ancien garde, l'emballage utilisé pour les pneumothorax. Sur les plaies d'entrée et de sortie, il appliqua rapidement un pansement gel destiné à les protéger de l'infection, il colla sur sa poitrine un dispositif automatique de drain et enfin, il adapta un masque respiratoire sur son visage. Lazor se redressa et commença à organiser l'évacuation. Il ordonna à certains de ces hommes de porter Milar et Nayla. Tarni précisa qu'il ne fallait pas les séparer et Lazor ne protesta pas. Chez les Gardes de la Foi, si un subordonné se permettait une remarque tactique, c'est qu'elle était justifiée. Demander de plus amples explications n'était alors qu'une perte de temps.

— Giltan, déployez vos hommes et repoussez la foule. Tiywan, si vous voulez vous rendre utile, trouvez l'assassin !

Il doutait que Tiywan fasse l'effort de le chercher. C'était inutile, d'ailleurs. Il était certain que celui qui avait perpétré cet acte n'était plus dans les parages. Le tir venait d'un bâtiment éloigné, hors du périmètre de la place. Seul un professionnel pouvait réussir un tour de force comme celui-là et un professionnel ne restait jamais pour voir la suite des événements. Kanmen Giltan ordonna à ses hommes de repousser la foule, puis se précipita auprès de Lazor.

— Est-elle blessée ? demanda-t-il avec inquiétude.

— Non ! répliqua Lazor. Faites ce que je vous ai dit, Giltan. Je m'occupe d'elle !

— Surtout de lui, non ?

— Sans le général, votre révolte est morte et Nayla Kaertan aussi. Soyez au moins conscient de cela, ajouta-t-il avec mépris avant de se tourner vers ses hommes. Allez, emmenez-les !

Les soldats de son unité empoignèrent leurs deux leaders, les déposèrent sur une civière et les conduisirent à bord du bombardier.

Pour Nayla, une seule chose existait encore ; cette sphère à la lumière vacillante, cette vie qu'il fallait préserver. Sa propre énergie se raréfiait et bientôt, elle ne serait plus assez forte pour conserver ce lien et Dem mourrait. La voix lointaine de Lan Tarni lui donna une information rassurante :

— Nous sommes en route, Nayla Kaertan. Tenez bon, il est stabilisé.

Elle devait maintenir l'équilibre entre la vie de Dem et la sienne, elle ralentit le don de force vitale qu'elle lui faisait. Aussitôt, il lui sembla qu'à nouveau, la mort venait réclamer son dû. Il ne luttait pas.

— Je vous en prie, Dem, murmura-t-elle dans cet esprit qui s'étiolait, je vous en prie. Ne m'abandonnez pas.

Leene était au chevet de Valo et n'arrivait pas à comprendre ce qui le maintenait endormi. Sa blessure était refermée et n'était pas infectée. Son état était un mystère et elle n'aimait pas les énigmes.

— Bonjour, Docteur, salua Nali Bertil en entrant dans la pièce. Est-ce qu'il va bien ?

La jolie blonde venait voir Soilj deux fois par jour, à des heures régulières. Leene était surprise de voir chez elle un tel engouement. Ce n'était un secret pour personne qu'elle collectionnait les conquêtes masculines. Elle les choisissait grands, sportifs, virils, plutôt beaux garçons. Le médecin appréciait Valo, mais il ne correspondait à aucun de ces critères.

— Il dort toujours. Repassez plus tard, il sera peut-être réveillé.

— Je peux lui tenir un peu compagnie, cela ne me dérange pas.

La ténacité de Nali intrigua le médecin et elle l'observa avec plus d'attention. Son langage corporel laissait entrevoir du stress, de l'agacement et du... mensonge ?

— Ce ne sera pas utile. Revenez demain.

— Mais, Docteur, je m'inquiète vraiment pour lui. Je voudrais rester un peu.

Elle continuait de mentir, Leene l'aurait parié. Nali se moquait du bien-être du jeune homme, alors pourquoi insistait-elle ?

— Vous ne servirez à rien, ici.

— Est-ce que je peux, au moins, lui dire un truc à l'oreille ? On dit que les gens dans le coma entendent ce qu'on leur dit et que ça les aide à revenir.

— Soilj n'est pas dans le coma. Cessez de jouer les ingénues et quittez mon infirmerie ! s'agaça Plaumec.

Nali hésita encore, puis s'approcha, avec un sourire aguicheur.

— Vous savez, je suis toujours prête pour tenter de nouvelles expériences et je vous trouve terriblement... attirante.

L'audace de Nali la stupéfia. Pendant quelques secondes, Leene ne sut que répondre alors que le rouge montait à ses joues. Puis, ce fut la colère qui prit le dessus. Elle se leva d'un bond, attrapa la jeune femme par le col et la jeta hors de la chambre.

— Dehors, petite garce ! gronda-t-elle. Si je vous revois dans les parages, je vous jure que vous aurez affaire à moi.

— Tu ne me fais pas peur, morue ! siffla la blonde à mi-voix avant de s'enfuir.

Leene Plaumec resta immobile presque une minute entière, complètement estomaquée par ce qui venait d'arriver. Comment avait-elle osé ? Un frisson descendit le long de son échine. Elle avait un mauvais pressentiment. Cela dissimulait quelque chose de plus gros qu'un caprice de gamine. Elle soupçonnait que le sommeil étrange de Valo n'était peut-être pas si bizarre que cela et que sa condition n'était sans doute que la partie cachée de l'iceberg. Elle n'eut pas le temps de vérifier, les portes de l'infirmerie s'ouvrirent en grand pour laisser passer deux brancards. Son cœur faillit s'arrêter lorsqu'elle reconnut Nayla et Dem. *Non*, sanglota-t-elle intérieurement, *pas tous les deux.*

— Verrouillez l'infirmerie, ordonna Lazor à ses hommes. Docteur, nous avons besoin de vous.

Son professionnalisme reprit aussitôt le dessus.

— Que s'est-il passé ?

— Le général a été touché par le tir d'un sniper et j'ignore ce qui arrive à Nayla Kaertan. Elle a juste perdu connaissance.

— Elle le garde en vie, intervint Tarni. C'est ce qu'elle m'a dit.

— Comment ?

— C'est un démon puissant. Elle lui donne son énergie vitale.

— C'est ridicule, s'exclama Plaumec. Posez Dem sur ce panneau de consultation et elle, sur celui-là.

— Ne les séparez pas, insista Tarni. Ce n'est pas ridicule. J'ai déjà assisté à cela. Il a déjà été sauvé de cette façon, même si à l'époque, sa blessure n'était pas aussi grave.

— Il est touché aux poumons, confirma Lazor. J'ai appliqué la procédure de premiers secours et il s'accroche à la vie. J'ai déjà vu des hommes être touchés par un tir lywar. Le choc les tue plus que la blessure. Faites ce qu'il faut ! Opérez-le ! Tarni, je vous laisse gérer cela, je m'occupe de sécuriser la pièce. Tiywan ne tardera pas !

Tiywan ! Leene se demanda si le commandant était impliqué. Aurait-il osé tirer sur Dem ? Aucune importance ! Pour le moment, elle devait se concentrer sur son patient. Elle ne se préoccupa pas des affirmations rocambolesques de Tarni qu'elle ne pouvait pourtant pas accuser de mensonge. Le vieux garde n'était pas équipé pour cela et de plus, il semblait persuadé de ce qu'il racontait. Elle brancha Dem au système de survie et fit son diagnostic. Ce qu'elle découvrit la fit frémir. Le trait d'énergie avait perforé le lobe supérieur de son poumon droit. Il n'aurait pas dû survivre. Heureusement, Lazor avait fait ce qu'il fallait pour empêcher son poumon de totalement se ratatiner. Nayla n'avait aucune blessure, mais son énergie vitale semblait s'évader de son corps sans aucune raison.

— C'est fou, murmura-t-elle.

Elle devait en savoir plus et la seule personne qui pouvait lui répondre, c'était Nayla. Elle lui installa aussitôt une perfusion, pour lui fournir de l'énergie, même si cela était en pure perte. Ensuite, elle injecta une substance destinée à la réveiller. Après quelques secondes, la jeune femme ouvrit difficilement les yeux.

— Docteur ?

— Nayla, que se passe-t-il ?

— Il est en train mourir… Je refuse…

Elle sombra à nouveau. Leene la secoua pour la ramener à la réalité.

— Nayla, arrêtez ce que vous êtes en train de faire !

— Non… Soignez-le !

La blessure de Dem était grave, mais dans un hôpital équipé et avec un chirurgien compétent, il aurait pu être opéré. Seulement, elle n'était pas un chirurgien compétent, elle n'était qu'un petit médecin militaire.

— C'est au-delà de mes capacités. Cessez ce que vous faites, vous allez finir par vous tuer.

— Opérez-le ! insista la jeune femme qui revenait lentement à la conscience.

— Restez éveillée, Nayla. Je ne sais pas ce que vous faites, mais ce n'est plus nécessaire. Il est branché au système de survie.

— Vous allez pouvoir le sauver, n'est-ce pas ? Il le faut, supplia Nayla. Je ne veux pas briser le lien, pas tant qu'il n'est pas hors de danger.

— Vous devriez achever Dem ou endormir Nayla, prononça soudain Nardo qui, le visage exsangue, observait tout cela avec de grands yeux ébahis. Elle ne doit pas mourir. Elle est l'Espoir !

Avant que Leene n'ait eu le temps de répondre, Tarni vint se positionner près de son ancien colonel. Il ne dit pas un mot, mais sa détermination ne faisait aucun doute.

— J'y ai pensé, Nardo, déclara bravement le médecin en fixant le garde du corps, mais j'y ai renoncé. Je ne connais pas le mécanisme de son… don. Tuer Dem pourrait la tuer aussi.

L'opiniâtreté qu'elle lut dans le regard de Nayla valait toutes les réponses. Elle ne céderait pas. Leene reporta son attention sur Milar, toujours inconscient, et étudia les données. Le cœur battait encore, il perdait peu de sang, car le lywar avait cautérisé la plupart des vaisseaux sanguins. Le poumon droit était vidé de son air et le blessé respirait difficilement grâce au gauche. Le drain avait empêché des dommages plus importants. Le trait d'énergie avait brisé son omoplate et une côte, mais avait épargné la colonne vertébrale. Elle remercia le destin pour ce miracle. Le cœur était indemne et battait avec régularité. Milar s'accrochait obstinément à la vie. Une opération était donc possible, surtout dans une infirmerie comme celle-ci, équipée de toutes les dernières technologies. Leene prit sa décision.

— Portez-le en salle d'opération et allongez-le sur la table. Tarni, finissez de le déshabiller et qu'on installe Nayla à côté de lui. Nayla, vous m'entendez ?

— Oui, Docteur, dit-elle d'une voix plus ferme.

— Tâchez de rester consciente et expliquez-moi ce que vous faites.

— Je verse mon énergie vitale dans la sienne.

— C'est impossible…

— C'est difficile à expliquer, mais en résumé, c'est ça.

Le docteur Plaumec renonça à comprendre le fonctionnement des dons mentaux de Nayla. Cela la dépassait. Elle se concentra sur le concret ; Dem était en vie et elle allait l'opérer.

— Faites vite ! ordonna-t-elle à Tarni. Et ensuite, que personne ne reste dans mes jambes !

Elle se prépara rapidement pour l'opération, se lavant les mains, avant d'enfiler l'équipement stérilisé. Une fois prête, elle afficha sur l'ordinateur les étapes de l'opération et commença.

Peut-être était-ce l'alarme ou les coups répétés qui résonnaient dans la cloison, mais c'est bien le bruit qui réveilla Soilj. Son premier réflexe fut de crier pour demander un peu de calme. Sur Xertuh, il avait l'habitude de hurler après les enfants qui jouaient trop bruyamment, alors qu'il avait travaillé toute la nuit. Puis la visite de Nali lui revint en mémoire. Les propos qu'elle avait tenus étaient une menace à peine déguisée. Il fallait absolument prévenir Dem. Il appuya frénétiquement sur le bouton d'appel, situé au-dessus de son lit, persuadé que le docteur Plaumec saurait quoi faire. Personne ne vint. Il sonna encore, sans résultat.

En tendant l'oreille, il entendit des voix irritées venant de l'infirmerie. Intrigué, il repoussa sa couverture et s'assit lentement, anticipant la douleur dans sa jambe blessée. Il ne ressentit qu'un léger tiraillement. Surpris, il ôta avec précaution le pansement qui enveloppait sa cuisse et lissa doucement la cicatrice, légèrement enflammée. Plaumec était un excellent médecin, mais tout de même ! La dernière fois qu'il avait regardé, la plaie ressemblait à une saucisse de briad éclatée ; autrement dit, un amas de chair violacée et boursouflée. Depuis combien de temps était-il inconscient à l'infirmerie ? Était-il déjà trop tard ? Paniqué, il s'appuya avec ses mains pour se déplacer au bord du lit. Sa tête tourna un peu, mais rien de catastrophique. Nayla était peut-être en danger, il n'allait pas rester couché à ne rien faire ! Courageusement, le jeune homme posa avec précaution son pied valide sur le sol, puis l'autre. Il prit une profonde inspiration et se leva, un peu trop vite, sans doute. Il vacilla. Il se rattrapa in extremis au lit et attendit que les vertiges s'estompent pour basculer le poids de son corps sur sa jambe droite, afin de soulager le membre blessé.

Le décor avait cessé de danser, alors en se tenant au lit, puis au mur, il progressa d'un pas mal assuré vers la sortie de la petite chambre. Sa jambe tenait. Rassuré, Soilj entra dans l'infirmerie. L'endroit ressemblait plus à un champ de bataille qu'à un hôpital. Des tables d'examens avaient été entassées devant la porte et des hommes étaient retranchés derrière. Tarni, légèrement en retrait, ne quittait pas l'entrée des yeux. Lazor, appuyé contre la cloison, parlait à quelqu'un qui se trouvait de l'autre côté et qui, visiblement, désirait entrer. Le jeune homme serra inconsciemment contre lui les pans de sa chemise d'hôpital.

— C'est hors de question, disait Lazor.

— *Laissez-moi entrer, maudit garde !* Il reconnut la voix de Tiywan. *Je veux savoir ce qui se passe. Que faites-vous de Nayla ?*

— Cela ne vous regarde pas.

— *Vous n'avez pas le droit de la garder prisonnière. Elle n'était pas blessée, elle n'a rien à faire à l'infirmerie. Je veux lui parler.*

— Elle ne veut pas.
— *Je veux la voir, alors. Ouvrez-moi !*
— Non.
— *Bordel, ouvrez-moi Lazor !*
L'ancien garde noir se tourna vers ses hommes et dit d'une voix ferme.
— Si cette porte s'ouvre, tirez. Personne n'entre !
— À vos ordres ! répondirent les hommes retranchés.
Il y avait Verum et Tyelo, bien sûr. Avec Tarni, ils étaient les seuls rescapés des gardes noirs recrutés sur Olima. Une dizaine d'hommes s'abritait derrière cette barricade de fortune. Il lui semblait se souvenir de les avoir déjà aperçus dans le sillage de Lazor, mais il ignorait quand et où, il les avait recrutés. Soilj eut aussi la surprise de reconnaître Nardo, recroquevillé contre la paroi, le visage livide de peur.
— *Lazor*, reprit Tiywan, *je veux parler au docteur Plaumec.*
— Elle n'a rien à vous dire.
— *Qu'elle vienne me le dire elle-même ! À moins qu'elle ne soit en train d'opérer Dem. C'est inutile, ce type est mort ! Ouvrez-moi cette damnée porte, ou je vous fais fusiller !*
La voix calme et sereine de Lazor tranchait avec celle, presque hystérique, de Tiywan. Valo n'écoutait plus la conversation. Il venait de remarquer le docteur Plaumec dans le box stérile d'opération. Elle s'acharnait sur le corps de Dem et à l'expression sérieuse de son visage, le jeune homme comprit que la blessure devait être grave. Dans la même pièce, Nayla était assise dans un fauteuil, le visage si livide qu'il la crut morte, jusqu'à ce qu'il observe sa poitrine se soulever légèrement.
— Qu'est-il arrivé ? demanda-t-il d'une voix faible.
Une dizaine de fusils lywar se tournèrent vers lui.
— Doucement, s'écria-t-il. Je suis de votre côté...
— Les mains sur la tête, lui dit durement Lazor.
— Si vous permettez, Commandant, intervint Tarni. Ce garçon est du côté de Nayla Kaertan, je m'en porte garant.
— Expliquez-lui la situation dans ce cas et si vous le jugez digne de confiance, donnez-lui une arme.
— À vos ordres !
Soilj s'approcha timidement du garde du corps, toujours sous le choc de son réveil, de la blessure de Dem, de l'état de Nayla et plus encore, de l'intervention de Tarni en sa faveur.
— Merci, dit-il ne sachant pas quoi dire.
— Remerciez-moi en me prouvant que je ne me suis pas trompé sur votre compte.

— Je défendrai Nayla jusqu'au bout.
— Et le... général ?
— Aussi, bien sûr. Qu'est-il arrivé ?
— Un sniper a tiré sur Nayla Kaertan, le co... général s'est interposé et il a été blessé à mort. Nayla Kaertan a utilisé son don pour le maintenir en vie et le docteur Plaumec est en train de l'opérer.
— Tiywan...
— Il veut contrôler Nayla Kaertan et achever le général.
— Il n'oserait pas.
— Nous sommes les seuls à l'en empêcher.
— Je refuse de croire ça ! Les gens savent ce qu'ils lui doivent !
— Vous croyez ? Par nature, les humains sont tout, sauf reconnaissants. Nayla Kaertan pourrait peut-être les convaincre, mais elle n'est pas en état de parler.
— Que va-t-il se passer ?
— Tiywan va revenir en force. C'est une mutinerie, Capitaine.
— Ne m'appelez pas capitaine. Je sais bien que pour vous, je ne mérite pas ce grade.

Un sourire éclaira le visage couturé.

— Vous ne méritez pas ce grade dans une unité des Gardes de la Foi, en effet. Dans cette armée de rebelles, vous êtes l'un de ceux qui en sont le plus dignes.

Cette affirmation lui fit étrangement plaisir. Il ne croyait pas cet homme imperturbable capable d'un tel compliment.

— Qui a tiré sur elle ? Tiywan ?
— Non, il était avec nous et je ne le quittais pas des yeux.
— Il a pu demander à quelqu'un de le faire ? J'ai... Nali Bertil a essayé de me recruter ou quelque chose de ce genre. Elle voulait savoir vers qui allait ma loyauté. Elle s'est même offerte à moi si je... je choisissais leur camp, acheva-t-il en rougissant furieusement.
— Leur camp ?
— Elle n'a pas donné de noms, mais pour moi, il était évident qu'il s'agissait de Tiywan.
— Pourquoi n'avoir rien dit avant ?
— Je viens juste de me réveiller... Je ne comprends pas, depuis combien de temps...
— Ne vous justifiez pas, il y a certainement une explication. J'ai entendu Nayla Kaertan dire que vous restiez inexplicablement endormi à l'infirmerie.
— Comment ça ? s'inquiéta Valo.

— Je n'en sais pas plus, mais tout ceci suggère un complot. J'aurais dû suivre mon instinct et passer ce Tiywan par le premier sas, gronda-t-il avec colère, avant de se tourner vers le box. J'aimerais que le colonel se remette vite.

Soilj sursauta. Déjà, tout à l'heure, Tarni avait trébuché sur le mot « général ». Cette fois-ci, il n'y avait pas d'erreurs. Oh par tous les démons ! pensa le jeune homme. Un colonel des gardes noirs ! Dem est un colonel des gardes noirs, comme Yutez ! La main de Lan Tarni se referma soudain sur son cou et il le repoussa à l'intérieur de sa chambre. Il trébucha, mais la poigne de fer du garde l'empêcha de tomber. Avec terreur, il vit sa propre mort inscrite dans ce regard dur.

— Attendez, coassa le jeune homme, la gorge écrasée.

— Je suis désolé d'avoir laissé échapper cette information. Je vais devoir vous tuer et cela m'attriste.

— Tarni, écoutez-moi, je vous en prie.

Il relâcha légèrement sa prise.

— Vous ne m'avez rien appris. Je… Je sais bien qu'il était un Garde de la Foi, autrefois. Je ne suis pas idiot.

Tarni continua de le fixer, toujours aussi résolu.

— Je m'en moque, Tarni. Je veux dire, ça m'est égal qu'il soit un garde noir. Je suis loyal envers Dem. Il m'a sauvé la vie tellement de fois, comment pourrais-je le trahir ?

— Pourquoi ne le feriez-vous pas ?

— Vous avez dit qu'il était colonel, dit-il en baissant la voix, et c'est tellement évident quand on y réfléchit. Tout ce qu'il est capable de faire, la façon dont il commande. Nayla connaît son identité, n'est-ce pas ?

Tarni acquiesça d'un signe de tête.

— Elle continue à lui faire confiance. Moi aussi, je lui fais confiance. Vous comprenez ?

Il se força à soutenir le regard farouche du vieux garde. Il était sincère. Que Dem soit colonel des gardes noirs lui importait peu, cela ne changeait pas l'homme pour lequel il éprouvait un immense respect.

— Soit, je vous crois, dit Tarni en le relâchant. Vous ne ferez part de cette information à personne, si vous tenez à votre vie.

— Bien sûr. Maintenant, donnez-moi une arme. Je veux être capable de me défendre et de la défendre.

Ailleurs…

Qil Janar étudia avec attention les derniers rapports et n'y trouva rien d'intéressant. Une fois encore, Milar lui avait échappé. L'interrogatoire sur ce caillou en fusion n'avait rien donné. Les esclavagistes ne savaient rien, sauf que deux hommes s'étaient crashés, qu'ils avaient été capturés et qu'ils s'étaient évadés après avoir massacré une vingtaine des leurs. L'un de ces hommes était grand, brun, aux yeux bleus très froids. Il n'avait pas eu besoin de la confirmation d'Ubanit pour savoir qu'il s'agissait de l'archange 183. Il ne put s'empêcher d'être fier de l'exploit de Milar. Il avait réussi une évasion impossible, prouvant ainsi que les Archanges restaient les meilleurs guerriers que la galaxie ne verrait jamais. Cet inquisiteur puant pouvait le regarder avec mépris, pouvait s'imaginer vaincre Milar, pouvait penser qu'il avait un rôle à jouer dans ce conflit, il se trompait. Le combat était entre Milar et lui. Cet affrontement avait commencé il y a longtemps, entre les murs de l'académie des jeunes archanges, il se terminerait dans l'espace. Qui en serait victorieux ? C'était difficile à dire, mais Janar désirait sa revanche avec une telle rage qu'il n'imaginait pas être vaincu.

En attendant, toutes les pistes suivies par ses vaisseaux n'avaient mené nulle part. La flotte rebelle s'était dispersée et avait suivi des trajectoires aléatoires, qui traversaient plusieurs systèmes. Cette technique de brigands rendait impossible toute traque. Cette réflexion conduisit ses pensées vers le capitaine de contrebandiers qu'il avait utilisé pour piéger Milar. L'émetteur avait fonctionné à la perfection, mais depuis, il avait été désactivé. Il ne doutait pas que son ennemi l'avait découvert et qu'il ne ferait plus confiance à cette femme.

— Colonel, une communication de la planète mère. Pour vous seulement, Colonel.

— Je vais la prendre en salle de briefing.

Allait-il devoir se justifier une fois encore auprès de l'Inquisiteur général, ou subir les reproches et les conseils stratégiques du général Jouplim ? Il retint un ricanement méprisant. Jouplim ! Il avait nommé

Milar colonel et se pavanait à son poste de commandant en chef des Gardes de la Foi. Il n'était qu'un modèle obsolète, un séraphin. Si lui, Janar, venait à bout de Milar, il exigerait ce poste et ferait des gardes une force si implacable et si puissante, que même l'Inquisition tremblerait devant lui.

— *Janar ! Votre rapport !* ordonna la voix cassante du général.

— Il m'a échappé, Général, mais je suis sur sa trace. Je le retrouverai.

— *Sa trace, vraiment ? Où est-il ?*

— Je ne le sais pas encore, Général.

— *Moi si ! Milar est en orbite autour de OiH 04. La flotte rebelle y est vulnérable. Faites route immédiatement et souvenez-vous, Janar. Vous devez prendre Milar et ce démon en vie.*

— Comment savez-vous cela ? Si je puis me permettre, ajouta Janar avec un temps de retard.

— *Dieu en personne m'en a informé, Janar. Capturez-les !*

— À vos ordres, Général !

Ainsi, Dieu se mêlait de la chasse. Avec un tel soutien, il ne pouvait plus échouer !

L'attente était interminable. Un infirmier avait fourni des vêtements à Soilj, qui ne pouvait décemment pas se battre en chemise d'hôpital. Tarni lui avait trouvé un fusil lywar et Soilj patientait, l'arme sur les genoux. Bien entendu, le danger venait de la porte d'entrée, mais il ne pouvait pas détacher son regard du box où Plaumec opérait toujours. De là où il était, il pouvait voir les graphiques de Dem. Il avait été branché au système de survie artificielle, qui transfusait du sang, soutenait son cœur, son poumon gauche et son cerveau. Les yeux de Nayla étaient perdus dans le vide. Tarni lui avait expliqué qu'elle maintenait Dem en vie grâce à son pouvoir. Soilj avait renoncé à comprendre ce que cela voulait dire. Il sursauta quand Nardo vint s'asseoir près de lui.

— Ça va ? demanda-t-il d'une voix angoissée.
— Oui, mieux.
— Il faut sortir de là, Soilj. On est au milieu d'un conflit qui ne nous regarde pas.
— Explique-toi, répliqua sèchement Valo.
— Tiywan n'a pas tort. Ce sont des Gardes de la Foi.

Soilj ne put s'empêcher de lever les yeux au plafond. Nardo avait déjà tenté d'avoir cette conversation avec lui. À l'instar de beaucoup d'autres, le statut des gardes noirs recrutés sur Olima le mettait mal à l'aise. Les premiers temps, lui-même avait partagé cette opinion, mais après plusieurs mois de cohabitation, Valo s'était fait à cette idée. Les cours de combat prodigués par Verum lui avaient permis de mieux connaître ces soldats d'élite. Il ne pourrait jamais les considérer comme des amis, mais il acceptait de penser à eux comme des alliés indispensables. Il appréciait tout particulièrement ce gaillard musclé qui ne souriait jamais. Omi Verum lui avait énormément appris.

— Ils sont là pour protéger Nayla et Dem.

— Ils sont là pour protéger Dem. Ils se moquent de Nayla. Pour la sauver, c'est simple ! Il suffit d'éliminer ce type et elle arrêtera de se tuer pour le maintenir en vie.

— Tu n'es pas sérieux ?

— Si bien sûr que je le suis. Elle est l'Espoir, notre guide, notre flamme, déclama le jeune homme avec passion. Elle est en train de réaliser un miracle et c'est extraordinaire. Cela démontre toute la puissance dont elle dispose et prouve qu'elle est un être supérieur, même si je n'avais pas besoin de preuves pour la vénérer. Mais elle met sa vie en danger pour sauver la mauvaise personne.

— Dem nous est indispensable, répondit Soilj en essayant de ne pas tenir compte du discours fanatique qu'il venait de débiter.

— Je ne crois pas, non.

— Tu ne crois pas ? s'écria-t-il en tentant de maîtriser sa colère. Depuis quand es-tu expert en stratégie ? La vérité, c'est que tu as la trouille et que tu veux sauver ta peau, comme toujours.

— Je ne veux pas mourir pour défendre un type qui…

— … qui nous a tous sauvés un nombre incalculable de fois !

— Ou qui nous a mis en danger un nombre incalculable de fois. C'est lui que la Phalange bleue est venue chercher sur H515 et c'est à cause de lui que tout le monde a été exécuté.

— Olman, tu n'as rien compris !

— Soilj, ne joue pas les idiots. Tu sais bien ce qu'on dit sur lui. On dit que c'est un garde noir.

— Et alors !

— Je ne veux pas me faire tuer pour le protéger. Celle qui est la flamme de la rébellion, c'est Nayla et Tiywan veut la sauver. Nous devons aider Nayla à se libérer de l'emprise de Dem.

— Olman, je ne veux pas écouter ce genre de propos. Alors, s'il te plaît, retourne trembler dans ton coin !

Le grésillement du système de communication interrompit cette discussion stérile.

— *Lazor, ici le général Tiywan. La flotte m'a confirmé dans ce grade et désormais, c'est moi qui commande ! Je vous ordonne d'ouvrir la porte de l'infirmerie, de vous rendre et j'espère pour vous que l'Espoir est encore en vie.*

— Tu vois, dit Nardo, il faut nous rendre.

— La ferme, imbécile !

— Jamais je ne suivrai vos ordres, Tiywan.

— *Vous n'avez pas le choix. Libérez Nayla et livrez-nous celui que vous appelez Dem.*

— Si vous les voulez, venez les chercher !

— *Vous paierez de votre vie l'enlèvement de l'Espoir. Vous tous !*

Lazor et ses hommes ne semblèrent pas émus par cette déclaration, mais Nardo s'adressa d'une voix tremblante à ceux qui n'étaient pas d'anciens gardes.

— Vous l'avez entendu ? C'est Xev Tiywan notre chef, désormais. Il faut lui obéir.

L'un des hommes cracha sur le sol en signe de dégoût.

— Maudit lâche ! Tiywan est un fantoche. Notre mission est de servir l'Espoir.

— Vous obéissez à un Garde de la Foi, accusa Nardo en montrant Lazor.

— Le commandant Lazor est le responsable de la sécurité de l'Espoir, répondit un soldat d'une voix vibrante de fierté, et il nous a fait l'honneur de nous choisir !

Ses camarades saluèrent ses paroles avec un geste de défi. Olman serra convulsivement son arme et la leva lentement. Soilj devina son intention et sans attendre, il le ceintura. Il frappa un coup sec sur le poignet, comme le lui avait enseigné Verum et le désarma prestement.

— Va t'asseoir là-bas, Olman et tiens-toi tranquille.

— Comment peux-tu…

— Comme il vient de le dire, ma loyauté va à Nayla et certainement pas à Tiywan ! Alors, fais ce que je te dis, ou je jure que je te casse la tête.

Le comportement de Nardo le mettait hors de lui. Les deux garçons avaient vécu les mêmes choses, étaient passés par les mêmes aventures, avaient affronté les mêmes dangers. Alors que lui, Soilj Valo, avait choisi de croire en ce que proposait Nayla et de se battre pour cet idéal, Olman Nardo avait traîné les pieds. Il n'avait cessé de se plaindre et d'affirmer qu'il refusait de risquer sa vie inutilement, qu'il voulait rentrer chez lui. Ces dernières semaines, il avait changé. Il avait commencé à vanter les talents de la jeune femme, puis son admiration s'était lentement transformée en une foi quasi religieuse. Elle était un prophète, l'Espoir qui allait les guider vers la liberté. Comme beaucoup d'autres, il affichait à son poignet un lacet blanc, symbole de sa dévotion. Certaw Hadan et Daso Bertil portaient le même bracelet. Il y a deux semaines, Nardo avait tenté de convaincre Soilj de l'accompagner à une rencontre des fidèles de l'Espoir. Il lui avait dit que depuis qu'il fréquentait ces gens, il comprenait que leur guerre était de celles qui ne peuvent pas se perdre. Valo avait refusé. Il ne voulait pas adhérer à une nouvelle religion, il voulait juste suivre Nayla jusqu'au bout. Il observa les hommes de Lazor qui venaient d'affirmer leur fidélité et aucun n'affichait ce symbole. On pouvait donc être loyal, sans se réfugier derrière une doctrine.

— Tu te prends pour un soldat, pas vrai Soilj, attaqua Nardo. Tu te crois un officier ? Tu n'es que le petit toutou de Dem, l'amoureux transi de Nayla qui ne te remarque même pas. Tu sais qu'elle a couché avec Xev quand même ? T'es au courant ?

— Ferme-la !

— Ouais, t'aimes pas entendre ça, mais c'est la vérité. Nali m'a dit que Xev l'avait dépuce...

La crosse de son fusil frappa Nardo sur le côté de la mâchoire, l'envoyant rouler au sol. Le regard étincelant de colère, Valo pointa son fusil vers sa poitrine.

— Je vais te tuer, gronda-t-il luttant pour ne pas presser la détente.

Tarni posa une main sur le canon et détourna l'arme.

— Laissez-moi le flinguer, siffla Soilj, avec rage.

— Vous n'êtes pas un assassin. Je vais l'enfermer dans une pièce, pour qu'il ne puisse pas nous nuire.

D'une poigne de fer, Tarni souleva un Nardo terrorisé et le poussa sans ménagement dans une chambre, qu'il verrouilla. Soilj reprit lentement le contrôle de ses émotions. Jamais, il n'avait eu autant envie de tuer quelqu'un. Il avait osé insulter Nayla ! Il se tourna vers elle, espérant voir un miracle. Plaumec était toujours penchée sur Dem et Nayla semblait à peine en vie. Il commençait à vraiment désespérer.

Pourtant, le pire était à venir. Quelques minutes plus tard, ils furent plongés dans l'obscurité. Les lumières se rallumèrent aussitôt et pendant une brève seconde, Soilj crut que tout irait bien.

— Énergie de secours..., annonça Lazor sombrement.

— Lazor, faites quelque chose, s'écria Plaumec d'une voix paniquée, le système de survie vient de lâcher et je n'ai pas fini.

— Faites pour le mieux, Docteur, je suis impuissant.

Elle répondit d'un signe de tête et continua à s'affairer sur le corps de Dem.

— Commandant, demanda Soilj, pourquoi n'attaquent-ils pas ?

Le regard que lui lança l'officier le transperça et il ne put s'empêcher de déglutir.

— Tiywan a peur de blesser Nayla Kaertan ou plutôt, il a peur de montrer qu'il est prêt à courir ce risque. Mais il va tenter quelque chose, bientôt. Pour l'instant, ce qu'il veut, c'est tuer le général. Il serait plus simple pour lui de le faire pendant qu'il est inconscient.

À cet instant, des coups furent portés contre les portes. Quelqu'un essayait de forcer le système de sécurité.

— Aux postes de combat ! dit Lazor.

Sans hésiter, Soilj courut se mettre en place aux côtés de ceux qui tenaient la barricade.

— T'inquiètes pas, on va les repousser, grogna son voisin en lui donnant une bourrade rugueuse.

Les portes s'entrebâillèrent lentement et ils ouvrirent le feu, visant l'interstice. Plusieurs cris leur répondirent et les portes se refermèrent. Soilj ne put s'empêcher d'être attristé par cette échauffourée.

Avec le haussement d'épaules d'un homme qui n'a plus le choix, Lazor se précipita vers le panneau de sécurité et enclencha un levier rouge situé sur le côté. La fermeture automatique des portes se réamorça, puis il y eut une sorte de grésillement. Un éclair d'énergie courut le long de la porte et quand Valo récupéra l'usage de ses rétines, les deux battants paraissaient scellés.

— Fermeture de haute sécurité. Cela va nous donner quelques heures. Pour entrer, ils vont être obligés de découper le tiritium et cela va leur prendre un certain temps.

— Pourquoi ne pas l'avoir fait plus tôt ? murmura Valo pour lui-même.

— Parce que nous ne pouvons plus sortir, expliqua Tarni d'une voix rude.

— Nous sommes donc en sécurité… sauf s'ils coupent l'arrivée d'air. Ils ne peuvent pas faire ça, n'est-ce pas ?

— Ils n'oseront pas, répliqua froidement Lazor. Pas tant que Nayla Kaertan est ici.

L'attente recommença.

Jamais Leene Plaumec n'avait tenté une telle opération. Elle pratiquait la médecine militaire, mais n'était pas chirurgien. La complexité des tâches à effectuer l'avait terrifiée, mais elle n'avait pas renoncé. Quel autre choix avait-elle de toute façon ? Elle avait suivi pas à pas ce que lui indiquait l'ordinateur, cautérisant et recousant avec la peur de voir le cœur de Dem s'arrêter de battre. Le système de survie, combiné avec le don de Nayla et son extraordinaire constitution, avait gardé Milar en vie. Elle venait de terminer la partie la plus compliquée et il ne lui restait plus qu'à refermer, quand tout s'était éteint. Elle avait dû faire un choix entre l'ordinateur et le système de survie. Elle avait choisi ce dernier. Leene referma soigneusement les chairs et fit en sorte de limiter la perte de sang. Elle leva les yeux vers Davyf Sageno, son infirmier.

— Bravo, Docteur, dit-il en souriant.

— J'espère que cela suffira. Je… Je ne peux pas faire mieux.

— Personne n'aurait pu faire mieux, Docteur. Bravo, vous avez opéré en vrai chirurgien.

— Je n'avais plus fait une chose pareille depuis l'école. Je n'aurais pas cru… enfin… Je vous laisse tout remettre en état et préparer un lit monitoré pour le général. Il a également l'omoplate et une côte cassées, mais je ne peux pas utiliser le reconstructeur sur énergie de secours. En attendant, j'ai immobilisé son bras. Soyez extrêmement prudent en le déplaçant.

— Oui, Docteur, répondit-il en sortant.

Épuisée, Leene n'osa pas s'asseoir, elle avait un autre patient.

— Nayla ? demanda-t-elle en s'agenouillant à ses côtés.

— Docteur…, articula-t-elle péniblement.

— J'ai terminé. Vous pouvez le laisser. Il doit se reposer, maintenant. L'idéal serait plusieurs semaines, mais…

— Nous ne les avons pas… Je sais, Docteur.

— Ne vous en préoccupez pas. Vous aussi, vous allez devoir vous reposer.

— Va-t-il vivre ?

— Je l'ignore.

— Alors, je ne peux pas…

— Il le faut. Laissez-le survivre par lui-même. Il doit lutter pour guérir, sinon tout cela ne sert à rien.

Elle acquiesça avec un soupir las et ferma les yeux, prête à s'évanouir.

— Nayla ?

— Ce n'est rien… C'est juste perturbant de réintégrer mon corps.

Leene tressaillit. Les pouvoirs de la jeune femme dérangeaient sa conception de la vie. Le mot « démon » vint effleurer ses pensées, mais elle le rejeta.

— Entrez, Lan, dit Nayla.

Leene se retourna et découvrit la présence intimidante de Tarni à l'entrée de la salle d'opération.

— Je sais qu'il est trop tôt, Docteur, prononça-t-il avec respect, mais Nayla Kaertan doit être mise au courant de la situation.

Le médecin aurait voulu le jeter dehors, mais s'abstint. Il avait raison. Dem avait de grandes chances de guérison, Nayla réussirait sûrement à encaisser la perte de force vitale qu'elle avait consentie, mais si Tiywan parvenait à entrer, tout cela serait inutile. Tarni et les anciens gardes noirs seraient exécutés, Dem serait assassiné dans son lit et elle ? La flotte ne pouvait pas se passer d'un médecin compétent, mais elle ne voulait pas se retrouver prisonnière d'un Tiywan. Et Nayla ? Elle frissonna en imaginant la malheureuse obligée de se soumettre à cette brute.

— Faites, autorisa-t-elle.

Le garde noir entra dans la pièce et son premier regard fut pour Dem. Il observa le blessé une longue minute avec un visage tout aussi impassible, pourtant Leene aurait juré avoir vu sur les traits couturés et durs de cet homme, créé pour être un tueur sans âme, des sentiments mélangés de peur et de soulagement.

— Je vous remercie, Docteur, déclara-t-il simplement.

La voix rauque lui donna la chair de poule et elle sentit les larmes lui venir aux yeux. Il n'attendit pas sa réponse et s'accroupit près de Nayla.

— Comment allez-vous, Nayla Kaertan ?

Nayla leva les yeux vers son garde du corps et lui prit la main.

— Bien... Merci, Lan.

— Non, merci à vous.

— Je ne pouvais pas le laisser mourir.

Le visage de Tarni resta de marbre, mais dans son regard, elle lut quelque chose qu'elle n'aurait jamais cru y voir : du respect.

— Expliquez-moi ce qui se passe, Lan.

— Tiywan s'est proclamé général. Selon lui, l'équipage l'a confirmé dans ce grade. Au mieux, il ment et seule une poignée le suit dans sa mutinerie, au pire...

Il n'eut pas besoin de préciser. Au pire, tous les rebelles s'étaient ligués contre eux.

— Que réclame-t-il ?

— Notre reddition, le général et... vous, Nayla Kaertan. Il veut vous « sauver ». Il nous accuse de vous avoir kidnappée. Il a besoin de vous pour obtenir le pouvoir.

— S'il entre ici, il vous tuera, ainsi que les autres. Et Dem aussi, n'est-ce pas ?

— A-t-il un autre choix ?

— Que pouvons-nous faire ?

— Tant que le colonel est dans cet état, pas grand-chose. Les portes sont scellées suite à l'application de la procédure de haute sécurité. Le capitaine Lazor pense que tant que vous êtes avec nous, il ne tentera rien de… destructeur, mais s'il était intelligent, il aurait déjà tenté de diffuser un anesthésiant dans cette pièce.

— Il finira par en avoir l'idée, soupira-t-elle sombrement.

Elle se força à réfléchir comme Dem l'aurait fait, mais elle se sentait trop épuisée. Elle serra la main de Tarni de toutes ses forces, pour y puiser l'envie de continuer. À sa grande surprise, il renforça son étreinte. Ils étaient à l'abri, mais coincés dans leur antre, ils restaient vulnérables. Une idée commença à germer dans son esprit.

— Lan, vous devez connaître les vaisseaux Vengeurs comme votre poche, n'est-ce pas ? Peut-on quitter l'infirmerie par un autre accès que cette porte ?

— C'est possible, oui, Nayla Kaertan. Vous pouvez emprunter cet accès pour vous sauver. Je demanderai à Tyelo de vous accompagner. Il eut une grimace désolée avant d'ajouter. Le colonel n'est pas transportable et je ne le laisserai pas.

— Moi non plus, Lan. Je n'ai pas fait tout ça pour l'abandonner maintenant. Vous l'avez dit, ils vont venir ! Il faut quitter l'infirmerie et l'emmener. Il doit bien y avoir un moyen !

Une solution devait absolument exister. Rester ici était une erreur, elle le savait. Elle leva les yeux vers Leene Plaumec.

— Docteur ?

— Il n'est pas sage de le déplacer, Nayla.

— Et il n'est pas sage de le laisser ici, pour être exécuté dans son lit.

— J'ai fait le tour de cet endroit. Il n'y a aucune sortie.

— Il existe des « sas incendie », Docteur, indiqua Lan.

— Et qui ressemblent…

— Il s'agit d'une trappe, permettant de passer à l'étage inférieur.

— Vous voulez jeter un blessé par un trou dans le sol ! s'exclama Plaumec.

— Avons-nous le choix ? répliqua Tarni. Je sais que le colonel serait d'accord. Il ne renonce jamais.

— Je ne donnerai pas mon accord, s'obstina le médecin.

— Docteur, implora Nayla avec lassitude. Il a raison, c'est la seule solution. Nous allons le porter. Aidez-moi à me lever, Lan !

D'une main ferme, il la remit sur ses pieds. Elle vacilla et s'appuya contre lui. Un bref instant, elle resta blottie contre sa poitrine tout en se souvenant qu'au début, elle avait détesté le vieux garde. Désormais, elle ne savait pas ce qu'elle ferait sans lui.

— Donnez-moi du Retil 4, Docteur, exigea-t-elle.

— C'est hors de question. Je ne vous donnerai pas de cette…

— C'est un ordre !

— Je suis le médecin, ici ! Non, vous n'aurez pas de Retil 4, mais du Retil 2. Il suffira amplement pour votre cas.

Soilj soutenait Nayla, heureux qu'elle ait eu assez confiance en lui pour cela. Il était stupéfait de la rapidité avec laquelle Lazor et les siens prenaient des décisions. Les infirmiers avaient été enfermés dans une chambre, car Plaumec ne voulait pas les impliquer dans ce conflit. Puis, Tarni avait ouvert une trappe habilement dissimulée au fond de l'infirmerie. Ils descendirent trois étages, puis chargèrent Dem sur une civière. Ils empruntèrent plusieurs couloirs déserts, avant de croiser quelques techniciens affairés. Deux minutes plus tard, le hasard leur fut moins favorable. Le chef de la patrouille qui venait en sens inverse mit aussitôt ses soldats en alerte.

— Halte ! ordonna-t-il.

— Baissez vos armes ! intervint Nayla.

— Espoir, s'exclama l'homme surpris, on nous a dit que vous étiez prisonnière des…

— Ai-je l'air d'une captive ? répliqua-t-elle en montrant le pistolet qu'elle portait à la main.

— Non, Espoir, mais… le général Tiywan…

— Il n'est pas général ! Tiywan est un traître et je vous ordonne d'aller l'arrêter sur-le-champ !

Le regard de l'homme glissait de Nayla, aux anciens gardes noirs, avant de s'immobiliser sur la civière où reposait Dem. Nayla lâcha le bras de Soilj et pointa son arme sur le rebelle.

— Je suis l'Espoir et personne ne me dicte ma conduite. Sergent, je ne veux pas blesser des gens qui me sont fidèles, mais si vous ne vous écartez pas, je demanderai à mes hommes de vous abattre. Déposez vos armes et allez dire à Tiywan que je ne suis pas prisonnière. Dites-lui aussi que je vais venir l'arrêter. S'il souhaite se rendre à moi, je ferai peut-être preuve de magnanimité.

L'autre hésita un court instant, avant de donner l'ordre aux soldats de sa patrouille de poser leur fusil, puis ils firent demi-tour. À peine eurent-ils disparu, que Nayla chancela. Soilj s'élança pour la soutenir. Elle le remercia d'un sourire éblouissant qui fit battre son cœur. Lazor fit récupérer les armes et ils continuèrent leur progression, jusqu'à un corridor percé par une unique petite porte. Ils pénétrèrent dans la salle des machines par cet accès latéral.

— Bouclez tout ! ordonna Lazor et parquez-moi les techniciens.

Les dix hommes de la sécurité foncèrent à travers la pièce, tandis que Verum se précipitait sur une console. Tyelo ferma la porte principale. Mylera Nlatan, les yeux rougis de larmes, vint vers eux.

— Leene, Nayla, que se passe-t-il ? Tiywan a annoncé que Dem était mort, que les anciens gardes étaient devenus fous et qu'ils t'avaient capturée, Nayla.

— Tu vois bien que c'est faux, s'exclama Leene. Dem est en vie, je l'ai opéré.

— Pardonnez-moi, Nayla Kaertan, intervint Lazor, mais si vous le permettez… Capitaine Nlatan, veuillez enclencher le verrouillage de haute sécurité et activer la prise de contrôle.

Mylera hésita, puis tapa quelques ordres sur sa console. Avec un claquement sourd, les épaisses portes en acitane se fermèrent et un léger sifflement se fit entendre.

— Merci Capitaine, maintenant nous sommes inexpugnables. Les commandes de la passerelle sont déroutées, Tiywan ne pourra pas les récupérer. Le commandement de ce vaisseau ne lui appartient plus.

— Merci, Commandant Lazor, répondit Nayla. Bloquez les portes partout dans le Vengeur et activez les moniteurs. Je ne veux pas que nous soyons surpris par l'arrivée des Exécuteurs. N'oublions pas que l'Imperium est notre véritable ennemi.

— À vos ordres !

— Que tout le monde prenne du repos ! Enfermez les techniciens non indispensables et mettez en place un tour de garde pour surveiller les autres. Docteur, comment va Dem ?

— Aussi bien que possible, répondit Leene. Myli, pouvons-nous user de ton bureau ? J'aimerais qu'il soit installé confortablement.

— Bien sûr, Lee. Utilise la couchette.

Tyelo et Tarni transportèrent Dem dans la pièce. Nayla soupira, alors que la fatigue reprenait le contrôle de son corps.

— Tu devrais aller dormir, Nayla, suggéra Soilj.

— Je sais.

Seulement, elle ne pouvait s'y résoudre. D'un pas las, elle rejoignit à son tour le bureau.

Ailleurs...

Helisa Tolendo retint un juron en apprenant ce qui s'était passé. À son retour de Cazalo, elle avait été accaparée par un officier rebelle qui voulait lui poser des questions techniques sans intérêt. Elle s'était retenue de gifler cet imbécile qui n'écoutait pas ce qu'elle disait, tant il était fasciné par ses seins. Elle venait à peine de s'échapper, lorsqu'elle avait entendu l'annonce de la « nomination » de Tiywan au grade de général. Cet idiot avait fait la bêtise de se mutiner. Elle pénétra sur la passerelle en maîtrisant sa colère.

— Alors, disait Tiywan, avez-vous réussi à entrer ?

— *Non, Général,* répondit quelqu'un dans le système de communication. *La coupure de courant n'a rien donné.*

— Imbécile ! Trouvez une solution ! Je veux la tête de cet enfoiré, vous m'entendez ?

— Oui, Général !

Il leva la tête et la vit qui se tenait devant lui. Un éclair de rage passa dans son regard. Sans se préoccuper de la présence de ses hommes ou de quelques-unes de ses conquêtes féminines, Xev l'attrapa par le bras en serrant plus fort que nécessaire et la poussa dans la salle de briefing. Il verrouilla la porte derrière lui. Elle se retourna prête à justifier son échec. Comment aurait-elle pu deviner l'intervention surnaturelle de Dem ? Comment cet homme avait-il pu prévoir qu'elle allait tirer ?

La gifle fut si forte qu'elle fut projetée contre la table de réunion. Tiywan la saisit par le col et la frappa encore.

— Sale garce ! gronda-t-il. Qu'est-ce qui t'a pris de tirer sur Nayla ? C'est cet enfoiré de Dem que tu devais descendre !

— J'ai reçu un ordre, mon chéri.

— Un ordre ? Un ordre de qui ? C'est de moi que tu prends tes ordres.

— Un ordre de la Coalition, Commandant Tiywan. Vous avez accepté l'aide de Tellus. Vous avez accepté d'être son vassal. Vous n'avez pas à remettre en cause les instructions que je reçois. Je vous rappelle, Commandant, qu'en tant que maître-espion de la Coalition, vous obéissez à mes ordres.

La fierté blessée de Xev déforma ses traits. Il admettait mal de devoir écouter une femme.

— Tu aurais dû m'en parler avant !

— Je n'ai aucun compte à te rendre, précisa-t-elle d'un ton plus apaisant. J'ai reçu l'ordre de tirer sur elle, mais je suppose que la réaction de Dem avait été anticipée. Les réflexes de cet homme sont anormaux, mais ils ont joué contre lui. Il est enfin mort, comme tu le désirais.

— Pas encore, non.

— Comment ça, pas encore ? demanda-t-elle contrariée.

— Il est toujours en vie. Tu l'as encore raté, comme avec le bombardier. Tu vois, maître-espion, tu n'es pas infaillible.

— En vie ? C'est impossible !

Elle avait vu le point d'impact dans son viseur. Personne ne pouvait survivre à une blessure pareille.

— Il était vivant quand il a quitté Cazalo. Ils sont tous retranchés à l'infirmerie, avec cette garce de Nayla et cette lesbienne de toubib est en train de l'opérer, j'en mettrais ma main au feu. Lazor refuse de m'ouvrir, alors j'ai été obligé de prendre le commandement. Je vais tuer Dem de mes propres mains, au moins ce sera plus efficace que de te laisser faire. Ensuite, je vais baiser cette salope de toutes les façons possibles. Elle sera à ma botte, enfermée dans sa cabine. Elle me donnera ses visions de l'avenir quand je le souhaiterai et le reste du temps, elle écartera les cuisses pour moi.

Helisa ne put retenir un soupir d'exaspération. Quel abruti ! Se dévoiler maintenant était prématuré et traiter Nayla Kaertan de cette façon, une erreur.

— Xev... laisse tomber. Quand Dem sera convalescent à l'infirmerie, diminué, il sera toujours temps de le tuer.

— Je n'ai pas besoin de tes conseils.

Tout au contraire, songea-t-elle.

— Xev, ce n'est pas en assassinant Dem que tu arriveras à séduire cette enfant. Tu dois...

— La séduire, la charmer... Je sais. J'ai suivi tes conseils. Elle m'a fait lambiner des semaines. J'ai été son ami, j'ai tué cet abruti de gamin qui jouait les chevaliers servants. Je l'ai fait pour toi, parce que tu m'as conseillé d'éliminer la concurrence.

Elle avait surtout voulu s'assurer de sa domination sur cet homme. Il était si imbu de lui-même qu'il était aisément manipulable. Lorsqu'elle l'avait rencontré sur Bekil, elle l'avait rapidement séduit. Ils avaient fait l'amour sous le porche d'une maison, puis il lui avait tout raconté ; les pouvoirs de Nayla, les talents de Dem, son envie de se venger de l'Imperium. Elle avait deviné son désir de pouvoir et lui avait offert la possibilité de l'obtenir. Avec l'aide de Tellus, lui avait-elle dit, il pourrait devenir le chef tout-puissant de la rébellion. Pour cela, il lui suffisait de séduire la jeune Nayla. Il lui avait dit qu'il avait déjà essayé, mais sans grand succès, surtout depuis que son ami d'enfance les avait rejoints. Elle lui avait alors suggéré de se débarrasser de ce gamin encombrant. Sur ses conseils, il avait entraîné ce Seorg dans les ruelles de Bekil et l'avait tué avec l'un de ces poignards spécifiques aux Gardes de la Foi. Ils avaient fait l'amour près du cadavre, puis elle s'était échappée en riant.

— Tu ne peux pas encore te passer d'elle, Xev. Elle a fini par te céder, quand tu as accepté de suivre mes conseils et d'utiliser la présence de cette Ja…

— Beau résultat ! Elle s'est soumise, c'est vrai, mais maintenant, elle veut se débarrasser de moi.

— Tu n'as peut-être pas été à la hauteur, mon chéri.

— Pas à la hauteur ?

La gifle fit tinter ses oreilles. Avant qu'elle n'ait eu le temps de réagir, il l'avait retournée et projetée contre la table. Il la maintenait fermement, tout en baissant son pantalon. Helisa ne lutta pas. Xev appréciait l'amour brutal et elle lui laissait croire qu'elle adorait cela. Il la pénétra brusquement et elle usa de son expérience pour simuler une jouissance qu'elle n'éprouvait pas.

— C'est ainsi que j'aurai dû traiter cette petite chienne, grogna-t-il et c'est ainsi que je vais la traiter, désormais. Comme toi, elle gémira de plaisir.

— Ouiiii…, gémit Helisa. Vas-y mon bel étalon.

Elle se remémora les délicates attentions de Zhylo, son dernier amant, pour mieux berner celui qui pensait la satisfaire.

L'Espoir est notre guide, notre flamme.

Déclarations de la Lumière

La première chose qu'il ressentit fut la douleur. Chaque inspiration poignardait ses poumons d'une lame incandescente et son épaule le faisait atrocement souffrir. Milar lutta pour comprendre ce qui lui arrivait. *Je suis en vie !* La pensée traversa son esprit avec la force d'un éclair percutant le sol d'Erjima. *Je suis en vie ! Nayla ?* Il se revit sur Cazalo. Il se souvint de cette alerte envoyée par son intuition de combat. Il s'était jeté sur elle pour la protéger. *Nayla !* Avait-il réussi à la sauver ? Il essaya d'ouvrir les yeux, mais il était trop faible pour cela. La peur de la perdre fut soudain insupportable. Comment pourrait-il vivre sans elle ? Il ne parvenait pas à contenir le flot d'émotions que cette pensée suscita. Devor Milar sursauta. Émotions ? Il prit alors conscience du tumulte en lui. Il essaya de se calmer, de comprendre ce qui lui arrivait, mais ce qui rugissait dans son âme était incontrôlable. Il sombra à nouveau dans l'inconscience.

La douleur était toujours présente, mais c'est une chose qu'il avait appris à contrôler. La tempête de sentiments contradictoires qui régnait dans sa tête était ingérable et terrifiante. Il tenta de faire le vide en lui pour décrypter ce qui était arrivé. En vain. Les émotions qu'il avait si soigneusement enfermées quelques mois auparavant galopaient sauvagement, libres, et affamées. Il avait vécu quelque chose d'approchant après le massacre d'Alima, mais d'une ampleur moindre.

— Dem !

Il frémit en entendant cette voix, cet appel.

— Dem ! Vous m'entendez ? Dem ?

Il mit quelques secondes à se souvenir qu'il était Dem. Ce surnom lui avait été donné par Nako, son ami d'autrefois qu'il avait oublié pour mieux accepter le conditionnement imposé par l'Imperium. Il l'avait utilisé, lorsqu'il se cachait sous l'identité de Dane Mardon. Dem était devenu le général de la rébellion, mais c'était un nom creux qui masquait le sien : Devor Milar. Le surnom « Dem » n'était qu'un mensonge et évoquer tout cela lui serra la gorge de chagrin.

— Dem ! Je vous en prie, ouvrez les yeux !

À regret, il s'exécuta. Il ouvrit lentement et péniblement les paupières. Il fut bouleversé par le regard de Nayla. Ses yeux bruns, pailletés de points verts, brillaient de larmes. Ils étaient soulignés de larges cernes presque noirs qui tranchaient sur sa peau pâle. Elle paraissait épuisée et à la limite de l'évanouissement, fatiguée oui, mais en vie. Il en éprouva un soulagement déconcertant.

— Nayla…

Il faillit ne pas reconnaître sa propre voix, rauque, presque inaudible.

— Oh Dem ! murmura-t-elle au bord des larmes. J'ai tellement eu peur de vous perdre.

Il fut troublé par son accent de sincérité. Il se souvenait parfaitement des paroles haineuses qu'elle lui avait crachées au visage, réclamant Devor Milar pour général et lui affirmant que Dem n'était qu'un subterfuge à l'usage des autres rebelles.

— Dem…, commença-t-elle, sans oser continuer sa phrase.

— Vous n'avez rien ? demanda-t-il.

— Non, rien. C'est vous… Dem, vous vous êtes sacrifié pour moi, encore une fois.

La voix de la jeune femme se brisa et elle ferma les yeux pour cacher l'expression de son regard. La vague d'émotion qui émanait d'elle le frappa de plein fouet, augmentant son désarroi. Elle était à la fois heureuse et désespérée, triste, horrifiée, honteuse…

— Arrêtez…, murmura-t-il, incapable d'encaisser tout cela.

Son empathie fonctionnait à nouveau et ajoutait d'autres troubles à son esprit en ébullition. *Je vais devenir fou*, songea-t-il. Il devait se calmer, il le devait absolument. Il inspira profondément, lentement, et réussit à trouver un point d'équilibre précaire.

— Que s'est-il passé ? demanda-t-il.

— Je faisais un discours sur Cazalo, vous vous êtes jeté devant moi à l'instant où un sniper faisait feu. Le lywar a traversé votre armure, votre poumon droit, l'armure à nouveau… avant de venir s'écraser contre ma propre armure.

Il aurait dû être mort. Le trait d'énergie avait dû briser son omoplate et perforer son poumon. Il ne comprenait pas par quel miracle, il était encore en vie. Il se souvenait de l'instant où il avait été touché et du regard de Nayla, au moment où il avait cru s'évader à jamais de cette vie. Il se rappelait une sensation étrange. Le mur qui enfermait ses émotions avait implosé. Son cœur s'accéléra. La protection qu'il avait créée s'était-elle brisée d'elle-même ? Il se souvint d'une autre chose, d'une présence en lui, d'une puissance, d'une lumière diffusant une chaleur régénératrice…

— Que m'avez-vous fait ? Vous êtes entrée dans mon esprit ?

— Je ne pouvais pas vous laisser mourir, je ne voulais pas vous perdre. J'ai fait comme vous, je vous ai donné de ma force vitale, de mon énergie pour vous empêcher de mourir.

Il frémit à cette évocation. Elle avait fait bien plus que cela. Donner de l'énergie à une personne épuisée était une chose, retenir la vie d'un individu était un acte totalement différent. Il avait tenté cela une fois. Ils avaient capturé un espion de Tellus et l'homme s'était suicidé. Il s'était introduit dans son esprit pour le maintenir en vie, le temps que le médecin puisse le sauver afin qu'il soit interrogé. Il avait vite compris que c'était irréalisable.

— Elle a fait comme Cavara, intervint Tarni. Nayla Kaertan est puissante, Colonel.

Il ne put s'empêcher de sourire en entendant cette voix rauque.

— Non Tarni. C'est différent. Cavara m'a donné de l'énergie ce jour-là, c'est vrai, mais je n'étais pas mourant.

L'inquisiteur Cavara avait aidé le jeune colonel qu'il était, sacrifiant ainsi sa propre vie, détruite par la perte massive de sa force vitale. Il avait retrouvé une vitalité extraordinaire, qui lui avait permis de passer outre une blessure douloureuse. Revigoré, il avait conduit la Phalange écarlate à la victoire.

— Je l'ai fait, pourtant. Je vous ai maintenu en vie, le temps que Lazor vous donne les premiers soins et que nous vous transportions à l'infirmerie, où Leene a pu vous opérer.

Il regarda autour de lui. Il ne se trouvait pas à l'infirmerie, mais en salle des machines, dans le bureau de l'officier technicien.

— Si nous sommes ici, je suppose qu'il y a un problème.

— Lazor nous a enfermés dans l'infirmerie. Il n'avait pas confiance en Tiywan. Ce traître s'est proclamé général et a demandé à Lazor de se rendre. Il voulait mettre la main sur vous et a exigé que je me mette sous sa « protection », acheva-t-elle avec dégoût.

À la mention de Tiywan, une colère froide, mêlée de fureur et de jalousie, s'éveilla en lui. Il se souvenait de ce qui s'était passé entre eux. Ce sentiment de trahison satura sa capacité de réflexion et il se sentit dériver vers l'inconscience.

— Dem ? Dem ? Lan, allez chercher le docteur, je crois qu'il…

— Non ! s'écria Dem en revenant à lui. Pas de médecin, ce n'est pas nécessaire. Lan, je dois parler seul à seule avec Nayla.

Tarni claqua des talons, sortit et ferma la porte derrière lui. Dem tenta à nouveau de retrouver une certaine sérénité.

— Que m'avez-vous fait ? demanda-t-il dès qu'ils furent seuls.

— Je vous l'ai dit, je…

— Non ! Mes émotions, mes damnées émotions, Nayla ! Ne pouviez-vous pas attendre ?

Il préférait accuser la jeune femme d'être responsable de son état, plutôt que d'affronter la vérité. Il ne voulait pas admettre qu'il avait brisé de lui-même le mur qu'il avait érigé.

Nayla ne pouvait pas détourner son regard. Dans le froid glacier des yeux de Dem brûlait une flamme sauvage, presque insoutenable. Il venait de lui confirmer ce qu'elle avait deviné. Il était redevenu lui-même, il était à nouveau capable de ressentir.

— Vous les avez retrouvées ? demanda-t-elle tout de même.

— Vous avez détruit leur cage, coassa-t-il avec un rire sans joie. Je… Je n'arriverai jamais à maîtriser ce vacarme.

— Vous êtes Dem, à nouveau, se réjouit-elle.

— En effet. Vous ne m'avez pas laissé le choix !

— Je me suis contenté de vous donner de l'énergie.

— Peut-être, répliqua-t-il sombrement.

Le lendemain d'Olima s'invita entre eux et jeta une ombre menaçante sur une amitié impossible. Bien que blessé et diminué, cet homme restait Devor Milar. Elle voulait le haïr et elle voulait l'aimer. Dem et Milar. Milar et Dem. Comment arriver à concilier les deux ? Comment lui pardonner Alima et tout le reste ? Comment ne pas pleurer sur ce qui avait été sa vie ?

— Dominez vos émotions. Mon empathie fonctionne à nouveau et vous me tuez avec ce que vous pensez.

Elle se sentit rougir, puis pâlir. La tristesse dans son regard bleu était désormais insoutenable. Sans réfléchir, elle se laissa tomber sur les genoux, à son chevet et prit sa main entre les siennes. Elle était brûlante, il n'était pas encore guéri.

— Dem… pardonnez-moi.

— Nayla…

— Non, laissez-moi parler, après je ne pourrai plus. Yggdrasil m'a montré votre visage, ce jour-là. C'est comme ça que j'ai su qui vous étiez… Enfin, je n'ai plus eu l'occasion de me cacher la vérité. Au fond de moi, je savais depuis longtemps que vous étiez Devor Milar, seulement, je refusais de l'envisager. Le néant ne s'est pas contenté de cette révélation et ce que j'ai vu m'a mise hors de moi. Je vous ai vu rencontrer Dieu. Il vous a donné la mission de me trouver, de me tromper, de m'utiliser pour détruire tous les hérétiques.

Elle ne le quittait pas des yeux, essayant de lire la vérité sur son visage. Elle y déchiffra de la surprise, teintée d'une certaine frayeur.

— J'ai utilisé ce mensonge pour recruter Lazor et les autres, souffla-t-il. Je leur ai parlé d'une Mission Divine, de cette mission précisément…

Elle oublia de respirer. Était-ce vrai ? Avait-il pour mission de la trahir ?

— Je n'ai rien vu dans vos souvenirs, murmura-t-elle.

— Parce que c'est faux. Jamais Dieu ne m'a confié une mission pareille. Ce serait suicidaire pour l'Imperium. J'ai inventé cette fable, d'abord pour jeter le trouble dans l'esprit de Yutez, puis pour m'assurer de la coopération de Lazor. Malgré leur loyauté envers moi, ils ne m'auraient jamais obéi sans cette hypothétique Mission Divine.

— Mais…

— Je ne vous demande pas de me croire, je me contente de vous dire ce que j'ai fait, expliqua-t-il avec mélancolie.

— Yggdrasil a utilisé cette théorie une autre fois, pour me convaincre de vous abandonner lors de l'accident sur la lune-chantier de Bekil. À ce moment-là, je me suis dit…

Elle hésita, incapable de lui faire part de ses soupçons. Il le fit à sa place.

— Vous vous êtes souvenue que je suis capable de modeler mon esprit pour berner un inquisiteur et que j'aurais pu faire de même avec vous. Il n'y a rien que je puisse faire pour vous persuader du contraire.

— Je sais. Yggdrasil a aussi dit autre chose. Une autre voix… C'est compliqué. Nous n'avons jamais vraiment parlé de mes visions, de ce qui s'y passe. Je me retrouve dans un lieu totalement vide, c'est le néant absolu. Le destin se joue à cet endroit. Est-ce un endroit, ou l'esprit d'un être supérieur ? Ce que je sais, c'est que dans ce lieu se trouvent plusieurs entités dont les avis s'affrontent.

Il la regardait avec fascination. Intimidée, elle gagna du temps en se redressant et s'assit sur le bord du lit pour ne pas lâcher sa main.

— En orbite autour de la lune-chantier de Bekil, poursuivit-elle, quand ce bâtiment a explosé, j'ai eu une vision. Je vous ai vu me livrer à l'Inquisition. J'ai effectivement pensé que vous m'aviez dissimulé vos véritables souvenirs, que vous vous étiez joué de moi.

— Pourquoi êtes-vous venu me chercher dans ce cas ?

— Avant que je ne quitte Yggdrasil, quelqu'un m'a parlé. Une voix distincte, pas un murmure inaudible comme souvent. Je l'ai entendue clairement. Elle a dit « Écoute ton cœur. »

Nayla lutta contre ses larmes et contre cette boule qui lui bloquait la gorge. Elle acheva dans un souffle.

— J'ai choisi de passer outre mes soupçons. J'ai choisi de vous sauver parce que… je tiens à vous.

Il sembla troublé par son aveu et ferma les yeux pour dissimuler ses pensées. Quand il leva à nouveau les paupières, elle vacilla sous l'intensité de son regard.

— Dem, continua-t-elle, ce jour-là en orbite autour d'Olima, je voulais vous tuer, je voulais vous faire souffrir. Je vous haïssais, pas parce que vous étiez Milar, mais parce que vous m'aviez menti, parce que vous alliez me trahir. Je voulais écraser votre vie entre mes mains et puis… et puis je vous ai vu enfant, battu, torturé. J'aurais dû éprouver de la compassion pour vous, mais j'étais tellement en colère. À mon réveil, je vous ai dit des mots terribles, je vous ai fait du mal, je voulais que vous souffriez. Vous étiez Milar et je vous avais haï toute ma vie, je n'ai pu m'empêcher de déverser sur vous toute ma colère, toute ma frustration. Je n'ai pas réfléchi. Jamais, je ne pourrai me pardonner ce moment et je suis sûre que vous non plus, vous ne pourrez pas…

Dem l'interrompit en effleurant sa joue avec douceur.

— Jamais je ne vous en voudrai pour ce jour-là. Vous aviez le droit de vouloir ma mort. Je suis le seul à blâmer. J'ai été lâche. Mais si, affirma-t-il avec un léger sourire, j'ai été lâche. J'aurais dû vous avouer mon identité bien plus tôt, mais j'avais peur de perdre votre amitié. Elle comptait plus que tout pour moi et ce sentiment n'était pas facile à comprendre. Ensuite… Je n'ai pas su gérer le flot d'émotions que vos mots ont déclenché. Je suis capable d'endurer une souffrance physique qui terrifierait n'importe qui, vous le savez, mais je n'ai pu supporter ce désespoir. Je n'en ai pas eu le courage.

— Dem…, dit-elle avec un sanglot dans la voix.

— De la lâcheté, jeune fille, et si je pouvais encore faire taire cette tempête dans mon âme, je le ferais.

— Je vous en prie, non !

— Ne vous inquiétez pas, la rassura-t-il avec un rire léger, j'ai compris mon erreur. Sans ces damnées émotions, je suis diminué. Je veux être capable de vous aider au mieux.

Un long silence s'installa et il devint évident qu'aucun d'eux ne souhaitait explorer, plus avant, ces sentiments non exprimés.

— Nous sommes dans le bureau de Mylera, dit-il au bout d'un moment. Comment et pourquoi sommes-nous arrivés ici ?

— Tiywan nous a attaqués. Lazor a réussi à le repousser, mais il était évident que nous ne pouvions pas rester à l'infirmerie. Leene vous avait opéré et elle a fini par admettre que nous devions courir le risque de vous déplacer. Tarni a parlé de la trappe de secours, nous sommes descendus à l'étage de la salle des machines et Lazor nous y a enfermés. Il a aussi détourné les commandes de la passerelle. Nous sommes redevenus les maîtres du Vengeur, mais… J'ignore combien de mutins Tiywan a derrière lui.

La jeune femme avait senti le rouge lui monter aux joues, au fur et à mesure de ses explications. Sa honte d'avoir cédé à Tiywan lui soulevait l'estomac et maintenant qu'elle lisait de la colère dans le regard de Dem, elle se sentait encore plus méprisable.

— Savez-vous qui a tiré ? questionna-t-il d'une voix calme.

— Tarni pense que Tiywan a demandé à quelqu'un de le faire.

Dem réfléchit un instant, puis il afficha une grimace de dégoût.

— Non, cela ne peut pas être lui.

— Pourquoi cela ? Je ne compte pas pour lui, vous savez, précisa-t-elle le feu aux joues.

— Il doit certainement être furieux contre vous, puisque vous l'avez rejeté, expliqua-t-il en tentant de rester impassible, mais sans vous, il ne peut pas s'emparer du pouvoir. Pour le moment, la rébellion n'est rien sans l'Espoir. Sans vous, il n'a aucune légitimité, alors il prévoit de vous utiliser. Si j'avais été la cible, alors je l'aurais accusé, mais c'est vous qui étiez visée.

— Mais qui alors ? L'Inquisition ?

— Non plus. L'Inquisition sait bien qu'on ne tue pas un démon de votre puissance. Dieu réclame que les gens comme vous lui soient livrés en vie. Il serait furieux d'apprendre votre mort.

— Mais alors, qui…

— Un fanatique, sans doute… ou… ou quelqu'un qui a anticipé ma capacité de réaction, marmonna-t-il pensivement.

— Je ne comprends pas.

— On a déjà essayé de me tuer en sabordant le bombardier. J'ai réussi à m'en sortir parce que j'ai devancé le danger. J'ai pensé que Tiywan était le coupable, mais peut-être me suis-je trompé. Si j'avais été la cible du sniper, j'aurais évité le tir. Il se peut que cette personne l'ait deviné.

— Vous voulez dire que quelqu'un m'a visé en espérant que vous vous interposeriez et qu'ainsi… C'est vicieux comme réflexion, non ?

Tiywan est un fourbe, mais c'est trop tordu et trop malin pour que cette idée vienne de lui.

— Certes. Il hésita un instant, puis continua. J'ai été contacté par la coalition Tellus.

— Pardon ?

— Sur l'astroport de Bekil.

— Vous ne m'avez rien dit.

— Je n'en ai pas vu l'utilité. Il s'agissait d'un maître-espion qui proposait de l'aide, des armes, des vaisseaux, des hommes entraînés...

— Nous aurions pu y réfléchir.

— Absolument pas ! Je n'ai aucune confiance dans la duplicité de la Coalition. La seule chose qui les intéresse, c'est de retrouver le pouvoir. Ils ont tout tenté pour cela, y compris attiser la haine des Hatamas. Leurs dirigeants seraient prêts à tout pour mettre la main sur vous.

— Qu'avez-vous fait, alors ?

— Il m'a reconnu, alors je n'ai eu d'autre option que de le tuer.

— Vous pensez qu'ils ont envoyé quelqu'un d'autre ?

— Peut-être. Les espions de Tellus agissent souvent en binôme et il serait facile pour l'un d'entre eux de se faire admettre à bord.

— Que chercherait-il ? Pourquoi vouloir vous tuer ? Pour venger son ami ?

— Pour eux, la vengeance n'entre pas en ligne de compte. Un maître-espion manipule ceux qu'il peut manipuler et tue les autres.

— Et je suis manipulable, lâcha-t-elle avec une certaine rancœur.

Il pâlit sous l'attaque. Elle regretta aussitôt d'avoir dit ces mots, mais c'était trop tard. Désolée, elle voulut s'éloigner, mais il agrippa son poignet.

— Nayla... Écoutez-moi attentivement, je vous en prie.

Elle frémit sous l'impact de ce regard bleu, voilé de tendresse. Un sourire désabusé incurvait un côté de sa bouche, de cette façon qui le rendait si séduisant. Encore une fois, il caressa doucement la joue de la jeune femme qui tressaillit sous ce contact.

— Nayla, nous ne pouvons pas fonctionner en nous reprochant nos erreurs passées. Vous avez fait des choix, dit des choses, sous l'action de la peur, de la frustration et de la colère. Je commence à comprendre la terrible dictature des sentiments. Je ne vous reproche rien, je vous pardonne tout. D'ailleurs, il n'y a rien à pardonner.

Comment lui dire tout ce qu'elle ressentait ? Elle n'avait qu'une envie, se blottir dans ses bras et oublier qu'il était Milar. Les images d'Alima revinrent la hanter. Avait-elle le droit d'aimer un homme responsable d'un tel génocide et de tellement d'autres morts ?

— Je sais, admit-il avec mélancolie, vous ne me le pardonnerez jamais.

Elle sursauta, prise en faute. Il avait retrouvé la faculté de deviner ses sentiments les plus secrets.

— Je suis désolée. Je ne peux pas oublier ces images. Elles me hantent depuis si longtemps...

— Elles me hantent aussi. Je mérite votre mépris et votre haine.

— Je ne vous méprise pas, Dem. Je sais que vous n'aviez pas le choix. Votre vie a été un cauchemar. Vous n'en avez jamais été maître, je sais cela. Je sais que vous avez cédé parce que Nako a insisté et parce que, déjà, Yggdrasil influençait votre vie. Je suppose qu'il s'agissait de préserver le rôle que vous deviez jouer à mes côtés. Je sais tout ça.

— Mais cela ne change rien, n'est-ce pas ? J'ai détruit Alima.

— Comment pourrais-je l'oublier ?

— Si vous y parvenez, dites-moi comment ? J'aimerais effacer ces images de ma mémoire.

— Qu'allons-nous faire ?

— Continuer cette guerre, travailler ensemble, accomplir cette prophétie. Lorsque tout sera fini, peut-être aurez-vous des sentiments plus indulgents pour moi et peut-être pourrez-vous oublier qui j'étais, pour ne vous souvenir que de Dem.

La fatalité, qui teintait sa voix, inquiéta la jeune femme.

— Que voulez-vous dire ?

— Rien. Oubliez cela. Affrontons l'étape suivante et ayez confiance en moi, je vous en prie.

Elle aurait voulu qu'il l'embrasse, elle aurait voulu l'embrasser, mais il était trop tôt pour cela, ou trop tard.

Dem ressentit l'envie de Nayla, elle était clairement écrite dans son regard, mais dans le même temps, elle craignait cette relation avec un homme qu'elle considérait comme un monstre. Il ne lui en voulait pas. Il ne pouvait plus chasser de son esprit les images de tous les meurtres qu'il avait perpétrés. Il savait que s'il l'avait prise dans ses bras, s'il avait posé ses lèvres sur les siennes, elle n'aurait pas protesté. Elle n'était pas prête pour cela et lui encore moins. De plus, il refusait de la faire souffrir. La prophétie était claire. Pour lui permettre de vaincre Dieu, il devrait mourir. Il ne fallait pas que Nayla s'attache trop à lui.

— J'ai confiance en vous, murmura-t-elle enfin.

— Cela me touche beaucoup et…

Ses émotions ne s'apaisaient pas et il les refoulait tant bien que mal. L'épreuve était trop intense et après un éblouissement, le décor se mit à danser dangereusement autour de lui, tandis qu'un film de sueur froide couvrait sa peau.

— Dem ? Dem, est-ce que ça va ?

— Ce n'est qu'un vertige passager.

— Vous êtes réveillé depuis peu et je vous harcèle avec mes questions. Je suis impardonnable. Je vais aller chercher le docteur.

— Attendez, protesta-t-il.

— Non, insista-t-elle, je veux qu'elle vous voie.

— Très bien, céda-t-il. Ensuite, vous m'enverrez Lazor.

Elle se dirigeait vers la sortie, mais il l'intercepta.

— Un instant, Nayla. J'ai remarqué qu'il existait une certaine complicité entre Tarni et vous.

— Il a été d'un soutien sans failles ces derniers jours. C'est étrange, mais oui, j'ai confiance en lui.

— Vous pouvez. Il vous protégera, mais n'oubliez pas : vous ne pouvez pas vous fier entièrement à lui. À ses yeux, vous êtes un démon que j'ai pour mission de capturer.

— Je sais que c'est à vous qu'il est dévoué. Je l'apprécie tout de même.

— Tant qu'il croit que je suis en Mission Divine, en effet, il me restera loyal. S'il comprenait que j'ai réellement changé, il m'abattrait sans tergiverser.

— Je ne crois pas, il vous aime bien.

— N'attribuez pas de sentiments humains aux Gardes de la Foi. Ils n'en sont pas capables.

— Je serai prudente, concéda-t-elle avec une grimace de contrariété. Je reviens, ne bougez pas.

Dem se rallongea avec précaution. Il était épuisé et brûlant de fièvre. Ses poumons le brûlaient et son épaule l'élançait. Il ferma les yeux. Le souvenir du regard triste et passionné de la jeune femme ne le quittait pas. Elle était la lumière de sa vie. Cette idée était terriblement perturbante.

— Vous avez vraiment une tête horrible, déclara Plaumec.

Il ouvrit les yeux et découvrit Leene, assise à son chevet.

— Merci, Docteur, vous avez toujours su parler à vos patients.

Un grand sourire éclaira son visage inquiet.

— C'est donc vrai ! Vous êtes redevenu vous-même. Si j'avais su, je vous aurais percé le poumon plus tôt.

— Faites attention à ce que vous dites. Si Lan vous entend, il pourrait en déduire que vous êtes le sniper.

— Très drôle, Dem, très drôle. Laissez-moi vous examiner.

Il se laissa faire tout en trouvant étonnant que la présence de cette femme apaise le tumulte de ses pensées.

— Vous avez de la fièvre, mais une telle réaction est normale après ce que vous avez subi. Le tir a fait de réels dégâts. J'ai été obligée d'opérer votre poumon.

— Je peux dire que vous avez fait de l'excellent travail.

— Je l'espère. Je ne suis pas chirurgien, mais les ordinateurs du Vengeur sont efficaces. Je n'ai eu qu'à suivre leurs indications.

— Merci, Docteur.

— Je vous en prie, c'était mon devoir et vous êtes mon ami. Je n'allais pas vous laisser mourir.

— Votre ami ? dit-il, surpris par sa déclaration.

— Mais oui, bien sûr. Le tir a détruit une côte et j'ai retiré ce qui en restait. Il a aussi transpercé votre omoplate. L'infirmerie a été privée d'énergie avant que je puisse utiliser le reconstructeur. Voilà pourquoi j'ai immobilisé votre bras droit.

— Je peux le bouger pourtant.

— L'avantage du lywar, c'est qu'il perfore sans casser. Vous avez un trou dans l'os avec quelques fêlures tout autour, mais le reste de l'omoplate est intact. Je vous demande pourtant de ménager votre bras.

— Bien sûr, Docteur.

— Votre constitution est réellement extraordinaire. N'importe qui serait mort après une telle blessure.

— Nayla a contribué à ma survie, il me semble.

— Je n'arrive pas à concevoir ce qu'elle vous a fait et je ne suis pas sûre de le vouloir. C'est… contre nature.

— Docteur…

— Je sais. Il s'agit d'un don, mais il la dévore. Rien n'est donné sans contrepartie dans cet univers et j'appréhende le prix qu'elle aura à payer.

— Espérons qu'il ne sera pas trop élevé, confia-t-il en se souvenant de l'homme enfermé dans le temple.

— Je l'espère aussi. Enfin, oublions cela, nous ne pouvons pas y faire grand-chose. Vous devez vous reposer.

Sans prévenir, elle lui injecta un produit qui se répandit comme un courant glacé dans son sang. Il frissonna.

— Je dois rester efficient, vous savez. Nous ne pouvons pas demeurer ici éternellement.

— Si j'ai bien compris, personne ne peut nous déloger de la salle des machines.

— C'est exact.

— Alors vous allez dormir. Si vous voulez être opérationnel rapidement, vous devez impérativement dormir.

— J'ai peur que vous n'ayez raison.

— Depuis le temps, vous devriez savoir que j'ai souvent raison.

Il sourit. Le sommeil le gagnait lentement et ses paupières menaçaient de se fermer.

— Comment va Nayla ? trouva-t-il la force de demander.

— Elle est épuisée et bouleversée... Elle vous aime.

Cette déclaration simple et sans appel le fit tressaillir. Il lui agrippa le poignet d'une main ferme.

— Que dites-vous ?

— Vous avez très bien entendu.

— Vous vous trompez. Elle ne me pardonnera jamais Alima.

— Bien sûr que si. Elle est persuadée qu'elle n'a pas le droit de vous aimer, parce que vous êtes, ce que vous êtes. Pourtant, elle vous aime profondément, de façon très naïve. Ne la blessez pas, voulez-vous.

— Je n'en ai pas l'intention, mais si vous dites vrai, je dois la faire changer d'avis.

— Pourquoi cela ?

— Je ne suis pas un homme pour elle. De tels sentiments sont... Elle ne doit pas m'aimer.

— Vraiment, je ne vois pas pourquoi.

— Pour ne pas la faire souffrir.

— Aucun doute, vous êtes devenu un homme normal.

— Je vous demande pardon...

— Vous voulez l'empêcher de souffrir et pour cela, vous lui brisez le cœur. Il n'y a qu'un homme pour penser une stupidité pareille. J'espère qu'un jour, vous cesserez de vous comporter comme un idiot, en attendant... Dormez.

Nayla s'était assise, appuyée contre la cloison. Elle essayait d'éviter le regard triste de Mylera, ou celui inquisiteur de Jholman. Soilj vint s'asseoir près d'elle, avec un sourire.

— Comment va ta jambe ? demanda-t-elle.

— Bien, ne t'en fais pas. Et toi, comment vas-tu ?

— Bien mieux, Soilj. Merci.

— Et Dem ?

— Il va s'en sortir. Il faut qu'il s'en sorte.

— Oui, il le faut. Si j'ai bien compris, tu as réalisé un miracle pour le sauver, dit-il avec respect.

— Soilj, j'ai juste… Je t'en prie ! Tu ne vas pas commencer à me vénérer ou quelque chose comme ça.

— Non, aucune chance, répliqua-t-il en riant. Je suis juste ton ami.

— Et je suis la tienne, répondit-elle en bâillant.

— Tu es épuisée. Dors, Nayla. Je veille sur toi.

Elle acquiesça, s'allongea sur le sol et ferma les yeux. Elle était si fatiguée, qu'elle était persuadée de pouvoir dormir trois jours d'affilée. Pourtant, le sommeil continuait à la fuir. Dem occupait ses pensées, elle ne pouvait pas oublier la tendresse qu'elle avait devinée dans son regard si bleu. Elle le connaissait bien, elle avait vécu les mêmes choses que lui, lovée dans les méandres de ses souvenirs. Cet afflux d'émotions devait être insoutenable et c'est en pensant à lui qu'elle sombra enfin dans le sommeil.

Son entrée dans le néant fut brutale. Elle se retrouva au cœur d'Yggdrasil, errant dans le vide. Comme chaque fois, elle fut accueillie par le murmure des voix et cette fois-ci, il lui sembla qu'elles étaient satisfaites. Sa destinée était à nouveau en marche. Sans attendre, elle fut aspirée par un vortex et projetée dans le futur. Elle était là, dans la salle des machines, en compagnie de ses amis et de Dem. Le signal d'alarme hurlait. Sa vision se décala et elle vit le vaisseau Carnage de Janar, ainsi que deux Vengeurs et une multitude d'autres vaisseaux, entrer dans le système de Cazalo. Ils ouvrirent le feu sans tarder, écrasant la flotte rebelle. Ils tirèrent aussi sur le Vengeur 516, détruisant ses boucliers.

Mylera essayait désespérément de réparer les moteurs, sans y parvenir. Le Vengeur était immobilisé. Les Gardes de la Foi montèrent à bord, envahirent le vaisseau et pénétrèrent en salle des machines. Elle vit Leene mourir, elle vit Valo être frappé de plusieurs tirs, elle vit Jholman être égorgé. Lazor et Tarni se battirent sauvagement, mais eux aussi furent vaincus. Enfin, elle fut capturée. À genoux sur le sol froid, elle vit s'avancer cet inquisiteur roux qu'elle avait déjà vu en compagnie de Janar. Elle frissonna en croisant son regard dément. Dem fut jeté au sol, trop faible pour se défendre. Elle entendit le rire victorieux et méprisant de Qil Janar. Il fallait qu'elle revienne à la réalité, il fallait qu'elle les prévienne. Alors qu'elle luttait pour sortir d'Yggdrasil, une force tenta de l'en empêcher, murmurant à son oreille :

— Il t'a menti. Il te trahira.

Elle refusait de se laisser influencer par cette voix à l'accent malveillant, mais pourtant… et si elle disait vrai ?

— Ne l'écoute pas ! Écoute ton cœur !

Elle sursauta en entendant cette autre voix, celle qui semblait vouloir réellement l'aider et qui paraissait vouloir protéger sa relation avec Dem. Ce ne furent pas les paroles prononcées qui la stupéfièrent, mais la voix elle-même. Elle venait de la reconnaître et n'arrivait pas à y croire. C'était impossible, cela ne pouvait pas être lui. Nako ?

— *Tu dois avoir confiance en lui. Il est ton bouclier.*

— *Nako ?* demanda-t-elle. *Est-ce toi ?*

— *Écoute ton cœur. Cet homme est ta force.*

Elle allait répondre, quand un froid malveillant l'enveloppa.

— *Fuis !* dit la voix de Nako.

Elle réintégra le présent brusquement, la nausée au bord des lèvres. Elle se leva sans tenir compte de son vertige et courut jusqu'au bureau de Mylera. Dem dormait paisiblement, avec Leene Plaumec assoupie dans le fauteuil près de lui. En entendant la jeune femme entrer, elle ouvrit les yeux.

— Laissez-le dormir, il en a besoin.

— C'est impossible, malheureusement. Réveillez-le, Docteur, ou nous sommes tous morts.

Le ton de sa voix avait dû l'informer de l'urgence de la situation, car elle se contenta d'un soupir exaspéré pour toute protestation. Elle injecta un produit dans le bras du blessé. Nayla n'avait pas attendu pour s'asseoir sur le bord du lit.

— Dem ! Dem, réveillez-vous !

Il ouvrit les yeux presque instantanément et un sourire chaleureux éclaira son visage.

— Dem, nous avons un problème.

— Un seul ? Les choses s'améliorent.

Elle laissa échapper un rire nerveux, avant de préciser :

— J'ai eu une vision : Janar arrive.

— Rien d'étonnant. Savez-vous quand ?

— Ce n'est jamais aussi précis. Je les ai vus entrer dans ce système et nous étions toujours coincés ici. C'était un massacre, toute notre flotte a été détruite et nous avons été capturés.

— Vos visions sont toujours justes. Il faut agir. Tarni, aidez-moi à me lever, je suis resté à ne rien faire beaucoup trop longtemps.

Tarni n'avait jamais désobéi à l'un de ses ordres, mais cette fois-ci, il hésita suffisamment pour que Milar se pose la question. Il s'accrocha à son bras et se leva. Sans ce soutien, il se serait certainement écroulé. Il fit appel à toute sa volonté pour oublier la douleur et pour s'interdire de tomber.

— Docteur, gronda-t-il. Faites quelque chose !
— Dem, vous ne pouvez pas vous lever. C'est de la folie.
— Leene, précisa Dem doucement, toujours agrippé à Tarni, si nous restons ici, les Exécuteurs nous trouveront et nous tueront tous. Croyez-vous que ma santé entre en ligne de compte ?
— Sans doute pas, admit-elle.
— Alors, injectez-moi quelque chose ou je demande à Tarni de me trouver du Retil 4.
— Si vous faites ça, Tarni, s'exclama-t-elle, je vous empoisonne dans votre sommeil.
— Je ne dors pas souvent, Docteur, répliqua le vieux garde avec un sourire, mais j'écouterai votre conseil.
— Je l'espère bien. Soit, Dem... Donnez-moi votre bras.

Il ne lui demanda pas ce qu'elle lui avait administré, il se contenta d'apprécier l'apaisement de la douleur et le semblant d'énergie qui se déploya dans ses artères. Nayla ne l'avait pas quitté des yeux et son sentiment de culpabilité était puissant. Toujours appuyé sur Tarni, Dem entra dans la salle des machines. Mylera lui sourit avec timidité et un soulagement évident. Il lut la même chose sur le visage de Soilj. Il fut touché par cette fidélité, puis chassa ses émotions. Il allait devoir réapprendre à les mater.

— Soilj, j'apprécierais de pouvoir quitter cet endroit autrement que torse nu. Si vous pouviez me trouver de quoi m'habiller...
— À vos ordres, Général, dit le jeune homme, avant de foncer vers le fond de la salle des machines.
— Mylera, nous allons rejoindre la passerelle, expliqua Dem en s'appliquant à donner un ton calme à sa voix. Pour l'instant, tu es toujours le seul maître du vaisseau. Lorsque tu en recevras l'ordre, par mon armtop, celui de Nayla, ou celui de Lazor, tu pourras rendre le commandement. As-tu compris ?
— Oui, mais...
— Nous devons reprendre le contrôle du Vengeur et de la flotte. Nous devons le faire vite, car les Gardes de la Foi sont en route. S'ils arrivent alors que nous sommes coincés ici, nous sommes perdus.
— Si nous devons partir vite, j'aurai besoin de mon équipe. Lazor les a fait enfermer.
— Libérez-les, Commandant !
— Général, intervint Soilj, je vous ai trouvé une chemise et une veste. J'espère que cela vous conviendra.
— C'est parfait.

Il tenta de passer la chemise, mais dut se faire aider par Nayla, la douleur était trop aiguë. Il reprit sa respiration, une sueur froide inondait son corps.

— Je crois qu'on va oublier la veste, coassa-t-il.

Leur petit groupe progressait tranquillement vers la passerelle, débloquant les portes au fur et à mesure de leur avancée et les refermant derrière eux. Lazor et Verum ouvraient la route, alors que les huit hommes de l'équipe de sécurité, commandés par Tyelo fermaient la marche. Nayla, Dem et Tarni suivaient le groupe de tête, talonnés par Leene et Valo. Dem supportait stoïquement les élancements dans son épaule et tentait d'ignorer la migraine qui venait de s'inviter à la fête. Sa respiration était toujours laborieuse, mais la douleur dans sa poitrine avait presque disparu. Nayla marchait près de lui. Son visage avait retrouvé un peu de couleur, mais ses cernes ne s'étaient pas résorbés. Elle lui avait donné beaucoup trop d'énergie et resterait fragile pendant encore plusieurs jours. Elle lui décerna un regard plein d'affection, alors, malgré sa résolution de se montrer le plus distant possible, il lui adressa un sourire encourageant. Elle rougit et baissa les yeux, mais il irradiait d'elle tellement d'émotions contradictoires qu'il tressaillit. La gestion de ses propres sentiments était déjà un exercice difficile, mais subir ceux des autres était beaucoup plus compliqué. Il allait devoir se réhabituer à cette sensation déstabilisante.

— Vous croyez que l'on peut avoir confiance dans les techniciens que nous avons laissés avec Mylera ?

— Les deux hommes de Lazor sauront gérer la situation, mais je ne suis pas inquiet. Vous avez été parfaite avec eux. Votre discours était vibrant de sincérité, comme toujours. Ne vous inquiétez pas, tout ira bien.

— Tiywan va vous accuser et si la majorité le croit… Personne ne voudra suivre un… Enfin, vous savez.

Elle n'avait pas tort. S'il était prouvé qu'il était un garde noir, alors comment convaincre les rebelles qu'il était digne de confiance ?

— Si je peux me permettre, intervint la voix rauque de Tarni. J'ai commis l'erreur de prononcer votre grade en présence du jeune Valo. Il sait que vous êtes un Garde de la Foi et pourtant, il vous reste dévoué.

— Il faut persuader notre équipage qu'il est impuissant face à l'armée sainte. Ils ont besoin de vous, Nayla.

— Ils ont surtout besoin de vous, Dem. Nous serions tous déjà morts, sans votre science de la stratégie.

— Cet argument sera sans intérêt pour des fanatiques. De plus, c'est vous l'Espoir.

— Ce n'est pas un argument. Je ne veux pas jouer la carte de la religion. Il faut les convaincre que Tiywan a menti...

— Faites attention. Si un jour, les rebelles découvrent la vérité, ils perdront leur foi en vous. Évitez de mentir et quoiqu'il arrive tout à l'heure, si je disparais par exemple, ne faites pas confiance à Tiywan !

— Plus jamais, souffla-t-elle honteuse.

Milar fit taire la colère et la rage que lui inspirait cet homme.

— Il a trompé tout le monde. C'est de ma faute, je n'aurais pas dû lui donner un tel poste. Maintenant, écoutez-moi attentivement...

Ailleurs...

Jani Qorkvin n'aurait jamais cru s'impliquer ainsi dans une révolte, mais l'espoir que cela générait était irrésistible. Tout se passait à merveille et peut-être que la planète Am'nacar pourrait rejoindre les rangs de la coalition Tellus. Après tout, la frontière n'était pas si loin. C'est ce que pensait Anri Gulsen, le chef des rebelles. Ce bel homme, mince et élégant, avait le sourire facile. Sans beaucoup lutter, elle était tombée sous le charme de son regard presque ambré, à l'étrange profondeur. La vie de Jani n'avait été qu'une suite de trahisons, de malheurs, d'hommes qui avaient usé et abusé d'elle. Elle s'était jurée de ne plus en croire aucun, jusqu'à ce qu'elle croise la route d'Anri. Il voulait acheter des armes et avait fait appel à elle. Leur rencontre avait été explosive et la négociation s'était terminée dans la chambre du prophète, comme l'appelaient ses fidèles. Ils avaient fait l'amour avec passion et la jeune femme avait lié le destin de son organisation à celui de l'insurrection.

Cela faisait presque deux mois qu'elle partageait la vie et la couche d'Anri. Malgré son arrogance, elle était heureuse et commençait à penser que la malchance la laisserait en paix. La veille, Gulsen lui avait demandé de rencontrer des délégués de la coalition Tellus dans un système voisin. Il lui avait assuré qu'elle ne risquait rien, qu'il n'avait détecté aucun piège dans la trame du destin. Elle l'avait cru, bien sûr. Les prédictions de son amant étaient toujours justes. En entrant dans l'orbite de la planète où avait lieu le rendez-vous, elle comprit son erreur. Un vaisseau immense et monstrueux apparut ; un cuirassé Vengeur des Gardes de la Foi. Il détruisit rapidement les deux vaisseaux de son escorte.

— Ici le colonel Devor Milar, Phalange écarlate. Anri Gulsen, je vous ordonne de vous rendre !

Jani sentit son cœur se serrer. Anri était la cible. C'est lui qui devait participer à cette rencontre, mais il lui avait affirmé qu'il était appelé ailleurs et qu'il avait besoin d'elle, de ses capacités de négociation. Quelle idiote, elle avait été ! Comment avait-elle pu faire confiance à un homme ? Elle refusait de se rendre ! Elle commença les manœuvres évasives. Son cargo armé était un engin solide, maniable et rapide. Il encaissa les quelques tirs du Vengeur, tandis qu'elle fonçait droit vers l'étoile de ce système. Elle avait appris cette méthode d'évasion aux côtés de son amant précédent. Hav Garatyloc, l'ancien capitaine des contrebandiers qu'elle *commandait, était un salopard pervers, mais un excellent pilote qui connaissait tous les trucs pour se soustraire à des vaisseaux plus puissants. Son cargo frôla l'étoile et profita de l'accélération pour s'échapper du système. Elle avait évité la capture, mais la malchance la poursuivit. Leurs moteurs étaient gravement endommagés, ainsi que les boucliers et les amortisseurs d'inertie. L'explosion du dispositif de refroidissement obligea Jani à ordonner l'évacuation.*

Elle se réveilla trempée d'une sueur froide et poisseuse. Am'nacar ! Elle n'y avait plus pensé depuis des années. Anri Gulsen l'avait trahie, ce jour-là. Ce fourbe avait profité que la Phalange écarlate soit occupée à la pourchasser pour disparaître. Selon le discours officiel, Gulsen était mort. Jani frissonna en se souvenant du crash et de ses conséquences. Grièvement blessée, elle avait été secourue par des colons. Ils l'avaient hébergée, soignée et nourrie. Elle avait été étonnée et émue par leur gentillesse, jusqu'au jour où elle avait compris leurs raisons. Elles tenaient en un seul mot : söl. Ses sympathiques sauveurs l'avaient vendue à des pirates.

Jani sursauta quand Teror, son chat d'Ytar, sauta sur son lit. Le grand félin vint se frotter contre elle et elle plongea ses doigts dans son épaisse fourrure. Elle avait passé cinq mois dans les griffes de ces brutes et ce qu'elle avait subi lui donnait encore des cauchemars. Elle aurait pu fuir la présence ou le contact des hommes, après cette horrible expérience. Au contraire, elle avait choisi de les faire souffrir et de les utiliser, comme elle l'avait été. Elle soupira et cacha son visage dans le cou du chat.

— Teror, comment puis-je être assez stupide pour tomber amoureuse d'un homme comme Devor Milar ? Il ne m'apportera que du malheur.

Le chat se contenta de ronronner plus fort et ce son l'apaisa, comme toujours. Devor... Quel homme fascinant ! Le bleu de ses yeux, aussi froid qu'un lac de montagne, sa voix grave et modulée, son charisme. Elle ne pouvait ni l'oublier ni refuser de faire ce qu'il lui avait demandé. Elle avait envoyé le message contenu dans l'axis, comme convenu et maintenant, elle devait retrouver Gulsen. Pour Devor et cette Nayla ! *Je suis folle*, songea-t-elle. *Je suis complètement folle !*

L'arrogance est le manteau des Gardes de la Foi.

Code des Gardes de la Foi

Nayla puisa dans la présence de Dem la force d'entrer sur la passerelle. Tiywan était assis sur le fauteuil de commandement, entouré de ses hommes les plus fidèles ; ses compagnons de bagne et plusieurs Bekilois. À sa grande tristesse, elle remarqua à ses côtés Garal, Certaw, Nali et Daso. Le plus douloureux fut la présence de Kanmen. Il se tenait en retrait et une expression de surprise, puis de joie éclaira ses yeux lorsqu'il la vit. Son regard glissa sur Dem et une étincelle de haine s'y alluma, balayant toute indécision.

— Arrêtez ces hommes ! ordonna Tiywan.

Les Bekilois, comme Nayla décida de les surnommer, s'apprêtaient à lui obéir. Sans hésiter, elle s'interposa.

— Cela suffit ! Je suis l'Espoir et c'est moi qui commande !

En route vers la passerelle, ils avaient décidé qu'elle mènerait la discussion. Il fallait prouver à tous qu'elle n'était ni prisonnière ni manipulée. Les mutins s'arrêtèrent. Ils ne voulaient pas blesser l'étendard de la rébellion.

— Nayla, ma chérie, nous t'aimons tous, susurra Tiywan. Nous avons tous essayé de t'épargner la vérité, mais tu dois l'entendre. Tu n'es pas apte à nous commander, tu es trop instable, trop manipulable, trop vulnérable.

— Instable ? s'exclama-t-elle avec colère. Comment osez-vous ?

— Tout le monde le sait et tout le monde le dit, ma chérie, continua-t-il de sa voix chantante.

— Je ne suis pas votre « chérie » !

— Tu n'as pas toujours dit ça. Je tiens à toi et je souffre de te voir prête à tout pour suivre les conseils de cet homme-là, cracha-t-il en désignant Dem. Tu es tellement perdue dans… tes rêves ou tes cauchemars. Tu passes des jours sans savoir ce qui se passe autour de toi. Je sais que tu fais ce sacrifice pour nous aider et nous t'en sommes tous reconnaissants, mais cela ne fait pas de toi notre chef. Au mieux, tu es une arme à utiliser.

Elle essaya de se maîtriser, mais elle sentait la fureur monter lentement et inexorablement en elle. Le désir de propulser son esprit dans celui de Tiywan pour l'écraser s'enfla. La voix malfaisante qui venait d'Yggdrasil lui suggéra de se nourrir de cette vie. Elle avait besoin d'énergie et celle de Xev serait si délicieuse. Son sourire suffisant ne calma pas son envie. Au moment où elle allait céder, Dem posa une main rassurante sur son avant-bras. Il ne dit rien, mais ce contact fut suffisant pour lui permettre de réprimer sa colère. Elle sentit toute la frustration d'Yggdrasil.

— Qui donc serait le chef de la rébellion, Tiywan ? s'enquit-elle d'un ton moqueur. Vous ?

— J'ai été élu par tous. Je suis le plus apte à…

— Apte ? La dernière fois que nous avons affronté l'ennemi, vous avez voulu fuir en abandonnant la flotte à la destruction.

— Tu mens, ma belle. J'ai sauvé la situation au contraire. Tu étais si obnubilée par la disparition de ton général que tu ne pouvais plus réfléchir. C'est lui qui nous avait mis dans cette situation, d'ailleurs. J'ai trouvé que son absence arrivait au bon moment. Il nous a livrés à ses amis ou, devrais-je dire, à ses collègues. Oui, mes frères, déclama-t-il en s'adressant à l'auditoire, cet homme, ce général miracle, est un Garde de la Foi. Il maintient Nayla prisonnière sous la vigilance de ses anciens hommes. Voyez par vous-même, il est là pour la surveiller, la contrôler en permanence. Et quand il n'est pas là, son garde du corps le supplée.

— C'est de moi dont vous parlez, Tiywan ? lança Dem d'un ton amusé. Je serais un Garde de la Foi ? Plutôt étrange pour un homme qui a déjà détruit deux phalanges.

— Vous n'aviez pas le choix, c'était eux ou vous. Cela ne fait aucun doute, vous êtes un damné garde noir et le peuple vous condamne à mort ! Arrêtez-les, lui et ses hommes !

Lazor et les siens levèrent aussitôt leurs armes. L'échange de tirs était imminent. Nayla ne voulait pas assister à un massacre entre rebelles, ce n'était pas possible. Ils voulaient tous la même chose : la liberté. Elle devait empêcher ce dérapage. Dietan, l'un des plus fidèles amis de Tiywan, s'avança vers elle, le canon de son fusil pointé sur Dem. Cet homme, qui était le chef officieux des Bekilois, avait partagé les années de bagne de Xev. Il lui était fidèle et dévoué. Nayla ne l'aimait pas et ce sentiment était réciproque. Il avait beau être une brute musclée, elle n'avait pas peur de lui. Elle fit deux pas en avant et agrippa l'arme fermement.

— Non ! Je ne veux pas d'affrontement. Vous m'entendez, baissez vos armes ! Vous tous ! Lazor, Tarni, baissez vos armes ! Vous aussi ! commanda-t-elle aux Bekilois. Écoutez-moi ! Dem nous a sauvé la vie de nombreuses fois. Nali ! Daso ! Vous vous souvenez de ce qu'il a fait pour vous ? Sans lui, vous seriez à Sinfin. Vous aussi, Garal ! Et toi, Certaw ? Comment peux-tu attaquer cet homme ? Sans lui, cette rébellion est morte, finie !

— Vous voyez, elle tient à son garde noir. Ma chérie, ajouta Tiywan charmeur et provocant, tu l'oublieras vite. Il n'est pas indispensable, au contraire de toi. Pour le moment, tes dons nous seront utiles. Nous allons conduire la flotte rebelle à travers la galaxie et détruire l'Imperium.

— Nous, qui ? demanda soudain Dem.

Elle eut la surprise de voir de la contrariété se peindre sur les traits du géant blond, mais il se reprit vite.

— Nous, les rebelles, nous tous ! Ma chérie, je te crois lorsque tu dis que tu ne veux pas d'affrontement. Moi non plus, je ne le souhaite pas. Demande à tes… amis de se rendre et je garantis à tous un procès équitable. Valo et vous, Docteur, nous serons indulgents avec vous. Vous pensez bien faire, j'en suis certain.

— Aller vous faire pendre ! répliqua sèchement Plaumec. Jamais je ne suivrai un opportuniste dans votre genre.

— Allons, Docteur, vous ne voudriez pas entraîner vos amis dans votre chute. Je serais désolé de me passer d'un officier technicien de talent, mais je suis certain que je pourrais trouver quelqu'un pour prendre le poste du capitaine Nlatan.

— Je n'ai que faire de votre chantage !

Nayla admira la force de caractère de Leene, qui trouvait la volonté de s'opposer à Tiywan. Ses menaces et son discours mensonger étaient insupportables, tout comme sa voix mielleuse. Comment avait-elle pu le trouver charmant ? Plus jamais il n'aurait de pouvoir sur elle, plus jamais !

— Kanmen, dit-elle à l'homme qui restait indécis. J'ordonne que Tiywan soit arrêté pour mutinerie.

Les rebelles échangèrent des regards, chacun attendant que l'autre prenne une décision.

— Personne ne t'obéira, Nayla, attaqua Tiywan. Tu n'es qu'une enfant instable ! As-tu vraiment cru que tu pourrais être la représentante d'une nouvelle religion ? L'Espoir ! Quel joli mot ! Il en existe d'autres, prophètes ou démons. Un même mot pour désigner une personne qui s'estime au-dessus des autres, parce qu'elle possède des dons particuliers.

C'est ce que tu es Nayla ! Tu te déclares un être supérieur, l'Espoir qui doit diriger l'humanité ! Je refuse d'adorer un autre dieu ! Je refuse de changer de religion ! Je veux être libre de ne croire qu'en l'humanité.

— Je n'ai jamais dit…, commença-t-elle à protester.

— Ton seul rôle doit être celui d'un prophète, mais tu ne nous gouverneras pas. Tu vois le futur, tu peux tuer par la pensée, lire dans notre tête… Tu penses que ces pouvoirs font de toi un dieu ! Assez ! Les humains doivent se diriger seuls. L'humanité n'a aucun besoin de divinité. Emparez-vous d'eux !

Son discours avait galvanisé ses hommes. Elle vit Kanmen qui acquiesçait à cette déclaration et elle le comprenait. Elle partageait son opinion, elle n'avait jamais voulu le pouvoir. Elle voulait juste la liberté pour elle et pour les autres. Une lassitude immense s'empara d'elle. Elle allait peut-être réussir à offrir la liberté à l'humanité, mais pour y parvenir, elle n'avait d'autres choix que d'affronter Dieu ou de mourir en essayant de l'atteindre. Au cours de ses voyages répétés au sein d'Yggdrasil, elle s'était forgé la certitude qu'elle ne pourrait pas échapper à cette issue. Fuir au bout de l'univers était impossible, jamais ses cauchemars ne la laisseraient en paix.

Tiywan afficha un sourire victorieux, persuadé d'avoir asséné un argument définitif. Il ne remarqua pas, et Nayla non plus, l'expression surprise, choquée, voire horrifiée de certaines personnes. Daso Bertil échangea un regard perplexe avec Certaw, tandis que d'autres fixaient leurs pieds. Dietan arracha son fusil de la main de Nayla et appliqua le canon contre son estomac.

— Ne bouge pas, démon !

— Tarni, non ! s'écria Dem. Lazor, baissez votre arme !

— Général…

— Nous allons nous rendre, déclara calmement Dem. Quoi qu'il arrive, je vous ordonne de ne tuer personne !

Nayla lut l'incompréhension sur le visage de la plupart de ceux qu'elle connaissait. Dem la rejoignit et posa une main sur l'arme de Dietan. Il l'écarta fermement et personne ne bougea.

— Ne pointez pas une arme sur elle ! intima-t-il avec fermeté. Vous avez raison, Tiywan, Nayla n'est pas une autre divinité. Ce n'est qu'une jeune femme courageuse choisie par le destin pour une tâche difficile. Elle ne veut pas de votre vénération.

— « Elle est l'Espoir, écoutez-la ! » Vos propres paroles… Dem. D'ailleurs, quelle est donc votre véritable identité, Dem ? Nous avons le droit de la connaître.

Un sourire narquois éclaira le visage de Dem, mais la détermination de son regard froid ne fléchissait pas. Il repoussa Dietan et s'avança vers Tiywan, d'un pas lent et décidé. Tarni agrippa l'épaule de Nayla et l'attira en arrière.

La discussion avait pris un ton dangereux pour Nayla. Bien sûr, Dem n'aurait eu aucune peine à se rendre maître de la passerelle par la force, mais il ne le voulait pas. La plupart des mutins suivaient Tiywan, uniquement parce que ce beau parleur avait la caractéristique d'être comme eux, un humain qu'ils comprenaient. Nayla avait été trop absente ces derniers temps et lui… lui était devenu un robot sans âme. D'une main ferme, il écarta chaque homme sur son chemin.

— C'est moi que vous voulez, Tiywan. Vous voulez me tuer, je le sais depuis longtemps. Pourtant, je vous ai épargné. J'ai pensé que la cause méritait que j'ignore votre intention. J'ai sans doute été naïf.

— Vous, naïf ? ricana Tiywan. À qui voulez-vous faire croire ça ? Je ne veux pas vous assassiner, je veux simplement débarrasser la rébellion des Gardes de la Foi. Vous n'avez pas votre place ici.

— Tous ceux qui désirent la liberté ont leur place dans cette rébellion, mais c'est accessoire. Une seule chose m'importe et une seule chose devrait vous intéresser aussi.

— Quoi donc ? cracha le géant blond avec mépris.

— Qui a tenté de tuer Nayla ?

La pensée fut brève, mais claire ; une femme, belle, blonde, des yeux bleu sombre ; la femme qu'il avait vue en salle des machines…

— Qui voulez-vous que ce soit ? Un salopard de croyant !

— Comme celui qui a tué le jeune Seorg ?

— C'est vous qui avez tué ce gamin !

— Moi ? Pourquoi aurais-je tué un jeune homme dont le seul désir était de protéger Nayla ?

— C'est votre poignard qui l'a tué !

— Non, c'est une lame comme la mienne, mais se procurer un poignard-serpent n'est pas si difficile ; chacun d'entre nous en porte deux sur son armure de combat. Vous, au contraire, vous aviez tout à gagner si ce jeune homme disparaissait.

À cet instant, Dem sut qu'il était responsable du décès du garçon. Sa culpabilité brûlait tel un fanal dans une nuit sombre.

— C'est ridicule, protesta Xev.

— Explique-toi, Tiywan ! intervint Kanmen. Je veux savoir qui a tué mon frère !

— C'est ce garde noir, tu le sais bien.

— Dem n'a pas tué Seorg, Kanmen, affirma Nayla. Tu as ma parole, ce n'est pas lui.

— Comment peux-tu en être sûre ?

— J'en suis sûre !

— Tu as bien tué ce type pendant le recrutement sur l'astroport de Bekil, accusa Garal. Pourquoi aurais-tu épargné c'gamin ?

Son empathie retrouvée permit à Dem de capter un éclair de haine pure, qui ne venait ni de Garal ni de Tiywan. Il fit encore un pas, cherchant la personne qui émettait cette émotion. La femme qu'il avait remarquée en salle des machines était là, sur la passerelle. Son attitude en retrait, son allure pleine d'assurance, l'intelligence dans son regard, tout cela était comme un uniforme, aux couleurs de la coalition Tellus.

— Seorg était de notre côté, poursuivit-il, je n'avais aucune raison de le tuer. Cet homme, au contraire, était un ennemi.

— Il ne ressemblait pas à un inquisiteur.

— Tous nos ennemis n'appartiennent pas à l'Imperium.

Son regard ne quittait plus cette femme, plus dangereuse qu'un python de Malara. Les yeux bleus et sombres de l'espionne ne cillaient pas. Elle conservait une main dans son dos, sans aucun doute fermée sur le manche de son stilettu, l'arme préférée des maîtres-espions de la Coalition. Il se déplaça légèrement pour contrarier un lancer de cette arme sur Nayla. Tiywan remarqua son manque d'attention. Il dégaina sa dague et bondit, visant l'estomac. Dem esquiva l'attaque, d'un mouvement gracieux qui fit apparaître le géant blond lent et maladroit. Tout en maudissant son bras droit inutilisable, Milar saisit le poignet de son adversaire de sa main gauche et l'immobilisa. Il lui tordit sauvagement le poignet, jusqu'à ce qu'il laisse tomber son arme. Avec célérité, il lâcha son rival, dégaina son poignard-serpent et l'appliqua sur sa gorge avec juste assez de pression pour entamer la peau.

— Emparez-vous d'eux ! cria le mutin.

— Si l'un d'entre vous bouge, je l'égorge ! s'écria Dem. Jetez vos armes !

— La galaxie appartient à l'humanité, clama Tiywan. Ne vous laissez pas dominer par ces émanations de l'ancien régime. Attaquez-les, ma vie ne compte pas.

Dem fut amusé par ce mensonge. Ce fourbe pariait sur le fait qu'il n'oserait pas le tuer devant tous.

— Personne ne va mourir. Personne ne doit mourir, s'exclama la jeune femme. Notre ennemi, c'est Dieu !

— Et les Gardes de la Foi sont ses créatures, insista Tiywan sans réussir à dissimuler sa satisfaction.

Dem réprima son envie de le tuer. Il serait si simple d'enfoncer la lame en bois métal dans l'artère qui palpitait.

— Dem, s'il vous plaît, supplia Nayla qui dut deviner son désir.

Il ne pouvait pas lui désobéir, pas aujourd'hui.

— Asseyez-vous ! siffla-t-il entre ses dents.

La menace contenue dans sa voix le convainquit d'obéir. Dem recula d'un pas pour mieux résister à la tentation. Nayla avait raison, s'il éliminait cet homme de façon arbitraire, un autre se lèverait pour prendre sa place. Elle devait s'affirmer comme leur leader naturel. Elle n'était pas un quelconque prophète, mais celle qui devait les conduire à la victoire.

— L'humanité doit se libérer, je suis d'accord, s'exclama Nayla. Que croyez-vous que je fasse ?

— Tu essayes de devenir un dieu, voilà ce que tu fais, chérie !

Dem ressentit le malaise de plusieurs personnes. Une forme de religion était en train de naître dans les rangs de l'insurrection et ces fanatiques étaient certainement ulcérés par les attaques de Tiywan. Il faisait une erreur stratégique en se les aliénant.

— Beaucoup d'entre vous ont vu cette prophétie, déclara-t-elle avec lassitude. Vous avez vu une flamme se lever et libérer la galaxie.

— Rien ne dit qu'il s'agit de toi, chérie !

— C'est vrai, rien. Vous avez décidé que j'étais celle dont vous aviez besoin, que j'étais cette flamme, cet Espoir. Je ne suis que l'étincelle. Les circonstances ont fait de moi une fugitive, traquée par l'Inquisition. Ils ont attaqué ma planète et je l'ai défendue. Ensuite… la rébellion est née. Mes amis, je l'ai dit sur Cazalo et je le redis devant vous : l'Espoir, ce n'est pas moi, c'est vous ! Vous tous ! Vous avez accepté de me suivre dans cette aventure impossible, vous avez accepté de lutter, à un contre mille, l'armée sainte et je vous en remercie. Je suis comme vous, je ne veux que la liberté et je suis prête à mourir pour elle, mais je ne deviendrai pas le jouet d'un homme avide de pouvoir. Xev, vous avez vite compris le potentiel de cette révolte, vous avez compris que ce que j'affrontais était difficile et vous vous êtes présenté comme un ami. J'avais besoin d'un ami… et vous en avez profité !

— Chérie, ce n'était pas d'un ami dont tu avais besoin, c'était d'un amant et tu en as profité. Moi aussi, d'ailleurs. Tu ne peux pas en dire autant, garde noir ! ajouta-t-il avec un sourire narquois.

Dem combla le mètre qui le séparait de Xev en une fraction de seconde. Il arracha son bras droit de l'écharpe qui le retenait serré contre sa poitrine et serra la gorge de son ennemi.

— Dem, non !

Sa lame était suspendue à quelques centimètres de sa jugulaire.

— Il n'y aura ni mort ni vengeance ! insista Nayla. Tiywan, vous n'avez pas été mon amant, vous avez seulement profité de ma faiblesse. Je vous méprise pour cela.

— Tu n'as pas toujours dit…

Dem appuya la pointe de sa lame sur la chair tendre et cette fois-ci, il entama franchement la peau. Un filet de sang coula le long de son cou.

— Ma patience a atteint ses limites, murmura Dem à l'oreille de Xev. La prochaine fois que tu l'insulteras, je te tuerai !

Il savoura la peur qui émanait de Tiywan avant de s'écarter à nouveau. Il ne voulait pas perdre de vue la femme qui tentait de se dissimuler derrière quelques Bekilois. Nayla était vulnérable à une attaque, même si l'action kamikaze ne faisait pas partie du modus operandi des espions tellusiens.

— Mes amis, s'écria Nayla d'une voix vibrante d'émotion. Xev Tiywan est un homme méprisable. Il n'a pas cherché à exprimer son opinion, il n'a pas essayé de vous convaincre, non, il a seulement cherché à se débarrasser d'un rival qui occupait le poste qu'il désirait. Il a voulu achever un blessé qui luttait contre la mort, sur un lit d'hôpital. Il a voulu tuer un homme inconscient, prouvant ainsi sa lâcheté. Dem s'est jeté devant un tir lywar pour me protéger. Sans l'habileté du docteur Plaumec, il serait mort pour me sauver et pour vous sauver tous. Croyez-vous qu'une telle abnégation soit possible pour un garde noir ?

— Il a suffisamment prouvé ses talents de guerrier pour que je tente de nous libérer de son emprise, quand cela était réalisable. Je devais affronter l'ennemi à l'instant où il était vulnérable. Ma chérie, je te rappelle qu'il a assassiné ton ami d'enfance. Ce n'est pas moi qui l'ai dit ou pensé, c'est toi !

— Nayla, je crois en toi, intervint Kanmen. Tu ne veux pas être vénérée et je suis d'accord avec ça. Je refuse de m'agenouiller devant un autre dieu. Je veux te suivre et t'obéir, car tu es celle désignée par la prophétie. Aucun de nous ne peut douter de cela, aucun ! Pourtant, Tiywan a raison. Le problème, c'est Dem. Ce n'est pas un homme ordinaire, nous le soupçonnons tous d'être un garde noir. Après tout…

Je pourrais presque l'accepter, mais s'il a tué Seorg… Je veux qu'il paie, Nayla, et j'espère que toi aussi.

Soilj Valo avait assisté à tout cet échange sans dire un mot, pétrifié par les conséquences d'un bain de sang. Tous ces sacrifices, tous ces morts pour finir par s'entre-tuer. L'intervention de Kanmen était compréhensible. Si son frère avait été assassiné, lui aussi aurait voulu obtenir justice.

— Celui qui a tué Seorg est impardonnable, Kanmen, affirma Nayla, mais ce n'est pas Dem, j'en suis persuadée.

Le regard qu'elle adressa à Dem était sans équivoque et pendant un instant, Soilj le détesta si fort qu'il souhaita le voir étendu mort. Le général répondit à la jeune femme avec un sourire empreint d'une profonde tendresse et il fut honteux d'avoir ressenti une telle haine. La jalousie était un sentiment détestable et il aimait trop Nayla pour la voir souffrir. Elle avait déjà perdu son père et Seorg, il devait faire quelque chose pour l'aider à ne pas perdre l'énigmatique colonel des Gardes de la Foi.

— Giltan, si votre loyauté à Nayla passe par ma mort, alors tuez-moi, offrit Dem avec calme. Je ne demande que deux choses. Que Tiywan soit abandonné quelque part sur une planète de votre choix et que je sois le seul à payer. Je vous supplie d'épargner mes amis.

Il s'avança jusqu'à Kanmen et le fixa dans les yeux.

— Je n'ai pas tué votre frère.

— Je ne vous crois pas, gronda l'Oliman.

— Tue-le, Kanmen ! s'écria Garal. Qu'on en finisse !

Nayla, livide, resta silencieuse, sans doute trop stupéfaite pour tenter de convaincre son compatriote.

— Kanmen, s'exclama Soilj en se surprenant lui-même de son audace. J'ai vu une femme s'enfuir, ce jour-là. Dem n'était même pas là, ce n'est pas lui. Ça ne peut pas être lui !

— Tu as inventé cette femme mystérieuse, gamin, cracha Tiywan. Tu défends ce putain de garde, parce qu'il est ton ami !

— Oui, Dem est mon ami, je n'ai pas honte de le dire. Il m'a sauvé la vie, il a sauvé Nayla et vous a sauvé la vie à tous, même à vous, Tiywan.

Le garçon toisa tous les rebelles présents sur la passerelle. L'injustice de la situation avait emporté toute trace de sa timidité.

— Je suis certain qu'il n'a pas tué Seorg. C'est sûrement cette inconnue qui…

— Tu es très catégorique gamin, beaucoup trop. C'est un secret pour personne que tu étais jaloux de Seorg alors, si ça se trouve, c'est toi qui l'as tué dans cette impasse miteuse.

— C'est ridicule, se défendit Valo.

— Tu as attiré ton rival, tu l'as assassiné et tu as abandonné son corps contre un mur, comme un vulgaire sac... Tu le haïssais parce qu'il te volait ta bien-aimée Nayla.

Soilj ne put s'empêcher de rougir. Il croisa le regard de Kanmen et frémit. Pour venger son frère, il était prêt à croire n'importe quoi.

— J'ai vu une femme s'enfuir. Elle a tenté de me poignarder.

— Un véritable assassin ne t'aurait pas laissé en vie, surtout après ta stupide chute. Tu as fabriqué cette inconnue. Alors l'as-tu tué pour ton compte ou pour celui de Dem ?

Cette diatribe fut une révélation pour Soilj.

— Je n'ai dit à personne que j'étais tombé.

— Tu me l'as dit.

— Certainement pas ! J'étais trop honteux de ma maladresse pour raconter une chose pareille. De plus, j'ai allongé le corps après l'avoir trouvé... Comment savez-vous qu'il était contre le mur ?

Tout alla très vite, mais pour Soilj, il lui sembla que les événements se déroulaient au ralenti. Tiywan dégaina son pistolet et Dem pivota sur lui-même, comme s'il avait eu des yeux derrière la tête. Son mouvement de poignet fut si vif, qu'il passa presque inaperçu, mais Tiywan lâcha son arme avec un cri perçant. La garde en forme d'anneau d'un poignard serpent dépassait de son poignet. Dem sprintait déjà vers le fauteuil de commandement et de son avant-bras, il plaqua le géant blond contre le siège.

— Ne le tuez pas ! s'écria Nayla.

Dem continua d'écraser la gorge de son rival, malgré ses ruades désespérées et ses tentatives de repousser ce bras qui l'étouffait.

— Dem !

Il ne tint pas compte de cet ordre et maintint son étranglement.

— Verum ! s'écria-t-il soudain. Arrêtez cette femme !

Soilj entraperçut une technicienne qui se faufilait vers la sortie. Le garde noir se déplaça avec cette rapidité presque surnaturelle qui caractérisait ces guerriers hors du commun et lui barra la route. La femme glissa habilement sous son bras, virevolta et planta une lame fine dans sa nuque. Avec horreur, Soilj vit son instructeur de combat, un homme qu'il appréciait et qu'il imaginait invincible, s'effondrer sans un cri. Dem relâcha son prisonnier qui s'écroula en toussant âprement.

Il se précipita à la poursuite de l'inconnue, bondit par-dessus une console et accéléra encore. Elle franchissait déjà la porte, mais Dem était sur ses talons. Soudain, il chancela et se rattrapa à la cloison pour ne pas tomber.

Lazor fut le premier auprès de Milar, qui lui fit signe de poursuivre la chasse. Il se lança sans attendre sur les traces de la meurtrière. L'enchaînement des événements avait été si rapide que Nayla mit quelques secondes à réagir.

— Soilj, surveille Tiywan ! ordonna-t-elle d'une voix serrée par l'angoisse, tout en se précipitant vers Dem.

Le jeune homme n'hésita pas. Il braqua aussitôt son fusil sur le mutin, le doigt sur la détente. Dem était livide et sa respiration sifflante l'effraya. Elle le soutint pour éviter qu'il s'écroule et avec l'assistance de Tarni, ils l'aidèrent à s'asseoir sur le fauteuil le plus proche. Leene les bouscula sans ménagement.

— Laissez-moi ausculter cet imbécile !

— Cela va aller, grogna-t-il enfin, reprenant son souffle.

— Vous avez rouvert votre blessure, constata le médecin. Qu'est-ce qui vous a pris de jouer les…

— On ne se refait pas, coupa-t-il.

— Je vais vous faire une injection qui va vous soulager un peu, mais la seule chose qui vous aidera vraiment, c'est le repos !

— Je me reposerai quand cela sera possible, répliqua-t-il avec fatalisme.

Nayla étudia son visage avec attention. Elle aimait ses traits durs et anguleux, ses lèvres minces et ses yeux si bleus, aujourd'hui cernés de brun. Il avait l'air épuisé, mais sa détermination était toujours aussi intense. Elle tourna son attention sur Tiywan qui avait fini de tousser et dont le regard mauvais avait retrouvé de la vigueur. Un sentiment d'attente, lourd, et inquiétant, régnait sur la passerelle. Kanmen avait quitté son attitude indécise et désormais, il fixait avec colère l'homme qui avait déclenché la mutinerie. Nayla était rassurée qu'il se soit rangé à ses côtés, car perdre son soutien aurait été une épreuve difficile. Au contraire, les Bekilois restaient hésitants. Elle devinait le cours de leurs pensées ; ils se demandaient s'ils devaient tenter quelque chose pour aider leur chef. Daso et Certaw affichaient une mine honteuse, alors que Nali paraissait seulement furieuse. Garal, lui, croisait les bras d'un air borné. La moindre étincelle pouvait toujours transformer la passerelle en champ de bataille.

— Que chacun baisse son arme ! ordonna-t-elle avec autorité. Capitaine Giltan, saisissez-vous de Xev Tiywan. Il est en état d'arrestation pour mutinerie et tentative de meurtre. Une enquête sera menée pour savoir s'il est responsable de la mort de Seorg et si c'est lui qui a perpétré cet attentat contre moi, sur Cazalo.

Kanmen n'hésita qu'une seconde, avant de donner ses ordres. Des soldats arrachèrent Tiywan au fauteuil et l'entravèrent sans ménagement. Il jeta à Nayla un regard plein d'une rancœur haineuse qui lui causa un désagréable sentiment de malaise.

— Kanmen, dit-elle plus doucement, je sais que tu veux venger la mort de ton frère, mais ne le tue pas. Je suis sûre qu'il a beaucoup à nous apprendre. Entre autres, l'identité de cette femme. Sa trahison va peut-être plus loin qu'une simple mutinerie.

Dire ces mots lui avait coûté. Elle aurait voulu tuer ce fourbe de ses propres mains, mais l'intérêt de la cause exigeait qu'elle respecte la justice.

— Je voulais donner une chance à l'humanité, grogna Xev.

— Vous vouliez vous donner une chance de contrôler l'humanité, Tiywan, répondit-elle avec lassitude. Tyelo, accompagnez le capitaine Giltan jusqu'aux cellules, veillez à ce que le prisonnier y soit enfermé et mettez en place une garde sérieuse.

— À vos ordres, Nayla Kaertan.

Elle ne put s'empêcher de sourire. Cette manie qu'avaient les anciens gardes noirs de ne l'appeler que par son prénom et son nom l'avait dérangée au début, mais quand les « Espoir » avaient commencé à fleurir sur son chemin, elle avait trouvé cela étonnamment rafraîchissant.

Tiywan fut entraîné hors de la passerelle et Nayla laissa échapper un discret soupir. Elle venait de s'affaiblir avec le départ de nombreux alliés, mais elle voulait convaincre et non terroriser. Elle devait conquérir le cœur de ceux toujours présents. Avant qu'elle n'ait pu s'exprimer, Leene vint lui murmurer à l'oreille que Verum était mort. D'un regard, les deux femmes échangèrent une même pensée. Encore un soutien qui disparaissait. Pour le moment, les anciens gardes noirs étaient des protecteurs inconditionnels, sur qui elle pouvait compter. Ils n'étaient plus que trois : Lazor, Tarni et Tyelo. Elle chassa cette inquiétude et se tourna vers les anciens mineurs.

— Eh bien, Garal, à qui va votre loyauté ?

— J'ai le choix ? Tu vas m'envoyer en prison, moi aussi ?

— Non, Garal. Nous avons traversé beaucoup d'épreuves ensemble, tu m'as soutenue depuis le début de cette aventure. Je te donne le choix et selon ta réponse, ou tu restes à mes côtés et j'en serais heureuse, ou tu seras débarqué sur le monde de ton choix. Tu es maître de ton destin, Garal, comme vous tous. Faire partie de cette armée est un acte de volontariat. Vous pouvez y venir ou la quitter quand vous le voulez.

— Mouais… C'est c'que tu dis, grogna-t-il en aparté.

— Mais, continua-t-elle avec plus de fermeté, si vous choisissez d'appartenir à cette armée, alors vous devez obéir aux ordres et faire preuve de loyauté ! Je ne tolérerai pas les actes de mutinerie.

Sciemment, elle s'assit sur le fauteuil de commandement. Jusqu'à présent, elle ne l'avait fait que pour consulter la console, cette fois-ci, elle s'y casa en assumant le rôle de chef de la rébellion.

— J'attends, Garal ?

Les mâchoires serrées, le mineur grommela :

— J'te suis fidèle, j'l'ai toujours été.

— J'en prends note. La prochaine fois, je serai moins compréhensive. Daso, Certaw ?

— Je te suis loyal, assura Certaw timidement. J'savais pas quoi faire, alors j'ai suivi Garal, comme toujours. J'suis désolé.

— Moi aussi, affirma Daso. Je suis fidèle à l'Espoir, je crois en toi. Tu es la flamme qui purifie le monde, Nayla.

Elle retint un soupir, mais décida de reporter la remise en cause de son statut de prophète à une autre fois.

— Qu'allez-vous faire de Xev ? intervint Nali.

Nayla décrypta aisément ses sentiments : un mélange de jalousie et de ressentiment.

— Il aura un procès, quand nous en aurons le temps.

— Il n'a pas tué ton petit ami, dit-elle avec obstination.

— L'enquête le déterminera.

— Tu n'as pas le droit de le mettre en prison, juste parce qu'il te dérange !

— Il est en prison pour mutinerie et tentative de meurtre. Si tu veux réchauffer sa cellule de ta présence, tu n'as qu'à demander.

— Je n'ai pas dit ça. Je veux juste la justice.

— Moi aussi. Je dois te poser la question. À qui va ta loyauté ?

— Ma loyauté va à la rébellion.

— Pour le moment, je vais me contenter de cette réponse. Garal, tu peux emmener tes hommes hors de ma passerelle et rejoindre les quartiers attribués à ta compagnie.

— Tu comptes faire quoi, pour ton… général ?

Nayla se tourna vers Dem, qui n'avait toujours pas dit un mot. Il la laissait mener la discussion, l'obligeant à s'affirmer. Il la forçait à assumer son rôle et elle éprouva une brève colère pour cela. Pourtant, il avait raison. Leurs ennuis venaient de sa démission et de son isolement. Elle avait laissé le commandement à Dem, certaine qu'il saurait conduire la guerre et sous sa direction, ils avaient effectivement été victorieux. Malheureusement, la personnalité droite et sans émotion du général Dem, de Milar, avait renforcé l'animosité des rebelles contre lui et par ricochet, contre elle. Elle s'en voulait de n'avoir pas pris cela en compte.

— Il reste notre général. La rébellion ne peut pas se passer de sa science du combat et de sa tactique. Je ne peux pas me passer de ses conseils, mais cela reste des conseils. C'est moi qui prends les décisions et il suit mes ordres, comme vous tous.

— Justement, je me demandais, pourquoi c'est toi qui commandes ? insista Nali d'un ton aigre. Tu n'es qu'un caporal qui faisait son temps de conscription et tu n'as aucune expérience. Après tout, Garal est bien plus qualifié que toi, ou Tiywan. C'est un chef et un authentique résistant qui a payé ses convictions de huit années de bagne.

Un instant, Nayla pensa répondre qu'elle ne voulait pas commander la révolte. C'étaient les rebelles qui l'avaient choisie et s'ils voulaient changer d'avis, elle en serait soulagée. Débarrassée de cette obligation, elle pourrait retourner sur Olima, trouver un endroit isolé sur sa planète et oublier cette guerre. Peut-être que Dem choisirait de venir avec elle et… Elle secoua mentalement la tête pour chasser ce fantasme de gamine rêveuse. Elle avait des responsabilités, et même si elle le souhaitait de toute son âme, elle ne pouvait pas rejeter son destin. Au sein d'Yggdrasil, elle avait vu l'avenir. Elle avait vu ce qu'il adviendrait de l'humanité, si elle refusait de tenir le rôle tissé pour elle. Sans elle et sans Dem, la rébellion serait écrasée en quelques jours. Ce n'était pas de l'arrogance, mais la triste vérité. Même si elle n'avait pas une confiance totale en Yggdrasil, les bribes du futur qu'elle entrevoyait, alliées aux talents militaires du colonel Milar, leur avaient permis de remporter plusieurs victoires. Elle soupira, elle ne souhaitait pas ce commandement, mais il était sien.

— Je te l'ai dit, Nali. L'appartenance à notre armée est un acte volontaire. Si tu veux la quitter, personne ne t'en empêchera. Si tu restes, tu obéis à mes ordres ! Cette armée est celle de l'Espoir et je suis l'Espoir. Cette armée est sous mes ordres et je choisis mon état-major. Si cela ne te convient pas, tu peux partir. C'est le seul choix que je t'offre. Si tu restes, tu te soumets à mes décisions.

Devor retint un sourire satisfait. Enfin, Nayla assumait son rôle et le faisait avec brio. Il éprouvait une immense admiration pour la jeune femme et une profonde tendresse. Il avait failli mourir pour elle et ne regrettait rien. Il affronterait bien pire s'il le fallait.

— Je reste dans l'armée de l'Espoir, fini par répondre Nali.

— Bien, toute opposition armée sera désormais considérée comme une mutinerie. Si vous souhaitez exprimer un désaccord, je vous écouterai, si vous souhaitez quitter l'armée, je vous laisserai partir, si vous tentez de réitérer ce qui s'est passé aujourd'hui, je vous ferai juger. Rejoignez vos quartiers !

Milar ne quitta pas du regard Garal et ses hommes tant qu'ils furent sur la passerelle. Restait le sort des Bekilois, si attachés à leur compatriote Tiywan. Ils étaient aussi dangereux qu'un missile non explosé. Nayla tournait justement son attention vers eux.

— Ce que je viens de dire à Garal s'applique à vous, déclara-t-elle froidement. Cependant, je serai moins compréhensive. Garal est l'un des rebelles de la première heure et je lui dois beaucoup. Nous n'étions qu'une poignée alors, fuyant la Phalange bleue. Choisir de se battre, à ce moment-là, était un acte de foi et de bravoure. Garal et les siens n'ont pas hésité à lutter à mes côtés pour sauver Olima. Ils ont choisi de sacrifier leur vie pour accomplir cette prophétie, ils sont mes amis et je suis leur débitrice. Vous, tout au contraire, vous m'êtes redevables. Pour certains, je vous ai arrachés à votre prison, pour d'autres, j'ai libéré votre monde et je vous ai offert de vous battre pour la liberté. Je peux comprendre que vous soyez restés loyaux à votre compatriote. Pour cela, et pour cela seulement, je vous offre un choix.

— Quel choix ? cracha Dietan d'un ton rude.

— Cazalo ou un autre vaisseau. Si vous voulez rester à bord du Vengeur, cela sera en tant que compagnon de cellule de Tiywan.

Un silence de mort s'installa sur la passerelle et Dem nota avec soulagement que l'unité de sécurité de Lazor était prête à intervenir. Décidément, son ancien capitaine avait fait du bon travail.

— Drôle de choix.

— Cela reste un choix.

— Nous souhaitons continuer le combat, décida le Bekilois après une brève réflexion. Nous choisissons de servir sur un autre vaisseau.

— Je vous donne le même avertissement qu'à Garal. Cette fois-ci, je vous pardonne. La prochaine fois, vous serez condamnés.

— J'en prends bonne note, Espoir, répliqua l'homme avec une insolence que Dem n'apprécia pas.

C'est le moment que choisit Lazor pour revenir sur la passerelle. Milar comprit tout de suite qu'il avait échoué. En effet, le compte rendu du commandant fut sans équivoque.

— Elle m'a échappé, Général. Peut-être que le système de surveillance du vaisseau pourra la repérer.

— J'en doute, répliqua Dem.

Cette femme était un maître-espion de la coalition Tellus et sa capture ne serait pas aisée.

— Il est trop tard pour se lamenter. Nous la chercherons plus tard. En attendant, Lazor, trouvez des vaisseaux de la flotte pour accueillir ces hommes.

Les Bekilois échangèrent des regards indécis, puis ils emboîtèrent le pas de Lazor. Une fois ces hommes sortis, le sentiment de soulagement fut perceptible sur la passerelle. Certains avaient l'air gêné, d'autres heureux. Dem soupira, il restait tant à faire et surtout, il fallait quitter Cazalo au plus vite. Il se leva avec difficulté et s'appuya sur le bras de Tarni, qui était resté près de lui.

— Si vous le permettez, Nayla, je dois vérifier notre statut opérationnel. Nous ne pouvons pas partir sans avoir rechargé nos stocks de S4.

— Vous devriez surtout vous reposer, Dem.

— Plus tard. Il sourit en notant son inquiétude et continua en affichant une vigueur qu'il ne ressentait pas, je me reposerai dès que nous quitterons ce système.

Elle hésita avant d'abandonner le fauteuil de commandement et lui-même se demanda s'il devait s'y asseoir. Il ne voulait plus diminuer l'autorité de Nayla. Cependant, pour diriger le Vengeur, ce fauteuil et cette console étaient incontournables. Il s'installa et chercha les renseignements dont il avait besoin. Il fut rapidement soulagé. Ce traître de Tiywan avait appliqué une politique de réquisition, pour « punir » Cazalo de l'attentat perpétré sur Nayla. Il avait procédé au chargement du S4 et les vaisseaux de la flotte étaient tous réapprovisionnés. Il avait aussi intégré plusieurs vaisseaux cazalois à l'armada de la rébellion. Il avait même réussi à recruter des volontaires, déjà acquis à la cause de la liberté. Il restait beaucoup à faire sur Cazalo, mais Dem ne voulait pas ignorer la mise en garde de Nayla. Ses visions étaient souvent justes et il était logique que Janar finisse par les retrouver. Milar commença immédiatement à organiser le départ de cette planète.

Ailleurs…

Jani Qorkvin posa le *Vipère Dorée* dans le désert de Bunaro. Elle détestait cette planète située dans le no man's space entre l'Imperium et la coalition Tellus. Dans cette partie de l'espace, aucune loi ne s'appliquait. Les bandits en tous genres, esclavagistes, contrebandiers, mercenaires, pirates y régnaient en maîtres. On pouvait tout y trouver, des armes, des substances illicites, de la marchandise humaine… De temps en temps, l'Imperium envoyait un vaisseau y faire quelques frappes, parfois la Coalition venait également y affirmer son autorité. Bunaro était la quintessence de la vie dans cette zone sans lois. Ce monde sec était contrôlé par les Onze Cents, un groupe de mercenaires sans pitié. Le marché aux esclaves de Bunaro-ville était l'un des plus cotés de la région. Elle y avait souvent vendu des cargaisons d'hérétiques qui lui avaient fait confiance pour fuir l'Imperium, mais elle n'aimait pas s'y aventurer plus que nécessaire. Elle avait toujours l'impression d'être un gibier de choix pour certaines de ces brutes.

Ils s'étaient posés à l'écart de la ville, car elle ne voulait pas risquer son cargo dans cet antre de brigands. Elle s'enveloppa dans un manteau couleur sable qui dissimulait ses formes avantageuses et les armes dont elle s'était équipée. Un jeune homme aux larges épaules et aux cheveux blonds épais l'observait avec un regard énamouré. *Ah*, songea-t-elle, *les hommes ! Pourquoi fallait-il qu'ils s'imaginent dominer son cœur, parce qu'elle les autorisait à lui donner du plaisir ?*

— Tu es sûre d'être obligée de faire ça, Jani ? demanda-t-il.

— Full, tu es un bon garçon et je t'apprécie, mais n'oublie pas. Je suis le capitaine !

— Bien sûr, Capitaine.

Elle caressa le visage de Full Herton du bout de ses longs doigts et déposa un baiser langoureux sur ses lèvres. Il le lui rendit, avec la fougue de la jeunesse. Elle posa une main sur son entrejambe.

— Garde ce qui est là au chaud, mon petit. Cyath, nous y allons. Et que tout le monde soit très prudent.

— Ouais Capitaine, comme à chaque fois.

Ils sortirent dans la nuit froide qui régnait sur ce désert rocheux et ils atteindraient la ville après trois heures de marche. Sans attendre, Jani prit le commandement de la colonne, la main posée sur la crosse de son arme. Elle ne craignait pas les dangers de la nature, mais les humains. Elle ne se laisserait pas surprendre sans combattre.

— Capitaine ? osa Cyath après quelques minutes. Herton n'a pas tort. Pourquoi vient-on sur Bunaro ? On n'a pas de marchandise à vendre.

— Parce que je l'ai décidé !

✦ ✦ ✦

La boîte de nuit était sombre, pleine de fumée de val'hon, une herbe aux vertus apaisantes. Sur une scène largement éclairée, des filles à moitié nues dansaient sur une musique si forte qu'il était impossible d'entendre les conversations – détail extrêmement pratique lorsqu'on négocie des contrats illicites. Au fond de la pièce, dans un renfoncement, un homme vautré sur une banquette, les bras écartés sur le dossier, observait le spectacle. Des sous-fifres silencieux étaient assis à côté de lui et devant cette alcôve, des gardes empêchaient quiconque de s'approcher. En s'avançant, Jani remarqua une fille à genoux entre les cuisses de Halin Benderha, le chef des Onze Cents. Cet homme aux longs cheveux bruns et à la fine moustache n'avait pas changé. Il aimait profiter des danseuses lorsque l'envie le prenait et cela lui permettait d'affirmer son pouvoir. Il repoussa sèchement la jeune fille à ses pieds et d'un signe de tête, il ordonna à un garde de la renvoyer sur la piste de danse. Jani fut navrée pour elle, surtout quand elle vit son visage tuméfié et son regard halluciné. La malheureuse combattait sa peur et son désespoir en abusant du val'hon. La danseuse lui rappelait ce qu'elle avait vécu autrefois, mais Jani avait refusé son statut de victime et elle rejeta toute compassion. Cette idiote aurait dû faire attention à ses fréquentations.

Benderha croisa le regard de Jani et un sourire obscène se dessina sur ses lèvres minces. Il lissa sa moustache tout en disant :

— Jani Qorkvin… Cela faisait longtemps. Laissez-la passer.

Cyath et ses hommes se déployèrent face à ceux de Benderha. Elle passa devant les mercenaires avec toute la séduction dont elle était capable et s'assit face à lui.

— Jani…, souffla-t-il en réajustant son pantalon. As-tu enfin décidé de m'accorder une chance ?

Plutôt crever ! songea-t-elle.

— Pas cette fois, non.

— Quel dommage, soupira-t-il. Que puis-je pour toi ?

— Je viens te proposer un marché.

— Tu es donc ici pour affaires… tant pis. Puis-je t'offrir une pipe de val'hon ? Quelque chose à boire ? J'ai un excellent vin de Cantoki, du wosli, j'ai même de la verte d'Ytar, si tu le souhaites.

À la mention de cette liqueur venant de sa planète, elle sentit son cœur se serrer.

— J'ai appris, il y a longtemps, qu'il ne faut rien consommer dans ce genre de boîte, refusa-t-elle avec un sourire éblouissant. Combien de tes danseuses ont-elles commis cette erreur, avant de se trémousser pour ton bénéfice ?

— Une ou deux, répondit-il en souriant. Très bien, que veux-tu ?

— J'ai besoin de renseignements concernant un monde qui devrait se trouver dans le no man's space ou dans le secteur U-W.

— Quel monde ?

— J'ignore quel est ce monde, sinon je ne serai pas ici. Il s'agit d'une planète isolée et déserte…

— C'est vague. Pourquoi cherches-tu cette planète ?

— Je cherche un ami à moi qui s'y serait retranché.

— Quel genre d'ami ?

— Du genre qui a des dettes à payer.

— Combien offres-tu pour ce service ?

— Beaucoup… Mille söls pour commencer.

— C'est tout ?

— Et l'emplacement d'un monde où les filles sont toutes jolies et faciles à capturer.

— C'est mieux. Vas-y, je t'écoute.

— Tu auras l'argent. L'info attendra que j'aie trouvé ce que je cherche.

— Tu n'espères pas me doubler, Jani, n'est-ce pas ?

— Bien sûr que non, Halin.

— Parfait. Donne-moi les infos dont tu disposes et je verrai ce que je peux faire pour toi.

L'Espoir est la flamme qui doit purifier la galaxie.

Déclarations de la Lumière

Une heure plus tard, Dem avait réussi à régler les mille et un problèmes qui se posaient toujours lorsqu'il s'agissait d'organiser la flotte pour un voyage non prévu. Il allait ordonner le départ, quand Tyelo revint sur la passerelle en compagnie du commandant Xenbur. Il l'avait trouvé, enfermé dans une cellule.

— Commandant, si vous m'expliquiez ce que vous faisiez là ? demanda Dem en plongeant son regard dans celui de l'Oliman.

— Quand Tiywan s'est arrogé le pouvoir, j'ai voulu que son poste me soit confirmé par l'Espoir. Je n'ai pas aimé ses réponses. Cela l'a énervé, alors il m'a fait arrêter.

— Tiywan est un mutin qui a essayé de s'emparer du pouvoir, affirma Nayla. Il est en prison. Je dois savoir à qui va votre loyauté.

— À vous, Espoir. Je vous suis entièrement dévoué !

Dem fut intrigué par la passion qui vibra dans la voix de cet homme réservé. Avec précaution, il tenta de sonder son esprit et eut la satisfaction de découvrir que son don lui avait été restitué. Il avait vu juste. Cette capacité était liée à ses émotions. Dans les pensées de Xenbur, il lut une vénération à la limite du fanatisme.

— Vous êtes la lumière qui purifie l'humanité de ses erreurs, Espoir. Chaque jour, des preuves de votre supériorité nous sont données. J'ai juré de vous suivre et de combattre pour accomplir la prophétie et pour que la lumière puisse voir le jour.

Dem nota le bracelet blanc qu'il portait au poignet, emblème de ce nouveau culte dédié à l'Espoir. Il ne savait que penser de cette religion naissante, mais pour le moment, il décida que Xenbur était digne de confiance.

— Commandant, soupira Nayla. Je vous remercie, mais…

— L'Espoir est ravie de pouvoir compter sur vous, coupa Dem devinant qu'elle allait essayer de doucher sa foi.

Elle lui jeta un regard agacé.

— Les hommes comme vous sont rares, continua Dem.

— Accepterez-vous d'assumer provisoirement le poste de commandant en second de la flotte ? demanda-t-elle, comprenant enfin le message qu'il tentait de lui faire passer.

L'homme posa un genou au sol et dit avec adoration :

— Ce serait un grand honneur, Espoir.

— Vous êtes donc nommé, Commandant. Ne me décevez pas.

— Jamais ! Je préférerais mourir.

— Commencez par vous lever, Commandant, proposa-t-elle le plus sérieusement possible.

Dem s'efforça de ne pas sourire. Quelques minutes plus tard, il ordonna le départ de Cazalo.

— Enfin, lança Nayla après quelques minutes, nous quittons ce monde. Pensez-vous que Janar nous retrouvera ?

— Sans aucun doute, la chasse va continuer, répondit Dem.

— Vous auriez pu tenter de me rassurer.

— Et vous mentir ?

Elle lui rendit son sourire et il apprécia cette complicité renaissante. Il retint un bâillement. Il était si épuisé, mais ne pouvait pas le montrer, pas encore.

— Dem, intervint Leene, quand la flotte arrivera-t-elle à sa prochaine destination ?

— Dans deux jours, mais je ne peux pas…

— Je ne veux rien entendre. Dem, vous allez venir avec moi à l'infirmerie.

— Certainement pas, je dois rester…

— Vous venez de désigner le commandant Xenbur comme votre second. Laissez-le seconder.

Il soupira. Il connaissait bien Leene Plaumec, elle allait le harceler jusqu'à ce qu'il accepte.

— Soit, je vous laisse la passerelle, Xenbur. Je vais interroger Tiywan et ensuite, j'irai dormir dans ma cabine.

— C'est hors de question. Je veux vous voir à l'infirmerie. Le reconstructeur fonctionne à nouveau, je dois m'occuper de votre épaule au plus vite.

— Docteur…

— Elle a raison, ajouta Nayla se joignant à la conversation.

— Nayla, vous savez bien que…

Elle prit ses mains dans les siennes et lui murmura avec une tendre sollicitude.

— J'ai besoin de vous, Dem. Je vous en prie, faites-vous soigner et allez vous reposer.

— Soit, céda-t-il, je viens avec vous, Docteur, mais ensuite, j'irai dans ma cabine et ce n'est pas négociable. Et vous, Nayla, je veux que vous alliez dormir.

— Tout ce que vous voudrez.

— Vous allez aussi me promettre de ne pas aller voir Tiywan.

— Pourquoi ? Dem, je…

— Nayla, je veux votre parole.

— Vous l'avez.

Nayla jeta ses vêtements souillés dans le système de nettoyage et fila rapidement sous la douche. L'eau brûlante ne chassa pas la fatigue monstrueuse qui l'écrasait, mais elle avait besoin de se sentir propre. Elle étira ses muscles douloureux, avant de se glisser sous la couverture. Malgré sa peur de rêver, malgré les dangers qui les suivaient à la trace, malgré les pièges tendus dans chaque système planétaire qu'ils visitaient, à cet instant, elle ne souhaitait qu'une seule chose : dormir. Elle se pelotonna et ferma les yeux, persuadée de sombrer rapidement dans un sommeil réparateur. Les derniers événements se bousculèrent dans son crâne : la blessure mortelle de Dem, ce qu'elle avait fait pour le sauver, la mutinerie de Tiywan, ainsi que cette inconnue qui avait tué Verum. Qui était-elle ? Dem semblait le savoir, mais pour le moment, il n'avait rien dit.

Elle n'arrivait toujours pas à croire que certains rebelles aient voulu l'évincer. Les humains ne veulent pas d'un nouveau Dieu, avait dit Tiywan. Elle n'était pas un nouveau Dieu et ne voulait pas l'être. Elle n'avait rien à voir avec ces fanatiques portant un bracelet blanc. Elle refusait d'être adorée. Elle ouvrit les yeux et soupira de lassitude. Cela faisait plus de deux heures qu'elle cherchait le sommeil et malgré son épuisement, elle n'arrivait toujours pas à s'endormir. Elle se sentait si seule. Le poids des responsabilités était écrasant, la certitude qu'un mauvais choix pouvait tous les conduire à la mort était insupportable et maintenant, elle devait affronter l'adoration ou la haine de ceux qu'elle désirait sauver. Elle sourit avec tristesse. Oui, elle était seule. Dem était redevenu lui-même, mais cela changerait-il quelque chose ? La complicité qui existait entre eux pourrait-elle renaître ? Le voulait-il ? Le voulait-elle ? Pourrait-elle oublier Alima ?

Elle revint à la réalité en criant, trempée d'une sueur froide, les joues baignées de larmes. Le cauchemar d'Alima, une fois encore, avait perturbé son sommeil. Elle ressentait encore l'âme troublée de Dem et le poids de ses remords. Elle prit conscience de la sonnerie insistante de l'alarme de sa porte, qui lui vrillait les oreilles. Elle essuya ses pleurs, s'habilla rapidement et ouvrit.

— Bonjour, salua Dem avec un sourire charmant. Quelque chose ne va pas ?

— Juste un rêve. Entrez, je vous en prie.

— Avez-vous dormi ?

Elle lui fut reconnaissante de ne pas insister. Elle constata, à sa grande surprise, qu'elle se sentait étonnamment reposée, malgré son « cauchemar ».

— Oui, c'est vrai, je vais mieux. Et vous ?

— Nous avons dormi dix-huit heures, vous et moi.

Elle le regarda, éberluée. Elle n'avait pas eu l'impression d'avoir été inconsciente aussi longtemps.

— Vous semblez préoccupée.

— Juste une incursion dans Yggdrasil.

— Avez-vous vu quelque chose d'utile ?

— Non, rien...

Elle s'en voulait d'être aussi laconique, mais son rêve la hantait toujours. Le sourire de Dem s'effaça lentement.

— Je venais parler stratégie avec vous, mais si vous le souhaitez, je peux revenir plus tard.

— Attendez, s'écria-t-elle touchée par la tristesse qui venait de voiler son regard bleu. Excusez-moi, ces voyages sont si difficiles. Je...

Sa propre stupidité fut soudain insupportable. Elle devait crever l'abcès et lui dire ce qu'elle avait sur le cœur.

— Nayla ?

— Pardonnez-moi pour ma cruauté, murmura-t-elle. Alima est mon fardeau depuis si longtemps, que j'ai refusé de prendre en compte l'essentiel. Vous ne vouliez pas accomplir ce massacre. C'est Dieu le seul responsable.

— J'ai donné cet ordre.

— Vous n'aviez pas le choix. Vous ne pouviez pas désobéir, votre conditionnement vous en empêchait. J'ai vu vos émotions s'éteindre instantanément, comme à chaque fois. Ce n'était pas votre faute.

— Nous avons déjà eu cette discussion et elle est inutile. J'ai pris des millions de vies. C'est un fait. N'en parlons plus. Ma seule motivation désormais est de vous aider à mettre à bas l'Imperium.

— Et vous pensez... Vous souhaitez offrir votre vie pour y parvenir, n'est-ce pas ?

— La prophétie est suffisamment claire. C'est ce qui arrivera et oui, j'aspire à cette fin.

La gorge serrée, elle repoussa l'envie de le prendre dans ses bras. Il sourit avec mélancolie, puis caressa doucement sa joue, essuyant les larmes.

— Allons, ne pleurez pas. C'est la meilleure solution, la seule solution. Vous le savez. Il y aura toujours Alima. Je suis Devor Milar, la main écarlate de Dieu. Il y aura toujours quelqu'un pour se souvenir de moi, quelqu'un pour vous reprocher d'être mon amie, pour saper votre autorité à cause de cette amitié. Et puis, je dois expier mes actes.

— Dem, non...

— Mais si, vous savez bien que si. Je n'ai pas ma place dans un monde nouveau.

Nayla eut une vision brève de la victoire. Elle avait terrassé Dieu, l'humanité enfin libre se tournait vers elle, espérant qu'elle les guide et Dem gisait mort à ses pieds. Elle était seule, sans amis. Elle ne voulait pas de cet avenir-là !

— Je vous interdis de dire ça, souffla-t-elle. J'ai besoin de vous.

Il parut surpris, mais il précisa avec détermination :

— Je serai là jusqu'à la fin, Nayla.

— Et après ? Je resterai seule... Je ne veux pas vous perdre. Je... tiens à vous.

Il lui lança un étrange regard mélancolique, puis ferma les paupières pour cacher les émotions qui semblaient bouillonner dans son âme.

— Vous en êtes sûre ? demanda-t-il sans ouvrir les yeux. Vous m'avez dit que vous ne pourriez pas oublier.

— Je ne pourrais pas oublier, non, mais je... Ce n'est pas vous que je blâme pour ce massacre.

Il ouvrit les yeux et l'intensité bleu glacier la pétrifia.

— Merci, Nayla...

— Je ne veux pas vous perdre, murmura-t-elle.

— Vous ne pouvez pas changer l'issue de cette prophétie. Pour vaincre, je dois mourir.

— Non..., souffla-t-elle, je préfère...

Quoi ? Laissez Dieu gagner ? Laissez l'humanité souffrir ?

— Laissons les choses arriver comme elles le doivent, concéda-t-il.

Nayla était écrasée par le poids de son chagrin. Elle voulait se blottir contre lui et l'embrasser, passionnément. Elle n'osa pas. Il semblait si perdu et si désespéré. Elle devinait ce qu'il vivait aujourd'hui en se basant sur ce qu'il avait déjà vécu. Il avait mis plusieurs années à gérer et à contrôler ces sentiments étrangers, elle ne pouvait pas exiger de lui qu'il retrouve un fonctionnement normal en quelques heures.

— Vous devriez me laisser seule, ou je crois que je vais éclater en sanglots dans vos bras.

Elle prit conscience qu'elle venait de s'exprimer à haute voix. Le visage cramoisi de honte, elle s'enfuit vers la salle de bains, mais il l'attrapa par les épaules et l'obligea à lui faire face. Ils échangèrent un long regard qui lui sembla durer éternellement. L'océan glacial de ses yeux étincelait, comme frappé par les rayons d'un soleil levant. Elle se noya dans cette eau, oubliant tout. Dem... Il était là, devant elle, si beau, si présent. Il lui avait tant manqué. Il l'attira à lui et elle ne résista pas. Elle se serra contre sa poitrine, goûtant la chaleur de sa peau à travers sa chemise. Il sentait bon. Elle inspira profondément, emplissant ses narines de son odeur. Sans s'en rendre compte, elle éclata en sanglots convulsifs. Il l'étreignit contre lui, caressa tendrement ses cheveux et la garda ainsi jusqu'à ce que ses pleurs s'apaisent. Elle resta encore un instant, pelotonnée dans ses bras, savourant cette sensation merveilleuse. Enfin, elle s'écarta doucement et il relâcha son étreinte. Elle ne put ignorer l'émotion dans son regard. La gorge sèche, elle trouva la force de murmurer :

— Merci...

— Je vous en prie. Vous en aviez besoin et je crois bien que moi aussi, ajouta-t-il pensivement.

— Dem...

— Nayla, s'il vous plaît...

Il y avait une telle supplication dans son regard, qu'elle ne poursuivit pas. Elle n'avait pas le droit de lui imposer ses sentiments et ses désirs puérils. Elle usa de toute sa volonté pour s'excuser.

— Pardonnez-moi. J'avais besoin d'aide et comme d'habitude, vous étiez là pour moi.

Elle prit une autre profonde inspiration.

— Que vouliez-vous ? demanda-t-elle.

La tempête de sentiments qui rugissait en lui n'était pas aisée à contrôler et les émotions exacerbées de la jeune femme n'amélioraient rien. Il avait trouvé extrêmement troublant de la serrer contre lui et encore plus déconcertant l'envie de la prendre à nouveau dans ses bras. Il s'efforça de calmer sa respiration et seule sa volonté de fer lui permit de se maîtriser.

— Il y a tant de choses à gérer. J'ai pris la décision de rejoindre Sae'hen, un monde rude, qui a toujours montré des tendances hérétiques. Nous y serons dans quelques heures.
— Pourquoi eux ? demanda-t-elle distraitement.
— Ils étaient sur la liste de ceux qui réclament notre aide et suffisamment loin pour nous donner le temps de récupérer à vous comme à moi.
— Tant mieux pour eux.
— Je devais parer au plus pressé.
— Ce n'était pas un reproche, se défendit-elle.
— Je ne l'ai pas pris comme tel. Nous devons impérativement réorganiser la flotte. Il est inutile de la diviser, désormais. Nous devons décider de notre ligne de conduite.
— Que voulez-vous dire ?
— Cette rébellion progresse admirablement, commença-t-il.
— Vous plaisantez ? Nous passons notre temps à fuir.
— Nous avons libéré de nombreux mondes, remporté de nombreuses victoires. À ma connaissance, aucune insurrection n'a fait aussi bien que nous.
— Cela doit me rassurer ?
— Oui... La victoire est possible, j'en suis certain.
— Vous commencez à me faire peur, vous savez. Vous avez douté de la prophétie, après tout ce que nous avons fait ?
Il ne put s'empêcher de sourire.
— Les probabilités n'étaient pas en notre faveur. Pourtant, je pense que nous allons l'emporter. Dans un an, plusieurs années, mais si nous restons en vie, alors notre victoire ne fait aucun doute.
— Mais ?
— Nous pouvons continuer comme nous le faisons, aujourd'hui. Voyager d'un monde à l'autre et les libérer, sans pouvoir garantir qu'ils resteront libres.
— Quels autres choix avons-nous ?
— Peu, j'en ai peur. Nous ne pouvons pas garantir la sécurité de ces planètes, c'est impossible. Nous pourrions mettre en place une sorte... de gouvernement de la rébellion, mais créer une telle organisation est trop compliqué et la faire vivre, plus encore. En fait, même l'Imperium n'a pas cette puissance, c'est pour cela que nous progressons si vite.
— J'ai l'impression que nous n'avançons pas, au contraire.
— Le nombre de mondes habités, dans cette galaxie, est... incalculable. L'Imperium a l'avantage d'être en place depuis longtemps

et pourtant, il n'a pas suffisamment de troupes pour occuper tous les mondes. Il domine avec la force brute des phalanges, avec le poids de la religion et avec la peur. Cette dernière est son arme la plus puissante. Au moindre danger, des troupes sont envoyées pour combattre l'ennemi et pour l'éradiquer. Nous pouvons faire de même, mais imaginez notre flotte se précipitant au secours d'une planète attaquée et tombant dans un piège. Nous sommes trop vulnérables.

— Donc nous libérons les planètes sur notre route en semant la mort et la désolation, et ensuite nous les laissons se débrouiller et subir la colère de l'Imperium. J'ai du mal à accepter ça.

— Je sais. Moi aussi.

Elle avait l'air étonnée et cela l'amusa.

— Nayla, même sans émotions, ce gaspillage m'exaspérait. Désormais, je prends toute la mesure de ce paradoxe. Accorder la liberté aux hommes qui le souhaitent, pour les livrer ensuite aux conséquences de leur choix, est insupportable.

— Que pouvons-nous faire d'autre ?

— Attaquer.

— Je ne comprends pas.

— Je vous l'accorde, il est encore un peu trop tôt pour cela, mais nous devrons bientôt y penser.

— De quoi parlez-vous ?

— Nayla, il faut foncer à travers l'Imperium jusqu'au système AaA et accomplir la prophétie. Nous allons débarquer sur la planète mère, prendre d'assaut le temple et détruire Dieu.

— Vous voulez dire, sans libérer la galaxie avant ?

— Oui, absolument ! Lorsque nous serons victorieux, nous devrons défendre l'humanité contre les Hatamas qui ne tarderont pas à profiter du désordre. La Coalition ne restera pas en arrière. Elle aussi voudra sa part du gâteau.

— Nous nous combattrons, dit-elle avec lassitude.

— Les Gardes de la Foi utilisent une stratégie simple. Ils envoient les Soldats de la Foi, des conscrits pour la plupart, en première ligne. Cela permet d'évaluer l'ennemi et de l'affaiblir. Ensuite, les phalanges attaquent.

— Avec la force de frappe des gardes, on se demande pourquoi ils préfèrent sacrifier des humains ordinaires, fit-elle remarquer avec mépris.

— Vous le savez comme moi. Les gardes noirs existent en nombre limité. Ils sont longs à recréer. Il convient de les préserver pour les menaces réelles.

— Bon, nous affrontons les conscrits, et alors ?

— Nous sommes obligés de tuer des gens qui pourraient nous rejoindre, si on leur laissait le choix. Nous détruisons nos forces vives et après cette guerre, l'humanité sera quasiment sans défense.

— Dans ce cas, traquons les phalanges et éliminons-les !

— Ce n'est pas aussi simple.

— Dem, si nous l'emportons en utilisant votre méthode, il restera des phalanges à l'issue de notre victoire, n'est-ce pas ?

— En effet.

— Est-ce que les gardes noirs se rangeront à nos côtés pour défendre l'humanité ?

C'était une question intéressante. Il se l'était déjà posée. Il aurait aimé dire oui, mais l'obligation de protéger Dieu et l'Imperium était inscrite dans les gènes des gardes.

— Je ne le pense pas. Même avec moi à vos côtés, leur conditionnement est trop important pour qu'ils acceptent de servir quelqu'un d'autre que Dieu.

— Qu'attendez-vous de moi ? J'ignore ce qu'il faut faire. Ce que je sais, c'est que nous devons faire preuve de compassion et de cœur. Nous devons attirer à nous tous ceux qui hésitent encore. Nous devons libérer ceux qui nous implorent.

Nayla avait raison. Seulement, il trouvait étrange de mener une guerre de cette façon.

— Je prends votre avis en compte. Cependant, détruire les défenses de l'Imperium est un jeu dangereux.

— Je sais. J'ai une autre requête, Dem.

— Dites-moi.

— Je souhaiterais que l'on abandonne cette histoire d'Espoir. Je ne veux pas devenir un autre Dieu, vous comprenez ?

— Oui, c'était une mauvaise idée, j'en conviens.

— C'est vrai, vous êtes d'accord avec moi ?

— Je le suis, mais ce sera difficile. J'ai eu peu à faire pour que naisse ce culte. Il vit sa propre vie.

— Pourtant, je ne veux pas que l'on me vénère.

— J'ai bien peur que vous deviez lutter contre ce fait toute votre vie et pour cela, je vous suivrai toujours. Cependant, s'obligea-t-il à dire...

— Cependant ?

— Xenbur est l'un de ces fanatiques.

— Oui, c'est insupportable. Il faut le faire changer d'avis.

— Non, il ne faut pas. Xenbur ne vous trahira pas. Il est trop zélé pour cela. Nous devons nous appuyer sur ces... croyants.

— Vous voulez entretenir cette foi ? Non, je m'y refuse, vous m'entendez !

— Je ne veux pas l'entretenir. Vous avez déjà affirmé que vous ne voulez pas être adorée, mais malheureusement, cela n'empêchera pas ces exaltés de continuer à croire en vous. Nous n'allons pas créer une nouvelle religion, mais nous n'allons rien faire pour la faire cesser. Je ne suis pas certain que nous puissions faire quelque chose, de toute façon. Nous avons besoin de compter sur des gens sûrs, alors utilisons-les.

— C'est immoral !

— Ce mouvement est impossible à arrêter et nous avons besoin de soldats en qui avoir confiance.

— Comment en sommes-nous arrivés là ? Je ne veux pas être la base d'une nouvelle religion.

— Je vous admire pour cela. Refuser un pouvoir absolu, peu de gens en sont capables. Vous êtes quelqu'un d'extraordinaire, Nayla.

— J'essaye juste de faire ce qu'il faut, murmura-t-elle en rougissant furieusement. J'avance dans un brouillard épais et vous êtes ma boussole.

Cette déclaration l'émut et il ne sut que répondre.

— A-t-on retrouvé cette femme ? demanda-t-elle pour changer de sujet. Qui est-elle ?

— J'ignore son nom, mais je sais qu'il s'agit d'un maître-espion de la coalition Tellus. Il émane de ces agents une arrogance qui ne trompe pas. Il faudra interroger Tiywan, pour s'en assurer, mais je suis certain d'avoir raison.

— Tellus, mais que fait-elle ici ?

— Si la rébellion accepte l'aide de la Coalition, qui sait ce qui se passera à la fin de cette guerre.

— Mais, elle n'a rien demandé...

— Ni à vous, ni à moi, mais elle a certainement pris contact avec Tiywan.

— Comment pouvez-vous le savoir ?

— Je sais comment les espions de Tellus fonctionnent.

— Il faut interroger Tiywan, alors.

Dem ne put s'empêcher de ressentir la morsure de la jalousie.

— Je préfère que vous ne vous approchiez pas de lui.

Nayla rougit, puis pâlit et se détourna de lui. Il hésita, ne sachant que dire. C'est elle qui brisa le silence lourd qui venait de s'installer entre eux.

— Dem, je suis désolée de ce qui est arrivé entre lui et moi.

— Il n'y a aucune raison, précisa-t-il gentiment. Vous êtes libre de vos sentiments.

— Il ne s'agit pas de sentiments. Je... Je me sentais si seule, vous comprenez ? Il était là. Il venait chaque jour. Il était charmant, attentif et présent. Il s'est imposé comme un ami.

— Je vous l'ai dit, je ne vous reproche rien. Je comprends que vous ayez eu besoin de quelqu'un.

— Je ne voulais pas... pas vraiment et puis, Jani est venue. Elle était dans votre cabine, alors j'ai voulu vous...

— Me rendre jaloux, oui Nayla, vous me l'avez dit, énonça-t-il plus sèchement qu'il l'avait voulu.

— Dem, c'était idiot, je le sais bien.

— N'en parlons plus, conclut-il d'une voix qu'il espéra sans passion.

— Bien, n'en parlons plus, s'exclama-t-elle avec une colère contenue.

— Nayla, qu'attendez-vous de moi ?

— Vous êtes censée avoir des émotions. Vous pourriez être furieux contre moi, m'insulter, me...

Il la saisit par les épaules pour la calmer.

— Et à quoi cela servirait-il ?

— À me montrer que vous êtes... Je ne sais pas, finit-elle en rougissant.

— Pour vous dire la vérité, je suis en colère. Contre lui, contre vous... et surtout, contre moi-même.

— Je m'en veux terriblement. Je me sens salie par lui. Je voudrais tellement ne pas avoir été aussi stupide !

— Ce qui est arrivé, est arrivé. Il n'y a rien à faire pour changer tout cela.

— Me pardonnerez-vous ? demanda-t-elle timidement.

Il ne put s'empêcher de rire.

— Jeune fille, vraiment... Bien sûr que je vous pardonne.

— Ce n'est pas drôle !

Il caressa doucement le visage de Nayla, ressentant un frisson étrange. Elle tressaillit. Il se pencha vers elle et très délicatement, il posa ses lèvres sur les siennes. Un bonheur immense l'enveloppa d'une chaleur agréable. Il s'immergea dans ce baiser, oubliant toute sa résolution pendant quelques secondes.

— Je ne pourrai jamais être furieux contre vous.

— Dem...

Les doigts de la jeune femme caressèrent son visage. Il frissonna et faillit se laisser entraîner par ce sentiment d'ivresse. Puis, il se souvint de ce qu'il avait décidé. Il ne pouvait pas la laisser tomber amoureuse de lui. Elle souffrirait trop, quand tout serait fini.

— Non, je vous en prie.

Elle le supplia du regard, mais il resta ferme.

— C'est impossible. Une telle relation serait une erreur.

— Dem…

— Je n'ai rien à vous offrir.

— Quelle importance ! Je m'en moque !

— Pas moi. Je ne suis pas un homme pour vous.

— N'est-ce pas à moi de juger ?

— Non, ce n'est pas à vous. Je n'abuserai pas de votre vulnérabilité. Ce serait égoïste. La mort m'attend.

— Vous n'avez pas le droit de dire ça !

— C'est la vérité pourtant. Je serai toujours votre ami, mais pas de cette façon.

— Pourquoi ?

— Parce que je ne peux pas. Une relation comme celle-ci n'est pas faite pour moi.

— Allez-vous-en ! s'exclama-t-elle avec colère.

— Nayla… Vous savez bien que j'ai raison.

— Non, vous avez tort, s'obstina-t-elle. Allez-vous-en !

— Bien. Je vais aller interroger Tiywan, je reviendrai vous dire ce que j'aurais découvert.

— Non ! Je veux être là.

— Ce n'est pas prudent.

— Je ne veux plus passer tout mon temps enfermée ici. Je ne veux plus me cacher. Je veux venir avec vous. Pouvez-vous m'accorder une heure ?

— Très bien, une heure.

Dem entra dans le quartier des cellules, où Tiywan avait été enfermé. Il n'avait pas attendu Nayla. Il devinait que son ancien second ferait tout pour l'humilier et il ne voulait pas lui infliger cela. Le prisonnier était assis sur sa couchette et lui jeta un regard mauvais.

— Tu viens m'éliminer, maudit garde ?

— Non. Je viens clarifier deux ou trois points.

— Oh, tu comptes me torturer ? J'ai passé huit années dans les bagnes de l'Imperium, alors rien ne me fait peur.

Tiywan s'accrocha à la grille et le toisa de toute sa hauteur.

— Si je voulais vous torturer, Tiywan, vous ne tiendriez pas trois minutes. Rassurez-vous, je ne compte pas sur la douleur pour vous faire parler.

— Alors quoi ? Tu vas négocier ? Proposer de me relâcher si je dis la vérité ?

— Certainement pas. Je vous l'ai dit, je veux juste quelques confirmations. Vous allez me donner l'identité de cette femme.

— Je ne vois pas de qui tu veux parler. Il y a tellement de femmes sur ce vaisseau et elles ouvrent toutes leurs cuisses pour moi. Tu ne peux pas en dire autant.

Dem avait projeté son esprit dans celui de Tiywan et le nom de l'espion de Tellus surgit à la surface de sa conscience.

— Helisa Tolendo, déclara-t-il avec un sourire moqueur. Un nom typique de la coalition Tellus.

Xev sursauta et de l'inquiétude passa dans son regard.

— Comment...

— Elle est votre maîtresse depuis plusieurs mois. Elle est douée, n'est-ce pas ?

— Mais...

Son assurance se fissurait et Dem en fut satisfait.

— Elle a saboté mon bombardier sur votre ordre, n'est-ce pas ?

— Non, je...

La scène lui apparut clairement. La superbe blonde était nonchalamment appuyée contre une cloison, tandis que Tiywan crachait des insultes coléreuses.

— *Je ne supporte plus cet enfoiré de Dem ! Il est tellement arrogant ! Je suis sûr que c'est à cause de lui que la petite garce ne veut plus de moi. Je vais lui éclater la tête, je t'assure Helisa.*

Elle s'était contentée de sourire, avant d'ajouter d'un ton moqueur :

— *Mon chéri, il va te tuer. Si cet homme est un Garde de la Foi, et il y a toutes les raisons de penser qu'il l'est, il ne fera qu'une bouchée de toi.*

— *Je ne suis pas un novice ! Je suis tout à fait capable de le tuer.*

— *Par accident, peut-être. Crois-tu que Nayla t'acceptera à ses côtés, si tu assassines son général ?*

— *Je veux le voir mort !*

— *Alors, laisse-moi faire, mon chéri.*

— *Toi ?*

— *Oui, je suis... parfaitement entraînée pour ce genre de tâche.*

— *Comment vas-tu le tuer ?*

— *Je ne te dirais rien, mon chéri. Moins tu en sais, moins tu seras soupçonné.*

— *Dis-m'en plus*, gronda-t-il.

— *La seule chose que je vais te dire, c'est qu'il s'agira d'un accident que rien ne pourra rattacher à toi.*

— *Très bien, je te laisse faire. Mais fais vite !*

— Je vois, affirma Dem avec autorité, après s'être arraché aux pensées de Tiywan. Helisa vous a suggéré de vous débarrasser de moi. Elle a proposé de s'en charger elle-même et bien entendu, vous avez accepté une telle aubaine !

Xev recula le visage blême. Il appliqua les mains sur ses tempes avec une grimace de douleur. Il avait du caractère et lire dans ses pensées obligeait Dem à être incisif. Lui-même commençait à souffrir de cet interrogatoire silencieux.

— Qu'est-ce que tu me fais ?

— Êtes-vous prêt à répondre à mes questions, Tiywan, ou dois-je continuer à les arracher de votre cerveau ?

— Je n'ai rien à te dire !

— C'est votre décision. Je continue. Elle a saboté mon bombardier, mais malheureusement, je m'en suis sorti vivant. Elle a ensuite décidé de tirer sur Nayla, ou est-ce vous qui lui en avez donné l'ordre ?

Il vit Tiywan frapper Helisa et la projeter sur la table de la salle de briefing. Cette brute la saisit par le col et la gifla encore.

— *Sale garce ! Qu'est-ce qui t'a pris de tirer sur Nayla ?*

Dem assista à toute la scène, qui confirma ce qu'il pensait déjà. Cet imbécile était manipulé en beauté par un maître-espion de qualité. La Coalition ne pouvait pas laisser passer l'opportunité de retrouver le pouvoir et cette rébellion pouvait leur donner une sérieuse chance de balayer l'Imperium.

— Je n'ai jamais voulu sa mort, souffla Xev.

— Vous étiez furieux contre Helisa et vous avez lancé votre mutinerie sans écouter son avis. En plus d'être un traître vendu à la coalition Tellus, vous êtes un crétin.

L'homme tressaillit et recula jusqu'à la couchette. Il s'y assit lourdement et leva un regard terrifié vers Dem.

— Vous lisez dans mes pensées ?

— En effet. Alors, il serait plus facile de simplement me dire ce que vous avez fait. Cela sera plus rapide et moins douloureux.

— Je... Je voulais votre mort, céda Tiywan. Je voulais diriger la rébellion. J'en ai la capacité. J'en ai le droit.

— Le droit ?

— J'ai payé ce droit de huit années de bagne ! Mais avec vous sur ma route, je n'aurais eu que des miettes. Et puis, sur Bekil, Helisa m'a abordé. Elle m'a dit que la coalition Tellus pouvait nous aider, voulait nous aider, nous fournir des officiers de qualité, des armes, des ressources. Elle m'a dit que vous ne voudriez rien entendre, que je devais assumer mon rang, que je devais m'emparer de la place qui m'était due. Elle m'a promis un poste important, après la guerre. Quand… Quand l'humanité serait revenue dans le giron de la Coalition.

— Et vous l'avez crue ?

— Oui ! Elle… Elle faisait ce que je voulais, m'aidait de ses avis. Elle m'a conseillé de… de séduire Nayla. Elle m'a dit que je devais m'assurer son appui pour accéder au pouvoir, que Nayla était un prophète et que la place des prophètes était à l'abri, enfermés, dominés et utilisés.

Dem avait rarement ressenti une telle colère et un tel dégoût pour un homme. Il s'était attaqué à une jeune femme vulnérable pour obtenir le pouvoir. Il avait cru que Tiywan avait quelques sentiments pour Nayla et malgré sa jalousie, il avait accepté cela. Il découvrait que l'homme ne voulait que la dominer, qu'il la désirait, mais qu'à aucun moment, il ne l'avait aimée. L'envie de le tuer devint impérieuse. Il glissa un doigt dans l'anneau de son poignard-serpent, savourant l'idée de l'égorger et de regarder la vie s'écouler lentement de son corps. Il prit une profonde inspiration et à regret, il y renonça. Assassiner cet homme n'aiderait pas Nayla.

— Vous avez très bien suivi ses conseils, énonça-t-il sèchement.

— Oui, fanfaronna l'homme. Je l'ai prise ! Et cette petite ingrate m'a jeté comme un moins que rien. Je voulais lui faire payer, mais… Helisa continuait à me dire d'être patient.

— Et elle lui a tiré dessus. Elle vous a dit que c'était pour me tuer moi, parce que j'anticiperai son attaque.

— Elle avait sans doute raison. Je vous ai vu vous jeter devant le tir, avant qu'il n'ait eu lieu. Comment avez-vous fait ?

— Où est-elle ?

— Helisa ? Je n'en sais rien, je vous le jure.

— Je vous crois, admit Dem renseigné par son empathie. Une dernière question, Tiywan, qui a tué Seorg Giltan ?

— Helisa, répondit-il précipitamment.

C'était un mensonge, il en était certain. Milar projeta à nouveau sa conscience dans celle de son rival.

— Qui l'a tué, Tiywan ?

Il vit, dans les ruelles de Bekil, Tiywan et Seorg marcher côte à côte, en devisant.

— *Où allons-nous ? demandait le jeune homme.*
— *Sois patient. Je dois te montrer quelque chose d'important.*
— *Quoi ?*
— *Nayla est en danger et j'ai besoin de ton aide.*
— *En danger ? Que voulez-vous dire ? Que dois-je faire pour l'aider ?*
— *Je dois te montrer, tu comprendras mieux.*

Ils continuèrent en silence, puis entrèrent dans une ruelle étroite et Xev s'effaça pour laisser passer le garçon. Celui-ci s'arrêta net en découvrant la femme splendide qui les attendait : Helisa Tolendo.

— *Vas-y ! ordonna-t-elle.*

Xev dévoila un poignard-serpent. Il attrapa Seorg par-derrière et lui releva le menton. Le garçon se débattit, mais la poigne du traître était trop puissante et il ne put pas s'arracher à cette étreinte. Sans hésiter, Tiywan planta la lame dans sa gorge.

— *Je t'avais dit de rester loin d'elle, petit emmerdeur !*

Le corps de Seorg se convulsa quelques secondes, avant de reposer pour toujours immobile contre Tiywan, qui attendit encore un peu avant d'installer le cadavre du jeune homme contre le mur. Quand il se redressa, l'espionne enjambait déjà le mort et s'accrocha lascivement au cou de Xev.

— *Tu as prouvé ton allégeance à Tellus, c'est bien, murmura-t-elle d'une voix suave. Prends-moi, ici et maintenant ! Prends ta récompense !*

Dem revint à la réalité. Les méthodes des espions tellusiens n'avaient pas changé : la manipulation, les promesses, le sexe. Il était désolé pour Nayla. Son ami d'enfance s'était retrouvé mêlé à quelque chose qu'il ne maîtrisait pas. Milar s'avança vers les barreaux et décocha un regard plein de mépris à l'homme prostré sur la couchette.

— Vous n'êtes qu'un lâche. Je vous remercie, je sais maintenant tout ce que je voulais savoir.

— Qu'allez-vous faire de moi ?

— Vous le découvrirez bien assez tôt !

Ailleurs…

Le ciel d'un bleu pur et profond n'était entaché d'aucun nuage et le froid glacial de Firni pénétrait au plus profond de ses os, malgré l'épaisse veste en peau de lyjan.
— Ils sont ici, dit-elle en désignant la vallée en contrebas.
— Je vois, répondit l'homme auprès d'elle.
Il était vêtu d'une armure de combat en ketir recouverte d'une sur-tenue gris pâle et son regard bleu avait la même couleur que les séracs environnants.
— Vous comptez vraiment les attaquer, Colonel ?
— Ces animaux dont vous m'avez parlé méritent une enquête sérieuse et mes hommes ont besoin d'entraînement.
— Vous pourriez être surpris par leur résilience, mon beau colonel. Ils ont des capacités étonnantes.
— Comment cela ?
— Ils sont intelligents, d'une certaine façon.
— Assez pour être catégorisé comme une race ?
— Dans quelques milliers d'années, peut-être…, précisa-t-elle en levant les épaules avec indifférence.
L'homme donna quelques ordres via son armtop et l'étrange couple assista sans bouger à l'assaut des gardes noirs. Le combat était presque fini, lorsqu'un rugissement terrifiant résonna contre les murs de glaces qui les entouraient. Trois monstres de plus de deux mètres, couverts d'une épaisse fourrure blanche, les attaquèrent…

Uri Ubanit regagna le présent avec un sursaut horrifié, rejeté de l'esprit de sa prisonnière par la peur qu'il venait de ressentir. Il reprit son souffle et reporta son attention sur Jani Qorkvin. Explorer les pensées de cette femme lui procurait un plaisir fascinant. La douleur qui marquait son visage et la peur qui brillait dans son regard étaient une récompense supplémentaire au pouvoir offert par Dieu. Il but d'un trait un verre d'eau et replongea dans l'esprit de la captive.

Ils venaient de regagner la base des contrebandiers. Le colonel Devor Milar, l'armure couverte du sang poisseux de ces animaux, entra dans le réfectoire en compagnie de Jani.

— *Effectivement, Capitaine, la chasse de ces lyjans est fascinante.*
— *Vous devriez être plus prudent, Colonel...*
Elle osa caresser sa joue du bout de ses doigts effilés.
— *Il serait dommage de déchirer ce visage.*
— *Capitaine !*
— *Oh, Devor... Je pourrais être tout à toi. Si seulement, tu voulais...*
Il saisit son poignet et la repoussa.
— *Maîtrisez-vous ! Donnez-moi vos informations !*
— *Bien sûr, Devor, bien sûr... inutile de te montrer brutal. Donne-moi un baiser et je te donne tout ce que tu veux...*
Elle déployait tout son charme et le froid officier des gardes sembla hésiter. Il ne bougea pas lorsqu'elle s'approcha de lui, offrant sa bouche à un baiser.
— *Vous jouez un jeu dangereux...*
— *Je jouerai à tous les jeux que tu désireras.*
— *Cela suffit !*
Sa voix avait claqué, menaçante, et Jani Qorkvin recula, légèrement effrayée. Elle sourit pourtant et lui tendit un enregistrement. Le colonel Devor Milar s'en saisit et la fixa un bref instant. Il aurait dû la frapper, il aurait dû l'arrêter, il aurait dû la tuer... Il n'en fit rien. Il sourit en retour.
— *Merci, Jani...*

Comme la première fois qu'il avait déchiffré ce souvenir, l'incompréhension arracha Ubanit à l'esprit de Qorkvin. Il n'arrivait pas à comprendre qu'un garde noir ait pu montrer de l'intérêt pour une femme de cet acabit... mais il avait fait preuve de pitié. Il tenait à elle et c'est pour cela que le jeune inquisiteur avait conseillé à Janar d'utiliser ce défaut pour piéger Milar. Il savoura cette certitude. Dans quelques jours, quelques semaines peut-être, il tiendrait l'Espoir en son pouvoir.

Dem était en retard et Nayla s'impatientait, tournant en rond dans sa cabine. Quand enfin l'alarme de sa porte retentit, elle ouvrit avec précipitation.
— Où étiez-vous ? Cela fait vingt minutes que je vous attends.
— Ne soyez pas fâchée contre moi, commença-t-il en entrant, mais…
— Vous y êtes allé ! Sans moi ! le coupa-t-elle.
— En effet, j'ai voulu vous épargner cette rencontre.
— Vous n'aviez pas le droit ! Vous aviez promis de m'attendre.
— Je préfère que vous soyez en colère contre moi, plutôt que vous ayez à subir les attaques verbales de Tiywan. Il aurait tout fait pour vous faire du mal.
— J'aurais pu lui en faire aussi, menaça-t-elle d'un ton buté.
— Allons, Nayla, vous auriez fait quoi ? Vous lui auriez tiré dessus ? Vous auriez écrasé son esprit ?
— Non, démentit-elle avec lassitude, effrayée à l'idée de se nourrir de la vie d'un être humain. Dites-moi ce que vous avez appris ?
— Le maître-espion de Tellus s'appelle Helisa Tolendo. Elle a pris contact avec Tiywan sur Bekil. Elle l'a convaincu de prendre le contrôle de la rébellion, puis d'accepter l'aide de la Coalition.
— Il a accepté ?
— Elle lui offrait la possibilité d'obtenir ce pouvoir qu'il désirait tant. C'est elle qui a saboté les bombardiers et qui vous a tiré dessus en espérant que je m'interposerai. Elle a tout fait pour persuader Tiywan de ne pas se mutiner. Elle a sans doute estimé qu'il était trop tôt pour cela. Elle préférait me tuer tranquillement, plus tard, à l'infirmerie. Pour tous, je serais mort de mes blessures et accablée par la tristesse, vous seriez retournée dans les bras de Tiywan.

La honte brûla ses joues et elle baissa les yeux. Cette Helisa avait peut-être raison.

— Mais ce crétin ne l'a pas écoutée et il a échoué. Elle doit être furieuse, ajouta-t-il avec un sourire.

— Et pour Seorg ? demanda-t-elle en craignant la réponse.

— Elle a fait de la mort de votre ami une condition pour accorder son aide. Il a attiré Seorg dans cette ruelle pour le tuer.

Elle mit quelques secondes à accepter cette information, puis elle fut frappée par un mélange de rage et de détresse. Seorg !

— Pourquoi lui ?

— Il empêchait Tiywan de vous séduire, expliqua-t-il doucement.

Elle chancela. Seorg était mort à cause d'elle. Son père était mort à cause d'elle. Tant de gens mouraient à cause d'elle.

— Vous en êtes certain ? murmura-t-elle.

— Je l'ai vu dans son esprit.

Seorg… le malheureux. L'envie d'écraser Tiywan revint la hanter. Il méritait la mort. Elle marcha vers la porte avec détermination.

— Où allez-vous ? dit Dem en s'interposant.

— Je vais tuer cet assassin ! Écartez-vous !

— Nayla… Il paiera, mais céder à la vengeance n'est pas envisageable. La rébellion vit une grave crise et les gens se demandent encore si Tiywan n'avait pas raison. Si nous le tuons, sans procès, ce sera une décision arbitraire et…

Et cela ressemblerait trop à la façon d'agir de l'Imperium, elle le savait bien. Mais elle s'en moquait ! Elle voulait le faire payer !

— Il y a sûrement des traeurs dans les cellules, gronda-t-elle avec rage. Je vais le faire souffrir jusqu'à ce qu'il crève !

— Je ne vous laisserai pas faire, s'opposa Dem en lui prenant les épaules. Tuer quelqu'un de cette façon n'est pas pour vous. Si c'est ce que vous voulez, laissez-moi m'en charger.

— Non ! Je… C'est un assassin, il doit payer.

— Voulez-vous la justice ou la vengeance ? Moi aussi, j'ai envie de le tuer et autrefois, rien ne m'en aurait empêché, mais… les choses ont changé, mes convictions ont changé. C'est pour la liberté et la justice que je me bats désormais. Si j'assassinais cet homme, cela serait une négation de toutes nos valeurs.

Elle aurait voulu hurler de rage et de désespoir. Il avait raison ! Bien sûr qu'il avait raison. Défendre la liberté imposait de respecter certaines règles. Elle lutta contre les larmes qui piquaient ses yeux, contre l'envie de se blottir dans les bras de Dem, contre le désir de l'écarter de son chemin et de courir tuer Tiywan. Elle ne fit rien de tout cela. Quelque chose de froid naquit au fond de son âme. Il était temps d'évoluer, de devenir adulte. Elle ne pouvait pas continuer à se morfondre en espérant une histoire d'amour romantique avec son beau colonel. Elle ne devait plus se reprocher d'avoir couché avec Xev. C'était arrivé, c'était un mauvais souvenir de plus et rien d'autre.

— Vous avez raison, admit-elle avec un sourire contraint. Merci de m'avoir épargné cette épreuve.

— Je vous en prie.

— Qu'allons-nous faire de lui ?

— Pour l'instant, je ne le sais pas. Un procès lui donnerait une tribune et comme je le disais, le tuer est politiquement impossible.

— Gardons-le en prison pour le moment, suggéra-t-elle.

— Très bien, mais pas trop longtemps... Il est dangereux.

— Il faut retrouver cette femme, cette Helisa.

— En effet, mais cela ne sera pas aisé. Elle est douée.

— Même avec votre intuition ?

— C'est une intuition, pas un radar ! précisa-t-il en souriant.

Elle ne put s'empêcher de rire. Dem avait retrouvé son humour et elle adorait ça !

— C'est bien dommage.

— En effet... Je vous tiens au courant de l'évolution des recherches.

Elle acquiesça et il s'inclina légèrement avant de sortir.

Dem reprit sa respiration une fois à l'extérieur de la pièce. Il trouvait difficiles ces instants d'intimité avec la jeune femme, surtout confronté à des sentiments étrangers qu'il refusait d'explorer ou de nommer. Il avait peur de ce que cela signifiait. Il croisa le regard impassible de Lan Tarni.

— Veillez bien sur elle, Lan.

— Bien sûr, Général. Est-ce que vous allez bien ? ajouta-t-il avant que Milar n'ait eu le temps de s'éloigner. Vous semblez différent.

Zut ! songea-t-il. Tarni avait toujours eu le don de détecter ses préoccupations.

— Tout ceci devient compliqué.

— Très compliqué. Cette jeune femme est une... perturbatrice. Je devrais la mépriser et la maudire pour ce qu'elle est. Pourtant, je ne peux pas m'empêcher d'admirer son courage.

— Lan ! s'exclama Dem, stupéfait.

— Je rendrai compte au commandant Lazor, afin que ceci soit mentionné dans mon dossier. J'ai sans doute vécu trop longtemps.

Milar se rapprocha du vieux garde. Tarni appréciait-il vraiment Nayla ? Voilà qui était étonnant.

— N'en faites rien, Tarni. Le comportement que j'exige de vous vous influence. Il n'y a rien de répréhensible. C'est une jeune femme surprenante. Restez-lui loyal, Lan, quoiqu'il arrive.

— Colonel ? C'est à vous que…

— Je ne suis pas éternel.

— Colonel, souffla Tarni, c'est un démon.

— Si je meurs avant elle, elle sera perdue. Elle aura besoin d'un ami. Soyez cet ami, Lan. Pour moi.

Lan Tarni lui décerna un long et curieux regard, puis un lent sourire éclaira son visage couturé.

— Pour vous et pour elle, je le ferai, Colonel.

✦ ✦ ✦

Une heure après son retour sur la passerelle, Milar demanda au commandant Xenbur de le suivre dans la salle de briefing. Il l'observa pendant une longue minute. Un peu gêné, l'homme ne dit pourtant pas un mot, attendant qu'il se décide.

— Que signifie le bracelet blanc que vous portez, Commandant ? demanda-t-il sans préliminaires.

— C'est un témoignage de ma foi en l'Espoir.

— De votre foi ? Nayla Kaertan ne veut pas être adorée.

— C'est tout à son honneur et c'est en partie ce qui m'a décidé. Vous savez, j'ai vu quelques images très brèves de la prophétie ; une lumière incandescente dévorant le mal qui emprisonne nos vies.

— Vous n'êtes pas le seul. Il y a cinq ans, j'ai vu ces images.

— Vous avez été l'un des premiers, alors. Vous êtes bien celui qui doit la protéger. Dans mes songes, la lumière a pris forme humaine et son visage était celui de Nayla Kaertan. J'ai aussi vu son protecteur et je pense que vous êtes cet homme. C'est l'avis de la plupart de ceux qui croient en elle.

— Êtes-vous nombreux ?

— Notre nombre grandit chaque jour. Beaucoup de fidèles nous ont rejoints aujourd'hui, Général. L'histoire de l'Espoir vous ramenant à la vie a fait le tour de la flotte. Olman Nardo la raconte à tous. Selon lui, sans l'intervention de l'Espoir, vous seriez mort.

— C'est sans doute vrai, murmura Dem.

— Qu'elle soit bénie alors et soyez-le aussi, Général. Vous avez offert votre vie pour la protéger.

Milar n'avait pas anticipé que sa dévotion serait si profonde, mais il avait vu juste, rien ne ferait changer d'avis ces fanatiques.

— Nayla ne veut pas d'une nouvelle religion.

— La religion actuelle nous asservit, alors nous ne souhaitons créer aucun culte. Nous voulons uniquement aider l'Espoir dans sa tâche et nous vénérons son sacrifice.

— Que pensez-vous de cette mutinerie ?

— Elle est inadmissible. Rejeter l'Espoir pour s'arroger le pouvoir est un… une trahison.

Ce n'est pas le mot qu'il avait voulu dire. Il avait pensé : péché.

— Il voulait surtout se débarrasser de vous, Général, parce que vous êtes un garde noir. Je n'adhère pas à cette idée. Ne vous méprenez pas. Je sais bien que vous êtes un ancien Garde de la Foi, mais si l'Espoir a décidé d'utiliser un sbire des ténèbres pour l'aider dans sa mission, qui suis-je pour dire le contraire ? Tant qu'elle désire votre aide, nous accepterons votre présence. N'est-ce pas une démonstration de sa puissance, que de vous avoir à ses côtés ?

— Nous ? Êtes-vous le chef de cette… croyance ?

— Nous n'avons mis en place aucun clergé.

À contrecœur, Dem décida de faire un pacte avec ces gens. Il avait besoin de pouvoir compter sur un socle de soldats de confiance et ils étaient les seuls disponibles.

— Que votre foi reste personnelle ! L'Espoir refuse de voir naître un culte à son nom. Mais, servez-la loyalement. Elle a besoin de vous, de vous tous, pour conduire la flotte à la victoire.

— Vous pouvez compter sur nous.

Nayla sonna à la porte de Leene Plaumec avec un peu d'appréhension. La veille, elle avait accepté l'invitation à dîner du médecin et de Mylera. Dans l'euphorie d'une soirée détendue au mess, elle avait cédé et ce soir, sa timidité reprenait le dessus.

Elle soupira, maudissant cette facette de sa personnalité. Depuis qu'elle avait renoncé à ses incursions au sein d'Yggdrasil, Nayla se sentait mieux. Libérée du poids du destin et de cette tristesse permanente qui alourdissait son âme, elle retrouvait la joie de vivre et cette soirée serait une occasion d'oublier les responsabilités qui pesaient toujours sur ses épaules. Après les derniers événements, Nayla avait décidé de regagner le contrôle de sa vie et d'éviter les miasmes malsains du néant. Pendant quelques jours, rester éloignée de cet endroit fut une épreuve. Le plus pénible n'était pas de renoncer à cette fenêtre sur l'avenir, le plus difficile était de renier le pouvoir qui lui était offert, quand elle résidait dans ce lieu. Ce sevrage avait été douloureux, mais sans l'influence de Tiywan, rassurée par la présence charmante de Dem et soutenue par la camaraderie de Soilj, ou l'amitié de Mylera, Nayla avait retrouvé une certaine sérénité.

— Viens entre, l'accueillit Mylera avec un grand sourire.
— Bonjour, salua Leene. Comment allez-vous ?

Nayla eut la surprise de découvrir le médecin vêtu d'un pantalon de toile légère et d'une longue chemise gris clair. Elle était pieds nus sur le tapis qui couvrait le sol. Mylera portait le même genre de pantalon, mais avait préféré un tee-shirt sans manches près du corps, qui mettait en valeur ses seins. Elle se sentit un peu ridicule en uniforme.

— Mets-toi à l'aise, dit Mylera. Retire ta veste.
— Bien sûr, dit-elle en s'exécutant.
— Quand nous ne sommes pas en service, nous préférons retrouver un peu de… liberté, expliqua Leene. Asseyez… Oh, zut ! Nayla, nous allons nous tutoyer, si cela te convient bien entendu.
— Oui, bien sûr. Je ne sais pas si je pourrais vous…
— Mais si ! Myli, sers donc un verre à Nayla. J'ai trouvé ce vin sur l'un des mondes que nous avons libérés. C'est un blanc doux absolument sublime. Tu m'en diras des nouvelles.

Un peu dépassée par ce flot de paroles, elle prit le verre qui lui était proposé. Mylera servit également Leene, qui leva son verre.

— À cette soirée que nous aurions dû faire depuis longtemps.

Le vin était effectivement délicieux, sucré, moelleux. Il lui rappelait le vin de l'ermite et ce goût la transporta instantanément dans le passé, sur les terrasses d'Olima. L'image toujours très vivace de Seorg revint la hanter et une bouffée de haine pour son assassin lui serra la gorge. Il ne se passait pas une journée sans que l'envie d'écraser son sourire suffisant d'un tir lywar ne lui traverse l'esprit. Seulement, pour le moment, le procès n'était pas à l'ordre du jour. La flotte était encore en convalescence et Tiywan aurait utilisé cette tribune contre Dem et contre elle.

— À toi, Nayla, lança Mylera.
— Merci à toutes les deux, répondit-elle avec un peu de gêne. C'est un bonheur de vous voir si heureuses.

Elle enviait la complicité des deux femmes, elle jalousait presque cet amour sincère et profond qui faisait plaisir à voir. Elle ne put s'empêcher de penser à Dem, puis rejeta aussitôt ce fantasme de gamine. Sans évoquer clairement le sujet, ils avaient tous les deux décidé tacitement de se satisfaire d'une relation amicale. Cette décision avait l'avantage d'être émotionnellement confortable et elle s'en contentait parfaitement. Elle avait d'ailleurs pris une importante résolution : ne plus jamais être amoureuse. C'était trop douloureux.

— C'est grâce à toi, Nayla, souligna Mylera.

— Myli, nous avions décidé de ne pas parler de la guerre, précisa Leene avant que Nayla n'ait pu répondre. Que ce soit une soirée charmante, évoquons nos souvenirs, nos familles ! Racontons-nous des histoires drôles, ou les derniers potins, mais n'abordons aucun sujet triste. Il y en a assez pour nous occuper le reste du temps.

— Pardonne-moi, s'excusa Mylera en allant déposer un bisou sur la joue de sa compagne. Tu as raison, oublions le présent.

Après un mois chaotique, la flotte rebelle s'était remise de ses derniers déboires. Depuis Cazalo, sept mondes avaient été libérés, de nombreux volontaires avaient rejoint leurs rangs, des vaisseaux étaient venus remplacer ceux qui avaient été détruits. Il soufflait sur la flotte un vent d'optimisme. La seule ombre à ce tableau presque idyllique était la progression des porteurs de bracelet blancs. Il ne s'agissait pas d'un culte, assuraient-ils, mais de montrer leur loyauté. Nayla sentait pourtant le poids croissant de leur adoration. Malgré tout, elle s'était pliée à l'opinion de Dem qui affirmait qu'une interdiction aurait des conséquences désastreuses.

— J'ai récupéré quelques plats au mess, précisa Leene. Des salades, de la viande marinée et des baladas de la planète Daritice. J'y suis restée en poste une année, il y a longtemps. Les baladas sont des beignets de viande, de poisson, de légumes, et même de fruits. C'est étonnamment moelleux et savoureux. J'ai eu la surprise d'en découvrir à bord du Vengeur. Ils sont exquis. Goûtes-en un.

Nayla mordit dans le beignet de forme triangulaire avec précaution. La composition onctueuse et épicée se cachait dans une enveloppe croustillante.

— C'est délicieux, concéda-t-elle en se léchant les doigts.

Leene ne put s'empêcher de sourire en regardant la porte se refermer sur Nayla. Enfin, la jeune femme avait retrouvé son humanité. Ces dernières semaines, elle avait semblé s'épanouir chaque jour davantage et ce soir, son sourire heureux, ses yeux brillants de joie, son rire qui avait cascadé en réponse aux blagues douteuses du médecin, faisaient plaisir à voir.

— Elle a l'air en forme, dit Mylera.
— C'est vrai. Nous avons passé une excellente soirée.
— Tu as bien fait d'insister. Je crois qu'elle avait besoin de ça. Je ne l'avais jamais vue rire de cette façon ni être aussi détendue. Sur H515, elle était tellement terrifiée par Dem, qu'elle osait à peine sourire.
— Il sait être intimidant.
— Je le trouve changé lui aussi. Je retrouve l'homme que je connaissais, il est même encore plus... Je ne sais pas...
— Aimable ? sourit Leene. Oui, je l'ai remarqué.
— Tu crois qu'il y a quelque chose entre eux ?
— Tu es incorrigible. Laisse-les se débrouiller.
— Alors tu penses qu'il y a quelque chose ?
— Il est assez évident qu'ils sont amoureux l'un de l'autre. Ils sont les seuls à ne pas être au courant.
— Tu as raison, rit Mylera à son tour. Heureusement, nous n'avons pas ce problème-là.

Leene ressentit un brusque accès d'amour pour sa compagne et elle l'embrassa avec passion. Mylera lui rendit son baiser. Le médecin caressa sa joue avec douceur.

— Non, nous n'avons pas ce problème-là, ma chérie. D'ailleurs, nous n'avons aucun problème. Tu es juste merveilleuse.
— Lee, ne dis pas ça..., souffla-t-elle en rougissant.
— Je n'ai pas l'intention de m'arrêter un jour.
— Tant mieux, j'avoue que j'adore quand tu me fais des compliments.

Leene entoura Mylera de ses bras et l'embrassa tendrement.

Nayla bâilla à se décrocher la mâchoire, se reprochant déjà d'avoir veillé si tard. Cette soirée en compagnie de Leene et de Mylera avait été parfaite, si loin de ses préoccupations quotidiennes. Elles avaient réussi, pendant quelques heures, à lui faire oublier tous ses problèmes. Elle plongea la main dans la boîte pleine de chocolats que Leene lui avait offerts. Elle en avait acheté plusieurs sur le dernier monde qu'ils avaient libéré. Elle dégusta la douce saveur, légèrement amère, et laissa la bouchée fondre sur sa langue. Avant d'entrer dans sa cabine, elle tendit la boîte à Tarni.

— Prenez un chocolat, Lan, ils sont merveilleux.
— Non, merci, dit-il en levant un sourcil scandalisé.

Elle ne put s'empêcher de rire. L'idée de voir son vieux garde du corps manger du chocolat était irrésistible.

— Pour me faire plaisir, insista-t-elle.
— Nayla Kaertan, je ne souhaite pas…
— S'il vous plaît, supplia-t-elle en riant.

Zut ! songea-t-elle, je crois que je suis un peu ivre. Elle avait bu plusieurs verres de ce vin si fruité et elle n'en avait pas l'habitude. Tarni s'autorisa un mince sourire et à sa grande surprise, il plongea sa main dans la boîte. Il prit délicatement l'une des friandises et la plaça dans sa bouche.

— Vous avez raison, c'est très bon, déclara-t-il sérieusement.

Elle pouffa de rire et se hissa sur la pointe des pieds pour déposer un baiser sur la joue couturée du vieux guerrier.

— Merci pour tout, Lan, et bonne nuit.

Elle entra dans sa chambre et ne remarqua pas le regard songeur que lui lança Tarni. Elle allait reprendre un chocolat quand l'alarme de la porte retentit. Elle ouvrit avec un large sourire.

— Vous voulez un autre chocolat, La…, commença-t-elle, avant de se rendre compte que c'était Dem qui se tenait devant elle.

— Dem… Euh, désolée, je croyais qu'il s'agissait de Tarni.

Un sourire amusé sur les lèvres, Dem se tourna vers le garde du corps. Les deux hommes échangèrent un bref regard et elle eut l'impression de voir Lan rougir.

— Entrez, Dem, proposa-t-elle, puis ajouta en souriant. Voulez-vous goûter du chocolat ?

— Nayla, est-ce que vous avez bu ? demanda-t-il.

— Non… Enfin, un peu. Mylera et Leene m'ont invitée à dîner, elles m'ont offert un vin blanc délicieux.

— Très délicieux, si j'en juge par la couleur de vos joues, indiqua-t-il d'un ton de reproche.

— Dem ! Ne soyez pas rabat-joie ! C'était une excellente soirée.

— J'en suis certain.

— Faites-moi plaisir, Dem, goûtez ce chocolat. Je n'en avais pas mangé depuis des années. Sur Olima, il était hors de prix.

— Celui-ci vient de Beman ?

C'était le dernier monde qu'ils avaient libéré, une planète chaude et humide, à la végétation épaisse et généreuse, couverte de grandes forêts majestueuses. Les Bemanis exploitaient les cadeaux de la nature et se satisfaisaient de leur vie paisible. Malgré tout, c'est avec joie qu'ils avaient embrassé la rébellion. Ils confirmaient à Nayla, si elle avait encore besoin d'une preuve, que la dureté de la vie n'était pas la seule motivation pour aspirer à plus de liberté.

— Leene en a acheté quelques boîtes et m'a offert celle-ci.
— Je suis rassuré de voir qu'elle a gardé le vin pour elle.

Nayla pouffa de rire. Elle se sentait merveilleusement bien. Dem avait tellement changé au cours de ces dernières semaines. Il paraissait plus détendu, plus ouvert, plus cordial. Il était Dem à nouveau, et même plus que cela. Elle appréciait leur complicité retrouvée et l'homme qu'il était à présent. La vulnérabilité qu'elle sentait chez lui, cette pointe d'émotions écorchées, le rendait presque humain et faisait de lui quelqu'un de réellement exceptionnel. Elle attrapa une bouchée et la lui présenta. Il accepta l'offrande avec un rictus amusé.

— Excellent ! Maintenant, jeune fille, vous devriez aller dormir. Il se pourrait que vous ayez mal au crâne, demain.

— Je ne suis pas saoule, s'insurgea-t-elle. Je me sens bien, c'est tout. Allons, Dem, souriez-moi.

À sa grande surprise, il obéit. Son visage se détendit et elle adora la lueur d'amusement qui brillait dans son regard. Elle ne prit pas tout de suite conscience que l'alcool désinhibait sa timidité naturelle et sans réfléchir, elle se jeta à son cou.

— Dem, je suis si heureuse de vous avoir retrouvé ! s'exclama-t-elle. Je ne suis rien sans vous, je vous...

— Taisez-vous ! la coupa-t-il sèchement. Vous ne savez pas ce que vous dites !

La dureté de sa voix la ramena à la réalité, instantanément. Elle voulut s'éloigner de lui, mais il l'en empêcha. Son regard était plus froid que les glaciers de Firni, plus durs que du dyamhan. Elle frissonna, terrifiée soudain. Elle aurait voulu s'excuser, mais sa voix refusa de lui obéir. Il leva une main vers son visage et un instant, elle crut qu'il allait la frapper. Tout au contraire, il essuya une larme solitaire qui coulait le long de sa joue.

— Ne dites pas des choses pareilles, souffla-t-il.

Elle était elle-même sous le choc, de sa réaction bien sûr, mais surtout de ce qu'elle avait failli dire. Je vous aime. Était-ce vrai ? Non ! Elle s'était promis de ne plus jamais aimer personne. Je suis désolée, je suis ivre, voulut-elle dire, mais elle n'arriva pas à trouver la force de le faire. Lâchez-moi ! Cela non plus, elle ne pouvait pas. Elle ne voulait pas. Embrassez-moi ! Non, je suis folle.

— Pardonnez-moi, finit-elle par souffler.

Son regard s'adoucit. Que pensait-il vraiment ? Elle tenta de décrypter ses sentiments et lança précautionneusement son esprit vers lui. Elle capta un bouillonnement d'émotions qui la firent fuir.

— C'est moi qui suis désolé, murmura-t-il, je n'aurais pas dû réagir si brusquement.

Lâchez-moi ou je vous embrasse ! songea-t-elle. Elle eut la surprise de le voir cligner des yeux et crut y lire de l'indécision. Il releva son menton avec deux doigts, comme il en avait pris l'habitude et doucement, il posa ses lèvres sur les siennes. Elle frémit sous ce contact si tendre. Elle n'osa pas fermer les yeux, de peur de découvrir que toute cette scène surréaliste n'était qu'un rêve. Il cessa enfin et le silence s'abattit sur eux, plein de promesses inavouées. Pourquoi avait-il fait ça ? Pourquoi, s'il... Elle s'abstint d'exprimer, même en pensées, ce qu'il pourrait éprouver pour elle.

— Vous n'avez toujours pas appris à dissimuler vos sentiments, susurra-t-il avec un sourire en coin.

Ses joues prirent aussitôt une jolie couleur calitoine et elle ne trouva rien d'intelligent à dire. Il la relâcha et fit un pas en arrière.

— Allez dormir, jeune fille.
— Vous vouliez me dire quelque chose, n'est-ce pas ?
— Rien d'urgent. Je repasse dès demain matin.

Elle n'était tout de même pas si ivre. Elle pouvait attendre dix minutes avant d'aller se coucher.

— Dem, je vais bien, vous savez.
— Moi, non ! Si je reste... Il secoua la tête comme pour chasser des sentiments trop lourds. Demain, Nayla, s'il vous plaît.
— Bien sûr, trouva-t-elle la force de dire.

Comment ça, lui non ? songea-t-elle.

— Dormez bien.

Et l'instant d'après, elle se retrouva seule, les joues en feu et le cœur plein d'une joie furieuse. Avait-il des sentiments pour elle ? Il l'avait embrassé ! Elle se laissa tomber sur son lit, ses pensées en ébullition. Et c'est avec le souvenir de l'éclat de ses yeux bleus, à l'instant où leurs bouches s'étaient unies, qu'elle s'endormit.

Une fois dans le couloir, Dem reprit lentement sa respiration. Ce qu'il ressentait pour elle faisait sauter tous les garde-fous qu'il avait mis en place. La prophétie était vraie en tout point. Elle était la lumière qui éclairait sa vie et l'arrachait aux ténèbres. En sa présence, il lui arrivait d'oublier le poids de ses remords. Il croisa le regard amusé de Tarni. Amusé ? Qu'est-ce que cette femme faisait aux gardes noirs ? Tarni amusé ? Tarni mangeant du chocolat. Il sourit à cette idée.

— Une jeune femme étonnante, n'est-ce pas, Colonel ?

— En effet, Tarni. Du chocolat, vraiment ?
— Je n'en avais jamais mangé.
— Et ? Votre opinion ?
— Doux et amer, étrange...
— Il faut toujours tenter de nouvelles expériences.
— Cela ne fait pas partie du Code des gardes, Colonel.

Une fois encore, Tarni lui donnait un avertissement sur ce qu'il devinait peut-être. Milar jura intérieurement. Il détesterait être obligé de tuer ce vieux guerrier.

— Cette mission est particulière.

Le visage de Tarni resta impassible, pourtant Milar crut y décerner un certain désappointement.

— Très particulière. À bord du 319, il était plus simple d'affronter les rebelles et de faire taire les démons.
— Nous devons obéir, même quand la manière nous déplaît.
— Elle vous déplaît aussi ?

Milar fit un pas vers Tarni, soudain très inquiet.

— Nous n'avons pas à en discuter, Tarni !
— Trahir cette jeune femme, comme nous le faisons, me répugne. Elle ne mérite pas un tel traitement.

Devor Milar n'était pas un homme que l'on surprenait aisément et Lan Tarni venait de le stupéfier.

— Je sais que je n'ai pas le droit de penser cela, mais comme vous dites, cette mission est particulière. Vous êtes en droit de me condamner.

Il en avait même le devoir. N'importe quel officier des Gardes de la Foi aurait exécuté sur-le-champ l'un de ses hommes exprimant une telle hérésie. Ces soldats, mis au monde et entraînés pour être des tueurs parfaits, ne pouvaient pas avoir de telles pensées. L'évolution de Tarni ouvrait des perspectives... intéressantes. Il avait juré à Nayla qu'il était impossible de rallier les gardes noirs et si... et si cela était possible... Était-ce la présence de gens ordinaires ? Était-ce la situation ? Était-ce la proximité de la personnalité irradiante de Nayla ? Développait-elle cette même faculté que lui, ce charisme nourri par son pouvoir ? Quoi qu'il en soit, Tarni était différent.

— J'ai besoin de vous, Lan. Gardez vos pensées pour vous.

Le guerrier mit quelques secondes avant de répondre :
— Oui, Colonel.

Milar rejoignit d'un pas lent la passerelle.

Les cheveux encore mouillés par sa douche matinale, Nayla ouvrit la porte. Elle ne put s'empêcher de rougir en découvrant Dem, qui lui décocha un sourire amusé. Elle le laissa entrer.

— Avez-vous bien dormi ?

— Oui, merci, murmura-t-elle enrageant de se sentir si embarrassée par ce qui s'était passé la veille.

— Nous avons reçu une demande d'intervention de la part de la planète Lastori et celui qui a signé cette demande est Herton.

Nayla crut avoir mal entendu. Full Herton, ce sergent sous les ordres du lieutenant Dane Mardon, avait refusé d'accepter la prophétie. Il avait préféré rester aux côtés de Jani Qorkvin. Que venait-il faire dans cette histoire ?

— Full ? Que fait-il là-bas ?

— Cette demande est cosignée de la résistance.

— C'est sérieux, alors ?

— On peut le penser, en effet. Cet appel est très insistant.

— Et vous avez attendu ce matin ?

Par ma faute, parce que j'avais trop bu, songea-t-elle.

— J'ai pris l'initiative de diriger la flotte sur Lastori.

— Merci, soupira-t-elle avec soulagement. Maintenant, que pensez-vous de cet appel ?

— Il semble légitime.

— Le capitaine Qorkvin est-elle avec lui ? interrogea-t-elle en essayant de ne pas laisser paraître sa jalousie.

— Si cet appel venait d'elle, elle aurait signé la demande.

Elle n'arrivait pas à nommer l'inquiétude qu'elle ressentait.

— Et si c'était un piège. La dernière fois…

— C'est aussi ce qui me préoccupe. Nous pouvons choisir d'ignorer Lastori.

— Non, il faut y aller. Si cette demande est réelle, nous n'allons pas condamner des innocents parce que nous avons peur.

— Nous sommes déjà en route vers Lastori. J'étais sûr que ce serait votre décision. Maintenant, si cela vous convient, je vais aller dormir un peu.

La scène de la veille s'invita entre eux. Elle n'osa pas aborder ce sujet, même si elle le désirait de toutes ses forces. Elle se contenta de lui souhaiter bonne nuit et il lui répondit d'une grimace malicieuse. Une fois qu'il fut sorti, Nayla laissa échapper un long soupir. Quel homme agaçant, parfois !

Ailleurs...

Arun Solarin caressa d'une main distraite les fesses rebondies de la fille couchée près de lui. Elle ne bougea pas, elle s'était sans doute endormie. Ses longs cheveux noirs et frisés étaient répandus comme un voile sur son visage et cachaient ses traits. Il joua un instant à laisser courir ses doigts boudinés le long de sa colonne vertébrale, puis lassé, il pinça méchamment la peau douce et ambrée. Elle glapit et se retourna vers lui, des larmes plein les yeux.

— T'es malade !

Il la gifla si fort, qu'une marque violacée apparut immédiatement sur son visage.

— Ne me parle pas sur ce ton, petite pute ! Et ne dors pas en ma présence !

L'aube se levait et la lumière du premier soleil éclairait déjà sa chambre. Il aurait voulu user de cette fille, encore une ou deux fois, mais malheureusement, c'était le moment idéal pour son intrusion quotidienne au sein d'Yggdrasil. Il s'assit sur le bord du lit, tandis que la jouvencelle reculait précipitamment hors de sa portée.

— Lève-toi, salope ! Va chercher mon pantalon et aide-moi à m'habiller.

Elle rampa vers l'autre bout du lit, sauta sur le sol et alla chercher le vêtement de toile. Elle revint en courant, ses petits seins fermes tressautants au rythme de ses pas. Elle s'agenouilla à ses pieds et l'aida à enfiler son pantalon. Il s'agrippa à son épaule pour extirper sa masse graisseuse hors du matelas. Il remonta le tissu sur ses énormes fesses et repoussa la fille d'un coup de pied vicieux.

— La veste, idiote !

Elle se précipita pour lui obéir, sans oser essuyer le filet de sang qui coulait de sa lèvre. Il sentit un frisson d'excitation à cette vue. Peut-être demanderait-il à ce qu'elle lui soit amenée ce soir. Il adorerait la fouetter jusqu'à ce qu'elle demande grâce.

Arun rejoignit la dernière pièce en haut de la tour. Il s'installa au centre, sur l'épais coussin. Il but une longue gorgée de vin Cantoki, appréciant la douceur et la fraîcheur du breuvage. Après quelques instants, les brumes du sommeil et de ses excès disparurent. Il hésita encore un moment, avant de fermer les yeux. Le néant l'absorba. Les images affluèrent, percutant son cerveau, chacune plus douloureuse l'une que l'autre. L'avenir était devenu un vrai capharnaüm et il n'était plus certain de ce qu'il décryptait. Des images implosèrent brusquement dans son esprit. Jamais, il n'avait vu l'avenir avec autant d'intensité. Effrayé, il voulut échapper à cette vision, mais il ne put fuir. Il était piégé, immobilisé, comme un insecte prit dans une toile d'araignée, tandis que les images du futur étaient injectées de force dans son esprit.

S'inquiéter ne sert à rien !

Code des Gardes de la Foi

Trois jours après la demande d'assistance envoyée par Herton, Nayla entra confiante sur la passerelle. Ils n'allaient pas tarder à arriver en orbite autour de Lastori. Soilj lui avait appris que cette planète était le foyer de l'ancien sergent. Avait-il préféré quitter les contrebandiers pour retrouver les siens ou cela cachait-il un piège ?

— Voulez-vous vous asseoir, Nayla ?

C'était devenu un rituel destiné à renforcer son autorité. Elle s'inclina avec grâce et s'installa sur le fauteuil de commandement. Il serait temps de le rendre à Dem, si un problème survenait.

— Merci, Dem. Où en sommes-nous ?

— Nous entrons dans le système de Lastori. Leurs appels à l'aide se font pressants. L'Inquisition contrôle l'armée de la Foi et les massacres ont commencé. Les derniers messages étaient signés par la résistance et contresignés par Herton, mais rien ne garantit qu'il soit toujours en vie.

— Que comptez-vous faire ?

— Descendre à terre et affronter ces soldats. Nous pourrons tenter de les convaincre, mais avec l'influence de l'Inquisition, cela ne sera pas aisé. En espérant, bien entendu, qu'il ne s'agisse pas d'un piège, ajouta-t-il à mi-voix.

— Dem ! protesta-t-elle.

— Il faut bien l'envisager.

Il avait évoqué cette possibilité de nombreuses fois, mais ils avaient décidé qu'il fallait tout de même intervenir. Cela correspondait à leur nouvelle politique. Ils avaient convenu de porter secours à tous ceux qui le demandaient, d'essayer de libérer un maximum de mondes pendant quelques mois, en épargnant le plus possible les humains ordinaires. Ils voulaient concentrer leurs attaques contre l'Inquisition et les Gardes de la Foi.

— Vous voulez toujours m'accompagner sur Lastori ?

— Nous n'allons pas revenir sur ce sujet. Cela sera la quatrième fois que je viens avec vous et tout s'est bien passé.
— Cette fois-ci, c'est différent. S'il s'agit d'un traquenard…
— Je ne resterai plus cloîtrée. Si je dois mourir et bien, soit ! De toute façon, avec cette Tolendo à bord…
— Soyez prudente à chaque instant.

Les bombardiers se posèrent sur une plaine, lovée entre des collines aux courbes douces. Soilj Valo vérifia l'équipement de ses hommes et attendit l'ordre pour ouvrir le sas. Les vétérans de sa compagnie sécurisèrent le site, puis il dévala la rampe d'accès et rejoignit son sergent. Les autres unités s'extrayaient à leur tour du ventre des bombardiers Furie. Les hautes herbes, d'un vert si clair, qu'il semblait fluorescent, montaient à presque deux mètres et dissimulaient les rebelles. Il se fraya un chemin à travers cette forêt ondoyante jusqu'à Nayla et Dem. Il les salua et ils lui répondirent avec un sourire. Soilj ignorait ce qui avait changé chez le général, mais il était redevenu l'homme avec lequel il avait commencé cette aventure. Il supposait que sa réconciliation avec Nayla n'était pas étrangère à ce nouveau comportement.

— Ma compagnie est prête, Général.
— Parfait ! Nous nous déployons. Valo, vous prenez la tête. Je viens avec vous. Nayla, vous resterez un peu en retrait.
— Vous êtes certain que nous ne risquons rien dans cet endroit ? Ces herbes me rendent claustrophobe. J'ai l'impression qu'un danger peut surgir à tout moment.
— C'est un bon état d'esprit, restez tous vigilants. Effectivement, un danger est toujours à prévoir, mais sur ce monde, seuls les humains sont une menace. Allons, en avant, ne traînons pas !

La progression à travers la prairie de hautes herbes fut laborieuse. Malgré un sentiment d'étouffement croissant, ils émergèrent sans soucis du rideau végétal et grimpèrent au sommet de la colline. La vue qui s'offrait à eux était époustouflante. Au milieu d'une immense plaine, sagement quadrillée de cultures, se dressait une grande cité blanche et ocre, dont les toits miroitaient dans le soleil couchant. Dem leur fit signe de s'aplatir. Ils allaient devoir attendre que la nuit tombe, avant de rejoindre la ville où se déroulaient des combats. Soilj eut une pensée pour Full. Son ami était un type cool, bien qu'un peu coincé parfois. Cependant, sa réaction pendant et après la fuite du Vengeur avait surpris Valo. Il n'avait pas imaginé que son camarade puisse être aussi dévot.

Comme les autres, il patienta en admirant ce paysage sage et ordonné, si différent de Xertuh.

La jungle épaisse, luxuriante, humide, bruissant de milliers de sons effrayants l'entourait de toutes parts. Armé d'une machette vybe, il ouvrait une trouée dans la masse de branches, de lianes et de feuillage qui barrait le passage ; c'était son tour d'occuper ce poste dangereux et épuisant. Après presque vingt minutes de gestes rageurs, ses épaules nouées le faisaient déjà souffrir. Une sueur abondante dégoulinait sur son visage et le tulle qui le couvrait, collait désagréablement sur sa peau. Des nuées d'insectes bourdonnaient tout autour de lui et il savait qu'ils finiraient par trouver le passage conduisant à son sang. L'arme auréolée d'un courant d'énergie permettait de trancher la végétation plus aisément, mais le bruit sifflant et grésillant masquait celui de la nature. Il faillit crier quand un serpent aussi gros que son bras pointa sa tête triangulaire juste devant lui. Paré d'écailles noires et luisantes, marbrées d'un vert intense, le reptile darda sa langue fourchue vers lui. Avec répulsion, Soilj frappa, sectionnant la bête en deux. Un blasilith ! Si cette sale bête l'avait mordu, il serait mort dans l'heure. On disait que la souffrance endurée par la victime était terrible et que la chair se nécrosait à vue d'œil. Il sursauta quand une main se posa sur son épaule.

— Bien joué, fils. Tu mènes le chemin encore vingt-cinq minutes.

— Oui, père.

Quelques instants plus tard, il s'arrêta net. Il venait de sentir une odeur de pourriture, suave et écœurante, mêlée à une senteur poivrée ; l'odeur du rebalan. Un tarb'hyn était passé par là, il y a peu. Il leva la main en écartant les doigts, pour avertir les chasseurs de la présence probable de leur proie. Son père le poussa doucement et ouvrit la voie, délicatement, comme seul un chasseur expérimenté pouvait le faire. Il était hors de question de perdre cette prise. Un rugissement secoua la jungle. Il était là ! Un animal imposant, de plus de trois mètres au garrot, déchirait de ses griffes puissantes la carapace articulée d'un nariton. Alors qu'il se repaissait de cet insectivore inoffensif, sa grande queue fouettait nerveusement ses flancs au pelage sombre, rayé de vert. Il leva sa tête imposante et huma l'air. Ses yeux verts, presque fluorescents, brillaient de cruauté. Il feula sauvagement, découvrant de longs crocs dégoulinants de poison.

Soilj tressaillit, en essayant de ne pas montrer sa frayeur. Ces animaux le terrifiaient. Une main effleura son bras et il ne put retenir un cri.

— Calmez-vous, Capitaine, s'exclama Dem d'un ton agacé.

Soilj secoua la tête, étonné de ne pas être sur Xertuh. En attendant le moment propice à leur progression, il s'était endormi.

— Désolé, Général... un rêve... Xertuh...

— Je comprends. C'est une planète cauchemardesque. Nous nous y rendrons dès que possible.
— Ils ont demandé de l'aide ?
— Non, Capitaine. Sont-ils prêts à se rebeller ?
— La seule chose qui occupe leurs esprits, c'est la survie.
— Nous irons les secourir, vous avez ma parole.
Le jeune homme fut touché par cette promesse.
— Maintenant, continua Dem, en avant !
Soilj se releva aussitôt et dévala la pente, suivi de ses soldats. Après quelques minutes de descente sur ce versant herbeux, les rebelles arrivèrent sur une route qui filait droit vers la capitale. Dans la nuit déserte, Soilj devinait des hameaux plongés dans l'obscurité, au bout des chemins perpendiculaires qui quadrillaient la campagne. Le crépuscule était seulement éclairé par les éclairs d'énergie lywar qui zébraient le ciel au-dessus de la cité. L'air était frais et léger, parfumé par les effluves de toutes les plantes qui les entouraient. Les oiseaux nocturnes avaient salué la dernière lumière naturelle de quelques hululements avant de se taire, et même les insectes se faisaient discrets. Les claquements de leurs bottes sur le revêtement de la route et les halètements laborieux de certains soldats étaient les seuls sons ambiants. Soudain, Dem leva une main pour leur faire signe de stopper, puis toujours par gestes, il leur demanda de se baisser.
— Nous ne sommes pas des gardes noirs ! lança-t-il à voix haute.
De longues minutes s'écoulèrent, silencieuses, uniquement ponctuées par les bruits de respiration des hommes. Un crissement retentit, puis une silhouette apparut dans la nuit.
— Qui êtes-vous ?
— Nous sommes la rébellion. Vous nous avez appelés à l'aide.
— Enfin ! Nous ne tenons plus. La capitale est à feu et à sang. Mon groupe vient des collines pour renforcer leur défense, mais nous craignons l'arrivée des gardes. En vous voyant, j'ai cru que…
— Une erreur compréhensible. Mon nom est Dem, je suis le général de la flotte rebelle.
— Nol Balarer, je suis responsable de la cellule de résistance de la région de Carimoti. Nous avons été appelés à l'aide par la cellule de la capitale.
— Savez-vous ce qui se passe ? Quelles sont les forces en présence ?
— Un bataillon de Soldat de la Foi, sous les ordres de l'Inquisition et une cinquantaine de gardes noirs.
— Et vous, combien êtes-vous ?

— J'ai réussi à convaincre trente-six volontaires de m'accompagner. En ville, je ne sais pas vraiment combien ils sont ni combien ont survécu.

— Pourquoi avoir choisi de vous rebeller ? demanda Nayla.

Dans la nuit, il était difficile de détailler les visages et l'homme observa un moment la jeune femme avant de répondre.

— Des étrangers ont répandu la nouvelle d'une insurrection qui progressait dans la galaxie et délivrait des mondes. Ils disaient même que des phalanges avaient été détruites. Nous n'avons pas cru cette partie-là, bien sûr, mais cette information a renforcé notre espérance. Les plus vieux se sont montrés prudents. Quelques années de liberté valaient-elles la mort de milliers d'innocents ?

— Quelques années ? demanda Nayla.

— Le temps que l'armée sainte reprenne le contrôle de toutes les planètes libérées.

— Qu'est-ce qui a décidé votre monde ?

— Plusieurs choses en fait. Le transport de la conscription venait de se poser et des jeunes gens affluaient dans la capitale, venant de toute la planète pour y embarquer. Beaucoup étaient réticents, mais l'habitude et la peur des représailles annihilaient leur envie de résister. Il y a une dizaine de jours, un Lastorien a commencé à raconter ce qu'il avait vu dans l'Imperium. Il a expliqué qu'une insurrection avait vu le jour et qu'elle prenait une ampleur incroyable. Il confirma que des phalanges avaient été détruites. Il dit même qu'il connaissait personnellement celle qui menait la révolte, celle que tous appellent « Espoir ».

— Full Herton ? Vous l'avez rencontré ? s'exclama Nayla.

— Non, mais on m'a raconté son histoire. Elle a fait le tour de la planète et les jeunes conscrits aussi l'ont entendu. Ils ont refusé d'embarquer et ce Herton les a encouragés à résister. Ils ont déclaré leur appartenance à l'armée de l'Espoir et leur foi dans la Flamme Blanche. Ils ont tué l'équipage venu les récupérer. Dans l'heure qui a suivi, l'Inquisition a marché vers le parc où ces idiots s'étaient rassemblés. Ils ont presque tous été massacrés. Seuls quelques-uns ont réussi à fuir. Le bataillon de l'armée sainte, basé près du centre de production de Halonimi, a été appelé en renfort et les arrestations ont commencé. La cellule de résistance de la capitale a essayé de les stopper et vous a contactés. Je n'ai jamais pensé que vous puissiez être là à temps.

— Avez-vous des nouvelles de Full Herton ? interrogea Soilj.

— Non. La seule chose que je sais, c'est qu'il est devenu un membre influent de la cellule de Nilipi.

— Cela vous contrarie ? demanda Dem.

— Je suis un résistant depuis que je suis capable de réfléchir par moi-même. Mon père était un hérétique, mon frère, mon oncle… toute ma famille, comme beaucoup d'éleveurs de ma région. Mais nous ne sommes pas idiots ou naïfs. Comment résister efficacement à l'Imperium ? Des exemples de rébellions écrasées dans l'œuf, on nous en a raconté des dizaines. Nous ne voulions pas voir les gardes noirs débarquer sur Lastori. Cette planète est un lieu privilégié. Nous avons tous du travail et nous ne manquons de rien… Alors oui, nous avons tous espéré en entendant les premières nouvelles de votre existence, mais si j'avais eu mon mot à dire, nous aurions attendu votre venue pour vous rejoindre. Il y a eu des centaines de morts parce que ce gars a joué les matamores. Je vois que vous le connaissez, alors j'espère que vous ne prenez pas mal ce que je vous dis.

— Ce que vous dites est très sensé, soutint Dem. Je ne manquerai pas de l'interroger à ce sujet, si nous le retrouvons. Pour le moment, si nous voulons sauver vos compatriotes, nous devons nous mettre en route. Connaissez-vous suffisamment les lieux pour nous aider ?

— Je suis éleveur de mulamas et je viens une fois par mois au marché pour vendre de la laine, de la viande, des fromages…

— Parfait ! coupa Dem. En avant et au pas de course !

Ce Balarer était fiable, Milar l'avait immédiatement ressenti. Il n'aimait pas ce qu'il venait d'apprendre sur Herton. Il trouvait cette histoire étrange et le comportement de son ancien sergent, irrationnel. Dem reprit sa course, entraînant ses hommes derrière lui. Les champs de belaron et de maïs cédèrent la place à des plantations de kaulzer, qui emplissaient l'air d'une odeur douce et sucrée. La lune jaune qui éclairait la nuit de Lastori venait de se lever. Son épais croissant chassait une partie de l'obscurité et faisait briller les murs blancs de Nilipi, la capitale de cette planète. Il entendait les sifflements du lywar et les explosions des impacts d'énergie. La bataille faisait rage et les résistants engagés dans ces combats ne tiendraient sans doute plus très longtemps. Balarer les conduisit sur des chemins de terre jusqu'à la lisière de la dernière parcelle. Dem s'accroupit pour mieux observer la ville. Elle était entourée d'un mur bas, surplombé de maisons. Balarer lui désigna une ouverture dans l'enceinte.

— La porte de l'huile, souffla-t-il. Elle sera moins surveillée que celle du levant.

— Il y a encore des sentinelles aux portes de cette cité ?

— Pas depuis deux cents ans, mais aujourd'hui... peut-être.

— Dans ce cas, je vais y aller seul !

Il ne laissa pas Balarer protester et rejoignit Nayla. Grâce à la clarté lunaire, il pouvait distinguer ses yeux inquiets.

— Je vais m'assurer que cet accès est sécurisé. Ensuite, nous anéantirons les forces ennemies.

— Vous faites confiance à ce Nol Balarer ?

— Oui, je le pense fiable. Je suis moins sûr pour Herton. Je n'aime pas cette histoire.

— Pourquoi ? Il a voulu empêcher ses compatriotes d'accepter la conscription. C'est louable, vous ne trouvez pas ?

— Peut-être... Je ne sais pas. J'ai un mauvais pressentiment, voilà tout. C'est sans doute vous qui avez raison. En compagnie de Jani, Herton a dû apprendre à s'affranchir de sa Foi. C'est tout à son honneur.

— Jani qui donne des cours de résistance... tout à coup, c'est moi qui suis inquiète.

— Allons, ne vous en faites pas... Nous la retrouverons et je lui ferai payer sa trahison. Herton pourra peut-être nous informer sur son sort. Je dois y aller. Je vous laisse le commandement.

— Soyez prudent.

Il ne put s'empêcher de sourire, malgré leur volonté, la complicité qui existait entre eux était telle, qu'ils ne pouvaient se passer l'un de l'autre. Au lieu d'être effrayé ou entravé par de tels sentiments, Dem les trouvait apaisants. Il lui adressa un signe d'encouragement, puis s'élança sans attendre, sprintant dans l'espace à découvert qui menait jusqu'au mur. Il s'aplatit contre les briquettes encore tièdes, après la chaleur qu'elles avaient emmagasinée dans la journée. Il se glissa lentement vers l'ouverture et s'arrêta net en percevant le cliquetis d'une arme. Il progressa plus prudemment. Dans une ancienne guérite, qui n'avait sans doute pas servi depuis longtemps, se tenait un soldat. Il était appuyé contre la paroi et somnolait. Milar entendit le bruit d'une conversation et reconnut le tac-tac particulier des dés de caradas, secoués dans leur gobelet. La patrouille ne paraissait pas s'inquiéter d'un danger éventuel. Il en déduisit que les combats avaient lieu dans une autre partie de la ville et que ce quartier était sous commandement ennemi. Il dégaina une lame-serpent, puis fit le vide en lui. Il prit conscience de la respiration lente de la sentinelle, de l'emplacement précis de son corps, de son degré d'attention. Il bondit, rapide et silencieux. L'homme ouvrit des yeux encore embués par le sommeil et sa bouche béa de surprise en découvrant cette silhouette qui se ruait sur lui. Il n'eut pas le temps de réagir, il n'eut même pas le temps de comprendre qu'il ne rêvait pas. La main de Dem écrasa la bouche du factionnaire, tandis que sa lame-serpent pénétrait dans la gorge tendre. Il retint le corps et le reposa doucement sur le sol.

La nuit était toujours silencieuse et les soldats continuaient à jouer aux dés. Milar sortit de l'abri en bois et rejoignit une maison derrière laquelle se trouvaient les joueurs. Il se déplaça latéralement jusqu'au coin et risqua un coup d'œil rapide. Trois hommes étaient accroupis sur le sol, un plateau de caradas entre eux. L'un d'eux jeta les dés et jura contre le sort qui s'acharnait contre lui. Dem tira son poignard de combat, prit une profonde inspiration et bondit à découvert. Le chef de détachement se redressa aussitôt, mais la lame en ceracier, lancée par Dem, se planta dans son orbite droite, perforant le cerveau. Il n'avait pas touché le sol que Dem agrippait le menton de l'un des soldats et le tirait en arrière. Il lui trancha la gorge. Le troisième homme tenta désespérément d'attraper son fusil. Dem sauta par-dessus le corps de sa victime et envoya sa botte en ketir dans le visage du malheureux. Le craquement de l'os du nez fut écœurant, un flot de sang jaillit, inondant la bouche du soldat. Dem le frappa à la tempe. Il tressaillit quelques secondes avant de s'immobiliser. Milar vérifia son pouls, juste pour confirmer qu'il était bien mort. Sans attendre, il envoya un message via son armtop et ses hommes le rejoignirent deux minutes plus tard.

— Que comptez-vous faire, maintenant ? demanda Balarer après un regard effaré aux cadavres.

— Nous allons retrouver les poches de résistance et éliminer l'ennemi.

Au loin, des explosions et les sifflements du lywar indiquaient que des combats se déroulaient dans une autre partie de la ville. Nol Balarer les menait à travers un dédale de rues étroites et désertes. Une fusillade claqua à proximité. Ils se figèrent tous, écoutant la nuit. Dem leur fit signe de ne pas bouger, puis il disparut au coin de la rue. Il réapparut deux minutes plus tard.

— Préparez-vous au combat. Des résistants sont retranchés dans les ruines d'un immeuble. Une compagnie de Soldats de la Foi est en train de les attaquer. Ils sont accompagnés d'un inquisiteur. Laissez-le-moi !

Personne ne protesta. Il avait toujours cette habitude de dicter ses ordres avec précision, d'un ton bref qui claquait sèchement. Son assurance donnait à ceux qui l'écoutaient la certitude que tout allait se passer exactement comme il l'annonçait. Il faut dire que la plupart du temps, tout évoluait comme il l'avait prévu.

Les hommes de Valo et les résistants de Balarer se déployèrent selon le schéma décidé par Dem. Nayla découvrit la scène de guerre qui se déroulait sous ses yeux. Les Soldats de la Foi avançaient en tirant vers des ruines d'où ripostaient que de rares tirs. Elle repéra la longue silhouette malingre de l'inquisiteur, presque invisible dans l'obscurité. Dem pressa la détente et touché en pleine poitrine, le séide de la religion fut projeté sur plusieurs mètres avant de s'écraser sur le sol. Dans l'instant suivant, les rebelles ouvrirent le feu, pulvérisant l'unité de conscrits. Pris entre deux feux, certains des survivants jetèrent leurs armes et levèrent les bras.

— Les mains sur la tête ! s'écria Dem. Vous êtes nos prisonniers !

Les conscrits s'exécutèrent sans hésiter et les hommes de Valo les encerclèrent. Ils ne tardèrent pas à être rejoints par les combattants retranchés.

✦✦✦

L'aube se leva sur cette ville magnifique. Allongée sur le toit plat d'une maison, Nayla eut le souffle coupé par ce patchwork de maisons blanches et ocre, par ces grands arbres, parsemés de taches rouges, rose pâle ou jaunes qui ombraient des parterres jonchés de fleurs multicolores. Cette belle harmonie était dérangée par des cadavres qui écrasaient les pétales soyeux. Les allées étaient maculées du sang des morts, les murs blancs étaient déchiquetés ou ternis par les impacts lywar.

Après plusieurs heures à jouer à cache-cache dans la cité, Dem les avait conduits sur les toits. Désormais, ils dominaient les dernières compagnies de l'armée de la Foi qui essayaient de prendre d'assaut le temple. Des civils s'y étaient retranchés et tentaient de dissuader les soldats de les attaquer par des tirs sporadiques et peu précis. La chaleur du soleil matinal commençait à chasser l'humidité de la nuit, mais Nayla ne sentit pas cette douce tiédeur. Elle se souvenait de cet endroit. Elle l'avait déjà vu. Sur Firni, lorsqu'elle avait bêtement cherché à entrer dans les pensées de Dem, elle avait eu une vision très violente. Elle avait vu cette ville, elle avait vu les morts qui souillaient l'harmonie des lieux. Elle avait également assisté aux acclamations. Elle frissonna, fascinée par l'exactitude de ses prédictions.

— Est-ce que ça va ? demanda Dem qui venait de la rejoindre.

Elle se tourna vers lui et se souvint que dans son rêve, elle était accompagnée d'une silhouette sombre, représentant un homme qu'elle admirait et pour lequel, elle éprouvait une profonde affection.

— Il faut épargner ceux qui se rendent et même ceux que nous capturerons. Il le faut.
— Nayla ?
— Je suis déjà venue ici, Dem, quand j'étais sur Firni.
Il leva un sourcil étonné, puis sembla comprendre.
— La vision que vous avez eue lorsque vous avez tenté de lire de force dans mes pensées ? Vous avez vu cette ville ?
— Oui, cette scène exactement. Vous vous montriez impitoyable et j'étais d'accord avec vous. Je ne veux pas me comporter comme un monstre.
— Je vous promets que cela n'arrivera pas.
Elle observa son visage, son regard si bleu, sa bouche aux lèvres minces, fermes et bien dessinées. La tendresse qu'elle éprouvait pour lui était si intense, qu'elle sentit des larmes piquer le coin de ses yeux.
— Autrefois, j'aurais choisi la facilité et je les aurais tous tués. J'admire votre détermination à rester humaine et je ferai tout ce que je peux pour vous y aider.
— L'ennemi n'est composé que de conscrits qui n'ont pas demandé à être là. Si seulement, nous pouvions les convaincre.
— Je vais tenter quelque chose de totalement stupide. Pardonnez-moi si cela échoue.
Elle n'eut pas le temps de l'en empêcher. Il se redressa et escalada le toit de la maison adjacente.
— Soldats ! cria-t-il.
Une forêt de fusils lywar se tourna vers l'homme qui les surplombait crânement.
— Je suis le général de l'armée rebelle et je vous offre la vie sauve. Jetez vos armes ! Vous êtes cernés. Vous n'avez aucune chance de vous en sortir vivant.
Elle perçut leur indécision.
— Nous représentons la liberté, continua Dem. Jetez vos armes et rejoignez-nous. Il y a une place pour vous dans notre armée !
— Abattez-le ! cria l'inquisiteur. C'est un ordre de Dieu !
Les Soldats de la Foi obéirent. Dem bondit sur la terrasse et roula sur lui-même pour atténuer le choc. Il rampa jusqu'au parapet. Les tirs maladroits ne firent qu'égratigner le mur où il s'était trouvé une seconde plus tôt. Les rebelles répliquèrent, soutenus par les résistants qu'assiégeaient les conscrits. Fauchés par le lywar et dans l'impossibilité de se défendre ou même de se protéger, ils paniquèrent. Certains d'entre eux furent tués par des tirs fratricides, tandis que d'autres tentèrent de

fuir. Ils furent tous stoppés net dans leur tentative. Le déchaînement de violence dura moins d'une minute.

— Halte au feu ! ordonna Dem, d'une voix puissante.

Il dut réitérer son appel pour que les tirs se calment. Sur la place, quelques survivants au regard halluciné hésitèrent et d'autres rampèrent vers les corps de leurs camarades, pour récupérer des recharges lywar. Tout autour d'eux étaient étendues des dizaines de cadavres calcinés. Elle prit alors conscience des gémissements de douleur et de l'odeur écœurante, mélange de chair brûlée, de sang, ainsi que celle piquante du lywar.

— Pourquoi ? souffla-t-elle.

— L'influence de l'Inquisition…

— Faites ce qu'il faut pour sauver les rescapés.

— Je vais le faire, mais nous ne pourrons pas les intégrer dans notre armée. Pas après ce qui vient de se passer.

Dem leur demanda de se rendre et la plupart des conscrits jetèrent leurs armes sans attendre, d'autres hésitèrent avant de se plier aussi à cette exigence. Les civils, qui s'étaient abrités dans le temple, surgirent à découvert en poussant des cris de victoire.

Ailleurs…

Arun Solarin avait erré plus longtemps qu'à l'accoutumée, dans les méandres du néant. Il revint à la réalité avec un gémissement de douleur. Il était tôt. Le deuxième soleil venait à peine de se lever et la chaleur était encore supportable. Il s'assit sur le bord du coussin et apaisa sa gorge desséchée avec une longue lampée de vin. Le proconsul Volodi ne viendrait pas lui rendre visite avant deux heures, il ne pouvait pas se permettre de perdre ce temps précieux. Il marcha jusqu'à la console et pressa le bouton d'appel.

— *Oui. Que voulez-vous, Solarin ?*

— Proconsul, vous devez joindre votre espion au plus vite. Donnez-lui l'ordre de tuer l'Espoir, cette femme doit mourir !

— *Êtes-vous devenu fou ? Cette femme doit tuer Dieu !*

— N'essayez pas de comprendre les rouages du destin.

— *J'essaye de comprendre, au contraire. Croyez-vous que je vous fasse confiance, Solarin ? N'essayez pas de me tromper, ou je vous ferai interroger pour savoir si vous dites la vérité !*

Il déglutit avec peine. Cinq fois, il avait eu à subir les foudres des interrogateurs. Leurs talents étaient sans égal. Sous leurs mains expertes, ses pensées les plus intimes lui avaient été arrachées. Le proconsul semblait apprécier de le voir supplicier. Il contint sa haine, pour tenter de la convaincre.

— Je vous dis la vérité, je viens de voir l'avenir avec une clarté indiscutable. Elle doit mourir !

— *La dernière fois, vous m'aviez assuré qu'elle ne serait pas touchée, que l'attaque devait conduire à la mort de leur général. Est-ce la même chose ? Si vous espérez me manipuler, je vous assure que vous allez le regretter.*

— La dernière fois, j'avais vu leur général mourir.

— *Votre ruse a échoué ! Êtes-vous certain de vos visions, cette fois-ci ?*

— Le destin est une chose délicate. Ce que je viens de voir était si puissant, qu'il n'y a aucun doute. Si elle tue Dieu, elle nous détruira tous. Si elle meurt bientôt, alors la Coalition s'emparera de cette insurrection et sera victorieuse.

Et moi, je m'assiérai dans le temple divin, sur notre planète mère, et je deviendrai aussi puissant que Dieu, songea Solarin.

— *Je n'ai pas de nouvelles de mon espion et je n'ai aucun moyen de la contacter, afin de ne pas compromettre sa couverture.*

— Tant pis pour sa couverture. Faites, ce que je vous dis, Proconsul ! Vous avez l'occasion d'être celle qui permettra à Tellus de renaître de ses cendres.

Un soldat de la Foi ne fuit pas le combat. C'est pour Dieu qu'il se bat, c'est pour Dieu qu'il meurt.

Chapitre 3 du Credo

Nayla et Dem descendirent vers la cour à travers une maison dévastée par les combats. Le sifflement caractéristique du lywar la fit sursauter. Ils se précipitèrent à l'extérieur et elle resta interdite par ce qu'elle découvrit. Les résistants abattaient sans formalités les conscrits qui pourtant, s'étaient rendus. Un jeune homme qui tentait d'échapper au massacre vint mourir sur les marches, à quelques mètres d'elle. Milar fit feu au-dessus de la tête des Lastoriens pour attirer leur attention.

— J'ai dit : cessez-le-feu !

— Ils ne méritent pas de vivre ! répliqua un homme. Ils ont tué des centaines d'entre nous.

— Ce n'est pas à vous de décider.

— Laisse tomber, Rall, intervint Balarer. Sans eux, vous seriez morts. Général, Rall Varmon est le chef de la résistance sur Lastori.

— Très bien, c'est donc avec vous que nous allons discuter.

Nayla n'écoutait plus les arguments des uns et des autres. Elle fit quelques pas au milieu des cadavres, hypnotisée par la façade du temple. Deux prêtres, à en juger par leurs vêtements, avaient été cloués sur le mur, leurs yeux crevés. Elle dut se contrôler pour ne pas vomir. Elle voulait apporter la liberté aux humains, les arracher aux griffes impitoyables de l'Imperium et ceux qu'elle sauvait se comportaient comme des sauvages. *L'humanité mérite peut-être son sort*, songea-t-elle.

— C'est horrible, murmura Valo à ses côtés. Qui a pu ordonner une chose pareille ?

— Viens, allons les détacher. Nous combattons l'armée sainte, nous ne nous conduisons pas comme des psychopathes !

— Vous devriez rester ici, Nayla Kaertan, déclara Tarni. Ce n'est pas sécurisé et…

Elle ne l'écouta pas et accéléra le pas.

Soilj détacha le piton planté dans le mur. Le corps du prêtre s'écroula sur lui. Il réprima un cri d'horreur et repoussa le cadavre, puis agrippa sa robe pour le déposer sur le sol. Ses hommes s'occupèrent du deuxième mort.

— Qu'est-ce que vous faites ?

Tout se passa très vite. Persuadé que Nayla était en danger, Tarni attrapa le nouveau venu par le cou et le plaqua durement contre le mur.

— Attendez, Tarni, s'écria Soilj. C'est un ami !

Enfin, il l'espérait. Full Herton avait changé. Le grand jeune homme blond, aux yeux bleus délavés, arborait désormais un air dur et buté. Il avait laissé pousser ses cheveux et les avait noués derrière sa tête, en trois tresses fines, selon la mode en vigueur sur Lastori.

— Soilj ? Nayla ? Enfin ! Vous avez pris votre temps.

— Nous sommes venus dès que cela a été possible.

Soilj n'aima pas le regard qu'il lança à Nayla, puis lorsque son attention fut attirée par Dem, qui traversait la place en enjambant les morts, son expression devint encore plus sinistre.

— Vous n'auriez pas dû les détacher, gronda Herton en désignant les deux prêtres. Ils sont responsables de nombreux morts.

— Il est inutile d'être cruel, dit Nayla.

— Ah oui ? J'ai entendu dire que la rébellion massacrait l'ennemi sur son chemin.

— Qu'est-ce que tu fais sur Lastori ? demanda Soilj. Je croyais que tu voulais jouer les contrebandiers.

— Jani et ses hommes ont été capturés. J'ai pu fuir… et j'ai décidé de rentrer chez moi.

— Comment cela, capturés ?

Dem venait d'escalader les marches du temple et son regard froid brillait d'une émotion étonnante.

— Dem, salua Herton.

— Jani Qorkvin a été capturée ? Quand ? Où ?

— Il y a une vingtaine de jours, sur Bunaro. Elle voulait des renseignements sur un type qu'elle cherchait.

— Qui devait lui fournir ces informations ?

— Le chef des Onze Cents.

— Elle est allée voir Benderha ! s'exclama Dem.

— C'est ce nom-là. J'étais contre. Je n'aimais pas cet endroit.

— Jani tenait compte de votre opinion ?

Soilj frissonna en entendant le ton glacial de Dem.

— Jani ne tient compte de l'opinion de personne, mais elle écoute parfois. Et elle m'écoutait. J'étais, comment dire, son caprice du moment.

Cette femme splendide et Herton avaient été amants ? C'était à peine croyable.

— Vous n'aimiez pas Bunaro ? coupa Dem.

— Non et j'avais raison. Ce Benderha l'a vendue aux gardes noirs ! Ils ont massacré son escorte et l'ont faite prisonnière.

— Et vous, Herton ? Ils ne vous ont pas capturé ?

Le ton de la voix de Dem aurait pu geler des charbons ardents.

— Je me suis planqué, répliqua Full. C'est lâche, je sais, mais oui, je me suis planqué. Ils étaient cernés, ces maudits gardes étaient partout. Moi, j'étais resté en arrière pour pisser. Je ne pouvais rien faire, alors j'ai plongé dans une fosse d'équarrissage. Je ne sais pas si vous connaissez Bunaro, mais la civilisation est un lointain souvenir sur cette planète. Ils balancent les cadavres d'animaux et parfois d'humains dans des fosses. De temps en temps, ils brûlent tout ça. Ça pue, mais ils s'en moquent. Je me suis jeté dedans et je me suis caché sous la viande en décomposition.

Soilj déglutit avec difficulté en imaginant la scène. D'une certaine façon, il comprenait son camarade. Il se souvenait combien il avait été terrifié lors de ses premiers combats et pourtant, il avait eu Dem pour veiller sur lui.

— Disons que je vous crois, lança le général. Ensuite ?

— Le colonel des gardes et un inquisiteur sont arrivés et ils l'ont tout de suite questionnée.

— À quel sujet ?

— Vous, Dem !

— Moi ?

— Oui, vous… Dem, confirma Herton avec un sourire complice.

Ainsi, son ancien sergent connaissait son identité. Voilà qui était fâcheux.

— Avez-vous entendu le nom de ce colonel ?

— Je ne sais plus… Manar… Janor…

— Janar ! s'exclama Nayla.

— Peut-être, oui.

— Que lui a dit Jani ?

— Rien ! Jani a résisté, elle l'a envoyé se faire voir, siffla le jeune homme avec rage. Ça l'a mis en colère. Il l'a giflée durement, puis l'a touchée avec une espèce de matraque. Le hurlement qu'elle a poussé était inhumain… J'en rêve encore la nuit. Et puis… l'inquisiteur s'est avancé. Il a dit qu'il prenait les choses en main. Je ne sais pas ce qu'il lui a fait, mais… si vous aviez entendu ses cris. On aurait dit les râles d'une damnée. Après un moment, l'inquisiteur a dit qu'elle ignorait où vous vous trouviez et qu'elle était inutile.

La voix de Full Herton se brisa.

— Elle vous aimait ! Vous savez ça ! Elle aurait fait n'importe quoi pour vous ! Et moi, je ferais n'importe quoi pour elle. Jani est une femme extraordinaire qui a fait de moi un homme… différent.

Jani Qorkvin l'aimait ? Dem savait qu'elle éprouvait du désir pour lui, cependant il n'imaginait pas cette femme capable de sentiments aussi forts. Malgré son incrédulité, il fut touché par les mots de Herton et dut faire un réel effort pour rester impassible.

— Est-elle morte ?

— Malheureusement, non. Ce colonel a dit qu'elle devait payer ses crimes, le plus longtemps possible et que le meilleur endroit pour ça était Sinfin.

Dem prit une longue inspiration. Sinfin était le bagne le plus craint de la galaxie, un enfer à la température insupportable, creusé de mines de S4 profondes et dangereuses, peuplé d'une population carcérale composée de la lie de l'Imperium ainsi que de malheureux hérétiques. Cette prison était l'antichambre du gouffre des damnés, ce lieu où les incroyants expiaient leur manque de foi pour l'éternité. Confronté à cette terrible sentence, le condamné envoyé à Sinfin perdait tout espoir. Pour une femme aussi belle que Jani, son quotidien serait un enfer au-delà de l'imagination. Malgré lui, Dem frissonna à cette évocation.

— Si j'avais eu un peu de courage, j'aurais abattu Jani pour lui éviter ça. Mais j'ai eu peur. J'ai attendu qu'ils partent. J'ai pu trouver un vaisseau et ne sachant pas quoi faire, je suis rentré chez moi. Je… J'ai compris que tu avais raison, Nayla. Qu'il fallait lutter pour la liberté et pour éliminer des hommes pareils !

— Nous avons entendu parler de vos… exploits, indiqua Dem.

Selon son empathie, Herton ne mentait pas. Il était perturbé émotionnellement, bien sûr, mais ce comportement était compréhensible s'il tenait réellement à Jani. Pour en savoir plus, Dem chercha à entrer dans son esprit. Le tumulte qui y régnait l'empêcha de fouiller plus profondément. Il aurait pu décortiquer les pensées les plus intimes de son ancien sergent, mais il lui était impossible de le faire sans que Herton s'en rende compte. Il y renonça. Lui-même était perturbé par ces nouvelles. Que faisait Jani Qorkvin sur Bunaro ? Cherchait-elle Gulsen ? Il l'avait envoyée à l'abattoir avec une froide indifférence. Sinfin ! Par sa faute à lui. « Elle vous aime ! » venait de dire Herton. Cela le troublait et le tumulte de ses émotions devenait incontrôlable. *Reviens au moment présent !* s'admonesta-t-il.

— Vous avez allumé un incendie monstrueux sur ce monde, Herton. Un peu de patience aurait épargné des vies.

— Facile à dire pour vous… Dem !

Le jeune homme continuait à le menacer. Il connaissait son identité et pouvait déclencher un tsunami dévastateur sur l'armée insurrectionnelle. Pourtant, Milar s'en moquait. Si les rebelles découvraient qui il était vraiment… Ainsi soit-il !

— Désolé de vous déranger, intervint Balarer. Les gens se rassemblent, ils veulent entendre l'Espoir.

— Je leur parlerai tout à l'heure, quand il y aura plus de monde, répondit Nayla calmement. Pour le moment, je dois m'entretenir avec le général. Venez, Dem !

Il fut reconnaissant à Nayla d'avoir pris cette décision. Il avait le cerveau figé et n'arrivait pas à aligner deux idées constructives. Il la suivit à l'intérieur du temple, laissant Herton avec Soilj et Tarni.

— Dem, que pensez-vous de l'histoire de Herton ?

Il fut étonné de son entrée en matière, car il avait cru qu'elle lui reprocherait de s'intéresser à Jani.

— Je n'en sais rien. Je n'ai détecté aucun mensonge, mais il est émotionnellement instable. Si je force l'accès de son esprit, je peux en apprendre plus. Voulez-vous que j'essaye ?

— Non. Il vaut mieux éviter que les gens apprennent que vous savez lire dans les pensées.

— C'est aussi ce que je me suis dit.

— Il sait qui vous êtes ?

— S'il a entendu Janar, alors oui.

— Il est dangereux pour vous, pour nous.

— Pensez-vous qu'il faille le tuer ?

— Ce serait immoral, soupira-t-elle après une hésitation.

— Je ne pourrai pas cacher qui je suis pour toujours et j'en ai assez !

— Dem… Vous vous inquiétez pour elle, n'est-ce pas ?

Il avait senti dans sa voix de la jalousie, mais aussi de la honte pour avoir éprouvé ce sentiment qu'elle devait juger détestable.

— Oui.

— Elle nous a trahis, elle vous a trahi. Elle a implanté ce traqueur dans notre système.

— Je sais, c'est moi qui l'ai découvert. Il était dissimulé dans les cartes. Je ne l'ai pas vu tout de suite, alors…

Voulait-il vraiment défendre Jani Qorkvin ?

— Il est possible qu'elle n'ait pas su que ce mouchard était caché dans ces fichiers. Après tout, j'ignore comment elle s'est procuré ces cartes. Nous pourrions demander à Herton.

— Peut-être avez-vous raison, admit-elle pensivement. Vous voulez foncer sur Sinfin pour la sauver, n'est-ce pas ?

Elle tentait de faire bonne figure, avec un sourire figé.

— Sinfin est un enfer pour n'importe qui, mais pour elle... Vous n'avez pas idée de ce qu'ils vont lui faire subir et elle est là-bas par ma faute.

— Pourquoi cela ? Elle s'est rendue dans ce repaire de brigands pour y faire des affaires. Cela n'a rien à voir avec vous.

— Elle obéissait à l'une de mes demandes. Je voulais qu'elle retrouve une personne.

— Qui cela ?

— Il se nomme Gulsen. Il a mené une révolte que j'ai matée, lorsque j'étais aux commandes de la Phalange écarlate. Il a réussi à m'échapper et l'Inquisition l'a déclaré mort. Je n'y ai jamais cru, mais je n'ai pas désobéi. J'ai stoppé les recherches. Peu après Alima, j'ai découvert qu'il se cachait sur une planète non habitée. Je n'ai pas eu l'occasion de faire part de cette information à mes supérieurs ni eu le temps de le chercher. J'avais d'autres préoccupations, comme vous le savez. J'ai demandé à Jani de retrouver ce Gulsen.

— Mais pourquoi ?

— Gulsen était... un démon. Pardonnez-moi pour ce terme, vous savez que je ne l'aime pas. Il possédait des pouvoirs assez puissants, si j'en crois les témoins que j'ai interrogés à l'époque. En résumé, il est sans doute l'une des rares personnes encore en vie, capable de vous renseigner sur Yggdrasil.

— Merci d'y avoir pensé, déclara-t-elle émue. Yggdrasil est un tel mystère et c'est vrai, j'ai besoin d'aide pour mieux le comprendre, mais je n'ai jamais demandé...

— N'en parlons plus.

— Au contraire. J'aimerais avoir des réponses, bien sûr, mais pas au prix de la vie de...

— Vous aviez besoin de ces réponses. Quand j'ai eu cette idée, vous étiez dépressive et je voulais vous aider. Ce n'est plus nécessaire aujourd'hui.

— Je n'en suis pas sûre. Face à Yggdrasil, j'ai surtout l'impression d'être un pion. J'aimerais tellement en savoir plus, pour éviter de me laisser corrompre par le pouvoir qui y sommeille.

— Nous allons devoir oublier cette possibilité. Gulsen a disparu et c'était idiot d'envoyer le capitaine Qorkvin sur ses traces. Je voulais… juste me débarrasser d'elle.

Elle n'aimait pas Jani qu'elle trouvait provocante et impudique, mais elle admit que son opinion était dictée par sa jalousie.

— Allons sur Sinfin, Dem !

Il laissa échapper un profond soupir, puis il murmura :

— Je vais y aller seul.

— C'est hors de question ! protesta-t-elle.

— Il y a une forte probabilité pour qu'il s'agisse d'un piège, continua-t-il imperturbable. Le *Vipère Rouge* se trouve toujours dans les hangars du Vengeur, je vais l'emprunter et me poser discrètement sur Sinfin.

— Je refuse de vous laisser risquer seul votre vie. La flotte ne peut pas se passer de vous. Je ne peux pas me passer de vous. Si c'est un piège et bien soit ! Affrontons Janar une bonne fois pour toutes !

— Non, je refuse d'impliquer la flotte et vous mettre en danger.

— C'est un risque que nous devons courir.

Elle essayait de ne pas penser à ce qu'elle faisait. Permettre à Dem de retrouver Jani, quelle idée stupide !

— Je ne peux pas vous demander une chose pareille. Je sais que vous ne l'appréciez pas.

— Ce n'est pas le problème…

— Je dois la retrouver. Je me sens responsable de son sort. Je dois la sortir de Sinfin, vous comprenez ?

— Oui, murmura-t-elle, je comprends.

— Vous avez de la chance, j'ignore pourquoi je ressens cela.

Sa sincérité bouleversa Nayla. Elle ne pouvait pas lui reprocher de faire preuve d'humanité.

— C'est vous qui avez raison. Il faut la sauver.

— Pas aux dépens de la flotte.

— Vous n'irez pas seul ! Je ne veux pas vous perdre, vous m'entendez ? Je me sens tout aussi responsable que vous de ce qui lui arrive. Je n'ai rien contre Jani, c'est juste que… Ce n'est que de la jalousie et je n'en suis pas fière, avoua-t-elle en rougissant.

Le sourire amusé de Dem n'améliora pas son teint couleur de tomate mûre.

— Je sais.

— Allons-y ! Les hérétiques sont souvent condamnés au bagne, ils sont autant de recrues potentielles.

Il hésita un long moment, avant de répondre.

— Soit. Laissez-moi le temps d'y réfléchir. Nous devons terminer d'organiser les choses ici et… merci, Nayla.

✦✦✦

C'est avec lassitude que Nayla descendit du bombardier. Elle venait de passer les dernières heures à rencontrer les résistants de Lastori et leurs exigences avaient failli lui faire perdre son calme. Avec l'aide de Dem, ils avaient tout de même réussi à mettre en place le gouvernement provisoire. Le recrutement des volontaires s'était plutôt bien déroulé. Les jeunes gens étaient avides d'en découdre et ils avaient convaincu des techniciens chevronnés, ainsi que des soldats ayant l'expérience du feu de les rejoindre. Milar était resté sur la planète pour régler les derniers détails. Ils avaient aussi interrogé Herton sur les pérégrinations de Jani Qorkvin, mais l'ancien sergent ne savait rien de particulier sur l'origine des fameuses cartes. Il n'avait rejoint l'équipage du capitaine des contrebandiers que récemment. Auparavant, il servait à bord d'un autre vaisseau qui acheminait des armes vers des mondes isolés, il ignorait donc quelles rencontres elle aurait pu faire. Nayla ne savait pas si elle devait le croire, car en sa présence, un spectre menaçant semblait penché sur son épaule.

Les muscles douloureux, elle se traînait le long des corridors qui lui paraissaient plus interminables que d'habitude. Elle était épuisée et poisseuse après ces longues heures passées sur cette planète.

— Je vais dormir pendant deux jours, Lan ! annonça-t-elle après une série de bâillements.

— Vous avez besoin de vous reposer, Nayla Kaertan.

— Absolument ! Elle ralentit le pas pour lui permettre de venir à sa hauteur. Lan, je vous en prie, cessez de marcher derrière moi, je vais avoir un torticolis.

— Je suis votre garde du corps.

— J'ai besoin de discuter un peu en marchant, ou je vais m'endormir debout.

— Qu'avez-vous à me dire ? demanda-t-il en restant à hauteur d'épaule.

— Rien de particulier. Je veux juste discuter. Vous devez trouver tous ces rebelles… surprenants, n'est-ce pas ?

— Rien ne me surprend, Nayla Kaertan.

— Pourquoi veillez-vous ainsi sur moi ?

— J'en ai reçu l'ordre, mais j'aurais préféré protéger le colonel.

— Vous devriez peut-être.

Elle regrettait déjà d'avoir entamé cette conversation.

— Non. Les choses ont changé. Je ne voudrais pas vous abandonner. Vous êtes une femme étonnante, Nayla Kaertan. J'ai trouvé ces derniers mois particulièrement exaltants.

Ils étaient arrivés devant sa cabine. Dans un élan d'affection, elle attrapa son bras et serra sa main. Elle appréciait le vieux guerrier et essayait d'oublier qu'un jour, il redeviendrait un ennemi. Pour Tarni, elle était un démon que le colonel Devor Milar devait livrer à Dieu. Quand il comprendrait qu'il avait été dupé, il faudrait l'éliminer. Elle ne voulait pas songer à ce moment.

— Merci beaucoup.

Il se contenta de s'incliner.

— Voulez-vous m'aider à ôter cette armure ?

— Bien entendu.

Elle entra dans sa chambre, jeta ses armes sur le lit et laissa Tarni dégrafer les plaques de ketir.

— Je suis trop fatiguée pour prendre une douche. Vous devriez vous reposer aussi.

— Je ne suis pas fatigué, Nayla Kaertan.

— Non, bien sûr, vous ne l'êtes…

— Attention !

Lan la poussa vigoureusement contre le lit. Le sifflement d'un pistolet lywar rugit dans la petite pièce. Le vieux garde fut projeté en arrière par la violence de l'impact. Après toutes ces semaines de recherches infructueuses, voilà que l'espionne de Tellus réapparaissait dans sa cabine. Comme au ralenti, Nayla vit le canon de l'arme se tourner vers elle. La lumière s'enfla et explosa dans sa tête. Elle relâcha son pouvoir et le maître-espion de Tellus fut rejeté par la puissance de son don. Elle heurta violemment la cloison avec un cri de douleur. Désarmée, elle lui jeta un regard plein de haine et de dégoût.

— Monstre ! siffla Helisa. Je vais débarrasser l'humanité de ta présence. Tu ne détruiras pas Tellus !

Elle dégaina un fin poignard et se releva. Nayla luttait contre la perte d'énergie induite par l'utilisation de la télékinésie. Elle était désarmée et à la merci de cette tueuse. Elle ne put s'empêcher de jeter un coup d'œil vers Tarni qui gisait contre la cloison, près de l'entrée de sa cabine. Cette salope l'avait assassiné !

— Vous n'êtes pas censée me tuer, Helisa. C'est pour tuer Dem qu'on vous a ordonné de tirer sur moi, dit-elle pour la déstabiliser.

— Mes ordres sont récents. Je vais te tuer lentement et avec plaisir, paysanne, siffla-t-elle avec mépris et colère. Il a fallu que tu fasses ta mijaurée. Tout était si simple. Tu tombais dans les bras de cet imbécile de Tiywan, tu lui ouvrais tes cuisses, il te sautait et tu te soumettais à sa virilité. Il t'aurait tenue occupée et sous contrôle. Il t'aurait convaincue d'accepter l'aide de la Coalition, alors, avec notre puissance militaire et nos stratèges, nous aurions vaincu l'Imperium. Tu aurais été gardée à ta place, celle d'un prophète qu'il faut tenir loin du monde. Mais non, tu l'as repoussé. Je ne te blâme pas, c'est un amant déplorable, aucun romantisme. C'est moi qui lui soufflais ce qu'il devait dire. J'aurais dû te séduire moi-même, au moins tu aurais joui. À cause de toi, j'ai échoué alors que je n'échoue jamais. Enfin, tout cela n'a plus d'importance. Je vais te tuer pour la gloire de…

Nayla profita du manque d'attention de Tolendo pour lui balancer son oreiller au visage, puis elle se jeta en travers du lit pour attraper son pistolet, mais dans sa précipitation, elle heurta l'arme qui tomba sur le sol. Elle eut juste le temps de s'emparer de son poignard, pour faire face à l'espionne qui passait à l'attaque. Elle maniait sa lame avec dextérité. Nayla roula sur le lit et se redressa. Elle sauta en arrière pour éviter la pointe du stylet, puis brandit son arme. Une froide détermination prit le contrôle de son esprit et ce qu'elle avait appris dans les souvenirs de Milar refit surface. Elle contra l'attaque, pivota sur elle-même et entailla profondément le bras d'Helisa. L'espionne laissa tomber son stilettu et dans son regard étincelant de fureur, Nayla lut sa décision : survivre pour être sûre d'avoir une autre chance.

— À une prochaine fois ! cracha-t-elle d'un ton venimeux, avant de s'enfuir hors de la pièce.

Nayla se précipita à sa poursuite, mais ne put s'empêcher de s'arrêter auprès de Tarni. À hauteur du cœur, l'armure de ketir était carbonisée et perforée. Du sang s'écoulait de la blessure et il respirait avec difficulté. Il était encore en vie !

— Mettez-vous à l'abri ! coassa-t-il avec effort.

— Tenez bon, Lan, supplia-t-elle avant de se lancer à la poursuite de l'espionne.

Helisa disparaissait déjà au bout du couloir et Nayla sprinta pour ne pas la perdre de vue. Lorsqu'elle tourna dans le corridor, elle vit que deux sentinelles venaient en sens inverse.

— Arrêtez-la ! cria-t-elle.

Les deux hommes hésitèrent, ne comprenant pas ce qui se passait. Helisa fonça sur eux, tandis qu'ils tentaient maladroitement de dégainer leur arme. Nayla maudit leur incompétence et sa propre stupidité ; elle était encore désarmée. Elle s'était jetée à sa poursuite sans prendre le temps de s'emparer du pistolet de Tarni. En dépit de son bras ensanglanté, l'espionne frappa le premier à la gorge. La pomme d'Adam brisée, il s'étouffa. Son camarade réussit enfin à pointer son pistolet sur elle. Helisa pivota, et le désarma d'un coup de pied. Elle retrouva son aplomb et ramassa l'arme. Sans hésiter, elle abattit les deux hommes, avant de tourner son arme vers Nayla.

Celle-ci réagit sans réfléchir et projeta son esprit dans celui de l'espionne. La sphère lumineuse, représentant sa force vitale, pulsait vigoureusement. L'envie de meurtre était trop forte et elle déchaîna sa fureur. Elle écrasa la vie d'Helisa Tolendo en un seul coup d'une puissance phénoménale, nourrie par toute sa haine, sa rage et sa frustration. Elle avait dû épargner Tiywan, elle ne referait pas cette erreur. La sphère explosa, ravageant l'intérieur de cet esprit d'une tornade d'énergie. La douleur et la frayeur de sa proie frappèrent Nayla de plein fouet et elle manqua de perdre connaissance sous l'impact. Autour d'elle, la représentation virtuelle des pensées d'Helisa s'écroula et Nayla eut juste le temps de fuir, avant d'être perdue pour toujours dans les méandres de la mort. Elle ouvrit enfin les yeux, elle était à genoux et du sang coulait de son nez, de ses oreilles. Elle se sentait si faible qu'elle faillit s'effondrer. Helisa Tolendo n'était plus. Ses yeux grands ouverts exprimaient une terreur sans nom et quelques gouttes de sang perlaient au coin de ses yeux. Nayla se désintéressa de sa victime. Une seule pensée surnagea : Lan ! Elle se traîna jusqu'à une console de communication, située à quelques mètres de là.

Ailleurs...

Le colonel Janar terrifiait Jani. Il ressemblait physiquement à Devor Milar, avec cette même longue silhouette athlétique, ce même visage mince, ces mêmes cheveux noir coupé court, cette même bouche aux lèvres fines et sensuelles. Ses yeux étaient bleus, eux aussi, mais d'un ton plus sombre et plus dur, sans la moindre humanité. Comme Milar, il se déplaçait avec cette grâce féline, qui dissimulait une violence prête à rugir. Comme Devor, il paraissait jeune et pratiquement immortel. Pourtant, ce n'était pas lui qui l'effrayait le plus.

L'inquisiteur était pervers, malsain et malfaisant. Il avait fouillé dans son esprit, exhumé ses pensées les plus intimes, les plus secrètes, celles qu'elle voulait à tout prix oublier. Elle avait senti le plaisir que sa souffrance lui causait. Il savait tout d'elle. Sa peur à l'idée d'être violée encore une fois, son amour pour Devor... Tout. Il s'était délecté de sa terreur quand Janar lui avait annoncé qu'elle était condamnée à perpétuité au bagne de Sinfin. Elle réprima un sanglot en se remémorant les visites régulières de l'inquisiteur dans sa cellule, à bord du Vengeur. Il se tenait là, à l'observer de longues minutes, avant de projeter ses pensées dans les siennes. Lové dans son cerveau, il l'avait obligée à revivre les pires moments de son passé. Elle finissait invariablement en pleurs, secouée par des sanglots et en le suppliant de l'épargner. Il prenait un plaisir physique à sa réaction.

La chaleur était insupportable et après trois minutes, elle fut trempée de sueur et couverte d'une poussière rouge qui l'étouffait. Elle fut menée dans un complexe qui se déployait à l'intérieur même de la montagne. Elle avait espéré y trouver le réconfort d'une certaine fraîcheur, il n'en était rien. Dans ces conduits creusés dans la roche, l'air était suffocant et presque irrespirable. Les gardes la poussèrent dans une pièce et un homme mince, à l'uniforme taché d'auréoles de sueur, se leva pour accueillir Janar.

— C'est un honneur de vous recevoir, comme toujours, Colonel.

— Épargnez-moi vos remarques obséquieuses, Fairmont ! répliqua sèchement l'exécuteur. Je vous amène une prisonnière.

L'homme la détailla longuement, tout en glissant sa langue sur ses lèvres desséchées. Elle savait que la transpiration collait sa combinaison sur sa peau et qu'elle aurait aussi bien pu être nue.

— Voilà un beau cadeau…, dit-il d'une voix rauque.

— Faites-en ce que vous voulez, mais gardez-la en vie. Ce n'est rien de plus qu'un mulama au piquet.

— Je ne comprends pas, Colonel.

— Vous n'avez pas à comprendre. Je vais rester ici, avec plusieurs de mes hommes, le temps qu'il faudra.

Le cœur de Jani se serra lorsqu'elle comprit ce qu'il voulait dire. Elle était l'appât d'un piège tendu à Devor Milar.

— Il ne viendra pas ! affirma-t-elle.

Janar se tourna vers elle et un sourire mauvais plissa ses lèvres, puis il la gifla sèchement. Le coup résonna dans son crâne, fit tinter ses oreilles et ses yeux s'humectèrent de larmes.

— L'inquisiteur m'assure qu'il viendra, qu'il tient à toi. Qui aurait cru qu'il tombe aussi bas ?

— Vous vous trompez, affirma-t-elle en refoulant ses larmes. De plus, si vous le faites prévenir, il saura que c'est un piège.

Il se contenta de la frapper du revers de la main, d'un geste dédaigneux, avant de l'attraper par le cou et de la projeter contre le bureau, qu'elle heurta douloureusement.

— Amusez-vous bien, Commandant, déclara-t-il au dénommé Fairmont.

— Oh, mais j'en ai bien l'intention…

Le chef du bagne de Sinfin posa ses mains avides sur ses fesses et les caressa longuement. Elle frissonna et tenta, en vain, de se relever.

— Sortons d'ici, ordonna Janar. Ces pratiques bestiales ne m'intéressent pas.

La mort est notre quotidien, la mort au service de Dieu est le but de notre vie.

Code des Gardes de la Foi

*L*a chaleur était insupportable, la sueur dégoulinait sur le visage mince de Dem. Il se déplaçait rapidement dans un labyrinthe de tunnels creusés dans la roche. Une poussière rouge suivait chacun de ses pas et venait souiller son armure noire. Nayla pouvait voir l'inquiétude dans son regard et elle le connaissait assez pour remarquer qu'il ne faisait preuve d'aucune prudence. Sans même ralentir, il abattit deux hommes sur sa route. Il continua son chemin et après un dernier tournant, il poussa une porte. Jani était recroquevillée dans le coin d'une chambre, meublée uniquement d'un lit aux draps tachés. Elle était nue, couverte de contusions et de coupures. Ses beaux cheveux n'étaient qu'une masse emmêlée, collés par la sueur, le sang et la poussière. Il s'agenouilla à ses côtés. Il écarta sa chevelure et elle tressaillit de peur ou de douleur. Elle leva les yeux vers lui et son regard terrifié se teinta d'une telle adoration que Nayla en eut le cœur brisé. Des larmes jaillirent des yeux de Jani, traçant des sillons sur sa peau sale. Dem l'aida à se relever et la serra contre lui, sans un mot, la berçant doucement. Puis il attrapa l'un des draps, qu'il secoua avec dégoût avant de s'en servir pour envelopper Jani qui pleurait toujours. Il l'embrassa délicatement, avec tendresse et attention.

La morsure de la jalousie fut douloureuse. Jani allait lui voler Dem, elle le savait. Elle ne voulait plus rien voir, mais fascinée, elle continua à observer. Avec précaution, il la conduisit à l'extérieur.

— Sinfin est sous contrôle, lui annonça Lazor. Rien à signaler.

— Ne nous attardons pas. Embarquez tous les prisonniers dans les hangars du *Vengeur*, nous ferons le tri plus tard. Je ne veux pas perdre de temps ici. On ne sait jamais.

— À vos ordres, Général.

Elle bascula encore et se retrouva à bord du *Vengeur*, dans l'infirmerie. Jani Qorkvin était étendue sur un lit et Dem lui tenait la main. Elle avait sa réponse. Sinfin n'était pas un piège, mais Dem allait se rapprocher de la contrebandière.

Des tirs lywar avaient déclenché l'alerte sur la passerelle. Dem, qui venait d'arriver sur le pont d'envol, fut aussitôt prévenu. Il fonça vers le lieu qu'on lui indiqua et la première chose qu'il vit, en débouchant dans le couloir, fut le corps des deux soldats. Celui du maître-espion de Tellus était effondré, comme une marionnette privée de ses fils. Son regard sans vie, souligné de sang, ne laissait aucun doute sur la cause de sa mort. Elle avait été tuée par le pouvoir de Nayla. Où était-elle ? Le cœur battant, il courut jusqu'au croisement suivant. Elle était écroulée sous une console de communication, du sang maculait son visage. Elle ne bougeait pas. Il se précipita à ses côtés en essayant de faire taire sa peur.

— Dem..., murmura-t-elle en ouvrant les yeux. Lan... Allez voir Lan ! Je vais... bien. Plaumec est en chemin...

Non, Nayla n'allait pas bien, mais elle n'était pas en danger immédiat. Lan ? Non ! Il se força à abandonner Nayla et fonça vers le couloir des officiers supérieurs. Lan était appuyé contre le mur de la cabine de Nayla, le visage si blême que la gorge de Dem se serra. Il s'agenouilla à ses côtés et posa deux doigts tremblants sur sa carotide. Il fut surpris de sentir un pouls ténu, mais régulier. Le vieux soldat s'accrochait à l'existence. Lan Tarni dut sentir sa présence, car il ouvrit les yeux.

— Colonel..., dit-il faiblement.
— Ne parlez pas. Le médecin...
— Nayla Kaertan ?
— Elle va bien, grâce à vous sans nul doute.
— L'espionne ?
— Nayla l'a tuée.
— Bien...

Le vieux garde du corps, qui lui avait sauvé la vie tant de fois, qui avait accompagné chacun de ses pas pendant tant d'années, ferma les yeux.

— Tenez bon, Lan, supplia-t-il.
— Pas cette fois... Colonel.
— Lan...

Il restait encore de la vitalité dans le regard gris du garde noir. Il prit une profonde inspiration pour maîtriser la douleur.

— Prenez soin de Nayla Kaertan, Colonel, chuchota-t-il.
— Ne parlez pas.
— J'aimerais la voir triompher...

Sa voix n'était plus qu'un murmure rauque.

— Lan..., souffla Milar, la gorge serrée.
— Je sais que cette Mission Divine n'existe pas.
Le cœur de Dem oublia quelques battements.
— Que voulez-vous dire ?
— Une telle mission serait stupide.
— Ce n'est pas à nous de juger, répondit-il en détestant cette dissimulation.
Un sourire amusé éclaira le visage couturé.
— Vous nous avez menti et je sais pourquoi.
— Pourquoi ?
— Vous êtes réellement du côté de Nayla Kaertan, je le sais. Vous êtes différent, vous avez changé et... vous avez inventé cette Mission Divine pour nous recruter.
Une quinte de toux douloureuse secoua le blessé. Milar soupira. Il ne pouvait pas laisser Lan en vie désormais.
— Faites ça vite, Colonel.
— Quoi donc ?
— M'éliminer. Vous n'avez pas le choix.
— Lan...
— Au moins, dites-moi la vérité...
Milar hésita. Comment pourrait-il assassiner cet homme, son ami ? Il soupira et prit une décision dont seules ses émotions retrouvées étaient responsables.
— Vous avez raison, Lan. Cette mission n'existe pas. Il y a cinq ans, j'ai vraiment eu cette prophétie dont on m'accuse. Nayla est l'Espoir et je dois l'aider à accomplir son destin, je dois l'aider à libérer la galaxie de ce monstre qui nous a créés, vous et moi. Je le dois !
Tarni toussa encore et des taches de sang apparurent sur ses lèvres.
— Je n'ai rien contre cette idée... Ma dévotion vous est acquise, Colonel.
Sa voix s'affaiblit, il ferma les yeux brièvement avant d'ajouter :
— Adieu, Colonel. Dites-lui adieu, j'aurais aimé la protéger jusqu'à la fin, je... l'apprécie. Prenez soin d'elle...
— Lan... tenez bon !
Il lut le reproche dans son regard. Je ne mérite pas que vous me mentiez, semblait-il dire.
— Je ne vais pas vous tuer. Si vous voulez me dénoncer ou me trahir, tant pis. Vous êtes mon ami et je vous ordonne de survivre, vous m'entendez ? C'est un ordre direct, Garde ! Restez en vie.
Tarni fut secoué par une toux violente.

— Colo... Colonel..., réussit-il à dire, avant de s'étouffer.

Dem l'aida à s'allonger et Tarni perdit connaissance.

— Je suis là, Dem ! s'écria soudain le docteur Plaumec. Écartez-vous, nous allons l'emmener.

Dem était assis sur un fauteuil de l'infirmerie, perdu dans ses pensées, quand Nayla entra d'un pas lent, toujours secouée par l'utilisation intensive de ses pouvoirs.

— Dem ?

Il leva son regard bleu et elle y vit une émotion poignante.

— Il est...

— Non, pas encore. Leene l'opère, mais il y a peu d'espoir. Le lywar a frôlé son cœur.

— C'est de ma faute. Il... Il venait de m'ôter mon armure et... elle devait se trouver dans la salle de bains. Lan m'a sauvé la vie ! Il m'a poussé de côté et c'est lui qui a été touché. J'ai réussi à la repousser avec ma télékinésie. Nous nous sommes battues et elle s'est enfuie. Elle a tué deux de nos hommes et... j'ai projeté mon esprit...

— Ce n'est pas votre faute. Lan a fait ce qu'il a toujours fait. Il a offert sa vie pour vous protéger, comme il le faisait pour moi.

Elle observa son visage creusé de fatigue et y lut une profonde tristesse.

— Vous allez bien ? demanda-t-elle.

— C'est un vieil ami, vous savez.

— C'est aussi mon ami.

Elle savait qu'il était sincère et elle l'était également.

— Tarni sait que la Mission Divine n'existe pas et j'ai confirmé.

— Dem ? fit-elle alarmée par le danger que représentait Tarni. C'est... Va-t-il survivre ?

— Je ne vais pas le tuer, si c'est cela que vous voulez savoir, répliqua-t-il sèchement. Je ne peux pas. Il a juré qu'il me restait loyal et qu'il vous appréciait. Je lui fais confiance.

— Dem, le danger...

— Tuez-le vous-même, si vous souhaitez sa mort ! s'exclama-t-il avec colère.

— Pardonnez-moi, ce n'est pas ce que je voulais dire. Je ne veux pas le perdre, mais...

Dem ne l'écoutait déjà plus, il se levait pour rejoindre le docteur Plaumec, qui s'approchait, l'air épuisé.

— J'ai fini. Il va peut-être s'en sortir, mais il lui faudra du temps.

— Il est en vie ? s'enquit Nayla.

— Oui, à peine. Il va lui falloir une longue convalescence.

— Vous êtes un génie, Leene, souffla Dem. Vous passez votre temps à nous sauver.

— Vous êtes des patients têtus. Vous autres, gardes noirs, vous refusez de mourir. Cet homme-là a encore plus de cicatrices que vous.

— Il a récolté la plupart de ses blessures en me sauvant la vie, dit Dem sombrement. Prenez soin de lui, Docteur.

— Bien sûr que je vais prendre soin de lui.

— Puis-je le voir ?

— Non, il est en coma thérapeutique. Je vous préviendrai dès que ce sera possible. Comptez plusieurs jours, plusieurs semaines peut-être.

— Prévenez-moi dès qu'il ouvrira les yeux.

— Bien entendu.

— Merci encore. Venez, Nayla, ajouta Dem.

Elle l'accompagna hors de l'infirmerie.

— Et maintenant, Dem ? Que faisons-nous ?

— Tyelo va vous protéger. Il faudra que je trouve quelqu'un d'autre pour le suppléer.

— Dem…, protesta-t-elle.

— Cela n'est pas ouvert au débat, répliqua-t-il sèchement.

— Très bien, comme vous voulez, céda-t-elle.

— Nous ne pouvons pas nous permettre de repousser le départ. La flotte va partir vers Sinfin.

— Bien sûr, ne perdons pas un autre ami.

Le sourire qu'il lui adressa fut si triste, qu'elle aurait voulu le serrer dans ses bras. Elle s'abstint.

Leene Plaumec finit le pansement sur la poitrine de Tarni, avec un long soupir mêlé de fatigue et de découragement. Le cœur du vieux garde noir avait été effleuré par le lywar et sa survie tenait du miracle. Pour l'instant, il était toujours dans le coma et elle ignorait s'il se réveillerait un jour. *C'est son sale caractère qui le maintient en vie*, songea-t-elle. Elle soupira à nouveau. Elle détestait perdre des patients, surtout lorsqu'ils étaient des amis et elle considérait l'austère garde du corps comme tel. Nayla serait tellement triste de le perdre. Pensive, elle rejoignit l'infirmerie. La porte principale s'ouvrit, libérant le passage pour Mylera.

— Un problème, Myli ?

— Tu n'es pas rentrée cette nuit, alors je suis venu voir si tu allais bien.

— Je n'ai pas quitté le chevet de Tarni. Il a failli mourir deux ou trois fois, mais il s'accroche.

— Tu es restée pour le garde noir, fit-elle avec stupéfaction.

— Myli ! Je suis médecin ! s'exclama Leene.

— Ce n'est pas ce que je voulais dire, pardonne-moi.

Leene ne pouvait pas demeurer fâchée avec Mylera très longtemps. Elle enlaça la jeune femme et l'embrassa doucement.

— Lee...

Le médecin apprécia cet instant de bonheur simple, le visage enfoui dans le cou de celle qu'elle aimait. Un raclement de gorge gêné l'obligea à s'arracher à cette tendre étreinte. Nayla se tenait derrière Mylera avec un sourire amusé.

— Je ne voulais pas vous déranger, mais je venais prendre des nouvelles de Lan.

— Il n'a pas repris connaissance.

— Mais, il va s'en sortir, n'est-ce pas ?

Nayla avait l'air si angoissée, que Leene Plaumec hésita. Elle avait toujours défendu l'idée que les médecins devaient dire la vérité aux proches des malades, alors elle annonça doucement :

— Il a failli mourir trois fois cette nuit. Je crois que seule son obstination le garde en vie et peut-être, le désir de continuer à te protéger.

— Oh..., souffla-t-elle en pâlissant.

— Il faut attendre au moins quarante-huit heures avant de le considérer comme sauvé. Je sais que tu tiens à lui et je ferai tout ce que je peux pour le sauver, je te le jure.

— Oui, je sais. Lan est un homme bien.

— C'est un garde noir, murmura Mylera.

— Ils peuvent changer, ils peuvent évoluer.

— J'espère qu'il s'en sortira, marmonna-t-elle. À ce soir, Lee, je dois aller en salle des machines. Dem a demandé la vitesse maximale.

— La vitesse maximale, s'étonna le médecin. Je ne suis pas spécialiste, mais tous les vaisseaux de la flotte ne pourront pas suivre notre rythme.

— Non, certainement pas. À ce soir !

Leene attendit qu'elle soit loin et qu'aucun infirmier ne soit dans les parages pour dire :

— Nayla, je ne veux pas être désagréable, mais l'attitude de Dem n'est pas la règle. C'est un cas unique, un archange. Les autres Gardes de la Foi ne sont pas conçus pour avoir des sentiments et...

— Je suis au courant. Bien sûr que l'évolution de Dem est particulière. Il m'a confirmé qu'aucun garde ne pourrait changer et pourtant... Lan n'est plus le même. Et puis, il nous reste loyal alors qu'il a tout compris.

— Tout compris ?

— Dem a dû mentir à Lazor et aux autres pour qu'ils le suivent. Lan a deviné que la raison donnée par son colonel était un mensonge, mais malgré ça, il demeure de notre côté. Je n'ai pas plus de détails, mais je trouve cela réconfortant.

Leene voyait une bonne dizaine d'arguments à opposer à Nayla, mais ce n'était guère le moment. Elle était si pâle et si amaigrie, dévorée vive par cette malédiction dont elle était affligée. C'est ainsi qu'elle jugeait les capacités de la jeune femme et rien ne la ferait changer d'avis. En tant que médecin, elle restait persuadée qu'une chose qui détruisait le patient était une maladie qu'il fallait combattre.

— Tu as l'air épuisée. As-tu dormi cette nuit ?

— Un peu... J'ai abusé de mon don pour tuer cette espionne et je me sens vidée de toute énergie. Il me faut juste un peu de temps pour m'en remettre. Ne t'inquiète pas.

Nayla rejoignit la passerelle sans un mot, plongée dans ses pensées. Encore un homme qui allait mourir pour elle, à cause d'elle. Elle ne voulait pas perdre Lan Tarni. Elle jeta un coup d'œil à Tyelo qui marchait à un pas derrière elle, sur ses gardes, prêt à tirer. Il ne répondait à ses tentatives de dialogues que par des syllabes brèves et semblait ne pas se soucier de la mort probable de Tarni. Il n'avait pas changé d'allégeance et elle sentait aussi le mépris qu'il lui portait. Pour lui, elle était un démon, ennemie de l'Imperium. *Lan va me manquer*, songea-t-elle.

Dem était assis dans le fauteuil de commandement, son regard fixé sur la console semblait perdu à des centaines de parsecs de là. Pensait-il à Lan ou à Jani ? Elle chassa sa rancœur. Un sourire mélancolique glissa sur ses lèvres, à l'instant où il leva les yeux vers elle. Il allait lui laisser la place, mais elle l'en dissuada d'un geste.

— Restez assis. Dans combien de temps arriverons-nous ?

— Une dizaine d'heures. Profitez-en pour vous reposer.

— Je viens d'aller voir Lan, il va sûrement...

Elle dut se concentrer pour ne pas pleurer.

— Leene me tient au courant, dit-il à voix basse.

— Encore un ami qui va mourir à cause de moi.

— Il ne va pas mourir. Il est trop obstiné pour cela. Si vous saviez combien de fois le chirurgien l'a déclaré perdu et chaque fois, il est revenu d'entre les morts.

— Je croyais que la survie d'un simple garde n'était pas une priorité, souffla-t-elle.

— C'est vrai… mais j'étais le seul maître à bord.

— Vous avez obligé vos médecins à le soigner ?

— Bien sûr.

— Vous m'étonnerez toujours, lança-t-elle en souriant. Vous croyez vraiment qu'il…

— Je lui ai donné l'ordre de vivre et Lan Tarni n'a jamais désobéi à un de mes ordres.

Son assurance ne cachait pas son angoisse. Il était aussi désemparé et triste qu'elle.

— Dem, souffla-t-elle doucement, en posant une main sur son bras.

— Ayez confiance. Il ne va pas mourir.

— Je vous crois. Nous sommes à la vitesse maximale ?

— Oui. Comment le savez-vous ?

— J'ai croisé Mylera. La flotte ne va pas pouvoir nous suivre.

— Je l'ai laissé sous la protection du vaisseau Défenseur. Elle nous attendra dans un autre système. Je ne veux pas risquer la vie de tous ces gens.

— Si c'est vraiment un piège, comment…

— Le Vengeur s'en sortira seul.

— Seul ? Face à Janar, j'ai dû sacrifier un vaisseau.

— Ne vous le reprochez pas. C'est ce que vous deviez faire pour sauver le reste de la flotte. Faites-moi confiance. Personne ne peut vaincre un Vengeur, quand je suis aux commandes.

— Vous êtes terriblement arrogant !

— Vous croyez ? fit-il avec une grimace amusée.

— Vous êtes inquiet pour elle, n'est-ce pas ?

— Oui. Elle ne mérite pas cela. Je ne connais pas toute sa vie, mais elle a été ponctuée d'épreuves. Je n'ai jamais souhaité qu'elle subisse cela. J'aurais dû faire preuve d'humanité.

— Vous savez bien que vous n'y pouviez rien.

— Parlons d'autres choses, voulez-vous ?

Nayla n'insista pas. Le sujet était douloureux. Il tenait donc à Jani, elle pouvait le lire dans ses yeux et sa jalousie lui souffla toutes sortes de scénarios. Malgré les issues possibles, elle voulait aider Dem à sauver cette femme. Elle lui devait bien cela.

— Nous allons la sauver, je vous le promets !
— Avez-vous vu quelque chose ?
— Oui, avant que cette espionne ne tente de me tuer.
— Est-ce un piège ?
— Je n'ai vu aucun traquenard. Dans ma vision, nous nous sommes échappés sans encombre.
— Vraiment ? Pourtant, j'ai une désagréable impression lorsque je pense à Sinfin.
— Je vous dis ce que j'ai vu, répliqua-t-elle.
— Dans ce cas, pourquoi êtes-vous si perturbée ?
— Je ne suis pas perturbée, mentit-elle.

Elle refusait de lui avouer que les élans de tendresse qu'il allait avoir envers Jani la rendaient triste. Il leva un sourcil étonné et elle se souvint que son empathie fonctionnait à nouveau. Elle sentit son visage s'empourprer sous son regard glacial.

— Merci, Nayla, dit-il simplement, choisissant de ne pas la torturer avec des questions indiscrètes.

En entrant dans le mess, Valo trouva celui qu'il cherchait assis à une table en compagnie de Nardo et Jholman. Il hésita. Depuis ce qui s'était passé dans l'infirmerie, Nardo et lui ne se parlaient plus. Il s'avança néanmoins, car il ne voulait pas perdre une occasion de converser avec Full Herton. Olman lui montrait le bracelet blanc qu'il portait au poignet et son visage irradiait d'une joie intense. Depuis peu, Do Jholman arborait lui aussi ce symbole de son intégration parmi les fidèles de la Flamme Blanche. L'ancien sergent semblait intéressé par le discours de Nardo, pourtant quelque chose dans son attitude dérangea Soilj. Incapable de mettre le doigt sur ce qui l'ennuyait, il se rapprocha de la table.

— Soilj ! s'exclama Herton. Viens, assieds-toi.

Valo marqua un temps d'arrêt, jeta un regard à Olman, puis s'assit. Un silence lourd s'installa autour de la table.

— Tu es capitaine ? Félicitations. Qui aurait dit ça sur H515 ?
— Pas moi, c'est vrai, admit Soilj. Mais je n'ai pas volé ces galons. Je me suis battu pour la rébellion.
— Tu ne portes pas le bracelet de la loyauté ?

Soilj évita le regard triomphant d'Olman.

— Je n'ai pas besoin d'un morceau de cuir pour montrer mon allégeance. Je suis dévoué à Nayla.

— Toujours amoureux, alors ? sourit Herton.
— Je suis son ami, répondit Soilj en rougissant.
— Olman me dit que tu es aussi celui de… Dem.
— Il est difficile de se prétendre l'ami de cet homme-là, mais je le suivrais jusqu'en enfer, s'il me le demandait.
— Je vois. Il paraît que tu es son protégé.

Soilj jeta un regard agacé à Nardo. Cette petite fouine n'avait pas perdu son temps.

— Pas plus que tous ceux qui font bien leur travail.
— Je ne te jugeais pas. Que sais-tu de lui ?
— Qu'il est notre général !
— Cela te suffit ?
— Oui, cela me suffit, répondit-il sèchement.
— Comment va Nayla ? Elle m'a semblé très distante.
— Ce qu'elle vit est difficile.
— Elle est toujours… sous l'influence de Dem, n'est-ce pas ?
— Non ! Soilj n'avait pu empêcher sa voix de claquer. Elle n'est sous l'influence de personne. Nayla est l'Espoir et elle fait les choix qui doivent être faits.
— Loin de moi l'envie de la critiquer.
— Comment va Laker ? demanda Soilj pour changer de sujet.
— Aussi bien qu'il est possible. Il est resté sur Firni, il a été recruté par l'équipe technique de la base. Il s'est trouvé une copine et quand je suis parti, il avait l'air heureux.
— Fenton a une copine ? s'exclama Jholman.
— Oui, plutôt mignonne. Les contrebandiers ne se prennent pas la tête. Et toi, Soilj ? Personne ?
— Non !
— Il paraît que Nayla a eu une aventure avec l'ancien second de la rébellion ?
— Ce ne sont pas nos affaires ! s'énerva le jeune homme.
— Je me tiens au courant, c'est tout. Nardo m'a dit qu'il a été jeté en prison. Dem était jaloux ? demanda-t-il en riant.
— Nardo est un imbécile ! Tiywan est en cellule parce qu'il s'est mutiné. Si cela n'avait tenu qu'à moi, il serait mort !
— Tu es prêt à assassiner un homme sans procès, parce qu'il n'est pas d'accord avec toi ? Tu m'étonnes, Soilj.
— Toi et Jani Qorkvin, vous étiez vraiment ensemble ?

Il sut qu'il avait frappé juste. Nardo resta la bouche ouverte et Do laissa échapper une interjection de surprise. Herton rougit un peu et sembla gêné, presque perdu. De nombreuses émotions passèrent sur son visage, puis il retrouva sa sérénité avec une facilité déconcertante. Le regard froid et dépassionné qu'il posa sur Soilj le glaça.

— Personne n'est avec Jani de façon définitive, mais si tu veux le savoir, nous étions très proches, oui.

— C'était comment, Full ? interrogea Olman.

— Tu veux un dessin ? On a couché ensemble, c'est tout. Jani… est une femme extraordinaire.

— J'veux bien te croire, dit Jholman. Quelle silhouette !

— Je ne veux pas en parler, les gars.

— Pourquoi l'as-tu quittée, si elle est si bien ? demanda Nardo.

— Vous n'êtes pas au courant ? Elle a été capturée par les gardes noirs. À cause de Dem… C'est lui qu'ils veulent.

— Ridicule, fit Soilj. C'est Nayla qu'ils veulent.

— J'te jure que c'est lui qu'ils veulent.

— Parce que sans lui, nous sommes tous morts.

— Tu as tort. Tu ne sais pas qui il est.

— Qui est-il ? demanda Olman.

— Ça ne te regarde pas, Nardo ! répliqua Herton.

— Tu ferais bien de fermer ta gueule, Full, s'exclama Soilj, alarmé. Raconter des mensonges ne fera pas avancer la cause. Les gars, bonne soirée, je veux être en forme tout à l'heure.

Furieux, Soilj se leva brusquement et quitta le mess à grands pas. Si Herton connaissait l'identité de Dem, les conséquences pourraient être catastrophiques. Full le rattrapa dans le couloir.

— Calme-toi, Soilj. Je ne dirai rien.

— Je ne te crois pas !

— Pardon ?

— Tu caches quelque chose, c'est tout. Si tu nuis à Nayla, je te jure que tu me le paieras.

— Arrête, ou tu vas me faire peur, lança Herton en riant. Tu as vraiment changé, tu n'es plus le gars drôle que je connaissais.

— Exact ! Je ne joue plus les bouffons. J'ai des responsabilités désormais.

— Je ne t'en veux pas. Moi aussi, j'ai changé. Tu sais qui est Dem, n'est-ce pas ?

— Non.

Il ignorait son identité, c'est vrai, mais il savait qu'il était un colonel des Gardes de la Foi. Est-ce que Full Herton en savait réellement plus ?

— Tu mens mal. Moi, je connais son nom et c'est incroyable. Rien que d'y penser, j'en ai des frissons. Dire qu'on a côtoyé cet homme-là pendant des années... Je n'arrive pas à y croire.
— Full... Tu dois te taire...
— Bien sûr. Tu ne veux pas que je te dise son nom ?
— Son nom est Dem ! Bonne soirée !

La chaleur était si intense que sa transpiration séchait instantanément sur sa peau. Elle étouffait et une plaine rouge, caillouteuse, desséchée s'étendait à l'infini. Sinfin ! Elle était sur Sinfin ! En accéléré, Nayla progressa à travers les événements. Elle ne vit rien de tangible, elle ressentit seulement de la terreur, de la souffrance, du désespoir. Les frontières de la mort étaient toutes proches et elle les accueillait avec soulagement.

Sinfin était un piège !

Elle se débattit furieusement pour se réveiller. En vain. Elle bascula brutalement en arrière. La chaleur accablante la cloua au sol, devant elle une immense étendue de cailloux et de sable rouge se déroulait à perte de vue. Elle était revenue à l'instant où elle se posait sur Sinfin.

— Non ! s'écria-t-elle. Je refuse de prendre cette route.

Yggdrasil sembla l'écouter et elle fut propulsée vers une autre voie. Cet autre avenir conduisait à la défaite et à la tombe. Elle choisit une autre route, puis une autre, puis une autre encore. Elle essaya un nombre incalculable de possibilités. Le constat la terrifia. Le seul chemin qui ne menait pas à la destruction ou à la mort passait par Sinfin.

— Tu dois accepter ton destin, dit alors la voix de Nako. Ce fil est le seul qui ne conduise pas à ton trépas et à la destruction de l'humanité. Tu connaîtras la souffrance, la torture, le désespoir, la mort de tes amis, mais à la fin, cette route conduit à la victoire. Accepte le malheur. Le bien de tous l'exige.

— Non ! Je ne veux pas sacrifier mes amis, je ne veux pas sacrifier Dem.

— Ils mourront, si tu ne suis pas cette route.

— Et si j'accepte ce destin ?

— Certains seront immolés sur l'autel de la destinée, d'autres survivront.

— Dem ?

— Il est un acteur important du destin. Je ne peux pas te dévoiler son avenir.

— Qui êtes-vous ?

— Je suis Yggdrasil !

La voix résonna en plusieurs échos qui se multiplièrent à l'infini. Une peur viscérale étreignit son cœur face à l'incommensurable puissance de ce lieu, de cette entité. Elle se sentait si insignifiante face à un tel pouvoir. Elle résista à l'envie de fuir et affronta sa frayeur. Elle devait en savoir plus, elle voulait comprendre.

— *Pourquoi avez-vous la voix de Nako ? demanda-t-elle.*
— *C'est une voix que tu connais. Il vient ici, parfois.*
— *Il vient ? Il est mort.*
— *Le passé et le futur sont des concepts de mortels. Il appartient à ce lieu pour toujours, comme toi, comme celui qui se fait appeler Dieu.*
— *Pourquoi moi ?*
— *Je ne peux pas répondre à cette question.*
— *Il y a une autre voix, ici, qui cherche à m'entraîner au cœur du néant, qui veut que j'accomplisse des choses horribles. Vous m'avez défendue contre cette voix. Qui est-ce ?*
— *Cette voix est Yggdrasil. Nous sommes tous Yggdrasil.*
— *Tous ? Combien êtes-vous ? Qu'êtes-vous ?*
— *Nous sommes un et nous sommes plusieurs. Nous sommes le passé et le futur. Nous sommes le destin.*
Elle frissonna, mais osa encore demander :
— *Mais qui dois-je croire ? Lequel d'entre vous ?*
— *Je ne peux pas te guider, je n'en ai pas le droit. Les mortels doivent choisir seuls leur destinée. Suis ton cœur, suis ton instinct. Repousser le moment de l'affrontement est inutile. Le destin a tissé ton avenir, tu ne peux pas en changer l'issue.*
Il y avait tant de questions qu'elle aurait aimé poser, il était fascinant de dialoguer ainsi avec... Elle ignorait comment qualifier Yggdrasil. Une impression de danger et de froide malignité l'enveloppa soudain.
— *Fuis ! s'écria la voix de Nako. Fuis !*

Elle se réveilla en sursaut, haletante, trempée d'une sueur froide. Son cœur battait sauvagement dans sa poitrine. Elle venait de parler avec le destin, avec Yggdrasil. Une embuscade leur était tendue sur Sinfin. Devait-elle le dire à Dem ? Non, jamais il n'accepterait de la laisser affronter le danger. Devait-elle suivre les conseils de cette voix ? En aurait-elle le courage ? Au plus profond de son âme, elle savait que ses visions étaient la réalité. Elle avait vu toutes les probabilités à partir de maintenant. Sinfin ou une infinité de choix. Sinfin serait une épreuve dont elle pourrait sortir vivante et victorieuse. Toutes les autres voies conduisaient à la défaite et à la mort. Toutes ! Dans quelques jours, quelques mois, quelques années parfois... l'issue était la même : la mort, la sienne, celle de Dem, celle de l'humanité. Elle frissonna. Malgré tout cela, elle n'arrivait pas à se décider. Avec qui ou quoi venait-elle de converser ? Le destin ? Un Dieu ?

Ailleurs...

Le proconsul Gelina Qar Volodi était nerveuse. Elle avait eu la confirmation que la mission de Tolendo avait été un échec. Son espionne était morte, mais c'est elle qui allait devoir en payer le prix. Elle avait lamentablement échoué. Solarin avait échoué et elle avait commis la bêtise de le croire. Elle se servit un verre d'eau fraîche et le but lentement.

Aujourd'hui, le Praetor venait lui rendre visite. La sermonner était le terme exact. Elle ne l'avait rencontré qu'une fois, brièvement, le jour de sa nomination et elle se souvenait encore de cette entrevue désagréable. La porte coulissa et Marthyn Har Jalaro entra d'un pas conquérant. C'était un homme lisse, elle n'aurait pas trouvé de meilleure définition, un de ces hommes dont on oublie les traits quelques secondes après l'avoir croisé. Ses cheveux châtains étaient coupés juste assez court, ses yeux bruns n'avaient rien de particulier, pas plus que son visage. Rien n'attirait le regard chez lui et pourtant... Gelina n'aurait su l'expliquer, mais il se dégageait de Har Jalaro une séduction étrange. Elle devinait que cet homme pouvait exiger n'importe quoi, de n'importe qui. Elle se demandait s'il avait exercé des missions d'espionnage... Bien sûr que non. Un nuovo nobilis était fait pour diriger, pas pour infiltrer les lignes ennemies.

— Si vous me racontiez ce désastre, Volodi.

— Praetor, je... sur les conseils du prophète, j'ai ordonné à Tolendo de...

— Vous avez ordonné à cette incompétente de tuer le plus puissant prophète à avoir vu le jour depuis plus de six cents ans !

— Tolendo présentait un dossier sans failles. Elle faisait équipe avec Wallid, mais malheureusement, il a été tué...

— Wallid n'était qu'un rustaud arrogant. Vous l'avez choisi parce qu'il était votre amant. Ce comportement est inacceptable de la part d'une quintum nobilis. Peut-être ne devriez-vous pas appartenir à l'élite de notre société.

Elle eut l'impression que son cœur s'arrêtait. Non ! Elle ne pouvait pas déchoir, elle ne le supporterait pas.

— Je... Je vais rectifier mon erreur, Praetor. Je...

— Je l'espère bien. Le monstre, qui vit en haut de cette tour, vous délivre ses visions, mais l'analyse de ses paroles est de votre responsabilité. Je pensais qu'une femme telle que vous aurait assez de jugeote pour ne pas se laisser manipuler par cette erreur de la nature. Obligez votre prophète à voir, Volodi, et analysez avec soin ses paroles. Quand vous aurez une piste, vous contacterez cet homme, ordonna-t-il en lui tendant un axis.

— Praetor ?

— Cet homme se nomme Leffher. Il prendra en main les opérations auprès de la rébellion.

— Je ne le connais pas, s'étonna-t-elle. Est-il compétent ?

— Il travaille au profit du Praetor. Il est plus que compétent.

— Bien, se soumit-elle. Je ferai selon vos désirs. Voulez-vous rencontrer Solarin ?

— Je n'approche pas ces parias. J'attendrai vos rapports, Volodi. Échouez et vous vous retrouverez dans la caste la plus méprisable. Réussissez et votre famille sera élevée au rang de centum nobilis.

Dieu est venu sauver l'humanité de la fédération Tellus, une terrible dictature. Désormais, il protège l'Imperium de Sa bienveillante autorité.

Chapitre 1 du Credo

Presque neuf heures s'étaient écoulées depuis son passage sur la passerelle. Ils allaient arriver dans le système de Sinfin. Nayla prit une douche rapide et rejoignit le centre nerveux du cuirassé. La tension était à son comble. Le grand vaisseau, machine de guerre implacable, pénétra dans le système abritant le bagne le plus dur de l'Imperium. Après avoir dépassé une planète sombre, puis une géante gazeuse, le Vengeur s'approcha de Sinfin qui orbitait autour d'une étoile énorme d'où s'échappaient de grandes langues de matière ionisée dans l'espace.

— Il n'y a pas d'eau sur cette planète ? demanda Nayla, surprise de ne découvrir aucune trace de bleu sur ce globe rouge orangé.

— Très peu, répondit Dem. Quelques nappes souterraines d'eau potable et en surface, des lacs saturés de substances toxiques. Il serait possible de traiter cette eau, bien sûr, mais… quel intérêt ?

— C'est vraiment un enfer ?

— Oui.

— Y avez-vous déjà été ?

— Quelquefois, pour y déposer des prisonniers.

Elle détectait, à ses épaules tendues et à ses réponses laconiques, qu'il était soucieux. Sans doute s'inquiétait-il pour Jani. Elle partageait son état d'esprit, elle ne pouvait pas oublier sa vision. Elle ne pouvait pas non plus chasser de ses pensées le souvenir de Dem embrassant tendrement cette femme. Est-ce qu'il l'aimait ?

— Vous avez dit qu'il s'y trouvait la lie de la galaxie. Je croyais que ce bagne était réservé aux hérétiques.

— Ils y sont envoyés, c'est vrai, ainsi que tous les pires délinquants. Vous y trouvez des voleurs, des violeurs, des assassins… et des hérétiques. En général, ces malheureux sont des gens sans défense qui servent de souffre-douleur aux malandrins.

— Les gardiens ne font rien ?

— Bien au contraire. Les hérétiques sont envoyés sur ce monde pour y souffrir.

— Et les femmes ?

— Aucun traitement de faveur. Je vous laisse imaginer quel sort leur est réservé dans un endroit comme celui-ci. Elles n'ont d'autres choix que d'adhérer à l'un des gangs pour se protéger.

— Vous voulez dire qu'elles doivent choisir leur bourreau ? dit-elle avec dégoût.

— En quelque sorte, oui. La vie des prisonniers est dure et sans pitié, mais les plus grands prédateurs sont les gardiens eux-mêmes.

— Qui sont-ils ? Quelles forces défensives allons-nous trouver ?

— Les gardiens font partie d'une unité spécifique des Soldats de la Foi. Ils sont sélectionnés en fonction de leurs prédispositions.

— Que voulez-vous dire ?

— Certains humains aiment infliger la souffrance.

— C'est certain, dit-elle en pensant à Tiywan ou à Lowel, ce médecin qui avait failli la violer sur la base H515.

— Une compagnie de Gardes de la Foi est basée en permanence sur Sinfin, mais ils ne se mêlent pas de la gestion des prisonniers. Ils n'interviennent qu'en cas de révolte et se chargent également de la protection extérieure du bagne. Sinfin est défendue par des batteries de canons lywar très puissants.

— Comment allons-nous approcher, alors ?

— C'est l'un des problèmes. La plupart des batteries sont enfouies dans la montagne. Le Vengeur pourrait les détruire, mais le risque que tout s'effondre est trop grand. Cela pourrait ensevelir les prisonniers. Impossible d'approcher avec les Furies. Ils ne pourront pas encaisser ce genre de tirs. Notre seule chance est de nous poser suffisamment loin pour éviter les tirs. Ensuite, nous devrons traverser la plaine pour rejoindre le bagne principal. Nous allons utiliser les dix bombardiers porteurs que nous possédons.

— Des bombardiers porteurs ?

— Ils transportent des skarabes. Nous allons déposer ces engins sur Sinfin, y entasser des troupes et nous rapprocher d'un maximum du bagne, sous la protection de bombardiers. Nous serons détectés et les gardes enverront des troupes nous intercepter. Il faut nous préparer à un combat ardu. Ensuite, il faudra prendre d'assaut les murs d'enceinte, pénétrer dans le complexe de tunnels, tuer tous ces maudits gardiens ainsi que les gardes survivants. Puis, nous pourrons libérer les prisonniers. Regardez, ajouta-t-il en lui montrant une modélisation de combat qu'il avait dû écrire ces dernières heures.

Elle ne put s'empêcher de sursauter : 76,5 % de réussite.

— Impossible de faire mieux. J'ai pris en compte tous les paramètres et j'ai passé des heures à peaufiner notre attaque.

— Vous voulez dire que nous pouvons échouer ?

— C'est pour cela que je veux que vous restiez à bord.

— Hors de question ! Je viens avec vous. Il y a toujours des catastrophes lorsque nous sommes séparés.

— Vous ne viendrez pas !

Elle eut une révélation et demanda avec insistance :

— Dem, avez-vous le score avec ma présence sur Sinfin ?

— Ce n'est pas le problème. Vous devez m'obéir.

— Je croyais qu'au contraire, c'est vous qui deviez m'obéir.

Il soupira de frustration et pressa rageusement une touche. La modélisation qui s'afficha indiqua 79,2 %.

— 3 % de mieux avec ma présence et vous ne voulez pas m'emmener ?

— 2,7 %, ce n'est rien et cela ne mérite pas de vous perdre.

— Dem, je viens ! affirma-t-elle avec force. Je suis l'Espoir et je commande. Je dois venir.

— Pourquoi, vous avez vu quelque chose ?

— Non, mais je dois venir.

Elle venait de lui mentir, mais il le fallait. Elle était convaincue par ce qu'elle avait vu au cœur d'Yggdrasil. Sinfin était un point de passage obligé. Elle devait affronter cette épreuve, sinon tout était fini. Pendant quelques secondes, Dem plongea son regard froid et inquisiteur dans le sien. Un tic agita brièvement sa joue, puis il laissa échapper lentement son souffle.

— Très bien. J'émets une condition, Nayla.

— Dites.

— Vous allez me donner votre parole de faire très exactement ce que je vous dirai, quand je le dirai, sans rechigner, sans argumenter et ce n'est pas négociable.

— Vous avez ma parole, céda-t-elle.

— Parfait !

Il appuya sur une touche du système de communication et ajouta :

— Capitaine Valo, sur la passerelle, immédiatement.

— Valo ?

— La mission de sa compagnie sera de vous escorter, Nayla.

— Pourquoi ? Quelques hommes de Lazor feront l'affaire et…

— Lazor reste à bord. Je veux un homme d'absolue confiance sur la passerelle.
— Je vois, admit-elle sèchement. Et qui me garantit votre sécurité, Dem ? Je veux que vous soyez protégé.
— Je n'ai pas besoin de protection.
— Alors pourquoi aviez-vous, autrefois, Tarni comme garde du corps ?
— Très bien, soupira-t-il, Lazor assignera deux de ses hommes à ma protection. Vous êtes satisfaite ?
— Oui !
— Vous m'en voyez ravi, dit-il en souriant.
— Qui comptez-vous emmener, en plus de Valo ?
— Trois compagnies. Celle de Garal, que je chargerai de la fouille de la mine, celle de Kanmen dont la mission sera de sécuriser l'enceinte et celle de Sazal, qui sera plus particulièrement chargée du site d'atterrissage et du pilotage des bombardiers de renforts.
— Vous faites confiance à Xenbur pour le Vengeur ?
— J'y suis bien obligé.

❖❖❖

Dem resta tendu et silencieux durant la manœuvre de mise en orbite autour de Sinfin. Nayla n'avait pas besoin de dons surnaturels pour remarquer son inquiétude. Avait-il compris qu'elle lui avait caché des informations ?
— Que se passe-t-il, Dem ? Quelque chose ne va pas ?
— Il n'y a personne… aucun vaisseau.
— C'est plutôt bien, non ? Il devrait y en avoir ?
— Non… Je m'attendais à détecter la présence du croiseur Carnage, mais rien. Il n'y a rien.
— Vous vous attendez à un piège ?
— Mon instinct me crie que c'est un guet-apens. Je n'arrive pas à lire clairement les pensées de Herton, comme si quelque chose m'en empêchait. J'ai voulu être plus intrusif, mais il a été saisi d'une violente migraine et a perdu connaissance. Pourtant, je n'ai pas été agressif. Il n'aurait pas dû réagir de cette manière.
— Comment expliquez-vous cette réaction, alors ?
— Soit il a des dons particuliers, soit un inquisiteur a mis en place une sécurité dans son esprit.
— Je ne veux pas vous contredire, mais j'ai croisé plusieurs inquisiteurs. Aucun ne m'a paru être suffisamment puissant pour accomplir un tel exploit.

— Il n'existe qu'une poignée d'inquisiteurs pour réussir à imposer une telle restriction dans un esprit : l'Inquisiteur général, son adjoint et peut-être un ou deux autres.

— Comme celui qui accompagne Janar. Il est puissant. Lorsque j'ai des visions de lui, je me sens terriblement mal à l'aise et si on a désigné cet homme pour accompagner Janar, c'est qu'il dispose de quelques qualités, vous ne croyez pas ? Sinon, l'Inquisition aurait choisi un homme avec plus d'expérience pour nous traquer.

— Ce que vous dites est judicieux. Venir ici était une erreur. Nous faisons demi-tour. Je ne peux pas risquer toutes ces vies, juste pour elle, ajouta-t-il à regret.

— Non, nous devons y aller, s'exclama Nayla en pensant à cette femme prostrée et brisée.

— Vous n'allez pas défendre Jani Qorkvin tout de même ? essaya-t-il de plaisanter.

— Je l'ai vue, lorsque j'étais dans Yggdrasil. C'était horrible, réussit-elle à dire, alors que des larmes emplissaient ses yeux.

— Nayla… C'est trop dangereux, insista-t-il en lui prenant les mains.

— Je n'ai vu aucun piège.

— Vraiment ? Dans ce cas, pourquoi êtes-vous aussi effrayée ?

— Dem…, commença-t-elle.

— Admettons que je vous crois. Avez-vous confiance dans ce que vous montre Yggdrasil ? Vous ne cessez de me dire que ce lieu est malfaisant.

— C'est compliqué.

— Me trouvez-vous trop idiot pour comprendre ?

— Bien sûr que non. Quand Yggdrasil tente de me faire du mal, il y a toujours une voix qui intervient pour me protéger et pour me mettre en garde. Cette entité est de notre côté et elle emprunte la voix de Nako. J'ignore pourquoi. Sans doute pour me mettre en confiance.

— Comment pouvez-vous être sûre de la bonne foi de cette entité, comme vous dites ?

— Mon intuition, tenta-t-elle timidement.

— Je n'aurais jamais dû vous suggérer de la suivre, s'emporta-t-il. Vous craignez quelque chose, c'est évident. Dites-moi ce qui vous effraie.

Elle ne pouvait plus lui mentir, elle devait le convaincre alors qu'elle-même ne l'était pas vraiment.

— Nous devons aller sur Sinfin. C'est une étape obligée. Si nous tentons d'éviter cette épreuve, alors… c'est la fin. Nous sommes tous morts, quels que soient les choix que nous ferons ensuite.

— Je ne comprends pas.

— Yggdrasil m'a montré tous les avenirs possibles, toutes les fins qui découlent de tous les choix que nous pourrions faire. Quel que soit ce choix, il conduit à la destruction, à notre mort et à celle de l'humanité. Nous n'avons pas le choix, nous devons nous rendre sur Sinfin.

— Vous semblez terriblement convaincue.

— Je le suis. J'ai assisté à des centaines de fins désastreuses.

— Qu'est-ce qui nous y attend ?

— Je n'en sais rien. Je n'ai vu aucun piège, c'est la vérité. J'ai seulement perçu… Ce que je sais, c'est que ce sera dur, douloureux, terrible, mais c'est la seule route qui conduit à la victoire. Je ne sais même pas si ce que j'ai ressenti arrivera sur Sinfin ou plus tard, je sais seulement que le chemin que nous devons prendre passe par cette planète.

— Très bien…, articula-t-il lentement. Vous avez raison, je suis trop idiot pour comprendre.

— Dem ! protesta-t-elle.

— Cependant, j'ai entièrement confiance en votre jugement.

— Vous êtes sûr de ça ? dit-elle avec un sourire malicieux.

— Je veux juste être certain que vous ne courez aucun risque.

— Ici ou ailleurs, il y aura toujours des risques. Je crois avoir compris une chose au sujet d'Yggdrasil et du destin. Il y a certains événements qui peuvent être évités ou contournés. Nous les avons vécus. Certaines visions nous permettent de mieux affronter le danger ou de choisir entre deux voies, mais il y a des événements qui doivent absolument avoir lieu. Ils arriveront, quoi qu'on fasse pour les éviter. Ce sont des étapes incontournables. La seule chose qui change, c'est le lieu et l'issue. Avant Cazalo, j'avais eu une vision et je vous avais vu mort à mes pieds.

— Et vous n'avez rien dit.

Sa voix était si glaciale qu'elle frissonna.

— La voix de Nako m'a dit que je devais laisser faire ou cela serait pire. Il m'a dit que c'était votre destin, quoi que je fasse. Si je vous l'avais dit, nous ne serions pas allés sur Cazalo et vous ne seriez pas redevenu vous-même. Peut-être que cette damnée espionne aurait réussi à vous tuer plus tard, à un endroit où je n'aurais pas été. Il m'a dit que je devais affronter cette épreuve et utiliser mon pouvoir pour changer votre destin.

— Et vous l'avez cru ?

— Lorsque j'entends cette voix, c'est plus qu'un conseil murmuré à mon oreille. Ce sont plus que des mots, c'est une idée implantée dans mon âme. Il est difficile de l'ignorer. Cette voix prend un risque pour me guider et ne peut pas me dire clairement ce que je dois faire. Contrairement au reste d'Yggdrasil, elle veut me laisser mon libre arbitre. Elle n'a cessé de me dire d'écouter mon cœur, uniquement cela : « écouter mon cœur ».

— Vous avez confiance en cette... voix ?

C'était une question difficile. Lorsqu'elle avait commencé à avoir des rêves prémonitoires, elle avait vu cela comme une chance. Voir l'avenir, c'était pouvoir le changer. Pourtant, ses visions n'avaient pas sauvé son père, n'avaient pas sauvé Seorg... Elle avait compris que le néant distillait ses informations pour mieux la guider sur un chemin menant à son affrontement avec Dieu. L'une de ces volontés semblait déterminée à la voir échouer. L'autre, celle qui avait emprunté l'identité de Nako, voulait qu'elle réussisse et peut-être même un peu plus. Elle voulait sauver l'humanité, mais était-ce réellement son but ? Toutefois, Nayla ne pouvait pas courir le risque d'ignorer cet avis.

— Oui, dit-elle presque à contrecœur. Je crois que oui. Celle-ci ne m'a jamais trompée, pour l'instant. Dem, je vous le répète, nous devons affronter ce qui nous attend sur Sinfin. Toutes les autres options sont mauvaises. Celle-ci sera peut-être catastrophique, mais c'est la seule voie qui mène à la victoire et à la survie de l'humanité.

Elle ferma les yeux, elle venait de défendre une option dont elle n'était même pas certaine.

Devor Milar ne répondit pas tout de suite à Nayla. « La seule voie qui mène à la victoire ! ». Elle semblait le croire. Cette planète était un piège. Janar l'y attendait quelque part, il aurait parié sa vie sur cette certitude. Il n'aurait jamais dû venir ici. Jani... Elle ne méritait pas ce qu'elle devait vivre en ce moment même. Une bouffée de rage s'empara de sa raison. Il détestait ne pas maîtriser les événements, il haïssait l'impuissance qu'il ressentait aujourd'hui. *Si Janar veut un combat*, songea-t-il, *alors, il l'aura !*

— Dem, qu'en pensez-vous ? insista Nayla.

— Voulez-vous aller sur Sinfin, le voulez-vous vraiment ? Vous pensez que Jani Qorkvin vaut un tel risque ?

— N'importe quelle femme mérite d'être sauvée d'un tel enfer.

— Certes, mais ce n'est pas la vraie raison.

— Je dois accepter mon destin... Soyez à mes côtés, Dem, s'il vous plaît...

— Je serai toujours à vos côtés, je vous assure.

— Nous y allons, alors ?

— Oui, mais mon exigence n'a pas changé. Une fois sur Sinfin, obéissez à chacun de mes ordres.

— Promis, dit-elle avec un sourire ravageur.

Dem ressentit un étrange pincement au cœur. Il ne supporterait pas de la perdre. Ils échangèrent un long regard et il sentit son cœur s'accélérer. Il voulait la prendre dans ses bras, il voulait l'embrasser. Il prit conscience qu'il adorait la sensation exaltante de ses lèvres contre les siennes. Il secoua mentalement la tête. Que lui arrivait-il ?

— Vous vouliez me voir, Général ?

L'intrusion de Valo les fit sursauter tous les deux.

— Vous avez pris votre temps, Capitaine, déclara-t-il plus sèchement qu'il ne l'avait voulu.

— Désolé, bafouilla Soilj en rougissant.

— Ne fais pas attention, il est agacé, indiqua Nayla.

— Capitaine Valo, nous allons tous nous rendre sur Sinfin. Cet endroit est un enfer, dans tous les sens du terme. Je veux que votre compagnie soit entièrement dédiée à la sécurité de Nayla.

— Dem, c'est exagéré, s'indigna-t-elle.

— Une section sera désignée comme votre garde rapprochée et vous Soilj, vous serez personnellement responsable de sa sûreté. Est-ce que vous me comprenez ?

Le jeune homme se redressa, son regard étincela de fierté et il répondit sans hésiter une seconde :

— Oui, Général, vous avez ma parole ! Sur ma vie !

— Soilj, ne dis pas des choses pareilles, protesta Nayla.

— Nayla, je suis sincère. Tu peux compter sur moi.

— Bien sûr, Soilj, dit-elle doucement.

— Général..., commença le jeune homme en hésitant. Méfiez-vous de Herton. J'ai l'impression qu'il cache quelque chose et surtout, qu'il connaît votre réelle identité.

— Il vous l'a dit ?

— Je n'ai pas voulu, cela n'a pas d'intérêt. Seulement, j'ai peur qu'il révèle cette information à d'autres. Ce serait une catastrophe.

— Merci de votre loyauté, Soilj. Cependant, il n'y a rien que nous puissions faire.

— On pourrait peut-être l'enfermer, dit Nayla.

— Non, répondit Dem en souriant. Un jour ou l'autre, ce secret n'en sera plus un. Nous affronterons ce problème le moment venu.
— Et si…
— Dans ce cas, espérons que les rebelles réagiront comme Valo. Je sais que vous connaissez une grande partie de mon secret, Soilj. Je vous remercie de votre discrétion.
— Ce n'est rien, rougit le jeune homme. Comment va Tarni ?
— Il lutte toujours contre la mort.
— J'espère qu'il va se remettre.
— Moi aussi, confirma Nayla.
— Assez discuté, conclut Dem. Rendez-vous aux bombardiers dans trente minutes, en armure.

Nayla s'habilla rapidement avec l'aide de Tyelo. Lan lui manquait. L'impression de catastrophe imminente ne l'abandonnait pas. Il y avait une chose qu'elle voulait faire, avant qu'il ne soit trop tard. Elle sortit de sa cabine et alla sonner à la porte de Dem. Il ouvrit aussitôt, comme s'il s'était attendu à sa visite.
— Entrez, Nayla.
Elle le suivit et oublia instantanément le discours qu'elle avait répété avant de venir. Son regard bleu étincelait comme un sérac frappé par des rayons d'un soleil matinal. Elle détailla son visage aux traits anguleux, ses lèvres minces sur lesquelles jouait un sourire. *Qu'il est beau !* songea-t-elle soudain. Il sourit, comme s'il avait entendu ses pensées.
— Que voulez-vous, Nayla ?
— Rien, je…
Elle se serait donné des gifles. Elle avait l'impression d'être revenue sur la base H515, face à ce lieutenant Mardon, si mystérieux, si intimidant et si séduisant.
— Tout ira bien, ne vous inquiétez pas.
— Je voulais vous dire que… que… Dem, je…
Il combla les deux mètres qui les séparaient et posa deux doigts sur ses lèvres.
— Ne dites rien, je vous en prie.
— Au contraire, s'enflamma-t-elle. Il y a tant de choses que j'aimerais vous dire, mais je… Vous me paralysez !
Il rit doucement, une curieuse émotion dans son regard.
— Que ferais-je sans vous ?

— Je vous retourne cette question. Vous m'avez sauvé.

Je vous aime ! pensa-t-elle. Cette prise de conscience la terrifia. Elle l'aimait ! *Au diable Devor Milar et Alima ! Je l'aime !* Cette pensée, heureuse d'être enfin libre de s'exprimer, résonnait joyeusement dans sa tête. Comment le lui dire ? Il ne voulait pas l'entendre. Le souvenir du jour où elle avait failli le tuer s'invita dans ce moment étrange.

— Je n'aurais pas dû venir, murmura-t-elle écarlate et au bord des larmes.

— Mais vous êtes venue...

Elle ne trouva pas la force de répondre.

— Et j'en suis heureux.

Un sourire amusé plissa ses lèvres minces, d'une façon terriblement séduisante.

— Sachez que, quoi qu'il arrive, je serai toujours là pour vous.

Sans prévenir, il glissa sa main derrière sa nuque et l'embrassa, tendrement d'abord, puis plus intensément. Elle se perdit dans cet instant, oubliant tout. La galaxie pouvait bien être réduite en cendres, elle s'en moquait. Oh... Ce baiser ! Elle en rêvait depuis si longtemps. Il la relâcha enfin, une flamme passionnée dansant dans ses yeux bleus.

— Dem...

— Vous avez une étrange influence sur moi, dit-il d'une voix rauque.

— Ne vous arrêtez pas, murmura-t-elle.

— Nous sommes en retard. Il faut y aller.

ZUT ! Ce cri de frustration explosa dans sa tête.

— Dem ! protesta-t-elle.

— Je vous promets que cette... discussion reprendra à notre retour.

Quoi ? Il était sérieux ?

— Je l'espère, s'entendit-elle dire.

— Allez-y, je vous rejoins dans un instant.

Il caressa sa joue doucement et la dévora du regard, comme pour fixer son visage dans sa mémoire. Cela la terrifia. Elle refusait de le perdre. En franchissant la porte, elle tenta de calmer la joie sauvage qui rugissait dans ses artères. Il l'avait embrassée, vraiment embrassée.

Milar eut besoin de quelques minutes pour se remettre de la folie qu'il venait de commettre, pourtant, il ne se reprochait rien. L'exaltation qu'il avait ressentie, qu'il éprouvait toujours, était enivrante. Il savoura cette impression avant de quitter sa cabine, l'esprit encore focalisé sur la passion flamboyante qui avait brillé dans les yeux de la jeune femme. Il n'aurait jamais imaginé ressentir un tel bonheur, jamais il n'aurait pensé que ses émotions auraient pu bousculer sa concentration et sa volonté avec une telle force, jamais il n'aurait cru aimer cette sensation.

Avec un effort notable, il revint à la réalité. Avant de quitter sa cabine, il convoqua Lazor. Le commandant le rejoignit devant l'entrée du pont d'envol. Dem lui donna des consignes précises. Il ne devait pas quitter l'orbite de Sinfin sans Nayla, mais une fois la jeune femme à bord, si les événements l'exigeaient, Lazor ne devait pas attendre. Le commandant commença par refuser d'abandonner son général, puis il obéit, comme toujours. Milar lui demanda également de surveiller discrètement Herton. Ce dernier point établi, ils entrèrent sur le pont d'envol. Dem fut surpris de découvrir son ancien sergent auprès de Valo et de Nayla. Il toisa Herton avec toute la froideur dont il était capable. L'homme ne sembla pas vraiment intimidé.

— Je viens avec vous sur Sinfin pour vous aider à sauver Jani.

— Vous n'êtes pas invité.

— Dem…, commença-t-il en faisant traîner à dessein son nom pour mieux le menacer, je dois venir.

— Il ne s'agit pas d'une promenade de santé. Retournez dans vos quartiers et n'en sortez pas !

— Je sais trop de choses pour être laissé en arrière, Général.

— Est-ce une menace, Herton ? Si c'est ce que vous sous-entendez, je vous en prie, allez-y, dites ce que vous avez à dire. Nayla et Soilj savent tout de moi.

Il capta le regard stupéfait de Valo, mais le jeune homme eut la bonne idée de garder sa réaction pour lui. Herton réprima une grimace de colère et lui préféra un sourire faux.

— Je doute que Soilj connaisse votre réelle identité, mais ce n'est pas important. Je n'ai pas l'intention de vous trahir. Comprenez-moi, j'aime Jani. Je veux participer à sa libération, la serrer dans mes bras…

— C'est tout à votre honneur, mais non, vous ne viendrez pas. Ce qui nous attend est dangereux et je ne veux que des hommes entraînés. Dès que nous aurons trouvé Jani, je la ferai conduire à bord. Vous serez aussitôt prévenu. Cela vous convient-il ?

— Ai-je le choix ?

— Non !

— Ce n'est pas juste !

Herton semblait éperdument amoureux de Jani, pourtant Dem éprouvait une désagréable impression de fausseté. Il sonda son esprit, mais il ne trouva rien à part une émotion exacerbée qui perturbait ses sens.

— Si tu l'aimes, ne viens pas, intervint Nayla. Ce que nous allons découvrir sera difficile à supporter.

Dem lui fut reconnaissant de ses paroles, mais ne put s'empêcher de frissonner. Il n'avait pas besoin des visions de Nayla pour imaginer l'état dans lequel ils allaient retrouver Jani.

— Comment peux-tu le savoir ? Oh, j'oubliais ! Tu vois l'avenir !

— Cela m'arrive, en effet, et si tu l'aimes, ne lui inflige pas ton regard.

Le plaidoyer de Nayla ne sembla pas émouvoir Herton. Sa grimace fut plus agacée que contrite.

— Pourtant, je veux venir !

— Sortez de ce pont d'envol, Herton, ordonna Dem, ou je vous fais évacuer. Nous ne sommes pas des contrebandiers. Sur mon vaisseau, on obéit aux ordres.

— Je ne fais pas partie de votre équipage, Colonel ! Je souhaite vous accompagner.

Herton avait sciemment fait mention de son grade et Milar commençait à perdre patience.

— Cela suffit !

— Très bien, céda-t-il avec un fatalisme qui ne collait pas avec l'amoureux transi qu'il prétendait être. Je vais vous attendre… ne faites pas d'erreurs !

Il tourna les talons et quitta le pont d'envol sans se retourner. Son attitude était décidément curieuse. Dem résista à l'envie de le faire jeter en cellule.

— Assez traîné, clama-t-il sèchement. L'enfer nous attend !

✦✦✦

Milar avait dirigé tellement de missions de ce style qu'il en avait perdu le compte depuis longtemps. Il aimait affronter le danger et le faisait avec calme, mais aujourd'hui sa sérénité n'était qu'une façade. Ils fonçaient droit vers un guet-apens, en toute connaissance de cause. Son instinct lui hurlait qu'une défaite cuisante et coûteuse les attendait, que le prix à payer serait terrible et qu'il allait regretter amèrement de ne pas avoir tenté sa chance sur une autre voie. La certitude de Nayla, qui lui assurait que d'affronter cette épreuve était la seule façon d'emporter la victoire, ne le satisfaisait pas.

Assis aux commandes du bombardier, il observait avec attention les cadrans des scanners et ne quittait pas des yeux la planète rouge qui se rapprochait. Il avait choisi une approche sur un axe qui mettait l'escadrille hors de portée des canons lywar. Les appels du bagne avaient saturé le système de communication, ils vibraient d'une inquiétude compréhensible. Pourtant, Dem devinait un fond d'ironie qui confirmait le danger qui les attendait. Il pilota le petit vaisseau au-dessus d'une chaîne de montagnes et plongea dans les fumées nocives crachées par les entrailles de la planète. Il s'assura que les autres le suivaient, puis conduisit l'escadrille au cœur des pics dentelés. Son bombardier contourna un dernier mur rocheux, puis plongea le long de la paroi. Il se posa au pied de la montagne, sous l'ombre d'un pic déchiqueté en forme de corne de virala. Cette montagne serait un point de repère idéal, si jamais quelque chose tournait mal. *Lorsque cela tournera mal*, se corrigea-t-il. Pour la centième fois, il se maudit d'avoir écouté Nayla. Tant pis pour le destin, ils auraient dû tenter leur chance ailleurs.

Dem jeta un regard rapide à la jeune femme assise près de lui. Perdue dans ses pensées, elle affichait un sourire béat. Il devina le sujet de sa rêverie et son cœur s'accéléra, alors qu'il songeait au baiser passionné qu'ils avaient échangé. Il se contrôla. Ce n'était pas le moment de se laisser distraire. Pourquoi avait-il cédé à cette impulsion ? Pourquoi lui avait-il donné de faux espoirs ? *Parce que je tiens à elle*, s'avoua-t-il. *Je tiens beaucoup trop à elle et c'est dangereux !* Il chassa ces réflexions perturbantes et coupa les moteurs du bombardier. Nayla se tourna vers lui et l'inquiétude vint jeter une ombre sur la joie qui brillait dans ses yeux.

— Êtes-vous prête ? Vous pouvez encore retourner à bord…

— Ne soyez pas défaitiste. Allons-y, qu'on en finisse !

— À vos ordres, dit-il avec un sourire en coin.

Elle l'arrêta en posant une main sur son bras. Son regard était si intense qu'il en fut presque intimidé.

— Dem, avant de partir, je dois vous dire quelque chose.

— Dites, murmura-t-il.

— Je vous pardonne Alima. Vous n'êtes pas responsable de ce massacre. Je ne vous en veux pas, absolument pas. Je voulais vous le dire.

Il ressentit une émotion intense, difficile à maîtriser et mit quelques secondes avant de se reprendre. Il n'aurait pas cru éprouver un tel soulagement. Dem posa le bout de ses doigts sur la joue de la jeune femme et caressa sa peau si douce. Elle frémit à son contact.

— Merci, murmura-t-il. Cela compte énormément pour moi.
Il la sentit trembler.
— Pour moi aussi.
— Il faut y aller, Nayla.
— Oui.
Ils s'accordèrent un dernier instant d'intimité silencieuse, avant de quitter le bombardier.

Ailleurs…

Dieu était tassé sur son trône. Il observait avec lassitude Het Bara s'avancer vers lui, tête baissée. *Il a encore vieilli*, songea-t-il distraitement. Que lui importait l'Inquisiteur général ? Il voulait que le démon lui soit livré, ainsi que Milar. Il avait des projets pour cet homme.

— Bara, as-tu de bonnes nouvelles ? Janar s'est-il enfin emparé de mes proies ?

— Pas encore, Mon Seigneur, répondit le vieil homme d'une voix feutrée.

— Pas encore ? Janar dispose de tout ce qu'il faut pour les capturer. J'ai donné toutes les informations nécessaires, les lieux, les personnes à utiliser…

— Ces informations sont parvenues à Janar, Mon Seigneur et l'inquisiteur que j'ai adjoint à Janar, me dit que…

— Tu penses grand bien de cet inquisiteur.

— Oui, Mon Seigneur. Uri Ubanit est intelligent et doué. Je compte le former pour me remplacer, quand cette mission sera finie. Il m'a dit qu'un piège a été tendu pour Milar et le démon.

— Où cela ?

— Sur Sinfin, Mon Seigneur. Ubanit m'assure que cette fois, Milar ne pourra pas s'échapper et que le démon Vous sera livré.

— Attendre m'exaspère.

Il sentit la peur qui habitait l'Inquisiteur général et s'en réjouit. Il aimait distiller la terreur dans l'esprit de ceux qui étaient admis en sa présence.

— Tu peux disposer, Bara.

Dieu observa d'un regard brûlant l'Inquisiteur général tandis qu'il quittait à reculons la salle du trône. Milar et le démon semblaient prêts à tomber dans un piège, mais ils avaient la mauvaise habitude d'échapper aux traquenards. Il ne pouvait pas rester dans l'ignorance, il fallait qu'il décrypte l'avenir. Dieu se leva et plongea son regard dans la déchirure ouverte dans la trame de la réalité.

Yggdrasil…

Est-ce que le néant lui obéirait cette fois ? Ces derniers temps, le destin se montrait réticent. La voix qui avait offert son aide lui dévoilait des bribes de l'avenir à sa convenance et le sentiment de n'être qu'un pion se révélait déplaisant. Il ne put s'empêcher de frissonner en pensant au prix qu'il allait devoir payer. Désormais, chaque incursion dévorait son énergie vitale avec beaucoup plus de férocité et torturait son corps de douleurs effroyables. Il se traita mentalement de lâche. Il n'allait pas renoncer alors que la victoire était si proche.

Une succession d'images vint aussitôt heurter sa conscience et malgré la souffrance, un grand sourire éclaira son visage. Oh oui, un piège était tendu. Le démon allait lui être amené... Le sort de Milar était plus flou, mais que lui importait. Elle allait lui être livrée et il allait se délecter de son énergie.

— Méfie-toi de ce que tu souhaites, tu pourrais l'obtenir !

Il sursauta. La menace résonna dans son crâne et il quitta précipitamment le néant, tout en gémissant. Il avait l'impression que son corps entier était plongé dans un bain d'acide et fut presque surpris ne pas sentir une odeur de chair brûlée. Il reprit lentement ses esprits. Il se moquait de cet avertissement. Le démon qui osait se faire appeler Espoir arriverait bientôt dans ce temple. La victoire était sienne et le pouvoir à sa disposition lui permettrait de conquérir la galaxie tout entière.

La chaleur agressa Nayla à l'instant où la porte de l'engin s'ouvrit. Cette atmosphère sèche, étouffante, insupportable qui rendait l'air si brûlant qu'il était presque irrespirable. Engoncée dans son armure, elle eut l'impression d'être dans un four chauffé au plus haut degré. Elle fut instantanément trempée de sueur, mais le vent chaud assécha en quelques secondes l'humidité sur la partie exposée de sa peau.

— À combien de kilomètres sommes-nous du bagne ? demanda Nayla les yeux fixés sur la plaine désertique et cailouteuse qui s'étendait à perte de vue.

— Trois cents. Il fallait cela pour être hors de portée des canons.

— La chaleur est terrible…

— Contrôlez votre respiration. Vous verrez, on s'y fait.

Comment ? C'était vraiment l'enfer, ici. Elle imaginait les conditions de vie des prisonniers et frissonna d'horreur.

— On embarque, décida Dem. Nayla, vous venez avec moi. Vous aussi, Valo. Allez, ne restez pas planté là !

Tous les soldats de la rébellion étaient assommés par la température élevée. Des gouttes de sueur dégoulinaient sur le visage de Milar, mais sa respiration n'était pas heurtée comme l'était celle de tous les autres.

— Vous êtes effrayant, Dem, vous savez ça ?

— Pourquoi ?

— Vous semblez ne pas souffrir de la chaleur.

— Il suffit de se dire que cette température n'existe pas.

— Le pire, c'est que vous ne plaisantez pas.

— Vous êtes toujours certaine de vouloir tenter cela ?

— Oui ! Arrêtez de me demander si je veux abandonner. J'ai peur de perdre ma résolution et je n'en ai pas le droit.

— Venez.

Elle le suivit dans le skarabe et comme à son habitude, il préféra piloter lui-même. Elle se glissa sur le siège derrière lui et se sangla dans le système de sécurité. Les moteurs du véhicule tout-terrain rugirent et il bondit en avant. Le sillage de poussière rouge dégagé par les dix véhicules s'éleva dans le ciel immaculé. Douze bombardiers décollèrent, tandis que les dix porteurs de skarabes restèrent au sol. Dem ne voulait pas perdre cette denrée rare. Les Furies de combat précédèrent le convoi à une altitude si basse, qu'ils soulevaient des nuages de particules balayées par un vent paresseux. Nayla ne pouvait pas détacher son regard de cette étendue de sable compact et de cailloux, qui s'étendait à perte de vue sans rien pour arrêter le regard. Elle respecta le silence de Dem. Pour elle aussi, le poids du danger à venir était si présent, qu'il lui était difficile de penser à autre chose.

Le skarabe avalait les kilomètres sans se préoccuper des bosses du terrain qu'il sautait en décollant parfois de plusieurs dizaines de mètres. Malgré le système d'inertie, l'habitacle était secoué en tous sens et Nayla n'arrivait pas à garder son attention sur le paysage monotone, masqué par un épais brouillard rouge. Il lui sembla pourtant apercevoir de gros oiseaux sur la ligne d'horizon. Elle mit un moment à comprendre que les cinq formes sombres, qui grandissaient à vue d'œil étaient des bombardiers Furie. Avec un rugissement de moteur, les engins de la rébellion se portèrent à leur rencontre et le combat aérien commença. Deux vaisseaux rebelles, touchés par plusieurs missiles, s'écrasèrent sur le sol. Un troisième, suivi par un long panache de fumée noire, percuta un vaisseau ennemi. Éblouie pendant quelques secondes par l'explosion, Nayla ne vit pas les deux Furies qui plongeaient en piqué droit sur eux. Sans ralentir, Dem entreprit de zigzaguer. Un trait d'énergie lywar vint s'écraser à moins d'un mètre d'eux et le souffle de l'explosion bouscula le skarabe. Il pressa plusieurs touches et les canons du véhicule tout-terrain crachèrent cinq missiles qui volèrent droit sur un bombardier. Frappé juste sous le moteur, le vaisseau explosa. Leur véhicule bondit par-dessus une protubérance du terrain et à l'atterrissage, il dérapa en projetant une pluie de cailloux autour de lui. Le skarabe lança d'autres missiles qui évitèrent deux bombardiers amis pour venir toucher le ventre d'un vaisseau ennemi. Endommagé, l'engin essaya de prendre de l'altitude, mais il fut abattu. Le survivant de l'attaque en piqué fut déchiqueté par les missiles crachés par les skarabes, qui s'étaient tous arrêtés afin de mieux se défendre. Le dernier bombardier tenta de fuir, mais les petits vaisseaux rebelles le poursuivirent en le mitraillant de lywar. Il explosa en vol et les morceaux de coque fumants n'avaient pas encore touché le sol, lorsque Dem lança son skarabe en avant. La course recommença.

— C'est trop facile, marmonna-t-il.

— Vous plaisantez ? Ils ont détruit deux skarabes et trois…

— Ils ont détruit cinq Furies et les deux derniers skarabes de la colonne. Janar ne pouvait ignorer que je serai dans le premier véhicule, il ne prenait aucun risque à ordonner la destruction de ces deux toutterrain.

— Mais…, protesta-t-elle.

— Nous sommes dans une partie de zirigo, Nayla. Janar a envoyé les gardes en poste sur Sinfin, afin que je ne me doute pas du piège. Il ne veut pas nous tuer. Il veut juste nous capturer.

— Et vous avez deviné son jeu.

— Il se peut qu'il le comprenne. La seule chose qu'il ne peut pas envisager, c'est que je me jette volontairement dans une souricière.

— Est-ce qu'ils vont nous attaquer à nouveau ?

— Je ne le pense pas. Charger serait suicidaire. Ils vont nous attendre à l'abri des murs.

— Et comment allons-nous…

— Nous allons foncer dans le tas. À découvert, comme nous le sommes, il n'y a guère d'autres choix. Une dernière chose, Nayla ; si les événements tournent mal, grimpez dans un skarabe et rejoignez la zone d'atterrissage.

— Dem…

— Prenez un bombardier et filez jusqu'au Vengeur. Si les choses tournent vraiment mal, sortez le vaisseau de ce système sans vous préoccuper de moi. Est-ce clair ?

— Clair, mais hors de question. Je ne vous laisserai pas en…

— Pour une fois dans votre vie, obéissez-moi sans discuter !

Il y avait une telle urgence dans sa voix, qu'elle ne protesta pas. Elle se contenta d'acquiescer tout en se promettant de ne pas en arriver là. Elle n'eut d'ailleurs pas le temps d'argumenter, le mur d'enceinte du bagne apparut sur l'horizon, simple trait sombre traversant le paysage. Le skarabe ne ralentit pas pour autant et les doigts de Dem coururent sur les touches, tandis qu'il envoyait ses ordres aux autres engins. Les bombardiers s'élevèrent dans le ciel et Nayla vit leur silhouette aérodynamique plonger vers le sol, arrosant l'enceinte de traits d'énergie. Les tourelles lywar qui hérissaient le mur, ou qui s'élevaient au centre du bagne ripostèrent. Un Furie explosa en vol et un autre s'écrasa dans la plaine. Les cinq rescapés continuèrent le pilonnage de la muraille et des tourelles. L'un d'eux percuta la plus haute tour lywar et l'explosion fut si forte que des morceaux de métal furent soufflés à presque un kilomètre. Deux tourelles furent finalement détruites, puis un pan du mur s'effondra. Les skarabes arrivaient à portée de tir et les tourelles survivantes les visèrent. Des explosions ponctuèrent leur progression. Un véhicule fut touché de plein fouet, soulevé par la force de l'explosion et rejeté à plusieurs mètres, déchiqueté. Il s'enflamma avant que son équipage n'ait eu le temps de s'échapper. Dès qu'il le put, Dem ouvrit le feu, imité par les autres véhicules. Leurs missiles finirent de détruire la muraille, qui s'effondra sur elle-même en plusieurs endroits.

Nayla, les mains crispées sur les montants de son siège, vit le mur se rapprocher à toute vitesse. Sans ralentir, leur skarabe s'élança par-dessus les gravats et après un vol de quelques mètres, il atterrit dans la cour. Ses canons crachèrent le feu vengeur. Sous les yeux ébahis de la jeune femme, des rangs de soldats s'effondrèrent, hachés par le lywar, une tourelle s'écroula en écrasant une dizaine de gardes noirs sous ses poutrelles métalliques. Un skarabe s'enflamma et continua néanmoins sa route, droit sur un baraquement qui prit feu à son tour. Elle ouvrit la bouche pour hurler quand un missile les heurta. Le choc secoua violemment le véhicule, mais le bouclier, pourtant succinct sur ce genre d'engin, résista. Dem riposta aussitôt et son tir dévasta le groupe de Gardes de la Foi responsable de l'attaque. Il s'acharna sur les commandes du véhicule qui ne répondirent pas. L'engin était définitivement immobilisé.

— Debout, tout le monde ! ordonna Dem en bondissant hors du siège. Préparez-vous ! On sort !

Il traversa l'habitacle en frappant du poing les armures, avec un grand sourire éclairant son visage, sans paraître remarquer le regard stupéfait des rebelles.

— Nous allons combattre pour l'existence même de cette rébellion. Nous allons combattre pour libérer les malheureux enfermés ici. Nous allons combattre pour nos valeurs, pour nos vies, pour ceux que nous aimons. J'ai confiance en vous tous !

Le cri des guerriers fit résonner les parois de métal de l'engin.

— Capitaine Valo, continua-t-il à voix plus basse. N'oubliez pas, la vie de Nayla est entre vos mains.

— Je n'oublie pas, Général, répondit fermement le garçon.

Dem se tourna vers elle et Nayla fut saisie par ce regard si bleu, brillant d'une lueur qui n'était plus aussi froide. Il y avait une immense tendresse dans ses yeux et tant de non-dits. Il resta silencieux pendant ces deux secondes, mais ce fut un discours qu'ils échangèrent.

Presque à regret, il pressa la commande d'ouverture de la porte et jaillit à l'extérieur. Les skarabes, qui n'avaient pas été détruits, déversèrent leurs troupes. Les rebelles se répandirent sans attendre dans l'enceinte du bagne, combattant à chaque pas. Nayla sortit à son tour, encadrée par l'une des sections de Valo. Elle était suivie de très près par Tyelo et Caert, l'un des hommes de l'unité de sécurité de Lazor. Soilj marchait devant elle, prenant au sérieux les ordres de Dem. Elle se sentait ridicule, ainsi protégée, mais ne protesta pas. Il était inutile d'ajouter du stress à une situation tendue. Au pas de course et un peu courbée afin d'offrir une cible moindre, elle suivit Valo jusqu'à de grands réservoirs remplis de S4, derrière lesquels ils s'embusquèrent. Nayla en profita pour observer les lieux. L'enceinte, un mur haut de vingt mètres et épais de deux, était ponctuée de tourelles lywar, toutes détruites à présent. Dans la cour, trois autres tourelles surplombaient les lieux et elles aussi, avaient été réduites au silence. Quelques baraquements se dressaient incongrûment dans un coin, une plate-forme d'atterrissage occupait une grande zone dégagée, bordée de réservoirs de S4, cette substance si essentielle aux voyages dans l'espace. De curieux cubes en métal, d'un mètre sur un mètre, s'éparpillaient au centre du périmètre. L'étroit regard percé dans la porte suggérait qu'il s'agissait de cachots. Le soleil commençait sa descente, pourtant la chaleur était toujours écrasante. Galvanisée par l'adrénaline, elle n'avait pas immédiatement remarqué l'insupportable touffeur qui lui donnait l'impression de cuire dans son armure et elle s'imagina avec horreur être enfermée dans l'une de ces boîtes en métal. Les derniers bâtiments s'empilaient contre la paroi, faisant même corps avec elle. Construits en pierre et recouverts d'une sorte de mortier, ils donnaient à cet endroit, une allure archaïque. La bataille continuait contre les quelques groupes épars de Gardes de la Foi et de geôliers. Les troupes de la rébellion, avec Dem à leur tête, chargèrent ces poches de résistance l'une après l'autre. Nayla se leva pour participer à ce combat, mais Valo et Tyelo l'en empêchèrent.

Devor sauta par-dessus le muret qui abritait les derniers gardes noirs et fit feu. À bout portant et à pleine puissance, le lywar perfora l'armure du garde. On l'agrippa par-derrière, il se dégagea et pivota. Une lame crissa sur le ketir, au lieu de se glisser dans un des défauts de son armure. Il dégaina son poignard et frappa l'œil de son agresseur. Plusieurs tirs amis le frôlèrent et achevèrent les derniers Gardes de la Foi. Les rebelles victorieux contrôlaient l'enceinte du bagne. Dem ne détectait aucun indice de la présence des troupes de Janar. Étaient-elles dissimulées dans la mine principale, ou plus loin dans les montagnes, prêtes à s'abattre sur eux ? Cette option lui semblait peu probable, le temps d'intervention serait trop long.

Via son armtop, Dem donna ses ordres à Kanmen. Sa compagnie était chargée de sécuriser l'enceinte extérieure du bagne et de préparer une fuite éventuelle. Ensuite, il se dirigea vers le bâtiment principal, articulé en deux parties distinctes. Un grand cube en pierre, renforcé de métal, paraissait incrusté dans la montagne et une large porte permettait l'accès à la mine en exploitation. Il confia à Garal, ancien mineur, la tâche de fouiller chaque recoin de cet endroit et d'en libérer les prisonniers. À la moindre alerte, il devait rendre compte et tenir sa position pour empêcher, le plus longtemps possible, l'ennemi de remonter vers la surface. Il n'avait l'autorisation de fuir qu'en dernier recours.

L'autre partie du bâtiment, accolée à la roche, ressemblait à une masse informe construite en pierre et en mortier. Elle abritait un dédale de couloirs qui menait aux bureaux et aux logements. C'est là qu'ils trouveraient Jani, si la vision de Nayla était avérée. Milar aurait préféré la découvrir épuisée par le travail, dans les tréfonds de la montagne, mais il connaissait son sort. Sans attendre, il entrouvrit la porte. Des traits d'énergie jaillirent de l'ouverture et le frôlèrent de quelques centimètres. Dem attendit quelques secondes, avant de se décaler et d'arroser le corridor de lywar, tuant les quatre gardiens embusqués. Il s'engagea dans le couloir, suivi de ses hommes. Avec leur aide, il fouilla chaque pièce.

— C'est par ici, indiqua Nayla derrière lui. Il faut prendre ce tunnel.

Dem ouvrit le sas qui conduisait vers l'intérieur de la montagne. Cette partie de la mine n'était plus exploitée depuis longtemps. Elle avait été transformée en habitations pour les gardiens et les prisonniers. Près de la surface, la température était étouffante et insupportable, mais dès que l'on atteignait les profondeurs de la mine, la chaleur devenait brûlante et irrespirable. Milar gardait un souvenir très vivace de ses précédentes visites et se rappelait que la zone située entre vingt et trente mètres de l'entrée offrait une température presque tolérable. Il ferma les yeux, appelant son intuition à la rescousse et elle répondit présente.

Comme toujours, le chemin à suivre lui apparut plus réel. Il accéléra le pas, ne faisant pratiquement plus attention à ceux qui le suivaient. Dem entendait les toux sèches et les respirations heurtées de ses hommes qui supportaient mal la chaleur. Deux matons surgirent d'une pièce et sans ralentir, Dem les abattit. Un peu plus loin, il tourna dans un couloir à angle droit. Il se souvenait parfaitement des lieux ; la porte conduisant dans les appartements du directeur se trouvait juste là, après un coude du couloir. Avant d'ouvrir, il chercha l'approbation de Nayla. Elle avait ôté son casque et son visage trop rouge dégoulinait de sueur. Elle acquiesça d'un signe de tête. Dem poussa la porte, qui grinça lorsqu'elle passa sur des graviers coincés sous le panneau. L'homme qui se tenait à l'intérieur leva aussitôt les mains en signe de capitulation.

— Je me rends, je me rends, bafouilla-t-il.

Dem entendit à peine la supplication de ce porc, il ne vit que Jani, recroquevillée, nue, contre le mur de cette chambre, meublée uniquement d'un lit aux draps tachés. Des contusions et des écorchures couvraient sa peau, une longue coupure entaillait sa pommette maculée de sang séché et ses beaux cheveux n'étaient qu'une masse enchevêtrée et agglutinée. Un effroi sans nom hantait son regard. Les yeux de Milar s'embuèrent, puis la colère s'empara de lui. Il cogna le visage du pervers d'un coup de crosse. L'homme tomba, le sang jaillissant de son nez brisé. Il continua à le frapper, écrasant encore et encore ce visage, sans entendre ses supplications inaudibles. Le directeur tenta de parler, mais sa bouche détruite ne produisit que des bulles de sang.

— Tyelo, achevez-le ! ordonna-t-il sans se retourner.

Il s'agenouilla auprès de la malheureuse et écarta ses cheveux avec soin. Elle tressaillit de peur ou de douleur, ou peut-être des deux. Jani leva les yeux vers lui et le reconnut. Il le lut dans l'intensité de son regard, dans l'adoration qui s'y alluma, dans l'amour qu'elle laissa apparaître.

— Devor..., murmura-t-elle d'une voix rêche et presque inaudible. Tu es venu... J'ai rêvé que tu viendrais...

Des larmes se mirent à couler sur ses joues, traçant des sillons dans la saleté qui couvrait sa peau. Il en fut profondément ému. Il essuya ses pleurs et caressa ses cheveux avec tendresse. Elle frémit et un sourire forcé étira ses lèvres gercées.

— Vous êtes sauve, Jani, la rassura-t-il doucement. Il faut vous lever.

Une ombre inquiète passa dans son regard, quand elle comprit qu'il était réellement là. Elle tenta de se lever et il dut l'aider pour qu'elle ne s'écroule pas. Nayla le rejoignit et lui tendit un peignoir beige et sale qu'elle avait trouvé, pendu à une patère.

— Merci, dit-il avec reconnaissance.

Il enveloppa Jani avec le vêtement et l'attira à lui. Elle pleurait toujours et il eut le cœur serré par la vision de cette femme brisée. Il se sentait coupable de son sort. Dem l'étreignit tendrement et obéit à une impulsion, venue du plus profond de son âme. Il l'embrassa doucement. Elle frémit, puis le repoussa avec une énergie surprenante.

— Devor ? Tu ne devrais pas être ici !

— Je suis venu vous sauver. Venez avec moi.

— Va-t'en, Devor, fuis ! C'est un piège. Ils sont là... Celui qui te ressemble et l'autre... L'inquisiteur...

L'épouvante qui vibrait dans sa voix l'alarma plus que les mots.

— C'est un monstre, Devor. Laisse-moi ! Sauve-toi.

— Nous sommes venus pour vous, tenta-t-il de la calmer. Allons, venez, dépêchons-nous !

Il agrippa Jani par le bras et l'entraîna à travers la pièce. Le sentiment de danger devenait si fort, qu'une nausée lui retournait l'estomac. Il capta le regard triste de Nayla. Il ne décrypta aucune jalousie, seulement la peur de l'avoir perdu. Il tenta de lui transmettre toute sa tendresse et elle lui adressa un sourire timide, avant de détourner les yeux.

— Sortons d'ici, nous devons évacuer ! Valo, emmenez Nayla aux skarabes, vite !

— Oui... Général.

Dem ordonna à l'un de ses gardes du corps de prendre soin de Jani et la conduire à bord du Vengeur. Leur petit groupe rejoignit le corridor, toujours aussi déserté. Dem prit la tête et presque en courant, oublieux de toute prudence, il les mena vers la surface.

Soilj tenta de déglutir, espérant avaler suffisamment de salive pour humidifier sa gorge parcheminée, mais il ne réussit qu'à produire quelques gouttes insuffisantes. L'étroitesse des couloirs et la poussière ambiante lui donnaient l'impression que les murs se resserraient sur lui et allaient l'écraser. L'envie irrésistible de sortir de cet endroit le rendait presque malade. Il agrippa le bras de Nayla et l'entraîna à la suite de Dem, enfin... plutôt du colonel Milar. Il connaissait son identité, désormais. Cette Jani Qorkvin l'avait appelé Devor et les différentes pièces du puzzle s'étaient mises en place. Il y a cinq ans, le colonel Milar avait disparu, ce qui correspondait à l'arrivée de Dem sur la base H515. La main écarlate de Dieu, le colonel Devor Milar... L'idée d'avoir partagé son quotidien, pendant toutes ces années, était étourdissante. Que faisait-il là ? Était-il possible qu'un tel homme embrasse l'idéal de la rébellion ? Tiywan avait-il raison ? Milar préméditait-il de tous les trahir ? *Nayla sait qui il est et continue à croire en lui !* se rassura-t-il.

Enfin, ils arrivèrent dans la partie construite du complexe et se rapprochèrent de la sortie. Dem ouvrit la porte et émergea le premier. Valo le vit se figer, levant le bras pour leur intimer de stopper. Trop tard ! La petite troupe franchissait déjà l'ouverture. Dans la cour, des centaines de gardes noirs étaient déployées. À genoux, les mains sur la tête, les rebelles affichaient un air de vaincu. Kanmen était prostré et soutenait son bras blessé, du sang coulait sur son visage, mais Valo eut la surprise de le voir sourire. Un colonel des Gardes de la Foi, impeccable dans son armure noire, les attendait avec un rictus sur les lèvres.

— Je n'aurais jamais cru te voir risquer ta vie et tes troupes pour sauver une seule personne, railla-t-il d'une voix grinçante, surtout quelqu'un d'aussi pitoyable que cette femme.

— C'est quelque chose que tu ne peux pas comprendre, répliqua Dem.

— Non et je m'en félicite. Cette fois-ci, tu as perdu. Rends-toi !

— As-tu oublié ?

— Quoi donc ?

— « Ne jamais céder, toujours lutter, toujours résister jusqu'au bout de mes forces, jusqu'à la mort si nécessaire. »

— Tu n'as plus le droit de prononcer ces mots.

— Crois-tu ?

— Cessez de jouer ! intervint l'inquisiteur qui se tenait à ses côtés. Livrez-moi le démon afin qu'elle soit conduite jusqu'à Dieu.

Nayla n'arrivait pas à quitter l'inquisiteur des yeux. Ce n'était pas l'homme de ses visions. Celui-ci était petit, râblé, avec trop d'embonpoint pour un homme de sa caste. Jusqu'ici, tous ceux qu'elle avait croisés étaient maigres, voire faméliques. Néanmoins, son regard possédait ce manque de vie qui semblait être la norme chez les inquisiteurs. Dem jeta un rapide coup d'œil par-dessus son épaule, puis articula silencieusement :

— Fuyez, Nayla !

Elle secoua négativement la tête, elle refusait de l'abandonner maintenant. Ce moment de douce intimité à bord du Vengeur changeait tout et lui permettait d'encaisser les retrouvailles entre Dem et Jani avec une certaine tranquillité. Elle éprouvait une immense compassion pour la malheureuse, violée et battue. Lorsqu'il l'avait embrassée, elle avait imaginé l'avoir perdu, puis elle avait vu dans ses yeux une flamme inchangée et impossible à éteindre. Elle n'osait y croire, Dem l'aimait ? Elle l'avait suivi vers la sortie de la mine, avec un mélange de doute et d'espérance. Non, elle ne voulait pas le laisser !

— Pour moi, fuyez !

Son sourire éclatant le fit paraître plus jeune, plus accessible, plus humain, puis il reporta son attention sur Janar. Dans son dos, il tapa quelques commandes à l'aveugle sur son armtop.

— Désolé, Inquisiteur, mais elle ne viendra pas avec vous !

Au même instant, de violentes explosions déchirèrent le silence, des éruptions d'énergie déchiquetèrent les rangs de gardes noirs, des langues de flammes dévorèrent les hommes enveloppés dans leur armure, tuant sans distinction ennemis et amis.

Pendant la descente vers Sinfin, Dem et Nayla avaient décidé de mettre en place, un peu partout dans la vaste cour, des mines à déclenchement commandé. Après s'être emparés de l'enceinte extérieure du bagne, les hommes de Kanmen avaient truffé l'endroit de ces petits dispositifs.

Le souffle fut si fort que Nayla chancela. L'inquisiteur fut projeté en avant par une explosion proche, mais elle n'eut pas le temps de vérifier ce qu'il devenait ou de l'achever comme elle l'aurait souhaité. Soilj l'attrapa par un bras, Tyelo par un autre et les deux hommes l'entraînèrent vers le périmètre extérieur.

— Soilj, protesta-t-elle, je ne peux pas laisser Dem…

— Il m'a donné un ordre, Nayla et à toi aussi. Tu as accepté de lui obéir, alors viens !

Elle cessa de résister. Ils avaient raison. Elle devait fuir ! Dans la panique générée par les explosions, par le bruit et la poussière, elle oublia la chaleur suffocante et sa respiration qui sifflait douloureusement, elle se contenta de courir les épaules baissées, pour éviter les tirs. Nayla trébucha sur un trou et tomba lourdement à genoux. Un rugissement gronda à ses oreilles et elle se jeta au sol, avant même d'avoir compris qu'il s'agissait de tirs lywar. Elle roula sur elle-même, pistolet au poing et fit feu sur la dizaine de gardes noirs qui leur barraient la route. Le combat fut bref, brouillon et intense. Elle faillit hurler quand Tyelo l'agrippa par le bras pour l'obliger à se relever.

— Venez, Nayla Kaertan !

Elle fut rassurée de voir que Soilj n'était pas blessé, mais ses hommes avaient payé le prix fort : seulement une vingtaine d'entre eux paraissait encore en état de les accompagner. Ils reprirent leur course vers le skarabe synonyme de fuite. Ce ne fut qu'à cet instant qu'elle remarqua l'absence de Jani. Dem avait pourtant ordonné à Saline de la sortir du bagne par tous les moyens. C'est pour elle qu'ils étaient venus, elle ne pouvait pas l'abandonner. Elle chercha rapidement du regard, mais elle ne la vit nulle part.

— Tyelo, stop ! Nous devons retrouver Jani Qorkvin !
— Le général s'en occupe. J'ai ordre de vous évacuer !
— Nous sommes venus pour la sauver, alors je ne veux pas…
— J'obéis aux ordres du général. Vous êtes importante, cette femme non. Le général va vaincre ici et quand il aura fini, il la retrouvera. Venez !
— Fais ce qu'il te dit, s'il te plaît, implora Soilj.

Elle acquiesça. Le skarabe était tout proche maintenant et Nayla commençait à croire qu'ils allaient réussir à s'échapper. Son espoir fut anéanti par l'attaque d'autres gardes noirs. Un impact lywar la frappa à l'épaule et elle fut projetée au sol par la puissance du choc. Le goût du sang, qui dégoulinait de sa lèvre éclatée et de sa joue entamée, emplit sa bouche d'un parfum métallique désagréable. Elle essaya de se redresser, de chasser cette envie de se laisser glisser dans l'inconscience, mais le son aigu qui vibrait dans ses oreilles était trop fort. Une faiblesse l'envahit, elle perdit connaissance.

Elle revint à elle en sursaut, alors que l'adrénaline mugissait dans son sang. En ouvrant les yeux, la première chose qu'elle vit fut Tyelo, armé d'un injecteur. Elle ne demanda pas quel produit il avait utilisé, les gardes n'étaient pas timorés sur les moyens chimiques à employer et elle devait reconnaître que ce qu'il lui avait donné était efficace.

— Debout ! intima-t-il.

Elle se releva, pleine d'une énergie surprenante. Autour d'elle, plusieurs corps gisaient carbonisés ou mutilés. Soilj, le visage en sang, rassemblait la poignée de survivants. La cour principale du bagne était noyée dans un brouillard épais de particules rougeâtres et elle ne voyait rien à plus de vingt mètres. Tyelo la prit par le biceps et la douleur lui poignarda l'épaule.

— La blessure n'est pas grave, déclara le garde.

Il ne lui donna pas l'occasion de répondre. Il la poussa vers la masse sombre d'un skarabe qu'elle distinguait juste devant eux. Soudain, Tyelo lui donna une violente bourrade qui l'envoya s'étaler sur le sol, pour la troisième fois en quelques minutes. Elle roula sur elle-même, tandis que résonnaient les sifflements du lywar. Le corps de Tyelo tressauta sous les multiples impacts qui le frappèrent. Les hommes de Valo ripostèrent et quand le tumulte cessa, l'ancien Garde de la Foi gisait mort près d'elle. Il avait offert sa vie, sans hésiter, prêt à mourir pour accomplir son devoir, pour obéir aux ordres de son colonel, pour qu'elle soit épargnée. Nayla se remit péniblement sur ses pieds. Malgré sa souffrance, sa fatigue et la chaleur écrasante, elle refusait d'abandonner. Elle se focalisa sur sa colère et sur sa rage. Ces exécuteurs ne la captureraient pas aussi facilement qu'ils le croyaient. Elle le devait à tous ceux qui s'étaient sacrifiés pour elle. Soilj la rejoignit et les deux jeunes gens fuirent jusqu'au véhicule tout-terrain. Seuls trois hommes de Valo ainsi que Caert, l'autre garde du corps fourni par Lazor, les accompagnèrent. Tous les autres étaient morts ou trop grièvement blessés. Nayla reprit son souffle, appuyée contre la coque du skarabé. Soilj ouvrit le sas et ils s'engouffrèrent à l'intérieur.

— Soilj, intervint Nayla. Attendons un peu, si Dem…
— Il saura s'en sortir seul et je ne risquerai pas ta vie. En route !

Surprise par l'autorité dans la voix de son camarade, elle le suivit sans protester. Caert alluma les moteurs et le véhicule tout-terrain bondit en avant, passant sans encombre le mur effondré. Deux minutes plus tard, il fonçait à pleine vitesse sur la plaine désolée.

Tandis que des débris générés par l'explosion sifflaient à ses oreilles et criblaient son armure de graviers, Devor Milar regarda Nayla s'enfuir avec soulagement. Ensuite, il concentra toute son attention sur Janar qui, lui non plus, n'avait pas chancelé au milieu du vacarme et du capharnaüm provoqué par les éruptions de sable, de pierres et d'énergie dévastatrice. Juste avant l'explosion de la dernière mine, Dem chargea son ennemi de toujours. Il devait impérativement détourner son attention de Nayla, pour laisser à la jeune femme le temps d'échapper à ce traquenard. Il aurait pu utiliser son pistolet lywar, mais l'archange 178 possédait le même instinct de combat que le sien et éviterait sans doute le tir. Milar dégaina son poignard et cibla le visage. Qil Janar sauta en arrière et avec un sourire mauvais, il tira sa lame du fourreau.

— Tu veux t'amuser à cela, Devor ? Il est temps de déterminer qui de nous deux est le meilleur. Quand je t'aurai tué, je serai appelé aux plus hautes fonctions.

L'excuse de la Mission Divine ne fonctionnerait pas avec lui, Dem ne tenta pas de la jouer. Il préféra agir sur la fierté de son adversaire. Leur histoire commune était chaotique et ponctuée de combats que Janar avait souvent perdus. La haute opinion que la hiérarchie avait toujours professée à l'égard de Milar renforçait le ressentiment de son ancien condisciple.

— Si je m'attache un bras dans le dos et que je me tire dans le pied, peut-être auras-tu une chance de me tuer, ricana Milar.

Cet affrontement verbal était puéril, mais il fonctionna sur Janar, qui se précipita sur lui avec fureur. Dem para avec son avant-bras et le repoussa. Leur danse mortelle commença. Les lames se heurtèrent, taillèrent, tranchèrent, fauchèrent. La haine déformait le visage de son ennemi et il était certain que la même grimace marquait le sien. Dem bloqua le bras de Janar et effectua un mouvement de torsion qui fit gronder son adversaire, mais il réussit à se dégager. Il fouetta la pointe de sa lame vers les yeux de Dem qui bondit en arrière. Ils se toisèrent un bref instant. Milar sentit quelque chose de froid et de visqueux se glisser dans son esprit, forcer l'ouverture et pénétrer sa psyché. L'inquisiteur ! Milar lâcha ses défenses mentales sur l'intrus, mais perdit de sa concentration. L'archange 178 en profita pour renforcer son assaut et tenta plusieurs fois d'enfoncer son poignard dans l'un des défauts de son armure. Seul son instinct le sauva et la lame heurta le ketir, sans le blesser. En se battant sur deux fronts, Dem ne pouvait plus tenir le niveau exigé par le talent de Janar. Il ne pouvait que se défendre. Il recula à nouveau, utilisant une fois encore son bras gauche pour contrer une attaque. Du coin de l'œil, il repéra enfin l'inquisiteur. Il lança son poignard de combat qui, après une trajectoire parfaite, vint se planter à la base de son cou épais. Avec une convulsion de douleur et de surprise, l'homme porta les mains à sa blessure avant de cracher un flot de sang, puis il s'écroula.

Milar était désarmé et Janar en profita pour se jeter sur lui. Il eut juste le temps de lever ses deux bras pour écarter la pointe de son visage. Du pied, il frappa le tibia de Janar suffisamment fort pour le faire trébucher, puis sauta en arrière. Dem dégaina ses deux lames-serpents, tout en reprenant son souffle. La migraine induite par l'attaque mentale de l'inquisiteur s'atténuait, il retrouvait ses capacités. Il repartit à l'assaut, décidé à ne laisser aucun répit à Janar qu'il obligea à reculer par des attaques vives et précises. Il se fendit et lui entama la joue, mais pour porter cette botte, il avait dû abaisser sa garde. Janar en profita et la pointe de son poignard lui trancha le menton. Dem ne tint pas compte du sang qui dégoulina sur son armure et remarqua à peine la douleur cuisante. Il saisit le poignet armé qui venait de le blesser, puis le tordit férocement, avant de lui envoyer son coude en plein visage. Sonné, Janar perdit pied. Dem s'écarta pour mieux le frapper, mais son adversaire en profita pour s'arracher à sa poigne. Il sabra de son poignard et cette fois-ci, c'est Milar qui dut bondir en arrière, mais il heurta le corps de l'inquisiteur et chuta lourdement. Il roula sur lui-même et se redressa juste à temps pour entrevoir Janar qui dégainait son pistolet. Dem plongea sur le côté et le trait d'énergie glissa sur le ketir de son épaule. Il saisit son propre pistolet et riposta, tout en sachant que Janar esquiverait son tir. Milar exploita le mouvement de son ennemi pour sprinter vers l'entrée des mines tout en rengainant ses poignards. Il n'eut pas besoin de regarder en arrière pour savoir que l'autre le poursuivait. Il zigzagua, confiant dans son intuition de combat pour éviter les traits d'énergie. Il n'affrontait pas n'importe quel ennemi, mais un archange. L'un des tirs toucha son bras droit et il lâcha son pistolet. Il préféra continuer sa course et c'est avec soulagement qu'il franchit le grand portail qui conduisait dans la partie toujours active de la mine.

Deux grandes arches ouvraient sur deux passages qui menaient dans les profondeurs du gisement. Dem s'engagea dans celui de droite, sans ralentir.

— Ne te sauve pas, Milar ! Tu ne m'échapperas pas !

— C'est ce que nous verrons, répliqua-t-il alors qu'il dévalait au pas de course la pente légère qui s'enfonçait dans les tréfonds.

Ce tunnel creusé dans la roche descendait en spirale, rendant tout tir quasi impossible. Il devait entretenir la colère de son ennemi, afin de s'assurer qu'il continuerait à le poursuivre.

— Tu es trop lent, Janar. Tu as toujours été trop lent et trop stupide pour me vaincre.

— Je vais te livrer à Dieu, mais avant, je te ferai souffrir !

— C'est ce que disait Yutez. Aujourd'hui, il n'est qu'un cadavre purulent.

Dem entendait les pas précipités de son adversaire derrière lui. Il accéléra et continua à s'enfoncer dans la montagne, puis déboucha enfin dans le puits central, une immense cathédrale de pierre, aux reflets métalliques. De nombreuses veines de métaux paraient le plafond de splendides couleurs, aux teintes rouges, jaunes ou mauves. Çà et là, des traces de S4 brillaient sur les parois, démontrant la richesse du gisement. La beauté du site ne l'émut pas. La seule chose qu'il prit en compte fut le gouffre large comme deux bombardiers, qui s'ouvrait au centre de cette salle. Cet abysse était si profond que le regard n'atteignait pas le fond.

Dem s'empara d'une barre de métal, entreposée avec d'autres outils près de l'entrée et se plaqua contre la paroi. Il guetta l'arrivée de Janar et à l'instant où il passa l'ouverture, Milar abattit son arme improvisée sur la main de son ennemi. Avec une certaine jouissance, il entendit les os se briser. Janar laissa tomber son pistolet, que Dem éloigna d'un coup de pied. L'archange 178 dégaina son poignard de sa main gauche et fit face. Les deux hommes se toisèrent du regard. Le sourire de Milar, à la fois moqueur et supérieur, eut l'effet escompté. Qil Janar attaqua sans réfléchir celui qui le narguait depuis de trop nombreux mois. Dem fit tournoyer la lourde barre de métal et tenta de désarmer Janar, qui bondit en arrière pour éviter les coups. Malgré une meilleure allonge, cette arme était difficile à manier et beaucoup trop lente. L'exécuteur porta une attaque vive, qui entama son gant de ketir, l'obligeant à lâcher cette matraque de fortune. Sa main droite ensanglantée était désormais inutile, il dégaina son poignard-serpent de la gauche tout en reculant précipitamment.

Janar chargea et ils recommencèrent leur duel, lame contre lame, mélange de corps à corps brutal et de danse harmonieuse. Un observateur n'aurait pu parier sur un vainqueur, car chaque attaque de l'un était contrée par l'autre, chaque contre-attaque déclenchait un coup encore plus vicieux. Janar réussit à déstabiliser Dem. Son pied dérapa, mais il se rattrapa in extremis. À sa gauche, le vide impressionnant semblait l'appeler et l'attirer. Il ne pouvait s'en écarter, Janar lui coupait toute retraite. Une haine brûlante dévorait le bleu sombre de ses yeux.

— Tu t'es toujours cru plus malin que les autres ?

— Plus que toi, c'est certain. Ne gagne pas du temps pour reprendre ton souffle. Tu ne sortiras pas d'ici en vie !

— Quelle importance…

Que voulait-il dire ? Dem eut un mauvais pressentiment.

— « La victoire est le seul but. Nous devons vivre pour y parvenir, survivre pour nous battre encore, jusqu'à la mort si nécessaire, jusqu'au sacrifice ultime. » Ces mots sont le cœur des Gardes de la Foi et ils sont encore plus vrais pour un archange. Pourtant, je ne t'imagine pas te sacrifiant en vain.

— Qui parle de sacrifice ? Nous allons nous affronter une dernière fois et je serai vainqueur. Cependant, si par miracle, tu parvins à me battre… Je serai toujours vainqueur. Tu crois avoir réussi à m'entraîner loin de ta protégée, n'est-ce pas ?

Milar préféra fanfaronner pour ne pas montrer son trouble.

— Je constate, voilà tout.

— Constate autant que tu veux. Je suis ici avec toi, car je veux être celui qui te capturera. Te livrer à Dieu sera pour moi un plaisir sans nom et ma gloire écrasera celle que l'on t'a donnée à tort.

— Tu ne mérites aucune gloire. Tu n'es qu'un exécuteur, tu ne seras jamais un guerrier et jamais, tu ne me livreras.

Le ricanement de Janar lui glaça le sang.

— Pendant que tu te préoccupes de moi, mon premier inquisiteur s'occupe du démon…

Avec angoisse, Dem se souvint de la description que lui avait faite Nayla de l'inquisiteur qui accompagnait Janar. Il était censé être grand, maigre et roux. L'homme qu'il avait tué ne ressemblait en rien à ce portrait.

— Je vois que tu commences à comprendre. Ubanit attend ton démon, là où tu as laissé tes bombardiers. Elle sera emmenée sur le Carnage et conduite jusqu'à Dieu.

— Tu vas laisser le prestige de cette capture à un inquisiteur ? Je ne te pensais pas aussi stupide.

— Ne t'en fais pas pour moi. Dès que je serai à bord, je ferai tuer cet idiot arrogant.

— Tu n'en auras pas l'occasion, gronda Dem entre ses dents.

Sans se préoccuper du danger, il bondit et percuta Janar à pleine vitesse. Il ne tint pas compte de la lame qui s'introduisait lentement dans le défaut de l'armure et qui taraudait sa chair. Il se contorsionna pour tenter d'égorger son ennemi. Janar agrippa son bras, abandonnant sa prise sur son poignard. Ils luttèrent sauvagement. Dem poussa un grognement de rage quand l'autre lui broya sa main blessée, puis il déploya toute sa force pour planter sa lame-serpent dans l'artère palpitante. Qil le repoussa et il recula, centimètre par centimètre. Le bord du gouffre se rapprochait dangereusement. Il s'agrippa à l'armure de l'exécuteur. Sans tenir compte de sa main blessée, il usa de toute sa force pour faire pivoter Janar. Les deux hommes continuaient à lutter sur le bord du puits, quand un craquement de mauvais augure retentit. Avant que Dem n'ait eu le temps de réagir, le bord rocheux céda sous le pied de Janar. Les deux archanges, toujours agrippés l'un à l'autre, tombèrent dans le vide. Avec l'énergie du désespoir, Dem se cabra, s'arracha partiellement à l'étreinte de Janar et empoigna une saillie rocheuse. Il eut l'impression que ses bras étaient arrachés de ses épaules et une douleur fulgurante traversa sa main blessée. Sans attendre, il planta dans la paroi le poignard-serpent qu'il serrait dans son poing gauche. Le bois-métal d'Olima pénétra aisément dans la roche et Dem s'immobilisa. Janar était toujours agrippé à ses chevilles et il était incapable de bouger, sans chuter avec l'exécuteur dans l'abîme. Il n'avait d'autres choix que de se cramponner, de toutes ses forces.

— Si je tombe, tu viens avec moi ! gronda 178.

Avec une force nourrie par sa haine, Janar se hissa en s'aidant de l'armure pour grimper le long de ses jambes, comme on escalade une paroi, totalement oublieux de son poignet blessé. Dem tenta de le déloger, en ruant et en se débattant, sans succès. Janar continua sa reptation et Milar savait qu'il ne tiendrait plus longtemps. Sa main ensanglantée glissait sur la saillie et le poignard serpent n'était pas fait pour ce genre d'exercice.

— Tu es un traître, gronda Janar. Comment peux-tu défendre un démon ?

— Tu ne le sauras jamais.

— En mourant, n'oublie pas le sort réservé à ce démon ! Elle va souffrir mille morts...

Avec un grognement de rage, Janar jeta son bras vers le haut et agrippa le manche du poignard toujours planté dans son flanc. Il se hissa en s'aidant de cet appui. La décharge de douleur crucifia Dem, mais il passa outre et profita du déséquilibre momentané de Janar pour dégager l'une de ses jambes. Il n'accorda qu'un bref regard à celui qui avait partagé son enfance, puis frappa ce visage haï d'un grand coup de botte. Le nez brisé, la mâchoire fracturée, Janar continuait à s'accrocher avec la force du désespoir. Dem cogna encore et d'un coup de talon rageur, il lui éclata la pommette. Il entendit l'os craquer comme une brindille morte. Sous l'effet de la douleur, l'autre relâcha sa prise sur la jambe. Son unique prise était le manche du poignard, toujours fiché dans le flanc de Dem. Ce dernier libéra sa main gauche et la referma sur celle de Janar. Avec un hurlement, mêlé de fureur et de douleur, Milar arracha la lame logée entre ses côtes.

— Adieu, Janar !

La main blessée de son ennemi tenta de s'agripper à sa jambe, mais Dem le frappa d'un dernier coup de pied sauvage et Qil Janar bascula, sans un cri, dans les profondeurs.

Ailleurs...

Uri Ubanit plongea son esprit dans celui d'un rebelle. Il frémit en constatant combien cet homme adorait l'Espoir. Il portait au poignet un lacet blanc, témoignage de sa foi en ce démon. Ubanit implanta l'idée d'une noyade dans ses pensées et savoura sa terreur. Après quelques minutes, il abandonna. Ce jeu n'était guère important, bientôt il pourrait tourmenter des centaines d'hérétiques.

— Tuez-le ! ordonna-t-il.

L'inquisiteur oublia rapidement sa victime. La chaleur insupportable l'empêchait presque de respirer, sa robe noire collait à sa peau et la sueur dégoulinait en ridules sur son visage. Il passa une main sur ses cheveux poisseux de transpiration, puis but avidement une longue goulée d'eau déjà tiède. Malgré tout, elle apaisa sa gorge déshydratée. L'appréhension de la rencontre à venir lui faisait battre le cœur. Elle serait décisive. Il se reprocha de douter ainsi de sa victoire. Dieu lui avait soufflé que ce démon serait bientôt déposé entre ses mains. Uri voulait la faire souffrir, il comptait explorer son esprit et lui faire vivre ses pires terreurs... Il chassa ces pensées interdites. Elle était la propriété de Dieu et il n'avait pas le droit d'endommager celle qu'Il voulait. La capture de ce démon lui ouvrirait les portes des plus hautes fonctions, en récompense de cette grande victoire.

Ubanit résista à l'envie de marcher de long en large pour mieux canaliser ses désirs inavoués. Il s'assit à l'ombre, les doigts joints, modèle de patience, alors que l'impatience bouillait dans son âme. Le silence régnait sur ce désert et l'ombre s'installait lentement, tandis que l'énorme astre de ce système descendait vers la montagne. Il suivit du regard une colonne de petits insectes à la carapace chitineuse qui venaient se nourrir de l'un des cadavres entassés à l'abri des regards. Avec leurs minuscules pinces, ils détachaient des morceaux de chair, qu'ils transportaient vers une petite élévation de terre solidifiée qui se dressait à quelques dizaines de mètres. Chaque minute qui passait, de nouvelles cohortes sortaient du nid pour découper cette réserve de nourriture inespérée. Il admirait leur organisation, leur efficience, la

beauté de leur carapace noire et luisante. Ces insectes étaient comme les guerriers du divin, implacables et obéissants. Ubanit eut, soudain, peur de voir des oiseaux charognards tournoyer au-dessus d'eux, attirés par les corps qui pourrissaient au soleil. Il fut rassuré, le ciel restait vierge. Dans cet enfer, la faune était restreinte et rien ne viendrait dénoncer leur présence. *Quel endroit merveilleux*, songea-t-il, *destiné à la punition des hérétiques qui osaient rejeter l'amour de Dieu.*
— Inquisiteur !
— Oui, Capitaine, répondit-il sèchement.
— Nous avons détecté quelque chose.
— Tenez-vous prêt à accomplir la volonté Divine, Capitaine.

Ne jamais céder, toujours lutter, toujours résister jusqu'au bout de mes forces, jusqu'à la mort si nécessaire.

Code des Gardes de la Foi

Nayla ! Cette invocation lui permit d'oublier la douleur. Sa main droite glissait inexorablement de sa prise sur la saillie rocheuse. Dem réussit à s'accrocher à la lame toujours plantée dans la paroi et consolida sa position. Il reprit son souffle. Nayla ! Elle était en danger ! De sa main droite, il dégaina son autre poignard-serpent. Il ignora sa douleur et utilisa ses deux lames en bois-métal comme des pitons, pour grimper lentement vers le sommet du gouffre. Mètre après mètre, il rampa contre la paroi tel un lézard maruya. Il lui restait encore une dizaine de mètres quand l'une des lames délogea une pierre. Son pied glissa sur la roche et il se retrouva pendu par sa seule main droite, trempée de sang. Une douleur vive le transperça et il faillit lâcher prise. Le souvenir du regard si passionné de Nayla le galvanisa. Avec rage, il planta à nouveau son second poignard dans le mur. Il reprit son souffle et après une brève seconde de soulagement, il continua son escalade.

Une minute plus tard, il roula sur le bord du gouffre. Son flanc et sa main l'élançaient atrocement, mais la douleur provoquée par sa bêtise était la plus cuisante. Nayla était en danger par sa faute. Il posa sa main gauche sur son côté et la retira pleine de sang. La blessure était profonde, mais il n'avait pas le temps de s'en préoccuper. Il s'injecta une grosse dose de hemaw, espérant que le produit serait suffisant pour endiguer la perte de sang et fit de même avec sa main. Enfin, Dem se releva en haletant. Ce combat intense, dans cette chaleur insupportable, avait sapé sa résistance. Il repoussa les protestations de son corps et reprit en courant le couloir qui l'avait mené jusqu'ici. Des sifflements de tirs lywar parvinrent jusqu'à lui. À l'extérieur, les combats avaient repris.

Milar surgit à l'air libre. Garal et Kanmen dirigeaient la riposte. Les rebelles survivants s'étaient retranchés dans les bâtiments situés à l'autre bout de l'enceinte. Les Gardes de la Foi avaient été décimés par les mines lywar, mais restaient nombreux et organisés. Le schéma de la bataille était limpide ; Garal ne tarderait pas à être débordé. Dem ne voulait pas perdre de temps, ici, alors que Nayla risquait de se faire capturer. Il ne souhaitait qu'une seule chose, se précipiter sur ses traces pour la sauver. Il jura. Il n'était pas envisageable d'abandonner ses troupes et de laisser ses propres hommes se faire massacrer. Ces vétérans avaient participé à de nombreux combats, ils étaient entraînés et leur présence était indispensable pour la poursuite de la lutte. Dem activa son armtop, en espérant que Nayla capterait le message. L'appareil lui indiqua immédiatement que l'envoi d'ordres était impossible, un brouillage important était mis en place. Il n'y avait qu'une seule explication… le Carnage se trouvait en orbite ! Qu'advenait-il du Vengeur ?

Pourquoi ai-je écouté Nayla ? ragea-t-il. Le destin l'exigeait ! Que m'importe si les humains disparaissent dans cinquante ans ? Tant de choses peuvent survenir en cinquante ans, Nayla ne peut pas avoir vu toutes les possibilités. Yggdrasil s'est moqué d'elle !

Sur des cadavres, Milar récupéra un pistolet, un fusil, ainsi que plusieurs recharges lywar. Il régla l'arme à la puissance maximale, calma la tempête de ses sentiments, fit le vide en lui et rechercha la sérénité de son intuition de combat. La scène se modifia, le décor devint presque inexistant, sans relief, alors que les gardes noirs lui paraissaient plus brillants, plus réels, plus proches aussi. Il ouvrit le feu et chaque décharge d'énergie faisait mouche. Il fondit sur eux comme un aigle de Marituan, implacable et mortel. Il avait déjà connu de telles frénésies et il savoura avec délice cette impression d'immortalité. Sans ralentir, il rechargea son arme en évitant de façon surnaturelle les tirs de riposte. Il fit feu à bout portant sur un groupe d'une dizaine de gardes et utilisa la crosse de son fusil, quand le souffle asthmatique de son arme lui indiqua qu'elle était vide. Il défonça le visage d'un homme sur son chemin, lâcha le fusil et planta son poignard dans le défaut de l'armure. Il ne restait que deux gardes encore en vie. Dem saisit le canon du fusil de l'homme le plus proche et l'attira à lui. Déstabilisé, une fraction de seconde, l'homme trébucha et il lui planta sa lame-serpent dans l'œil. Son armure ketir encaissa le tir du dernier garde. Dem arracha le fusil du mort, poussa le sélecteur sur maximum et pressa la détente. Il ne s'attarda pas pour constater la conséquence de son tir. Il fonçait déjà vers le groupe suivant, alors que l'homme s'écroulait, un trou fumant dans la poitrine. D'autres gardes noirs étaient retranchés derrière les restes noircis d'un skarabe. Il en abattit trois avant qu'ils notent sa présence. Il se jeta au sol pour éviter la réplique. Il allait sprinter vers un abri, quand des rebelles surgirent de chaque côté du véhicule. Pris entre trois feux, les exécuteurs furent massacrés. Soulagé, Dem rejoignit Garal qui avait eu la bonne idée d'effectuer une sortie pour lui prêter main-forte.

— Merci d'votre intervention, Général. J'me voyais déjà mort, au mieux. C't'endroit était un damné piège.

— En effet. Les visions de Nayla ont exigé que nous affrontions cette épreuve. Nos succès futurs en dépendaient.

— J'ai foi en elle, Général, mais ça nous a coûté cher. Kanmen est blessé, mais il s'en sortira. Sa blessure n'est pas très grave.

— Avez-vous vu Nayla ? demanda-t-il avec inquiétude.

— J'crois qu'elle a réussi à s'sauver.

— Je dois la rattraper, Garal. Elle est en danger. Trouvez-moi un skarabe ou un bombardier en état de marche.

— À vos ordres !

Dem courut vers un tout-terrain qui semblait opérationnel, mais avant qu'il ne l'atteigne, une silhouette fantomatique vêtue d'un peignoir sale, sortit d'un tas de débris d'un pas chancelant.

— Jani ?

Il se précipita vers elle. Son visage marqué de coups et d'épuisement s'éclaira en le voyant.

— Devor, tu es en vie…

— Jani, je vous en prie. Cessez de m'appeler par mon prénom. Vous allez me faire tuer !

— Devor, je… Je suis désolée. Tout ça, c'est de ma faute… Tu n'aurais pas dû venir pour moi.

— C'est moi qui vous ai mise en danger, avoua Dem avec douceur. Je suis désolé de ne pas être venu plus vite, mais j'ignorais tout de votre situation. Heureusement, je suis tombé sur Herton…

— Herton ! cracha-t-elle avec colère. C'est ce salopard qui m'a vendue à ce garde noir ! C'est un dévot convaincu et il te hait !

Milar eut l'impression d'être plongé dans un bac rempli d'eau glacée. Herton ! Comment avait-il pu être aussi bête ? Ce traître était à bord du Vengeur, ce traître connaissait son identité. Quels dégâts avait-il faits en son absence ?

— Jani, je dois rejoindre Nayla au plus vite. Elle est en danger !

— Elle a réussi à s'enfuir, je l'ai vue. Elle a pris un skarabe avec quelques hommes.

— Restez ici, Garal prendra soin de vous, ordonna-t-il en se précipitant vers le véhicule tout-terrain.

Il écrasa presque la commande d'ouverture du sas et dès qu'il fut dans la cabine de pilotage, il vérifia rapidement le statut de l'engin. Il constata avec soulagement qu'il était opérationnel. Il mit le moteur en chauffe, puis retourna vers le sas. Il ouvrit le compartiment où les recharges lywar étaient conservées et réapprovisionna ses armes. Garal se hâtait vers lui et l'avertit qu'aucun bombardier n'était disponible.

— Je vous confie Sinfin, Garal. Rassemblez les survivants, remettez en état un maximum de véhicules et rejoignez-moi au point d'atterrissage.

— Vous n'allez pas y aller seul, Général, j'peux…

— J'y vais seul ! Obéissez et prenez soin du capitaine Qorkvin.

— Je viens avec toi… Dem.

— Vous êtes trop faible, Capitaine.

— Je ne veux pas rester ici, supplia-t-elle.

— Montez ! céda-t-il avec agacement.

Dem tendit sa main pour l'aider et ferma le sas. Il l'entraîna vers le poste de pilotage et l'aida à s'asseoir.

— Attachez-vous !

— Merci d'être venu me chercher, murmura-t-elle des sanglots dans la voix. Encore quelques jours et je serais devenue folle.

Les paroles de Jani l'émurent. Il écarta avec précaution une mèche de cheveux sales de son visage. Elle tressaillit et lui adressa un regard plein de passion.

— Oh, Devor… Tu as changé… Tu es redevenu l'homme que j'ai vu sur Firni.

— Je suis désolé de m'être montré si dur. J'avais perdu la capacité de ressentir. Je m'en veux beaucoup.

— Tu es tout de même venu pour moi…

— Je le devais.

Il enclencha la marche avant et le skarabe bondit. Il franchit les ruines du mur sans même ralentir. Le véhicule fonça dans la plaine, mais il n'allait pas encore assez vite. Dem débloqua les sécurités et poussa les moteurs bien au-delà des niveaux autorisés. Le tout-terrain semblait presque voler, propulsé à une vitesse impossible, alimentée par la peur de son pilote.

Soilj n'arrivait pas à détacher son regard du paysage qui défilait à toute vitesse. La conduite folle de Caert ballottait le skarabe en tous sens. La montagne, près de laquelle ils s'étaient posés quelques heures plus tôt, semblait toujours inaccessible et l'énorme soleil autour duquel orbitait Sinfin, disparaissait derrière le massif montagneux. Bientôt, il ferait nuit. Il espérait que le crépuscule apporterait un peu de fraîcheur. Il n'en pouvait plus de cette insupportable chaleur. Il reporta son attention sur Nayla. L'inquiétude se lisait aisément sur son visage trempé de sueur. Elle consulta, pour la dixième fois au moins, son armtop.

— Quelque chose ne va pas ? demanda-t-il.

— Nous sommes coupés du monde. Impossible de joindre le Vengeur, ou n'importe qui d'autre. Les communications sont mortes !

— Pareil sur le système du skarabe, intervint Caert.

— Quelqu'un brouille les transmissions, conclut Nayla. Le Carnage est sûrement en orbite.

— Alors nous sommes perdus !

— Non, nous passerons. Je piloterai à l'instinct, comme Dem.

Son humeur sombre effrayait Soilj plus que cette planète de malheur. Elle se cala dans son fauteuil et ferma les yeux. Fasciné, il vit les traits de Nayla se contracter, ses yeux bouger frénétiquement sous ses paupières, ses mains se crisper sur les montants de son fauteuil. Elle se réveilla brusquement haletante !

— Tu as vu quelque chose ?

— Non, Soilj, uniquement des images de malheur et de morts. J'espère que Dem va bien, ajouta-t-elle. Nous n'aurions pas dû quitter le bagne. Caert, faites demi-tour !

— Non ! s'exclama Soilj. Le général nous a donné l'ordre de te conduire à bord du Vengeur et j'ai l'intention de suivre ses ordres.

— Soilj !

— Maintenant que je sais qui il est, j'ai encore moins envie de lui désobéir. Je ne suis ni sourd ni idiot. J'ai entendu le prénom que lui a donné le capitaine Qorkvin.

— Que comptes-tu faire ? bafouilla-t-elle en pâlissant.

— Tu connais son identité depuis longtemps, n'est-ce pas ?

— Oui.

— Et tu continues à lui faire confiance ?

— Oui.

— Alors, moi aussi. Mais j'avoue que cela me terrifie.

— Il n'est plus celui qu'il était. Tu peux lui faire confiance.

— C'est en toi que je crois, Nayla.

— Non, protesta-t-elle, tu ne vas pas te mettre à me vénérer. Pas toi, Soilj, s'il te plaît.

— Ce n'est pas ce genre de vénération, avoua-t-il tristement.

Il n'osa pas poursuivre. Comment lui dire qu'il l'aimait plus que sa propre vie ?

— Soilj, dit-elle doucement. Tu es un frère pour moi.
— Et seulement ça, je sais.
— Je suis désolée…
— Ne le sois pas. Je ne me fais aucune illusion, mais ça ne me fera pas changer d'avis.

Avec un sourire mélancolique, elle prit ses mains et murmura :
— Merci. J'ai tellement besoin d'un ami comme toi.

Il approuva d'un sourire triste et d'un hochement de tête. Il se contenterait de l'amitié de Nayla, puisqu'elle ne lui offrait rien d'autre.
— Les tourtereaux, désolé d'vous déranger, fit Caert, mais on arrive !

Malgré les ombres nocturnes, il distinguait aisément les bombardiers Furie. Dans quelques minutes, le skarabe serait à destination. Soilj se pencha dans l'habitacle et s'adressa aux trois hommes qui lui restaient.
— Tenez-vous prêts ! Nous ne savons pas ce qui nous attend. Nayla, ajouta-t-il, soit prudente, s'il te plaît.
— Toi aussi. Je ne supporterais pas de te perdre.

Les paroles de Nayla le comblèrent de joie. Le véhicule tout-terrain ralentit, puis stoppa. Chacun s'arma et Soilj vérifia le chargement de son fusil. Il était nerveux. Malgré les morts qu'ils avaient laissés derrière eux, leur fuite lui semblait trop facile.
— Prête ? demanda-t-il à Nayla.
— Oui.
— Vara, Naril, vous sortez les premiers et postez-vous. Je sors ensuite, avec Pytoen, puis Nayla et Caert.

Les hommes étaient tendus et Soilj était angoissé comme jamais. Cependant, ses responsabilités l'obligeaient à dissimuler sa peur. Il se colla contre la cloison et d'un signe de tête, il indiqua à Vara d'ouvrir la porte. Le paysan, aux épaules et aux bras d'un homme habitué à travailler à l'extérieur, obéit. Naril sortit du skarabe et son binôme le suivit. Ils coururent sur quelques mètres, avant de poser un genou au sol, attentifs. Après quelques secondes, Vara indiqua par gestes que l'endroit semblait sans danger. Soilj prit une profonde inspiration, avant de sortir calmement, enfin en apparence. Le doigt sur la détente, il se posta près du véhicule et observa longuement les lieux. Rien ne bougeait. Où sont les troupes que nous avons laissées en arrière ? se demanda-t-il. Quelque chose ne va pas… peut-être devrions-nous retourner au bagne, ou nous cacher ailleurs… L'indécision ajoutait à son angoisse. Il aurait tant voulu que Dem soit là. Lui, il aurait su quoi faire. Pytoen fit quelques pas prudents vers les bombardiers. Trois hommes en armure de la rébellion surgirent de derrière les engins. Soilj fut soulagé. Il s'était inquiété pour rien.

— Où étiez-vous ? s'exclama-t-il agacé.

Un crissement le fit sursauter. Ce n'était que Nayla qui le rejoignait, accompagnée par Caert.

— Retourne à l'intérieur, Nayla, siffla-t-il entre ses dents. Je n'aime pas…

— Identifiez-vous ! lança l'un des inconnus.

— Capitaine Valo et l'Espoir ! répondit Pytoen. Baissez vos armes, imbéciles !

Soilj l'aurait frappé, s'il avait pu. Quelle idée stupide d'annoncer que Nayla se trouvait avec eux !

— Désolé, on voulait être prudent, rétorqua l'inconnu. Dépêchez-vous de nous rejoindre !

— Qui êtes-vous ? demanda Soilj qui n'arrivait pas à se défaire de son inquiétude.

— Sergent Fabaton !

— Il fait partie de l'équipe laissée sur le site, fit remarquer Caert.

Soilj aurait dû être rassuré, mais son cœur continuait à battre trop fort. Il regrettait l'absence de Tarni ou même de Tyelo. Pour la première fois, ils étaient livrés à eux-mêmes sans l'assistance d'un ancien garde noir.

— Allons-y, Soilj, dit Nayla en posant une main sur son épaule.

Elle avait raison, quel choix avaient-ils ? Ils ne pouvaient pas rester ici et ils ne pouvaient pas repartir vers Sinfin.

— En avant ! ordonna-t-il après un dernier coup d'œil à l'indicateur de charge de son fusil.

Pytoen s'avança le premier, suivi par Valo, Nayla et Caert. Vara et Naril restèrent en arrière pour les couvrir. Ils franchirent la trentaine de mètres qui les séparaient de Fabaton. Il commençait à croire qu'ils étaient sortis d'affaire lorsqu'une quarantaine d'hommes jaillirent de derrière les bombardiers. Son cœur s'arrêta.

— Rendez-vous ! ordonna un officier.

Le noir luisant du ketir n'était atténué par aucun marquant de la rébellion, il n'y avait aucun doute sur leur allégeance. Les Gardes de la Foi les surpassaient en nombre, ils étaient perdus ! Pourtant, il refusait de se rendre sans combattre. Les longues heures d'entraînement qu'il avait suivi sous la houlette de Verum ou de Tyelo, toute cette expérience qu'il avait emmagasinée depuis des mois, la confiance que lui avait offerte un homme comme Devor Milar, prirent le pas sur son effroi. Soilj pressa la détente tout en s'interposant entre les soldats et Nayla. Le soi-disant sergent Fabaton s'écroula mort. Vara, Naril et Pytoen ouvrirent le feu à leur tour, mais ils étaient tous à découvert. Le jeune capitaine pensa un instant s'abriter dans le skarabe, mais il était déjà trop tard. Les gardes encadraient le véhicule. Désormais, leur seule chance était d'arriver jusqu'à un bombardier. Il attrapa Nayla par le bras et l'entraîna vers le Furie le plus éloigné des troupes de l'Imperium.

Nayla suivit Soilj tout en arrosant l'ennemi de lywar. Les gardes semblaient étrangement maladroits. *Bien sûr*, pensa-t-elle, *ils veulent me prendre vivante*. Les trois hommes de Valo, eux, n'avaient aucune valeur. Ils furent massacrés sans pitié. Les deux jeunes gens couraient toujours vers le vaisseau, suivis par Caert qui jouait avec sérieux son rôle de garde du corps. Son cri alerta Nayla. Il venait de trébucher, gravement blessé à la cuisse et à la hanche. Il se redressa péniblement sur un genou en gémissant :

— Sauvez-vous ! Je vous couvre !

Nayla voulut protester, mais Soilj lui saisit le poignet et l'entraîna derrière lui. Elle se laissa faire, presque anesthésiée par l'accumulation d'événements. Ils atteignirent enfin le bombardier qui leur offrit un abri tout relatif. Soilj s'évertuait à tenter d'ouvrir la porte, quand elle ressentit un danger imminent. Elle pivota, mais trop lentement. Un filet, irisé d'une étrange couleur verte, fila droit sur elle et l'enveloppa. Une douleur aiguë enflamma tous ses nerfs, avant d'exploser dans son cerveau. Elle essaya d'arracher les fibres métalliques dans lesquelles elle était emmêlée, mais elle n'arrivait plus à bouger, elle n'arrivait plus à penser et dans un brouillard vert qui obscurcissait sa vision, elle vit quelques gardes s'approcher. Malgré la nuit qui déversait sur le désert son voile sombre, accompagné d'une fraîcheur bienvenue, elle reconnut l'inquisiteur qui les suivait. C'était l'homme de ses visions : il était grand, dégingandé, son visage étroit et pâle luisait de sueur, ses cheveux roux étaient plaqués sur son crâne par la transpiration et ses yeux sombres, dénués de vie, la fixaient sans ciller. Un sourire obscène plissa ses lèvres minces et exsangues. Un frisson de panique courut le long de sa colonne vertébrale. Soilj ne semblait pas avoir remarqué l'inquisiteur ou les gardes. Déterminé à la sauver, il s'agenouilla auprès d'elle et tenta d'arracher le filet à mains nues. Il posa un cri perçant de pure souffrance.

— Soilj, non ! s'écria-t-elle, mais sa voix était si ténue qu'il ne l'entendit pas.

Le jeune homme, son camarade, son ami, son frère, se redressa et fit courageusement face à l'ennemi.

— Vous ne l'aurez pas ! cria-t-il en ouvrant le feu.
— Soilj, sauve-toi ! tenta-t-elle de hurler.
Sourd à ses vagissements, il continua de presser la détente et abattit plusieurs gardes.
— Épargnez le démon, ordonna l'inquisiteur.
Les soldats s'avançaient inexorablement vers Soilj. Le jeune homme n'avait aucune chance, elle le savait, mais elle voulait l'aider. Nayla projeta son esprit vers celui de cet homme qui la révulsait. Elle heurta un obstacle invisible qui diffusa dans tout son être une décharge brûlante. La sensation était telle qu'elle faillit s'évanouir. Les gardes noirs empoignèrent Soilj et lui arrachèrent son arme. Il poussa un cri déchirant quand une lame se planta sous son aisselle, dans le défaut de l'armure. Il s'écroula, mais tenta tout de même de saisir son pistolet. Un garde le frappa en plein visage d'un coup de crosse et elle gémit pour lui. Elle n'eut pas le temps de s'inquiéter davantage pour Soilj, l'inquisiteur s'était rapproché et se tenait maintenant au-dessus d'elle. Elle ressentit un effroi mordant sous la caresse de ce regard insistant et malsain, qui se délectait de son impuissance. Avec horreur, Nayla sentit les pensées de ce cafard entrouvrir la porte de son esprit et se glisser en elle. Elle le repoussa de toutes ses forces, jetant sur lui ses défenses. Il recula mentalement et physiquement, mais elle eut le temps de percevoir la haine qu'il lui portait. Elle fut effrayée par son intensité.
— Redressez-la ! ordonna l'inquisiteur.
Elle rassembla ses forces. Une fois libérée de ce maudit filet, elle allait pouvoir faire parler ses dons. Elle faillit pleurer de rage quand les gardes la saisirent sans la libérer de son emprise. Contrairement à Soilj, ils portaient des gants adaptés. Ils la relevèrent sans ménagement et l'inquisiteur s'approcha d'elle. Il la détailla longuement, avant de s'avancer encore, plaçant son visage à quelques centimètres du sien. Ils n'étaient séparés que par les mailles métalliques qui entamaient sa peau. Elle pouvait respirer son odeur, sa sueur acide empestait le corps mal lavé et son haleine la révulsait. *Il sent la mort*, songea-t-elle. Il sourit avec méchanceté et murmura, à sa seule attention :
— Tu vas être conduite à Dieu, démon, mais tu constateras que le voyage de retour sera long. Je viendrai te voir chaque jour, pour… te punir.
— Dieu ne sera pas content, osa-t-elle répondre.
— Dieu me parle et me guide. Il m'a donné la capacité de tourmenter les incroyants, mais ne t'inquiète pas, tu seras livrée à Dieu et il se délectera longuement de toi.

Elle s'interdit de lui montrer sa peur. Malgré sa gorge desséchée, elle lui cracha au visage.

— Je te méprise, Inquisiteur !

— Je m'en moque. Tu n'appartiens pas au genre humain, démon. Je vais te conduire à bord du vaisseau Carnage. Janar nous rejoindra bientôt avec le traître Milar. Il sera très lentement mis à mort, pour le plaisir de Dieu.

Non !!! cria-t-elle dans sa tête. Elle refusait de voir Dem mourir, elle devait lutter et se battre. Elle projeta son esprit vers l'inquisiteur, encaissa la douleur provoquée par le filet, fora mentalement un passage dans ce mur vert…

— Allez-y ! ordonna Ubanit.

En contractant son poing gauche, l'un des exécuteurs fit jaillir une fine aiguille d'un emplacement situé sur le dessus de son gant et l'enfonça dans le cou de Nayla. La douleur de la piqûre passa presque inaperçue. Elle continuait à extraire sa psyché des griffes de ce filet vert qui existait aussi dans l'immatériel. La faiblesse se répandit dans ses membres, dans son corps, dans sa tête. Elle n'arrivait plus à focaliser sa volonté pour ignorer la douleur causée par le réseau vert et son esprit réintégra son crâne. Avec un hurlement silencieux, elle sombra dans l'inconscience.

Angoissé et concentré, Dem pilotait le skarabe dans la nuit. Il n'arriverait pas à temps, il le pressentait avec une acuité qui le terrifiait. Il avait presque oublié la présence de Jani Qorkvin. La capitaine des contrebandiers restait silencieuse, comprenant son désarroi. Le véhicule tout-terrain volait littéralement sur le désert, avalant les obstacles, les bosses, les roches. Il tanguait dangereusement et les voyants de surchauffe du moteur ou du système d'inertie clignotaient follement, mais il n'en tenait pas compte. Il connaissait les limites de ces engins extrêmement robustes. Le skarabe abordait un passage plus chaotique que les autres et il aurait dû faire preuve de prudence. Il ne ralentit pas et le véhicule trépida de façon désordonnée, tandis que ses moteurs hurlaient à la limite de leurs possibilités.

DEM !!!

Le cri empreint de douleur et d'une panique totale le frappa de plein fouet. Nayla ! Elle l'appelait au secours et il n'était pas là ! Il ne pouvait rien faire pour la rejoindre plus vite. Il aurait voulu perforer les ténèbres pour entrevoir quelque chose, mais ils étaient encore trop loin. La tempête d'émotions dans son crâne l'empêchait de penser clairement. Il n'arrivait pas à la calmer, il ne le voulait pas, d'ailleurs. Il refusait de la perdre. Il n'avait d'autres choix que de patienter et de foncer dans la nuit, tout en muselant sa frustration. Avec soulagement, il aperçut enfin la silhouette des bombardiers. Il poussa les moteurs à leur extrême limite, tout en sachant qu'à ce régime, ils exploseraient dans dix minutes. Il calcula qu'il serait sur place dans sept minutes et que ce risque était acceptable. Dem repéra le skarabe qu'avait emprunté Nayla, abandonné près des petits vaisseaux. Les deux minutes qu'il fallut à son véhicule pour rejoindre cet emplacement furent interminables. Il freina sèchement, coupa les moteurs, jaillit hors de son siège, traversa l'habitacle et sans attendre, se précipita à l'extérieur. L'odeur piquante du lywar flottait dans l'air, ainsi que celle, moins agréable, de la chair calcinée. Se fiant à son instinct, Milar franchit les quelques mètres qui le séparaient des bombardiers. Plusieurs cadavres étaient étendus là, preuve qu'un combat avait eu lieu. Il reconnut trois hommes de Valo, les autres étaient des exécuteurs, reconnaissables au symbole noir sur leur poitrine. Guidé par son intuition, Dem obliqua sur sa droite. Il doubla le corps de Caert sans même ralentir. Il dépassa un bombardier et s'arrêta net. Soilj Valo était étendu sur le sol. Il se laissa tomber à ses côtés. Le jeune homme avait pris un coup au visage et du sang coulait encore de sa pommette éclatée. Son œil gauche était fermé, enflé et sans doute crevé. Milar posa deux doigts sur son cou, à la recherche de son pouls. Il était faible. Le garçon avait dû sentir sa présence, car il ouvrit son œil valide.

— Dem..., coassa-t-il.
— Soilj... Où est-elle ?

Dem éprouva une certaine culpabilité. Il aurait dû prendre soin de Soilj au lieu de le harceler avec des questions, mais il voulait retrouver Nayla. Elle était le centre de sa vie.

— Piège... Inquisiteur...
— Expliquez-moi, Soilj, je vous en prie ! Faites un effort !
— Filet... vert...

Une mousse sanglante perla au coin de sa bouche, confirmant qu'il avait d'autres blessures que son visage massacré. Dem tâta avec précaution les flancs du jeune homme et retira sa main, poisseuse de sang. Il avait été poignardé au côté et depuis trop longtemps pour être sauvé. Il aurait peut-être eu une chance si Plaumec avait été là, mais le temps de le conduire à bord du Vengeur, il serait trop tard. Le courageux Soilj Valo allait mourir. Depuis le tout début de la révolte, il s'était révélé un membre essentiel de la rébellion, avide de servir au mieux. Il était plus que cela, il était son ami et celui de Nayla.

— Courage, Soilj, murmura-t-il avec tristesse.

— Capturée… l'inquisi… l'a… capturée.

Le filet vert… Ils avaient utilisé un filet d'ondes quazir, l'un des gadgets des Exécuteurs. Avec cela, ses dons avaient été inhibés et elle n'avait pas été capable de se défendre.

— Où sont-ils ?

— Partis… bombardier…

Le jeune homme ferma les yeux, épuisé.

— Soilj… Répondez-moi… Soilj !

Il rouvrit les yeux, il y brillait une forte résolution.

— Jurez-moi que vous êtes vraiment de son côté, Milar…

Devor sursauta en entendant son nom ainsi prononcé. Il saisit la main du jeune homme et la serra avec force.

— Je n'ai jamais menti, Soilj. Je veux la défaite de Dieu et je ferai tout pour sauver Nayla, tout, je vous le jure ! Je… Je tiens à elle plus qu'à ma vie.

Un sourire heureux éclaira le visage martyrisé du garçon. Une toux douloureuse le secoua et un filet de sang coula le long de son menton. Des bulles de sang passèrent ses lèvres et dans un dernier souffle, il murmura :

— Nayla…

Sa respiration devint plus saccadée, plus hachée. Avec émotion, Dem serra sa main. Il aimait bien ce garçon et éprouvait une douloureuse émotion à l'idée de sa mort. Il lui devait de rester à ses côtés pour atténuer la peur de l'inconnu. Devor Milar soutint son regard en essayant de lui transmettre son courage et sa force.

— Tout va bien, Soilj. Endormez-vous, mon garçon, je suis là… Dormez.

Soilj ferma les yeux et après deux ou trois sifflements aigus, sa respiration cessa.

— Adieu, Soilj, murmura Dem.

Il se releva lentement, vidé de toute énergie et leva les yeux vers le ciel d'un noir profond, parsemé de millions d'étoiles. Ce spectacle, qui avait toujours eu un effet apaisant, ne réussit pas à soulager son angoisse. Nayla devait déjà se trouver à bord du Carnage. Même s'il empruntait un bombardier, il était impossible de la rattraper. Et admettant le contraire, il ne pouvait pas prendre d'assaut un vaisseau à lui tout seul. S'il se jetait dans les griffes de l'ennemi, il ne pourrait plus l'aider. La frustration de la situation le rendait fou.

— Je suis désolée, Devor, dit doucement Jani derrière lui.

Il avait oublié sa présence. Elle était emmitouflée dans son peignoir sale, son visage n'était qu'une accumulation de plaies, l'ombre des épreuves qu'elle venait d'affronter voilait son regard, pourtant, elle était toujours aussi belle. Il fut stupéfait, puis honteux, de penser une chose pareille en cet instant.

— Ils l'ont capturée, Jani.

— J'ai entendu.

Une sourde colère pesait tel un poids glacé sur son âme. Le sentiment de perte et d'absence était une douleur comme il n'en avait jamais connu. Sa vie sans elle n'avait aucune valeur.

— Je dois la retrouver, gronda-t-il avec détermination. Je ferai tout ce qui est en mon pouvoir pour la sauver. Tout !

Elle était perdue dans un brouillard vert, avec l'impression que son esprit était déconnecté de son corps. Elle tentait de bouger ses membres, d'ouvrir ses yeux, de parler, mais rien ne se passait. Elle flottait immobile, sans savoir où elle était, sans se remémorer ce qui lui était arrivé, sans se rappeler qui elle était. Elle devait se souvenir pourtant, il le fallait. Elle essaya de focaliser sa volonté, mais elle perdait sa concentration après quelques secondes, ou minutes... Le temps semblait ne plus exister. *Qui suis-je ?* se demanda-t-elle. Aucune réponse ne lui fut fournie. Ses souvenirs étaient autant de ballons flottant dans le brouillard de ses pensées.

— *Tu es Nayla Kaertan ! Tu es l'Espoir !*

Une voix venait de résonner dans son crâne. La douleur s'amplifia dans sa tête et il lui sembla que la trame même de ses pensées se déchirait.

— *Tu dois te souvenir ! Tu dois lutter ! De dures épreuves t'attendent. Prépare-toi à te battre !*

À me battre ? pensa-t-elle. *Pourquoi ?*

Une succession d'images lui fut imposée, résumant sa vie en quelques secondes. Les connexions se recréèrent et elle se souvint. L'inquisiteur, Sinfin... Dem !

La douleur devint insupportable, mais elle ressentit la joie de cette voix qui l'avait aidée à s'éveiller.

— *Tu dois lutter. Ne laisse pas Dieu te vaincre, car l'espoir de l'humanité réside en toi.*

— Dem ? demanda-t-elle. Où est-il ?

— *Lutte ! Ne cesse jamais de lutter…*

La voix s'amenuisa, jusqu'à disparaître, la laissant seule. Nayla affronta sa peur et la souffrance. Elle réussit à ouvrir les yeux. Elle était dans une cellule, bras et jambes en croix, liés par des tentacules d'énergie verte. Elle était à bord d'un vaisseau des Gardes de la Foi, en route vers la planète mère, en route vers Dieu. Elle était perdue !

Yggdrasil…

Yggdrasil était un, était plusieurs, était la volonté de détruire l'humanité, était le désir de la conduire vers son évolution, était le souhait de voir son erreur effacée.

Yggdrasil était une entité plus ancienne que l'univers et en son sein, les destins des mondes se mêlaient pour former une tapisserie complexe. Elle avait été adorée, révérée, crainte, oubliée, ignorée. Elle avait vu des empires se construire et tomber en ruine. Elle avait assisté à la destruction de planètes, à la disparition de civilisations, à l'extinction de races entières. Elle s'était intimement mêlée du destin de l'univers. Elle avait influencé des mondes encore jeunes, pour leur permettre d'évoluer. Elle avait laissé des peuples entiers s'effondrer dans leur quête d'une plus grande ascension. Cette entité avait porté de nombreux noms. L'humain qui se faisait appeler Dieu avait découvert celui d'Yggdrasil qui résonnait dans le néant. Dans cet univers, ce nom éveillait de lointains souvenirs. Cet humain s'en était emparé.

Cette entité était multiple autrefois, puis était devenue une, à une époque où les mondes ne possédaient pas une seule once de vie. Celui qui se faisait appeler Dieu avait ouvert une brèche dans la trame de la réalité et Yggdrasil voulait refermer cette déchirure, afin de rendre aux mortels leur indépendance. Au sein de cette entité, deux énergies, deux caractères, deux esprits anciens professaient une opinion différente, s'opposant ainsi au consensus.

L'une méprisait les mortels et haïssait plus encore ceux qui se désignaient eux-mêmes sous le vocable « humain ». Elle pensait que l'humanité était nuisible et désirait profondément son éradication. En cet instant, elle savourait sa victoire. Sa marionnette, cet inquisiteur, avait réussi à s'emparer du champion désigné par Yggdrasil. Cet « Espoir » serait livré à ce mortel qui s'imaginait posséder un pouvoir divin. Elle serait détruite, éradiquée, absorbée. Et celui qui se faisait appeler Dieu découvrirait la réelle conséquence d'un pacte passé avec Yggdrasil.

L'autre énergie, au contraire, appréciait les hommes. Elle trouvait cette race intéressante, pleine de promesses, et voulait lui offrir l'évolution qu'elle méritait. Elle avait décrypté le dessin de l'avenir et chaque fil semblait conduire à la destruction de cet univers. L'espoir de l'humanité résidait dans les choix que cette jeune humaine ferait.

Yggdrasil était hier et demain, il était le destin, il était tout-puissant. Pourtant, les simples mortels possédaient un pouvoir qu'ils ignoraient, une force qui leur permettait de changer la toile de la destinée. Le choix ! Il faisait d'eux les maîtres du présent.

Cette humaine, cette mortelle, cet Espoir avait choisi. Elle s'était courageusement engagée sur un étroit chemin qui traversait un territoire plein de dangers. L'échec, la souffrance et le désespoir la guetteraient à chaque tournant, mais il n'existait pas d'autres voies pour que soit sauvée l'humanité.

Dem et Nayla par Ymir

Remerciements

Je voudrais remercier celles et ceux qui ont contribué, de près ou de loin, à l'écriture de ce livre. Leur travail et leur soutien auront été très précieux. Ils furent mes premiers lecteurs et leurs critiques, toutes constructives, m'ont aidée à progresser.

Merci à ma Phalange écarlate :
Anne-Laure, Bertrand, Cécile, Chantal, Françoise, Guillaume, Juliette, Nako, Philippe et Thierry.

Lexique

Fichiers de l'Inquisition

Archange 124 : L'un des archanges mort d'un infarctus avant ses 5 ans.
Archange 129 : L'un des archanges éliminé avant ses 7 ans parce qu'il a des visions.
Archange 142 : L'un des archanges éliminé avant ses 7 ans parce qu'il est capable de télékinésie.
Archange 147 : L'un des archanges tué l'année de ses 10 ans parce qu'il a échoué lors de la cérémonie d'obtention du nom.
Archange 153 : Cet archange a été violé par Nuvit et a disparu une semaine plus tard.
Archange 193 : Un des archanges tué l'année de ses 10 ans parce qu'il a échoué lors de la cérémonie d'obtention du nom.
ALAZAN Ule : Archange 119. Ce colonel est le commandant de la Phalange orange.
AR'HADAN Ceril : Ce Soldat de la planète Tirch'n est le camarade de Seorg Giltan, sur Natalim. Il rejoint la rébellion et devient le petit ami en titre de Nali Bertil.
BALARER Nol : Chef de la cellule de résistance de Carimoti, sur la planète Lastori.
BARA Het : Inquisiteur Général, chef de l'Inquisition.
BARITUN Olan : Archange 139.
BELOL Tissia : Technicienne de la Rébellion. Travaille en salle des machines.
BENDERHA Halin : Le chef des Onze Cents, un groupe de mercenaires basé sur la planète Bunaro.
BERHIN Nasu : Frère Augure, membre du clergé. Il est le responsable des projets génétiques concernant les Gardes de la Foi.
BERTIL Daso : Ce mineur rebelle de la planète RgN 07 a été capturé par la Phalange bleue. Enfermé sur le *Vengeur 516*, il fut libéré par Nayla et Dem. Il fait désormais partie de la rébellion. C'est le frère de Nali Bertil.
BERTIL Nali : Ce mineur rebelle de la planète RgN 07 a été capturé par la Phalange bleue. Enfermée sur le *Vengeur 516*, elle fut libérée par Nayla et Dem. Elle fait désormais partie de la rébellion. C'est la sœur de Daso Bertil. Elle fut la maîtresse de Xev Tiywan et la petite amie de Ceril Ar'hadan.
CAERT Sugyre : Soldat de l'unité de sécurité de la rébellion.
CAMINOS Harz : Maître-espion de Tellus, il fut le mentor de Gelina Qar Volodi.
CAREDY Sant : Commandant de la barge prison qui transportait Xev Tiywan.
CARMIL Maer : Docteur, responsable des projets scientifiques de l'Imperium.
CAVARA Zes : Premier inquisiteur de la Phalange écarlate. Il est mort pour sauver le colonel Milar.
DIETAN Tix : Prisonnier Bekilois libéré de la barge prison en même temps que Xev Tiywan. Il rejoint la rébellion et est l'un des hommes fidèles à Tiywan.
EIIIT'ZER : Un esclave x'tirni sur la planète Natalim. Chef de sa communauté.
FABATON : Sergent de la rébellion.
FAIRMONT Guidu : Commandant du bagne de Sinfin.
FERIN Def : Archange 188.
GARAL Jym : Chef des mineurs rebelles de la planète RgN 07 capturés par la Phalange bleue. Enfermé sur le *Vengeur 516*, il fut libéré par Nayla et Dem. Il fait désormais partie de la rébellion. Il est capitaine dans l'armée de la rébellion.

GARATYLOC Hav : Chef de contrebandiers. Jani Qorkvin fut sa maîtresse avant qu'elle ne prenne sa place.
GERGO Amy : Scientifique du projet Archange. Elle fut la compagne de Leene Plaumec.
GIL'JAN Kal : Chef d'une bande d'esclavagistes qui exploite illégalement une mine de S4.
GILTAN Gorg : Cet Oliman est le père de Seorg et Kanmen. Ami de la famille Kaertan. Il fut tué par l'Inquisition après la destruction d'Alima.
GILTAN Ilsa : Cette Olimane est la mère de Seorg et Kanmen.
GILTAN Kanmen : Cet Oliman était le chef de la cellule de résistance de la capitale, Talima. Il est nommé capitaine de la rébellion. C'est le frère de Seorg.
GILTAN Seorg : Cet Oliman exécutait son temps de conscription sur la planète Natalim. Il fut sauvé par la rébellion. Il est l'ami d'enfance de Nayla, puis devient son petit ami lorsqu'il rejoignit la rébellion.
GULSEN Anri : Chef de la révolte d'Am'nacar. Ce démon fut aussi l'amant de Jani Qorkvin. Il a disparu avant que la Phalange écarlate puisse le capturer.
GUTYBEAZ Julo : Capitaine en charge des cadets du projet Archange.
HADAN Certaw : Ce Mineur rebelle de la planète RgN 07 a été capturé par la Phalange bleue. Enfermé sur le *Vengeur 516*, il fut libéré par Nayla et Dem. Il fait désormais partie de la rébellion.
HARAN Loyi : Archange 176.
HERTON Full : Sergent de la section scientifique de la base H515, sous les ordres de Dem. Il préféra rejoindre les contrebandiers de Jani Qorkvin plutôt que d'intégrer la rébellion. Il deviendra l'amant de Jani. Il est également l'instigateur de la rébellion sur Lastori. Après la libération de sa planète, il rejoint la rébellion.
IRONER Naol : Premier inquisiteur de l'académie des Gardes de la Foi. Il fut tué par Naryl Korban.
JALARA Alajaalam : Grand prêtre du clergé, il est l'un des rares à avoir accès à Dieu.
Jalee : Compagne d'Amy Gergo.
JALARO Marthyn : *Marthyn Har Jalaro* est un nuovo nobilis (la haute noblesse de Tellus). Il est Praetor et dirige l'espionnage de Tellus.
JANAR Qil : Archange 178. Ce colonel est le commandant de la Phalange noire, surnommée « les Exécuteurs ».
JEFER Alina : Sergent des Soldats de la Foi, sous les ordres de Malk Thadees. Elle a été capturée et violée par les Hatamas. Sauvée par Milar, elle sera néanmoins punie et envoyée sur le front.
JHOLMAN Do : Soldat sur la base H515, il a rejoint la rébellion. Technicien, il est devenu le bras droit de Mylera Nlatan.
JOUPLIM Aaron : Général. Commandant en chef des Gardes de la Foi. Il fut le commandant de la Phalange grise. C'est lui qui a promu Milar, colonel et qui lui a confié la Phalange écarlate.
KAERTAN Nayla : Cette Olimane fait partie de la rébellion d'Olima. Elle est nommée caporal au début de sa conscription. Elle possède de puissants pouvoirs qui font d'elle l'Espoir de la rébellion.
KAERTAN Raen : Cet Oliman est le père de Nayla. Il sera tué par le colonel Yutez de la Phalange bleue.
KARET Vel : Archange 151. Ce colonel est le commandant de la Phalange verte.
KORBAN Naryl : Archange 191, surnommé *Nako*. Il fut le meilleur ami de Dem.

LAKER Fenton : Soldat sur la base H515, il préféra rejoindre les contrebandiers de Jani Qorkvin plutôt que d'intégrer la rébellion.

LAZOR Tyro : Ce capitaine est l'ancien chef de la sécurité de Devor Milar. Recruté sur Olima par Dem, il devient son aide de camp et est nommé commandant.

LIONAR Nat : Ce commandant servait au sein de la Phalange écarlate, sous les ordres de Milar.

LOTAR Teho : Ce commandant est le chef militaire du projet Archange.

MARDON Dane : Lieutenant scientifique des Soldats de la Foi. Il sera tué par Devor Milar qui prendra son identité.

MILAR Devor : Archange 183, surnommé ***Dem***. Ce colonel fut le commandant de la Phalange écarlate. Il fut nommé la main écarlate de Dieu. Après avoir éradiqué la planète Alima, il a eu une prophétie et a choisi de trahir l'Imperium. Après avoir pris l'identité de Dane Mardon, il se cacha pendant 5 ans sur la base H515. Il devint le protecteur de Nayla et le général de la rébellion.

NARDO Olman : Ce Cazaloi était soldat sur la base H515, sous les ordres de Dem. Il a rejoint la rébellion et deviendra pilote du Vengeur.

NARIL : Soldat de la rébellion sous les ordres de Soilj Valo.

NLATAN Mylera : Lieutenant, officier technicien de la base H515, elle se retrouve entraînée un peu contre son gré dans la rébellion. Elle devient capitaine et officier technicien du Vengeur.

NOOR Aldon : Chef de la résistance d'Olima. Il prendra la direction du gouvernement d'Olima libre.

NORIMANUS Blad : Capitaine, officier tacticien de la base H515. Il sera tué comme tous les autres par la Phalange bleue.

NUVIT Suma : Docteur, responsable du projet Archange. Pédophile, il sera tué par le jeune Milar.

PALLIR Dull : Inquisiteur adjoint, il devrait prendre la succession de l'Inquisiteur général Het Bara.

PENCOUL Sabyne : Copine de Leene Plaumec et Amy Gergo. C'est elle qui apprend à Leene ce qui est arrivé à Amy.

PERTAN Farel : Lieutenant, chef de la troisième section, première compagnie, première brigade de la Phalange grise. Chef direct du jeune Milar à son arrivée dans la Phalange grise. Il est tué lors d'un combat face aux Hatamas et Milar prendra sa place.

PLAUMEC Leene : Capitaine-médecin nouvellement affectée sur la base H515, elle rejoindra la rébellion.

PYLAW Mat : Archange 136. Ce colonel est le commandant de la Phalange jaune.

PYTOEN : Soldat de la rébellion sous les ordres de Soilj Valo.

QORKVIN Jani : Ce capitaine est le chef d'une bande de contrebandiers basée sur Firni. Elle est secrètement amoureuse de Milar.

RACHKOR Arti : Capitaine en charge des alphas du projet Archange.

SAGENO Davyf : Infirmier de la rébellion sous les ordres du docteur Plaumec.

SALINE Dal : Soldat de l'unité de sécurité de la rébellion.

SARTO Zaïla : Femme âgée de la planète Cazalo.

SAZAL Gubie : Capitaine de la rébellion.

SERALIN Nuvi : Inquisiteur adjoint, il est tué par Milar lorsqu'il tente de le capturer.

SERDAR Xaen : Archange de deux ans plus jeune que Milar, ce colonel est le chef de la Phalange indigo.

SOLARIN Arun : Prophète de la coalition Tellus.
TAHIR Jym : Archange 125, tué à l'entraînement par Janar.
TARNI Lan : Ce vieux Garde de la Foi fut le garde du corps de Milar. Recruté par Dem, il deviendra le garde du corps de Nayla.
THADEES Malk : Ce commandant prendra la direction de la base H515. Il est l'ami de Milar et sera tué par Yutez.
TINKLOW Udi : Ce Garde de la Foi, issu du projet Séraphin, deviendra le commandant en second de la Phalange écarlate.
TIYWAN Xev : Ce capitaine des Soldats de la Foi a participé à la deuxième rébellion de Bekil. Il sera libéré neuf ans plus tard par la rébellion. Il en deviendra le commandant en second.
TOLENDO Helisa : Maître-espion de la coalition Tellus. Elle est chargée de prendre contact avec la rébellion.
TYELO Vacili : Ancien Garde de la Foi de la Phalange écarlate, il fut recruté par Dem sur Olima. Il remplace Tarni comme garde du corps de Nayla.
U'ARTHAN Cyath : Le bras droit de Jani Qorkvin.
UBANIT Uri : Ce jeune inquisiteur est nommé premier inquisiteur des Exécuteurs par Het Bara en personne.
VALAR Mik : Archange 197.
VALO Soilj : Ce Xertuhien était soldat sur la base H515, sous les ordres de Dem. Il a rejoint la rébellion et deviendra capitaine. Il est amoureux de Nayla.
VARA : Soldat de la rébellion sous les ordres de Soilj Valo.
VARMON Rall : Chef de la cellule de résistance de la capitale Lastori.
VERUM Omi : Ancien Garde de la Foi de la Phalange écarlate, il fut recruté par Dem sur Olima. Il est en charge de la formation des soldats de la rébellion.
VEYH Colir : Commandant en second des Exécuteurs.
VEZTRI Balh : Colonel, chef de la formation de tous les Gardes de la Foi
VIRDIN Vyn : Ce lieutenant était le responsable de la sécurité rapprochée de Milar, au sein de la Phalange écarlate. Il fut tué sur la base H515 en aidant Dem à fuir.
VOLODI Gelina : *Gelina Qar Volodi*, proconsul, dirige les maîtres-espions de la coalition Tellus. C'est une quintum nobilis, la basse noblesse de Tellus.
VOLUS Fer : Colonel, commandant de la Phalange rouge.
WALLID Zhylo : Maître-espion de la coalition Tellus. Il est chargé de prendre contact avec la rébellion.
WARAJHAN Varyn : Inquisiteur général, chef de l'Inquisition, qui fut tué par son Inquisiteur adjoint, Het Bara.
XENBUR Nail : Ancien commandant des Soldats de la Foi, il rejoint la rébellion et devient le chef de la première brigade.
YUTEZ Zan : Archange 165. Colonel, chef de la Phalange bleue. Il capture Milar sur la base H515. Après l'évasion de Dem et des autres, il se rend sur Olima. Il assassine le père de Nayla et massacre des milliers d'Olimans. Il sera tué par Dem en combat singulier.

Fichiers des Gardes de la Foi

Alpha : Dénomination d'un Garde de la Foi de moins de 10 ans.
Archange : Projet expérimental de l'Imperium pour créer des officiers parfaits. Ce projet a été abandonné, mais il subsiste une douzaine de ces hommes hors du commun.
Armée de la Foi : L'armée régulière de l'Imperium.
Armée de l'Espoir : L'armée de la rébellion.
Armée sainte : Regroupe toutes les composantes de l'armée de l'Imperium.
Aspirant : Dénomination d'un Garde de la Foi de 15 à 18 ans.
Cadet : Dénomination d'un Garde de la Foi de 10 à 15 ans.
Coalition Tellus : Divers mondes humains, vestige de la fédération Tellus.
Croyants : Dénomination des citoyens de l'Imperium.
Démon : Nom générique pour ceux qui ont des pouvoirs mentaux proches de ceux de Dieu.
Édomiel : Programme de création génétique des simples Gardes de la Foi.
Exécuteurs : Nom donné à la Phalange noire, spécialisée dans la traque des démons.
Fédération Tellus : Cet empire, créé par Haram Tellus, a dominé la galaxie pendant 1842 ans. Cette société était régie par un système de caste et défendue par une armée de clones.
Gardes de la Foi : Ou *Gardes noirs*. Les troupes d'élite de l'Imperium. Ils sont façonnés selon deux principes complémentaires : une création génétique perfectionnée et un conditionnement impitoyable.
Hatama : Peuple non-humain à l'apparence reptilienne, en guerre avec l'humanité depuis 1600 ans.
Hérétique : Dénomination générique pour ceux qui résistent à l'Imperium.
Imperium : Empire humain qui couvre les deux tiers de la galaxie. Il s'est construit sur les restes de la fédération Tellus, il y a 648 ans. Il est sous le commandement de Dieu.
Inquisition : L'organisation de l'Imperium qui s'assure de la pureté de la Foi des croyants. Ils sont également créés génétiquement et ont la faculté de lire dans les esprits.
Krater : Peuple non-humain quasiment éteint. Leur capitulation date des débuts de l'Imperium.
Maison des Maîtres-espions : Le service d'espionnage de la coalition Tellus, commandé par un Proconsul. La politique d'espionnage de la Coalition est dirigée par un Praetor.
Maîtres-espions : Les espions de la coalition Tellus.
Moine-Soldat : Membres du clergé, ils servent dans l'armée de la Foi. Ce sont des humains ordinaires, élevés depuis l'âge de sept ans pour devenir confesseurs. On leur apprend à décrypter les attitudes du mensonge et ils sont modifiés génétiquement afin de développer un faible don d'inquisition.
Naroli : Peuple non-humain quasiment éteint. Leur capitulation date des débuts de l'Imperium.
Novice : Dénomination des Soldats de la Foi pendant la première année de leur conscription.
Nuovo nobilis : Haute noblesse de la coalition Tellus.
Onze Cents : Un groupe de mercenaires basé sur Bunaro.
Phalange : Au nombre de 12, elles portent le nom d'une couleur, ce sont les unités de combat des Gardes de la Foi.

Phalange bleue : La phalange commandée par le colonel Zan Yutez. Elle sera anéantie par la rébellion.
Phalange écarlate : La phalange commandée par le colonel Devor Milar. Elle a détruit Alima. Depuis la défection de Milar, les hommes de cette phalange ont été répartis dans d'autres unités. Elle est en reconstruction.
Phalange grise : L'ancienne phalange du général des Gardes de la Foi, Aaron Jouplim. Le jeune lieutenant Milar y a été affecté et y a passé toute sa carrière avant d'être nommé colonel.
Phalange jaune : La phalange commandée par le colonel Mat Pylaw.
Phalange noire : Cette phalange est connue sous le nom « Exécuteurs ». Elle traque les démons. Elle est commandée par le colonel Qil Janar.
Phalange orange : La phalange commandée par le colonel Ule Alazan. Elle sera détruite par la rébellion.
Phalange rouge : La toute première phalange à avoir été créée par l'Imperium. Traditionnellement, elle participe à la formation des officiers des Gardes de la Foi.
Phalange verte : La phalange de Vel Karet.
Prêtre : Membre du clergé
Quintum nobilis : Basse noblesse de la coalition Tellus.
Séraphin : Programme de création génétique des officiers des Gardes de la Foi. Il devait être remplacé par le projet Archange, mais ce dernier a été arrêté.
Soldat de la Foi : Membre de l'armée de la Foi. On compte dans ses rangs des soldats de métiers et des conscrits.
Soldat de l'Inquisition : Ils sont aux ordres de l'Inquisition. Ce sont des humains ordinaires. Ils sont les enfants enlevés à leurs parents lorsque ceux-ci sont punis à la déportation.
Soutien de la Foi : Des humains ordinaires qui servent les Gardes de la Foi dans les domaines techniques.
Sujet : Dénomination d'un Garde de la Foi de moins de 5 ans.
X'tirni : Peuple non-humain à la peau jaune, couverte d'excroissances orangées. Cette race autrefois fière et prospère a capitulé, il y a deux cents ans. Il n'en reste que 100 millions, parqués sur des planètes rudes où ils sont traités comme des esclaves. Selon le clergé, ils étaient des monstres qui se nourrissaient de chair humaine. Ils sont polygames.
Yejidos : Peuple non-humain détruit par la fédération Tellus. Il ne reste que dix mille survivants qui errent aux confins de la galaxie, dans une flotte hétéroclite.

Vaisseaux des Gardes de la Foi

Vaisseau Vengeur : Cuirassé. C'est le vaisseau des phalanges. Il est laid, noir et effrayant, sans lignes harmonieuses. Il est extrêmement puissant.
    Vengeur 516 : Vaisseau de la Phalange bleue. Il deviendra le vaisseau amiral de la flotte rebelle.
    Vengeur 319 : Vaisseau de la Phalange écarlate.
    Vengeur 208 : Vaisseau de la Phalange rouge.
    Vengeur 401 : Vaisseau de la Phalange grise.
    Vengeur 402 : Vaisseau de la Phalange orange.
Vaisseau Carnage : Croiseur. La Phalange noire utilise un Carnage.
    Carnage 601 : Vaisseau de la Phalange noire (Exécuteurs).

Vaisseau Châtiment : Destroyer.
Vaisseau Tourment : Escorteur.
Vaisseau Ravage : Patrouilleur.
Vaisseau Furie : Bombardier. Engin « à tout faire ». Il permet de transporter des troupes, d'effectuer des missions de bombardement, de combattre en vol. L'un des modèles peut même transporter des Skarabes.
Capsule de sauvetage : Équipe les bombardiers Furie. Une coque recouvre le siège du pilote et du copilote et s'éjecte du vaisseau.

Vaisseaux des Soldats de la Foi
Vaisseau Protecteur : Cuirassé.
Vaisseau Défenseur : Croiseur.
Vaisseau Vigile : Destroyer.
Vaisseau Gardien : Escorteur.
Vaisseau Fidélité : Patrouilleur.
Vaisseaux de l'Inquisition
Vaisseau Punition : Frégate.
Véhicules militaires au sol
Skarabe : Véhicule tout-terrain, utilisé par toutes les composantes de l'armée. Il permet le transport de troupes et le combat au sol.
Vaisseaux civils
Vaisseau Cargo : Il en existe de toute taille, armé ou non. Il permet de se déplacer dans la galaxie, de transporter marchandises et passagers.
Véhicules civils au Sol
Omnibus : Il transporte des passagers à une très grande vitesse.
Omnipolis : Transport en commun dans les cités.
Citos : Véhicule individuel.
Vaisseaux des Contrebandiers
Cargo léger Vipère : Très bien équipé. Ceux de Jani Qorkvin ont un système de camouflage, une infirmerie, sont maniables et légèrement armés.

Fichiers des Soldats de la Foi

Acitane : Métal résistant utilisé pour la fabrication d'armes.
Aigle de Marituan : Un aigle noir, avec des plumes rouge feu autour du cou, d'une envergure de 4 mètres, qui vole à très haute altitude et plonge comme un missile sur ses proies. Il est presque impossible de lui échapper.
Aiguille empoisonnée : Dissimulée dans l'armure Ketir des Gardes de la Foi, l'une d'elles permet de simuler la mort. Elle diffuse également une violente décharge électrique qui assomme instantanément la victime.
Aloïde : Alcool et drogue en même temps contenue dans le vin de Cantoki.
Araignée ivoirine de Kyrie'tlu : Grande araignée de couleur ivoire.
Armtop : Ordinateur incrusté sur l'avant-bras de la tenue de combat. Possède une fonction « positionneur ».
Armes hatamas : Ils possèdent des armes à projectiles solides, à haute vélocité.
Atyhil : Médicament qui permet de lutter contre le manque d'oxygène dans le sang.

Axcobium : Ce métal permet de contrebalancer la réaction du S4 et est indispensable aux moteurs spatiaux.

Axis : Bâtonnet noir et lisse. Protégé dans une enveloppe inviolable en nhytrale, l'axis permet d'enregistrer une masse de données. Si un fin liseré rouge entoure sa base, celui-ci est sécurisé.

Balada : Des beignets de la planète Daritice à la viande, aux légumes ou aux fruits.

Belaron : Sorte de blé.

Beritan : Des baies rouge foncé comestibles, mais avec un arrière-goût terreux. Le beritan est plein de vitamines et idéal pour se nourrir dans la nature.

Blasilith : Un gros serpent de la planète Xertuh. Il est recouvert d'écailles noires, marbrées d'un vert intense. Sa morsure tue dans l'heure.

Blocordeur : Un boîtier qui peut se fixer n'importe où, à l'aide de clous pneumatiques. Le câble fin et incassable qu'il contient est actionné par un moteur et permet de descendre, ou de monter n'importe quel mur ou paroi.

Bois-Métal : Vient des arbres du continent nord d'Olima. Plus solide que l'acitane, léger et complètement indétectable. Il est utilisé pour la fabrication des poignards-serpents.

Bracelet blanc : Bracelet de cuir blanc porté par les fanatiques qui ont foi en l'Espoir.

Café d'Eritum : Café très fort, venant de la planète Eritum. Il est réputé pour soigner les migraines.

Calitoine : Fleur très rouge, donne l'expression rouge comme une calitoine.

Canons Pulseurs : Arme hatama. Ce canon pulse un rayon d'énergie d'une puissance phénoménale. Ne fonctionne que depuis une base, car est très gourmand en énergie.

Canydhon : Aussi appelé « loup d'Yrther » ou « chien des enfers ». Très grands et massifs, ils arrivent à hauteur de nombril. Ils chassent en meute. Ils ont été importés sur AaA 03 pour protéger le temple.

Caradas : Jeu de dés, pratiqué par les soldats.

Carhinium : Métal grisâtre résistant et épais utilisé pour la construction des bases. Parfois doublé de tiritium.

Casque de combat des Gardes de la Foi : Le casque de combat des gardes noirs intègre un module de respiration, qui fournit huit heures d'un oxygène de plus en plus appauvri qui a mauvais goût et qui occasionne de terribles maux de tête chez les sujets les moins aguerris.

Chat d'Ytar : Un gros félin au pelage couleur feu, tacheté de noir. Spécifique à la planète Ytar, leur ronronnement procure un sentiment de bien-être.

Cijai'l : Sorte de chacal.

Citana : Pierre jaune, utilisée pour la construction de monuments sur Alima.

Couteau rituel : Une sorte de griffe, aux pointes curieusement orientées. Les pointes aiguisées sont chauffées à blanc et permettent de graver un arbre stylisé sur la peau.

Cristal noir de Vironi : Un cristal naturel, renforcé techniquement, sur la planète Vironi, qui permet de créer des objets, mais aussi des portes, des fenêtres…

Cychene : Grands arbres dont le bois précieux, de couleur gris sombre, est particulièrement apprécié du clergé.

DMT (Duplicateur Matriciel Tridimensionnel) : Une technologie onéreuse, mais indispensable au fonctionnement d'un cuirassé des Gardes de la Foi. Il peut produire des uniformes, des pièces d'armement ou d'équipement.

Dyamhan liquide : Sorte de diamant sous forme liquide, qui une fois solidifié est la substance la plus dure de l'univers.

Fermeture de haute sécurité : Scelle une porte définitivement.

Fibrobéton : Un béton renforcé de fibre de linium.
Filet d'énergie : Ce bouclier, de conception hatama, empêche toute attaque aérienne, car au lieu d'encaisser les décharges d'énergie, comme le font les dispositifs utilisés par l'Imperium, le filet hatama renvoie le lywar vers son point de départ. Il n'est pas utilisable dans le vide intersidéral.
Garton : Un mélange d'ours et de félin, souvent pris de crise de colère meurtrière. Il est énorme, tout en muscle, couvert d'une fourrure hirsute, brune et noire qui forme une crinière autour du cou. Sa tête est allongée, sa gueule est hérissée de longs crocs et il possède une longue queue.
Handtop : Petit ordinateur individuel et portatif qui lui était attribué.
Heure de l'Imperium : Il serait impossible que chaque planète vive à sa propre heure. Dans tout l'Imperium, l'heure officielle est celle de la planète AaA.
Holophoto : Sur une photo holographique, l'image est fixe, mais les gens ont l'air vivants.
Injecteur : Permet d'injecter un médicament dans le sang.
Irox : Les arbres-acier du continent nord d'Olima qui fournit le bois-métal. Les arbres immenses aux grands troncs d'un gris acier de ces immenses forêts ont une écorce si lisse que les irox ne paraissaient pas appartenir au monde végétal.
Jade noir : Pierre précieuse, solide et lisse, d'un noir profond.
Janil : Médicament pour soigner les crises cardiaques.
Jine : Liqueur transparente très forte.
Kaulzer : Plante à l'odeur suave et sucrée, qui permet de faire de l'huile.
Ketir : Cette matière protectrice qui sert à fabriquer les armures. C'est une matière nanorégénératrice qui exploite les propriétés naturelles du ketiral en les combinant avec une nanotechnologie de pointe.
Ketiral : Une matière bio active naturelle. Elle est très résistante et est traitée de façon à améliorer ses qualités pour fabriquer le Ketir.
Lézard Maruya : Un lézard capable de grimper sur des parois lisses.
Lièvre crapaud : Animal chassé sur la planète Xertuh pour sa chair savoureuse.
Linium : Métal léger, rigide et résistant, surtout utilisé pour des bagages en tous genres.
Lyjan : Grand carnivore humanoïde vivant sur Firni. Il est fait preuve d'intelligence et peut être classé comme un peuple primitif. Il fait plus de deux mètres, il est couvert d'une épaisse fourrure qui lui permet de survivre sur la planète glacière Firni. Une tête hideuse, allongée, flanquée de deux trous en guise d'oreilles. Il a un long museau hérissé d'une double rangée de dents. Son cuir épais résiste au lywar à basse puissance. Des yeux bleu clair.
Lywar : Développée avant l'avènement de l'Imperium par la fédération Tellus, cette technologie permet de générer des projectiles chargés d'une puissance phénoménale. Un vaisseau peut tirer des missiles chargés d'une énergie pure et dévastatrice, produite par ses moteurs. Les armes individuelles sont alimentées par des chargeurs dans lesquels est emmagasiné le lywar. Le lywar est reconnaissable à son odeur piquante.
Machette Vybe : Une arme blanche, dont le fil est renforcé par de l'énergie qui permet de mieux trancher la matière.
Miolen : Gros champignon brunâtre et gluant qui apporte des nutriments permettant de résister au manque de protéine par exemple.
Moyano : Boisson lactée, épaisse et très sucrée.
Mulamas : Une sorte de mouton qui a été implanté sur la plupart des planètes de la galaxie pour la qualité de sa viande et sa rusticité.
Nhytrale : Matière polymère noire et lisse, extrêmement résistante et inviolable.

Nijaton : Grosse racine au goût âcre et qui sent très mauvais. Elle est utilisée pour nourrir les prisonniers.
Orbaz : Une pierre lisse, gris foncé.
Os blanchi d'Alima : Les Alimans utilisaient ces ossements extrêmement solides, pour créer des objets d'art ou pour fabriquer des armes.
Pansement Gel : Protège des plaies graves de l'infection.
Peste mythtikiene : Maladie mortelle.
Pherolium : Substance récoltée sur Cazalo.
Plastine : Un plastique amélioré.
Poignard de combat : Équipe tous les soldats. Une large lame longue de 30 cm en ceracier.
Poignard Serpent : Une courte lame, pas plus longue que la paume de la main, avec une poignée en forme d'anneau. Une étroite garde protège la main. Les Gardes de la Foi sont équipés de deux de ces lames, intégrées aux renforts de poignets.
Polytercox : Une matière polymère, mélange de fibre de carbone, de carbure de silicium et de cuir Vaertil. La solidité du polytercox permettait une pressurisation suffisante pour tenir quelques heures en combat sans atmosphère.
Python de Malara : Serpent très rapide et mortel.
Quazir : Cette onde Quazir est capable d'inhiber les dons psychiques d'un prisonnier.
Rebalan : Substance produite par les Tarb'hyns. Essentielle pour l'industrie du médicament de l'Imperium.
Réceptacle mortuaire : Sur Olima, les familles les plus aisées possèdent, à l'intérieur des cryptes mortuaires, un appareil permettant de réduire les défunts en cendres. À l'issue du cycle, une urne pouvait être récupérée et déposée à l'intérieur du caveau.
Retil 2 : Adrénaline à haute dose et qui permet de passer outre la fatigue.
Retil 4 : Médicament fabriqué avec du Rebalan. Il permet de compenser la fatigue et les blessures d'un soldat de façon presque magique. Le contre-effet peut être dangereux pour son utilisateur.
Retilax : Médicament qui permet de soigner les maladies cardiaques.
Rilimotium : Substance cristalline qui est extraite de la boue par des moyens techniques qui a de nombreuses utilisations.
Rytemec : Un cuir épais venant des confins de la galaxie, utilisé par les Hatamas pour leurs uniformes.
S4 : Un des composants essentiels aux voyages dans l'espace. Le S4 raffiné est compact et une petite quantité peut alimenter un vaisseau pendant longtemps.
Satellite de défense : Des canons lywar en orbite.
Saucisse de Briad : Saucisse à la chair violette qui a tendance à éclater à la cuisson.
Sh'iltar : Purée rouge soyeuse et épicée de la planète Tirch'n.
Siftre : Gaz irrespirable.
Sisil : Minuscule serpent vivant sur Natalim. Il fait une dizaine de centimètres, couleur roche. Sa morsure est douloureuse et mortelle. Il n'existe aucun antidote.
Söl : Monnaie.
Sölibyum : Métal rare et précieux. La monnaie de l'Imperium est basée sur son cours.
Stilettu : Stylet à la lame longue, fine et tranchante, utilisé par les maîtres-espions de Tellus.
Tarb'Hyns : Prédateurs de la planète Xertuh. Ils sont de grands félins, capables de cracher un puissant neurotoxique qui paralyse sa proie. Le rebalan est utilisé pour fabriquer le Retil.
Tarlon : Ce sont des charognards de la planète Natalim, couvert d'une carapace articulée. Ils s'enfoncent dans le sol et sont attirés par l'odeur du sang. Lorsqu'ils repèrent une proie blessée, ils peuvent la dépecer vivante.

Thimhol : Cuir léger. Les Gardes de la Foi utilisent des enveloppes de thimhol sur leurs armures en ketir pour différencier leurs unités à l'entraînement. Ces enveloppes recouvrent les renforts d'épaules, le haut des bottes et les renforts de poignets. La rébellion a choisi du thimhol de couleur kaki pour ses troupes.
Thural : Une pierre rouge sombre dans laquelle des points noir et or ne cessent de se déplacer.
Tiritium : Métal gris sombre utilisé pour la construction de vaisseaux spatiaux.
Toile de Tolin : Toile souple et douce.
Trauer : Une longe matraque en acier noir brillant. Elle permet de frapper un prisonnier, mais surtout elle est équipée de trois électrodes à l'une de ses extrémités. Cela diffuse une douleur intense.
Val'hon : Herbe hallucinogène.
Vampirin : Buisson épineux originaire de la planète Natalim. Ces longues branches hérissées d'épines capturent des proies pour aspirer le sang.
Variolite Kilitez : Une maladie infectieuse, qui laisse des cicatrices sur la peau.
Vérole altirienne : Maladie vénérienne.
Verte d'Ytar : Liqueur verte de la planète d'Ytar.
Vigne de l'Ermite : Vigne d'Olima qui pousse sur les murs des maisons, sur des parois rocheuses et qui donne un vin léger et joyeux d'une merveilleuse couleur dorée.
Vin de Cantoki : Vin de couleur rosâtre contenant de l'aloïde, à la fois alcool et drogue, mais qui n'est pas addictif.
Virgrul : Arbrisseaux épineux.
Wosli : Liqueur vert pâle, très forte.
Zafir : Pierre bleu clair qui étincelle comme animée d'une énergie particulière.
Zerk'thâ : Ce liquide grisâtre et puant est généralement contenu dans une flasque. Il suffit de le répandre sur le mort et d'y mettre le feu, avec un tir lywar par exemple. Le corps se consumera à très grande vitesse.
Zirigo : Ce jeu de stratégie complexe est essentiel dans la formation des futurs officiers. Il représente le combat spatial. Le renoncement et le sacrifice sont l'une des clés du succès.

Fichiers du clergé

AaA 03 : La planète mère de l'Imperium, siège du temple de Dieu.
Abamil : *CrT 02* – Cette planète abrite des mines de ketir. C'est sur ce monde que Plaumec a rencontré Devor Milar pour la première fois.
Alima : *OkJ 04* – Planète jumelle d'Olima. Elle a été détruite par la Phalange écarlate.
Am'nacar : Monde à la frontière de la coalition Tellus. Le « démon » Gulsen y a fomenté une révolte matée par la Phalange écarlate.
Base H515 : Base des Soldats de la Foi installée sur RgM 12. C'est sur cette base que Nayla Kaertan est affectée. Tout son personnel a été exécuté par la Phalange bleue.
Bekil : *GvT 05* – Monde connu pour ses nombreuses insurrections. Planète d'origine de Xev Tiywan. Bekil est l'une des premières planètes à rejoindre la rébellion.
Beman : Monde chaud et humide libéré par la rébellion. Producteur de chocolat.
Bunaro : Situé dans le no man's space, ce monde est un repaire de brigands. Quartier général des Onze Cents.
Carimoti : Région d'élevage sur Lastori.

Cazalo : *OjH 04* – Monde natal de Nardo. Elle dispose de beaucoup de ressources comme le pherolium et de nombreux métaux.

Cité Sacrée : Cette cité est un complexe immense regroupant tous les états-majors des différents organismes de l'Imperium. Elle est appelée le « temple de Dieu ».

Daritice : Monde célèbre pour ses recettes de beignets. Leene Plaumec y a passé un an au début de sa carrière.

Derasil : Capitale de Bekil.

Eritum : Planète célèbre pour son café très fort.

Erjima : Planète aux orages phénoménaux.

Firni : Planète glacière et inconnue, cachée dans la nébuleuse K52. Elle abrite la base des contrebandiers de Jani Qorkvin.

Hadès : Planète aux trois soleils au cœur de la coalition Tellus. Siège de la Maison des maîtres-espions. Une tour y est construite et permet un meilleur accès à Yggdrasil.

ImH 02 : Planète à l'atmosphère mortelle pour les humains. Dem l'utilisera pour tuer l'équipage du *Vengeur 516*.

K22 : Nébuleuse rougeâtre, animée de volutes noires.

Kyrie'tlu : Planète où se trouvent les araignées ivoirines.

Lastori : Monde de Full Herton. Cette planète a appelé la rébellion à l'aide.

Limara : Capitale d'Alima.

Lune « Astroport » de Bekil : L'une des lunes de Bekil qui abrite un astroport gigantesque, plaque tournante du commerce de toute la région.

Lune « Chantier » de Bekil : Sur cette lune de Bekil se trouve un chantier spatial de réparation de vaisseaux spatiaux.

Lune de Razare : Jungle boueuse où se trouve un bagne de l'Imperium.

Marjutini : Planète recouverte aux trois quarts par un océan.

Natalim : *OkZ 02* – Planète de déportation des X'tirnis.

Nilipi : Capitale de Lastori.

No man's space : Ce secteur de l'espace se situe entre l'Imperium et la coalition Tellus. Il n'appartient à personne.

Olima : *OkJ 03* – Monde natal de Nayla Kaertan. Cette belle planète verte, bleue et mauve n'a rejoint l'Imperium que depuis 4 générations. Agricole sur l'hémisphère sud et couverte de forêts d'Irox sur le continent nord.

RgM 12 : Planète toujours balayée par un vent fort qui charrie de la poussière.

Sinfin : Planète rouge, où règne une chaleur incroyable. Elle possède des mines de S4 et abrite le bagne le plus dur de toute la galaxie.

Talima : Capitale d'Olima.

Tirch'n : Monde natal de Ceril Ar'hadan.

VaA 02 : Monde hatama, sur lequel Milar sauva Jouplim.

Vallée Interdite : Sur la planète mère, c'est une immense vallée au pied de la falaise sur laquelle est construite la Cité Sacrée. Elle est peuplée d'animaux dangereux venant de toute la galaxie pour protéger l'accès au temple.

Velira : Planète libérée par la rébellion.

Xertuh : Monde natal de Soilj Valo. Cette planète est couverte par une jungle immense et peuplée d'animaux dangereux. Le plus dangereux d'entre eux est le Tarb'hyn, qui produit une substance essentielle à l'Imperium : le rebalan.

Yrther : Monde des Canydhons.

Ytar : Très belle planète de la coalition Tellus. Monde natal de Jani Qorkvin.

Du même auteur

La Tapisserie des Mondes

Plus brillantes sont les étoiles (Prélude)

L'humanité progresse dans l'espace depuis plus d'un siècle, déjà, s'implantant sur chaque planète habitable, au détriment des civilisations qu'elle rencontre. Le profit à tout prix est devenu la seule idéologie des Terriens, depuis la prise de pouvoir du Triumvirat.

Ava embarque à bord du C.S. Marco Polo, cargo de la flotte commerciale, sous les ordres du capitaine Bligh. Cette dernière, ancienne héroïne de guerre, doit conduire le vaisseau jusqu'à une planète paradisiaque, occupée par un peuple vivant en harmonie avec la nature. Elle devra composer avec un équipage récalcitrant et surmonter les nombreux dangers qui ponctueront ce long périple.

Ce voyage se révélera, pourtant, bien plus important que les deux femmes ne l'auraient jamais imaginé.

✦ ✦ ✦

Yggdrasil – La trilogie (Premier cycle)

Une dictature religieuse et militaire règne sur la galaxie. L'armée sainte, fanatiquement dévouée à la cause de celui qui se fait appeler Dieu, élimine impitoyablement ceux qui refusent de suivre les préceptes de la religion. Pourtant, les hérétiques propagent les paroles d'une prophétie annonçant qu'un Espoir va se lever et libérer l'univers.

Tourmentée par de terribles cauchemars prémonitoires, Nayla Kaertan arrivera-t-elle à échapper à l'inquisition qui traque sans relâche ceux qui, comme elle, ont des dons étranges. Doit-elle craindre son supérieur, un homme mystérieux, qui semble posséder des pouvoirs surnaturels ?

Aura-t-elle la force d'affronter son destin ?

Tome 1 – La prophétie
Tome 2 – La rébellion
Tome 3 – L'Espoir

✦ ✦ ✦

Aldarrök – La trilogie (Deuxième cycle)

Trois ans plus tôt, la rébellion a renversé l'Imperium. Après la chute de la dictature, l'irrésistible vent de liberté qui s'était répandu dans la galaxie s'est essoufflé. La République a imposé sa loi et une nouvelle religion, dirigée par des fanatiques, a remplacé l'ancienne.

Ilaryon a refusé de plier devant ceux qui ont exécuté son père. Envoyé à Sinfin, le pire bagne de la galaxie, le jeune homme devient très vite la proie d'autres prisonniers. Un homme étrange va s'interposer. Ce prisonnier défiguré, souffre-douleur des gardes, s'accroche à la vie avec obstination depuis trois longues années.

Les révélations du nouveau venu vont-elles réveiller celui qu'était le Brûlé autrefois ?

Tome 1 – Le chant du chaos
Tome 2 – À paraître
Tome 3 – À paraître

✦ ✦ ✦

Abri 19

Il y a onze ans, un mystérieux brouillard a recouvert la Terre. Les scientifiques n'ont pas réussi à l'endiguer ou même, à l'expliquer. Les gouvernements du monde se sont résignés à préserver une partie de la population en l'enfermant dans des bases secrètes.

Lorsqu'un accident survient dans l'abri 19, Liam doit faire un choix. Respecter les lois de l'abri ou sauver la vie de sa sœur et risquer l'exil dans un monde dévasté.

Les Larmes des Aëlwynns – Le prince déchu

À la fin de l'ère du chaos, les Aëlwynns ont offert aux hommes une pierre permettant de contrôler la magie et depuis, la paix règne sur le royaume d'Ysaldin. Alors que ce fragile équilibre est menacé par la malnoire, le roi accuse les mages de faciliter la propagation de cette maladie mystérieuse et les déclare hors la loi.

Ignorant tout du danger qui guette ses semblables, Adriel se prépare à devenir mage à part entière, conscient que cette épreuve peut lui coûter la vie.

Au nord du royaume, le mercenaire Kenan est pris pour cible par de mystérieux mages noirs.

Au même moment, dans une vallée isolée, Elyne découvre que son fils est atteint de la malnoire. Osera-t-elle braver le décret royal pour le sauver ?

Et si le sort du royaume dépendait des décisions de ces trois personnes aux objectifs si différents ?

Tome 1 – Le prince déchu
Tome 2 – Le dernier mage
Tome 3 – La déesse sombre

✦ ✦ ✦

À Propos de l'Auteure

Depuis toujours, Myriam Caillonneau est fascinée par les livres et par ces récits qui transportent le lecteur loin de son quotidien.

Néanmoins, elle choisit la carrière militaire, sans perdre sa passion pour l'imaginaire.

L'envie d'écrire ne cesse de la hanter et elle décide d'utiliser son expérience pour créer un space opera, Yggdrasil. En 2019, elle se consacre pleinement à sa vie d'auteure et s'installe dans le Finistère.

Elle aime explorer l'âme humaine, le libre arbitre s'opposant à la destinée, la rédemption de ses héros, la lutte contre le totalitarisme et l'acceptation de la différence.

Vous pouvez me contacter :
— soit sur mon site : https://www.myriamcaillonneauauteure.com/
— soit à cette adresse mail : myriam.caillonneau@gmail.com

Éditeur

Éditions Myriam Caillonneau
Myriam.caillonneau@gmail.com

Imprimé par Kindle Direct Publishing
Impression à la demande

ISBN : 979-10-95740-17-9

Dépôt légal : octobre 2022